武夷文学读本

廖　斌　主编
程　荣　王冰云　副主编

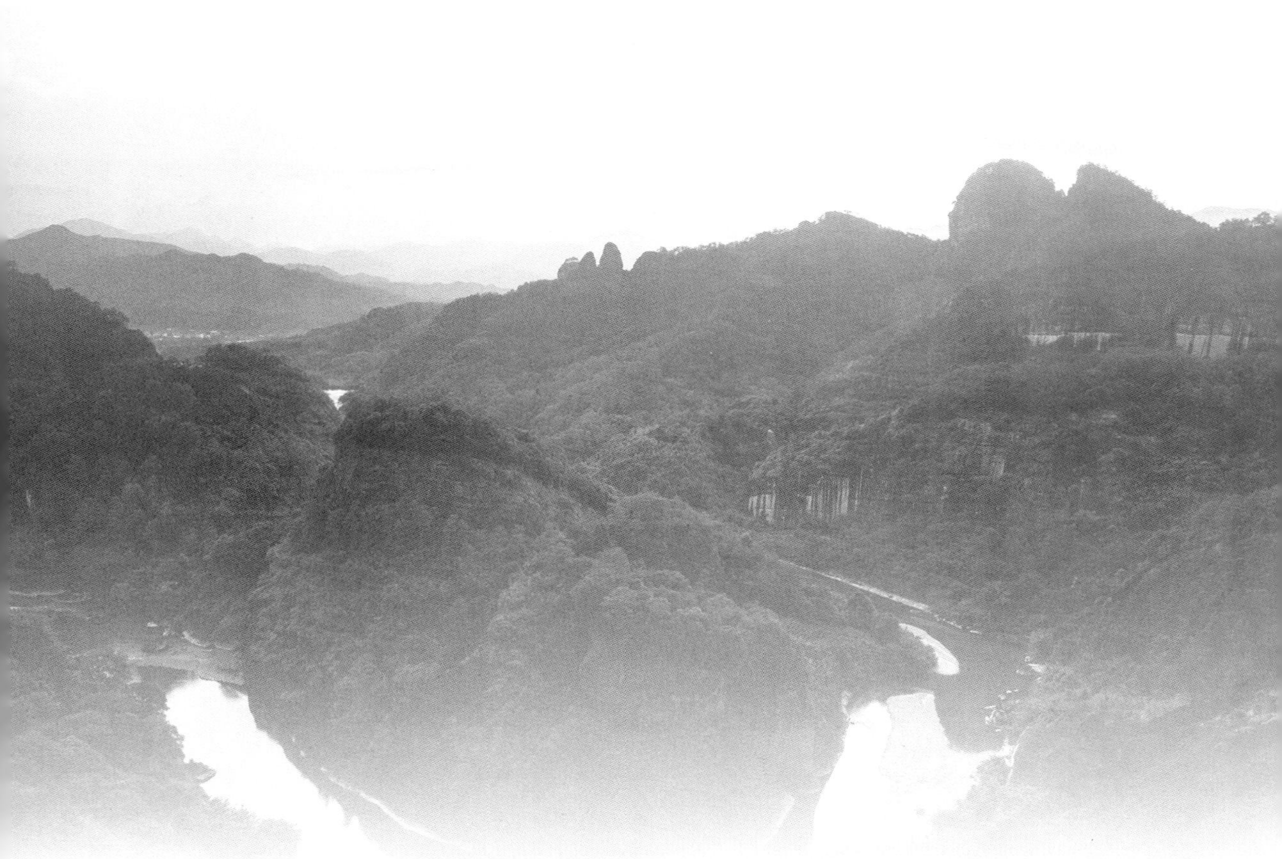

厦门大学出版社 XIAMEN UNIVERSITY PRESS
国家一级出版社
全国百佳图书出版单位

图书在版编目(CIP)数据

武夷文学读本/廖斌主编. —厦门:厦门大学出版社,2016.8(2017.8重印)
ISBN 978-7-5615-6202-4

Ⅰ.①武… Ⅱ.①廖… Ⅲ.①地方文学史-武夷山市-高等学校-教材 Ⅳ.①I209.957.4

中国版本图书馆 CIP 数据核字(2016)第 182476 号

出 版 人	蒋东明
责任编辑	薛鹏志　章木良
封面设计	李嘉彬
责任印制	朱　楷

出版发行　**厦门大学出版社**
社　　址　厦门市软件园二期望海路 39 号
邮政编码　361008
总 编 办　0592-2182177　0592-2181406(传真)
营销中心　0592-2184458　0592-2181365
网　　址　http://www.xmupress.com
邮　　箱　xmupress@126.com
印　　刷　三明市华光印务有限公司

开本　787mm×1092mm　1/16
印张　23.75
插页　1
字数　570 千字
印数　500 1～7 500 册
版次　2016 年 8 月第 1 版
印次　2017 年 8 月第 2 次印刷
定价　48.00 元

本书如有印装质量问题请直接寄承印厂调换

厦门大学出版社
微信二维码

厦门大学出版社
微博二维码

序 一

廖 斌*

文学地理学是一门新兴的交叉学科,涉及内容十分丰富,它是运用地理学的理论和方法研究文学的组成、风格和特色,探索不同区域文学所表现出来的地域特征及差异。中国文学地理研究的历史源远流长,不少著者深入地方和田野,挖掘被忽略的芜杂丰厚的地方文学(化)资源,扩大中国文学研究版图。如山药蛋派、京派、海派、陕军,富有理论自觉和创作实绩的"寻根文学"等都是地域文学的典范。地域文学是璀璨的土地之花,如20世纪90年代始,严家炎等学者编著10卷本"二十世纪中国文学与区域文化",涉及三晋、江浙、巴蜀等地域文学,此后地域文学研究成为热门,先后有一批地方文学史问世,标志性成果有王嘉良《浙江文学史》、陈书良《湖南文学史》,范培松、金学智《插图本苏州文学史》等。地域与文学/文化的关系,古今中外大家,如丹纳、管子到当代袁行霈、梅新林等都曾论及,许多学者更从文化人类学、文学社会学、民俗学等角度研究地方文学,取得不少成果。本序以空间地域形态视角,略论地理环境、人文环境对武夷文学的影响。

地域文化对文学的影响是综合性的。不仅自然山川、地貌气候,更包括历史形成的人文环境的各种要素,"如历史沿革、民族关系、人口迁徙、教育状况、风俗民情、语言乡音等;而且越到后来,人文因素所起的作用也越大。确切说,地域对文学的影响,实际上通过区域文化这个中间环节而起着作用"。①中国是幅员辽阔的多民族国家,形成许多不同质态的区域文化,从20世纪80年代盛极一时的"寻根文学"盘点,东密高粱乡的关东文化、葛川江的荆楚文化、客家文化、闽台文化、巴蜀文化、三晋文化、岭南文化、吴越文化……都是作家自觉尝试用创作接续和寻找民族、地方文化传统的"根"。梅新林提出"场景还原"与"版图复原"说,作为建立中国文学地理学的两大理论支柱。"场景还原"说从文学概念或对某种文学现象的概括向具体鲜活、丰富多彩的特定时空场景还原,向更接近于文学存在本真的原始样态还原——那些具体可感的特定文学时空场景、发之于那些生动鲜活而蕴义深远的特定文学场景的真情感动。"版图复原"说认为,文学家

---

* 序者简介:廖斌,男,1972年出生,福建邵武人,武夷学院教授、文学博士,福建农林大学兼职硕士生导师,南平市高层次人才,2011年入选"福建省高校新世纪优秀人才支持计划"。

的"户籍"并非凝固不变,而始终处于活动中,因此以文学家为主体与灵魂、以地理为客体与舞台的文学版图始终变动不居。文学版图的复原即通过文学家的籍贯与流向,还原为动态、立体、多元的时空并置交融的文学图景。②

武夷山地处闽浙赣交界处,是中原文化入闽的必经之路,自然资源丰富,历史文化悠久,山水风光秀丽。自清朝独立设立行政区以来发展相对稳定,也少兵戎之祸,与其他文化区域和周边省份互动频仍,文化创造繁盛,文学发展较快。缘此,武夷文学与武夷自然环境、文化传统、社会历史、风尚习俗、民众的精气神交融,孕育出有价值的特质。武夷山除柳永和朱熹两大家外,还有一大批先贤推动武夷文学发展。杨时、游酢、胡安国、罗从彦、李侗、李纲、真德秀、杨亿、严羽、袁枢、惠崇、蔡元定、宋慈等名人,代表自宋朝以来武夷文化的顶峰。因武夷文化之丰厚,故有"闽邦邹鲁"之称,成为我国东南文化名山。武夷文学就是在丹山碧水、神话传说与闽粤初民开发蛮夷之地的特殊场景中形成的,不屈不挠的精神文化传统中催生出的,是中国文学版图的支流与浪漫之花。本文认为,举凡地域文学,首先是"大文学",一切有一定"文学性"的历代文化典籍、民间传说、神话故事、地方志、笔记信札、文集歌谣、手稿日记、书籍杂志、摩崖石刻、照片实物,文人骚客的行吟游历、酬唱应和等写实、抒怀之作,名人的散记、回忆、历代作家作者扎根武夷的创作等,都可列入"武夷文学"的畛域。据此,"武夷文学"指的一是出生于大武夷地区,籍贯地理为大武夷的作者抒写的作品,如武夷山的柳永,邵武的严羽、李纲等。"大武夷"既是地缘概念,指现今行政区划版图,即泛指武夷山脉南侧,今南平市管辖的十县市区,尽管历史上曾经有过区划变更;又指的是文化概念,即在此区域中,民众共享同一的文化与身份认同,并建构了相对稳定的归属感;二是从活动地理、描写地理看,即非大武夷籍而旅居大武夷的文人书写的关于大武夷题材的文学作品,典型的当属苏轼、陆游、朱熹等人,如朱熹《九曲棹歌》十首、《武夷七咏》等;三是暂居或游历武夷留下的佳作,近的如刘白羽、郭沫若,远的如辛弃疾、陆游等。据杨国学统计,上述三类作品累计达5000余篇。③如再加上散佚或沉寂民间,如方志、谱牒、楹联、契书中,未得以挖掘、整理的作品及近代、现当代尚未纳入视野或正在创作的文本,数量可能会更庞大。从传播地理看,武夷文学已逐渐借助儒家、佛教和柳永等载体和名家发生着广泛传播。张未民说:

> 现实文学生活中有大量的文学现象并没有进入我们的研究视野,更不要说进入文学史了。网络文学、影视文学、通俗文学、翻译文学,它们在文学生活中所占的地位,它们对现实生活的影响,可以说绝不在"精英"文学之下。《读者》发行有千万份……其实,这样的文学期刊还有……我们凭什么把它们排斥在文学范围之外?有谁曾经对这个问题进行过充分的研究和论证?另外还有大量的"泛文学",比如《家庭》《知音》以及"晚报""早报",它们的虚构性远远超出一般人想象,不论是在写作层面,还是在阅读层面,它们都具有文学性,所以有人说当代最好的小说在《南方周末》,这虽然是在社会生活的深刻性与丰富性意义上讲的,但它的很多故事都富于文学色彩,可当作文学作品来读这却是事实。因而,以"新文学"为本位,用"新文学"的评价标准来评价"另类"文学,这是不公平的。④

由此推论,"大武夷"的"大文学",既包括所谓"文学性"强、"公认"的作品,又包含一切地方典籍、文献中,反映社会现实,有一定艺术性和思想性的文本。"大武夷"不是今天的发明,早在西晋就有此一说。如邵武市,古称"南武夷"。邵武史上首称"昭武",之后有"昭阳""樵川""樵阳"等称呼。260年,三国吴永安三年,吴主孙权罢都尉府,置建安都,立昭武镇,后升为昭武县。据明嘉靖《邵武府志》记载:"邵者,高也,昭也;武者,以地在武夷山南,古以南为昭,故曰昭武。""晋避讳变昭言邵。"(因晋惠帝司马衷为避其祖司马昭之讳,改昭武为邵武。)可见早在1700多年前,邵武即有南武夷之称。⑤总的来说,武夷文化首先重名教理学。大武夷因朱熹、刘氏三兄弟等人传播理学,又有"道南理窟"之誉,理学发达,崇儒风气深厚。蔡尚思诗云:"东周出孔丘,南宋有朱熹。中国古文化,泰山与武夷。"武夷无疑是中国古文化标本。其次,"千载儒释道,万古山水茶"的特质凝练,确证武夷文化中有宗教色彩十分浓厚且和谐相处的面向。这就带来武夷文学三教合一的神秘、优美、浪漫而绚丽的特点。再次,由于大武夷是历代人口迁徙的必经之路(路线为皖、苏、赣、闽、粤,进而粤、台、桂、川等)和多种文化交融的过渡带与交集带,因此,武夷文化广纳异质文化质素,既保存农耕文化、爱祖恋乡的性格,又有重商经商、开拓进取的面向。最后,缘于武夷的生态多样、天人和谐、"奇秀甲东南"的山水之美而孕育出"绿色文化"、行吟文学与旅行文学杂糅相济的地域文学元素。梅新林指出文学地理学中"地理"之于"文学"的"价值内化"作用。所谓价值内化,即经文学家主体的审美观照,作为客体的地理空间形态逐步积淀、升华为文学世界的精神家园、精神原型以及精神动力。⑥地理"武夷"已然深深内化为武夷文学的最大公约数、主要精神构件和原型意象。

武夷文学多姿多彩、多棱映射。既有忧国忧民的炽热抱负,又感时自省的深沉凝重;既有理学思辨的文道合一,又有纵情山水的寄寓游历;既有道家文学的超拔通灵,又有神话传说的浪漫诡奇。武夷文学有因宗教、神话而赋予的神性,又有美丽山水馈赠的诗性;还有这片土地和精气神中生长的坚韧与厚实。

1. 以感时忧国为内核

这是武夷文学的主基调。夏志清归纳中国现代小说的内在精神是"感时忧国",将之作为现代文学的基本特质和中国现代小说史的基本叙述基调。⑦"感时忧国"说是对一定时期文学作品在主题、情感表现以及家国关怀上体现出相同倾向的概括。夏氏此说赢得很多人赞同。在海外,刘绍铭将其发展为"涕泪飘零"说,诗人洛夫有"天涯美学"。感时忧国的写实传统,自晚清以降,一直是我国小说的主流。不管哪一阶段,文学总与时局变化和民族祸福密切相关,感时忧国精神贯穿整个文学发展史。士志于道,朱子理学倡导积极入世,以学识和操守参与中国历史文化进程。正因怀有这样的胸襟抱负,历代知识分子将忧国、忧民、忧己融为一体。忧患意识早已流注知识分子肌体并内化为集体无意识。武夷山有"千载儒释道"的浸润,更是儒家理学的宝地,作为中国文学的一环,武夷文学不能脱离母体文化而自足,唯此,它才充盈"感时忧国"的厚重感,灌注匹夫有责的使命感。不管古代还是近现代,无论是李纲、辛弃疾、陆游,还是严羽、朱熹等人,他们的作品,有的直接抒发对国家人民的热爱,有的通过对大好河山(武夷山)的礼赞而表达对祖国的眷顾。更有诗人怀着对国破家亡、民生疾苦的拳拳之心直接参与抗击外族入侵的斗争。

南宋名相李纲即为代表。李纲生平著述颇丰,卷帙浩繁,后人编为《梁溪全集》180卷。朱熹作序曰:"其言正大明白而纤微曲折,究极事情,去凋饰而变化开合,卓荦其伟。"《全闽诗话》对其人其文给予充分肯定:"梁溪李忠定公纲忠义勋业照耀千古。人但知传其奏疏耳,至其所为诗,气格浑雄,才情宛至。"李纲留给后人"雄深雅健,磊落光明"的诗文,其质地、内涵主要偏向对社会现实、民生疾苦的表现,反映了忠君爱国、兼善天下的儒家士子以天下为己任的忧国忧民思想。《伏读三月六日内禅诏》即这方面代表作,全诗共四首,举其一为例:

忆昔廷争驻跸时,孤忠欲挽六龙飞。莱公漫有亲征策,亚父空求骸骨归。
灵武中兴形势便,江都巡幸士心违。累臣独荷三朝眷,瘴海徒将血涕挥。

诗前自序云:"伏读三月六日内禅诏书,及传将士榜檄,慨王室之艰危,悯生灵之涂炭,悼前策之不从,恨奸回之误国,感愤有作,聊以述怀四首。"此诗具有宋诗"以学问为诗"的特点,多处用典,如以力促亲征,澶渊之盟后被罢相的莱国公寇准以及屡劝项羽杀刘邦以成就帝业,却遭猜忌,最终愤而请辞的亚父范增自比。诗中流露李纲忧心国事,壮志难酬的失望、悲愤之情,写出儒家知识分子在国难当头时强烈的使命感和深深的忧患意识。此外,李纲诗序多流露出"感时忧国"的愤懑、孤郁与忧思。如:

自江湖涉岭海,皆骚人放逐之乡,与魑魅荒绝,非人所居之地,郁悒无聊,则复赖诗句摅忧娱悲,以自陶写。每登临山川,啸咏风月,未尝不作诗。而蒉不恤纬之诚,间亦形于篇什,遂成卷轴。

《湖海集·序》

予既以愚触罪,久寓谪所,因效其体,摅思属文,以达区区之志。

《拟骚·并序》

余谪沙阳,寓居兴国佛祠,寝西小轩。春至,梨花盛开,玉雪可怜,修篁嘉木,幽禽百啭。每晨坐读书,午睡初醒,把酒寓目,慨然感怀,因成春词二十篇,以记景物,可以兴,可以怨,庶几乎诗人之旨,览者无诮焉。

《春词二十首》

靖康之事,可为万事悲,暇日效其体集句,聊以写无穷之哀云。

《胡笳十八拍》

总之,李纲发扬前代优秀作家的传统,在国家动荡,生灵涂炭时,以"士之立名节,死国事"自励,显示了以他为代表的武夷文学爱国爱民、感时忧国的情操。

就现当代看,无论是郁达夫、汪曾祺、叶浅予、冯牧的游历抒怀之作,还是朱德、毛泽东、陈嘉庚的豪迈雄文,或是革命时期,建阳的太阳山、武夷山赤石暴动等,都为武夷文学提供历史与现实的滋养;无论是宏甲的"纪实三部曲"《无极之路》《现在出发》《智慧风景》,还是潘志光的《龙脊洲》,或是刚面世的邱贵平的《五朵厂花》,无不与武夷山水,特别是现实生活有血肉般的联系,这种直面人生、关怀民生的现实主义精神,自是"感时忧国"传统的一脉相承与光大。

2. 以宗教哲思为灵魂

自古以来,儒释道三教在武夷山和谐相处。宋代儒学思想的代表人物朱熹在武夷山"琴书五十载",创建影响深远的朱子理学思想体系;佛教中的扣冰古佛,于武夷参悟佛法,名载《五灯会元》;道教南宗五祖白玉蟾,在止止庵修炼,羽化升仙,成就道教十六洞天福地。宗教是武夷文化特质之一,儒释道奇妙相邻又和谐共存,因此,武夷精舍、天心永乐禅寺、止止庵道观成为武夷文化地标之一,这就注定武夷文学浓厚的宗教情愫。白玉蟾《止止庵记》云:"云寒玉洞,烟锁琼林。紫桧封丹,清泉浣玉。铁笛一声,群仙交集。螺杯三饮,步虚冷冷。青草青,百鸟吟。亦可棋,亦可琴。有酒可对景,无诗自吟心。神仙渺茫在何许?盖武夷千崖万壑之奇,莫止止庵若也。"便畅叙了身处其中修炼的无穷乐趣。

弗莱指出,文学的左邻右舍是历史和哲学,一边向历史要故事,一边向哲学要思想。由于融入宗教等意识形态的人生观、宇宙观,武夷文学呈现耐人寻味的宗教哲理情思,表现了韵外之旨的情趣美、理趣美。武夷山道教文化源远流长,武夷神话传说被收进宋太宗敕令李昉编纂的《太平御览》,武夷君、十三仙等神灵屡受封赠,武夷道教一度十分兴盛。"葱郁龙宫入望深,万年奇胜足登临。寒流九曲环山响,古树千年露殿阴。"这是朱熹对武夷山及其宏伟道教建筑群的真实描绘。从道教来看,"作为金丹派祖师,白玉蟾文化修养高,诗文皆长,艺术水平能代表一代福建士人水平"。⑧今存白玉蟾诗作,主要见于《玉隆集》《上清集》《武夷集》。大体看,白玉蟾诗词主要有四类:一是题赠杂咏诗;二是修道歌谣;三是神仙人物及圣贤赞颂诗;四是丹功道意词。

如《快活歌》一小节:

> 破衲虽破破复补,身中自有长生宝。挂杖奚用岩头藤,草鞋不作田中藁。或狂走,或兀坐,或端坐,或仰卧。时人但道我风(疯)癫,我本不癫谁识我?热时只饮华池雪,寒时独向丹中火。饥时爱吃黑龙肝,渴时贪饮青龙脑。绛宫新发牡丹花,灵台初生蕙苡草。却笑颜回不为夭,又道彭铿未是老。一盏中黄酒更甜,千篇《内景》诗尤好。没弦琴儿不用弹,无生曲子无人和。朝朝暮暮打憨痴,且无一点闲烦恼。

尽管诗人衣衫褴褛,旁人嘲笑,但仍苦中作乐。他之所以达到这种境地,首先是有求道信念,其次在于练就龙虎大丹。诗中所谓"华池雪"指炼内丹时口中出现的津液,而"丹中火"指丹田热感,至于"黑龙肝""青龙脑"均为譬喻,皆指内丹修炼所获得的特异效果。道教修炼金丹一方面源于内心乐趣,另一方面盼返老还童,鹤发童颜,这是道家孜孜以求之事。白玉蟾也乐在其中。

《水调歌头·自述》三：

苦苦谁知苦，难难也是难。寻思访道，不知行进几重山，饥了又添寒，满眼无人问，何处扣玄关？好因缘，传口诀，炼金丹。街头巷尾，无言暗地自生欢。虽是蓬头垢面，今已九旬来地，尚且是童颜。未下飞升诏，且受这清闲。

这首诗写修炼妙用。他虽吃了很多苦，走了许多弯路，但终获金丹秘诀。这种修炼的快乐，外人无从知晓，所以"暗地自生欢"；他不修边幅，外表异于常人，可面存童子色；他希望天界上真下诏，以便乘鹤归去；未接到天诏前，他清闲自在。全诗语言浅显明白，包含深远"道意"。

有"道意"就有"禅意"，向以"佛宗道源"著称的武夷山，其文学多佛光普照。除随处可见的楹联石刻，如天心永乐禅寺"古刹历尘劫，今犹剩半亩方塘、一渠活水；名山留净土，实有赖三秋桂子、十里荷花""松声竹声钟磬声声声自应，山色水色烟霞色色色昏空"，瑞岩禅寺"断桥泉冽冰池净，深树云飞法界空"，尚有不少禅诗文或叙修炼之苦乐，或解禅意之机锋，颇富哲理。略举数例：

瑞岩寺
（宋）朱　熹

踏破千林黄叶堆，林间台殿欲崔巍。
谷泉喷薄秋欲响，山翠空蒙画不开。
一龛祈今藏胜迹，三生畴昔记会来。
解衣正作留连计，不许山灵便却回。

题中峰寺
（宋）柳　永

攀萝躐石路崔嵬，千万峰中梵室开。
僧向半空为世界，眼看平地起风雷。
猿偷晓果升松去，竹逗青溪入槛来。
旬月经游殊不厌，欲归回道更迟回。

到后来，儒释道互渗，道教与佛教互动，增添佛教奇迹，而儒林入佛，则更显佛学深邃，一代名儒胡安国、胡寅、刘子翚等均深研禅理，卓然有成，朱熹也曾参禅事佛，集儒、释、道之大威，蔚为大观。这些名人诗文反之增添武夷文学的隽永与韵味。如家喻户晓的朱熹诗《观书有感》："半亩方塘一鉴开，天光云影共徘徊。问渠那得清如许，为有源头活水来。"以形象的方式，探讨格物与致知、源与流的辩证关系，哲思无穷；朱熹手书"逝者如斯"摩崖石刻更以《登幽州台歌》的方式，感喟宇宙永恒与生命短暂，叹惋个人在苍茫穹宇中如沧海一粟般渺小无力。这种突兀与孤寂，矗立出万世师表在亘古时间之流的苍凉背影。

武夷文学的宗教情缘，就在于内面的理趣和情趣，在于豁然开朗的妙悟与回味悠长的启迪。正如宋诗中优美富有理趣的哲理诗,"关在情景交融,理在境中;美在'触景生理',景理浑成;美在造境说理,而又含蓄自然;美在议论说理,而又形象生动,韵味深长。理趣情趣成为武夷文学的重要一极和新审美功能,进一步强化了武夷文学的特质"。⑨总之,武夷文学因为作家的感悟、参悟、顿悟而突显哲思风华。特别在风景绝佳处、宗教静谧处,更易触发作者对社会变迁、人生沉浮、历史兴衰、天下兴亡以及宇宙时空、道学义理等的形而上思考。这些山水诗、道教诗、禅诗、楹联等,虽多从宗教角度勘悟人生,透露出大智慧和大欢喜。换一个视角看,亦是脱尘的哲理思辨与教诲。

3. 以行吟游历为风骨

武夷山自古就是风景秀丽、人文荟萃之地,注定是人生的驿站——既是结庐修行、讲学、旅游的好去处,又是交友览胜,凭今吊古的地方;既为东南形胜,秀甲一方,更是文人骚客人生旅途中必经的客栈,是缘定此生的驻守。唐开元年间,武夷山被封为"天山名山",一些道教徒和隐逸之士对武夷山产生浓厚兴趣,行吟游历既多,描绘武夷风光、自然山水和抒发隐逸意趣的作品自然多。唐肇始,吕洞宾、李商隐等人的诗文已有武夷风光和神话传说的描写,此后,历代名人、文学家或游学或暂居,留下大量优秀文学作品,朱熹、陆游、辛弃疾、苏轼、欧阳修、范仲淹、黄庭坚、晏殊、刘克庄等是其中杰出代表,他们纵情山水抒发块垒,借景抒情寄寓人生,铸就武夷文学的风骨。其中又以朱熹《九曲棹歌》十首传播最为广泛,是对武夷山九曲溪的全景扫描,也是描绘九曲溪的一幅长卷佳作。徐渭、戚继光等文武精英也在此留下鸿文精品。徐渭在《游九曲·题冲佑观壁》中写道:"携玉女,凌妆镜,故人今夜来却来,何须独卧梧桐影?"抗倭名将戚继光以"赳赳鄙夫"署名题壁的七绝更令人勃发豪兴:"一剑横空星斗寒,甫随平虏复征蛮。他年觅取封侯印,愿向君王换此山。"此外,本土作家作品亦精彩纷呈,自北宋浦城杨亿为世人留下《武夷新集》《西昆酬唱集》,后有章粢《寄亭诗遗》《成都古今诗集》,黄亢《东溪集》,吴育《西酬录》,真德秀《星沙集志》《西山文集》,叶绍翁《靖逸小集》。刘子翚《屏山集》,廖刚《高峰集》《世彩集》,廖德明《槎溪集》,余良弼《龙山文集》等,崇安人翁彦约《诗文集》10卷,咏吟武夷山诗较多,这些作家群星璀璨,作品蔚为大观,其中不少抒写武夷之作,至于柳永"忍把浮名,换做浅斟低唱",他的人生就是一部才子行吟游历的历史。今人武夷籍作家张建光、陈祥龙、李龙年、王长青等诗文对武夷山或深情礼赞,或顶礼膜拜,承继武夷文学的流风余韵。

总之,武夷文学自古而今,行吟游历题材占相当比重,这也从量和质、形态与规格上暗合"大武夷"作为集理学名邦、旅游胜地、宗教名山于一体的"身份"。可以说,自司马迁《史记》记载汉武帝派官员以干鱼祭祀武夷君后,千年文学历程中,唐、宋、元、明、清乃至近现代,行吟文学是武夷文学源远流长的文脉,凝固了众多名人名家的吟哦游历,见证了僧侣、道士、官宦、文人学者、雅士骚客与武夷的不悔之约,因此,有行吟文学的支撑,武夷文学才相对完整构建出基本框架、图谱与特质。当代文学家、大诗人郭沫若1962年畅游武夷,曾留下脍炙人口的诗篇,《游武夷泛舟九曲》即其一:"九曲清流绕武夷,棹歌首唱自朱熹。幽兰生谷香生径,方竹满山绿满溪。六六三三疑道语,崖崖壑壑竞仙姿。凌波轻筏舣飞羽,不会题诗也会题。"20世纪90年代,有关部门将此诗印在"武夷"牌香烟之上发售,后据说因知识产权疑义而停产,如今游客再也见不到郭沫若武夷诗的商品转化,此事既为公案,又是一段与武夷文学有关的美好记忆。

4. 以神话传说为滥觞

名山大川历史悠久,人文积淀深厚,蕴藏着动人的神话传说、奇闻逸事,其中大部分成为通俗文学的题材,有的则经过文人整理加工而跻身雅文学。这些作品虽有的并非直接依附于名山,也不呈现为具体的体量或形象,但却间接渲染名山风景,强化人、景间的感应关系,深化风景的意境。武夷文学神奇瑰丽、绚烂诡谲的特质就得益于民间传说、神话故事涵养。周作人指出:"中国文学在过去所走的并不是一条直路,而是像一道弯曲的河流,从甲处流到乙处,又从乙处流到甲处,遇到一次反抗,其方向即起一次转变。"⑩在此,他力图在"新"与"旧"之间找寻历史关联,为"新"文学的存在与发展寻求历史根据,他实际上进行的是一次溯流穷源的寻根之旅。

武夷文学与武夷民间传说、神话故事一脉相承,既是流与源的关系,又从中汲取大量创作素材和文学养分、创作灵感。最早,初民的神话传说构成了武夷口传文学的重要部分,后经历代演绎、加工、创作,又增加了许多故事,今人彭盛友、胡黛棣编著有《武夷山美丽传说》。其中,许多妇孺皆知的故事传播甚广:玉女、狐仙、铁板鬼、镜台、桃源洞、和尚背尼姑……此外大武夷地区还多有"梦笔生花"、黄峭发家、程门立雪、双剑化龙、湛卢冶剑等典故传说;近年文史工作者又探幽发微,从地方典籍和传说中钩沉出顺昌的宝山大圣及流布海峡两岸的大圣文化、在"武林江湖"震古烁今的张三丰等人事物,武夷神话进一步丰富内涵,武夷文学增加了源流。如今,大圣文化节已成为台海两岸重要民间节庆活动。要之,武夷神话传说极其丰富瑰奇,有的载之史册,有的口口相传,有的诗文传诵,有的演绎变化,加之山中"仙踪"处处,予以人们无尽的想象和遐思,特别是武夷山道观、庙宇甚多,历代有许多著名"羽人"(即道士)如李良佐、白玉蟾等在此间修炼;武夷卓绝的丹霞地貌磊落怪奇,或如仙人楼台、亭榭、城壁、仓廪、华盖……引人悠然神往。当扁舟荡漾在水天一碧、峰回石转的九曲溪上,对酒当歌,云开雾阖,与仙境又有何异?因此,武夷"仙凡界"一景,实是道出武夷风光如诗如画,亦仙亦凡,如虚如幻的迷魅。武夷九曲溪畔有桃源洞,仿陶渊明《桃花源记》意境遍植桃树于其间得名。跨过漳上石桥,洞门额"桃源洞"三字映入眼帘,两侧楹联为:"喜无樵子复观弈,怕有渔郎来问津。"这里蕴含的神话传说即"烂柯山"与"桃花源",是令世人景仰和神往之处。现在,武夷学人正将武夷神话传说、民间故事借助动漫载体进行系列再创作,以文化创意的新途径、新方法回馈社会,获得很大回响与肯定,用新媒介扩大武夷文学的传播地理半径。

总之,武夷风华造就了武夷君、大王、玉女、武夷太姥、大红袍、麻姑奉宴、彭武、彭夷、丽娘与朱夫子等美丽神话,这些动人传说反之增添了武夷的神韵与奇诡。武夷神话传说作为武夷文学的一维,走的是浪漫主义的路径,丰厚了自身的源头;自此迤逦而下,武夷文学断不了民间文学的滋养,更练就"神性""诗性""世俗性"内丹,既表现为神秘浪漫、诗意盎然,又有仙界、凡间紧密结合的人间烟火味,民间故事朴实、戏谑的特点,较之三秦大地、齐鲁文学多了一份空灵、飘逸与瑰丽。

5. 以绿色文化为基因

"绿色"是武夷山的亮色、底色和特色;"绿色"是武夷文学的遗传基因和特殊谱系。这里的"绿色文化"是生态和谐、可持续发展;是亲近自然,天人合一;是环境友好、茶香宜人;是仁者乐山,智者乐水。武夷山是世界自然与文化遗产地,以"丹山碧水"闻名于世。山是中国文化的重要"图腾"。中国是世界上最早把山岳作为风景对象来经营的国家,也是最早把山岳风景作为观光对象来审视的国家。早在先秦,人们已发现山岳的审美属性,并赋予山岳以人文性格,"夫山者,万物之所瞻仰也,草木生焉,万物植焉,飞鸟集焉,走兽休焉,四方益取与焉。出云导风从乎天地之间。天地以成,国家以宁。此仁者所以乐于山也"。⑪因此,武夷山除了浑厚的历史文化积淀,自然风光有了新的功能和意趣:在维持生态平衡的山岳环境内,那充满美的自然物和自然现象,诸如岩石、土壤、水体、植物、动物、云雾、雨雪以及阴晴、明晦、季相等,它们或独立或综合构成丰富多彩的自然景观,给予人们最大限度的美的享受,人们在其中乐享天人合一、生态文明,在水穷处坐看云起,在遐思中品味人生。它们是武夷山自然美的精华,"绿色"是武夷山的精魂。武夷"丹山"中,丹霞地貌的地质构造、地貌景观和岩性特征有了审美新内涵;蕴藏其中的动植物资源、自然生态群落、稀有动植物品种,以及特殊形态的水体、罕见的局部小气候、特异的天象等,则是"碧水"的审美意趣,共同为武夷山审美和文化旅游提供取之不竭的宝藏,为武夷文学奉献数不胜数的素材。武夷文学的"绿色"基因图谱展示了特有魅力。

> 未到名山梦已新,千峰拔地玉嶙峋。幔亭一夜风吹雨,似与游人洗俗尘。
>
> 　　　　　　　　　　　　　　　　　　陆游《初入武夷》
>
> 玉女峰前一棹歌,烟鬟雾髻动清波。游人去后枫林夜,月满空山可奈何。
>
> 　　　　　　　　　　　　　　　辛弃疾《游武夷作棹歌呈晦翁十首》
>
> 一溪九曲贯群峰,演漾轻舠浅碧中。杳如误入武陵去,落花流水山重重。
>
> 　　　　　　　　　　　　　　　　　　　李纲《游仙溪》
>
> 濯濯清溪九曲流,一天风露万山秋。啸歌不似人间世,月槛云窗特地幽。
>
> 　　　　　　　　　　　　　　　　　　翁彦约《题武夷》
>
> 百粤尧时路未通,曲溪春水没长松。老仙台上垂明月,不钓凡鱼只钓龙。
>
> 　　　　　　　　　　　　　　　　　　翁彦约《钓鱼台》

特别要指出的是,茶文学也是武夷文学的"绿色"特质。清国子监正衔蒋蘅作《晚甘侯传》,用拟人手法写《晚甘侯传》:"晚甘侯,甘氏如荠,字森伯,世居武夷丹山碧水之乡……"讲的是宋代的武夷茶。苏轼《叶嘉传》亦以拟人手法,把武夷茶名为"叶嘉",意为叶子嘉美。文中说叶嘉的曾祖茂先好游名山,游到武夷山"悦之,遂家焉"。当时有位任汉武帝近臣的建安人,把叶嘉举荐给汉武帝,得帝欣赏,待以名流礼遇,还命学者欧阳高、大农令郑当时、谋士陈平陪同之。其间虽有大臣贬嘉,但帝力排众议,赞嘉如"清白之士"(时茶汤沫贵白)。凡遇到大小宴会,都要请嘉出场。并封之为"钜合侯",意即不随波逐流者,受到重用。最后,苏轼赞曰:今居于闽中者,皆嘉之后代也。嘉以布衣遇天子晋爵封官,他竭力许国,不为身计,体现了嘉为民谋利的高风亮节。其实苏轼这是赞扬武夷茶及建茶。最著名的当属范仲淹《和章岷从事斗茶歌》,其中"溪边奇茗冠天下,武夷仙人从古栽"将武夷茶的来源、地位一锤定音,至今回响,堪称武夷茶诗顶峰。今人赵朴初有《闽游杂咏》,吟咏武夷茶之于人生与养身的妙处:

  云窝访茶洞,洞在仙人去。今来御茶园,树亡存茶艺。炭炉瓦罐烹清泉,茶壶中坐杯环旋。茶注杯杯周复始,三遍注满供群贤。饮茶之道亦宜会,闻香玩色后尝味。一杯两杯七八杯,百杯痛饮莫辞醉。我知醉酒不知茶,茶醉何如酒醉耶。只道茶能醒心目,哪知朱碧乱空花。饱看奇峰饱看水,饱领友情无穷已。祝我茶寿饱饮茶,半醒半醉回家里。

  纵览古今中外,抒写武夷茶的诗文不计其数。如果说时光是一条河流,那么武夷茶诗文就是武夷历史长河中的朵朵浪花,激越和欢唱着武夷茶永恒的生命意蕴,一路奔涌而去。这些诗文,或感兴赞叹,或吟咏托喻,或抒怀言志,或品茗论道,从不同视界和感悟极尽抒写,既是一部武夷茶文化的华美长卷,又映现武夷文学厚重而悠远的岁月时空,展示武夷文学"绿色文化"的生命流程。

  总结武夷文学及其特质,是一次返乡之旅。武夷文学不会终结,它站在新世纪的起点,承载千年的地域文化精髓再出发。

  (注:本文所引诗文皆自武夷民间刊印诗文集、摩崖石刻、楹联、题壁等,不一一注明。)

参考文献

①严家炎.20世纪中国文学与区域文化丛书总序[M].长沙:湖南教育出版社,1997:1.
②梅新林.中国文学地理学导论[N].文艺报,2006-06-01.
③杨国学.武夷文学研究[M].北京:中国戏剧出版社,2006:13.
④高玉.放宽评价尺度,扩大研究范围[J].文艺争鸣,2008(3):1.
⑤邵武市人民政府网.http://222.78.250.90:81/showZjsw.aspx? ctlgid=917361.
⑥梅新林.中国文学地理学导论[N].文艺报,2006-06-01.
⑦夏志清.中国现代小说史[M].上海:复旦大学出版社,2000:359.
⑧詹石窗.诗成造化寂无声:武夷散人白玉蟾诗歌与艮背修行观略论[J].宗教学研究,1997(3):24—32.
⑨刘坎龙.论宋诗的理趣美[J].新疆职业大学学报,2008(5):20—22.
⑩周作人.中国新文学的源与流小引[M].北平:人文书店,1932:6.
⑪贝才刀巴.溯古追风世界历史论坛[EB/OL].http://bbs.xhistory.net/simple/?t4692.html.

序 二

张品端[*]

武夷山所在的闽北是福建开发最早的地区之一,以其独特的自然环境、丰厚的历史积淀,孕育和产生了辉煌灿烂、源远流长的武夷文化。武夷文化是以古闽渔猎农耕文化为源头,以朱子理学为核心,融中原文化和海洋文化于一体的区域性文化。它既是区域文化的优秀代表之一,又是中华文化的重要组成部分。武夷文化某些方面曾在中国文化乃至东亚文明发展史上处于领先水平,为人类进步做出过贡献,因而研究武夷文化具有重要的价值。现从武夷文化的形成、发展的历史分期及其内容、特点三个方面做一些介绍。

一、武夷文化的形成

武夷文化是产生于以武夷山为中心的闽北地区(即古代的建宁、延平、邵武三府之地),它的形成经历了一个非常漫长的历史过程。下面分四点来说明:

1. 地理环境对武夷文化形成的影响

闽北的西北面是武夷山脉,绵延 500 多千米,在古代交通工具很不发达的情况下,它把整个福建与浙江、江西以至北方中原各地天然地阻隔开来。所以,顾祖禹在《读史方舆纪要》中说,闽北"全闽之藩屏"。其境内有发源于武夷山脉的富屯溪和建溪自北向南而流。河谷与山间小盆地错综其间,是一个以丘陵为主的内陆山区。因而,该地区在气候、地貌、水系上都自成单元,形成一个自成体系的社会经济区域。自然环境的这一突出特点,是造成武夷文化与相邻区域文化有所差异的一个重要的地理因素,也是造成武夷文化与其他地域文化形成之不同方式。这一自然环境特点,还是后来许多中原古文化及先进地区的区域文化在其发源地逐渐式微甚至湮没,而在闽北都被较完整地保存下来的原因所在。闽北山区地处中亚热带,气候温和,雨量充沛,白天冬短夏长,非常适宜农作物的生长,是史前人类主要依赖自然直接提供生活资源生存的理想栖息之地。

在海路开通之前,武夷古闽人为了与中原各地取得联系,利用东北与浙江相邻,西北与江西相邻之便,打通了闽浙、闽赣三条古通道。这三条古道就是古代福建三条出省

---

[*] 序者简介:张品端,男,1955 年出生,江西黎川人,研究员,武夷学院科研处副处长,中国社科院哲学所宋明理学研究中心秘书长,武夷山朱子学研究中心主任,研究方向:朱子学。

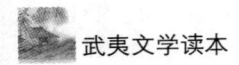

大道:出浦城仙霞岭入浙江,出崇安分水关入赣北,出光泽杉关入江西中部。大凡进入福建的北方移民,首先要通过这三条大道,翻越武夷山脉,进入闽北,然后才能到达福建各地。闽人与外界接触亦如此。这一得天独厚的交通条件,使闽北成为福建的"文化走廊"。它不仅以沟通福建与中原文化的走廊而著名,而且在与世界文化的交流历程中也占有一席之地。

2. 中原文化的传入促进了武夷文化的形成

中原文化的传入,加快了闽地的开发,促进了武夷文化的形成。从现有的考古发掘资料来看,北方汉民及其文化进入闽北,至少可以追溯到秦汉时期。①特别是到了东汉末年三国时期,中原战乱兴起,人民四处逃亡,闽地为人烟稀少的边陲之地,不少逃亡的中原汉民,便开始大批量入闽。当时建安郡(福建省唯一的一个郡)辖下有建安、南平、将乐、建平(今建阳)、东平(今松溪)、邵武、吴兴(今浦城)、绥安(今建宁、泰宁县地)、侯官、东安(今同安、南安县地)十县。这十县中,除了东安与侯官之外,其余八县都在闽北,可见当时闽北地区是北方人民入闽时的最初居留地。闽北山水秀丽,田园丰美,也自然吸引了许多北方移民定居。如《建宁府志》所说:"建居闽峤上游,土风清嘉,山水娱人,故君子乐居之,其游宦往来者,往往占籍而家焉。"②近年来的考古发掘资料也证实了东汉末、孙吴时期北方人已逐渐在闽江上中游地域定居下来。1995年霞浦县城关发现吴永安六年(263年)墓砖,霞浦县故县村发现吴"天纪三年"(279年)墓砖。这是福建迄今发现的最早的纪年砖。1958年和1976年先后于闽侯荆溪庙后山与福州金鸡山发现两座东汉时期的土坑墓,出土有陶罐、陶壶、陶灶、陶瓿、陶耳杯、陶滤器、铁釜、铁剑、铜镜、五铢、货泉等。这些文物足证当时北方汉人的入闽趋向以及汉文化在福建地区的传播。两晋时期,北方汉人又一次大批入闽,继续留居于闽北"两河"广阔的丘陵地带。嘉靖《建阳县志·风俗志》载:"因中国北方战乱,晋永嘉三年(309年),危京从光州的固始县率乡民避乱到建阳任刺史,其乡人均落籍建安。"民国《建瓯县志》亦载:"晋永嘉末,中原丧乱,士大夫多携家避难入闽。建为闽上游,大率流寓者居多。"我们还可从考古发掘,看到北方汉人迁入闽北地区的线索。1973年在闽北松溪县渭田公社(现为渭田镇)发现一座西晋古墓,出土了很多文物,并有"永兴三年八月二十三日建造"的纪年文字。③1983年,在今浦城县莲塘乡吕厝坞村发现西晋墓群,墓砖有"元康六年(296年)秋冬告作宜子孙王家""元康六年(296年)王家"等铭文。④这说明西晋元康六年(296年)以前就有汉人王姓的家族迁居浦城。

随着北方汉人一批又一批地入闽,从根本上改变了闽地居民的结构,闽北成为闽越人与北方汉人交往频繁的地区,而交往频繁必然带来诸多文化交融和积淀。汉族的生产习俗、生活习俗、宗教信仰等民俗逐渐取代土著民俗而占主导地位。⑤故《建安志》云:"江北士大夫、豪商巨贾多避乱于此(指闽北),故建安备五方之俗。"同时,一些汉人与土著居民通婚,或土著为适应新的社会环境,自动转化为汉族,闽越族的一些习俗风尚及其人文特点也沉淀下来,成为武夷文化的一个重要组成部分。

3. 闽北经济的发展加快了武夷文化的形成

唐末五代,闽北经济的快速发展亦与北方移民南下有关。数以万计的中原人士移居闽北,使闽北户口增至 19.5 万户,约占福建路总人口的 41.6%。⑥此时,闽北"田尽而地,地尽而山;虽土浅水寒,山岚蔽日,而人力所致,雨露所举,无不少获"。⑦除了粮食种植外,闽北经济主要表现于矿冶业与制茶业。闽北的矿业,据《新唐书》卷四一《地理志》的记载,建州是一个金属矿较多的区域:建安有银,有铜;邵武有铜,有铁。其中铁产量占全国总产量的 6.7%。建阳蔡池、邵武黄齐两地已能用胆水浸铜法炼出铜,浦城因奖(今属忠信乡)矿场能将铜、银混合矿石中的两种金属分离提炼出来。这在当时是很先进的。制茶业方面,建州茶叶在唐末成为贡品,北苑周围 30 里,曾设官焙 32 所,又有小焙 10 余所。《东溪试茶录》云:"旧记建安郡官焙三十有八,自南唐岁率六县民采造,大为民间所苦。"⑧六县即指建安郡的六县:建安、浦城、松溪、邵武、建阳、将乐。需调动六县民夫,北苑规模由此可知。此外,建州铸钱业的发达,也说明当时商品经济的发展水平。闽北经济的发展,加快了武夷文化的形成。

宋代中国封建社会进入新的转折时期,也是武夷文化形成和演化的一个重要转折时期。在中原文化广为传播的基础上,以及中国经济重心南移的历史条件下,闽北社会经济文化跻身全国发达地区行列,在某些方面表现尤为突出。仅以闽北教育为例,北宋政和四年(1114 年),建州州学人数达到 1328 名,在全国的州学人数中名列第一。⑨浦城县县学学生超过 1000 人。⑩可见,北宋闽北州县学规模之大。宋室南渡后,"中原人物,荟萃东南",历史性地改变了千百年来中国南北文化的格局。以朱熹为代表的闽学的兴起,使闽北成为当时全国学术中心,在闽、浙、赣交界的武夷山一带形成了中国文化南移的新的文化重心——朱子学。正如当代我国著名的思想史专家蔡尚思教授所说:"中国古文化,泰山与武夷。"蔡教授的名言,点明了武夷山文化的精髓所在。

4. 海洋文化对武夷文化形成的影响

海洋文化对武夷文化的形成亦产生过一定的影响。福建依山傍海,闽北位于闽江上游,顺闽江而下即可到达福州、兴化和泉州等沿海地带。唐元和二年(807 年)福建观察使陆庶沿闽江干流,开通福州至延平(今南平市)陆路,全长约 200 千米,称"延福大道"。当时福建官路就是从这条延福大道入延平,再分三路出省上京。闽北至福州有水路和陆路之便,从北方移居来的汉民,往往又从闽北向闽江下游及沿海等生产生活条件比较优越的区域转迁。这就使得闽北山区的汉民迁徙呈流动性比较大,迁入迁出均比较频繁的特点。宋代泉州刺桐港、明代漳州月港都是当时世界贸易大港之一,海洋文化底蕴深厚。闽北与沿海的福州、兴化、泉州和漳州等交往频繁,作为"福建的文化走廊",它向外传输了武夷文化,又吸纳了中原文化和海洋文化,拥有多元的文化遗存。

总之,从文化形成的角度观照,武夷文化的形成与闽越文化的遗风、中原文化的传入、海洋文化的吸纳以及外来文化的冲击关系密切。它既具有中华传统文化的共性,又兼具极为鲜明的地域文化特征。

二、武夷文化的历史分期及其内容

武夷文化的历史早在新石器时代就开始了。它经过数千年的文化积淀,并与中原文化、海洋文化和外来文化撞击、整合和交融,有着自己的丰富文化内涵,诸如图腾文化、闽越文化、理学文化、民俗文化、印刷文化、陶瓷文化、旅游文化等。文化是一定时期政治、经济的反映,武夷文化也一样,不同时期有着具体的文化特质。下面就武夷文化的内容从8个历史分期做些介绍:

1. 上古时期

上古时期,武夷原始居民(史学界称之为古闽族)就创造了闽北历史上的原始武夷文化。这时期最有代表性的是考古发掘的牛鼻山文化。它是以闽北浦城县管厝村牛鼻山遗址为代表,发现新石器时代晚期墓葬13座,随葬器30多件,以及地层中发现的陶石器等。⑪ 随后,发现武夷山市的梅溪岗遗址下层、邵武市斗米山遗址下层等也属于牛鼻山文化遗存。⑫ 其主要特点是:遗址都位于河旁低矮山冈顶部;日常生活用的陶瓷以泥质磨光陶为主,夹砂陶较少,流行三足器,制作方法为手制和轮制并存;房屋是搭筑在稍经河卵石铺垫的生土台上,"干栏式"木架结构的建筑;墓葬均为长方形竖穴墓圹,随葬品多寡不一,个别墓葬随葬玉璜、玉锥等贵重物品,表明社会财富的占有已有一定程度分化。从墓葬出土的器物提供的科学信息表明,闽北牛鼻山文化距今4000年前后;从出土的石网坠、石箭镞、石戈、石矛、石镰、石刀、石斧和石锛等看出,牛鼻山文化的主人主要从事渔猎农耕活动。并据考古发掘研究,生活在闽北建溪和富屯溪流域的武夷先民,在原始社会晚期,就与江西东北部的原始居民有比较密切的文化来往,与闽江下游沿海一带的昙石山文化居民也有交往,从而形成闽北史前文化的多元性。

2. 商周时期

商周时期,武夷文化的典型代表是武夷山悬棺葬俗文化。武夷山的悬棺葬分布在武夷山九曲溪两岸的绝壁上,置于高耸岩峰的洞穴内,一般距溪面70米。距今1500多年的南朝曾有史籍记载说:"武夷半岩,有悬棺数千。"清《武夷山志》统计尚存16处。1998年9月,福建省博物馆考古队从白岩洞穴内取出一具完整的悬棺。经过碳-14方法科学测定,船棺年代距今3750—3295年,是目前考古发掘中年代最早的。悬棺用整根楠木刳制而成,随葬品中有纺织品残片,如大麻、苎麻、丝、棉四种原料。其中棉织品是我国目前所发现的年代最早的棉布实物质料。可见,当时武夷先民已有较高的纺织水平。悬棺为船形,反映了当时古闽族生活在溪河山谷之间,形成的山行水处的生活习俗和独特的审美理念。还值得一提的是,在武夷山葫芦山发掘出6米多长的我国夏商时期最长的龙窑,出土陶器上的印席纹、云雷纹、方格纹等几何图形,以及"三足鼎"均不同于其他地区,独具特色。

战国中期,越国被楚国击败,大批越人迁居闽地,与闽族融合而成闽越族。他们带来了吴越文化,并与闽族文化相融合,逐渐形成了闽越文化。

3. 秦汉时期

秦汉之际,闽北为闽越人聚居之地。《春秋集览》云:"越人居闽地,故并称闽越地。"据《史记·东越列传》载:"闽越王无诸东海王繇者,其先皆越王勾践之后也……秦已并天下,皆废为君长,以其地为闽中郡。"这是福建历史上第一次正式列入中华民族统一版图。秦末,各地诸侯抗秦,闽越首领无诸率众助刘邦灭秦有功,受封建立闽越国。根据《史记》和《汉书》等正史记载的闽越国的活动情况,可知闽北为闽越国的重镇和主要活动区域。⑬近几十年来的考古发掘,不断出土的文物,极大地丰富了人们对闽越国文化的认识,其中最有代表性的应为武夷山汉城遗址的发掘。可以说,古汉城遗址的发掘,填补了秦汉时期闽北文化的空白,反映了当时建筑、制陶和冶铁业的水平。古汉城遗址发掘于1958年,近几年又有新的发展和发现。古汉城的闽越王宫殿面积为48万平方米,至今保存完好无缺,是我国江南发现年代最早、保存最完整的古城遗址。古城内外分布着大型宫殿、官署、民居、市肆、作坊,显示了"筑城以卫君,造郭以居民"的都城结构。宫殿采用"干栏式"建筑,屋檐瓦当上有"万岁""长乐万岁""乐未央"等摹印文字,还有用陶管制成大小口径不等、遍布城中的地下排水系统和取暖系统,极富有闽越文化特色。这也是当时我国南方别具一格的宫殿建筑艺术。武夷山古汉城遗址出土的日用陶器和陶制建筑材料,都烧制精良,造型别具一格;出土的铁犁、斧、锯、耙、锄等生产工具,以及铁剑、矛、刀、镞等兵器,其中不少工具和兵器已是锻钢产品,反映了当时闽越国高度发达的冶铁和锻钢技术。

闽越人具有勇猛好斗、敢于冒险的性格特征,他们"以舟为车,以楫为马,往若飘风,去则难从"。闽越人还有以蛇拒乱安邦的心理,许慎《说文解字》云:"闽,东南越,蛇种。"东汉赵晔《吴越春秋·阖闾内传》亦曰:"伍子胥乃……造筑大城,立蛇门者,以象地户也。……欲东并大越,越在东南,故立蛇门,以制敌国。"古闽越人奉蛇为祖先,以蛇为图腾崇拜。他们还"剪发文身",在人体的皮肤上刺出像蛇或蛟龙一样的花纹。近年来,古汉城出土的瓦当图案,也有蛇的花纹。这种崇蛇习俗至今仍有孑遗。南平樟湖坂的福庆堂,蛇王被视为乡民的守护神,他们每年的农历七月初七日都要举办迎蛇赛会。闽越人崇蛇习俗也随着他们迁居台湾,而在台湾土著民中流传,如鲁凯族群、排湾族群均以百步蛇为其图腾的始祖;其崇蛇还表现在雕刻艺术上,鲁凯、卑南和排湾族群"屋饰器物,常雕蛇形"。此外,闽越人还有鸟图腾崇拜习俗。《吴越备史》载:"罗平鸟主越人祸福,敬则福,慢则祸,于是民间悉图其形以祷之。"这种罗平鸟即雒鸟,崇雒就是崇拜雒鸟。闽北建阳市崇雒乡民间至今还有一种民间舞蹈——鸟步求雨舞。鸟步舞和求雨及农业生产有密切关系。旧时,崇雒乡下畲村村民遇天大旱时,要到十里外的龙潭坑去祭神求雨,他们除了沐浴斋戒活动外,祭神求雨的队伍还要跳鸟步求雨舞。这种文化现象就是古代闽越人祭雩礼的孑遗。

4. 魏晋南朝时期

魏晋南朝时期,武夷文化最显著的特征是中原文化与闽越文化经过长期交融,融为一体,先进的中原文化占主导地位。同时道教和印度佛教传入闽北,为武夷文化增添了另外的因素。汉末道教传入闽地,魏晋南朝时期得到发展,各地相继建立道观,如南朝后期邵武始建的玄妙观。西晋初印度佛教传入闽北,建安郡城(今建瓯市)云际山于太康十年(289年)始建林泉寺(唐代以后改为开元寺)。这是福建地区最早的佛教寺庙之一。元康八年(298年)建阳童游建有灵耀寺。南朝陈武帝永定二年(558年),建瓯水南又建造了光孝寺,该寺历经重建修葺,是闽北现存的最大寺庙。伴随佛教的传播,佛教的文化艺术逐渐渗透闽北社会生活领域。政和县出土的西晋墓中的青铜镜上铸造有菩萨形象,人们在梳妆打扮时祈祷我佛慈悲,赐予常驻的青春美容。从先秦以来就受到我国人民喜爱和歌颂的莲花,六朝时期由于佛教的传播更被赋予圣洁的光环,成为佛教的象征。相传佛祖释迦牟尼诞生时即有莲花伴随,其母摩诃摩耶"美丽如莲花"。所以,莲花与佛教结下了不解之缘,往往用莲花标志佛教,形成特殊意义的装饰艺术。闽北各县发现的六朝墓砖上,常见模印团莲花图案;饮食使用的碗盘器皿上,雕刻着丰富的莲蓬、盛开的莲花和肥硕的莲瓣。佛教艺术之花,装缀了社会文化生活,形成了鲜明的时代特点。

此外,三国孙吴还把闽北作为重要的军事后方和造船基地。当时吴国的大规模船队可以从建安出发,经东安(今南安丰州)、广州、转合浦(今广西)到达交趾,再转东南亚。公元230年,吴国大将卫温、诸葛直率将士万人东渡夷洲(今台湾)所乘大船,亦是建安郡建造的。⑭ 可见当时闽北造船业的水平之高。除了造船业外,当时闽北陶瓷文化也有很大发展。魏晋南朝时期闽北陶瓷以青瓷为主,各个时期造型特点鲜明,如西晋的扁圆矮墩,东晋的肥壮浑圆,南朝前期的高大圆鼓,南朝后期的趋向椭圆。⑮ 纺织业亦发展较快,蚕丝的棉布很有名,时人交口称赞"建安棉好",许多出任建安的官吏,或出使福建者,总要购买建安纺织品馈赠亲朋好友。

5. 唐五代时期

唐五代时期,随着闽北社会经济的发展,儒学教育相应得到发展,这时闽北出现了早期的书院教育。据闽北地方志书记载,唐乾符年间,建阳熊秘于崇泰里熊屯(今莒口镇樟布)创建鳌峰书院,其目的是"为子孙肄业之所"⑯,类似于家塾性质。五代梁开平年间(907—910年),黄峭在邵武和平坎头创建和平书院,也以训诫子弟为办学之目的。可见,这时闽北书院并非唐初之书院(如唐玄宗时创建的集贤书院等)只是修书藏书之所,而是具有教育功能。同时,闽北地方官员也积极倡学,如建州刺史陆长源、李频(唐乾符年间任建州刺史)都创办学校,劝人入学,推动教育的发展。浦城县令杨澄"博文史,为乡党所称",他在浦城提倡儒学,"弘歌之化,流于桑梓"。可见,当时重视文化是一种群体行为。教育事业的发展,提高了闽人的文化水平。唐五代时期,闽北已出现像陈陶(剑浦人,约生活于唐代中期)、江文蔚(建阳人,南唐御史中丞)、江为(建阳人,南唐诗人)、杨徽之(浦城人,南唐末诗人)等具有全国声誉的学者。

另一个方面,唐末黄巢起义,中原望族大批南迁入闽,在闽北形成了姓氏家族,产生了武夷姓氏文化。其特点是出现了姓氏村庄,以姓氏命名所居村庄;姓氏宗祠,为姓氏文化的活动中心;姓氏书院,由姓氏名人为院名,作为培养该姓氏子孙求取功名的重要途径;姓氏谱牒,记述家族世系等情况;姓氏名人,为光宗耀祖、激励后代,收集众多的本姓氏名人,视为宗族的楷模;姓氏族规(又称族约),用以劝导族人,禁戒族众,崇善惩恶。这里还要特别指出的是,五代时闽王王审知在位,极为重视文化教育,对武夷文化的发展颇有贡献。我们知道,唐代福建有福州、建州、泉州、漳州、汀州五州郡,中进士者有50多人,其中建州籍贯的进士只有一二名。可见,唐代闽北相对落后,武夷文化发展此时处于低潮时期。但在唐末五代,闽北的经济实力有很大发展,统治者开始注重文事,掀起了一个发展文化教育的新高潮,这为宋代武夷文化的全面繁荣奠定了基础。

6. 宋朝时期

宋代,武夷文化发展进入兴盛时期,出现了许多新的特质,在中国文化重心南移的进程中,洛学闽传,理学文化在闽北兴起,这是中原精品文化进一步辐射于闽地并产生新的文化生长点的体现。北宋,闽北人杨时、游酢等人跟洛中大儒程颢、程颐学习,载道南归,在闽北讲授理学。接着,罗从彦、胡宪、刘勉之、刘子翚和李侗等一批闽北学人传承其学说。朱熹是理学的集大成者,他与其门人探索理论,研究问题,开展学术活动,形成宋代理学中最大的学派——考亭学派。他们的学术思想体系被称为闽学(亦称朱子学),对后期封建社会的众多意识层面产生了深刻影响。考亭学派是师徒结合型的学派,明显体现学术与教育紧密结合的特点。这个学派是依托书院来开展文化学术创造活动的,从而极大地推动了闽北书院文化的发展。据《八闽通志》记载,宋代闽北境内共建书院38所,可见当时闽北书院之普及。书院教育带来和培养了宋代新的士风,也使宋代学风为之一变。宋代闽北平民子弟通过科举道路进入进士行列的人数能够居全省各地区之前列(宋代闽北建宁府、延平府和邵武军共中进士1935人,其中有6名状元),正表明书院的广泛设立,文化教育在闽北社会下层空前普及,大大提高了闽北人的文化素质。宋代闽北民间学风之盛,是闽北武夷文化高度发展的一个重要表现。

由于闽北理学的繁荣,书院文化和州县学的兴盛,印刷文化在宋代的福建得到蓬勃发展。建本,是闽北建阳县(今建阳市)麻沙、书坊两镇雕版印刷书籍的简称。南宋学者祝穆在《方舆胜览》中说:"麻沙、崇化两坊产书,号为图书之府。"建阳是宋代三大刻书中心之一。麻沙和书坊两镇"每月以一、六日集",这种每个月有六天专门出售书籍的集市,为同时代其他地方所无。它能吸引全国书商络绎不绝地去购买批货,可见提供商品书籍的丰富程度。朱熹曾说:"建阳版本书籍上自六经,下及训传,行四方者,无远不至。"[17]宋刻麻沙、书坊版书籍内容广泛,有启蒙读物、经史类书、各类文集、诗选和各种工具书,还有农医杂书、日用书、民间戏曲、话本小说等。从尚存建本宋版书来看,其中不乏精品。如麻沙版的《五百家注音辨昌黎先生文集》被《四库全书总目提要》赞为:"在宋刻中亦称善本。"麻沙、书坊印刷业,不仅对祖国文化的传播、保存和发展做出了巨大的贡献,而且其刻印的图书远销国外,促进了中外经济文化的交流。

这个时期闽北陶瓷文化相当发达,瓷窑遍布,崇安(今武夷山市)遇林窑、延平(今南平市)茶洋窑名重当时,特别是建阳水吉桃花坪的建窑最负盛名。它生产的产品俗称建盏,有黑釉兔毫纹、油滴、珍珠斑、鹧鸪斑、曜变品种等。建盏不仅进贡皇宫御用,而且输往日本、朝鲜及东南亚国家,对他国文化的影响极为深刻。如建窑瓷器传入日本后,一直与日本的寺院文化、茶道文化紧密联系在一起。从种茶、制茶发展而来的斗茶习俗,与陶瓷文化相联系,并受理学文化的熏陶,斗茶也讲究内省修养功夫和高雅情趣。斗茶习俗首先是在闽北建州地方发祥的,后经福建仙游人蔡襄(1013—1067)《茶录》一书的正式介绍而风行朝野。后来日本人将斗茶进一步改造为日本茶道,日本人用茶道仪式接待客人时,只有最受尊重的贵客,主人才愿意向他出示收藏的建窑珍品。

闽北在文学、史学、艺术和科技方面也颇有成就,也是同时代所无法比拟的。在文学方面,有宋初文坛盟主——西昆诗派领袖杨亿。他曾将自己与刘筠、钱惟演、李宗谔唱和的诗编为《西昆酬唱集》,发行于世,引起轰动,人们称之为"西昆体"。欧阳修在《六一诗话》中说:"先朝杨、刘风采,耸动天下,至今使人倾想。"还有婉约派词人——柳永。他创造了大量的慢词长调,使中国传统的词更易发挥抒情特色,形式也更为活泼,他的词主要为市民而写,语言通俗化、口语化,更接近于民间,有利于词这一文学形式进一步让大众接受。柳词在当时流行很广,"民有井水处,即能歌柳词"。南宋,闽北的文学批评、诗歌评论尤为突出,最有代表性的是严羽和魏庆之。严羽的《沧浪诗话》是继钟嵘《诗品》、司空图《二十四诗品》之后,最重要的诗歌理论专著。它深刻揭示了诗之所以为诗的本质特征,亦即诗歌意境的内在审美特征,这对中国文艺美学中的理想意境理论所做出的贡献是巨大的。魏庆之的《诗人玉屑》,博观约取,去芜存精,分门别类辑录宋人词论,对后世诗论影响较大。

在史学方面,建安人袁枢以编《通鉴纪事本末》闻名于世。他是继司马迁的纪传体、司马光编年体之后的记事本末体创始人。袁枢的《通鉴纪事本末》将重要史实按次序分别立目,使纪传、编年贯通为一,并把浩繁的历史事件整理得经纬明晰,节目详具,前后始末,一目了然,还把治乱兴亡的历史经验教训系统化、故事化,增强人们读史的兴趣。崇安人胡宏撰写的《皇王大纪》,所述上起盘古,下迄周末,博采经、传而附以论断。《四库全书总目》谓其"采摭浩繁"。

在艺术方面,建阳僧人惠崇,能诗善画,其画以小景著称,所绘江南春色、烟雨芦雁让许多诗人赞叹不已。王安石说,在画家中:"惠崇晚出吾最许。"苏东坡为惠崇的画写下了"春江水暖鸭先知"这一脍炙人口的名句。惠崇的作品画中有诗、情景交融,在宋代画坛上独树一帜。他的画流传至今的有《秋浦双鸳图》《沙汀烟树图》等。蔡元定著的《律吕新书》循着古代音乐中十二律(12个音调)的规则,即在古代十二律的六个大半音之间各增加一个变律,使之与次一律之间构成大半音关系,以解决古代十二律旋宫(转调)后的音程关系与黄钟宫调不相符合的问题,使律制在理论上达到更加完善的地步。因此,《律吕新书》被后人认为是"发千古之蒙昧",成为音乐史上的名著。此外,建阳人阮逸所著的《易筌》《王制井田图》,及与胡瑗合撰的《皇祐新乐图记》等,在中国音乐史上都有一定地位。

在科技上,建阳人宋慈编就的《洗冤集录》,涉及刑侦学、病理学、解剖学、药物学及外科、骨科、妇科等领域的专门知识,被当代法医学公认为开山之作。法医学作为一门跨越法学与医学的独立学科,它在世界范围内的正式确立,还是近两三百年的事,而宋慈早在13世纪时,便写出了完整的法医学专著,其对世界法医学的贡献是不言而喻的。朱熹在自然科学方面也有一定的建树,如他对雪花是六角形的科学认识,要比开普勒关于雪花的论述早4个世纪。朱熹还吸收地壳运动、海陆变迁的地质认识成果,证明"动静无端"的思想,用"阴阳"的相互作用来解释自然界的雷电、虹的成因等。这在当时已是非常难能可贵了。

7. 元明清时期

元明清时期,武夷文化持续发展。就闽北理学而言,元代出现有熊禾、黄镇成和李应龙等著名学者。熊禾著有《易学图传》《春秋通义》《四书标题》《文公要语》等,黄镇成著有《尚书通考》《周易通义》《中庸章旨》《性理发蒙》等,李应龙著有《春秋纂例》《孝经集注》《四书讲义》等,他们大都为就朱熹言而未详处而详之,或为朱熹之后的新论说,都从不同方面进一步丰富和发展了闽学。就文学而言,闽北有与虞集、揭傒斯、范梈齐名,被称为"元诗四大家"之一的杨载,他的诗文"以气为主,博而敏,直而不肆,自成一家言""自其诗出,一洗宋季之陋"⑱。明代建瓯人杨荣创造的"台阁体"诗派,其诗风直接影响永乐至万历年间近200年的诗歌创作。此外,明末清初的天文学家游艺,他的《天经或问》,摒弃了历代天文著作中的占验色彩,具有朴素唯物主义倾向,为我国第一部天文普及读物,被清代编入《四库全书》,流传到日本,曾多次翻印发行。清代,第一个研究边疆史和中俄关系史的著名专家——何秋涛,编写了《北徼汇编》,详细记述了自汉、晋至清道光时期我国蒙古、新疆和东北地区的历史地理和中俄关系诸问题。该书于咸丰八年(1858年)进呈给朝廷,咸丰皇帝看了很高兴,特赐名为《朔方备乘》。这是一份非常珍贵的文献资料。

这时期武夷文化最有代表性的是平话和通俗小说的出现。建阳书坊虞氏编刻的《武王伐纣平话》《秦并六国平话》《三国志平话》,是我国现有较早的讲史话本。它们成为《封神演义》《东周列国志》《三国演义》等历史演义小说创作的蓝本。明末清初,建阳书坊编撰、刊刻的小说和杂记达数千种,居全国之首,出现了一批很有影响的出版商兼长篇小说家。如余邵鱼创作的《列国志传》、余象斗的《大宋中兴岳王传》等,都有力地推动了我国历史演义小说的发展。

8. 五四运动以来

五四运动以来,武夷文化又出现了革命历史文化。改革开放后,旅游文化在闽北崛起。近年来,在闽北社会文化事业的大发展中,又涌现出城市文化、新区文化等现代文化现象。这些都不断地丰富了武夷文化的内涵。武夷文化是一种具有开放心态的文化,伴随着闽北社会物质生产的发展,将产生新的特质。

三、武夷文化的特点

在漫长的闽北历史发展过程中,武夷文化形成了许多鲜明的特点。现举其要点如下：

1. 多元性

由于地理环境因素和中原文化南移受到地域文化不同程度的影响,武夷文化呈现出多元化的特点。首先表现在方言的复杂多样。闽北是福建省方言最复杂的地区,没有"闽北话"之称。闽北除了畲族方言小区外,主要方言区有两个:闽赣方言区,主要分布在富屯溪流域的光泽、邵武和顺昌三县市;北方方言区,主要分布在建溪流域的建瓯、建阳、武夷山、松溪、政和、浦城、南平(大部分区域)七县市。但在这两大主要方言区的内部以及它们的交接部,又存在着一些小的方言孤岛,如南平市城关至西芹一带约20平方千米的范围内,有约4万人讲着"土官话"。这种现象极为罕见,语言学家把这种孤立的方言区称为"方言岛"。在闽北,即使是同一个方言区的两极(相距约100千米),语言相差也很大,以至于到了难以通话的地步。例如,闽北方言区的南平和政和就存在这种现象。还有些边界方言由于受周边地区的影响,变化太大已经面目全非了。例如,浦城县有些乡镇接受大量浙江南部方言的影响,更接近于吴方言,故被称为吴方言小区。甚至在闽北有的自然村过了一座山、一条河就不能通话,如光泽县李坊乡贯庄村与埠头村相隔一条河就不能通话,这两个村的村民一般都会听两种语言。闽北汉民之所以存在如此大的方言差别,是与北方汉民迁徙闽北和地理环境紧密相关的。闽北是汉民入闽最初居留地和中转站,由于北方各地汉民不同时期南迁入闽,并且起程地点各异,入闽之后又在不同条件下聚居,经历着许多不同的变革,再加上古代闽北经济落后、交通闭塞的原因,这就使得早期的汉民入闽之后形成了各自的方言。至于近古以来人民的迁徙,由于闽北基本方言区已经形成,便没有再发生方言的分化,带来的只是现成方言的流播。

其次,武夷文化的多元化还表现在闽北戏曲的多元方面。闽北不像有些地区,有一种全区普遍流行的戏曲。一些从外省传入的未经改造的古老剧种,则因为地域、交通的缘故,得以完整保留。例如,流行于政和一带的声腔剧种——四平戏,明末清初在苏、浙、赣、闽等省有很大发展,清中叶以后衰落,甚至几乎消失。戏曲史专家们都认为四平腔作为独立的剧种已不复存在,但谁曾想它却在闽北山区作为一个独立的剧种并以原始的面貌保存下来,成为研究我国戏曲史的"活化石"。乾隆年间由苏州商人带入闽北,与当地民间艺术相融而形成富有特色的地方剧种——南词戏,流行于南平、建阳和浦城等县市。再如,三角戏相传出现于明代嘉靖年间,源于江西的"采茶灯",在明末以后流行于闽北邵武和光泽等县市。也正是因为闽北戏曲的多元性,闽北戏曲更加绚丽多彩。

再次,武夷文化的多元性也表现在风俗方面。闽北流传的"十里不同风,一乡有一俗"的谚语,正是这一表现的真实写照。例如,古闽越遗留下来的崇蛇习俗,在闽北南平樟湖板一带盛行,一些地方建有蛇王庙,每年有定期的庙会,并举行游蛇灯活动;崇鸟习俗在建阳崇雒乡一带盛行,当地农民遇旱求雨,就要举行一种"鸟步求雨"舞蹈祭祀活动;为迎三佛祖保留下来的古代舞蹈——傩舞,在邵武和建瓯一带盛行,它是古代从中原地区直接传入福建而沉积在闽北的民俗文化活动原型;建瓯和建阳一带农村中还保留着黄昏迎娶乃至夜间娶亲的婚俗,体现了"以昏为期"的"婚礼"由来,即所谓"迎阴气入家宜于夜"。[19]这在现代城市婚俗中,几乎不可想象,但它却在闽北存在,也可见闽北风俗传承的久远与原始。此外,闽北还有喊山祭茶民俗活动、柴头会民俗活动、祭游酢公民俗活动等,在此就不一一具述。

2. 独创性

武夷文化的独创性是以其在中华民族文化史上的独特贡献而突显的。在理学文化方面,朱熹在中国封建社会进入新的转折时期——宋代时,对中国文化进行了新的整合,并注入新的思想内容,创立了一种新的价值体系和信仰体系,从而使武夷文化脱颖而出,跻身中华文化的先进区域文化之列。朱熹在中国文化史上的贡献,正如台湾已故的钱穆教授指出的:"在中国历史上,前古有孔子,近古有朱子,此两人皆在中国学术思想史及中国文化史上发出最大声光,留下莫大影响。旷观全史,恐无第三人堪与伦比。孔子集前古学术思想之大成,开创儒学……朱子崛起南宋,不仅能集北宋以来理学之大成,亦并可谓其集孔子以下学术思想之大成。"[20]

在史学方面,袁枢首创纪事本末体,亦是对我国古代史学的一大贡献。中国古代历史典籍,在袁枢之前,就体裁而言,不外编年体和纪传体两种。编年体是按年月日顺序编写史书的体裁,纪传体是以人物传记为中心的史学体裁。袁枢自出新意,另辟蹊径,创立了以历史事件为中心的史学新体裁——纪事本末体。

在文学方面,柳永大胆吸收民间歌曲的长处,大量运用俚俗语言入词,使柳词语言口语化,浅显平易,一扫晚唐五代词人雕琢的习气。柳氏慢词字数多,可以容纳更多的内容,形成了许多长调的体制,使慢词取得了与小令双峰并峙的地位,成为词作"婉约派"的创始人。严羽的《沧浪诗话》是宋代诗话中最有理论价值的著作,明代诗人胡震亨评论说:南宋的诗话比北宋好,而《沧浪诗话》又高出南宋诗话。它对明清两代诗歌创作产生了极大的影响。严羽以他卓越的文学理论创见,在中国诗歌理论史上占有杰出的位置。

在艺术方面,蔡元定《律吕新书》在前人十二律的基础上,创造性地提出了"十八律理论"。《中国音乐词典》说:"十八律在理论上合理解决了三分损益的转调问题,从而使三分损益律的理论达到更加完善的地步。"[21]故朱熹将这一理论成果誉为"超然远览,奋其独见"。[22]十八律理论诞生后300年,明代朱载堉领先于世界发现了"新法密律"(即十二平均律)。但由于十二平均律人为干涉的痕迹明显,它在物理上、生理听觉上都还有不少问题,所以近古以来又有人提出十八律问题,建议生产十八律固定音高乐器,以满足民族音乐听觉上的和谐。国外现代派别的微分音学派,也有类似的改律要求。因此,人类在律制方面还要向前发展,而十八律理论无疑是这条探索道路上的里程碑。

陶瓷文化也表现出极大的独创性。宋元时期,建阳水吉桃花坪建窑生产的建盏,造型优美,色黑滋润,纹理奇特,是当时上乘瓷器。其杰出成就主要表现在其变幻莫测、绚丽多彩的釉色方面。其中"曜变"建盏那黑色底釉上聚集着银白色金属光泽的圆点,呈不规则状,并能放射出耀眼的光芒,精美绝伦。蔡襄所著《茶录》云:"茶色白,宜黑盏。

建安所造者绀黑,纹如兔毫,其坯微厚,熁之久热难冷,最为要用。出他处者,或薄或色紫,皆不及也。"宋徽宗在《大观茶论》中评论道:"盏色贵青黑,玉毫条达者为上。取其焕发彩色也。"建盏饮誉海内外,是世界陶瓷史上的杰作。日本镰仓时代(1185—1391年),西渡来华的禅僧们从浙江天目山携带建盏归国,把它称作"天目碗",后来"天目"一词竟成了所有黑釉陶瓷的代名词。日本山城人加藤四郎在闽地学习建窑技艺,历经5年,于南宋嘉定十六年(1223年)归国后,在京都、爱知等地开窑,都不幸宣告失败。后来他总结失败的经验,在山田郡濑户村(今名古屋市)开窑烧造,终于获得成功。他的作品铭刻"藤四郎烧"四字,闻名全国,被称为"濑户黑",从而开创日本陶业的新纪元。

3. 延伸性

武夷文化具有明显的向外流传、延伸的特点。例如,悬棺葬俗发源于武夷山区,为古闽族部落的一种葬俗。后来,这一葬俗随着古闽部落的迁徙流传到江西、云南和贵州等地。考古学和民族学调查资料还证明,武夷山的悬棺葬俗传播至东南亚地区,如越南、泰国、缅甸、印度尼西亚、菲律宾,以及琉球群岛等。其埋葬方法,也是将棺木放置人迹罕至的崖洞,或岩壁上架桩置棺,其年代上自2000多年前,下迄近代,属各地土著民族的葬俗。从时间上来看,东南亚地区的悬棺葬俗要晚于武夷山悬棺葬俗1000多年。它是通过善于造舟的古代闽越族迁徙和海上交往活动而逐渐流传的。

建本文化在海外的传播及影响,亦体现了武夷文化的延伸性特点。南宋赵汝适《诸蕃志》记载:"建本文字在新罗(即朝鲜)颇受欢迎。"朝鲜人曾以铜活字排印出版了宋建阳魏齐贤刻本《圣宋名贤五百家播芳大全文粹》和《杜工部草堂诗笺》,元建阳余志安刻本《铜人腧穴针灸图经》(目录后均有"崇化余志安刊于勤有堂"字样),明建阳刘文寿翠岩精舍刻本《增修附注资治通鉴节要续编》等图书。建本图书传至日本,亦受到重视。例如,建阳熊氏种德堂刻印于成化三年(1467年)的《新编名方类证医书大全》(24卷),是一部中医临床医方的类编。该书东传日本后,深受欢迎,由日本高僧月舟寿桂作跋,并由当时的日本富商兼医家阿佐井野宗瑞于大永八年(1528年)翻刻,成为日本历史上首次自行刻印出版的医学典籍。日本当代学者小曽户洋认为"这是日本医学史上值得大书特书的要事",对日本汉医的发展产生了重大的影响。建本文化对东南亚各国的印刷术影响也较大,例如,菲律宾1593年雕版印刷的《基督教义》《无极天主教直传实录》《新刊格物穷理录便览》等书籍,均为上图下文的版式(该版式为建本图书的一大特色)。据北京图书馆戚志芳先生研究认为:"毫无疑问是华侨从当时印刷业颇为发达的福建原籍将雕版印书的先进技术带到菲律宾,建立印刷厂,由教会给予执照刊行书籍。"

朱子理学表现出了鲜明的延伸性特点。宋末元初,朱子理学自南向北发展,传播至全国。《道南源委序》说:"吾见闽学之盛行,且自南而北,而迄于东西,不局于一方,不限于一时,源远流长,汪洋澎湃。"③随着朱子理学超出福建范围向全国传播,统治者也逐步认识到它对社会的重要价值。南宋理宗皇帝在"封制"中谓,朱熹遗著"有补于治道"。④在统治者的积极倡导下,朱子学说很快上升为官方思想体系。同时,朱子理学也由朝鲜官方儒学者和留学中国的日本僧人以及去到日本的中国僧人,分别传入朝鲜和日本。

在朝鲜,朱子理学作为一种外来文化,经过100多年的吸收消化,到14世纪末成为朝鲜李朝的官方哲学,并出现了朝鲜化的朱子学——退溪学。在日本,朱子学取代佛学被日本民族所接受,成为江户时代300多年日本民族的文化体系、价值体系和传统文化的主流。可见,朱子理学对近古东亚文明的发展产生过巨大作用。明末清初,朱子理学又由西方传教士和中国留学生介绍到欧洲,对欧洲启蒙思潮产生过深刻影响。启蒙思潮的先驱笛卡尔、培尔和马勒伯朗士,领导者孟德斯鸠、伏尔泰,以及百科全书派的狄德罗、霍尔巴赫和波维尔,重农学派的魁奈、杜尔哥等都曾研究过朱子理学,并从中吸取营养,充实丰富自己的理论思想。欧洲启蒙思潮的发展,推动了欧洲中世纪哲学的发展和近代欧洲文明的诞生。以上这些都展示出武夷文化的延伸性。

4. 兼容性

兼收并蓄,集众家之长而加以融会贯通,这一特征在武夷文化中表现得比较明显。早在原始社会晚期,武夷先民就与江西东北部的原始居民和闽江下游沿海一带的昙石山文化居民有比较密切的文化交往。后来,中原几次大战乱,一批批汉人入闽,海洋文化、中原文化与武夷原生文化相互交融,促进了武夷文化的发展。唐五代以降,儒、释、道三教相继在武夷山并立,据《武夷山志》记载:唐天宝年间(742—756年),武夷山始建道教宫观——天宝殿。尔后,道人接踵而来,南唐元宗李璟之弟李良佐于保大八年(950年)入武夷山修道,将天宝殿移建,改名为会仙观。南宋全真道南宗五祖白玉蟾在武夷山建止止庵传道,道徒最多时达500多人,武夷山成为道教名山。同时,佛教在武夷山兴起,翁藻光(佛名为扣冰)于唐广明元年(880年)在武夷山建瑞岩寺,进谒的香客络绎不绝。翁藻光曾被朝廷封为"妙觉通圣大师",宋宝祐三年(1255年)被加封为"灵感法威慈济妙应普照大师"。此后,武夷山建有许多寺庙,较为有名的有明嘉靖年间韩洞虚建的天心庵(后改为天心永乐禅寺),康熙四十六年(1707年)泉声和尚扩建原虎啸庵,改称为"天成禅院"等。儒教在武夷山兴起较晚,至北宋时期才开始有儒家学者建精舍。如"立雪程门"之一的游酢载道南归后,在武夷山九曲溪畔建水云寮,讲学传道。南宋朱熹于淳熙十年(1183年),在武夷山隐屏峰下建武夷精舍,以儒家思想为核心,糅合道教、佛教及诸子学说,建立了博大精深的闽学。接着,许多著名的儒家学者纷至沓来,在武夷山建书院,讲经传道,著书立说,使武夷山成为"道南理窟",著名的儒教圣地。武夷山成为儒、释、道三教文化名山,并且三教在此相互交融,取长补短,不断丰富自己学说。更有意思的是,据《崇安县志》记载:武夷山水帘洞建有"三教堂",供奉孔子、老子和释迦牟尼塑像,这在全国可能都是一种罕见的文化现象。此外,武夷文化的兼容性还表现在地方宗教的兼容上。例如,武夷山市古汉城的城村,既有关帝庙、尼姑庵,又有马祖庙、西洋楼院等,各种宗教文化在此和睦相处。

5. 思辨性

武夷文化的思辨性特点表现为重视理论思维的建设,创立思想体系和学说。以孔孟为代表的传统儒家,形成了长于"日用人伦"的实用理性传统,但缺乏哲学思辨性。隋唐以来,在佛、道思想(二者均具有浓厚的哲学思辨色彩)攻击下,儒学渐趋式微,失去了主流文化的地位。为了提升儒家思想的思辨理性,闽北理学家,尤其是朱熹,对传统儒家思想进行反思,兼采佛道之长,建立一个以理气论、心性论、格致论为主体部分的博大精深的理学体系,将传统儒学从伦理层面提高到富有逻辑性的哲学层面,表现了当时民族哲学思维的最高水平,重新树立起儒学的主流文化地位。在朱熹的哲学中,"理"是宇宙本体,具有永恒性、普遍性和形而上性。本体之理,具有绝对性和普遍性;主宰之理,具有神圣性和必然性;自然之理,具有客观性和真实性。朱熹对"理"的哲学内涵的规定既具有实用理性,又具有思辨理性,是两者的高度融合。这就使儒家对宇宙本体的认识更加哲理化,更具有思辨性。

武夷文化思辨性的表现,除了在哲学方面,无论是史学理论、文学理论,还是医学理论、音律理论的研究,都具有逻辑严谨、体系完整、思维缜密等理论思维的特征,都有一种哲学思维的品格。

另外,武夷文化还有诸如发展性、务实性等许多特点,此不展开一一述之。

四、武夷文化的基本精神

武夷文化的内在精神主要表现为其思想观念深层的思维方式、价值观念和审美情趣等,这是一种文化的灵魂所在,也是决定武夷文化基本走向的核心文化因子。

具体来说,武夷文化的基本精神有:忧患精神、求真精神、创新精神、开放精神。这里就不具体展开说。

武夷文化的这些人文精神,对于我们建设具有中国特色的社会主义现代化的先进文化是一份精神财富,值得继承和发扬。

五、武夷文化的当代价值

在人类历史长河中,许多物质上的繁荣可能稍纵即逝,成为过眼烟云,但文化是永恒的。它总是伴随着人类前进的步伐或隐或现地内生出一种力量,影响着社会的发展进程。武夷文化也是一样,在某个特定的历史时期,将会释放出巨大的能量,产生对社会发展的冲击波。

1. 在科学发展观的语境下推动武夷文化的现代转型,突显出现代价值

在现代社会发展中,市场经济的全面发展并不会消除地方特色(包括地域文化特色)。武夷文化是在一个相对稳定的环境中,在自然地理环境和人文社会因素的综合作用下,在一个相当长的历史时期中逐步孕育和形成的,才呈现出现在这样一种风貌。从本质上说,武夷文化是一种与自然经济(农业社会)相联系的文化形态,还缺乏现代市场经济所要求的平等、自由、交换、互利、契约等观念。因此,它如不经过现代转换,是很难自发促进闽北市场经济发展的。也就是说,武夷文化只有实现了"创造性"的转换,才能极大地丰富独特的闽北地域特色,给现代闽北经济社会的发展提供良好的载体和推动力。

经济与文化一体化是当代社会发展的大趋势。武夷文化不仅能为闽北经济社会发展提供精神动力、智力支持和文化氛围,而且通过与闽北经济的相互融合,形成文化经济,产生巨大的经济效益和社会效益,直接推动社会生产力发展,成为闽北地方经济社会全面发展的重要推动力量和增强经济竞争力的基础因素。

当前颇为流行的"文化搭台,经贸唱戏",就是充分利用当地的文化资源,由政府出面,组织各种富有地方特色的文化活动,来招商引资。今天,文化主动地为经贸服务,为经济发展创造良好的氛围,带动经济起飞,是一些地区迅速崛起的原因之一。

2. 创新武夷文化,推进闽北内源发展

传统与现代不是截然对立的,而是有很大的兼容性。在现代化中必须赋予传统文化以新的时代精神,使传统体现出现代发展的要求,才能走出有地方特色的内源发展道路。

在我国现代化早发地区,就外省而言,改革开放以来,岭南文化的开放兼容性与外资引进相结合,推动了珠江三角洲经济的快速发展;永嘉文化的"事功"传统与个体经济发展相结合,使温州经济异军突起;吴文化的重素质求内涵精神与高科技相结合,造就了苏南经济的辉煌。就省内来说,在改革开放的形势下,泉州营造了一个良好的文化氛围,历史文化所积蓄的力量不断成为现实社会的推动力。充分利用泉州地区独特的华侨文化,唤醒海外泉州同胞的寻根意识与文化认同,把海外乡亲热爱桑梓的情缘引向参与家乡建设,有力地推动了经济社会的长足发展。区域特色文化成为泉州的品牌,成为推动泉州发展生生不息的动力,推动着泉州从贫穷走向富裕。现在,泉州已是东亚文化之都。

由此反观闽北,宋代是武夷文化发展的巅峰时期,是闽北人才辈出的黄金时期,也是闽北社会财富高度发达的时期。现在,闽北在经济上落后了,这里面固然有区位优势弱化的因素,但更有文化衰微的因素。尽管拥有比泉州更为雄厚的历史文化积淀,但挖掘、研究、发展不够,存在着断层现象,致使闽北经济社会的进步失去了文化的有力支撑和强力推动。闽北深厚的文化底蕴与现实文化力之间存在着强烈的反差,这不能不引起我们深刻的反思。因此,闽北地区必须把握自身文化传统,寻求发展的内源生长力,走出有地方特色的现代化道路。

3. 发展以武夷山为龙头的闽北旅游产业

在生态化发展和旅游业成为朝阳产业的背景下,闽北要利用这里森林覆盖率高、自然生态好、历史文化资源丰富、交通通信发达,以及武夷山是世界文化与自然双遗产地的优势,以海峡两岸经济区绿色腹地为平台,做大做强闽北旅游产业。社会越是走向现代化,人们的寻古要求越迫切,这就必须突出武夷文化内涵,使之体现出鲜明的地方色彩。

从文化底蕴看,在列入世界双遗产名录的我国四大名胜中,泰山以岱庙为中心的古建筑群、碑林和摩崖石刻为主要内容,它是华夏古文明的浓缩与象征;峨眉山为普贤道场,是我国佛教的四大名山之一;黄山以中华始祖黄帝在此得道升天的传说而得名,其古建筑遗存、摩崖石刻和诗文数量也很多,但基本上应算是道教名山;而武夷山却具有儒释道三教同山的特点,重要的是泰山、黄山、峨眉三大名山中,没有一家孕育拥有过像朱熹这样一位曾经影响过中国思想文化数百年且远及海外的重量级文化巨人。从这个角度来看,作为武夷山文化核心内容之一的朱子学的文化价值,在中国四大世界双遗产中是无与伦比的。这是武夷山发展旅游产业得天独厚的文化资源。

4. 发挥武夷文化在对外交往中的桥梁作用

从历史发展的眼光来看,武夷文化尤其具有这方面的作用,曾给世界上许多国家以多方面的影响。从宋代畅销亚洲各国的闽北陶瓷,到"书籍高丽日本通"的建本图书;从武夷斗茶习俗的风靡,到日本空海和尚访问闽北,到马可·波罗游历建州;从朱子学在海外的传播,到如今成为东亚文明的象征,这些无不向世人展示和说明,闽北历史上与海外的交往,已经为后人构建了走向世界的坚实基础。今天我们所要做的,就是让武夷文化这颗明珠大放异彩,在新的历史条件下,继往开来,推陈出新,使武夷文化更好地为闽北的对外开放服务。以文化建设推进闽北发展,以闽北发展丰富和创新武夷文化,也就成为必然的选择。

综上所述,武夷文化由于受到地理环境、民族构成、经济结构和社会习俗等诸多因素的影响,有特殊的形成方式,与其他地区相比有不同的文化内涵,表现出鲜明的文化特点,在中国文化发展史上闪烁着耀眼的光辉。

参考文献

①陈支平.福建六大民系[M].福州:福建人民出版社,2000.
②福建省地方志编纂委员会整理.嘉靖建宁府志卷18:流寓[M].厦门:厦门大学出版社,2009.
③卢茂村.福建松政县发现西晋墓[J].文物,1975(4):77—78.
④浦城县地方志编纂委员会.浦城县志卷5:人口[M].北京:中华书局,1994.
⑤林国平.福建省志·民俗志[M].北京:方志出版社,1997:3.
⑥梁方仲.中国历代户口、田地、田赋统计[M].上海:鸿宝书局石印本.
⑦古今图书集成·艺术典:卷5[M].
⑧徐晓望.唐末五代福建茶叶考[J].福建茶叶,1991(1).
⑨郭宝林.北宋州县学生[J].中国史研究,1988(4).
⑩宋史:选举志三[M].
⑪福建省博物院.福建浦城县牛鼻山新石器时代遗址第一、二次发掘报告[J].考古学报,1996(2):165—197.
⑫福建省博物院.邵武斗米山遗址发掘报告[J].福建文博,2001(2).
⑬史记:东越列传[M].

⑭ 三国志卷2:吴志[M].

⑮ 林存琪.福建六朝青瓷略谈[J].福建文博,1993(2).

⑯ 道光建阳县志卷3:坛庙[M].

⑰ 朱文公文集卷78:建宁府建阳县学藏书记[M].四部丛刊本.

⑱ 福建历史名人传略[M].福州:福建人民出版社,1978:4.

⑲ 尚秉和.历史社会风俗事物考卷19:嫁娶[M].影印本.上海:上海文艺出版社,1989.

⑳ 钱穆.朱子新学案[M].上册.成都:巴蜀书社,1986:1.

㉑ 中国音乐词典[M].北京:人民音乐出版社,1985:330.

㉒ 新编建阳县志:人物[M].北京:群众出版社,1994:865.

㉓ 朱衡.道南源委[M].丛书集成初编本.

㉔ 戴铣.朱子实纪卷4:褒典[M].明正德八年鲍雄刻本.

目 录

上编　武夷山古代文学

第一章　武夷民间文学 …………………………………………………… 3
第一节　武夷民间传说 ………………………………………………… 3
武夷山名的来历 ……………………………………………………… 3
大红袍传说 …………………………………………………………… 4
大王和玉女的传说 …………………………………………………… 8
铁板嶂的传说 ………………………………………………………… 11
幔亭宴与虹桥板 ……………………………………………………… 13
水帘洞传说 …………………………………………………………… 15
三姑石的传说 ………………………………………………………… 16
伏羲洞与一线天 ……………………………………………………… 17
酒坛峰的传说 ………………………………………………………… 19
卧龙潭的传说 ………………………………………………………… 19
小藏峰架壑船的传说 ………………………………………………… 20

第二节　武夷山民间歌谣 ……………………………………………… 22
一、山歌 ………………………………………………………………… 23
　武夷山歌 …………………………………………………………… 23
　世上穷人帮穷人 …………………………………………………… 23
　砍柴歌 ……………………………………………………………… 23
　十鸟悼凤歌 ………………………………………………………… 24
二、锁歌 ………………………………………………………………… 24
　石榴开花叶又青 …………………………………………………… 25
　何人收得 …………………………………………………………… 25
　四多四收四救歌 …………………………………………………… 25
三、情歌 ………………………………………………………………… 26
　手绢送情歌 ………………………………………………………… 26
　武夷恋歌 …………………………………………………………… 26
四、童谣 ………………………………………………………………… 28
　黄莲坑童谣 ………………………………………………………… 28
　月光光 ……………………………………………………………… 28

五、茶歌	29
武夷岩茶采茶歌	29
采茶姑娘实在苦	29
武夷岩茶制茶谣	29
为女择个做茶郎	29
武夷山品茶民谣	30
六、节气歌	30
十二节气歌	30

第二章 武夷文学的早期形态 ……31

第一节 秦汉时期 ……31
史记·东越列传 …… 司马迁 31

第二节 魏晋南北朝时期 ……36
搜神记·李寄 …… 干宝 36
别赋 …… 江淹 38
美哉山河 …… 顾野王 44

第三节 唐代肇兴 ……45
题武夷 …… 李商隐 45
九曲溪 …… 徐凝 47
陇西行 …… 陈陶 48
塞下曲 …… 江为 49

第四节 唐代武夷山佛教、道教文学 ……49
一、唐代武夷山佛教文学 ……50
二、唐代武夷山道教文学 ……54

第三章 武夷文学的昌盛——宋代华章 ……57

第一节 北宋时期的武夷文学 ……57
建溪十咏（其一·武夷山） …… 杨亿 57
题中峰寺 …… 柳永 58
巫山一段云（其一） …… 柳永 59
凤栖梧 …… 柳永 59
八声甘州 …… 柳永 61
水龙吟·杨花 …… 章楶 62
梅林春信 …… 李侗 64
游武夷 …… 杨时 65

第二节 南宋时期的武夷文学 ……67
题画 …… 李纲 67
江城子·武夷 …… 李纲 68

九曲棹歌	朱　熹	69
观书有感二首	朱　熹	75
春日	朱　熹	77
百丈山记	朱　熹	78
田家	刘子翚	81
南溪	刘子翚	82
武夷即景得赋	吕祖谦	82
水龙吟·过南剑双溪楼	辛弃疾	83
适闽	陆　游	86
寄题朱元晦武夷精舍四首（选二）	陆　游	87
寄题朱元晦武夷精舍十二咏（其一）	杨万里	88
武夷精舍记	韩元吉	89
题诗岩	蔡　沉	91
闲吟	真德秀	92
夜书所见	叶绍翁	93
念奴娇·咏梅	刘清夫	94
初到建宁赋诗一首	谢枋得	95
登西台恸哭记	谢　翱	96

第三节　宋代武夷山宗教文学 … 99
一、宋代武夷山佛教文学 … 99
　（一）佛教故事、偈语 … 99
　（二）禅诗 … 101
　　天心问禅　　　　　　　　　　　朱　熹 101
　　送人　　　　　　　　　　　　道谦禅师 102
二、宋代武夷山道教文学 … 103
　早春　　　　　　　　　　　　　白玉蟾 103
　止止庵记　　　　　　　　　　　白玉蟾 104

第四节　武夷文论 … 105
一、朱熹的理学家文论 … 105
二、严羽《沧浪诗话》 … 109
三、其他文论 … 111

第四章　武夷文学的继续发展 … 114
第一节　元代武夷文学 … 114
　谒隐屏书院　　　　　　　　　　熊　禾 114
　宿浚仪公湖亭　　　　　　　　　杨　载 115
　题武夷　　　　　　　　　　　　杜　本 116

武夷山漫题 ·· 萨都剌 117
　第二节　明代武夷文学 ·· 117
　　一、明代大武夷作家创作 ·· 118
　　　江南旅情 ·· 杨　荣 118
　　　雪后舟泊武夷 ·· 蓝　仁 119
　　　武夷山居 ·· 蓝　智 119
　　二、明代非武夷籍作家的武夷题材创作 ···························· 120
　　　望武夷山作 ·· 刘　基 120
　　　武夷次壁间韵 ·· 王守仁 121
　　　言游武夷道中抚景,因忆往年尚宾吕君天台之约 ·················· 徐　渭 122
　　　题伯敬画武夷一景 ·· 谭元春 123
　　　泛九曲 ·· 林　鸿 124
　　　小九曲口占 ·· 陈　谨 125
　　　小桃源 ·· 陈介夫 125
　　　宿虎啸岩 ·· 钟　惺 126
　　　游武夷山日记 ·· 徐霞客 127
　　三、明代武夷山佛教、道教文学 ·································· 130
　　　（一）佛教文学 ··· 130
　　　　虎啸岩 ·· 释超全 130
　　　　流香涧 ·· 释衍操 131
　　　（二）道教文学 ··· 132
　　　　止止庵 ·· 江一源 132
　　　　投龙洞 ·· 楚和叔 132
　　　　寄武夷张、郭二山人 ·· 蓝　仁 133
　第三节　清代武夷文学 ·· 134
　　一、清代武夷文人创作 ·· 134
　　　同游武夷山 ·· 钱澄之 134
　　　天游一览亭 ·· 潘　耒 135
　　　仙掌峰瀑布 ·· 查慎行 136
　　　武夷有巫峡、桂林之奇 ·· 魏　源 137
　　　武夷山下 ·· 林昌彝 137
　　　游武夷山记 ·· 袁　枚 138
　　二、清代武夷山佛教文学 ·· 140
　　　语儿泉 ·· 泉声和尚 141
　　　介石庵 ·· 僧真潇 141
　　　无题 ·· 僧真潇 141

复占庵 ·· 释净清 141
第五章　武夷岩韵文学 ·· 143
　第一节　武夷摩崖石刻 ······································ 143
　　一、朱熹与摩崖石刻 ······································ 144
　　　（一）哲理题刻 ·· 144
　　　（二）纪游题刻 ·· 144
　　　（三）景名题刻 ·· 145
　　二、各景点摩崖石刻 ······································ 146
　　三、云窝摩崖石刻群 ······································ 146
　　四、佛教摩崖石刻 ·· 148
　第二节　武夷山水楹联 ······································ 149
　第三节　武夷茶文学 ·· 153
　　谢尚书惠蜡面茶 ···································· 徐　夤 155
　　武夷山记 ·· 陆　羽 156
　　和章岷从事斗茶歌 ·································· 范仲淹 158
　　叶嘉传 ·· 苏　轼 163
　　茶灶 ·· 朱　熹 166
　　建安雪 ·· 陆　游 166
　　晚甘侯传 ·· 蒋　蘅 167
　　咏武夷茶 ·· 陆廷灿 168
　第四节　武夷山咏兰、咏桂诗词 ······························ 169
　　咏兰 ·· 唐彦谦 170
　　兰 ·· 朱　熹 171
　　墨兰 ·· 郑思肖 172
　　咏建兰 ·· 文徵明 173
　　兰 ·· 董其昌 173
　　凤兰曲 ·· 苏大山 174
　　咏桂 ·· 江　淹 175
　　咏桂 ·· 罗从彦 176
　　咏桂 ·· 朱　熹 176
　　采桑子·题木犀 ···································· 李　纲 177

下编　近现当代武夷文学

第六章　近代武夷文学 ·· 181
　第一节　概述 ·· 181

第二节　散文 …………………………………………………… 183
　　　　武夷山志序 ……………………………………… 王　拯　183
　　　　记茶佣 …………………………………………… 程守谦　185
　　　　武夷纪游 ………………………………………… 万　珙　186
　　第三节　诗歌 …………………………………………………… 190
　　　　观三姑石 ………………………………………… 魏　杰　190
　　　　流香涧 …………………………………………… 周长庚　191
　　　　望乌君山 ………………………………………… 龚有元　192
　　第四节　摩崖石刻 ……………………………………………… 193
第七章　现代武夷文学 ………………………………………………… 196
　　第一节　概述 …………………………………………………… 196
　　第二节　散文 …………………………………………………… 198
　　　　东方之瑞士 ……………………………………… 陈嘉庚　198
　　　　茗谈 ……………………………………………… 连　横　200
　　第三节　诗歌 …………………………………………………… 202
　　　　过武夷山 ………………………………………… 朱　德　202
　　　　游武夷泛舟九曲 ………………………………… 郭沫若　203
　　　　如梦令·元旦 …………………………………… 毛泽东　204
　　　　题画诗 …………………………………………… 郁达夫　205
　　　　武夷山游记 ……………………………………… 潘天寿　206
　　　　水调歌头·泛舟武夷九曲 ……………………… 夏承焘　208
　　　　二曲玉女峰 ……………………………………… 施蛰存　210
第八章　当代武夷文学 ………………………………………………… 211
　　第一节　概述 …………………………………………………… 211
　　第二节　散文 …………………………………………………… 214
　　　　武夷曲 …………………………………………… 费孝通　214
　　　　武夷颂 …………………………………………… 刘白羽　219
　　　　武夷山 …………………………………………… 汪曾祺　223
　　　　遥寄武夷山 ……………………………………… 邵燕祥　225
　　　　高山矮林 ………………………………………… 章　武　228
　　　　读武夷山 ………………………………………… 梁　衡　230
　　　　武夷三味 ………………………………………… 黄文山　232
　　　　大红袍茶树记 …………………………………… 贾平凹　235
　　　　横看武夷山 ……………………………………… 张建光　236
　　　　山幽水远读不尽 ………………………………… 南　帆　241
　　第三节　诗歌 …………………………………………………… 244

调寄《凤凰台上忆吹箫》……………………………………… 赵朴初 244
　　长联 …………………………………………………………… 潘主兰 245
　　巍巍武夷山 …………………………………………………… 习仲勋 247
　　武夷山水亦神奇 ……………………………………………… 谷　牧 248
　　赞武夷 ………………………………………………………… 项　南 249
　　无以比武夷 …………………………………………………… 路　遥 251
第四节　小说 ………………………………………………………………… 252
　　当下闽北小说创作图景初探 ………………………………… 王冰云 252
　　五朵厂花（节选） …………………………………………… 邱贵平 258
　　姑姑 …………………………………………………………… 胡增官 293
　　杨家班 ………………………………………………………… 江子辰 310
第五节　文论 ………………………………………………………………… 331
　　出神入化武夷山 ……………………………………………… 陈晓明 331

附录 ………………………………………………………………………… 335
　　白鹿洞书院学规 ……………………………………………………… 335
　　朱子家训 ……………………………………………………………… 338

参考文献 …………………………………………………………………… 339
后记 ………………………………………………………………………… 341

上编 武夷山古代文学

第一章 武夷民间文学

第一节

武夷民间传说

民间传说是武夷山最早的文学形态,早在北宋时期,武夷山的神话传说就被收进宋太宗敕令李昉编纂的《太平御览》内,流传至今,其中经历了诸多的历史变迁和再创造。

武夷山名的来历

武夷山的山是奇峻峻的山,武夷山的水是甜津津的水,自古素称"丹山碧水"的壮丽山川,为什么后来又有"武夷"这个奇特的名字呢?

古时,武夷山的幔亭峰上住着一位老人,一辈子披星戴月,餐风饮露,辛辛苦苦地开山,到了白发银须的时候,他已是个远近闻名的开山始祖了。因为他姓彭,人们尊敬地称他为"彭祖"。

彭祖有两个儿子,大的叫彭武,小的叫彭夷。彭武、彭夷一落地呀,说来怪哩,他俩见风就长,一阵春风吹过,他们能喊爹叫妈;二遍春雨浇洒,他们能站立起来;三片春茶绽芽,他们能下地奔跑。

兄弟俩聪明老实,勇敢勤劳,打一懂事起,就跟着彭祖遍山里走,满林里钻了。

彭祖因开山有功,一年八仙在棋盘岩上喝酒时,应乡民要求给他赐寿,活到了八百八十岁,上天要召他成仙去了。临走前,彭祖把两个儿子叫到跟前说:"儿呀,我走了以后,你们一定要继承祖业,日夜不停地开山,为百姓造福呀!"

说着,就把一柄锄头、一把斧子和一杆弓箭交给了兄弟俩,自己就踩着一朵悠悠飘来的青云上天去了。

彭祖走后,两兄弟记着父亲的话,扛起了锄头,拿起了斧头,背上了弓箭,走进了高山密林,走进了峻岭沟壑。

他们挖呀挖呀,挖了三百六十天,挖出了一个个水塘,困住了咆哮的洪水。

他们砍呀砍呀,砍了七百二十天,砍倒了一丛丛荆棘,开出了一片片良田。

他们种呀种呀,种了一千八百天,种上了一垄垄茶叶,栽上了水稻和果树……

兄弟俩又用弓箭射死了山中的老虎和岭上的豹子,还捉来了许多小小的野猪、野兔、野鸡、野鸭……把它们送给村里的百姓,小心地喂养了起来。后来,民间就有了家猪、家兔、家鸡、家鸭……他们还在村里和山边种上各种花草和药材,把武夷的山山水水点缀得更加美丽,百姓的日子也越过越好了。

人们为了报答兄弟俩的恩情,纪念这一对开山有功的人,就从彭武和彭夷的名字里各抽一个字命名,把这丹山碧水称作"武夷山"了。

大红袍传说

蜚声中外的"大红袍",是武夷名丛中的珍品。有关它的来历,民间有着几种不同的传说。

说不清什么朝代哪个年间,武夷山闹了一场大旱灾,连着三百六十天没落过一点雨星星,天干干,地旱旱——

山上的草木枯黄了;

田里的庄稼旱死了;

岩上的流泉干涸了。

村里的百鸟渴得直喘气,山里的百姓也饿得直发愁:旱死了庄稼,收不到稻谷,靠什么来度日呢?

百姓们只好越岭爬坡地去剥树皮、撅草根来充饥。可是,没多久,树皮、草根也吃完了,饿得人难受呀,只好挖观音土来填塞肚子了。这观音土,那难吃的滋味就别说了,咽进肚里又填实实、鼓胀胀的,不消化哩!于是,人们的肚子便一天天地胀起来了……

再说,山北慧婉村里有一个年过半百的老婆婆——这是个百里难挑一的好人呐!她没儿没女没老伴,一个人孤苦伶仃地过活,还常帮乡邻乡亲缝缝补补,洗洗浆浆,大家见她人勤心好,都亲热地叫她"勤婆婆"。

这天,勤婆婆打老远老远的山上,好不容易采来了一把绿绿黄黄的树叶。她又饥又渴,便熬了碗树叶汤,刚想喝下,忽然门外传来了一阵"哎哟,哎哟"的呻吟声,勤婆婆连忙放下汤碗,出门一看,见门口石墩上坐着一个挂着龙头拐杖的白发老头,正有气无力地喘着粗气——他干渴得嘴角唇边都裂开了一道道口子。勤婆婆急忙把老头扶进了屋里,端起那碗热腾腾的树叶汤,送到老头面前说:"大旱年头,没什么好吃的。这碗树叶汤,你趁热喝下吧!"

老头感激地接过汤碗,咕噜咕噜地几口就喝下了树叶汤,顿时红光满面,精神抖擞。他笑呵呵地举起手中的龙头拐杖,对勤婆婆说:"好心的妇人呀,感谢你救了我,老汉没什么可报答的,就把这龙头拐杖送给你吧!"老头说着,就把拐杖递给了勤婆婆。

勤婆婆看那拐杖,黄溜溜亮闪闪的,龙嘴里还含着一颗明晃晃的夜明珠呢!真是个无价宝呀!勤婆婆是个实心人,她想喝碗树叶汤,怎么能让人家还礼呢?

勤婆婆刚想把拐杖还给老头,老头像看穿她心思似的,又说:"好心的妇人呀,你在那地上挖个坑,把拐杖插上,再浇碗清水就行啦!它会给你带来幸福的。"

老头手一指,勤婆婆顿时觉得有一股清风扑面吹来,她回过头一看,呵!白发老头不在了,只见一个身穿大红锦袍的道人伴着一股清风远去了!直到这时,她才知道自己遇上神仙啰!

勤婆婆依照老道人的叮嘱,在院子当中挖了个坑,插上龙头拐杖,又浇上碗清水。第二天清晨,她起来一看,立刻被一种奇异的景象惊呆了:只见黄溜溜的拐杖已长成一棵绿葱葱的大茶树,满树勃发出一簇簇嫩芽。晨风一吹,缕缕清香飘荡,引来了村里的百鸟,引来了溪边的彩蝶和山上的蜜蜂,也引来了村里村外的男女老少。院子里熙熙攘攘,可热闹呢!

勤婆婆热心招呼大家,把那团团簇簇、亮亮绿绿的茶叶采下来。说奇也真奇,大家一边采,茶叶一边长,怎么采也采不完嘞!

勤婆婆高兴极了,连忙烧滚水,熬了一大锅浓浓的茶叶汤,分给乡亲们喝。大家喝下茶叶汤,只觉得清香沁脾,荡气回肠;肚疼的不疼了,鼓胀的胀消了。人们笑呵呵的,乐得勤婆婆也跟着后生们围着茶树跳起舞来……

俗话说:"天下没有不透风的墙。"不久,这株神奇茶树的传说,就飞到了京城,传到皇上的耳里。这皇上可是个狠毒贪心的人呐!在他眼里,什么人间的瑶草琼花、奇珍异宝,都只能姓"皇",更何况这株盖世无双的神茶呢!

皇上很快就派来了大臣兵丁,连挖带抢地把勤婆婆的茶树移进了皇宫,恭恭敬敬地种在后花园里。

皇上得到了神茶,不禁喜笑颜开,请来了朝廷的文武百官,举行了隆重的尝茶盛会。一曲笙歌荡起,宫女翩翩起舞。皇上在乐曲中浇着香气诱人的茶树,左看右瞧,右瞧左看,笑得合不拢嘴。忽然,鼓乐大作,呼声四起,皇上要亲自采茶啦!他刚伸出那双苍白枯瘦、指甲尖尖的手来,那茶树却像有意作弄他似的,"呼啦啦"地向上长高了一大截……

皇上颤抖抖地爬上竹梯,茶树向上长高一节;皇上又爬上一层,茶树又长高一节……就这样,皇上爬呀爬呀,茶树长呀长呀,一直长入高空,插入了云天。

皇上摘不到神茶,怒发冲冠,只好下令砍掉茶树。谁知巨斧落下,寒光一闪,顶天茶树哗啦倾倒,压塌了皇宫,砸死了皇上,惊得文武官员纷纷抱头逃窜……

这时,天空忽地飘下一朵红灿灿的云彩,悠悠荡荡地降落在茶树兜上;茶树顿时长出粗壮的茶杆,绽出了油绿的嫩叶。红云飘呀飘呀,又围着茶树飘了三圈,茶树竟连根带须地卷着红云飞出了京城,越过高山,跨过溪流,向勤婆婆居住的武夷山飞去……

再讲,自那日皇上派兵抢走茶树以后,勤婆婆伤心极了。她日里哭,夜里想,想来哭去地直发愁;渐渐地想白了头发,哭红了眼睛,愁病了身子。这天,勤婆婆躺在床上,忽然听见喜鹊在窗口"喳喳喳"地叫唤,她拄着拐杖起来一看:呀,在一朵红云下,成群成群的鸟雀和蜂蝶拥着一株青翠的茶树,在瓦蓝瓦蓝的天空里翩翩飞舞⋯⋯

茶树! 茶树! 这不是自己日思夜想的神茶吗? 勤婆婆一高兴,病也好了,愁也没了,眼也明了,扔掉拐杖就跑过去。

哪晓得茶树在勤婆婆院子里打了个圈,又恋恋不舍地飞走了。它掠过慧婉岩,飘过流香涧,飞进了九龙窠⋯⋯

等勤婆婆和乡亲们赶来一看,九龙窠半天腰上那朵飘浮着的红云彩已落到了大茶树上。勤婆婆忙叫后生哥搀扶着她爬上岩壁仔细一瞧:哟,这哪是红云呀! 那是仙人穿的大红锦袍呢! 她掀开锦袍,只见原来青翠的茶树已变得闪闪烁烁,满树红艳艳的了。

从此,人们也就把这株茶树叫作"大红袍"了。后来这茶树又发兜,长成了三棵。那白发仙人为什么要让茶树扎根在九龙窠的半天腰呢? 原来,传说半天腰是个"宝地"。那岩壁上有终年不断的清泉涓涓滴下,那就是龙头拐杖嘴里的夜明珠渗出来的"仙水"呢! 人们又说,那无路可攀的绝壁,只有勇敢勤劳的人才能上去,才能摘下神茶,获得幸福和欢乐!

传说古时,有个穷秀才上京赶考,路过武夷山时,病倒在路上,被下山化缘的天心庙老方丈看见,忙叫两个和尚把他抬回庙中。

老方丈见秀才脸色苍白,体瘦腹胀,便从一个精致的小锡罐里抓出一撮茶叶,放在碗里用滚水泡开,送到秀才跟前说:"你喝下去吧,病就会好的。"

秀才见那茶叶在碗中慢慢舒张,露出绿叶红镶边,染得水色黄中带红,如琥珀一样光亮,清澈见底,芬芳飘逸,一股带有桂花的清香味钻心透肺,人就感到舒服。他啜了几口,觉得那茶味涩中带甘,立时口中生津,香气回肠,"咕咕"发响,腹胀渐渐消退,人也不感到烦躁了,精神更是爽利起来。秀才连忙起身,向老方丈拜了三拜说:"多承老方丈见义相救,倘若小生今科得中,定返此地修整庙宇,重塑金身!"

秀才在庙里歇息了几天,便告别了老方丈及众和尚,又上路赴京赶考去了。

果然不久,秀才金榜题名,得中头名状元。皇上见他人品出众,才华过人,当即招为东床驸马。按理说,秀才身居高官,又招为皇婿,应该春风满面,喜气洋洋才是。可是,状元虽日夜有美丽的公主相伴,还是闷闷不乐,似乎心事重重。

一天上朝,皇上见他紧锁双眉,便问他为何这样? 状元就把赶考落难,老方丈如何搭救的事一一做了禀告。皇上见他欲往武夷山谢恩,便命他为钦差大臣前去视察。

一个和暖的春日,状元一行人离开了京城。只见状元骑着高头大马,随从前呼后拥,一路鸣锣开道,忙煞了沿途驿站的官员。那武夷山的老方丈接到快马通报,连忙召集庙里大小和尚焚香点烛,夹道欢迎,恭候钦差大臣亲临视察。

行行走走,走走行行,状元威风凛凛地来到武夷山天心庙前,一见老方丈,立即下马,上前拱手作揖道:"久违! 久违! 本官特前来报答老方丈大恩大德!"

老方丈又惊又喜,双手合十地打量着状元说:"状元公休要过谢。救人乃贫僧本德,区区小事,不必介怀。"

在寒暄中,状元问起当年治病的事,说要亲自去看看那株救命的神茶。

老方丈点头从命,领着新科状元从天心岩南下,过象鼻岩到山脚,再向西行,走进一条幽深的峡谷,只见九座岩峰像九条龙蟠绕在沟壑峭壁之间,谷里云雾漫漫,涧水淙淙,凉风簌簌,坡上岩下那一片片、一层层的茶树在风里吐芳流香。

状元陶醉在天然的景色里,深深地吸了口气,又见陡峭的绝壁上还有一道小石座,座里长着三株丈余高的大茶树。树干曲曲弯弯,长满苔藓,树下泉水滴滴,土黑而肥润,又浓又绿的叶片,吐出一簇簇的嫩芽来,在阳光下闪着紫红的光泽,煞是逗人喜爱!绝壁上还有一道岩缝,轻风薄雾就从缝里徐徐吹拂茶树,其是天造地设的巧妙呀!

老方丈看状元惊叹不已,就说:"这里名叫九龙窠。当年状元因食生冷之物,犯了鼓胀病,贫僧就是取这半天腰的茶叶,泡汤给状元饮服的。"

状元兴味更浓,在九龙窠游览到日头偏西,回到寺里,又听老方丈讲起这三棵大茶树的古老传说:

很早很早以前,这茶种是晶亮晶亮的,是武夷神鸟从蓬莱仙岛衔来的,丢在九龙窠的岩壁上,就长出了这三棵绿油油、粗壮壮的茶树。因为它高高地长在云雾缭绕的半天腰上,每年阳春,庙里就打响钟鼓,召集山猴来开山果会。给每个猴子穿上红衣红裤,让它们爬上绝壁,摘下茶叶来制好。有人病了,就施赠三五片泡汤,喝下去病就好了。因为叫不出树的名字,山里的人就称它为"茶王"。

状元听了哈哈大笑,对老方丈说:"如此神茶,能治百病,请老方丈精制一盒由本官带到京城进贡皇上,何如?"

老方丈连连应承。此时正值春茶开采季节,第二天老方丈高兴而隆重地被上四十二条红袈裟,点起香烛,击鼓鸣钟,招来庙里大小和尚,按职称穿上条数不同的红、黄、褚各色袈裟。侍者端着茶盘,盘里装着香菇、木耳、金针菇等六碗斋菜和酒饭,由老方丈领着,后面跟着首座和尚、都监、纠察、监院、府寺、知客、维那、悦众和清众等大小和尚。有托香炉檀香的,有端具的,有拿拂尘的,有提灯笼的,排成一队,鱼贯而行,浩浩荡荡地列队来到九龙窠。焚香点烛,钟钹齐鸣;和尚们合掌念经,唱起香赞,由老方丈带头,左三步、右三步,对茶树参香礼拜,在烟火缭绕中大家齐声高喊:"茶发芽!茶发芽!"就开始采起茶来啦!

采过茶叶,老方丈回庙请来最好的茶师,用最好的茶具,将茶叶精工制作以后,装入特制的小锡盒里,由状元用一方丝帕小心包好,藏在怀里。此后,状元差人把天心庙整修一番,又塑上一个金身菩萨,便打马回京城去了。

状元到了皇宫,见宫廷一片忙乱。一打听,才知是皇后患病,终日肚疼鼓胀,卧床不起,请遍了京城名医,用尽了灵丹妙药,都不见效,急得皇上和大小宦臣坐立不安。状元见这情景,就把那包茶叶呈到皇上面前,奏道:"小臣从武夷山带回九龙窠神茶一盒,能治百病。敬献皇后服下,准保玉体康复。"

皇上接过茶叶,郑重地说:"倘若此茶真能显灵,使皇后康复,寡人一定前往九龙窠赐

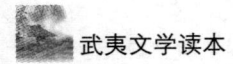

封、赏茶！"

说也怪，皇后喝了皇上亲自冲泡好的茶叶后，果然不久，痛止胀消，玉体也渐渐地恢复了。状元看皇上喜笑颜开，乘兴邀他前往武夷山赏茶。

古话说："国不可一日无君。"因为朝廷政事很多，皇上只好将一件大红袍交给状元，由他亲自带往武夷九龙窠，以示皇上光临。

崇安衙门官员、武夷和尚道士，听说状元代表皇上亲临九龙窠，纷纷出来迎候，老百姓也赶来看热闹。十里山路上人声鼎沸，九龙窠里熙熙攘攘，礼炮轰响，火烛通明。半天腰上那三株大茶树罩在一片烟火里，卷起了叶子，惊得状元急忙从笼车里取出大红袍，命一名樵夫爬上半天腰，把大红袍盖在三株茶树上。说奇也真奇，等烟消火灭时，掀开大红袍一看，三株茶树已变得满树通红了。有人说这是烟熏火烤的，也有人讲这是大红袍染的呢！

后来，人们就把这三株茶树叫作大红袍了，有人还在石壁上镌刻了"大红袍"三个红艳艳的大字。渐渐地，不少游人茶商慕名而来观赏，贪心的皇上怕有人夺走茶王，就派了专人看守，还下了道圣旨，要大红袍年年岁岁进贡朝廷。

从此，大红袍就成了珍品，成了"茶中之王"，与武夷的丹山碧水一起驰名于天下了。

大王和玉女的传说

二曲溪南，但见大王峰独耸山头，玉女峰伫立水畔。大王、玉女，东西分立，便有了一段动人的传说。

很久很久以前，武夷山是一个洪水泛滥、野兽出没的地方。一年春天，大雨瓢泼不止。洪水咆哮而来，卷走房屋，冲毁农田，在受灾的人群中，有一位英俊的后生叫大王。他在经历了无数次洪灾的磨难后，深深地感到，像这样逃来跑去绝不是个办法，只有彻底治理山洪，才能解除厄难。

于是，大王领着乡亲们劈山凿石，削岭填沟，终于绕过九曲十八弯，开出了一条蜿蜒的九曲溪，开出了一片又一片良田，满目荒凉的武夷山变成了人间仙境。人们过上了幸福的生活。他们愉快地唱道：

> 清清九曲茶香飘，
> 三十六峰奇峻峭。
> 莫道天宫花月关，
> 更有武夷风光妙。

这天，云海深处的天宫里，玉帝的女儿玉女正哀叹天宫的凄冷寂寞。忽然，阵阵歌声卷着茶香飘上九重天，玉女听罢，愁眉舒展，心花怒放。她拨开云雾往下一看，陶醉于武夷山的欢乐景象，想想天宫的凄冷寂寞，玉女动了真情。

玉女喜盈盈地驾起云彩，踏上七彩虹路。玉女的鹦鹉拔下一根色彩斑斓的羽毛给它的主人,玉女接过羽毛,亲了亲鹦鹉,乘风下凡去了。

玉女来到人间,变成了一个美丽的村姑,来到一曲。忽然,她看见村前地里有一位魁梧英俊的后生哥,玉女的脸渐渐泛上了一层红晕,情不自禁地走上前去,轻声细语地问道:"阿哥,能讨碗水喝吗?"大王抬头一看,不禁脸红,赶紧低下头提起茶壶就倒水。他心跳手颤,竟让茶水溢了出来,溅湿了玉女的纱裙。

大王急忙脱下身上的白褂蹲下就擦,玉女见他如此憨厚,轻轻推开大王的手,自己掏出手绢擦拭。老实的大王又倒满了一碗茶水,小心翼翼地递给玉女。玉女喝着香茶,再看着眼前英俊可爱的大王,心里暖暖的。

她说:"阿哥,我是天上的玉女,难忍天宫的凄冷寂寞,来到武夷山,您就收留了我吧!"看着亭亭玉立的玉女,如此温柔多情,大王打心头欢喜,玉女从此就留在了人间。

一个明媚的月夜,玉女独自倚在窗前,遥望着天上的牛郎织女星出神。她想起该送给大王一顶金纱帽,于是她掏出彩色羽毛,朝九天唤了三声鹦鹉,叫它送来金纱银梭,把对大王的缕缕情思织进了金纱帽。

同是这个夜晚,同是这轮明月,大王也临窗遥望明月出神!他想该送给玉女一颗珍贵的金石印!于是他掏出一块金石,情意绵绵地对着圆月,一刀一刀精雕细刻,把对玉女的眷恋,深深地镌进了闪闪的金石里。

又是一个月朗星稀的夜晚,九曲溪边,大王、玉女面对面坐着。大王终于鼓足勇气,向玉女求婚,玉女同意了。大王激动地从怀里掏出那颗精心雕刻的金石印,双手捧送给玉女,并把早已备好的一朵朵五彩山花,插在玉女头上。玉女深情地看着大王,接过金石印,也从怀里取出那顶绚烂多彩的金纱帽,给大王戴上,又羞涩地从头上取下那把洁白透明的香梳,轻轻地放在大王手里。

后来,出来一个铁板怪,把他们的爱情故事捅到玉皇大帝那,玉皇大帝一怒之下就把他们都点成石头,也就是现在大家看到的大王峰和玉女峰。

附:大王、玉女题咏

大王峰

(宋)李 纲

危峰孤峭与天通,犹有当时羽化踪。
仙驭自随鸾鹤远,玉楼金锁白云封。

大王峰

(元)林锡翁

突兀奇峰耸汉间,危梯万丈可跻攀。
天然一片石上石,日落几重山外山。
九转丹砂多变化,千年白鹤复飞还。

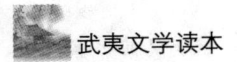

我来欲作烟霞伴,蜗角蝇头未放闲。

大王峰
(清)董天工

巍然一片石,雄镇万山纲。
月照青鸾舞,风吹白蜕香。
危梯空碧落,鸟道接扶桑。
六六群峰拱,应推仙壑王。

玉女峰
(宋)李　纲

风舞芳林鬓脚垂,朝云暮雨湿仙衣。
不知当日缘何事,化石山头更不归。

玉女峰
(清)董天工

不道姑仙立水中,亭亭秀色态融融。
湘江解佩翻成梦,巫峡行云化作虹。
新月难描新宇翠,晚霞敢拟晚花红。
贞心铁石尘缘断,独对寒潭凌太空。

董天工(1703—1771),字村六,号典斋。福建崇安(今武夷山市)人,为曹墩董氏十二世祖,清雍正元年(1723年)拔贡。董天工自幼生长在武夷山中,性爱山水,工于诗文,拔贡后便涉足官场,曾先后担任过福建宁德、河北新化县司铎,山东观城知县。董天工在河北任职期间,协助当地官府治理蝗灾立功受封,升任安徽池州知府。董天工清廉勤政,业绩可嘉,晚年致仕。董天工热心教育事业,晚年曾跨海东渡到台湾彰化县创办学校,广收学生,自任教谕,自编教材,普及文化教育,改变当地民众不良习惯。如今,彰化县许多地方还留有董天工祠,以纪念这位为台湾教育事业呕心沥血的曹墩人。董天工还根据自己在台湾的眼见耳闻,"靓山川之秀美,水土之饶沃,风俗之华丽,物产之丰隆,有见有闻,退而识之,稽成文献,编册成书",编辑出版了《台湾见闻录》4卷,清抄本4册,现珍存在北京图书馆《台湾文献从刊》129号。另编纂《武夷山志》。

玉女峰
周　恺

神工自天来,手持白玉斧。
劈破两山崖,化作千丈堵。
路通青嶂云,泉飞白日雨。

雩台高作屏，灵岩深可宇。

青天见一痕，鸿濛开太古。

鹊桥仙
无名氏

百般恩爱，万般无奈，咫尺天涯无聚。相思销得山憔悴，还常著凄风苦雨。

溪流似泪，迷雾如愁，云水荡漾情惆。一曲斜阳笛声怨，又平添愁绪无数。

铁板嶂的传说

  大王、玉女在九曲溪边约会。这情意绵绵的一幕，全被躲在暗地里的铁板鬼看见了。这铁板鬼是武夷山里一个为非作歹的野道人。他做梦都想成仙，可是又不肯积德行善修道，常施阴谋诡计，拆散人间恩爱夫妻，武夷山人都恨透了他。

  奸诈的铁板鬼，为了探清大王、玉女的底细，就变作一个老头，偷偷地进了村。才知道从天庭偷偷下凡的玉女要与大王成亲了，铁板鬼悄悄溜到九曲溪边偷了一株武夷岩茶，急匆匆地上天庭告密请赏去了。

  铁板鬼来到天宫，正碰上玉帝肚子痛，铁板鬼便乘机献上岩茶，玉帝饮下武夷岩茶后，果然痛止胀消，不禁圣心大悦！铁板鬼乘机把玉女私自下凡要与大王成婚的事密告了玉帝。玉帝勃然大怒，传来天兵天将，对铁板鬼说道："你去带路，只要能召回玉女，得到武夷岩茶，就封你为仙！"

  当天宫玉帝大发雷霆之时，凡间的大王、玉女正忙着办婚事。正当大王、玉女沉浸在幸福遐想中的时候，忽然一阵阴风袭进洞房，铁板鬼正引着玉帝和天兵天将往武夷山方向飞来，大王赶忙拉起玉女躲进一处洞穴，而后自己回到村里。此时，铁板鬼已将玉帝及天兵天将带到了一曲。铁板鬼指着郁郁葱葱的茶树，玉帝伸手就拔，那青翠欲滴的茶树，一到玉帝手里就枯萎了。各位神将分别率领天兵，在武夷山各个山峰洞穴搜寻玉女。托塔天王、增长天王、哪吒太子逐一向玉帝复命："万岁，臣等到处搜寻，没有发现公主踪迹！"

  "万岁，这些野民非常狡猾，一定是他们把公主隐藏起来了！"铁板鬼煽风点火。"刁民们，你们若不交出玉女，寡人将降天火，烧毁武夷！"玉帝声嘶力竭地说道。

  山民们沉默不语，像石雕的群像。

  "如此顽固不化，休怪寡人无情！"玉帝怒不可遏，只见他用手一指，晴空霹雳，一团烈火，从天边飞来。

  "不能毁灭武夷！"玉女的喊声惊天动地。所有的人都被这喊声惊呆了。

  玉女无限深情地对大王和乡亲们点点头，然后向玉帝跪下："父皇，请恕女儿不孝之罪。天宫凄冷寂寞，武夷温暖如春。女儿已与武夷山水、武夷山民结下深厚感情。请父皇开恩，让女儿留在武夷，与大王结为恩爱夫妻。"

  "住嘴！"玉帝大喝一声，铁板鬼和天兵天将蜂拥而上，要押玉女回天庭。玉女愤然站起,她紧紧抱住大王,死也不肯分开。山民们围成一道人墙,护住大王、玉女。

玉帝怒不可遏,厉声喝道:"不回天宫,就把你们点化为石!"

玉女心一横,斩钉截铁地回答:"宁为石头,也要留在人间!"

玉帝大怒:"好,父皇成全你!"

玉帝双手合拢,口中念念有词,一道强烈的弧光过后,人们惊讶地发现,大王、玉女已经变成了两座紧紧相连的石峰。

玉帝还不罢休,叫来雷公电母,把藏在大王、玉女身上的定情信物也震落在二曲浴香潭里,变成了溪里的香梳石和金印石。可是两座石峰岿然不动,依然像一对情人般紧紧地依偎着。玉帝怒发冲冠,从腰间拔出寒光闪闪的天皇宝剑,往两峰联结处使劲砍去。两峰顿时裂开,但须臾间又徐徐合拢。玉帝又怒劈,两峰依然是分开后又慢慢合拢。

"万岁,快在两峰之间横置一道巨障吧。"铁板鬼乘机又进谗言。

"哈哈哈,那好,就让你化作铁板嶂,横亘在他们之间吧。"因为召不回玉女,又得不到武夷茶,玉帝迁怒于铁板鬼。玉帝用手一指,铁板鬼惨叫一声,腾空而起,落入玉女峰和大王峰之间,变成了黑苍苍的铁板嶂,把大王、玉女分隔在九曲溪两岸,永远不能相会。

大家望着大王峰和玉女峰,望着这对忠贞的情人,流下了伤心的眼泪。串串泪珠洒落在干枯的茶树上。顿时,满山的茶花竞相开放,环绕在大王峰和玉女峰的周围,使两座山峰显得格外苍翠俏丽。

直到如今,人们还把大王峰叫作纱帽岩,是因为大王头上戴着玉女送给他的金纱帽;玉女峰上花香四溢,是因为玉女头上插着大王送给她的五彩山花。玉女峰终年湿漉漉的,岩上渗出一滴滴清泉,那是玉女流不尽的相思泪。

附:

登铁板嶂

(明)沈 仕

我向瑶山钓白螭,还攀铁板采丹芝。
不知行度风千壑,一片文霞衣上吹。

登铁板嶂吴若容山房

(明)张于垒

宛转丹梯展齿轻,径纡亭寂石池平。
长桥浮去溪清浅,瘦竹通来鸟送迎。
笋蕨和云堪作供,峰峦把槛尽知名。
因风隔岫樵苏唱,为续空中鸡犬声。

幔亭宴与虹桥板

相传,在远古时候,武夷君、皇太姥和魏王子骞等武夷山十三仙人,在一曲幔亭峰上摆酒宴请武夷乡民。

这天,天格外地高,风格外地轻,花儿格外地香。一朵朵祥云从云天飘来,在武夷的峰峦间轻悠悠地飘荡;一群群彩蝶从溪边飞来,在村村寨寨的竹篱前翩翩起舞;一只只喜鹊从林里飞来,"喳喳喳"地欢唱,唱得瓦蓝瓦蓝的天空飘下来一叠又一叠红红的请柬——天上的仙人来请凡人赴宴啦!武夷山的百姓欢天喜地地爬过九条岭,拐过九道弯,越过九曲溪,跟着祥云,伴着彩蝶,追着喜鹊,来到了幔亭峰下。

高高的幔亭峰耸入白云里,天上彩霞飘动,百鸟飞翔,从云端里传来一阵阵洞箫、笛子、芦笙、唢呐和钟鼓的合奏声,真是仙乐婉转,轻盈悠扬呀!

这高高的幔亭峰,没有石路,没有天梯,怎么能上去呢?

乡亲们正在发愁,忽听得鼓乐大作,霞光喷射,只见一位银须老者立在一朵白云上,朝乡亲们微笑地点着头,手臂往空中一甩,"哗"地展出一条七彩长虹,变成一条美丽的虹桥云路,慢慢地延伸到峰下。

乡亲们又惊又喜,说说笑笑地踩看虹桥云路,上了幔亭峰。

这幔亭峰可真是个好地方嘞!峰顶又平又宽,一幢幢小巧玲珑的幔亭彩屋星罗棋布;座座亭屋里挂着一串串明晃晃的珍珠玛瑙;满山遍野是奇花异草,一朵朵月桂、牡丹、玉兰花在风里散发着香气;一群群仙鹤在瑶池里扑啦啦地追逐嬉戏……

乡亲们看得入神呀!十三仙人披着五光十色的锦缎,驾着红云,踩着紫霞,笑呵呵地迎了过来,把男女老少请进了幔亭彩屋,品尝香甜的仙桃、蜜橘,吃凡间没有的佳肴美味,饮瑶池的玉液琼浆,赏宫女的轻歌曼舞……仙凡欢聚一堂,同举金杯玉盏,一起祈祷武夷风调雨顾,四季丰收,丹山碧水永飘茶香,百姓康乐无疆……

酒过数巡,歌仙彭令昭离席唱道:

天上人间兮会何稀,日落西山兮夕鸟飞。

百年一瞬兮事与愿违,天宫咫尺兮恨不相随。

仙凡宴会,热气腾腾,快要结束的时候,天地骤然暗了下来,幔亭峰上风卷云翻,十三仙人忙请乡人下山:"快!虹桥将断,日后再会!"

乡亲们见暴风雨快来了,虽然依依难舍,也只好急忙踏上虹桥,匆匆下山了。

说来也巧哩,最后一个人刚下了虹桥,一阵"哗啦啦"的暴雨倾盆而下,接着狂风四起,只听得"轰隆"一声,虹桥被风雨打断了!那虹桥在大风大雨里四处飞扬,一块块、一条条插落在二曲到四曲左边的山峰岩洞里,那就是现在我们游九曲时所看到的虹桥板。

等风雨过后,人们再往幔亭峰上看去,幔亭彩屋不见了,只留下能摆几百桌酒席的一片平地,四处环簇着郁郁葱葱的青松翠竹。虹桥飞断以后,武夷百姓再也不能上幔亭峰赴

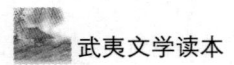

宴去了,有人就在岩壁上刻下了"幔亭"两个苍劲雄浑的大字,如果你驱车来到武夷,数里外便能看见这两个白色的大字,老一辈的武夷人就会向你讲起这个古老而优美的传说……

附:

幔亭峰
（宋）李　纲

宴罢虹桥绝世纷,曾孙谁见武夷君。
更无茵幕空中举,时有笙竽静处闻。
猿鸟夜啼千嶂月,松篁闲锁一溪云。
洞天杳杳知何处？翠壁丹崖日欲曛。

幔亭峰
（宋）辛弃疾

山上风吹笙鹤声,山前人望翠云屏。
蓬莱枉觅瑶池路,不道人间有幔亭。

初入武夷
（宋）陆　游

未到名山梦已新,千峰拔地玉嶙峋。
幔亭一夜风吹雨,似与游人洗俗尘。

幔亭峰玩月
（清）金四德

幔亭峰月朗,古树自苍凉。
山静松声远,夜深怀兴长。
望空千嶂气,坐满一林霜。
到此尘心净,疑高踏太荒。

幔亭峰
（明）蓝　仁

两崖离立阴阴然,上有乔木参高天。
仙家楼台鸡犬静,石潭云雾蛟龙眠。
渔人樵子时相见,水鸟山花亦可怜。
九曲棹歌谁和得,千年遗响堕苍烟。

水帘洞传说

话说善良的小饭头得到两菩萨的搭救，逃出了石堂寺，离开了那个受苦受难的地方，来到了山北的唐曜洞天。唐曜洞天有一座寺庙，名叫三祀寺。寺里住着十几个和尚，大小事务都由老和尚一人掌管。这老和尚一肚子坏水，狡猾得像只老狐狸。他看到来找事干的小饭头，个儿虽小，可手大脚粗，准是把干活的好手。又见他老实巴交的，就假装慈悲地收了下来，叫他在庙里当饭头。

真是逃出了狼窝，又进了虎口。这老和尚挖空心思想出各种法子来折磨小饭头，不但要他挑水、煮饭、扫地、洗衣，干许多许多活儿，还要他上山去砍柴。一天晚上，小饭头打着火把，利用夜间上山去砍柴。谁知夜里山风大，火把灭了，伸手不见五指，小饭头像苦水里的苦瓜苦透了心！他没有办法，只能跑到唐曜洞天的岩顶上，伏在那里呜呜地哭。

他一天哭三次，三天哭九回，眼泪像两股水帘似的不停流淌。他的哭声"呜呜呜"随风飘进了大山，飞上了云天，被驾着莲蓬云游到武夷山的观音娘娘听见了。观音撑开云雾一看，原来是三祀寺的小饭头哭着跳了悬崖。观音娘娘急忙摘下一片莲叶，扔了下来。这莲叶飘呀，飘呀，飘到半崖上，轻轻一托，就托住了小饭头。小饭头坐在莲叶里，飘呀，飘呀，慢慢地飘落在唐曜洞天半壁的岩洞里，成了"饭头仙"。

从此，唐曜洞天的岩顶上就有了两股清澄澄、亮晶晶的水帘垂落下来。春夏秋冬不枯竭，暑去寒来水不断，长年累月洒落在绿沉沉的浴龙池里，民间传说那就是小饭头流不尽的泪水。

每当晴日山风吹过，两股飞泉凌空而下，随风飘飘洒洒，化成无数晶莹剔透的水珠，忽东忽西，看上去就像两幅天然灿烂的珠帘，高高地垂挂在洞前，形成了"赤壁千寻晴疑雨，明珠万颗画垂帘"的奇观。从此，人们就把唐曜洞天改名为"水帘洞"，也有人称它为"珠帘洞"。

这两股水帘，在阳光下，有时像千万片纷纷飘扬的雪花，有时又像千万颗撒向赤壁的彩珠。所以，人们又把它叫作"水帘晴雪"和"赤壁明珠"，至今赤壁上还留有石刻！

附：

水帘洞
（明）樊献科

绝壁飞泉挂白龙，一帘风送玉玲珑。
声传空谷晴疑雨，势转丹岩淡复浓。
喷月垂垂摇碧汉，沉云冉冉散芙蓉。
尊前谁作高山调，拂袖吾从问赤松。

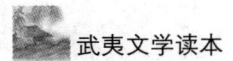

作者简介

樊献科(1517—1578),字文叔,号斗山,明缙云(今浙江省缙云县)人。嘉靖二十六年丁未(1547年)进士,官侍御,代巡闽省时,单车简从,仅带书吏数人而已。其时倭寇频犯边境,巡抚与诸将拥兵建城以守。樊献科慨然力主开门御敌,巡抚遂率诸将决战,倭寇就歼。献科前后两入武夷,题刻凡数处。著有《读史补遗》《诗韵音释》《旅游山居吟稿》,后入乡贤。

水帘洞
(清)何其渔

一入清凉境,全消三伏炎。
银河飞作练,香雨散为帘。
影碎流丹鸟,寒凝射玉蟾。
琼官瑶室里,疑是有鲛潜。

作者简介

何樵仲,名其渔,邵武之建宁人也,为诗有苦思。

三姑石的传说

武夷山幔亭峰北有三块石头,蛾眉凤目,蝉鬓迭云,形似三位亭亭玉立的少女。它们的右侧便是换骨岩,据说,得道成仙的人须在此脱胎换骨才能飞上天去。在换骨岩的东、南两壁各有一洞,名唤灵云洞,相传张果老曾在此洞住过。

张果老常扮作一个肮脏的白须老道,下山到兰汤和盘龙洞附近化斋讨食。人们见到他那副龌龊样,便给他取了个"张邋遢"的绰号。然而,张果老最爱去的地方却是十花村。

这十花村原有十户人家,这十户人家同年都生了一个女儿。这十位姑娘个个婀娜多姿,为了易于分辨,村里人从村头算起,十位姑娘依次唤作大姑、二姑、三姑……一直叫到十姑。

有一天,十花村的十位姑娘生了一场怪病,巧逢张果老采药至此,悉知此事,便用仙草灵丹救治了十位姑娘。十花村家家感激,户户敬奉,十位姑娘也拜张果老为义父。于是张果老便成了十花村的常客了。

这一年七月初七日,喜鹊们正忙着上天搭鹊桥,玉帝下诏书请张果老上天庭灵霄殿赴宴。这事不巧被卧龙潭的十条恶龙知道了。这十条龙对十位姑娘垂涎已久,只是平时碍于张果老在而不敢造次。张果老知晓后,连忙赶到十花村邀请全村乡民到他的神仙洞府做客,千叮咛万嘱咐一定要全村人同往。十花村人经不住张果老盛情相邀,只好前往灵云洞。

灵云洞里面宽且阔,容得下千百口老小。张果老眼尖,忽然发现有三位姑娘没来,为稳住好不容易哄上山的村民,张果老一边招呼,一边飞也似的下山寻找三位姑娘去了。

十花村人到了灵云洞,见只有三缸平时张果老化斋讨来的馊了的饭菜,村民们面面相觑,暗叫上了张邋遢的当,气得转身欲走。道童在旁慌了,连忙阻拦,村民们更是恼怒,气得把三只缸的馊饭菜从洞口往下倒得一干二净。那三位姑娘,此时还在山坡上采花撷草呢。忽然大姑看见石壁有什么东西流下来,异香扑鼻。三人又饥又渴,便接起吃了,立时觉得身子一轻,竟飞天而去。

村民们倒完了馊物,出了一口闷气,眼见午时三刻已近,便匆忙往回走。张果老千寻万找也不见三位姑娘的影子,又见玉帝诏书时限已到,只好上天赴宴去了……

这时,忽然传来地裂山崩的巨响,十花村顷刻间沦陷成一片汪洋。所幸十花村民仍在山岩上,就是不见了三位姑娘。村民们着了慌,齐声急呼三位姑娘,喊声在空谷回荡,传入张果老的耳中,他不由驻足拨云,只见三位姑娘已化为三朵祥云正飞往天宫。张果老无奈,便向三朵云彩轻轻挥手一拂,三个姑娘又恢复原貌,在幔亭峰北化成三柱石峰,便是"三姑石"了,与十花村遥遥对望。

附:

三姑石
(宋)李　纲

灿灿三英照玉溪,雾鬟风鬓晓参差。
想当巫峡行云日,记行湘江解珮时。

三姑石
(宋)安　麐

雾鬟烟鬟仿佛梳,山翁指点说三姑。
娉婷不嫁非无意,谁是人间大丈夫。

伏羲洞与一线天

武夷山九曲溪南麓,有座好像被斧头劈开一条裂缝的大山崖,人们站在山崖裂缝里抬头仰望,只见一线天光,所以就给这座山取名叫作"一线天"。提起这条裂缝,还有一段小故事哩。

很古很古的时候,有位古老的大神,名叫伏羲。他生性善良,勤劳勇敢,善于采麻搓绳,织网捕鱼,常年住在凡间,向人们传授他那高强的本领。有一年,伏羲来到武夷山,见九曲两岸人们的生活艰苦,便想到要是他们能采麻织网,捕鱼捉鸟,生活不就会慢慢地好起来吗?于是,他就在一座山崖下选择了一个岩洞住了下来,白天教人们采野麻,搓麻绳,

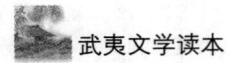

晚上就教人们织渔网、鸟网,还教人们怎样下网去捕鱼,怎样张网去捕鸟。可是,洞里晚上黑咕隆咚的,什么也看不见,没法织网呀!怎么办呢?他想到要是能在山崖上打开一个天窗,让那明晃晃的月光射进来就好了。他拿定主意后,便举起手上的羽扇,吹了一口仙气,就驾云上天,来到玉皇大帝的武库里,借了一把玉斧就马上返回山顶,高高地举起玉斧砍下去,只听得"咣当"一声,就将这座山崖劈成了两半。从此,伏羲就借着从裂缝射进洞里的月光,长年累月,不分白天黑夜地教人们学习打麻搓绳、织网抓捕的手艺。不知过了多少时日,终于使九曲溪两岸的人们都学会了谋生的手艺。打那以后,人们的生活就逐步好了起来。

一天,九曲两岸的人们聚集起来,担着捕获的鱼和鸟来感谢伏羲,可是伏羲却说:"善良勤劳的人,好日子全靠双手换来,不用谢我了。"说完便化为一股青烟,从裂缝中冉冉飘去了。

为了铭记伏羲的恩情,后人就把那个伏羲住过的洞叫作"伏羲洞",这座山就叫作"一线天"。明朝诗人周恺,来这里游览时,还专门为它题了一首词:

　　神工自天来,手持白玉斧。
　　劈破两山崖,化作千丈堵。

附:

一字天
(宋)蔡公亮

石室阴幽却朗然,仰窥长罅见清玄。
不知谁把如椽笔,画出光明一字天。

一线天诗
(宋)徐　几

石上烟消绿藓斑,几人车马此盘桓。
谁知一线通天处,照见人心万古寒。

灵岩一线天
李光壁

地老天荒几变迁,武夷犹是旧山川。
周回一百二十里,流峙几千万亿年。
换骨古来函有蜕,烹茶人去灶无烟。
绝怜水尽山穷处,尚有微茫一线天。

酒坛峰的传说

在五曲更衣台西侧,有个形似倒置酒坛的山峰,名唤"酒坛峰"。

那是远古的时候,武夷山九曲溪畔住着一位善良的老农,人们尊称他为"田父"。一日八仙云游至武夷山,忽闻异香扑鼻,忍不住驻足探问,原来是田父酿的酒的香气。铁拐李止不住口角流涎,急嚷着就要去喝。其他仙人拗不过他,便打扮成凡间俗人,一路找询到田父家。

田父仍像往常待客一般招待八仙。八仙从未尝过如此美味的好酒,不由放纵痛饮。喝了多时,八仙仍不舍离去。从此,八仙再也无心游玩他处,尤其是铁拐李喝上了瘾,天天上田父家讨酒喝,临行还要装一葫芦带走,以便路上解馋。

一天铁拐李在田父家喝了几盅酒,一时兴起,问:"此等稀世上品是如何酿制成的?"

田父笑着说:"此酒乃是用武夷山下良田里生长的稻米,九曲中甘美的溪水,遇林窑烧制的瓷坛酿成的。"

铁拐李一闻此言,不由连赞田父聪颖,忍不住又连喝了几盅,竟把赴瑶池的蟠桃宴会忘得一干二净。等七仙从田父家拉走铁拐李赶到瑶池时,蟠桃宴会早已开始了。铁拐李一入座,举杯就喝,谁知酒一沾唇便吐了出来,惊得众仙都憎了。王母娘娘忙问其中原委。铁拐李朗声道:"这瑶池琼浆不如武夷山田父酿的米酒香。"说完拿出随身携带的葫芦独饮,果真是异香袭满瑶池,佳味熏飘天庭。引得众仙馋涎欲滴,王母娘娘也禁不住直咂嘴,一边嗔斥酿酒大仙竟不如凡间农夫,一边命铁拐李带着酿酒大仙去田父家买酒。

二仙匆忙赶往武夷山。铁拐李向田父一五一十说明了来意。田父一听仙人要喝他的凡酒,乐得合不拢嘴,把剩下的一大坛酒送给他们。二仙大喜,连声称谢。

铁拐李本来腿脚就不灵便,加上这样匆匆忙忙地来回奔波,早已累得上气不接下气了,只好让酿酒大仙先送酒去,自己随后赶来,王母娘娘见了武夷山田父酿的米酒,一尝果然名不虚传,命酿酒大仙分斟给众仙品尝。待铁拐李赶到时,酒坛里的酒已所剩无几了。

铁拐李正想喝酒消除疲劳,一见酒坛已近底朝天,不由怒火中烧举起拐杖朝酿酒大仙打去。酿酒大仙着了慌,慌忙躲闪,拐杖敲在酒坛上,裂了三道长长的口子。酿酒大仙双手一松,酒坛便骨碌碌地滚下瑶池,落到凡间去了。

酒坛里剩下的酒从酒坛的裂缝汩汩地流入九曲溪。现今,若是游人泛舟游经酒坛峰时,还能闻到那醉人的酒香呢!

卧龙潭的传说

有关卧龙潭的来历,另有一个动人的传说。玉皇是个贪财爱吃的人。有一年,武夷山因为受了灾,人们拿不出三牲祭天。玉皇十分恼火,于是要让武夷山大旱三年,所有神龙不准到那里行云播雨,以示惩罚。到了第三个旱年,哀号连天,饿殍遍地,惨不忍睹!哭声飘到天庭,玉皇听见了。他捋着胡子,饮着琼浆,很是得意。哭声也被上天的小神龙听见了,小神龙于心不忍,就在一个夜间偷偷地来到武夷山,对着武夷山喷下了一场大雨,解除了旱情。

第二天,玉皇打开天窗一看,只见武夷山一带枯树重绿,人们正忙着翻耕播种。玉皇一查,知道是小神龙干的,不由气得七窍冒烟。就传旨叫巨灵神把小神龙打落凡间,要它在大地蛰伏,受罪千年,千年以后才能重新被召回天宫。小神龙被巨灵神狠打一鞭,震昏了过去,从天上摔下来,跌落在它曾降过甘雨的武夷大地上,淹埋在泥石中。从此,武夷山人又遭到玉皇的惩罚,三年两头荒。

千年以后,沉沉昏睡的小神龙突然听到玉皇颁来的神旨:"小龙,小龙,今日你大罪已满,等会听到雷声一响,你要腾身百丈,千万莫要回头,不然休想回到天庭!"小神龙苏醒了,地动山摇,把熟睡着的乡民们惊醒了。大家不知发生了什么事,就跑出屋来。突然,天空中"喀喇喇"一声响雷,大地上火光一闪,冒出了一条晶莹美丽的神龙,小龙凌空跃上百丈。人们见了小神龙,齐刷刷跪在地上,同声呼唤:"小神龙,小神龙,武夷老少盼又望,求你快把甘霖降!"此时小神龙两耳充满了武夷乡亲的深切呼唤,再也忍不住了,于是就不顾一切地回过头来,对着久旱的大地和盼雨的人们,喷洒着甘雨。一声惊天动地的霹雳,小神龙被打落到武夷四曲大藏峰下的深潭里,再也不能腾空飞天了。为了武夷大地,为了武夷乡民,小神龙宁愿不回天宫,受罚深锁潭底,长年累月给人们喷霖洒雨。

从此,武夷大地不再遭旱,人们过上了富庶的生活。人们为了纪念小神龙,就把小神龙藏匿的那泓深潭,叫作"卧龙潭"。

附:

五曲铁笛亭
(宋)白玉蟾

满天沉瀣起清风,白鹤飞来上翠松。
月冷山空吹铁笛,一声唤起玉渊龙。

卧龙潭
(清)董天工

俯瞰寒流日午阴,神龙蟠屈九渊深。
藏头束角一团玉,摇尾梳鳞万点金。
秋水盈盈浮绿鸭,岩泉滴滴鼓瑶琴。
炎天望汝施甘泽,果尔飞腾喷澍霖。

小藏峰架壑船的传说

秦时有个渔人,名叫游三蓬,年幼父母双亡,与弟弟乞奴相依为命,靠打鱼为生。一天,兄弟俩在九曲溪上打鱼,天色将黑,小船停泊于梅溪渡口。这时,有一位衣衫褴褛的老翁前来搭渡。游三蓬问其所往,老翁答道:"今晚,武夷君、皇太姥将在幔亭峰上宴请群仙,我要前往赴宴,你们可愿随我一游?"游三蓬兄弟喜出望外,连连称谢。老翁令其闭上双目,安坐船中。他们刚一合眼,小船便腾空而起,只觉耳畔风声飕飕。不一会,忽闻一阵鹤唳,睁眼一看,小船已搁在岩巅上了。四周布满幔亭彩屋,灯火辉煌,笙乐飘飘。这一夜,他们跟仙人一起,拜谒了武夷君、皇太姥,参加了盛大的幔亭之宴。相传,如今小藏峰上的架壑船,便是他们当初那条打鱼的小船。

附:

武夷山的"古闽越""闽越族"文化遗存是业已消逝的古代文明的历史见证。

武夷山市有丰富的历史文化遗存。早在 4000 多年前,就有先民在此劳动生息,逐步形成了国内外绝无仅有的偏居中国一隅的"古闽族"文化和其后的"闽越族"文化,绵延 2000 多年之久,留下众多的文化遗存。反映这一时期文化特征的主要有"架壑船棺""虹桥板"以及占地面积 48 万平方米的汉代闽越王城遗址。

在武夷山东部绝壁岩洞中的架壑船棺、虹桥板是古先民丧葬遗存,距今 3000 多年。棺中的棉布残片是中国迄今发现最早的棉纺织品实物。武夷架壑船棺是现今国内发现年代最久远的悬棺。因而,武夷山被考古学家认为是悬棺葬俗的发祥地,其实物是研究我国先秦历史和已消逝的古闽族文化极为珍贵的资料。

占地面积 48 万平方米的汉城遗址,具有极高的历史文化价值和研究价值。它是中国长江以南保存最完整的一座汉代古城址,在创建选址、建筑手法和风格上别具一格,是中国古代南方城市的一个典型代表,在中国和世界建筑史上占有重要地位。现已发掘出土大量珍贵文物,如日用陶器、陶制建筑材料、文字瓦当、铁器青铜器等,分别代表当时先进的生产力,体现了中国文明的最高水平,为研究汉代闽越族盛衰及江南经济文化发展史提供了重要的实物资料。

关于那神奇的船棺,众多文人纷纷感叹,写出诗句:

九曲棹歌
(宋)朱 熹

三曲君看架壑船,不知停棹几何年?
桑田海水今如许,泡沫风灯敢自怜。

架壑船
(明)徐 熥

壑里藏舟经几春,溪头何用叹迷津。
世人自畏风波险,岂是神仙不渡人。

仙船岩
（明）曹学佺

千寻岩壑几经秋，问渡无人到上头。
但恐风波随地有，青山何处可藏舟。

仙船岩
（明）安如坤

嶙峋千仞壁，何代搁仙舟。
无复载明月，曾经泛斗牛。
溪山同寂寞，天地一沉浮。
回首人间世，风波满眼秋。

船场岩
（宋）李　纲

仙艇何年插翠微，云蓬烟棹尚依依。
凌虚欲鼓天边柁，唤取双龙负背飞。

思考题

1. 武夷山还有很多神话传说和民间故事，请你做一番田野调查，说说这些故事。
2. 就你喜欢的一则神话传说或民间故事进行改写或改编，改成小说或剧本。

第二节

武夷山民间歌谣

　　武夷山环境优美，青山抱水，水绕青山，北倚千仞雄峰，南襟万顷丘陵。得天独厚的自然环境，形成独具魅力的人文环境。闽越族入驻，称雄一方；儒释道慕名而至，讲道传道，于是形成了丰富而独特的武夷山文化，代代相传。与闽南语歌传唱大江南北相比，武夷山方言歌谣婉转凄凉、韵味独特，但传唱却甚少。吴超认为："民间歌谣以劳动人民的集体创作为主，主要在口头流传，形体比较短小，字句比较整齐，与劳动人民生活紧密的结合，反映了各个时代的社会风貌，人民的思想、感情、愿望以及审美情趣。"《中国民间歌谣集成·福建卷》收有"武夷山民间茶歌 30 余首，多为四五言结构，承袭汉魏古风，词风淳朴生动，吟诵劳动者的甘苦。村民口头创作的山歌,不仅仅旋律优美,欢快流畅,而且说喜道忧,打情骂俏,把老百姓的情感表现得淋漓尽致"。

　　武夷山自古以来就是游览胜地。由于地处闽浙赣交界之处,千百年来,各种文化在这里延伸交融,或许正是这种包容性,武夷山语言文化传承至今,已出现极大的危机,武夷山方言歌正渐渐淡出人们的视野。作为武夷山文化瑰宝,武夷山方言歌本身就是一种文化,蕴含着极大的发展潜力,与粤语歌、闽南语歌的蜚声四海相比,武夷山方言歌眼下的状况却令人担忧。需要武夷山广大市民与学校广大师生积极宣传,为传承与弘扬武夷山语言文化献策出力。

　　明代著名的通俗文学家冯梦龙认为山歌的最可贵之处在于"情真","但有假诗文,但无假山歌"。清代大诗人黄遵宪将民歌比作"天籁",说的也是"情真",武夷山劳动人民的劳动歌、茶歌,以及情歌都是从生活而来的,不需要任何的修饰,简朴单纯,在劳动中体现自己的喜怒哀乐,表现了复杂的情感,民歌满足了劳动人民的情感交流、体验等,使人们在生活中找到情感的交汇点。

一、山歌

武夷山歌

奇峰渺渺水潺潺,
亮丽能夺日半边。
玉女亭亭梳秀发,
大王愣愣望仙坛。
眼开九曲回肠路,
篙点千重荡气天。
南北东西全走遍,
独一无二武夷山。

(选自《远望集:易行格律诗作诗论选》,易行著,线装书局2011年版,第46页)

世上穷人帮穷人

亲帮亲来邻帮邻,世上穷人帮穷人,
有话当面说分明,切莫背后暗算人。
亲护亲来邻护邻,世上穷人护穷人,
挑拨离间生枝节,夜夜睡觉不安宁。

这首民谣唱出了人们生活中为人处事的道理,语言简朴,寓意却很深刻。

砍柴歌

砍柴郎仔,不要慌,

落了太阳有月光,
月光落了有星星,
落了星星大天亮,
早上起来下大霜。
哥哥砍柴去哪方?
深山树林不要去,
野兽出来把哥伤。
妹妹开口叫哥哥,
哥哥听见在一帮,
娘来听见在一起。
婚姻大事娘主张,
同心合意回家乡,
从头到尾到白头。

十鸟悼凤歌

金针开花满山黄,凤凰得病在三仰。
十鸟个个心里乱,山鸡去请白鹤郎。
白鹤仙医来诊脉,孔雀挥羽写医方。
桃源洞里有药店,画眉飞奔点药忙。
十样药品都点齐,凤凰离世回天堂。
鸡仔啼得肝肠断,鹧鸪啼得断肝肠。
白头翁忙去报丧,鹭鹚穿白吊凤凰。
啄木鸟子上天游,砍来楠木做船棺。
燕子上下衔金草,织成金被遮凤凰。
大藏锋上架挐船,万鸟啼鸣送凤凰。
九曲溪水奔声急,白云飘飘来送葬。
水帘洞里无声息,壁立万仞泪成行。
十鸟日夜念凤凰,插下茶枝遍山岗。
八月茶花开满山,白花一片悼凤凰。

(选自《武夷山世界文化遗产的监测与研究》第 4 辑,张世宏主编,厦门大学出版社 2010 年版,第 176 页)

二、锁歌

　　锁歌流传于我国的南方各地,在武夷山的民歌中,锁歌有着重要的地位。"锁歌中所谓的'锁',对唱山歌手中那位领唱设置的发问,以一道疑问先发制人,想以此难倒对方,而应唱方则以准确的回答,将其设置的锁给解开,解锁就是通过紧扣发问者提出的问题一唱一答,充满乐趣,体现机趣,委婉抒情。"从青年男女的对唱中,我们感受到村野百姓的山歌对赛,其实就是一场智力的竞赛。发问者问得奇特,想难倒对方,应者回答得巧,出奇制胜,锁歌对唱的双方是一男一女,对唱的内容既反映了村野之民斗智的技巧,又反映了山野之民对美好生活和爱情的向往。如:

石榴开花叶又青
(邵武市)

(锁)石榴开花叶又青,哪个打马去取经?
　　哪个挑担千里路?哪个保驾得转身?
(开)石榴开花叶又青,唐僧打马去取经,
　　沙僧挑担千里路,悟空保驾得转身。
(锁)石榴开花叶又青,你晓得雷公哪里人?
　　你晓得雷母是哪个?哪个下海做媒人?
(开)石榴开花叶又青,我晓得雷公是雷州人,
　　我晓得雷母是龙王女,八仙过海做媒人。
(锁)石榴开花叶又青,哪个遇难在眼前?
　　哪个篡位十八载?哪个杀妻泪涟涟?
(开)石榴开花叶又青,刘秀遇难在眼前,
　　王莽篡位十八载,吴汉杀妻泪涟涟。

何人收得

何人收得天上星哦?乌云收得天上星嘞。
何人收得瓦上霜哦?日头收得瓦上霜嘞。
何人收得凡间人哦?啼唠收得凡间人嘞。
何人收得山中鸟哦?打铳郎收得山中鸟嘞。
何人收得溪中鱼哦?鹈鹕收得溪中鱼嘞。
何人收得妹仔心哦?哥仔收得妹仔的心嘞。

四多四收四救歌

第一多来什么多?第一多来天上星。
第二多来什么多?第二多来凡间人。
第三多来什么多?第三多来河中鱼。
第四多来什么多?第四多来深山鸟。
什么收得天上星?乌云收得天上星。
什么收得凡间人?疾病收得凡间人。
什么收得河中鱼?鹭鹚收得河中鱼。

什么收得深山鸟？凡人收得深山鸟。
什么救得天上星？狂风救得天上星。
什么救得凡间人？华佗救得凡间人。
什么救得河中鱼？浑水救得河中鱼。
什么救得深山鸟？深山救得深山鸟。

注释

口述：占仁福，男，城西村农民；李月英，女，40岁，桐木村农民。
收集：吕秀琴，女，崇城镇文化站；胡春花，女，星村镇文化站。
采集时间：1987年8月，星村城关。武夷学院文教院叶秀娜老师提供。

三、情歌

情歌是劳动人民用于表达爱情的歌。我们追溯情歌起源，从《诗经》中就可以找到大量的情歌，《诗经》为我们体现了2500多年前先民对爱情的称颂。直到今日，我国西部也还保存着男女通过情歌互诉衷肠的习俗。"武夷山情歌对唱，其词内容丰富，情真意切，曲调婉转，是青年男女表达爱慕之情的最好方式。"如：

手绢送情歌

女：阿哥（那）挑箩茶山（呀）来，
　　阿妹（那）有话口难（呀）开。
　　半篮（子）茶叶倒箩（呀）里，
　　一方（那）手绢往里（呀）塞。
男：红艳（那）手绢绣呀鸳（子）鸯，
　　半边（那）显露半遮（呀）盖。
　　茶似（那）观音妹似（呀）茶，
　　手绢（那）是你掉下（呀）来。
女：丢了（那）手绢不要（呀）紧，
　　借哥（那）先用再还（呀）来。
　　心思（那）不知放哪（呀）里，
　　问哥（那）可曾捡起（呀）来。
男：阿妹（那）出题费哥（呀）猜，
　　忽然（那）明白笑颜（呀）开。
　　手绢（那）几时还妹（呀）妹，
　　茶乡（那）十五月出（呀）来。

武夷恋歌

嗳——喽——

采花那莫等花结子哟
妹唱山歌(呀支)阿哥听来
九曲淌水情意长哟
阿哥好比武夷那峰耶
妹是那九曲绕哥转哟
哥哥哟——

阿哥今年(呀支)正十八来
十八男儿爱鲜花哟
牡丹开花枝弯那弯耶
采花那莫等花结子哟
妹妹呀——

嗳——喽——
妹唱山歌(呀支)阿哥听来
九曲淌水情意长哟
阿哥好比武夷那峰耶
妹是那九曲绕哥转哟
哥哥哟——

阿哥今年(呀支)正十八来
十八男儿爱鲜花哟
牡丹开花枝弯那弯耶
采花那莫等花结子哟
妹妹呀——

嗳——喽——
阿哥阿妹一条心
好田哟没水嘛秧难栽
好花哟没雨嘛蕊不开
阿妹哟若是哪没阿哥
枯竹嘛难望哪生笋来
阿妹哟若是哪没阿哥
枯竹嘛难望哪生笋来
树叶哟连根嘛根连藤(哟哟喂)
阿哥和阿妹的心连心

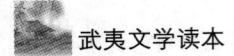

树木哟靠山嘛山靠村
阿妹和阿哥哟心贴心
树木哟靠山哟山靠树(哟哟喂)
阿妹和阿哥哟心贴心(哟哟喂)

（选自《武夷山世界文化遗产的监测与研究》第 4 辑，张世宏主编，厦门大学出版社，2010 年版，第 171～176 页）

四、童谣

童谣能反映一定的生活情趣，体现出生活的一些面貌。武夷山民间早年生活疾苦，老百姓没有太多的娱乐节目，多在茶余饭后，劳作之余聚在祠堂或村中大树下唱歌，讲故事，猜谜语，对对子。儿童也常常聚集在这里，于是便在这过程中产生了一些童谣，比如有一首反映黄莲坑自然条件的歌曲：

黄莲坑童谣

阿娘囡子，不敢嫁在黄莲坑。

青菜没一根，苦菜老大担。

灶前出笋子，灶后踩泥浆。

毛猴爬背脊，石鳞咬脚跟。

三年没听公鸡叫，四年没见货郎担。

只听到禾镰乒乓响。

再看一首浦城童谣：

月光光

月光光，照四方。四方圆，卖铜钱。

铜钱漏，卖乌豆。乌豆乌，卖香菇。

香菇香，卖生姜，生姜辣，卖鞋拔。

鞋拔节节断，鹅公生鹅卵。

孵出鹅公仔，当去送大姐。

大姐留阿嬉，阿唔嬉，阿要转回拾苦槠。

苦槠分分苦，阿要转去望牛牯。

牛牯分分骚，阿要转去蒸碗糕。

碗糕蜜蜜甜，阿要转去学种田。

田里一蓬草，压死姑妈嫂。

田里一支葱，压死老公公。

田里一个雷，压死大目螺。

五、茶歌

茶歌是在茶叶生产、饮用这一过程中派生出来的茶文化。茶叶成为歌咏的内容,最早见于西晋的孙楚《出歌》,其称"姜桂茶荈出巴蜀",这里的"茶荈"就是指茶叶。关于武夷山茶歌的记载在《武夷山志》有一些记载,武夷山是历史悠久的茶乡,茶农们在辛苦的劳动中历经艰苦,也会发出对生活的感慨,然后运用自然淳朴的语言吟唱出来。

武夷岩茶采茶歌

采茶姑娘肩并肩,面对茶树背朝天。
起早摸黑忙又忙,岩茶丰收心里甜。

采茶姑娘实在苦

顶着露水上山冈,上身下身透湿光。
采茶姑娘实在苦,衣裤湿了无处晾。
日头悄悄上山冈,两手似蝶采茶忙。
待到采茶歇午时,浑身上下又湿光。

武夷岩茶制茶谣

人说粮如银,我道茶似金。
武夷岩茶兴,全靠制茶经。
一采二倒青,三摇四围水。
五炒六揉金,七烘八捡梗。
九复十筛分,道道功夫精。
人说粮如银,我道茶似金。
武夷岩茶兴,苦煞制茶人。

为女择个做茶郎

为女择婿郎,莫嫁做官郎,
三年五载难见面,寒冬腊月睡冷床。
为女择婿郎,莫嫁生意郎,
只求赚钱赔笑脸,冷落妻儿丢一旁。
为女择婿郎,莫嫁读书郎,
十年寒窗一场梦,挨饿受冻好凄凉。
为女择婿郎,嫁个做茶郎,
早早晚晚常厮守,知冷知热情意长。

武夷山品茶民谣

好水①,沸水②,快出水③。
气香④,茶香⑤,杯底香⑥。

注释

①好水:用什么水泡茶,陆羽《茶经》上说:"山溪泉水为上,河上之水为中,井中之水为下。"而现代人要得到这三种水都不方便,因此建议,日常泡茶以用矿泉水或纯净水为好。
②沸水:将水烧至刚沸腾立即冲泡,建议使用电热"随手泡"来烧水较为方便。
③快出水:茶叶冲泡后应尽快将茶水全部滤出来,不宜浸泡过久。浸泡时间一般在几秒至1~2分钟之间,具体泡多久可根据茶叶量的多少和个人对浓淡的喜好而定。
④气香:先闻茶水飘出的香气。
⑤茶香:再品尝茶水的香味。
⑥杯底香:喝完杯中茶后闻闻杯底的香,领略武夷岩茶的韵味。

六、节气歌

武夷山人种植茶叶,所以对节气也有特殊的认识,把一年的生活都概括进去,犹如一篇记叙诗。比如:

十二节气歌

正月烛子照厅堂,二月燕子过高墙。
三月百花匆匆起,四月梅子树下黄。
五月家家包粽子,六月树下好当凉。
七月凉风吹织女,八月木樨满庐香。
九月寒风吹霜降,十月冬节大禾黄。
十一月高山落雪子,十二月孟姜女送寒裳。

思考题

1. 武夷山还有很多民间歌谣,请你做一番田野调查,搜集民谣。
2. 你的家乡有哪些民间歌谣?

第二章
武夷文学的早期形态

第一节

秦汉时期

武夷山真正有文字记载的古文明始于西汉,但这并不意味着先秦时期的武夷山没有文学。同其他所有文化的源头一样,武夷文化肇始于民间口头创作。至今还没有找到武夷山上古时期的民间歌谣遗存。早在汉代,武夷山就被朝廷册封为天下名山大川,并成为历代名士、禅家的盘桓之地。名儒显宦、文人墨客接踵而至,留下许多赞美武夷山绚丽景色的诗文辞赋、摩崖石刻。但秦汉时期的武夷文学留存下来的极少,有据可查的唯有司马迁《史记》中的《东越列传》。

史记·东越列传

◎(汉)司马迁

闽越王无诸及越东海王摇者①,其先皆越王勾践之后也②,姓驺氏③。秦已并天下,皆废为君长④,以其地为闽中郡。及诸侯畔秦⑤,无诸、摇率越归鄱阳令吴芮,所谓鄱君者也,从诸侯灭秦。当是之时,项籍主命⑥,弗王⑦,以故不附楚。汉击项籍,无诸、摇率越人佐汉。汉五年⑧,复立无诸为闽越王,王闽中故地⑨,都东冶⑩。孝惠三年⑪,举高帝时越功⑫,曰闽君摇功多,其民便附⑬,乃立摇为东海王,都东瓯,世俗号为东瓯王。

后数世,至孝景三年⑭,吴王濞反⑮,欲从闽越⑯,闽越未肯行,独东瓯从吴。乃吴破,东瓯受汉购⑰,杀吴王丹徒⑱,以故皆得不诛⑲,归国⑳。

吴王子子驹亡走闽越㉑,怨东瓯杀其父,常劝闽越击东瓯。至建元三年㉒,闽越发兵围东瓯。东瓯食尽,困,且降,乃使人告急天子。天子问太尉田蚡,蚡对曰:"越人相攻击,固其常,又数反覆,不足以烦中国往救也㉓。自秦时弃弗属。"于是中大夫庄助诘蚡曰㉔:"特患力弗能救㉕,德弗能覆;诚能㉖,何故弃之?且秦举咸阳而弃之㉗,何乃越也㉘!今小国以穷困来告急天子,天子弗振㉙,彼当安所告愬㉚?又何以子万国乎㉛?"上曰:"太尉未足与

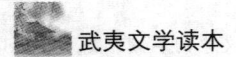

计②。吾初即位,不欲出虎符发兵郡国③。"乃遣庄助以节发兵会稽④。会稽太守欲距不为发兵⑤,助乃斩一司马,谕意指⑥,遂发兵浮海救东瓯。未至,闽越引兵而去。东瓯请举国徙中国⑦,乃悉举众来⑧,处江、淮之间。

注释

①闽越:越人的一支。东海:指今浙江南部靠海的地区。摇:人名。
②先:祖先。后文"奉闽越先"之"先"同此。
③驺:当为"骆"。陈直《史记新证》以为"驺为齐大姓,不闻在闽越。传文为'骆'字之误无疑"。
④君长:此指少数民族的首领。
⑤畔:通"叛"。
⑥主命:把持向诸侯发布命令的大权。
⑦弗王:没有封无诸和摇为王。
⑧汉五年:汉高帝五年(前202年)。称汉系从刘邦于公元前206年被项羽封为汉王开始。
⑨王:称王。故地:旧地,原来的地方。
⑩都:建都城。
⑪孝惠三年:汉惠帝三年(前192年)。
⑫举:列举。越功:越国的功劳。
⑬便附:愿意归附。
⑭孝景三年:汉景帝三年(前154年)。
⑮吴王濞反:景帝三年(前154年)正月,吴王濞联合赵、楚等国发动了所谓斩晁错、清君侧的"七国之乱"。事详见《史记》卷一〇六《吴王濞列传》。
⑯欲从闽越:意为想让闽越跟随他造反。从:随。
⑰购:以重金收买。
⑱杀吴王丹徒:意为杀吴王于丹徒。
⑲诛:责罚。
⑳归国:指回到东越本土。
㉑亡走:逃跑。
㉒建元三年:公元前138年。建元为汉武帝第一个年号(前140—前135年)。
㉓烦:打扰。
㉔诘:诘难,质问。
㉕特:只是。患:担心。
㉖诚:如果。
㉗举:全部,整个。
㉘何乃:何止。

㉙振:救助。
㉚安所:何处。愬(sù):告。
㉛子:这里是养育、爱护的意思。
㉜与计:同他商量事情。
㉝虎符:兵符,古代调兵遣将的信物。铜铸虎形,中分为二,右存于朝廷,左由被遣将帅保存。有事调遣,合符为证。
㉞以节:犹"持节"。节为使者信物。
㉟距:通"拒"。后文"至建元六年"段"闽越王郢发兵距汉"、"公鼎六年秋"段"发兵距汉道"等句中的"距"字均同此。
㊱谕:明告。意指:此指皇帝的命令。指:同"旨",意图。
㊲徙中国:迁移到中原地区。
㊳悉:全。

至建元六年,闽越击南越。南越守天子约,不敢擅发兵击而以闻①。上遣大行王恢出豫章,大农韩安国出会稽,皆为将军。兵未逾岭,闽越王郢发兵距险。其弟余善乃与相②、宗族谋曰:"王以擅发兵击南越,不请③,故天子兵来诛。今汉兵众强,今即幸胜之④,后来益多,终灭国而止。今杀王以谢天子,天子听,罢兵,固一国完⑤;不听,乃力战;不胜,即亡入海。"皆曰"善"。即鏦杀王⑥,使使奉其头致大行⑦。大行曰:"所为来者诛王。今王头至,谢罪,不战而耘⑧,利莫大焉。"乃以便宜案兵告大农军⑨,而使使奉王头驰报天子。诏罢两将兵,曰:"郢等首恶⑩,独无诸孙繇君丑不与谋焉⑪。"乃使郎中将立丑为越繇王,奉闽越先祭祀⑫。

余善已杀郢,威行于国⑬,国民多属,窃自立为王。繇王不能矫其众持正⑭。天子闻之,为余善不足复兴师,曰:"余善数与郢谋乱,而后首诛郢,师得不劳⑮。"因立余善为东越王⑯,与繇王并处。

注释

①擅:擅自。闻:把事情报告上级,使上级听到。
②相:指闽越的丞相。
③不请:指不向汉天子请示。
④幸:侥幸。
⑤固:固然。完:保全完整。
⑥鏦:铁柄小矛。此指以鏦刺杀。
⑦奉:通"捧",此指送。致:送到。大行:指王恢。
⑧耘:锄草。此指消除。
⑨便宜:方便灵活地处理事情。案兵:停止军事活动。大农军:指韩安国的军队。
⑩首恶:首先做坏事的人。此指首先挑起战争的人。

⑪丑:人名。与:参加。
⑫奉:侍奉。
⑬威:威望。行:传布。
⑭矫:矫正。持正:保持正道。
⑮劳:劳苦。
⑯因:于是。

至元鼎五年①,南越反,东越王余善上书,请以卒八千人从楼船将军击吕嘉等。兵至揭扬,以海风波为解②,不行,持两端③,阴使南越④。及汉破番禺,不至。是时楼船将军杨仆使使上书,愿便引兵击东越⑤。上曰士卒劳倦,不许⑥,罢兵,令诸校屯豫章梅领待命⑦。

元鼎六年秋,余善闻楼船请诛之,汉兵临境,且往,乃遂反,发兵距汉道⑧。号将军驺力等为"吞汉将军"⑨,入白沙、武林、梅岭,杀汉三校尉。是时汉使大农张成、故山州侯齿将屯⑩,弗敢击,却就便处⑪,皆坐畏懦诛⑫。

余善刻"武帝"玺自立,诈其民,为妄言⑬。天子遣横海将军韩说出句章,浮海从东方往;楼船将军杨仆出武林;中尉王温舒出梅岭;越侯为戈船、下濑将军⑭,出若邪、白沙。元封元年冬⑮,咸入东越。东越素发兵距险⑯,使徇北将军守武林,败楼船将军数校尉,杀长吏。楼船将军率钱唐辕终古斩徇北将军,为御儿侯。自兵未往⑰。

注 释

①元鼎:汉武帝第五个年号(前116—前111年)。
②海风波:海风掀起大浪。解:解释,此指借口。
③持两端:采取两不得罪的政策。
④阴:暗中。
⑤便:顺便。引兵:领兵。
⑥许:答应。
⑦梅领:梅岭。
⑧汉道:汉军经过的道路。
⑨号:加封名号。
⑩故:原来的,从前的。齿:刘齿。元朔四年(前125年),受封山州侯,元鼎五年(前112年)被免去侯爵,所以这里称"故山州侯"。将屯:率兵驻防。
⑪却:退。就:往。便处:方便有利的地方。
⑫坐:因犯……罪。畏懦:怯懦惧怕敌军。
⑬妄言:虚妄不实的言论。
⑭越侯:降汉后被封为侯的两个南越人,即严和甲,一任戈船将军,一任下濑(一作"下厉")将军。
⑮元封:汉武帝第六个年号(前110—前105年)。

⑯素:一向。
⑰自兵:自己的军队。

故越衍侯吴阳前在汉①,汉使归谕余善,余善弗听,及横海将军先至,越衍侯吴阳以其邑七百人反②,攻越军于汉阳。从建成侯敖③,与其率④,从繇王居股谋曰:"余善首恶,劫守吾属⑤。今汉兵至,众强,计杀余善,自归诸将,傥幸得脱⑥。"乃遂俱杀余善,以其众降横海将军,故封繇王居股东成侯,万户;封建成侯敖为开陵侯;封越衍侯吴阳为北石侯;封横海将军说为案道侯;封横海校尉福为缭嫈侯。福者,成阳共王子,故为海常侯,坐法失侯。旧从军无功,以宗室故侯。诸将皆无成功,莫封。东越将多军,汉兵至,弃其军降,封为无锡侯。
于是天子曰东越狭多阻⑦,闽越悍,数反覆。诏军吏皆将其民徙处江淮间。东越地遂虚⑧。

注释

①越衍侯:指东越衍侯。
②以:犹"率"。
③从:跟,同。
④率:率领。此指敖所率领的部下官吏。
⑤劫守:劫持。吾属:我们。
⑥傥:通"倘",或许。幸:侥幸。脱:指逃脱被杀的命运。
⑦狭:指地势狭小。阻:山势险要。
⑧虚:空。

太史公曰:"越虽蛮夷,其先岂尝有大功德于民哉,何其久也!历数代常为君王①,勾践一称伯②。然余善至大逆,灭国迁众,其先苗裔繇王居股等犹尚封为万户侯,由此知越世世为公侯矣。盖禹之余烈也③。"

注释

①历:经过。
②伯:通"霸"。
③余烈:遗留下来的功业。

作品简评

本文记述东越的变迁史实,可分为两部分。前段写秦末汉初时,东越由郡县变为闽越国和东海国,勾践的后裔无诸成为闽越王,摇成为东海王。后来,东海王助汉诛杀叛乱首领吴王濞而迁处江淮间。余善杀闽越王郢而得立东越王。第二段写余善谋反而被杀,东越国重新变为郡县,其民迁处江淮间。

文中揭示了东越与中原的历史渊源和密切关系,表现了中华民族这个大家庭逐渐走

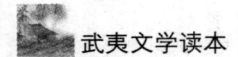

向统一的历史趋势,反映了作者维护中央政权的大一统思想。

文章叙事有分有合,主线分明,重点突出。文字朴实而简练,在平淡中显示出特异的风采。

思考题

阅读本文后,你对武夷山的历史有了哪些了解?

第二节

魏晋南北朝时期

魏晋南北朝400年间,闽中特别是武夷山地区几乎没有什么文学成就。勉强拼凑,不过是一些零碎片段,这些片段包括史传文学作品、志怪传奇和山水笔记。史传文学作品当推《晋书·张华传》,其中有关于"干将"宝剑于延平津自动出鞘入水,与"莫邪"剑雌雄相会,化为蛟龙的故事;志怪传奇如干宝的《搜神记》,其中有《李寄》一篇,当属较早的大武夷文学作品;山水笔记包括江淹、顾野王、萧子开等人被贬闽北时期创作的山水散文或诗赋。

搜神记·李寄①

◎(晋)干 宝

东越闽中有庸岭②,高数十里。其西北隰中有大蛇③,长七八丈,大十余围④,土俗常惧⑤。东治都尉及属城长吏⑥,多有死者。祭以牛羊,故不得祸。或与人梦,或下谕巫祝⑦,欲得啖童女年十二三者⑧。都尉、令、长⑨,并共患之。然气厉不息⑩。共请求人家生婢子⑪,兼有罪家女养之。至八月朝祭⑫,送蛇穴口。蛇出,吞啮之⑬。累年如此,已用九女。

尔时,预复募索⑭,未得其女。将乐县李诞家⑮,有六女,无男。其小女名寄,应募欲行,父母不听。寄曰:"父母无相⑯,惟生六女,无有一男,虽有如无。女无缇萦济父母之功⑰,既不能供养,徒费衣食,生无所益,不如早死。卖寄之身,可得少钱,以供父母,岂不善耶?"父母慈怜,终不听去。寄自潜行⑱,不可禁止。

寄乃告请好剑及咋蛇犬⑲。至八月朝,便诣庙中坐⑳。怀剑㉑,将犬㉒。先将数石米糍㉓,用蜜麨灌之㉔,以置穴口。蛇便出,头大如囷㉕,目如二尺镜。闻糍香气,先啖食之。寄便放犬,犬就啮咋;寄从后斫得数创㉖。疮痛急,蛇因踊出,至庭而死。寄入视穴,得其九女髑髅⑦,悉举出,咤言曰㉘:"汝曹怯弱㉙,为蛇所食,甚可哀愍㉚。"于是寄女缓步而归。

越王闻之,聘寄女为后㉛,拜其父为将乐令,母及姊皆有赏赐。自是东冶无复妖邪之物,其歌谣至今存焉㉜。

作者简介

干宝(？—336),东晋新蔡(今河南省新蔡县)人,字令升。著述颇丰,主要有《周易注》《五气变化论》《论妖怪》《论山徙》《司徒仪》《周官礼注》《晋记》《干子》《春秋序论》《百志诗》《搜神记》等。其祖父干统,三国时为东吴奋武将军都亭(今湖北恩施)侯。父干莹,曾仕吴,任立节都尉,迁居海盐。干宝自小博览群书,晋元帝时担任佐著作郎的史官职务,奉命领修国史。后经王导提拔为司徒右长史,迁散骑常侍。除精通史学,干宝还好易学,为撰写《搜神记》奠定基础。

注释

①本篇写少女李寄斩蛇除害的故事,用反衬手法,突出了李寄非凡的勇敢和机智。

②东越:汉初小国,在今浙江东南及福建一带。闽中:郡名。庸岭:山名,在今福建邵武市。

③隰(xī):低湿之地。

④围:计量圆周的长度单位,旧说尺寸长短不一。

⑤土俗:当地风俗。此指当地百姓。

⑥东治:据《晋书·地理志》"建安郡"下注,"东治"当作"东冶"。东越国都,在今福建福州市。都尉:郡之军事长官。属城长吏:所属县城的长官。长吏,地位较高的县吏。《汉书·百官公卿表》:县令、长"皆有丞、尉,秩四百石至二百石,是为长吏"。

⑦下谕:下令,晓谕。巫祝:古代以歌舞娱神、与神交通的人。

⑧啖(dàn):吃。

⑨令、长:皆县官,万户以上的大县为令,万户以下的为长。

⑩气厉不息:指大蛇气焰凶猛,为害不止。

⑪家生婢子:指"家生婢",奴婢生的女儿。

⑫朝(zhāo):初一日。

⑬啮(niè):咬。

⑭尔时:这时。预复募索:预先又招募寻找童女。

⑮将乐县:县名,在今福建西北部。

⑯无相:没有福相。

⑰缇萦(tíyíng):汉初临淄淳于意幼女。其父因罪当受肉刑,缇萦随父入长安,上书请为官婢以赎父罪。汉文帝怜而赦其父罪,并除肉刑。事见刘向《列女传》。济:救助。

⑱潜行:偷偷逃走。

⑲告请:向官府申请。咋(zé):咬。

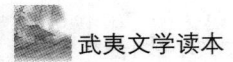

⑳诣:到。
㉑怀剑:怀中藏剑。
㉒将犬:带着狗。
㉓米糍(cí):用米蒸制的食品。
㉔麨(chǎo):用炒过的麦子磨成的面粉,俗称"炒面"。
㉕囷(jūn):谷囤。
㉖创:伤口。
㉗髑髅(dúlóu):死人头颅。
㉘咤(zhà):感叹。
㉙汝曹:你们。
㉚哀愍(mǐn):哀叹,怜悯。
㉛聘:送礼物以迎娶。
㉜歌谣:当指歌颂李寄斩蛇的歌谣。

作品简评

这篇小说描写了少女李寄为民除害的故事,歌颂了这位少年女英雄的智慧和勇敢,并且批判了官吏的怯懦和残忍,表现了古代人民敢于斗争、善于斗争的大无畏精神,塑造了一位孝敬父母、刚毅坚强、机智勇敢、善良的少女形象。

思考题

1. 小说的主旨是什么?
2. 分析李寄的形象。文中用什么手法塑造了这个形象?
3. 联系武夷山的图腾崇拜,说说地理文化与文学的关系。

别　赋

◎(南朝)江　淹

黯然销魂者①,唯别而已矣。况秦吴兮绝国②,复燕宋兮千里③。或春苔兮始生,乍秋风兮暂起④。是以行子肠断,百感凄恻。风萧萧而异响,云漫漫而奇色。舟凝滞于水滨,车逶迟于山侧⑤,棹容与而讵前⑥,马寒鸣而不息。掩金觞而谁御⑦,横玉柱而沾轼⑧。居人愁卧,怳若有亡⑨。日下壁而沉彩⑩,月上轩而飞光。见红兰之受露,望青楸之离霜⑪。巡曾楹而空掩,抚锦幕而虚凉⑫。知离梦之踯躅⑬,意别魂之飞扬⑭。故别虽一绪,事乃万族⑮:

至若龙马银鞍⑯,朱轩绣轴⑰,帐饮东都⑱,送客金谷⑲。琴羽张兮箫鼓陈⑳,燕赵歌兮伤美人㉑;珠与玉兮艳暮秋,罗与绮兮娇上春㉒。惊驷马之仰秣㉓,耸渊鱼之赤鳞㉔。造分手而衔涕㉕,感寂漠而伤神㉖。

乃有剑客惭恩㉗,少年报士㉘,韩国赵厕㉙,吴宫燕市㉚,割慈忍爱,离邦去里,沥泣共诀㉛,抆血相视㉜。驱征马而不顾,见行尘之时起。方衔感于一剑㉝,非买价于泉里㉞。金石震而色变㉟,骨肉悲而心死㊱。

或乃边郡未和,负羽从军㊲。辽水无极㊳,雁山参云㊴。闺中风暖,陌上草薰。日出天而耀景㊵,露下地而腾文㊶,镜朱尘之照烂㊷,袭青气之烟熅㊸。攀桃李兮不忍别,送爱子兮沾罗裙㊹。

至如一赴绝国,讵相见期㊺。视乔木兮故里㊻,决北梁兮永辞㊼。左右兮魂动,亲宾兮泪滋。可班荆兮赠恨㊽,惟尊酒兮叙悲㊾。值秋雁兮飞日,当白露兮下时。怨复怨兮远山曲,去复去兮长河湄。

又若君居淄右㊿,妾家河阳。同琼佩之晨照㉝,共金炉之夕香㊊,君结绶兮千里㊋,惜瑶草之徒芳㊌。惭幽闺之琴瑟,晦高台之流黄㊍。春宫閟此青苔色,秋帐含兹明月光,夏簟清兮昼不暮,冬釭凝兮夜何长㊎!织锦曲兮泣已尽,回文诗兮影独伤㊏。

傥有华阴上士㊐,服食还山。术既妙而犹学,道已寂而未传。守丹灶而不顾,炼金鼎而方坚㊑,驾鹤上汉,骖鸾腾天㊒。暂游万里,少别千年。惟世间兮重别,谢主人兮依然㊓。

下有芍药之诗㊔,佳人之歌㊕。桑中卫女,上宫陈娥㊖。春草碧色,春水渌波㊗,送君南浦㊘,伤如之何!至乃秋露如珠,秋月如珪㊙,明月白露,光阴往来,与子之别,思心徘徊。

是以别方不定㊚,别理千名㊛,有别必怨,有怨必盈㊜,使人意夺神骇,心折骨惊㊝。虽渊云之墨妙㊞,严乐之笔精㊟,金闺之诸彦,兰台之群英,赋有凌云之称㊠,辩有雕龙之声㊡,谁能摹暂离之状,写永诀之情者乎!

作者简介

江淹(444—505),字文通,南朝著名文学家,济阳考城(今河南民权)人,故里在今民权县程庄镇江集村。

江淹6岁能诗,13岁丧父,家境贫寒,曾采薪养母。20岁左右教宋始安王刘子真读五经,并一度在新安王刘子鸾幕下任职,开始了他的政治生涯,历仕南朝宋、齐、梁三代。

江淹在仕途上早年不甚得志。泰始二年(466年),江淹转入建平王刘景素幕,受广陵令郭彦文案牵连,被诬受贿入狱,在狱中上书陈情获释。刘景素密谋叛乱,江淹曾多次谏劝,刘景素不纳,贬江淹为建安吴兴(今福建浦城)县令。坎坷的经历反而造就了一位文学大家。起伏跌宕中的江淹把自己无限的感慨诉诸笔端,生花妙笔令人拍案叫绝。江淹的许多代表作品都写于被贬期间。

江淹突出的文学成就表现在辞赋方面,他是南朝辞赋大家,与鲍照并称。南朝辞赋发展到"江鲍",似乎达到了顶峰。江淹的《恨赋》《别赋》与鲍照的《芜城赋》《舞鹤赋》可说是南朝辞赋的绝唱。据当今学者张海明考证,《恨赋》当是江淹自吴兴返京口后所作。中年以后,江淹官运亨通,官运的高峰却造就了他创作上的低潮,富贵安逸的环境使他才思减退,到齐武帝永明后期,他就很少有传世之作,故有"江郎才尽"之说。梁天监四年(505年),江淹去世,葬在故里江集村东北约6千米处(今民权县李堂乡岳庄村西),梁武帝为其素服举哀,谥曰"宪"。《梁书》《南史》有传。

注 释

①黯然:心神沮丧,形容惨戚之状。销魂:丧魂落魄。

②秦吴:古国名。秦国在今陕西一带,吴国在今江苏、浙江一带。绝国:相隔极远的邦国。

③燕宋:古国名。燕国在今河北一带,宋国在今河南一带。

④蹔:同"暂"。

⑤逶迟:徘徊不行的样子。

⑥棹(zhào):船桨,这里指代船。容与:缓慢荡漾不前的样子。讵前:滞留不前。此处化用屈原《九章·涉江》中"船容与而不进兮,淹回水而疑滞"的句意。

⑦掩:覆盖。觞(shāng):酒杯。御:进用。

⑧横:横持,阁置。玉柱:琴瑟上的系弦之木,这里指琴。轼:车前的横木。

⑨怳(huǎng):丧神失意的样子。

⑩沉彩:日光西沉。

⑪楸(qiū):落叶乔木。枝干端直,高达30米,古人多植于道旁。离:通"罹",遭受。

⑫曾楹(yíng):高高的楼房。曾:同"层"。楹:屋前的柱子,此指房屋。锦幕:锦织的帐幕。二句写行子一去,居人徘徊旧屋的感受。

⑬踯躅(zhízhú):徘徊不前的样子。元朝张养浩的《山坡羊·潼关怀古》中"望西都,意踯躅"。

⑭意:同"臆",料想。飞扬:心神不安。

⑮万族:不同的种类。

⑯龙马:据《周礼·夏官·廋人》载,马八尺以上称"龙马"。

⑰朱轩:贵者所乘之车。绣轴:绘有彩饰的车轴。此指车驾之华贵。

⑱帐饮:古人设帷帐于郊外以饯行。东都:指东都门,长安城门名。《汉书·疏广传》记载疏广告老还乡时,"公卿大夫故人邑子设祖道供帐东都门,送者车数百辆,辞决而去"。

⑲金谷:晋代石崇在洛阳西北金谷所造金谷园。史载石崇拜太仆,出为征虏将军,送者倾都,曾帐饮于金谷园。

⑳羽:五音之一,声最细切,宜于表现悲戚之情。琴羽:指琴中弹奏出羽声。张:调弦。

㉑燕赵:《古诗》有"燕赵多佳人,美者颜如玉"句。

㉒上春:初春。

㉓驷马:古时四匹马拉的车驾称驷,马称驷马。仰秣(mò):抬起头吃草。语出《淮

南子·说山训》:"伯牙鼓琴,驷马仰秣。"原形容琴声美妙动听,此处反其意。

㉔耸:因惊动而跃起。鳞:指渊中之鱼。语出《韩诗外传》:"昔者瓠巴鼓瑟而潜鱼出听。"

㉕造:等到。衔涕:含泪。

㉖寂漠:同"寂寞"。

㉗惭恩:自惭于未报主人知遇之恩。

㉘报士:心怀报恩之念的侠士。

㉙韩国:指战国时侠士聂政为韩国严仲子报仇,刺杀韩相侠累一事。赵厕:指战国初期,豫让因自己的主人智氏为赵襄子所灭,乃变姓名为刑人,入宫涂厕,挟匕首欲刺死赵襄子一事。

㉚吴宫:指春秋时专诸置匕首于鱼腹,在宴席间为吴国公子光刺杀吴王一事。燕市:指荆轲与朋友高渐离等饮于燕国街市,因感燕太子恩遇,藏匕首于地图中,至秦献图刺秦王未成,被杀,高渐离为了替荆轲报仇,又一次入秦谋杀秦王事。

㉛沥泣:洒泪哭泣。

㉜抆(wěn):擦拭。抆血:指眼泪流尽后又继续流血。

㉝衔感:怀恩感遇。衔:怀。

㉞买价:指以生命换取金钱。泉里:黄泉。

㉟金石震:钟、磬等乐器齐鸣。原本出自《燕丹太子》:"荆轲与武阳入秦,秦王陛戟而见燕使,鼓钟并发,群臣皆呼万岁,武阳大恐,面如死灰色。"

㊱"骨肉"句:语出《史记·刺客列传》,聂政刺杀韩相侠累后,剖腹毁容自杀,以免牵连他人。韩国当政者将他暴尸于市,悬赏千金。他的姐姐聂嫈说:"妾其奈何畏殁身之诛,终灭贤弟之名!"于是宣扬弟弟的义举,伏尸而哭,最后在尸身旁边自杀。骨肉:指死者亲人。

㊲负羽:挟带弓箭。

㊳辽水:辽河。在今辽宁省西部,流经营口入海。

㊴雁山:雁门山。在今山西原平市西北。

㊵耀景:闪射光芒。

㊶腾文:指露水在阳光下反射出绚烂的色彩。

㊷镜:照耀。朱尘:红色的尘霭。照:日光。烂:光彩明亮而绚丽。

㊸袭:扑入。青气:春天草木上腾起的烟霭。烟煴(yīnyūn):同"氤氲",云气笼罩弥漫的样子。

㊹爱子:爱人,指征夫。

㊺讵:岂有。

㊻乔木:高大的树木。王充《论衡·佚文》:"睹乔木,知旧都。"

㊼"决北"句:语出《楚辞·九怀》。

㊽班:铺设。荆:树枝条。据《左传·襄公二十六年》记载,楚国伍举与声子相善。

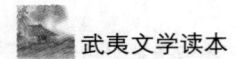

伍举将奔晋国，在郑国郊外遇到声子，“班荆相与食，而言复故”。后来人们就以“班荆道故”来比喻亲旧惜别的悲痛。

㊾尊：同“樽”，酒器。

㊿湄：水边。

(51)淄右：淄水西面。在今山东境内。

(52)河阳：黄河北岸。

(53)琼佩：琼玉之类的佩饰。

(54)此二句回忆昔日朝夕共处的爱情生活。

(55)绶：系官印的丝带。结绶：指出仕做官。

(56)瑶草：仙山中的芳草，这里比喻闺中少妇。徒芳：比喻虚度青春。

(57)晦：昏暗不明。流黄：黄色丝绢，这里指黄绢做成的帷幕。这一句指为免伤情，不敢卷起帷幕远望。

(58)春宫：指闺房。閟(bì)：关闭。

(59)簟(diàn)：竹席。

(60)釭(gāng)：灯。以上四句写居人春、夏、秋、冬四季相思之苦。

(61)“织锦”二句：据武则天《璇玑图序》载：“前秦苻坚时，窦滔镇襄阳，携宠姬赵阳台之任，断妻苏蕙音问。蕙因织锦为回文，五彩相宣，纵横八寸，题诗二百余首，计八百余言，纵横反复，皆成章句，名曰《璇玑图》以寄滔。”一说窦滔身处沙漠，妻子苏蕙就织锦为回文诗寄赠给他(《晋书·列女传》)。以上写游宦别离和闺中思妇的恋念。

(62)傥(tǎng)：同“倘”。华阴：华山，在今陕西渭南市南部。上士：道士，求仙的人。

(63)服食：道家以为服食丹药可以长生不老。还山：成仙，一作“还仙”。

(64)寂：进入微妙之境。传：至，最高境界。

(65)丹灶：炼丹炉。不顾：指不顾问尘俗之事。

(66)炼金鼎：在金鼎里炼丹。

(67)骖(cān)：三匹马驾车称“骖”。鸾：古代神话传说中凤凰一类的鸟。

(68)少别：小别。

(69)谢：告辞，告别。以上写学道炼丹者的离别。

(70)下：下土，与“上士”相对。芍药之诗：语出《诗·郑风·溱洧》：“维士与女，伊其相谑，赠之以芍药。”

(71)佳人之歌：指李延年的歌，“北方有佳人，绝世而独立”。

(72)桑中：卫国地名。上宫：陈国地名。卫女、陈娥：均指恋爱中的少女。《诗·鄘风·桑中》：“云谁之思？美孟姜矣。期我乎桑中，要我乎上宫。”

(73)渌(lù)波：清澈的水波。

(74)南浦：《楚辞·九歌·河伯》：“子交手兮东行，送美人兮南浦。”后以“南浦”泛指送别之地。

(75)珪(guī)：一种洁白晶莹的圆形美玉。

⑯别方:别离的双方。
⑰名:种类。
⑱盈:充盈。
⑲折、惊:均言创痛之深。
⑳渊:王褒,字子渊。云:扬雄,字子云。二人都是汉代著名的辞赋家。
㉑严:严安。乐:徐乐。二人为汉代著名文学家。
㉒金闺:原指汉代长安金马门,后来为汉代官署名,是聚集才识之士以备汉武帝诏询的地方。彦:有学识才干的人。
㉓兰台:汉代朝廷中藏书和讨论学术的地方。
㉔凌云:据《史记·司马相如列传》载,司马相如作《大人赋》,被汉武帝赞誉为"飘飘有凌云之气,似游天地之间"。
㉕雕龙:据《史记·孟子荀卿列传》载,驺奭写文章,善于闳辩,所以齐人称颂其为"雕龙奭"。

作 品 简 评

离别是人生总要遭遇的内容,伤离伤别也是人们的普遍情感。江淹的《别赋》择取离别的七种类型摹写离愁别绪,有代表性,并曲折地映射出南北朝时战乱频繁、聚散不定的社会状况。其题材和主旨在南北朝抒情小赋中堪称新颖别致。

文章眉目清晰,次序井然。其结构类似议论文,开宗明义,点出题目,列出论点:"黯然销魂者,唯别而已矣。"首段总起,泛写人生离别之悲,"黯然销魂"四字为全文抒情定下基调。中间七段分别描摹富贵之别、侠客之别、从军之别、绝国之别、夫妻之别、方外之别、情侣之别,以"别虽一绪,事乃万族"铺陈各种别离的情状,写特定人物同中有异的别离之情。末段则以"别方不定,别理千名,有别必怨,有怨必盈"的打破时空的方法进行概括总结,在以悲为美的艺术境界中,概括出人类别离的共有感情。其结构又似乐曲中的 ABA 形式,首尾呼应,以突出主旨。

《别赋》最突出的成就,在于借环境描写和气氛渲染以刻画人的心理感受。作者善于对生活进行观察、概括、提炼,择取不同的场所、时序、景物来烘托、刻画人的情感活动,铺张而不厌其详,夸饰而不失其真,酣畅淋漓,信然能引发共鸣,而领悟"悲"之所以为美。作者对各类特殊的离别情境,根据其各自特点,突出描写某一侧面,表现富有特征的离情。作者力求写出不同离怨的不同特征,不仅事不同,而且情不同、境不同,因而读来不雷同、不重复,各有一种滋味,也有不同启迪。

善于抓住特征,善于选择素材,还必须有相应的语言技巧,方可描写出色。《别赋》的文饰骈俪整饬,但却未流入宫体赋之靡丽,亦不同于汉大赋的堆砌,清新流丽,充满诗情画意。尤其是"春草碧色,春水渌波,送君南浦,伤如之何"等名句,千古传诵。

名家点评

杨慎《升庵诗话》卷三:"江淹《别赋》'春草碧色,春水绿波。送君南浦,伤如之何!'取诸目前,不雕琢而自工,可谓天然之句。"

谢榛《四溟诗话》:"诵之如行云流水,听之如金声玉振,观之如明霞散绮,讲之如独茧抽丝。"

张溥《汉魏六朝百三家集·江醴陵集题辞》:"《恨》《别》二赋音制一变。长短篇章,能写胸臆。即为文字,亦诗骚之意居多。余每私论江、任二子,纵横骈偶,不受羁鞿。若使生逢汉代,奋其才果,上可为枚叔、谷云,次亦不失冯敬通、孔北海。"

许梿《六朝文絜笺注》:"一气呵成,有天骥下峻阪之势。"

陶元藻《泊鸥山房集》卷一〇:"其赋别也,分别门类,摹其情与事,而不实指其人,故言简意赅,味深而永。"

钱钟书《管锥篇》:"《别赋》曰:'盖有别必怨,有怨必盈。'实即恨之一端,其所谓'一赴绝国,讵相见期',讵非《恨赋》之附庸而蔚为大国者?而他赋之于《恨赋》,不啻众星之拱北辰也。"

思考题

1. 你读过哪些送别诗,与本文有联系吗?有关送别的诗赋有何文化内涵?
2. 背诵"下有芍药之诗"段,并赏析。
3. 江淹的《别赋》与《恨赋》构思新颖,是南朝抒情小赋的名篇。《恨赋》描绘了帝王、列侯、名将、美人、才士、高人等各种人的遗憾,课外阅读《恨赋》。

美哉山河

◎(南朝)顾野王

千岩竞秀,万壑争流,美哉山河,真人世之希也!

作者简介

顾野王(519—581),南朝学者,字希冯,吴郡吴(今江苏吴县)人。精于文字训诂学,著有《玉篇》三十卷。曾隐居武夷山著书讲学,传播文化知识,"崇人知学自野王始"。天嘉年间(560—565年),他作为朝廷官员,奉使来闽,曾泛舟九曲,觅胜诸峰。

作品简评

作者对武夷山的景色叹为观止,发为一声慨叹,以极其简练的语句赞美武夷山水秀美,天下稀有。

> **思考题**
> 初游武夷，你做何感想？

第三节

唐代肇兴

　　大唐盛世是中国文学发展的黄金时代。安史之乱中，一些士大夫纷纷到闽避难，从而推动了中原文化在闽地的传播。唐宣宗以后，闽北出现了陈陶、江文蔚、江为等诗人，描绘武夷山的诗歌还出现在李商隐、徐凝等外地籍文学家的作品中。贯休、吕洞宾等僧、道文学家创作了今天所能见到的较早描绘武夷山自然山水或抒发隐逸情趣的诗歌。

　　但终唐一代280多年，闭塞的武夷山，其文学始终未能取得像黄河、长江流域那样的辉煌成就。

题武夷

◎（唐）李商隐

只得①流霞②酒一杯，空中箫鼓③当时④回⑤。
武夷洞⑥里生毛竹⑦，老尽曾孙⑧更⑨不来⑩。

作者简介

　　李商隐，男，汉族，字义山，号玉溪生、樊南生，晚唐著名诗人，婉约派。他祖籍怀州河内（今河南沁阳市或博爱县），生于河南荥阳（今郑州荥阳）。诗作文学价值很高，于唐文宗开成三年（847年）进士及第。曾任弘农尉、佐幕府、东川节度使判官等职。早期，李商隐因文才而深得牛党要员令狐楚的赏识，后因李党的王茂元爱其才而将女儿嫁给他，他因此而遭到牛党的排斥。此后，李商隐便在牛李两党争斗的夹缝中求生存，辗转于各藩镇之间当幕僚，郁郁而不得志，后潦倒终身。晚唐诗在前人的光芒照耀下大有大不如前的趋势，而李商隐却又将唐诗推向了又一次高峰，是晚唐最著名的诗人。杜牧与他齐名，两人并称"小李杜"。李商隐与李贺、李白合称三李。与温庭筠合称为"温李"，因诗文与同时期的段成式、温庭筠风格相近，且三人都在家族里排行第十六，故并称"三十六体"。有《李义山诗集》。其诗构思新奇，风格浓丽，尤其是一些爱情诗写得缠绵悱恻，为人传诵。但过于隐晦迷离，难于索解，至有"诗家总爱西昆好，独恨无人作郑笺"之说。

因处于牛李党争的夹缝之中,一生很不得志。死后葬于家乡沁阳(今沁阳与博爱县交界之处)。据《新唐书》有《樊南甲集》二十卷、《樊南乙集》二十卷、《玉溪生诗》三卷、《赋》一卷、《文》一卷,部分作品已佚。

注释

①只得:犹言仅有。

②流霞:醇酒也,以比神仙所饮之玉露琼浆,谓醇酒甘美且有浮流云霞之绚烂也。汉王充《论衡·道虚》:"口饥欲食,仙人辄饮我以流霞一杯,每饮一杯,数月不饥。"

③箫鼓:箫声鼓响,仙乐也。相传秦始皇帝二年(前220年)八月十五日,有神仙降临武夷山,自号武夷君,"统录群仙,授馆于此","置幔亭,化虹桥,通山下村人"。此后每年的八月十五日,武夷君都要在幔亭峰上以盛宴仙乐款待村人。其间先是各种鼓声、横笛声、节板声齐鸣,继而是箜篌、觱篥、圆鼓、洞箫合奏。酒过三巡,武夷君"乃命歌师彰令昭唱人间可哀之曲。其词曰:'天上人间会合疏稀,日落西山兮鸟归飞,百年一响兮志与愿违,天宫咫尺兮恨不相随。'"(事见唐陆羽《武夷山记》、明吴栻《武夷杂记》)这就是武夷山民间盛传的"幔亭招宴"传说故事。

④当时:适时也,即时也,应时也。"当"读作去声(按照近体诗格律的平仄要求,这个字也必须是仄声字)。

⑤回:回环也,来去也。

⑥武夷洞:武夷山有七十二名洞,此处或者专指位于鹞子岩南之毛竹洞,洞口斜敞,上斜覆而下缩敛,洞内石壁峭立参天,杂竹丛生。据说唐人亦有将毛竹洞作为武夷山代称者。

⑦毛竹:此毛竹非寻常毛竹,而是如刺有毒之怪异毛竹。相传毛竹洞内曾经长有异种"毛竹",每节旁生怪枝,枝之巨细与主干等大。唐陆羽《武夷山记》谓,武夷君在幔亭峰上招宴山下村人散席之际,有一少年因侮慢仙灵而招致惩罚,"一夕,山心悉生毛竹如刺,中者成疾,人莫敢犯"。

⑧曾孙:相传武夷君在"幔亭招宴"时称呼山下村人为"曾孙"(见唐陆羽《武夷山记》)。

⑨更:读作去声,愈加也,犹言再也。

⑩不来:意为难来。因为"幔亭招宴"时,武夷君是"化虹桥"让山下村人从容走着登上幔亭峰的,而平时没有彩虹桥,山下村人是没法攀上幔亭峰的。

作品简评

首句"流霞酒一杯"典出于东汉王充的《论衡》,说的是河东蒲坂有项曼卿者平生好道,曾离家"学仙"三年后回来,称仙人给他流霞酒,每饮一杯,可以数天不要吃喝。次句"空中箫鼓"典出于中唐时期的笔记小说《诸山记》:"武夷山神号武夷君,秦始皇二年,一日语村人曰:'汝等以八月十五日会山顶。'是日村人毕集……闻空中人声,不见其形。"

须臾乐响,亦但见乐器,不见其人。"三句"生毛竹"典出于武夷山神话传说:"武夷君因少年慢之,一夕山心悉生毛竹如刺,中者成疾,人莫敢犯,遂不与村落往来,蹊径遂绝。"末句"曾孙"同样典出于武夷山神话传说"幔亭招宴"。众乡人只得到仙人们赏赐的一杯流霞酒,仙人们当时就掉头返回。那些被称为曾孙的乡人们纷纷老去,武夷君等众仙人再也没来。那么是什么原因呢?原来是有人怠慢了仙人,武夷君一气之下,使山心长满了毛竹,从此隔断了与人间的联系。这显然是借武夷山神话传说来讽嘲求仙虚妄之事。

思 考 题

1. 这首诗背后有怎样的武夷山神话传说?
2. 李商隐写此诗的目的是什么?

九曲溪

◎(唐)徐　凝

一溪贯群山,清浅萦九曲。
溪边列岩岫,倒影浸寒绿。

作 者 简 介

徐凝,约813年、唐宪宗元和中前后在世,字不详,睦州分水柏山(今桐庐县分水镇柏山村)人。与施肩吾同里,日共吟咏。初游长安,因不愿炫耀才华,没有拜谒诸显贵,竟不成名。南归前作诗辞别侍郎韩愈:"一生所遇惟元白,天下无人重布衣。欲别朱门泪先尽,白头游子白身归。"遂归里,优悠诗酒以终。

徐凝的诗朴实无华,意境高远,笔墨流畅自然。其书法著称于时,据《宣和书谱》载:"徐凝,书有行法,其笔意自具儒家风范,非规规于书者。"其《黄鹤楼》《荆巫梦思》两诗的墨宝,为宋代宫廷所收藏。

作 品 简 评

这是较早描写武夷山九曲溪的一首诗,写出九曲溪在群山中蜿蜒潆洄的动态之美,清澈见底、碧绿中透着寒意的溪水之美,还描摹了溪边两岸峰峦岩石森然而立,绿树藤萝宛然倒影在水中的幽美景色,表现了诗人对自然山水由衷的赞美之情。

思 考 题

试作描写九曲溪的五、七言诗一首,表达热爱自然山水的情怀。

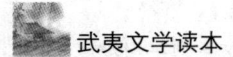

陇西行①

◎（唐）陈　陶

誓扫匈奴不顾身，五千貂锦②丧胡尘。
可怜无定河③边骨，犹是深闺④梦里人。

作者简介

陈陶，841年前后在世，字嵩伯，自号三教布衣，鄱阳剑浦人（《全唐诗》作岭南人。此从《唐才子传》）。生卒年及生平均不详，约唐武宗会昌初前后在世。工诗，以平淡见称。屡举进士不第，遂隐居不仕，自称三教布衣。《全唐诗》卷七四五《陈陶》传作"岭南（一云鄱阳，一云剑浦）人"。然而从其《闽川梦归》等诗题，以及称建水（在今福建南平市东南，即闽江上游）一带山水为"家山"（《投赠福建路罗中丞》）来看，当是剑浦（今福建南平）人，而岭南（今广东、广西一带）或鄱阳（今江西鄱阳）只是他的祖籍。早年游学长安，善天文历象，尤工诗。举进士不第，遂恣游名山。唐宣宗大中（847—860年）时，隐居洪州西山（在今江西新建县西），后不知所终。有诗十卷，已散佚，后人辑有《陈嵩伯诗集》一卷。

注释

①陇西行：古代歌曲名。
②貂锦：这里指战士。
③无定河：在陕西北部。
④深闺：这里指战死者的妻子。

作品简评

《陇西行》共四首，这是第二首。首二句写将士忠勇，丧亡甚众；末二句写牺牲者是春闺少妇日夜盼望归来团聚的丈夫。全诗反映了唐代长期征战带给人民的痛苦和灾难，表达了非战情绪。三、四两句，历来被称为唐代边塞诗中最出色的一联，以"无定河边骨"与"春闺梦里人"比照，虚实相对，宛若电影中的蒙太奇，用意工妙。诗情凄楚，吟来潸然泪下。诗中将残酷现实与少妇美梦交替在一起，造成强烈的艺术效果，至今仍脍炙人口。

思考题

1. 试将此诗与盛唐边塞诗比较，说说它们的区别。
2. 这首诗在抒情上有何特点？

塞下曲

◎（唐末五代）江　为

万里黄云冻不飞，碛烟烽火夜深微。
胡儿移帐寒笳绝，雪路时闻探马归。

作者简介

江为(《文献通考》作建安人)，生卒年均不详，约汉隐帝乾祐末前后在世。游庐山，师陈贶为诗，居二十年。南唐后主南迁，见其《题白鹿寺》诗，曰："此人大是富贵家。"一说乃中主李璟见其《题白鹿寺》之"吟登萧寺旃檀阁，醉倚王家玳瑁筵"一句而称善久之〔见《中国历代人名大辞典》及《唐诗大辞典（修订本）》〕，为由傲肆，自谓可俯拾青紫。乃诣金陵求举，累试不第。怏怏不得志，欲束书亡越，为同谋者告发，因伏罪(《直斋书录解题》作"为王氏所诛，当汉乾祐中"。此从《唐才子传》)。一说会福州乱，有故人欲投南唐，间道谒为，为代草降书，其人被获，为受株连，亦被捕杀（见《唐诗汇评》及《中国历代人名大辞典》)。有《江为集》一卷，已佚。《全唐诗》存诗 8 首、断句 2 联，《全唐诗外编》及《全唐诗续拾》补诗 5 首、断句 2 联。《唐才子传》有传。

作品简评

该诗拟写唐军在沙漠上击退游牧民族的情景，使人如临其境，历历在目。本诗表达了诗人对边塞将士报国情怀的赞许，采用侧面描写的手法，通过路上常常遇到探马来表明战况紧急；诗的意象皆塞外景象，寥廓而又奇特，突出了塞外将士战斗生活的苦寒，表现出艰苦卓绝、为国立功的壮志豪情。

思考题

1. 这首诗写景有何特点？
2. 唐诗总体风貌是"声律风骨兼备"，此诗艺术风貌如何？

第四节

唐代武夷山佛教、道教文学

武夷山自商周以来，就有许多文化遗址，久经数千年儒释道文化的洗礼，形成三教(儒释道)同山的现象;三教文化有如武夷崛起的三花峰,三花并蒂;似三仰峰之仰,"仰之弥高"。自然遗产文化与茶文化,相互辉映,形成"千载儒释道,万古山水茶"。中国传统文化大致可认为是儒释道三教相互影响而成,它们构成了中国文化基本形式的内涵。

一、唐代武夷山佛教文学

公元前7—前6世纪,迦毗罗卫国王子乔答摩·悉达多得道成佛,被尊称为释迦牟尼佛,佛教创立。西汉元寿元年(公元前2年)佛教传入中国,公元67年印度二僧人携经至洛阳,建白马寺,大量翻译佛经,自此广为传播,魏晋南北朝盛极一时。武夷山物华天宝、人杰地灵,尤其是可与中原文明相媲美的古越悠久文化,为佛教的传播与发展积淀了丰厚的底蕴。但因地处偏隅,交通艰阻,加上汉武帝尽迁闽越人至江淮,域内人烟稀少,百业凋零,因而在汉代失去佛教传入的机缘。魏晋南北朝时期,为避中原战乱,士大夫三次"衣冠南渡",纷纷迁入闽北,佛教也随之传入武夷山。

唐朝开国之际的武德元年(618年),有僧人在武夷山茶洞的接笋峰下,创建"石堂寺",是为武夷山最早的寺院。自此佛教开始流行,寺庙渐多,仅唐天宝至后晋天福年间兴建的寺庙就达20多座。其中影响最大的当数在铜钹山修行的本土人士哀寿禅师,他常为当地乡民诊疾,相传其佛法高超,力大无穷,涉险如飞,能预知人之休咎。

唐天宝七年(748年),唐玄宗派遣登仕郎颜行之至武夷山封名山大川,并立碑"禁樵采",客观上影响了寺庙在武夷山风景区内的建设规模。与此相对应,武夷山周边区域的寺院大兴。

唐初统治者扬道抑佛,中原佛教多受冲击,寺院凋零,僧侣寥落。而武夷山"山高皇帝远"的区位优势,为佛法弘扬留下了弥足珍贵的可能空间,使佛教在武夷山乃至整个闽北地区广泛传播开来。特出贡献者,当首推马祖道一禅师(709—788年),马祖在南岳怀让处得道后,自赣入闽,传衣钵经武夷山洋庄佛岭,遍行闽北腹地,其建寺处称佛迹岭,有遗迹多处。自此禅化大行,"七闽禅学实师为之肇"。继马祖禅师开化七闽之后,至唐末五代十国时期,武夷山佛教进入大发展阶段。唐末著名诗僧贯休屡有诗文寄赠武夷山僧人。浓郁的佛学氛围,还孕育了以扣冰古佛为代表的一批高僧,对佛法向纵深发展起了不可或缺的作用。扣冰古佛,法号藻光,出生在武夷山吴屯乡一个官宦之家,少年出家,苦修佛法,颇得真谛,僧徒众多,"声誉大卓,道场与天台、曹溪并峙"。后唐天成二年(928年)被闽王王延钧礼为王师。在闽、浙、赣一带影响极大,直至今日。后世尊之为"辟支古佛",福州鼓山、峨眉山等佛教圣地均有供奉。

入宋以后,朝廷政治软弱,特别是后来的南渡偏安,促成中原文化的重心南移。对政治的失望和自我价值的失落感,使"邦无道则隐"的深刻观念遍植文人雅士的心间。武夷山水以其灵异隽秀的环境特质,成了无可替代的南宋文化中心。一时间名儒荟萃、高僧云集、羽士毕至,儒释道三教互融共存、相得益彰,三教名山自此确立,成为当时一道亮丽的人文景观,也为武夷山佛教在宋代保持长时期的全面繁荣提供了最淳厚的人文背景。其间高僧名师迭出,仅被记载在佛教名籍《五灯会元》中就有近十名。儒林入佛、羽流入佛更使佛学达到一个空前的高峰。朱熹年轻时曾参禅事佛,深悟其理,尔后集儒释道之大成,蔚为大观;世居武夷山的二代名儒胡安国、胡寅、刘逸之、刘子翚等均精研禅理,与大慧、圆悟、道谦等高僧过从甚密,均属宋代著名居士。以道法盛名的羽士转而成为省悟真谛的名僧者也不乏其人,如道人吴十三,最终归入佛籍,成为其杰出代表。

蒙古铁骑踏破中原后,采取一元化的文化高压政策。加上元朝统治者信奉喇嘛教(即藏传佛教),使北传佛教(汉族地区佛教)的发展受到一定程度的抑制。武夷山的佛教活动自此进入低潮,仅有纯民间性的一般佛事,影响甚微。

元朝政权正是被在福建秘密发展起来的明教组织发动的农民起义灭亡的。所以明朝建立后,朱元璋深知民间宗教组织的厉害,对宗教活动有一定程度的限制,对福建地区尤甚,一时间佛教深受影响。但士人崇佛仍多,明成祖为笼络之,对佛教敬仰有加,特别是因大红袍的因缘,敕建了武夷山天心永乐禅寺,传为佳话,使武夷山佛教复盛,成一枝独秀,领十方丛林。

清代,由于地方经济的发展和道教的衰败,武夷山佛教进入了大复兴时期,在景区内占据了主导地位,先后在碧石岩、虎啸岩、慧苑、竹窠、弥陀岩、天心岩扩建了佛寺,聚集了一批颇有造诣的高僧。康熙初年,著名画僧原济(石涛)入武夷山作《武夷山水全图》。清初,大儒黄道周的门人卢寿宗在武夷山出家,法号超位,与其师兄明觉禅师(曾为顺治帝讲佛)俱负盛名。康熙四十六年(1706年),"尝主浙江天童法席"的泉声超煌禅师寻居虎啸岩天成禅院,引得名流竞相造访。康熙五十年(1711年),超位法师的弟子,居武夷山50余年的铁华上人杖锡京师,传播佛法,声振朝野,确立了武夷山作为佛教"华胄八名山"之一的重要地位。其间著名的禅师还有至琉球"图其山川以归"的海靖大和尚和衍操、超全、兴觉等法师。光绪八年(1882年)扩建天心永乐禅寺;光绪二十六年(1900年)鼓山涌泉寺德容大和尚来武夷山主持兴建,广增庙宇,永乐禅寺由此鼎盛,僧众近200人,佛法大兴。至民国末年前后开设七场大戒,法席广被,禅律并盛,成为僧俗朝拜受戒的道场。帝师陈宝琛题"福德因缘"匾赠予禅寺,由此香火大盛。

民国期间,军阀连年混战,地方经济衰退,加之军队经常驻扎于庙宇之内,寺庙遭到了严重破坏,大多数寺庙僧散院空,连正常的佛事活动都无法进行,佛教普遍萧条,直至抗战胜利。为弘扬佛法,民国三十二年(1943年)8月,福建省佛教会崇安县分会在天心永乐禅寺成立。三十六年(1947年)6月召开了第一次会员大会,同年12月永乐禅寺还举行一次传法受戒大会,并祈"世界和平,国运昌隆",各寺僧众及十方弟子云集,会期长达20天,为民国期间武夷山佛教一大盛事。

中华人民共和国成立后,要求僧道自食其力,僧人逐渐还俗。"文革"期间,寺庙全被占据他用,宗教被当成迷信活动而被禁止。1978年三中全会后,落实宗教政策,恢复宗教信仰自由,许多庙宇得以重新恢复。1989年,天心永乐禅寺正式对外开放。1990年,泽道法师等僧人住持天心禅寺,在地方政府和四方信众的支持下,大兴土木,现已初

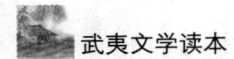

具规模,永乐禅寺作为武夷山世界文化遗产的重要组成部分,无疑将以全新的面貌重领十方丛林。武夷山佛教界也必将为武夷山旅游经济的发展发挥佛教的良性职能,为武夷山的宗教派游文化做出应有的贡献。

唐代武夷山佛教文学开始兴起,以扣冰古佛为代表的禅宗大师创作了一些寓意深刻的佛教偈语,颇有文学意味,著名诗僧贯休等也创作了武夷山题材的诗歌。

附:偈语

早在古印度,就有用诗歌来表达歌颂、赞叹的传统。实际上,佛经偈颂是佛经在汉译的实践过程中逐步形成的类似于诗歌的文体,主要是为了方便普通百姓认识并接受佛教,增强其影响力,宣传佛教教义的一种形式,既有源自印度的文化根底,更受到中国本土文化的影响。内容抽象,重在抒情言志,饱含浓郁的文学情味。

扣冰古佛偈语

欲会千江明月,
只在天心一轮光处,
何用捕形捉影于千岩万壑?
以踏破芒履为耶?

作者简介

扣冰又称辟支老佛、扣冰藻先古佛等,俗姓翁,崇安人。生于唐会昌四年(844年),河西节度使翁承钦之子。13岁出家为僧,法号藻先,先后拜谒雪峰义存、鹅湖大义禅师。广明元年(880年)卓锡于崇安瑞岩,创瑞岩寺,徒众云集,"一时瑞岩道场,遂与天台、曹溪并峙千古"(《扣冰古佛全传》卷上《古佛实录》)。朱熹对扣冰古佛崇拜备至,曾为其佛像撰写"赞"云:"梦感神灵,天成佛性。戒行超凡,智慧入圣。法威普济,声传谷应。慈光炯照,屡被朝命。"

扣冰是我国古代参悟到禅学真谛的大师之一,由于冬日扣冰而浴,故称其为扣冰和尚;又因世传其母夜梦辟支佛,藻光尔后出生,故又称他为辟支佛。名列于佛教典籍《五灯会元》之内,屡受历代皇帝敕封,是武夷山唯一载入佛教典籍的人士。其13岁依吴屯清潭寺行全为师,先后助师修创清潭寺和兴福寺。37岁时,开山建寺,即瑞岩寺。晚年被闽王王延钧请入王廷,在福州鼓山涌泉寺坐禅讲经,拜以国师,最后在鼓山涌泉寺圆寂。《五灯会元》记载:"闽王躬迎入城,馆于府沼之水亭。方啜茶,提起橐子曰:'大王会么?'王曰:'不会。'师曰:'人王法王各自照了。'"意思是说,闽王招待古佛时,古佛提起茶橐子问闽王说:"大王会茶道吗?"闽王说:"不会。"古佛说:"人王和法王真是生活在不同的境界啊。"当时世风日下,处处物欲横流,在古佛眼里,茶已经不单单是一种饮品,而是衡量一个人内心世界和价值取向的尺度,这恬淡的言语也是古佛"我为法王,于法自在"(《法华经·譬喻品》)的自性流露。闽王极度崇佛,对国师十分崇敬,所以从此就倡导"吃茶"之道,主张"以茶净心,心净则国土净",于是在建安(今福建建瓯)设"龙焙",促使北苑茶迅速风行天下。

扣冰古佛与门人有一段著名答语:"有僧烧炭,积成火龛。曰:'请师入此修行。'曰:'真玉不随流水化,琉璃争夺众星明。'曰:'莫只这便是么?'曰:'且莫认奴作郎。'曰:'毕竟如何?'曰:'梅花腊月开。'"

简 释

此偈采用反问的修辞手法,来说明古佛历尽艰辛寻觅而终究见得"天心明月"。简单形象的语言说明佛性真如和天心明月一样是客观存在的,不必在千山万壑中费心捕捉,把抽象的佛理用可观可感的形象准确地表达出来。

> 人生无永岁,佛亦无长年。
> 但得灵长在,何妨国变迁。
> 鼓山留胜迹,瑞岩香火绵。
> 此日清辉化,万里乐光天。

简 释

此偈语是扣冰古佛圆寂时留给众生的。生命是一段时间的存在,这就注定了其必然消亡的结局。对世间的一切众生而言,死亡通常是一种极为强烈的、超乎寻常的痛苦,而此种痛苦的感受在佛教里面就只是一种观念而已。俗世凡人对于死亡大多没有正确的认识,这就容易导致对死亡心生恐惧。扣冰古佛临坐化之际,劝诫众生以佛法的角度认识、领悟死亡。此偈体裁简单,风格质朴亲切,语言通俗。

> 君王问我归何处,日月山河伴古今。

简 释

这也是扣冰古佛圆寂前口占偈语,可见古佛早已突破有形生命的局限。

思 考 题

1. 田野调查扣冰古佛的生平、思想和历史贡献。
2. 读了扣冰古佛的佛教偈语,你有何启发和感想?

怀武夷红石子

(唐末五代)贯休

> 常思红石子,独自住山椒。
> 窗外猩猩语,炉中姹姹娇。
> 乳香诸洞滴,地秀众峰朝。

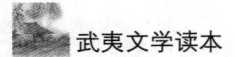

曾见奇人说,烟霞恨太遥。

作者简介

贯休(823—912),俗姓姜,字德隐,江西进贤县人,一说浙江兰溪人,唐末五代著名画僧。7岁时投和安寺圆贞禅师出家为童侍。贯休记忆力特别好,日诵《法华经》1000字,过目不忘。贯休雅好吟诗,常与僧处默隔篱论诗,或吟寻偶对,或彼此唱和,见者无不惊异。贯休受戒以后,诗名日隆,乃至于远近闻名。天复间入蜀(今四川),蜀主王建赐号"禅月大师"。写诗善用叠字,因诗句"一瓶一钵垂垂老,万水千山得得来"被人称为"得得来和尚"。乾化二年(912年)终于所居,世寿89岁。

作品简评

诗中的"炉中姹姹娇"是煮茶的场景;"乳香诸洞滴",明确地交代了当时武夷山已经普遍种植茶叶。全诗表达了对武夷山风景尤其是武夷茶的深切怀念之情,有超然物外之意。

怀武夷山僧
(唐末五代)贯休

万叠仙山里,无缘见有缘。
红心蕉绕屋,白额虎同禅。
古木苔封菌,深崖乳杂泉。
终期还引去,世事只如然。

作品简评

此诗作于贯休第三次入闽。彼时,恰逢扣冰古佛外出弘法,诗僧无缘得见古佛,苦等不归,乃默然离去。千山重叠阻隔,路程曲折遥远,无奈有缘相识无缘相见。诗的情感有见不到友人的惋惜,也有为友人取得佛禅证悟而感到开心,还有对武夷山水的赞美。结尾处显示诗僧看淡世事、豁达人生的佛教心态。

思考题

1. 田野调查武夷山有哪些诗僧?他们有没有作品存世?
2. 谈谈你对诗僧所创作诗歌的理解。

二、唐代武夷山道教文学

武夷自开辟以来,天造地设其山之欹崎险峻,水之曲折潆洄,若鬼斧神工,莫可窥测。海内山水之灵异,于斯为最,然自秦汉而降历为方士羽客隐遁之所。

据《异仙录》载:始皇二年,有神仙降于此山,自称"武夷君",统录群仙,山因此而得名。主峰海拔700余米,方圆60余平方千米,东抵崇溪,西到将村里,南至南原,北接黄龙溪，四面溪谷环绕，不与外界相连，素有"奇秀甲于东南"之誉；境内群峰秀拔奇伟，溪水潺潺而涌，山光水色，交相辉映，向以九溪、三十六峰、七十二洞、九十九岩等名胜著称。《云笈七签》卷二七《洞天福地》载为道教三十六小洞天之"第十六洞天"，名"真升化玄洞天"。武夷山，群峰劈地而起，秀拔奇伟，千姿百态，境内九曲溪三弯九折于山峰之间，两岸山峰石骨峥嵘，山光水色交相辉映，构成了一幅"丹山碧水"的和谐自然美景。武夷山整座山就是一座神仙洞府。九曲溪是天上的银河，上有星村，下有晴川，整个山就是一个完美的太极，九曲溪将武夷山分成两半，一半为阴，一半为阳；一边有个方井，一边有个圆井，分别代表太极图上的两个眼睛。

清代董天工《武夷山志》记载，唐天宝（742—756年）时山中始建道教庙宇天宝殿；南唐元宗李璟为其弟子入道修持，将天宝殿移建，并改名会仙观；宋真宗大中祥符二年（1009年）增修殿宇房舍三百余间，赐额"冲佑诏广观"；宋理宗嘉熙六年（1242年），理宗命道士二十一人于冲佑观启建灵宝道场三昼夜，设醮三百六十分位，告盟天地，诞集嘉祥；明神宗万历三十年（1602年），诏赐冲佑观《道藏》一部，以广其传。南宋著名道士白玉蟾曾隐居武夷，结茅庵于驻云堂，并重建止止庵，自任住持。武夷山道教极盛时有九十九观之载，后因历经变乱，多数道观先后废圮，现仅存止止庵和桃源洞、马头岩道观三处，另外武夷宫道教宫殿一处。

道教仙家们在武夷山修真的场所，最有名、影响最大的是一曲溪畔、铁板嶂峰麓、大王峰下的止止庵了。

南宋时期，以武夷山白玉蟾真人为代表的金丹派在中国道教文化中占有极为重要的地位。南宋金丹派在探索自然规律和生命科学、哲学方面具有特殊的贡献，在中国文化史上产生过巨大的影响。

武夷山道教文化不仅在中国文化史上占有重要的地位，而且在世界文化史上也占有一席之地，并产生了不可忽略的影响。

道教文学是以宣传道教教义、神仙出世思想以及反映其宗教生活的各种文学作品。此类作品既见于《道藏》内，又见于《道藏》外。其作者既有道士，又有文人。从总体上看，道教文学可分为道教散文、道教小说、道教诗词、道教戏剧四大类。《道藏》5000多卷经书大半属于道教散文。另外，在其他许多中国古代丛书，诸如《四库全书》子部道家类、《四部丛刊》、《四部备要》中，均收有不同数量的道教散文作品。按体裁分，道教散文主要包括议论散文、叙事散文、赋体散文三种。

武夷山唐代道教文学留存很少，至宋始有白玉蟾等著名道教文学家，并有别集存世。

游武夷题

吕洞宾

建溪之阳地毓灵，葱葱苍苍多松筠。
年深不识尧君历，夜静空闻王子笙。

桃花泛水流九曲,波回石涧飞寒玉。
青莺岂作凡鸟鸣,元鹿谁同野兽逐。
笑看童子采灵芝,荷衣芰服称风吹。
朱颜老叟自何代,言说生从盘古时。
山间无寒亦无暑,蟠桃红兮蕨薇紫。
斫将白石与青精,漫燃龙竹闲烹煮。
武夷之山秀且高,参元堪把死生逃。
山中日月常如此,一局棋枰白昼消。

作者简介

吕洞宾(798—?),名嵒,号纯阳子。俗传八仙之一,道教全真道尊,为北五祖之一。相传为京兆人,一作河中府(今山西永济市)人。会昌(841—846年)中,两举进士不第,于是浪迹江湖,学仙修道,自称回道人。他的《游武夷题》应是最早吟咏武夷山的诗歌。

作品简评

此诗描绘武夷盛景,抒写了武夷山中人与自然和谐相处之乐。诗歌通过种种物象,表达了回归自然的情趣。

思考题

1. 此诗表达了什么样的道家思想?
2. 吕洞宾与武夷山有何渊源关系?请做一番调研。

第三章
武夷文学的昌盛——宋代华章

　　经过中晚唐和五代近200年的准备酝酿,到了宋代,武夷文学出现了彬彬之盛的局面,涌现了一大批学者兼作家。从北宋的西昆体领袖杨亿、婉约词宗柳永,到南宋的爱国诗人李纲、刘子翚,理学家朱熹、杨时,南宋后期的闽北作家群,还有非武夷籍的著名文学家如北宋的范仲淹、晏殊、欧阳修、苏轼,南宋的陆游、辛弃疾等,先后到武夷山做官或游览武夷山,或多或少留下了歌咏武夷山秀丽风光和武夷岩茶的诗词。更难能可贵的是,两宋时期大武夷地区出现了一批著名的文学评论家,如严羽、魏庆之、黄升、吴可、蔡梦弼、黄伯思等,尤其是严羽的《沧浪诗话》成为中国文学批评史上仅次于刘勰《文心雕龙》的,可与司空图《诗品》比肩的文学批评名著。

　　宋代武夷山地区众多的文学家实际上形成了蔚为壮观的文学流派,如爱国诗派、理学诗派、山水诗派、道教诗派、佛教诗派等,成就了地方文学史中少见的辉煌。

第一节

北宋时期的武夷文学

建溪十咏(其一·武夷山)

◎(宋)杨　亿

灵岳标真牒,孤峰入紫氛。
藤萝暗仙穴,猿鸟骇人群。
古柏千年在,悬流万壑分。
汉坛秋藓驳,曾祀武夷君。

作　者　简　介

杨亿(974—1020),宋初文学家,字大年,建州浦城(今福建浦城)人。淳化三年(992

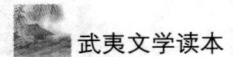

年)进士,曾任工部侍郎。为西昆体领袖,与刘筠、钱惟演等诗歌唱和,编成《西昆酬唱集》,作品辞藻华丽,内容较为贫乏。著有《武夷新集》。

作品简评

将关于武夷山的神话传说和实际存在的高峰、瀑布、藤萝、猿鸟等景观熔于一炉,朴素自然,浑然一体,全无雕琢痕迹。

思考题

此诗写景有何特点？对你的写作有何启示？

题中峰寺

◎(宋)柳　永

扳萝蹑石路崔嵬,千万峰中梵室开。
僧向半天为世界,眼看平地起风雷。
猿偷晓果升松去,竹逗清流入槛来。
旬月经游殊不厌,欲归回首更迟回。

作者简介

柳永(984—1053),北宋词人,字耆卿,原名三变,崇安五夫里(今福建武夷山五夫)人。仕途坎坷,景祐元年(1034年)约50岁才中进士。官至屯田员外郎,世称柳屯田。他精通音律,又很能向民间词吸取营养,是第一个创作了大量新型长调词的词人,使得词这一文学样式更加丰富多彩,在词的发展史上有重大的贡献。他的词以写羁旅行役、离情别绪最为出色,感情纯真、大胆,善于用铺叙和白描手法,又善于吸收俚语入词,促进了词的通俗化、口语化。当时"凡有井水饮处,皆能歌柳词",说明柳永的词有广泛的影响和强大的艺术生命力。著有《乐章集》,存词213首。

作品简评

柳永的青少年时代是在家乡度过的。《题中峰寺》和《巫山一段云》是他的少年诗词作。中峰寺建于唐初,据说,有个伏虎禅师居中峰寺。唐昭宗景福元年(892年),里中虎患,众人欲捕之,而师却骑虎出迎。寺中原有伏虎坛,遗迹犹存。此诗采用铺叙手法,叙述了经游此地的过程。一个青年人沿着陡峭崎岖的石径,攀萝附葛爬过高岗,又涉水过溪穿过林莽,来到群山拥抱的古刹,瞻望伏虎坛胜迹,其脑海里便浮现出禅师叱咤风雷降伏猛虎的英姿。感慨万端,便吟诵出此诗。遇此佳境,文者略同。

> **思 考 题**

1. 给武夷山寺庙的历史沿革做一番调研。
2. 你游历了哪些古刹名寺？试着仿写一首纪游诗。

巫山一段云（其一）

◎（宋）柳　永

六六真游洞，三三物外天。
九班鳞稳破非烟，何处按云轩。
昨夜麻姑陪宴，又话蓬莱清浅。
几回山脚弄云涛，仿佛见金鳌。

> **作 品 简 评**

此词描写武夷实如仙山。"六六"盖指武夷山内三十六峰，"三三"则指九曲溪之九曲。作者幻想游仙事，颇有气势。清李调元《雨村词话》曰："人皆谓柳三变《乐章集》工于闺帷淫媒之语，羁旅悲怨之辞。然集中《巫山一段云》词，工于游仙，又飘飘有凌云之意，人所未知。"据记载柳永少年"居近武夷洞天，故其为人有仙风道骨，倜傥不羁"。在道教炽盛的名山大川附近出生、居住、仕宦的文学家面对这些文化遗产，往往会产生皈依道教、逍遥世外的愿望。

游仙词自有它的社会文化意义：首先表达珍爱生命、长生久视的愿望。它是对人生短暂这一无法克服的永恒悲剧的超越，渴望获得永恒。其次是对现实不满，向往自由自在的生活；也是飞腾想象的需要，对于不可知的神秘宇宙的想象。现实（此岸世界）太局促，幻想中的彼岸世界无限广阔、无比丰富，扩大了生存空间。神仙世界是大自然美好、神秘、温馨一面的升华与扩展。武夷山的三十六奇峰、奇洞怪石以及神话传说一定给了词人丰富的联想。

> **思 考 题**

1. 柳永的游仙词有何特点？读后有何感想？
2. 课外阅读柳永其他五首游仙词。

凤栖梧

◎（宋）柳　永

伫倚危楼风细细，望极春愁，黯黯生天际。草色烟光残照里，无言谁会凭阑意。
拟把疏狂图一醉，对酒当歌，强乐还无味。衣带渐宽终不悔，为伊消得人憔悴。

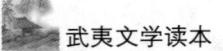

作 品 简 评

这首词采用"曲径通幽"的表现方式,抒情写景,感情真挚。巧妙地把漂泊异乡的落魄感受,同怀恋意中人的缠绵情思融为一体。

"伫倚危楼风细细",说登楼引起了"春愁"。全词只此一句叙事,便把主人公的外形像一幅剪纸那样突显出来了。"风细细",带写一笔景物,为这幅剪影添加了一点背景,使画面立刻活跃起来了。

"望极春愁,黯黯生天际",极目天涯,一种黯然魂销的"春愁"油然而生。"春愁",又点明了时令。对这"愁"的具体内容,词人只说"生天际",可见是天际的某种景物触动了他的愁怀。从下一句"草色烟光"来看,是春草。芳草萋萋,刬尽还生,很容易使人联想到愁恨的连绵无尽。柳永借用春草,表示自己已经倦游思归,也表示自己怀念亲爱的人。那天际的春草,所牵动的词人的"春愁"究竟是哪一种呢?词人却到此为止,不再多说了。

"草色烟光残照里,无言谁会凭阑意",写主人公的孤单凄凉之感。前一句用景物描写点明时间,可以知道,他久久地站立楼头眺望,时已黄昏还不忍离去。"草色烟光"写春天景色极为生动逼真。春草,铺地如茵,登高下望,夕阳的余晖下,闪烁着一层迷蒙的如烟似雾的光色。一种极为凄美的景色,再加上"残照"二字,便又多了一层感伤的色彩,为下一句抒情定下基调。"无言谁会凭阑意",因为没有人理解他登高远望的心情,所以他默默无言。有"春愁"又无可诉说,这虽然不是"春愁"本身的内容,却加重了"春愁"的愁苦滋味。作者并没有说出他的"春愁"是什么,却又掉转笔墨,埋怨起别人不理解他的心情来了。作者把笔宕开,写他如何苦中求乐。"愁",自然是痛苦的,那还是把它忘却,自寻开心吧!

"拟把疏狂图一醉",写他的打算。他已经深深体会到了"春愁"的深沉,单靠自身的力量是难以排遣的,所以他要借酒浇愁。词人说得很清楚,目的是"图一醉"。为了追求这"一醉",他"疏狂",不拘形迹,只要醉了就行。不仅要痛饮,还要"对酒当歌",借放声高歌来抒发他的愁怀。但结果却是"强乐还无味",他并没有抑制住"春愁"。故作欢乐而"无味",更说明"春愁"的缠绵执着。

至此,作者才透露出这种"春愁"是一种坚贞不渝的感情。他的满怀愁绪之所以挥之不去,正是因为他不仅不想摆脱这"春愁"的纠缠,甚至心甘情愿为"春愁"所折磨,即使渐渐形容憔悴、瘦骨伶仃,也决不后悔。"为伊消得人憔悴",一语破的:词人的所谓"春愁",不外是"相思"二字。

这首词妙在紧扣"春愁"即"相思",却又迟迟不肯说破,只是从字里行间向读者透露出一些消息,眼看要写到了,却又煞住,掉转笔墨,如此影影绰绰,扑朔迷离,千回百折,直到最后一句,才真相大白。词中相思感情在达到高潮的时候,戛然而止,激情回荡,感染力更强了。

思考题

1. 王国维认为凡完成大事业、大学问的人必须经历三个境界,此词最后一句是第二境界,说说表达其他两个境界的诗句出自哪些诗词?每个境界的含义是什么?
2. 背诵这首词。

八声甘州①

◎(宋)柳 永

对潇潇②暮雨洒江天,一番洗清秋。渐霜风凄紧③,关河冷落,残照当楼。是处红衰翠减④,苒苒物华休⑤。惟有长江水,无语东流。

不忍登高临远,望故乡渺邈⑥,归思难收。叹年来踪迹,何事苦淹留⑦。想佳人、妆楼颙望⑧,误几回、天际识归舟⑨。争知我、倚阑干处,正恁凝愁⑪。

注释

① 唐教坊大曲有《甘州》,杂曲有《甘州子》。因属边地乐曲,故以甘州为名。《八声甘州》是从大曲《甘州》截取一段而成的慢词,因全词前后共八韵,故名八声。又名《潇潇雨》《宴瑶沁池》等。《词谱》以柳永为正体。九十七字,平韵。
② 潇潇:形容雨声急骤。
③ 凄紧:一作"凄惨"。
④ 是处:到处,处处。红衰翠减:红花绿叶,凋残零落。李商隐《赠荷花》:"翠减红衰愁煞人。"翠:一作"绿"。
⑤ 苒苒:茂盛的样子。一说,同"冉冉",犹言"渐渐"。物华:美好的景物。
⑥ 渺邈:遥远。
⑦ 淹留:久留。
⑧ 颙望:凝望。一作"长望"。
⑨ 天际识归舟:语出谢朓《之宣城郡出林浦向板桥》中的"天际识归舟,云中辨江树"。
⑩ 争:怎。
⑪ 恁:如此,这般。凝愁:凝结不解的深愁。

作品简评

这首望乡词通篇贯穿一个"望"字,作者的羁旅之愁、漂泊之恨,尽从"望"中透出。

上片是登楼凝望中所见,无论风光、景物、气氛,都笼罩着悲凉的秋意,触动着抒情主人公的归思。"渐霜风凄紧,关河冷落,残照当楼"三句,在深秋萧瑟寥廓的景象中表现游子的客中情怀,连鄙薄柳词的苏轼也以为"此语于诗句不减唐人高处"(宋赵令畤《侯鲭录》引。《能改斋漫录》作晁补之语)。

下片是望中所思,从自己的望乡想到意中人的望归:她不但"归楼颙望",甚至还"误几回天际识归舟",望穿秋水之际,对自己的迟迟不归已生怨恨。如此着笔,便把本来的独望变成了双方关山远隔的千里相望,可见两地同心,俱为情苦。虽然这是想象之辞,却反映了作者对独守空闺的意中人的关切之情,似乎在遥遥相望中互通款曲,进行心与心的交流,从而暗示读者:其人未归而其心已归,这就更见出归思之切。

另外,此词多用双声叠韵词,以声为情,声情并茂。双声如"清秋""冷落""渺邈"等,叠韵如"长江""无语""阑干"等。它们间见错出,相互配合,时而嘹亮,时而幽咽。这自然有助于增强声调的亢坠抑扬,更好地表现心潮的起伏不平。

名家点评

赵令畤《侯鲭录》引苏轼云:"人皆言柳耆卿词俗,然如'渐霜风凄紧,关河冷落,残照当楼',唐人佳处,不过如此。"

唐圭璋《唐宋词简释》:"此首亦柳词名著。一起写雨后之江天,澄澈如洗。'渐霜风'三句,更写风紧日斜之境,凄寂可伤。以东坡之鄙柳词,亦谓此三句'唐人佳处,不过如此'。'是处'四句,复叹眼前景物凋残,惟有江水东流,自起首至此,皆写景。'叹年'两句,自问自叹,为恨极之语。'想'字贯至'收'处,皆是从对面着想,与少陵之'香雾云鬟湿'作法相同。"

俞陛云《唐五代两宋词选释》:"结句言知君忆我,我亦忆君。前半首之'霜风''残照',皆在凝眸怅望中也。"

思考题

1. 苏轼评价此词境界不减唐人佳处,你读后有何感想?
2. 背诵这首词。

水龙吟·杨花

◎(宋)章 楶

燕忙莺懒芳残,正堤上、柳花飘坠。轻飞乱舞,点画青林,全无才思。闲趁游丝,静临深院,日长门闭。傍珠帘散漫,垂垂欲下,依前被、风扶起。

兰帐玉人睡觉,怪春衣、雪沾琼缀。绣床旋满,香球无数,才圆却碎。时见蜂儿,仰粘轻粉,鱼吞池水。望章台路①杳,金鞍游荡,有盈盈泪。

作者简介

章楶(jié)(1027—1102),字质夫,建州浦城(今属福建)人。北宋将领,词人,宰相章惇的堂兄。治平二年(1065年)进士,知陈留县,历任提点湖北刑狱、成都路转运使。元祐初,以直龙图阁知庆州。哲宗时改知渭州,有边功。建中靖国元年(1101年),除同知枢密院事。崇宁元年(1102年)卒,年七十六,谥庄简,改谥庄敏。《全宋词》录其词二首。

章楶是北宋一位儒将,知人善任,用兵如神,曾在西域叱咤风云,他的用兵就像他的词一样出神入化,挥洒自如;在西域战无不克,攻无不取,为宋朝的西北边防做出了伟大的贡献,《宋史》评价"楶立边功,为西方最"。

注 释

①章台路:汉长安章台下街名,以秦时所建之章台而名,繁华游冶之地。唐许尧佐《章台柳传》写章台妓柳氏故事,后多以"章台"代柳,亦有以代妓院者。

作 品 简 评

这首咏柳花的词曾被苏轼赞为妙绝,但词史上,人们多赞赏东坡的和柳花词,而对这首原作却颇多微词。实际上,这首词清丽和婉,不失为词中精品。首句"燕忙莺懒芳残"开篇点题,写燕忙于营巢,莺懒于啼唱,繁花纷纷凋残,表明季节已是暮春;"堤上",指明地点;"柳花飘坠",点明主题。破题之后,用"轻飞乱舞,点画青林,全无才思"紧接上句,把柳花飘坠的形状做了一番渲染。它为下文铺叙,起了蓄势的作用。韩愈《晚春》诗云:"草树知春不久归,百般红紫斗芳菲。杨花榆荚无才思,惟解漫天作雪飞。"意思是说,杨花(即柳花)和榆荚一无才华,二不工心计;不肯争芳斗艳,开不出千红万絮的花。韩愈表面上是贬杨花,实际上却暗寓自己的形象,称许它洁白、洒脱和不事奔竞。章楶用这个典故,自然也包含这层意思。

"闲趁游丝,静临深院,日长门闭。"写到此,词人竟把柳花比拟成一群天真无邪、爱嬉闹的孩子,悠闲地趁着春天的游丝,像荡秋千似的悄悄进入了深邃的庭院。春日渐长,而庭院门却整天闭着。柳花活似好奇的孩子一样,想探个究竟。这样,就把柳花的形象写活了。"傍珠帘散漫,垂垂欲下,依前被、风扶起。"柳花紧挨着珠箔做的窗帘散开,缓缓地想下到闺房里去,却一次又一次地被旋风吹起来。这几句深得南宋黄升和魏庆之的欣赏。黄升说它"形容尽矣"(《唐宋诸贤绝妙词选》卷五);魏庆之说它"曲尽杨花妙处",甚至认为苏轼的和词也"恐未能及"(《诗人玉屑》卷二一)。当然,把这首词评于苏轼和词之上未免偏爱太过;但说它刻画之工不同寻常,那是确实不假。这几句除了刻画出柳花的轻盈体态外,还把它拟人化了,赋予它以"栩栩如生"的神情,真正做到了形神俱似。

下片改从"玉人"方面写:"兰帐玉人睡觉,怪春衣、雪沾琼缀。绣床旋满,香球无数,才圆却碎。"唐圭璋等《唐宋词选注》称此词为"闺怨词",估计就是从这里着眼的。到这里,"玉人"已成为词中的女主人公,柳花反退居到陪衬的地位上了。但通篇自始至终不曾离开柳花的形象着笔,下片无非是再通过闺中少妇的心眼,进一步摹写柳花的形神罢了。柳花终于钻入了闺房,粘上少妇的春衣。少妇的绣花床很快被落絮堆满,柳花像无数香球似的飞滚着,一会儿圆,一会儿又破碎了。这段描写,不仅把柳花写得惟妙惟肖,同时也把少妇惝恍迷离的内心世界显现出来。柳花在少妇的心目中竟变成了轻薄子弟,千方沾惹,万般追逐,乍合乍离,反复无常。

"时见蜂儿,仰粘轻粉,鱼吞池水。"这几句既着意形容柳花飘空坠水时为蜂儿和鱼所贪爱，又反衬出幽闺少妇的孤寂无欢。"望章台路杳，金鞍游荡，有盈盈泪。"借两个典故，既状写柳花飘坠似泪花，又刻画少妇望不见正"章台走马"的游冶郎时的痛苦心情。章台为汉代长安街名，《汉书·张敞传》："时罢朝会，过走马章台街，使御吏驱，自以便面拊马。"颜师古注谓其不欲见人，以扇自障面。后世以"章台走马"指冶游之事。唐崔颢《渭城少年行》："斗鸡下杜尘初合，走马章台日半斜。章台帝城称贵里，青楼日晚歌钟起。"即其一例。至于柳与章台的关系，较早见于南朝梁诗人费昶《和萧记室春旦有所思》："杨柳何时归，袅袅复依依。已映章台陌，复扫长门扉。"唐代传奇《柳氏传》又有"章台柳"故事。这首词若有不足，当是上下片主题不一，从而造成了形象的不集中。然而瑕不掩瑜，此词仍值用心玩味。

思考题

阅读苏轼和词《水龙吟·次韵章质夫杨花词》，比较原词与和词艺术上的特点：

似花还似非花，也无人惜从教坠。抛家傍路，思量却是，无情有思。萦损柔肠，困酣娇眼，欲开还闭。梦随风万里，寻郎去处，又还被、莺呼起。

不恨此花飞尽，恨西园、落红难缀。晓来雨过，遗踪何在？一池萍碎。春色三分，二分尘土，一分流水。细看来，不是杨花点点，是离人泪。

名家点评

朱弁《曲洧旧闻》卷五："章粢质夫作《水龙吟》咏杨花，其命意用事，清丽可喜。东坡和之，若豪放不入律吕，徐而视之，声韵谐婉，便觉质夫词有纤绣工夫。"

刘熙载《艺概》卷四："东坡《水龙吟》，起云'似花还似非花'。此句可作全词评语，盖不离不即也。"

王国维《人间词话》卷上："东坡《水龙吟·杨花》，和韵而似原唱；章质夫词，原唱而似和韵，才之不可强也如是！"

魏兴之《诗人玉屑》卷二〇："章质夫咏杨花词，东坡和之。晁叔用以为：'东坡如王嫱、西施，净洗却面，与天下妇人斗好，质夫岂可比哉？'是则然矣。余以为质夫词中所谓：'傍珠帘散漫，垂垂欲下，依前被风扶起。'亦可谓曲尽杨花妙处。东坡所和虽高，恐未能及。诗人议论不公如此！"

梅林春信

◎（宋）李 侗

积雪千林冻欲摧，
倚栏日日望春回。
天公为我传消息，

故遣梅花特地开。

作者简介

李侗(1093—1163),字愿中,世号延平先生,两宋之际南剑州剑浦(今福建南平)人。24岁时师从二程再传弟子罗从彦,得其《春秋》《中庸》《论语》《孟子》之说。学其师好静坐,认为"学问之道不在多言,但默坐澄心,体认天理"(《宋史·李侗传》)。退居山田40余年,谢绝世故,终身不仕。授徒讲学,答问不倦。朱松与其为同门友,十分推重,遗子朱熹从侗学,因此得其传授理学思想。侗虽身在山野,但心系天下,伤时忧国,认为当世之弊在于三纲不振、义利不分,要求"人主当于此留意"。孝宗隆兴元年(1163年),病卒,终年71岁。

李侗学宗二程,潜心理学,认为"道可以治心,犹食之充饱,衣之御寒"。注重力行,认为"读书者知其所言莫非吾事,而即吾身以求之,则凡圣贤所至而吾所未至者,皆可勉而进矣"。继承二程"理一分殊"之说,强调理一分殊的重要性,认为"若概以理一,而不察其分之殊,此学者所以流于疑似乱真之说而不自知也"(同上)。世人将其与杨时、罗从彦并称为"南剑三先生"。清人全祖望认为罗从彦在杨时之门,所学虽淳,而所得实浅,然而"一传为延平(李侗),则邃矣;再传为晦翁则大矣"(《宋元学案·豫章学案序录》),充分肯定了李侗在理学发展中的重要作用。李侗所著有《李延平先生文集》《延平答问》等。

作品简评

这首题为"梅林春信"的诗堪称李侗代表作,诗中蕴含着义理,与一般诗人的咏梅诗有着不同的意义。"日日望春回"应是理学家寄望自己努力践行的道不断发扬光大,梅花之所以在冰天雪地盛开,那是大自然(天公)特地为作者传送的消息。句中"积雪""千林""春""梅花"都是诗人体道怡情的对象,这类寓物说理的诗常以形象生动的笔法,寄寓深刻的哲理,读之意味无穷,给人以启迪。李侗生活的年代是北宋后期,"积雪千林冻欲摧","春"还在远处,因而他"日日望",就像雪中看到俏梅一样,他坚信心目中的"春天"必定会回到人间。

思考题

1. 作为朱熹的老师,李侗对朱熹思想的转变有巨大的影响,说说这段佳话。
2. 理学家的写景抒情诗与诗人之诗有何不同?为什么?

游武夷

◎(宋)杨 时

函关崎嵚走秦鹿,天下并逐争群雄。

抉云翻空鳌足折,黔黎窜伏如寒蛩。
武夷山深水清泚,避世犹有高人踪。
龙泓东注海波涌,玉女翠拥秋云松。
赤霄真骨写虚壁,通泉凡笔惭非工。
藏舟浮梁跨绝壑,隐见似与天潢通。
当时鸡犬不复见,窠岩依旧烟霞笼。
我来秋杪月既望,尚有幽菊埋榛丛。
天容洗净雨新霁,云幕四卷清无风。
掀篷进棹穷异境,注目想见流残红。
回船杖屦蹑幽径,松竹窈窕环琳宫。
翠琬温辞耀华衮,金榜大字缠蛟龙。
自怜病骨挂尘网,慢亭高会何由逢?
解衣归卧玉琅碎,仰看明月穿疏篷。

作者简介

杨时(1044—1130),北宋哲学家、学者、官吏,字中立,号龟山,祖籍弘农华阴(今陕西华阴东),南剑西镛州龙池团(今属福建明溪县龙湖)人。熙宁九年(1076年)进士,历官浏阳、余杭、萧山知县,荆州教授,工部侍郎,以龙图阁直学士专事著述讲学。晚年隐居龟山,学者称龟山先生。先后学于程颢、程颐,同游酢、吕大临、谢良佐并称程门四大弟子,又与罗从彦、李侗并称为"南剑三先生",被奉为"程氏正宗",著有《二程粹言》等。"程门立雪"的典故即出自杨时。朱熹赞曰:"孔颜道脉,程子箴规,先生之德,百世所师。"

作品简评

此诗借神话传说,描绘武夷山大王峰犹如"抉云翻空鳌足折"一般高峻,玉女峰好像亭亭玉立的天仙玉女那样俏丽;九曲溪如东流入海的游龙,似与天河相通般神奇。杨时的《游武夷》诗是今见最早咏唱玉女峰并将其拟人化的作品。它为后世文人和民间歌者开启了一片无限广阔的想象与创作的空间。从此以后,作为武夷山标志的玉女峰,成为历代留诗武夷的文人墨客笔下无休无止、常咏常新的题材。至明中叶以后,拟人化了的玉女峰和大王峰,终于被文人成功嫁接到了牛郎织女故事的母题上,成为一对人神相恋的爱情悲剧的男女主角,向古往今来的人们诉说着那神人永隔,令人痛彻肺腑、扼腕不已的悲剧命运。

杨时虽不以文学名世,但其著作中留下了大量文学作品。他与游酢的"道南"奠基之功,彪炳千古,永垂史册,这是毋庸置疑的。我们今天在整理、研究杨时载道南归,传播理学,开启闽学先河的不朽功勋时,也应适当关注他的文学成就和他开启南宋武夷文学一代宗风的贡献。

思考题

1. 谈谈你对理学家的闲情——"观万物自得之乐"的理解。
2. 《宋史·道学传二·杨时》："一日见颐,颐偶瞑坐,时与游酢侍立不去。颐既觉,则门外雪深一尺矣。"说说"程门立雪"的故事,有何感想?

第二节

南宋时期的武夷文学

曲折潆洄的九曲溪贯穿于丹崖群峰之间,如玉带串珍珠,将三十六峰、武夷山摩崖石刻岩连为一体。山临水而立,水绕山而行,峰岩高低、河床宽窄、曲率大小、水流急缓、视域大小、视角仰俯等都达到绝妙的程度,构成"一溪贯群山,两岩列仙岫"的独特美景,溪光山色中融注了中国传统的诗情画意和美学意境。登山可览碧水清溪,涉水能看奇峰异石,乘一叶古朴的竹筏顺溪而下,可赏奇拔秀伟、千姿百态、争奇斗艳的形象美;可品泉歌鸟鸣、浪击轻舟、篙点褐石、绿树红花的色彩美;可看流水游鱼、浮云飞鸟、艄公游人的动态美;可睹云绕山嶂、雾锁峰腰、雨罩群峰的朦胧美。身临秀色美景,犹如漫步奇幻百出的山水画廊,聆听丰富有变奏的交响乐章,欣赏韵味独特的瑶池歌舞,品味韵律有致的美丽诗篇,如痴如醉,飘飘欲仙。这是武夷山自然景观的精华,堪称世界一绝。

南宋时期武夷文学达到高潮。此时大批文人南下,相当一部分人寓居武夷山,如刘子翚、刘子羽等,创作了大量武夷文学,并有别集传世;也有如李纲等人,虽是朝廷重臣,闲暇时也常常游览武夷山,留下大量武夷题材的诗文。前人赞美道:"东周有孔子,南宋有朱熹。中国古文化,泰山与武夷。"朱熹一生约有50年的时间隐居武夷山,在此著书立说,创立书院,教书育人,培养了一大批有识之士。以朱熹为中心的一大批文化精英,如吕祖谦、辛弃疾、陆游、杨万里等,相互唱和,歌咏自然山水,形成武夷文学彬彬之盛的局面。

题 画

◎(宋)李 纲

清气盘回作武夷,峰峦宵窕白云飞。

重来未了平生愿,一幅轻绡画得归。

作者简介

李纲(1083—1140),北宋末、南宋初抗金名臣,字伯纪,号梁溪先生,祖籍福建邵武,祖父一代迁居江苏无锡。徽宗政和二年(1112年)进士,历官至太常少卿。钦宗时,授兵部侍郎、尚书右丞。靖康元年(1126年)金兵侵汴京时,任京城四壁守御使,团结军民,击退金兵,但不久即被投降派排斥。高宗即位初,一度起用为相,曾力图革新内政,大大增强了抗金的力量,史称"出将入相,南渡第一名臣",但仅75天即遭罢免。绍兴二年(1132年),复起用为湖南宣抚使兼知潭州,不久,又罢。多次上疏,陈抗金大计,均未被采纳,后抑郁而死。李纲能诗文,亦能词,其咏史之作,形象鲜明生动,风格沉雄劲健。著有《梁溪先生文集》《靖康传信录》《梁溪词》。

作品简评

李纲是个"性酷爱山水"的人,两度游武夷,写下了近50首诗词。未游武夷之前,他常常以自己是福建人,而未能游览"为七闽最"的武夷胜景,深感遗憾。宣和元年(1119年)初夏,他白天卧寝,做了一个奇异的梦,梦见自己乘着一只小舟,穿行于山涧,纵目四顾,"峰峦奇秀,有如玉色""秀美环奇,不可模状"。一觉醒来,犹自欣然回味,心想梦中所游历的,必是天上仙境吧。事有凑巧,这年他被贬剑浦(今福建南平)途经武夷,泛舟九曲,沿溪奇峰怪石,目不暇接,行到六曲,登天游,到晞真馆时,雪花纷飞,岩石皆白如玉,恍如梦中所见,不禁惊叹道"斯游清绝,已先兆于梦寐",并解释为"好慕之极,达乎精神",为此写下了《记旧梦并序》《泛舟至晞真馆遇雪》《狮子峰》《试剑石》《江城子·游武夷》等五首诗词。离任武夷山后,作者常常思念武夷山水,甚至形诸梦寐,这首诗写记忆中武夷山清空一气、峰峦窈窕、白云缭绕的美景,表达自己渴望重游武夷山的心愿以及心愿难了、以画载归的留念之情。

江城子·武夷
(再游武夷,至晞真馆,与道士泛月而归)

◎(宋)李　纲

　　武夷山麓一溪横。晚风清,断霞明。行至晞真,馆下月华生。仙迹灵踪知几许,云缥缈,石峥嵘。

　　羽人同载小舟轻。玉壶倾,荐芳馨。酣饮高歌,时作步虚声。一梦游仙非偶尔,回棹远,翠烟凝。

作品简评

上片写黄昏时分沐清风,披晚霞,乘月色,觅仙踪,游览九曲所见;下片写与山中道士撑竹排,携玉壶,饮美酒,一路高歌,放情山水的情形。忧国忧民的一代良相,被昏君奸臣无端放逐，暂且放松一回，逍遥一回，在自然中找到心灵的慰藉。这首词表现了李纲被贬后寄情名山秀水的心曲。

思考题

1. 说说《题画》《江城子·武夷》写景抒情的特点。试作仿写。
2. 搜集李纲其他武夷题材的诗词。

九曲棹歌

◎（宋）朱 熹

武夷山上有仙灵，山下寒流曲曲清。
欲识个中奇绝处，棹歌闲听两三声。

一曲溪边上钓船，幔亭峰影蘸晴川。
虹桥一断无消息，万壑千岩锁翠烟。

二曲亭亭玉女峰，插花临水为谁容。
道人不作阳台梦，兴入前山翠几重。

三曲君看架壑船，不知停棹几何年？
桑田海水今如许，泡沫风灯敢自怜。

四曲东西两石岩，岩花垂落碧㲲毵。
金鸡叫罢无人见，月满空山水满潭。

五曲山高云气深，长时烟雨暗平林。
林间有客无人识，欸乃声中万古心。

六曲苍屏绕碧湾，茆茨终日掩柴关。
客来倚棹岩花落，猿鸟不惊春意闲。

七曲移舟上碧滩，隐屏仙掌更回看。
却怜昨夜峰头雨，添得飞泉几道寒。

八曲风烟势欲开，鼓楼岩下水潆洄。
莫言此地无佳景，自是游人不上来。

九曲将穷眼豁然,桑麻雨露见平川。

渔郎更觅桃源路,除是人间别有天。

作品简评

朱熹寓居崇安五夫里时,把武夷视若"后圃",一有闲暇,便与门生弟子入山漫游,挟书而诵。每逢亲朋故旧来访,也往往要陪同他们入山寻胜,赋诗唱和。至今六曲的响声岩上,还存留着他在淳熙年间先后陪同蔡元定、吕祖谦、范念德和刘子翚、廖德明等人游武夷时手书的两条石刻;在《武夷山志》里,也还辑录着他与袁枢、潘友文等人游山时唱和的诗。当时任建宁知府的韩元吉,曾感慨地说:"山中之乐,悉为元晦之私也。"在武夷精舍落成后,朱熹也怡然自得地说:"吾今营其地,果尽有山中之乐矣!"晚年迁居建阳后,他还时常过访武夷。绍熙四年(1193年),辛弃疾在福建提点刑狱任上,奉召赴京,途次建阳时,往访朱熹。当时,年过花甲的朱熹,还陪同他游览武夷,脍炙人口的《九曲棹歌》就是这时写成的。

在历代文人骚客吟诵武夷的诗中,首先全面概括描写武夷风貌的是朱熹的《九曲棹歌》。"棹"又作"櫂",即船桨,棹歌就是舟子渔夫所唱的歌。朱熹这首用民间乐歌形式写的《九曲棹歌》,是对武夷山九曲溪的全景扫描,也是描绘九曲溪的一幅长卷佳作。

《九曲棹歌》写景写情,一扫宋诗中"爱讲道理,发议论"的缺陷。当今大学者钱钟书评论说:"假如一位道学家的诗集里,'讲义语录'的比例还不大,肯容许些'闲言语',他就算得道学家中间的大诗人,例如朱熹。"(《宋诗选注》,钱钟书著,人民文学出版社,第107页)朱熹的《九曲棹歌》确是容许了相当的"闲言语",也就是说,用了许多抒情的诗歌语言。因此,它至今仍然脍炙人口,传播海内外。

第一首

朱熹的《九曲棹歌》开头是一首小引,交代作歌的原因。这实际上是序诗,以便引出对武夷奇绝处的吟唱。

第二首

一曲的溪北有高峰耸立,那便是入九曲所见的第一峰——大王峰,也叫天柱峰。大王峰的左侧有幔亭峰,在峭壁上刻有"幔亭"二字,而幔亭峰就是神话故事中武夷君宴请乡人的所在,即"幔亭招宴"的所在地。传说宴会的当天,虹桥架空,群仙驾临,祥云缭绕,仙乐悠扬,轻歌曼舞,飞觞劝饮。乡人顶礼膜拜之余,亦皆开怀畅饮。宴罢乡人归,风雨骤至,虹桥飞断,神迹杳然。这一神话传说,充满奇诡神秘的色彩。民间传说自从虹桥飞断之后神仙就不再光临此地了。唐朝李商隐为此咏道:"只得流霞酒一杯,空中箫鼓当时回。武夷洞里生毛竹,老尽曾孙更不来。"朱熹所咏的"虹桥一断无消息,万壑千岩锁翠烟",也正是此意。一曲风景名胜颇多。曲畔的水光石上,有摩崖石刻群可供鉴赏。石刻杰作中除明理学家李材的"修身为本"之外,还刻有明代抗倭名将戚继光途经武夷时的题词："大丈夫既南靖岛蛮,便当北平劲敌。黄冠布袍,再期游此。"

第三首

二曲溪口迎人而立的是峭拔挺秀、明艳照人的玉女峰。玉女峰突兀拔空,峰顶花木参簇,整座山峰像束髻簪花的少女,岩壁缝痕似衣裙皱褶,飘飘欲仙,峰下碧波绮丽的"浴香潭",传说是玉女洗浴的地方。潭中一块方形巨石,刻"印石"二字。峰左侧有一岩叫妆镜台,刻有二丈多高的"镜台"二字。民间传说玉女隔溪与一曲之畔的大王(大王峰的象征)苦恋,朱熹的二曲之歌即咏此。玉女峰和周围的山水构成一幅仙境般的图画。宋朝的李纲有诗赞道:"风舞芳林鬓脚垂,朝云暮雨湿仙衣。不知当日缘何事,化石山头更不归。"与李纲同时代的道教名羽白玉蟾亦有咏玉女的诗歌:"插花临水一奇峰,玉骨冰肌处女容。烟映霞衣春带雨,云鬟雾鬓晓梳风。"作为道学先生,他们对男女相恋一般是避而不谈的,所以他们的诗也写得比较含蓄。提倡"天存理,灭人欲"的朱熹更担心人们由此而引起有关巫山神女的风流联想,因而调侃似的咏道:"道人不作阳台梦,兴入前山翠几重。"

第四首

这是咏三曲小藏峰的架壑船。小藏峰又名仙船岩,在峻峭的岩壁隙洞间,有船形的木制古遗物,传说那是仙人得道时化去后所遗下的木舟,舟中藏有遗骨,称作"遗蜕"。宋朝陈梦庚《仙船》诗咏道:"此船何事驾岩限,不逐桴槎八月来。莫是飞仙无所用,乘风有路到蓬莱。"而最早对虹桥板、架壑船做出合理推测的,还是朱熹,他认为是"前世道阻未通,川壅未决时,蛮物所居"的遗物,经考证,这些虹桥板、架壑船确实是古代南方少数民族的一种悬棺葬的遗迹。

第五首

"两石岩"指四曲中的大藏峰和仙钓台。朱熹此处的诗意是:山花的花瓣还带着朝露,一片清绿,有如羽毛的散乱披离。这是以山花带露衬出山中黎明的时分。四曲大藏峰壁有金鸡洞,传说武夷金鸡为世人司晨,可是谁也没见过金鸡,有的只是月下空山和卧龙潭。朱熹四曲棹歌中的"水满潭"之潭,即大藏峰下的卧龙潭。潭水深不可测,也是四曲的一处胜境。"月满空山水满潭"写出了黎明前鸡鸣星稀,西天的月光下衬出的一片空山静境。在卧龙潭岩壁上刻有"飞翠流霞"四字。

第六首

这是朱熹借写五曲胜景做自我描画、抒怀。五曲是九曲的中心,隐屏峰峻立溪北,峰峦挺拔,当年朱熹就在此建武夷精舍,聚徒讲学。朱熹五曲棹歌中的"山高"指精舍后的隐屏峰。由于山高云深,烟雨才长时暗锁平林渡口。"欸乃"是船夫出力摇船的应答声。"客"指朱熹自己。

第七首

六曲流程最短。溪北有高直耸立的巨峰,峰壁由于流水侵蚀久而深陷,状如指痕,故称仙掌峰,又叫晒布岩,壁上刻有四个大字:"壁立万仞。"今日的晒布岩下是茶叶试验场,面溪背山,环境清幽,真个像朱熹所吟咏的那样,岩花自落,猿鸟不惊,清静极了。

第八首

七曲有獭控滩,就是"移舟上滩"的滩,它的后面正好是隐屏、仙掌两峰,所以说"回看"。"飞泉"指凌空飞洒而下的山泉。七曲的北面为三仰峰,又称三迭峰,海拔700多米,三峰相迭,面背东向,雄姿巍然。在小仰峰的半壁上有壁宵洞,刻有"武夷最高峰"五个大字。

第九首

八曲滩高水急,溪畔浮出水面的有"牛角潭"的牛角、"青蛙石"的石蛙。鼓楼岩下,有一石如张牙舞爪的狮子,称"上水狮",有块椭圆如龟的岩石,称"下水龟"。溪南和鼓子峰相望的大小两块岩石,称大廪石和小廪石,对大小廪石南宋名相李纲有诗赞道:"仙家何事也储粮?石廪团团曲水旁。应驾玉龙耕紫石,琼芝千亩个中藏。"

第十首

平川是地名,指九曲尽头星村一带。这一带一马平川,桑麻蔽野,又有良田美池,屋舍俨然,鸡犬之声相闻,全然是桃源景象,正如朱熹棹歌所咏:舍此而欲更觅桃源路,那除非人间之外别有天地了。

朱熹这组诗,具有很深的文化意蕴。首先,作者用诗的语言概括地描绘出武夷山以九曲溪为中心的山水、风景,给人一种全景式的印象,而非东一鳞、西一爪的零星片断式的组合。武夷山山水风景的核心是"三三六六",即三三九曲溪,六六三十六峰,古人游山多逆流而上,先一曲、二曲,最后八曲九曲(今人多顺流而下,由九曲而最后一曲)。朱熹的描绘顺序,也是一、二、三、四至九曲,十首中第一首总序,然后一首一曲,一首之中,有山有水,例如一曲的晴川和幔亭峰,二曲临水插花的玉女峰,三曲"不知停棹几何年"的小藏峰上的架壑船,四曲卧龙潭、大藏峰、仙钓岩及金鸡洞,五曲平林渡及云高气深的诸峰,六曲绕碧湾的苍屏峰,七曲由碧滩回望隐屏峰和仙掌峰,八曲绿水潆洄中的鼓楼岩,九曲豁然开朗的平川。没有去过武夷的人,读此诗可卧游武夷;初往武夷的人,可借此诗而寻胜。

其次,朱熹《九曲棹歌》也具有哲理诗的意蕴。在第一曲中诗人登上一艘船,行于江中。但在诗人眼中,这并不是一艘普通的船,而是一艘寻理之船,就像"德诚禅师《拨棹歌》借钓鱼来比喻从修禅到顿悟的过程"。而后面写到的烟雾弥漫,以至于难以看清道路,则揭示了寻道之路的艰难。

接着第二曲则是诗人对世人的一种告诫。他告诉人们在寻理过程中要保持内心的纯净,不要被美色等外物诱惑,并且在寻理过程中不能轻易地松懈,要一直保持着奋发向上的势头。

到了第三曲,诗人开始言说道理。诗人看着不知经历过多少年,几经风霜却依然存在的架壑船,不禁产生感叹:生命短暂,不是所有人和事物都可以如那艘架壑船那样永久存在。诗人想要借此告诉世人要懂得爱惜自己的生命。

到了第四曲,诗人又接着体会人生,不过这次是在感叹自己。诗人向世人诉说自己是一个孤独的倡导者,但在这自然之中却得到了一种自足感。这告诉人们,孤独是可以在自然之中得到安慰的。

第五曲紧接着第四曲,再一次诉说大自然中蕴含着许多大道理。诗人虽然不为人所认识,但他可以在这自然山水中领悟人生的真谛。往往真理就隐藏在这大自然当中。

到了第六曲,诗人又开始诉说寻理路程要如何进行。寻理路程可能曲折,人们需要克服其中的许多困难。但是,在这过程当中,也不能过于急躁,需要保持一个平缓的心态,这样你最终才能悠闲地享受所寻得的成果。

第七曲写到诗人在行舟途中,却时不时地往回看。他这是在告诉人们,有时候当你换一个角度去观察事物时,说不定会有一个意外的惊喜出现。所以在寻理的过程当中也不要一味地一直往前走,有时候停下来或者往回走,说不定会有意外的收获。

第八曲,诗人开始描写他所经过之处的溪段是如何地难以行走,但在那不远处却有美丽的风景等着他去欣赏。其实在这里诗人是写寻理道路之艰难,但是你如果不用大力气,是到不了那个境界,欣赏不到美景的。

终于到了第九曲,诗人在诗中所蕴含的意思是:终于到了寻理路程的终点,道路不再曲折,即一种获得真理之后,万事万物了然于心的境界。

朱熹的这组诗不仅是根据自己的游览路程描写武夷山的山水,更是借此写了一个寻理的路程。由此可见,在理学思想的影响之下,朱熹的山水诗带有哲学本体上的意义,有了一层更深层次的蕴意,令人回味无穷。

思考题

1. 谈谈这组诗与民歌的联系。

2. 朱熹是理学诗人中影响最大、最杰出的代表,这组诗说理有何特点?

3. 在咏歌九曲溪的诗歌中,朱熹的《九曲棹歌》向称千古绝唱。朱诗一出,历代和者甚众,却无出其右者。稼轩长于词,晦翁长于诗,朱、辛二公同游九曲,所赋棹歌,并非同时,稼轩之诗,也不是对晦翁的和诗,更无一较高下之意,却有异曲同工之妙。但《武夷山志》和一些流行的武夷山诗词选本中,均只录稼轩棹歌之末三首,命题为"武夷三首",似乎不知稼轩亦有棹歌10首。其实,朱、辛两位大手笔的10首棹歌堪称"武夷棹歌"双璧。放翁、瓢翁、晦翁,号"武夷三翁"。陆游、辛弃疾、朱熹三位文化巨人、文学巨匠在同一时代,用他们如椽的巨笔描绘"奇秀甲于东南"的武夷山水,抒发他们身处武夷山时忧

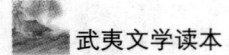

国忧民的高尚情怀,表现他们探索武夷山人文地理形成奥秘的精神,必然使武夷文学更加光彩夺目。

试比较朱熹、辛弃疾的《九曲棹歌》:

游武夷·作棹歌呈晦翁十首
(宋)辛弃疾

一水奔流叠嶂开,溪头千步响如雷。
扁舟费尽篙师力,咫尺平澜上不来。

山上风吹笙鹤声,山前人望翠云屏。
蓬莱枉觅瑶池路,不道人间有幔亭。

玉女峰前一棹歌,烟鬟雾髻动清波。
游人去后枫林夜,月满空山可奈何。

见说仙人此避秦,爱随流水一溪云。
花开花落无寻处,仿佛吹箫月夜闻。

千丈挽天翠壁高,定谁狡狯插遗樵。
神仙万里乘风去,更度槎丫个样桥。

山头有路接无尘,欲觅王孙试问津。
瞥向苍崖高处见,三三两两看游人。

巨石亭亭缺啮多,悬知千古也消磨。
人间正觅擎天柱,无奈风吹雨打何。

自有山来几许年,千奇万怪只依然。
试从精舍先生问,定在包牺八卦前。

山中有客帝王师,日日吟诗坐钓矶。
费尽烟霞供不足,几时西伯载将归?

行尽桑麻九曲天,更寻佳处可留连。
如今归棹如掤箭,不似来时上水船。

观书有感二首

◎(宋)朱 熹

半亩方塘①一鉴②开,天光③云影共徘徊④。
问渠⑤那得⑥清如许⑦?为⑧有源头活水⑨来。

昨夜江边春水生,艨艟巨舰一毛轻①。
向来枉费推移力②,此日中流③自在行。

注释

其一:

①方塘:又称半亩塘,在福建尤溪城南郑义斋馆舍(后为南溪书院)内。朱熹父亲朱松与郑交好,故尝有《蝶恋花·醉宿郑氏别墅》词云:"清晓方塘开一境。落絮如飞,肯向春风定。"

②鉴:一说为古代用来盛水或冰的青铜大盆。另一说为镜子,指像鉴(镜子)一样可以照人。

③"天光"句:意为天的光和云的影子反映在塘水之中,不停地变动,犹如人在徘徊。

④徘徊:来回移动。

⑤渠:它,第三人称代词,这里指方塘之水。

⑥那得:怎么会。

⑦清如许:这样清澈。清:清澈。如:如此,这样。

⑧为:因为。

⑨源头活水:比喻知识是不断更新和发展的,人只有不断地学习、运用和探索,才能使自己永葆先进和活力。

其二:

①艨艟:也作古代攻击性很强的战舰名,这里指大船。一毛轻:像一片羽毛一般轻盈。

②向来:原先,指春水上涨之前。推移力:指浅水时行船困难,需人推挽而行。

③中流:河流的中心。

创作背景

庆元二年(1196年),为避权臣韩侂胄之祸,朱熹与门人黄榦、蔡沈、黄钟来到新城福山(今黎川县社苹乡竹山村)双林寺侧的武夷堂讲学,并写下《福山》一诗。在此期间,他往来于南城、南丰。在南城应利元吉、邓约礼之邀作《建昌军进士题名记》一文,文中对建昌人才辈出发出由衷赞美。又应南城县上塘蛤蟆窝村吴伦、吴常兄弟之邀,到该村讲学,为吴氏厅堂题写"荣木轩",为读书亭题写"书楼",并为吴氏兄弟创办的社仓撰写了《社仓记》,还在该村写下了"问渠那得清如许?为有源头活水来"的著名诗句。朱熹离村后,村民便将蛤蟆窝村改为源头村,民国时曾设活水乡(今属上塘镇)以纪念朱熹。在南丰曾巩读书岩石壁上刻有朱熹手书"书岩"二字,在岩穴下小池壁上刻有朱熹手书"墨池"二字。

作 品 简 评

从题目看,这两首诗是谈观书体会的,意在讲道理,发议论,弄不好,很可能写成"语录讲义之押韵者"。但作者写的却是诗,因为是从自然界和社会生活中捕捉了形象,让形象本身来说话。

第一首诗是抒发读书体会的哲理诗。"半亩方塘一鉴开,天光云影共徘徊","一鉴"的"鉴",就是"镜",照人的镜子。"半亩方塘"虽然不算大,但它却像一面镜子那样澄澈明净,"天光云影"都被它反映出来了。闪耀浮动,情态毕见。作为一种景物的描写,这可以说是十分生动了。这两句展现的形象本身就能给人以美感,能使人心情澄净,心胸开阔。这一种感性的形象本身,还蕴含着一种理性的东西。很明显的一点是,"半亩方塘"里边的水很深、很清,所以它能够反映"天光云影";反之,如果很浅、很污浊,它就不能反映,或者是不能准确地反映。

诗人正是抓住了这一点做进一步的挖掘,写出了颇有哲理的三、四两句:"问渠那得清如许?为有源头活水来。""问渠"的"渠",不是"一渠水"的"渠",而相当于"它"的意思,这里是指方塘。"问渠"就是"问它"。诗人并没有说"方塘"有多深,第三句诗里边突出了一个"清"字,"清"就已经包含了"深"。因为塘水如果没有一定深度的话,即使很"清"也反映不出"天光云影共徘徊"的情态。诗人抓住了塘水"深"而且"清",就能反映"天光云影"的特点。但是到此诗人并没有结束,他进一步地提出了一个问题。"问"那个"方塘""那得清如许?"问它为什么这么"清",能够反映出"天光云影"来。如果孤立地看这个"方塘"的本身,则没有法子来回答这个问题。诗人于是放开了眼界,从远处看,终于,他看到了"方塘"的"源头",找到了答案。就因为"方塘"不是无源之水,而是有那永不枯竭的"源头",源源不断地给它输送了"活水"。这个"方塘"由于有"源头活水"的不断输入,所以永不枯竭,永不陈腐,永不污浊,永远"深"而且"清"。"清"得不仅能反映出"天光云影",而且能反映出"天光云影共徘徊"这么一种细致的情态。这就是这一首小诗所展现的形象和它的思想意义。

第二首诗也是借助形象喻理的诗。这首诗用水上行舟做对比,说明读书有个循序渐进的过程,要在渐进中穷尽事理,初学时需要"推移"之力,到后来探得规律,懂得事理之时,就能"自在"而行了。朱熹在这首诗中是讲读书的方法,但一样无怎样读书的影子,而是用一种比喻的方法,很通俗地告诉了人们怎样读书。是的,现代社会日新月异,人们要学的知识太多了,各种各样的书让人们目不暇接。如果急于求成,不花功夫去一点点地积累知识,就不能取得好的学习方法。要读大量的书,没有好的学习方法不成,人们只有在学习中摸索出一套对自己有益的方法,才能扩大知识面,让那些知识像个图书馆一样存贮在人们的脑中,这样才能学到大量的知识,并学有所用。

思 考 题

1. 这两首哲理诗影响很大,说说其中深刻的内涵。
2. 同学们读书时有过类似的体验吗?说说你的读书心得,或谈谈读书与追求真理的关系。
3. 背诵这两首诗。

春 日

◎(宋)朱 熹

胜日①寻芳②泗水③滨,无边光景一时新。
等闲④识得东风⑤面,万紫千红总是春。

注 释

①胜日:天气晴朗的日子。
②寻芳:"芳"指花草。春游踏青的意思。
③泗水:水名,在今天的山东省泗水县。
④等闲:随便,到处都可以。
⑤东风:春风。

作 品 简 评

人们一般都认为这是一首游春诗。从诗中所写的景物来看,也很像是这样。首句"胜日寻芳泗水滨","胜日"指晴日,点明天气。"泗水滨"点明地点。"寻芳",即寻觅美好的春景,点明了主题。下面三句都是写"寻芳"所见所得。次句"无边光景一时新",写观赏春景中获得的初步印象。用"无边"形容视线所及的全部风光景物。"一时新",既写出春回大地,自然景物焕然一新,又写出了作者郊游时耳目一新的欣喜感觉。第三句"等闲识得东风面",句中的"识"字承首句中的"寻"字。"等闲识得"是说春天的面容与特征是很容易辨认的。"东风面"借指春天。第四句"万紫千红总是春",是说这万紫千红的景象全是由春光点染而成的,人们从这万紫千红中认识了春天。这就具体解答了为什么能"等闲识得东风面"。而此句的"万紫千红"又照应了第二句中的"光景一时新"。第三、四句是用形象的语言具体写出光景之新,寻芳所得。

从字面上看,这首诗好像是写游春观感,但细究寻芳的地点是泗水之滨,而此地在宋南渡时早被金人侵占。朱熹未曾北上,当然不可能在泗水之滨游春吟赏。其实诗中的"泗水"暗指孔门,因为春秋时孔子曾在洙、泗之间弦歌讲学,教授弟子。因此所谓"寻芳"即指求圣人之道,"万紫千红"喻孔学的丰富多彩。诗人将圣人之道比作催发生机、点染万物的春风。这其实是一首寓理趣于形象之中的哲理诗。

思考题

1. 作者真在"泗水"之滨游玩吗?说说这首诗所寓含的"理"。
2. 从这首诗中可以看出理学诗中写景与说理之间有何关系?
3. 背诵此诗。

百丈山记①

◎(宋)朱 熹

登百丈山三里许②,右俯绝壑③,左控垂崖④;叠石为磴⑤,十余级乃得度⑥。山之胜盖自此始⑦。循磴而东⑧,即得小涧,石梁跨于其上⑨。皆苍藤古木,虽盛夏亭午无暑气⑩;水皆清澈,自高淙下⑪,其声溅溅然⑫。度石梁,循两崖,曲折而上,得山门⑬,小屋三间,不能容十许人。然前瞰涧水⑭,后临石池,风来两峡间,终日不绝。门内跨池又为石梁,度而北,蹑石梯数级入庵⑮。庵才老屋数间,卑庳迫隘⑯,无足观⑰,独其西阁为胜⑱。水自西谷中循石罅奔射出阁下⑲,南与东谷水并注池中⑳,自池而出,乃为前所谓小涧者;阁据其上流㉑,当水石峻激相搏处㉒,最为可玩㉓。乃壁其后㉔,无所睹。独夜卧其上㉕,则枕席之下,终夕潺潺,久而益悲,为可爱耳。

出山门而东,十许步,得石台,下临峭岸㉖,深昧险绝㉗。于林薄间东南望㉘,见瀑布自前岩穴瀵涌而出㉙,投空下数十尺。其沫乃如散珠喷雾,日光烛之㉚,璀璨夺目㉛,不可正视。台当山西南缺㉜,前揖芦山㉝,一峰独秀出,而数百里间峰峦高下,亦皆历历在眼㉞。日薄西山㉟,余光横照,紫翠重叠㊱,不可殚数㊲。旦起下视,白云满川,如海波起伏;而远近诸山出其中者,皆若飞浮来往,或涌或没,顷刻万变。台东径断㊳,乡人凿石容磴以度㊴,而作神祠于其东㊵,水旱祷焉㊶。畏险者或不敢度㊷,然山之可观者㊸,至是则亦穷矣。

余与刘充父、平父、吕叔敬、表弟徐周宾游之㊹。既皆赋诗以纪其胜㊺,余又叙次其详如此㊻。而最其可观者㊼,石磴、小涧、山门、石台、西阁、瀑布也,因各别为小诗以识其处㊽,呈同游诸君,又以告夫欲往而未能者。

年月日记㊾。

注 释

①百丈山:在今福建建阳市东北与今武夷山市交界处,海拔690米。
②三里许:约三里路。
③绝壑(hè):深险的山谷。
④控:控扼,引接。

⑤磴(dèng):石台阶。

⑥度:越过。

⑦"山之"句:意为百丈山的优美景色大概就从这里开始了。胜:指风景优美。

⑧循:顺,沿。

⑨梁:桥。

⑩"虽盛"句:意为即使是在盛夏中午最炎热的时候,也感觉不到逼人的暑气。

⑪淙(cóng)下:涧水发出淙淙的声音流下。淙:流水的声音。

⑫溅溅:水疾流时发出的声音。

⑬山门:寺庙多在山林,在通往庙宇的引道上设立外门,称"山门"。

⑭瞰(kàn):俯视。

⑮蹑(niè):踩。庵(ān):僧尼敬佛住的小屋,后来多指尼姑修行的小庙。

⑯卑庳(bì):低矮。庳:原作"痹",误。迫隘(ài):狭窄。

⑰无足观:没有什么值得观赏的。

⑱西阁:指庵中的西阁楼。

⑲罅(xià):缝隙。

⑳并注:一同流入。

㉑据:占据,位居。

㉒当:面对。水石峻激相搏:山石峻峭,水流湍急,水石相撞,如同搏击。

㉓玩:观赏。

㉔"乃壁"二句:承上句说,然而在西阁后面,却是石壁,没有什么风景可看的。乃:而,却,表示转折语气。壁:石壁。其:指西阁。

㉕"独夜卧"五句:意为唯独在夜里睡在西阁楼上,枕席下面就整宿都响着潺潺的流水声,听久了,更感到悲凉,这种情境令人觉得可爱罢了。其:指西阁。潺潺(chán):流水声。

㉖峭(qiào)岸:悬崖峭壁。

㉗深昧:深暗。

㉘林薄:草木丛杂的地方。

㉙濆(fèn)涌:水同源分流喷出。这句是说,看见瀑布由前方岩石洞穴中喷涌而出。

㉚烛:照耀。

㉛璀璨(cuǐcàn):光彩鲜明。

㉜缺:指山的缺口。

㉝芦山:芦峰山,在福建建阳西北,与百丈山东西遥对。石台面对芦山,像是在拱手作揖,所以说"前揖"。

㉞历历:分明的样子。

㉟薄:迫近。

㊱紫翠重叠:意为群山在夕阳照耀下,或紫或翠,重叠相映。

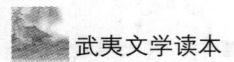

㊲不可殚(dān)数：数不尽。

㊳径：小路。

㊴凿石容磴：在山壁上凿出石级为路。

㊵神祠(cí)：祭神的祠堂。

㊶水旱祷焉：天旱或水涝时在这里向神佛祈祷。

㊷或：有的人，复指"畏险者"。

㊸"然山"句：意为百丈山值得观赏的景物到此也就穷尽了。是：此，指台东神祠。

㊹之：指百丈山。

㊺"既皆"句：朱熹有《游百丈山以徙倚弄云泉分韵赋诗得云字》。

㊻叙次：依次叙述。

㊼最其可观者：最值得观赏的地方。

㊽各别为小诗：每一处另外写了一首小诗。《百丈山六咏》是六首五言绝句。今录其中题为"瀑布"一首："巅崖山飞泉，百尺散风雨。空质丽清晖，龙鸾共掀舞。"识(zhì)：记。夫：那些。

㊾年月日：这里略去了写这篇游记的具体时间。

作 品 简 评

《百丈山记》选自《朱文公文集》。它写于宋孝宗淳熙二年（1175年）的夏天。作者没有把笔墨花在记述出游的时间、行程等上面，而是着力于描写百丈山的优美风景。通篇状物写景，准确而形象，细致而生动，表现出作者精细的观察能力和运用语言的功夫。在同时所写《百丈山六咏》之一《西阁》的绝句中，朱熹曾抒发了"安得枕下泉，去作人间雨"的情怀与议论，而没有把它写进本文。可见，这是一篇以刻画山水景物见长的游记。

　　文章一开始就把读者引入一个清幽绝尘的境界之中，可谓开门见山，探骊得珠。接下来的两大段写景文字也精妙无比，自"循磴而东"至"终夕潺潺，久而益悲，为可爱耳"为第一段，描写涧水之胜。作者登山的路径是与涧水下泻的线路逆向而行的，始写得见小涧，继写涧水下泻之路径，再写涧水之源，最后写夜闻涧水之声。可以说，涧水就是这一段文字的文脉。然而，正如涧水之美在于它沿山势而曲折，且时隐时现，这段文字之美也在于它并不直接地、无间断地写涧水的流程，而是在每次看到的涧水片断之间插入其他景物：苍藤古木、石梁、山顶小屋、峡间风声等。这样，就像藏身于云雾的神龙并不呈现出全部身姿却反而更显得夭矫壮健。变化莫测、离合起伏的章法也使此文更加引人入胜。最妙的是在此段的最后，先说在山顶"当水石峻激相搏处，最为可玩"的地方偏偏建有小阁，"乃壁其后，无所睹"，似乎大煞风景，故意设置一个跌宕。然而下面笔锋一转，写夜间水声潺潺，"为可爱耳"，又一笔兜回，真有峰回路转之妙。

　　第二段自"出山门而东"至"然山之可观者，至是则亦穷矣"。写在山顶眺望所见之景，其中着重描绘的是瀑布和白云两者。对这两种经常见诸山水文中的景物，朱熹的描写却与众不同。他精心选择了瀑布在日光照射下的状态："其沫乃如散珠喷雾，日光烛之,璀璨夺目,不可正视。"这个视角真是独具匠心的选择!至于白云,朱熹着重写其动态之美:"白云满川,如海波起伏;而远近诸山出其中者,皆若飞浮来往,或涌或没,顷刻万变。"他不是简单地把白云比作海波,而是一段描写全从这个比喻出发,所以不但飘浮的白云是奔涌的,甚至连静止的山峰也如仙岛一样,"飞浮来往"。这真是想落天外的神来之笔!通过这样的描写,百丈山头所见之景就具有不可重复的特点,或者说它已被赋予了独特的个性。

总之,《百丈山记》是一篇精美绝伦的山水游记,完全可以与唐宋八大家的那些写景精品相媲美。这篇文章中没有任何借景寓理的成分,朱熹完全被自然美景吸引、征服了,他至少是暂时忘却了自己的理学家身份,所以没有像通常那样在写景之余发一通议论,也没有在描写中融入什么哲理。他只是兴致淋漓地描绘所见所闻。

思 考 题

1. 这篇纪游散文写景上有何特点?表达了诗人怎样的思想感情?
2. 试着仿写一篇武夷山游记。

田 家

◎(宋)刘子翚

长空淡淡如云扫,暮过田家风物好。
耕犁倚户寂无人,饥牛卧啮墙根草。

作 者 简 介

刘子翚(1101—1147),南宋文学家、学者,字彦冲,自号病翁。崇安(今福建武夷山市)人,刘子羽胞弟。曾任兴化军通判(州府的副长官),后以体弱多病为由,退居故里,被受命主管武夷山冲佑观。此后一直隐居在五夫里的屏山之下,著书立说,教授门徒,有《屏山集》20卷。朱熹是他的学生。他的诗风格明朗豪健,道学家的味道并不浓厚,被称为是"诗人里的一位道学家,并非只在道学家里充一个诗人"。《汴京记事》20首最具特色,当时被广泛传诵。他常和友人游武夷,赋诗吟唱,晚年病魔缠身,辗转卧榻,还吟诗道:"病中追余观,所得绝富饶。"以抒发眷念武夷山水之情。

作 品 简 评

刘子翚的田园诗充满田家浓郁的生活气息,表现出对和平宁静的田园生活的留恋喜爱之情,具有平淡质朴的风格特征。

思 考 题

1. 刘子翚与陶渊明的田园诗有何联系?

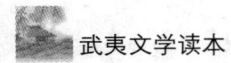

2. 刘子翚也是一位道学家中的诗人,但他的诗却很少说理。作为朱熹的老师,他的诗人气质对朱熹创作有何影响?

南　溪

◎(宋)刘子翚

聊为溪上游,一步一回顾。
悠悠出山水,浩浩无停注。
唯有旧溪声,万古流不去。

作 品 简 评

这首诗通过自然景物或具体的生活琐事来说明道理。溪水悠悠,浩浩而去,逝者如斯,无停无歇。溪水一去不返,溪声则依然如故,长留旧地。诗人在凝神观察和思索中领悟到一些关于自然、社会、人生中静与动、变与不变的关系及其所蕴含的哲理。此诗中那万古流不去的溪声究竟象征什么,是非常耐人寻味的。刘子翚的这类山水诗把哲理融于情景的描绘中,不枯燥、不酸腐,充满理趣而无理障。这类诗,大都阐明了主观能动性与客观条件的辩证关系,既有情趣,又富理趣。

思 考 题

这首诗包含了怎样的理趣?与其他理学家的哲理诗有何不同?

武夷即景得赋

◎(宋)吕祖谦

不寐连宵岂饮茶,浑忘逆旅即浮槎。
且依卧榻昕①溪绿,犹念摩岩别石花。
莫测雨姓天气变,颇疑今昔世风嗟。
倦飞却笑投林鸟,输我山游兴未赊。

作 者 简 介

吕祖谦(1137—1181),南宋哲学家、文学家,字伯恭,学者称东莱先生,婺州(今浙江省金华市)人,曾任著作郎兼国史院编修官。和朱熹、张栻齐名,时称"东南三贤"。为学上主张治经史以致用,开浙东派先声。曾邀集鹅湖之会,企图调和朱熹与陆九渊关于哲学思想的争执。散文笔锋犀利,著有《东莱集》等书。他与朱熹讲习于武夷最久,曾主管武夷山冲佑观。

注释

①昕(xīn)：作为名词指黎明，作为形容词指明亮的意思，这里应该是形容词。

作品简评

这是一首诗人游览武夷山时即兴创作的写景寄情诗，描写了诗人在武夷山游兴颇浓，不仅被九曲溪等自然景色所迷，还对武夷山的人文景观念念不忘，无论是武夷茶还是摩崖石刻，都引发了诗人浓浓的兴致；同时武夷山变幻莫测的气候特点引起诗人对世态民情的深入思考。

思考题

1. 这首诗的写景有何特点？风格是什么？
2. 作为外地人来到武夷山是否有同样的感受？

水龙吟①·过南剑②双溪楼

◎（宋）辛弃疾

举头西北浮云③，倚天万里须长剑。人言此地，夜深长见，斗牛④光焰。我觉山高，潭空水冷，月明星淡。待⑤燃犀下看，凭栏却怕，风雷怒，鱼龙惨⑥。

峡束⑦苍江对起，过危楼、欲飞还敛⑧。元龙老矣，不妨高卧，冰壶凉簟⑨。千古兴亡，百年悲笑⑩，一时登览。问何人又卸⑪，片帆沙岸，系斜阳缆⑫。

作者简介

辛弃疾（1140—1207），南宋诗人，字幼安，号稼轩，历城（今山东济南市）人。他是宋代创作词数量最多的词人，流传到今天的词还有 600 多首。辛弃疾继承和发展了苏轼开创的豪放词风，扩大了词的题材和表现手法，突破了诗、词、文的界线，把词的创作提到一个崭新的高度。辛弃疾三次主管武夷山冲佑观。为人豪爽，重气节，和朱熹是好朋友。

在号称"道南理窟"的武夷山，曾经有过三星聚首的辉煌时期。这三颗璀璨的文魁星就是南宋三位名昭千古的文人——著名诗人陆游、著名词人辛弃疾和著名理学家朱熹。他们是同时代人，被尊称为"武夷三翁"，即陆放翁（陆游）、辛瓢翁（辛弃疾）、朱晦翁（朱熹）。三人的私交甚笃，在力主抗金、拒斥和议的抱负上肝胆相照。

创作背景

绍熙三十四年（1192 年），稼轩先任福建提点刑狱，后又知福州兼福建安抚使，在经南剑州（今南平市）赴任时，曾登临双溪楼，谱写了《水龙吟·过南剑双溪楼》和《瑞鹤仙·南剑双溪楼》。

注释

①水龙吟:词牌名。
②南剑:南剑州,宋代州名。双溪楼:在南剑州府城东。
③西北浮云:西北的天空被浮云遮蔽,这里隐喻中原河山沦陷于金人之手。
④斗牛:星名,二十八宿的斗宿与牛宿。
⑤待:打算,想要。
⑥鱼龙:指水中怪物,暗喻朝中阻遏抗战的小人。惨:狠毒。
⑦束:夹峙。
⑧欲飞还敛:形容水流奔涌直前,因受高山的阻挡而回旋激荡,渐趋平缓。
⑨冰壶凉簟:喝冷水,睡凉席,形容隐居自适的生活。
⑩百年悲笑:指人生百年中的遭遇。
⑪卸:解落,卸下。
⑫缆:系船用的绳子。

作品简评

　　祖国的壮丽河山,到处呈现着不同的面貌。吴越的柔青软黛,自然是西子的化身;闽粤的万峰刺天,又仿佛森罗的武库。古来多少诗人词客,分别为它们做了生动的写照。辛弃疾这首《水龙吟·过南剑双溪楼》,就属于后一类的杰作。

　　宋代的南剑州,即延平,属福建。这里有剑溪和樵川二水,环带左右。双溪楼正当二水交流的险绝处。要给这样一个奇峭的名胜传神,绝非容易。作者紧紧抓住了它具有特征性的一点,做了全力的刻画,那就是"剑",也就是"千峰似剑铓"的山。而剑和山,正好融合着作者的人在内。上片一开头,就像将军从天外飞来一样,凌云健笔,把上入青冥的高楼、千丈峥嵘的奇峰,掌握在手,写得寒芒四射,凛凛逼人。而作者生当宋室南渡,以一身支柱东南半壁进而恢复神州的怀抱,又隐然蕴藏于词句里,这是何等的笔力。"人言此地"以下三句,从延平津双剑故事翻腾出剑气上冲斗牛的词境。据《晋书·张华传》:晋尚书张华见斗、牛二星间有紫气,问雷焕;曰:是宝剑之精,上彻于天。后焕为丰城令,掘地,得双剑,其夕,斗牛间气不复见焉。焕遣使送一剑与华,一自佩。华诛,失剑所在,焕卒,其子华持剑行经延平津,剑忽于腰间跃出堕水,化为二龙。作者又把山高、潭空、水冷、月明、星淡等清寒景色,汇集在一起,以"我觉"二字领起,给人以寒意飕飕的感觉。然后转到要"燃犀下看"(见《晋书·温峤传》),一探究竟。"风雷怒,鱼龙惨",一个怒字,一个惨字,紧接着上句的怕字,从静止中进入惊心动魄的境界,字里行间,却跳跃着虎虎的生气。

　　换片后三句,盘空硬语,实写峡、江、楼。词笔刚劲中带韧性,极烹炼之工。这是以柳宗元游记散文文笔写词的神技。从高峡的"欲飞还敛",双关到词人从炽烈的民族斗争场合上被迫退下来的悲凉心情。"不妨高卧,冰壶凉簟",以淡静之词,勉强抑遏自己飞腾的壮志。这时作者年已在52岁以后,任福建提点刑狱之职,是无从施展收复中原的抱负的。以下千古兴亡的感慨,低回往复,表面看来,情绪似乎低沉,但隐藏在词句背后的,又正是不能忘怀国事的忧愤。它跟江湖山林的词人们所抒写的悠闲自在心情,显然是大异其趣的。

　　这是一首登临之作,是辛弃疾爱国思想表现十分强烈的名作之一。词的特点集中表现在以下三个方面。一是线索清晰,钩锁绵密。一般登临之作,往往要发思古之幽情,而辛弃疾此词却完全摆脱了这一俗套。作者即景生情,把全副笔墨集中用于抒写主战与主和这一现实生活的主要矛盾点上。全篇钩锁严密,脉络井然。二是因迩及远,以小见大。作者胸怀大志,以抗金救国、恢复中原为己任。他虽身处福建南平的一个小小的双溪楼上,心里盛的却是整个国家。所以,他一登上楼头,便"举头西北",由翻卷的"浮云",联想到战争,联想到大片领土的沦陷与骨肉同胞的深重灾难。而要扫清敌人,收复失地,救民于水火,则需要有一支强大的军事力量。但作者却从一把落水的宝剑起笔,加以生发。"长剑",长也不过是"三尺龙泉"而已。而作者却通过奇妙的想象,运用夸张手法,写出了"倚天万里须长剑"这一壮观的词句。这是词人的心声,同时也喊出了千百万人心中的共同意愿。三是通篇暗喻,对比强烈。这首词里也有直抒胸臆的词句,如"元龙老矣,不妨高卧""千古兴亡,百年悲笑,一时登览"。但是,更多的关键性的词句却是通过大量的暗喻表现出来的。词中的暗喻可分为两组:一组是暗喻敌人和主和派的,如"西北浮云""风雷怒,鱼龙惨""峡束苍江对起"等;一组是暗喻主战派的,如"长剑""过危楼、欲飞还敛""元龙老矣"等。这两种不同的形象在词中形成鲜明的对照和强烈的对比。这种强烈对比还表现在词的前后结构上。如开篇直写国家危急存亡的形势:"举头西北浮云",而结尾却另是一番麻木不仁的和平景象:"问何人又卸,片帆沙岸,系斜阳缆!"沐浴着夕阳的航船卸落白帆,在沙滩上搁浅抛锚。这与开篇战云密布的形象极为不同。

　　这首词形象地说明,当时的中国大地,一面是"西北浮云""中原膏血";而另一面却是"西湖歌舞""百年酣醉",长此以往,南宋之灭亡,势在必行了。由于这首词通体洋溢着爱国热情,加之又具有上述几方面的艺术特点,所以很能代表辛词雄浑豪放、慷慨悲凉的风格,读之有金石之音、风云之气,令人魄动魂惊。

思考题

1. 谈谈这首词在意象运用上有何特点?
2. 这首词的艺术风格如何?与辛词的总体风格是否一致?
3. 请对辛弃疾相关武夷题材的诗词做一番调研。
4. 课外阅读辛弃疾另一首游历闽北时创作的词并与此词相比较,即《瑞鹤仙·南剑双溪楼》:

　　　　片帆何太急。望一点须臾,去天咫尺。舟人好看客。似三峡风涛,嵯峨剑戟。溪南溪北。正遐想、幽人泉石。看渔樵、指点危楼,却羡舞筵歌席。

　　　　叹息。山林钟鼎,意倦情迁,本无欣戚。转头陈迹。飞鸟外,晚烟碧。问谁怜旧日,南楼老子,最爱月明吹笛。到而今、扑面黄尘,欲归未得。

适　闽

◎(宋)陆　游

春残犹看少城花,雪里来尝北苑茶。
未恨光阴疾驹隙,但惊世界等河沙。
功名塞外心空壮,诗酒樽前发已华。
官柳弄黄梅放白,不堪倦马又天涯。

作者简介

陆游(1125—1210),字务观,号放翁,越州山阴(今绍兴)人,南宋文学家、史学家、爱国诗人。

陆游生逢北宋灭亡之际,少年时即深受家庭爱国思想的熏陶。宋高宗时,参加礼部考试,因秦桧排斥而仕途不畅。宋孝宗即位后,赐进士出身,历任福州宁德县主簿、敕令所删定官、隆兴府通判等职,因坚持抗金,屡遭主和派排斥。乾道七年(1171年),应四川宣抚使王炎之邀,投身军旅,任职于南郑幕府。次年,幕府解散,陆游奉诏入蜀,与范成大相知。宋光宗继位后,升为礼部郎中兼实录院检讨官,不久即因"嘲咏风月"罢官归居故里。嘉泰二年(1202年),宋宁宗诏陆游入京,主持编修孝宗、光宗两朝实录和三朝史,官至宝章阁待制。书成后,陆游长期蛰居山阴,嘉定二年(1210年)与世长辞,留绝笔《示儿》。

陆游一生笔耕不辍,诗、词、文俱有很高成就。其诗语言平易晓畅,章法整饬谨严,兼具李白的雄奇奔放与杜甫的沉郁悲凉,尤以饱含爱国热情对后世影响深远。陆游亦有史才,他的《南唐书》,"简核有法",史评色彩鲜明,具有很高的史料价值。

作品简评

《适闽》一诗写于南宋孝宗淳熙五年(1178年)十月,在其家乡越州山阴(今浙江绍兴)(见《剑南诗稿校注》)。淳熙五年(1178年)春,陆游出蜀东归,秋天抵临安(南宋都城,今杭州),受孝宗召对后,除提举福建路常平茶事。八月返山阴镜湖故里。至冬天,他才前往建安。这是他第二次入闽为官。第一次在绍兴二十七年(1157年),任福州宁德县主簿,后又任福州决曹。诗人周必大在《送陆务观赴七闽提举常平茶事》诗中说"父老犹传主簿贤",说明陆游为官深得民心。第三次在绍熙元年至庆元四年(1190—1198年),任提举建宁府武夷山冲佑观,但并未入闽,因为这是朝廷照顾年老官员予以祠禄的虚职。

到了建安县,碰上雪天。适早春又逢小雪,品尝"建溪官茶",也就是北苑茶。诗人面对雪景吟咏建茶,将欲"脱"(朝廷之腐败)欲"得"(继承先祖遗风)之心境,糅进该诗,深感时光易逝,功业难成,对宦情感到厌倦。因为他的爱国情感没有被重视,抱负无法施展,只能是"宦情已尽诗情在",将其寄托到充满强烈的爱国主义思想和现实主义精神的诗词中。

思考题

1. 联系陆游的人生经历,谈谈此诗所表现的爱国主义精神。
2. 请对陆游相关武夷题材的诗文做一番调研。
3. 说说你初到武夷山或某风景名胜的感受,能否作诗一首?

寄题朱元晦武夷精舍四首(选二)

◎(宋)陆 游

其一

先生结屋缘岩边,读易悬知屡绝编。
不用采芝惊世俗,恐人谤道是神仙。

其四

山如嵩少三十六,水似邛郲九折途。
我老正须闲处看,白云一半肯分无。

注释

武夷精舍:初建于宋淳熙十年(1183年),全面复建于2001年,位于九曲溪五曲溪东,隐屏峰南麓。武夷精舍是朱熹完成《四书集注》和以它为教材实行完好的教育实践的一所成功的私立大学,在中国教育史上占有重要的位置。

构筑武夷精舍的缘起应追溯到淳熙五年(1178年)。这一年初秋,朱熹与妹夫刘彦集、隐士刘甫共游武夷时,只见九曲溪旋绕曲折,隐屏峰下云气流动,顿觉耳目一新,因而萌发出"眷焉此家山"和"仙人久相招,授我黄素书,赠我双琼瑶,茅茨几时建,自此遣纷嚣"的建屋初念。经过数年的苦心筹措经营,精舍终于在淳熙十年(1183年)动工,当年就初具规模。

朱熹约集了建宁知府韩元吉和著名历史学家、建安(今福建建瓯)人袁枢等前来庆贺。韩元吉写了《武夷精舍记》。袁枢贺诗(见清董天工《武夷山志》卷一〇)曰:

本是山中人,归来山中友。
岂同荷蓧老,永结躬耕耦。
浮云忽出岫,肤寸弥九有。
此志未可量,见之千载后。

诗人陆游也驰函祝贺,并寄贺诗四首(见宋陆游《剑南诗稿·寄题朱元晦武夷精舍

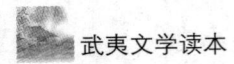

四首》)。

　　精舍落成之后,朱熹怀着喜悦的心情,写了《精舍杂咏十二首》,并撰写诗序,以记其盛况。此后,他即在此广收门徒,著书讲学,栽培了大量学生。朱熹的理学思想就传播开来,从而形成了一个有力量、有影响的学派。当时,一些著名的学者如蔡元定、刘爚、黄榦、詹体仁、真德秀、李闳祖和叶味道等人,都曾就学于武夷精舍。之后,一批理学名家相继在武夷山中和九曲溪畔择地筑室,读书讲学,有的还以"继志传道"为己任。如刘爚的"云庄山房"、蔡沈的"南山书堂"、蔡沆的"咏雪堂"、徐几的"静可书堂"、熊禾的"洪源书堂"等先后出现在武夷。所以,武夷山在南宋时期已成为祖国东南的一座名山,后人称之为"道南理窟"。

作 品 简 评

　　第一首诗指出,朱熹刻苦治学的目的在于济世救民,而不是遁世自乐。陆游认为,朱熹读书臻于"韦编三绝"的境界,这绝不是悠然学仙的避世态度所能做到的。

　　第二首诗指出,武夷山水浓缩了中岳嵩山和少林寺所在的少室山以及四川蜿蜒曲折的邛(qióng)水诸名山大川之长,实为休闲养老之绝佳处。诗人以诙谐幽默的笔调询问朱元晦,能不能分一半山中白云给他,大家共享这天然美景。陶醉于武夷山水的欣喜情态跃然纸上。

思 考 题

1. 诗中赞美了朱熹怎样的儒者情怀?中国的文化精神通过历代贤哲怎样传播下来?
2. 你游览过类似武夷精舍等文化教育方面的历史留存吗?有何感想?

寄题朱元晦武夷精舍十二咏(其一)

◎(宋)杨万里

忆我南溪北,千岩万岳亭。
妒渠紫阳叟,訑①杀一峰青。

作 者 简 介

　　杨万里(1127—1206),字廷秀,号诚斋,汉族江右民系,吉州吉水(今江西省吉水县黄桥镇湴塘村)人。南宋著名爱国诗人、文学家,与陆游、尤袤、范成大并称"南宋四大家""中兴四大诗人"。官至宝谟阁直学士,封庐陵郡开国侯,卒赠光禄大夫,谥号文节。

　　他一生作诗20000多首,只有4200首留传下来,被誉为一代诗宗。杨万里诗歌大多描写自然景物,且以此见长,也有不少篇章反映民间疾苦,抒发爱国感情;语言浅近明白,清新自然,富有幽默情趣,被称为"诚斋体"。

注释

①詑(tuó)：欺谩。

作品简评

诗中表达了对朱熹隐居武夷山著书立说，培养后进由衷的赞美和欣羡之情。艺术上采用拟人手法，语言浅近自然，风趣幽默，有一种洒脱的风神。

思考题

1. 这首诗风格幽默风趣，表现在哪里？
2. 找出杨万里其他武夷题材的诗歌比较阅读，思考其共同特点。

武夷精舍记

◎（宋）韩元吉

武夷在闽粤直北，其山势雄深磅礴，自汉以来见于祀事，闽之诸山皆后出也。其峰之最大者，丰上而敛下，巍然若巨人之戴弁；缘隙磴道可登，世传避秦而仙者蜕骨在焉。溪出其下，绝壁高峻，皆数十丈，岸侧巨石林立，磊落奇秀。好事者一日不能尽，则卧小舟抗溪而上，号为九曲，以左右顾视。至其地或平衍，景物环会，必为之停舟，曳杖徙倚而不忍去。

山故多王孙。鸟则白鹇、鸲鹆，闻人声，或磔磔集崖上，散漫飞走，而无惊惧之态。水流有声，其深处可泳。竹柏丛蔚，草木四时敷华。道士即溪之穷仅为一庐，以待游者之食息，往往酌酒未半，已迫曛暮而不可留矣。

山距驿道才一二里许，逆旅遥望，不惮仆夫马足之劳，幸而至于老氏之宫宿焉，明日始能裹饭命舟。而溪之长复倍驿道之远，促促而来，遽遽而归，前后踵相属也。予旧家闽中，两官于建安，盖亦遽归之一耳。

吾友朱元晦居于五天山，去武夷一舍而近，若其外圃，暇则游焉。与其门生弟子挟书而诵，取古诗三百篇及楚人之词，哦而歌之，潇洒啸咏，留必数日，盖山中之乐，悉为元晦之私也，余每愧焉。淳熙十年，元晦既辞使节于江东，遂赋祠官之禄，则又曰："吾今营其地，果尽有山中之乐矣。"盖其游益数，而于其溪之五折，负大石屏规之，以为精舍，取道士之庐犹半也。诛锄茅草，仅得数亩，面势幽清，奇石佳木，拱揖映带，若阴相而遗我者；使弟子辈具畚锸、集瓦木，相率成之。元晦躬画其处，中以为堂，旁以为斋，高以为亭，密以为室，讲书、肄业、琴歌、酒赋，莫不在是。予闻之，恍然如寐而醒，曲折隐隐，犹记其地之美也。且曰：其为我记。

夫元晦，儒者也，方以学行其乡，善其徒，非若畸人隐士遁藏山谷，服气茹芝，以慕夫道家者流也。然秦汉以来道之不明久矣，吾夫子所谓志于道亦何事哉？夫子，圣人也，其步与趋莫不有则，至于登泰山之巅而诵言于舞雩之下，未当不游，胸中盖自有地，而一

89

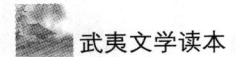

时弟子鼓瑟铿然。春服既成之对,乃独为圣人所予,古之君子息焉、游焉,岂以是拘拘乎?元晦有以识之,试以告夫来学者,相与酬酢于精舍之下。俾或自得其慢亭之风,抑又何如也?

是岁八月,颍川韩元吉记。

作 者 简 介

韩元吉(1118—1187),南宋词人,字无咎,号南涧,开封雍邱(今河南开封市)人,一作许昌(今属河南)人。韩元吉词多抒发山林情趣。著有《涧泉集》《涧泉日记》《南涧甲乙稿》《南涧诗余》。存词80余首。

译 文

武夷山位于福建省的正北部,山势雄伟幽深。自汉代以来,武夷山的名字就出现在祭祀的大事中。福建的其他山峰,都是后来才见于记载的。武夷山最大的一座山峰,上大下小,高高地耸立着,就像一个巨人戴着帽子。沿着缝隙中的石阶可以看见顶峰却不能攀登,世间传说逃避秦朝乱世而登入仙界的人就是在这里留下尸骨。有一道溪水从山峰下流出,悬崖绝壁高大、险峻,都在几十丈深。悬崖两侧巨石林立,宏伟壮观,奇特秀丽。喜好游览的人也不能在一天中走完,于是就躺在小舟上沿着溪水逆流而上,称为"九曲",环顾两岸。到达地面平坦、景物环绕集中的地方,一定要为其而停船上岸,挂着拐杖走走停停(流连忘返),不忍离去。山中本来有许多猴子,鸟大多是白鹇、鹧鸪,听到人的声音,有的就碟碟地怪叫栖止于山崖上,然后无拘无束地慢悠悠地飞走,没有一点害怕的样子。水流潺潺有声,竹柏茂盛蔚为大观,草木四季都有花开。有位道士在溪水的六曲尽头处造了一间房舍,来供游人吃东西休息。游人常常喝酒还没喝到一半,天色已经接近黄昏,不能再停留了。

我的朋友朱元晦住在五夫里,五夫里在距离武夷山不到三十里的地方,近得好像是武夷山外园,有空的时候就到武夷山游玩。朱元晦和他的门生弟子带着书前来诵读,选取的是《诗经》和《楚辞》,(元晦和他的门生弟子)吟哦高歌,饮酒长啸,一定要停留数日才离开。大概山中所有的乐趣,都是朱元晦的私人拥有,与他相比,我常常觉得很惭愧。

淳熙十年,元晦辞去江东使节一职,享受祠官俸禄,又说:"如今我管理此地,终于能尽享山中之乐了。"因为他游览的次数多了,就在溪水的第五个转折处,背靠巨石的地方,规划精舍,采取道庐一半大小的规模。锄去茅草,只得到将近几亩大的地方。这里环境清幽,奇石佳木,拱立于屋子的周围,互相映衬。元晦叫弟子们准备簸箕、铁锹,采集青瓦,栽种竹子,弟子们相继完成了这些工作。元晦亲自规划了精舍的布局,中间的做厅堂,旁边的做书房,高的做亭,间架多的做内室。先生讲学、门人弟子学习课业、弹琴唱歌、饮酒赋诗,没有不在这里举行的。我听到这件事,恍然像刚从睡梦中醒来,醒来后,还隐隐约约记得这个地方的美景,而且元晦对我说:"请你记述一下吧!"

元晦,一介儒生。当时正用他的学问在这一带讲学,教育门生弟子。不像那些奇人隐士,藏于深山,练气功,吃灵芝,仰慕道家一类的人。秦汉以来,儒家的学说得不到阐明已经很久了。孔子所说的有志于道,指的是什么呢?孔子,圣人啊,他慢步或快走都有一定的道理。至于他登上泰山之顶,在舞雩台下吟诗唱歌,没有什么他不游历的,原来是因为他的胸中自有广阔的天地。因而当时有弟子(曾晳)弹奏琴瑟,铿的一声停下,咏唱"春服既成",竟然只有他为圣人所赞同。古代的君子对于游玩休息,哪里是拘拘束束的呢?

元晦既然已经明白这些道理,就尝试着用这些道理教导那些来向他求学的人,并和他们一起在精舍饮酒畅谈,使得求学者都能如仙人般享受山水乐趣,那又有何不可呢?

淳熙八年,颍川韩元吉记载。

思 考 题

1. 就武夷精舍的历史沿革做一番田野调查。
2. 古人的学习态度和方式对今人有何启发?

题诗岩

(自钓台溯溪而上,过卧龙潭稍右旋,即此岩也。或云仙人许碏尝题诗其上,故名。今多题刻。岩之左壁,稍覆如屋,下有石,平正可坦卧,名"仙床石"。岩顶旧有观山亭,宋少宰刘夔建,今废)

◎(宋)蔡　沉

四曲游人欸乃歌,旧机千古老渔蓑。
题诗岩下人来往,春雨年年长绿莎。

作 者 简 介

蔡沉(1167—1230),字仲默,人称九峰先生,福建建阳人,蔡元定次子。少承父学,后亦随父师事朱熹。庆元二年(1196年),父元定因伪学案遭流放时,蔡沉陪同父亲至贬所,父子共渡难关。后元定客死他乡,蔡沉扶柩归故里,从此隐居唐石里(黄坑)九峰山教授乡民。受朱熹命,疏注《尚书》十余年,成《书集传》六卷。《书集传》完成于蔡沉之手,元明清三朝皆以此书作为科举取士的教科书,并收入《四库全书》。

作 品 简 评

这首武夷题咏富于诗味,平易晓畅的语言中,蕴含着山水依旧、人事变迁的理趣。

思 考 题

1. 田野调查四曲题诗岩上文人墨客的题诗。
2. 思考一下中国诗歌与哲学的密切关系。
3. 课外阅读清代著名诗人、词人、学者、藏书家朱彝尊的《题诗岩》,并与此诗比较。即:

  题诗客去已千霜,寂寞人间失酒狂。
  我亦谪来香案吏,试携秃笔扫莓墙。

闲 吟

◎(宋)真德秀

闲中意趣定何如,静把陈编自卷舒。
希圣希贤真事业,潜天潜地细工夫。
林泉有分吾生足,钟鼎无心世味踈①。
政使一贫真到骨,不妨陋巷乐颜癯。

作 者 简 介

真德秀(1178—1235),字景元、景希、希元,号西山,福建浦城人。南宋庆元五年(1199年)登进士,官至户部尚书、参知政事,对政务励精图治,是南宋著名的朱子学者、政治家、理学家,被称为"小朱子",深受敬重。他为官清廉正直,爱国勤政,政绩颇为显著。嘉定、绍定年间两知泉州时,整顿市舶,罢"和买",禁重征,复兴海外贸易,整饬吏治,惩贪官,抑豪强,减轻人民疾苦;劝农以农为本,积极生产,并主持兴修水利,使民赖以温饱;重视民间风教,安定社会秩序;巩固海防,增设水寨,捕捉海盗,保护沿海居民和商旅安全。其治泉有方,深得泉州士民和蕃商的爱戴,离任时送者拥道,再任时迎者塞路,并给予立祠纪念。他是大理学家朱熹的私淑弟子,不但大力提倡朱子理学,而且著述十分丰富,主要有《四书集锦》《清源文集》《西山文集》《大学衍义》等,是正统的有代表性的福建朱子学者,对后世影响较大。撰有《西山甲乙稿》《大学衍义》《西山文集》等书。其《真西山选先生卫生稿》通俗易懂,为养生佳篇。卒赠银青光禄大夫,谥文忠,祀全国孔庙。

注 释

①踈:同"疏"。

作 品 简 评

真德秀体悟到孔颜之乐不是乐于任何外物,而是乐于自我,是自我意识到自身与天地万物浑然一体,真正达到自我与天地合其德,日月合其明,四时合其序,鬼神合其吉凶的至高精神境界。孔颜乐处,犹如一支安魂曲,消解了他的精神困顿,让他的灵魂在痛苦中歌唱,最终实现涵泳圣人气象的理想人格。

朱学"由知天而知人",最终就是要使人具有这样一种精神境界。有了这种精神境界,人回归意义本体、精神得到终极解脱境界中的超然宁静。在这种状态下,人"就感到解放和自由的乐。这种解放自由,不是政治的,而是从'有限'中解放出来而体验到'无限',从时间中解放出来而体验到永恒"。那是真正的幸福,也就是理学家所说的"至乐"。

思考题

1. 谈谈你对诗中所提到的读书境界和人生"至乐"的理解。
2. 拓展阅读真德秀的诗文,谈谈阅读体会。如《蝶恋花》:

> 两岸月桥花半吐。红透肌香,暗把游人误。尽道武陵溪上路。不知迷入江南去。
>
> 先自冰霜真态度。何事枝头,点点胭脂污。莫是东君嫌淡素。问花花又娇无语。

及《跋豫章黄量诗卷》节选:

> 天地间清明纯粹之气,盘薄充塞无处不见,顾人所受何如耳?故德人得之以为德,材士得之以为材,好文者得之以为文,工诗者得之以为诗,皆是物也。……故古之君子所以养其心者必正、必清、必虚、必明。惟其正也,故气之至正者入焉,清也、虚也、明也亦然。予尝有见于此久矣,方其外诱不接,内欲弗萌,灵襟湛然,奚虑奚营?

(选自《西山先生真文忠公文集》,真德秀著,卷三四)

夜书所见

◎(宋)叶绍翁

> 萧萧梧叶送寒声,
> 江上秋风动客情。
> 知有儿童挑促织,
> 夜深篱落一灯明。

作者简介

叶绍翁(生卒年不详),字嗣宗,号靖逸,南宋中期文学家、诗人。江湖派诗人,祖籍建安(今福建建瓯),本姓李,后嗣于龙泉(今属浙江)叶氏。他长期隐居钱塘西湖之滨,与葛天民互相酬唱。他的诗以七言绝句最佳,如《游园不值》:"应怜屐齿印苍苔,小扣柴扉久不开。春色满园关不住,一枝红杏出墙来。"历来为人们所传诵。其他如《夜书所见》写儿童夜挑促织,景象鲜明,反衬出客中的孤寂;《嘉兴界》写江南水乡景色,颇饶风味;《田家三咏》写田家的生活片断,平易含蓄,词淡意远,耐人寻味。叶绍翁诗集《靖逸小集》,有南宋群贤小集本。他别著《四朝闻见录》,杂叙宋高宗、孝宗、光宗、宁宗四朝轶事,颇有史料价值,有知不足斋丛书本、丛书集成本。

作品简评

萧萧的秋风吹动梧桐叶,送来阵阵寒意,客游在外的诗人不禁思念起自己的家乡。这首诗写羁旅乡思之情,但作者不写如何独栖孤馆、思念家乡,而着重于夜间小景。一句写梧叶,"送寒声",微妙地写出了夏去秋来之时,展现了旅人的敏锐感觉。草木凋零,百卉衰残,是秋天的突出景象。诗词中常以具有物候特征的"梧叶",置放在风雨之夜的典型环境中,表现秋的萧索。韦应物《秋夜南宫寄沣上弟及诸生》诗:"况兹风雨夜,萧条梧叶秋。"就采用了这一艺术手法。这首诗先写秋风之声,次写听此声之感慨,末两句点题,写户外所见。他深夜难眠,透过窗户,看到不远处篱笆间有盏灯火。于是他明白了原来是有孩子在捉蟋蟀。"挑",读一声,指以细枝从缝穴中轻轻挖出蟋蟀。这幅图景令他倍感亲切,也许他由此想起了自己的家乡和童年吧。全诗语言流畅,层次分明,中间转折,句似断而意脉贯穿。诗人善于通过艺术形象,把不易说出的秋夜旅人况味委婉托出而不落入衰飒的境界。最后以景结情,词淡意远,颇耐人咀嚼。

思考题

1. 说说这首诗艺术上的特点。
2. 课外阅读叶绍翁其他诗作,说说好在哪里。如《鹭》:

> 无事时来立葑田,几回惊去为归船。
> 霜姿不特他人爱,照影沧波亦自怜。

念奴娇·咏梅

◎(宋)刘清夫

乱山深处,见寒梅一朵,皎然如雪。的皪妍姿,羞半吐,斜映小窗幽绝。玉染香腮,酥凝冷艳,容态天然别。故人虽远,对花谁肯轻折?

疑是姑射神仙,慢亭宴罢,迤逦停瑶节。爱此溪山供啸咏,饱玩洞天风月。万石丛中,百花头上,谁与争高洁?秾桃艳李,不须连夜催发。

作者简介

刘清夫(1224年前后在世),字静甫,建阳人,居麻沙。生卒年均不详,约宋宁宗嘉定末前后在世。能词,与刘子寰同里,常唱酬,所作存于《花庵词选》中者凡五首,尝游武夷。

作品简评

这也是一首咏梅词,不是泛写咏梅,而是把梅花所在地限定在武夷山范围之内,题为"武夷咏梅"。

"乱山深处,见寒梅一朵,皎然如雪。"武夷山,从大范围讲,是绵亘百里的大山脉,说它是"乱山深处",当然是适合的。"寒梅一朵",它是孤独的。"皎然如雪",是白梅。幽深孤独芳洁的白梅,足够地诱人。"的皪妍姿,羞半吐,斜映小窗幽绝。"鲜艳明亮的美姿,含羞半吐的花朵,映上幽雅的小窗,是够雅致的。诗人不由得使用美人来比拟梅花了。"玉染香腮,酥凝冷艳,容态天然别。"像羊脂玉一样的香腮,像凝结的酥奶一样的肌肤,这样白如玉、润如酥的天然丰姿,真是别有一种艳绝。"故人虽远,对花谁肯轻折?"一支寒梅,虽然独处深山,能有哪一个人能忍心随意去折取呢!上片是写武夷山的梅花,幽深、孤独、艳美,如同一位佳丽,人人都想去爱护它,谁都不会任意去摧残、折取它。

下片,进一步将梅花比作仙女。"疑是姑射神仙,幔亭宴罢,迤逦停瑶节。"《庄子·逍遥游》:"藐姑射之山,有神人居焉,肌肤若冰雪,淖约若处子。"作者写到这里,简直怀疑武夷山的梅花,是藐姑射山上的女神仙,冰肌雪肤,美若处子。《武夷山记》:"武夷君,地官也,相传每于八月十五日大会村人于武夷山,上置幔亭,化虹桥通下山。"武夷山上有幔亭峰。仙女在使用帐幔围作的亭子里欢宴,宴罢从迤逦的山路上走下来,欣赏山景。"爱此溪山供啸咏,饱玩洞天风月。"武夷山山秀水润,可以饱览此处洞天风月。"万石丛中,百花头上,谁与争高洁?"在此千岩万壑中,百花待开的前头,哪一种花又能站出来同梅花比高洁呢?至于"秾桃艳李,不须连夜催发",粗俗的桃花、李花,不必去争相开放,梅花的纯洁高雅,你们是没法比拟的。此词歌咏梅花雍容高洁的精神品格,颇具匠心。

思 考 题

1. 古代文人墨客在梅花上寄托了怎样的品格和精神?这首梅花词是否有寄托?
2. 找出几首咏梅诗词,与这首词比较一下,风格特征有何异同?

<h1 style="text-align:center">初到建宁赋诗一首</h1>

◎(宋)谢枋得

雪中松柏愈青青,扶植纲常在此行。
天下久无龚胜洁,人间何独伯夷清。
义高便觉生堪舍,礼重方知死甚轻。
南八男儿终不屈,皇天上帝眼分明。

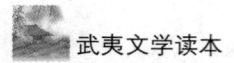

作者简介

谢枋得(1226—1289),南宋诗人,字君直,号叠山,信州弋阳(今江西弋阳)人。宝祐四年(1256年)进士,曾为考官,用贾似道政事为题,被罢官。德祐元年(1275年)被起用,任江西招抚使(主管一路军政的长官),知信州,率兵抗元。第二年元军攻信州,守将叛变,信州失陷后,流亡建阳,卖卜教书度日,只收实物,不收元币,以表示自己的不屈气节。蒙古统治者为了达到长久统治的目的,对汉族官员采取笼络、收买的政策,曾多次征召谢枋得出来做官,都遭到拒绝。后来福建行省参政魏天佑派人把他挟持到大都(今北京),他绝食而死。谢枋得曾到武夷山拜访宋遗民熊禾,两人意气两投。《宋史·列传》对谢枋得是这样描绘的:"为人豪爽,每观书五行俱下,一览终身不忘。性好直言,一与人论古今治乱国家事,必掀髯抵几,跳跃自奋,以忠义自任。"他蔑视权贵,疾恶如仇,爱国爱民,用生命和行动谱写了一曲爱国的壮丽诗篇。所著《叠山集》十六卷,有《四部丛刊》影印明刊本。他评点的《文章轨范》,以文章类别编选文章,是南宋一部重要的评注选本,被誉为集合宋人评点学之大成。

作品简评

谢枋得的诗伤时感旧,沉痛苍凉,诗风朴素端正,有时也饶有韵致。如《武夷山中》述其转徙山中的十年岁月,颇含隐痛。南宋亡后,谢枋得隐居在武夷山中,但国破家亡的哀痛始终不能忘叹,眼见祖国河山沦入敌手,反抗的呼声早已沉寂,诗人深深感到天地之间是那样地凄清寂寞,孤苦无依。可是他还是用严寒、抗冰雪的梅花来激励自己,表示永远要坚持气节,决不向敌人屈膝。

《初到建宁赋诗一首》是他北上前的诀别诗,起句即以"雪中松柏愈青青"自喻,高风亮节,视死如归,亦感人至深。诗言志,歌咏言。读一首真情实感的诗歌,常常为作者的情怀所吸引、所陶醉。

思考题

这首诗寄寓了怎样的文化精神?你如何评价这种文化精神?

登西台恸哭记

◎(宋)谢　翱

始,故人唐宰相鲁公①开府南服,余以布衣从戎。明年,别公漳水湄。后明年,公以事过张睢阳庙及颜杲卿所尝往来处,悲歌慷慨,卒不负其言而从之游。今其诗具在,可考也。

余恨死无以藉手见公,而独记别时语,每一动念,即于梦中寻之。或山水池榭,云岚草木,与所别之处及其时适相类,则徘徊顾盼,悲不敢泣。又后三年,过姑苏。姑苏,公初开府旧治也,望夫差之台而始哭公焉。又后四年,而哭之于越台。又后五年及今,而哭于子陵之台。

先是一日,与友人甲、乙若丙约,越宿而集。午,雨未止,买榜②江涘。登岸,谒子陵祠;憩祠旁僧舍,毁垣枯甃,如入墟墓。还,与榜人治祭具。须臾,雨止,登西台,设主于荒亭隅;再拜,跪伏,祝毕,号而恸者三,复再拜,起。又念余弱冠时,往来必谒拜祠下。其始至也,侍先君焉。今余且老,江山人物,睠焉若失。复东望,泣拜不已。有云从南来,滃浡淳郁,气薄林木,若相助以悲者。乃以竹如意击石,作楚歌招之曰:"魂朝往兮何极?莫归来兮关塞黑。化为朱鸟兮有咮焉食?"歌阕,竹石俱碎,于是相向感唶。复登东台,抚苍石,还憩于榜中。榜人始惊余哭,云:"适有逻舟之过也,盍移诸?"遂移榜中流,举酒相属,各为诗以寄所思。薄暮,雪作风凛,不可留,登岸宿乙家。夜复赋诗怀古。明日,益风雪,别甲于江,余与丙独归。行三十里,又越宿乃至。

其后,甲以书及别诗来,言:"是日风帆怒驶,逾久而后济;既济,疑有神阴相,以著兹游之伟。"余曰:"呜呼!阮步兵③死,空山无哭声且千年矣!若神之助固不可知,然兹游亦良伟。其为文词因以达意,亦诚可悲已!"余尝欲仿太史公著《季汉月表》,如秦楚之际。今人不有知余心,后之人必有知余者。于此宜得书,故纪之,以附季汉事后。

时,先君登台后二十六年也。先君讳某字某,登台之岁在乙丑云。

(选自《晞发集》)

作者简介

谢翱(1249—1295),南宋爱国诗人,"福安三贤"之一。字皋羽,一字皋父,号宋累,又号晞发子,原籍长溪(今福建霞浦)人,徙建宁浦城(今属福建)。度宗咸淳间应进士举,不第。恭宗德祐二年(1276年)文天祥开府延平,率乡兵数百人投之,任谘议参军。文天祥兵败,脱身避地浙东,往来于永嘉、括苍、鄞、越、婺、睦州等地,与方凤、吴思齐、邓牧等结月泉吟社。谢翱著有《晞发集》《登西台恸哭记》,编有《天地间集》《浦阳先民传》等。

题解

本文为古代散文名篇,一作《西台恸哭记》。文天祥抗元失败被杀后八年(即元世祖至元二十七年,1290年),谢翱与其友人登西台祭之,并作此文以记其事,"恸乎丞相(即文天祥)""恸乎宋之三百年"(元张丁《登西台恸哭记注》)。为避元统治者的文网,词语多隐蔽,但悲哀沉痛、泣血吞声之情,不能自掩。

注释

①宰相鲁公:明谓唐颜真卿,实指文天祥。
②买榜:雇船。
③阮步兵:阮籍。

作品简评

这是一篇缅怀抗元英雄、高扬民族气节的记叙性散文。文章作于文天祥就义八年以后,由于作者情感的长期积淀,历久弥深;加之在元人的高压统治之下,有许多话不敢明言,内心极度压抑,一旦形诸文字,愈觉悲壮动人。

谢翱哭悼文天祥,有着深厚的情感基础。作者早年献身抗元斗争,投奔于文天祥麾下,与文天祥有着特殊关系——既是其亲属,又是其亲密战友。在与文天祥的交往中,他对文天祥的人格、气节,有着比一般爱国志士更深一层的理解,心灵上也有更多的默契,因此,对于文天祥的壮烈殉国,他有着痛彻肺腑的深刻感受。

在本文中,作者通过不同时间、不同地点的"三哭",来展示这种情感基础:始哭于姑苏夫差之台,是因为文天祥曾在苏州开府执事,他的临难死节,也在始哭的这一年;继哭于会稽越王之台,因为当年文天祥奉命使元,经过越王台,曾为勾践兴越灭吴事迹而赋诗述志;又哭于子陵之台,表明对文天祥这位故人高风亮节的无比景仰之情。

作者通过祭奠文天祥,抒发了强烈的爱国情感,这是恸哭的主要情感内涵。在本文中,作者通过不同角度,来表明其爱国情怀:

一是在祭奠前回忆当年与文天祥的壮烈话别,"或山水池榭,云岚草木,与所别之处及其时适相类",其中蕴含着斯人已逝,而己犹独存,江山虽在,而人事全非的感慨,故云"徘徊顾盼,悲不敢泣""今余且老,江山人物,睠焉若失"。

二是在祭奠中穿插了一段遇元军巡逻船的事件:"榜人始惊余哭,云:'适有逻舟之过也,盍移诸?'遂移榜中流,举酒相属,各为诗以寄所思。"这用以暗示元统治者戒备森严,实行着恐怖统治,表示了对异族统治的强烈仇恨。

三是在祭奠后表示欲著《季汉月表》(实际指代《季宋月表》),通过详细记述宋末史事,表达以宋为正统的不忘故朝之心,以及兴汉灭夷、扶宋抗元之志。"今人不有知余心,后之人必有知余者",就暗示了作者此举的深刻用意。

凡此种种,都有力表明:作者为文天祥恸哭,实是为抗元事业终遭失败而恸哭,为祖国河山陷于敌手而恸哭,为三百年宋朝一旦覆亡而恸哭。在南宋生死存亡的关键时刻,抗元英雄文天祥的高风亮节、爱国志士谢翱的沦亡之痛,具有巨大的激励力量。因为他们代表着浩然正气,是一种积极因素,能鼓舞从奴役下解放出来的人民,勇于抗争,努力建设新生活。

思考题

1. 这篇散文表达了作者怎样的爱国情怀?抒情上有什么特点?
2. 课外阅读文天祥的《过零丁洋》与《正气歌》,联系本文,谈谈你对天地正气的理解。

第三节

宋代武夷山宗教文学

宋代是中国古代文化发展的高潮,武夷山佛、道文学也出现繁荣局面。此时的佛教文学内容更为丰富,不仅有偈语,还有禅诗。禅诗不仅包含了智慧,在艺术上也别具特色,对中国古代诗歌创作的发展具有重大影响。以白玉蟾为代表的道教文学,也以其独特的思想艺术价值为中国古代文学史增添了斑斓的色彩。

一、宋代武夷山佛教文学

(一)佛教故事、偈语

道谦,建宁人,初依克勤,既从宗杲。及杲领径山,令谦往长沙,通紫岩居士书。谦自谓:"我参禅二十年,无入头处。更作此行,复废岁月。"意欲无往。友人宗元叱曰:"不可在路便参禅不得也!去,吾与汝俱往。"谦不得已而行。在路泣语元曰:"我参禅,殊无得力处,今又途路奔波。如何得相应去?"曰:"你但将诸方参得底悟得底,圆悟妙喜为你说得底,都不要理会。途中可替底事,我尽替你,只有五件事,替不得。你须自家支当。"曰:"五件何事?"曰:"著衣、吃饭、屙矢、放尿、驼个死尸路上行。"谦言下领旨。及通书归。杲于半山亭望见,便曰:"这汉和骨头,都换了也。"谦闻曰:"老汉验人处,应不让释迦。"

——道谦参宗杲禅师《佛祖纲目》

吴十三道人,居崇安仙洲山,由道入佛。每有疑问,即叩请诸禅师。后以道谦为师,结庵于密庵旁,"遂往给侍",执弟子礼。宋绍兴十年(1140年)三月八日,忽儿猛省,参得禅旨,占偈呈道谦师曰:"元来无缝罅,触著便光辉。即是千金宝,何须弹雀儿。"道谦答曰:"崪地折时真庆快,死生凡圣尽平沉。仙洲山下呵呵笑,不负相期宿昔心。"

祖庭和尚,江西人,揭氏。习儒时曾遍游讲肆。一次大界、宗泐两位高僧过武夷山,祖庭即往拜访。宗泐曾于明洪武十年(1377年)受诏注释佛经,并于次年率徒三十人往西域求经。祖庭被两位高僧的学问所折服,而求师事,削发为僧,居东村庵。曾赋诗讽时事云:"除却渊明赋《归去》,更无一个肯休官。"灼见深刻。其禅师虽精通三乘,而专以净土法门为旨,为世所重。明正统七年(1442年)八月十一日书偈:"心源湛寂息驰求,一室安身万事休。不动干戈家国泰,天长地久几春秋。"沐浴更衣,趺坐而寂。停龛六旬,异香馥郁,缁素倾响,俱叹稀有。和尚另有语录存世。

——《武夷山志·佛教篇》

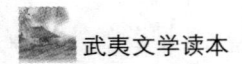

依福兴院僧行全为师,遂往参雪峰禅师。初至庭下,雪峰喝曰:"进则死,退则亡。"答曰:"横行数步又何妨!"又曰:"如何是佛?"曰:"秋空一轮月,霜夜五更钟。""如何是僧?"曰:"木鱼声里粥,玉版味中禅。""佛可底乎?"曰:"瞑目睡一觉,举头月在天。"比辞归,雪峰送之曰:"子异日必为王者师。"

——民国《崇安县新志》

道琼首座偈语

口嘴不中禅老子,爱向丛林鼓是非。
分付雪峰山首座,为吾痛骂莫饶伊。

作者简介

道琼首座,江西上饶人,拜洪州景祥为师,称其佛学已经"饱参",丛林以耆德尊之,为临济宗南岳下十二世。居武夷山开善寺,并设木庵。宋绍兴十年(1140年)冬,信州太守以超化革律为禅,迎道琼为第一祖,被道琼拒绝:"吾初无意人间,欲为山子正为宗派耳。"这首偈语有许由洗耳之风。

章元振为了空禅师撰赞辞

云何是了,触处皆晓。
云何是空,触处皆融。
道了未了,谈空非空。
皇皇四达,无往无踪。

了空禅师简介

了空禅师,姓程名自然,武夷山星村人。好读书而慕禅,学《礼》于回龙寺,以僧惟静为师。刻苦穷经,博通奥义,才思敏捷,文不加点,颇有盛名。漫游京师时,朝臣们争以笺疏委之,操笔立就。宋咸平中(约1000年),弘法京师,众称义虎。后奉旨出使西域取经,得石铫,用以煮药疗病,无不立愈。诣阙奏对,御赐紫衣金栏,赐号"了空大禅师"。

道谦禅师圆寂时语

万法本空,三界非有。
死生于何处安着?
忍为骇俗态乎?

作者简介

道谦禅师(？—1155),俗游姓,宋代福建崇安县(今武夷山市)五夫里人。

家世业儒,早年丧父母,因孤苦而愿从浮屠。初到京师,师事园悟大师,再师大慧宗杲,参禅20年,悟得密传心印。宋绍兴八年(1138年),归乡居仙洲山开善寺,与刘勉之、刘子翚等友善,相与探讨学问,并收集其师言论编成《大慧语录》《大慧普禅师宗法武库》等。朱熹随其学禅,道谦以佛兼儒之学,教授朱熹授佛入儒之妙,朱熹颇得教益。道谦后又建密庵居住,诲人不倦。世称其"言如云廓天布,以授学者,与浮词滥语何啻天冠地履"。于绍兴三十二年(1155年)病逝。

简 释

晚年的道谦禅师应宝文阁学士刘子羽之请,居开善寺,四众云集,声名大震。圆寂时,刘子羽让侍者请禅师留下偈子,禅师笑着说此偈语,意为我们自性的本体是空的,法是在空的基础上衍生出来的,杯子空了才可以装水,山谷空旷了才能传出回声,房子空了才住得下人,所以本来空空的三界才有了法。死亡与生存又该在哪里安置?对于一个肉身已离开尘世的人,世间的一切都不复存在了,还留下可有可无的偈语做什么,无非是要让这个世俗社会惊骇罢了。道谦禅师这话明着是婉拒了侍者的"请留偈子",实际深蕴佛理。

圆悟禅师曾撰辞赞朱熹:"岩岩泰山之耸,浩浩海波之平。凛乎秋霜澄肃,温其春玉发生。立天地之大本,极万物之性情。传先圣之心印,为后人之典型。"圆悟圆寂后,朱熹撰诗祭之:"一别人间万事空,焚香瀹茗畏相逢。不须更话三生石,紫翠参天十二峰。"

(二)禅诗

武夷山佛教文学滥觞于唐代禅宗的传入。禅宗是汉传佛教宗派中,由中国独立发展出来的流传最长、影响最大的宗派,是典型的中国佛教,由南岳怀让的法嗣马祖道一传入武夷山。诗至唐大盛,禅至唐兴盛,禅宗简化了烦琐的教义和枯燥的打禅入定,吸引了士大夫及广大的平民,犹如空气,无声无息,却又深入到武夷佛教文学的每一部分,并对之滋润灌溉。禅诗就是在禅宗形成以后,禅师与文士所创作的作品,包括两部分:一部分是以诗歌入禅,用诗歌形式解读佛理禅意;一部分是以禅阐释诗歌,在诗歌中加入佛禅意义。金人元好问说:"禅为诗客添花锦,诗是禅家切玉刀。"诗与禅应是相互影响的关系,禅浸润到诗里产生了以禅入诗;反过来禅语、禅话中也吸收了诗的意韵情致,产生了以诗入禅,表现为偈颂诗意化、引成句入禅等现象。

天心问禅

◎(宋)朱　熹

年来更觉青苔路,欲叩天心日不撑。

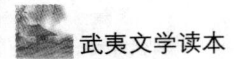

　　几度名山云作客，半墙禅院水为僧。
　　啾流枕石心无语，听月煮书影自横。
　　不待钟声驾鹤去，犹留夜籁传晓风。

作品简评

　　天心问禅——朱熹向大慧禅师求法的故事。

　　朱熹16岁皈依大慧法嗣道谦禅师，先后随道谦在密庵、开善寺、天心寺寄斋食粥学禅，持续一年多，此间朱熹多次致书问禅于大慧禅师。朱熹18岁请举，义父刘子羽"搜其箧，只《大慧语录》一帙尔"。可见当年的朱熹对大慧禅师崇拜有加。

　　绍兴二十年（1120年）五月，朱熹去婺源扫墓归来，顺道拜访时居天心寺的道谦禅师，恰逢大慧宗杲禅师应道谦之请到天心寺说禅，适然省悟，并以诗《天心问禅》记之，盛赞大慧禅师的禅学境界和天心庵得天独厚的禅境。

　　大慧禅师回径山后也致偈朱熹："天心一别朱元晦，相忘已在形骸外。莫言多日不相逢，兴来常与精神会。"

　　"天心问禅"致使朱熹一朝启悟，为他日后创立融儒、释、道之大成的朱子学体系奠定了重要的基础。他所耽迷的禅宗的禅悟、华严宗的思辨，后来都被他加以儒家思想的改造，融化在自己的理学体系之中。作为中国封建社会后期的主流哲学和思想，朱子理学具有丰富的佛学精髓。武夷山佛教通过朱熹的理学，进而对中国文化历史的发展，产生重大的影响。

送　人

◎（宋）道谦禅师

　　二三尺雪山藏路，一两点花春信梅。
　　将此赠君持不去，请君收拾早归来。

作品简评

　　这首诗绝非一般意义上的通过写景来抒发离别之情的送别诗，而是临终前对弟子的智慧启蒙：示寂。

思考题

1. 说说你对禅宗的理解。
2. 对宋代武夷山佛教作家、作品做一番调查。

二、宋代武夷山道教文学

早　春

◎（宋）白玉蟾

南枝^①才放两三花，雪里吟吟香弄粉些^②。
淡淡著烟浓著月，深深笼水浅笼沙。

作 者 简 介

白玉蟾（1194—?），本名葛长庚，因继雷州白氏为后，改今名。字白叟、以阅、众甫，号海琼子、海南翁、琼山道人、蠙庵、武夷散人、神霄散吏、紫清真人。闽清（今属福建）人，生于琼山（今属海南）。师事陈楠学道，遍历名山。宁宗嘉定中诏赴阙，命馆太乙宫，赐号紫清明道真人（明嘉靖《建宁府志》卷二一）。全真教尊为南五祖之一。有《海琼集》《武夷集》《上清集》《玉隆集》等，由其徒彭耜合纂为《海琼玉蟾先生文集》四十卷。事见本集卷首彭耜《海琼玉蟾先生事实》。白玉蟾诗，以明正统瘤仙重编《海琼玉蟾先生文集》六卷、续集二卷为底本。校以影印道藏本《上清集》《武夷集》《玉隆集》（简称上清集、武夷集、玉隆集），明万历蓝格钞《海琼白真人文集》（简称明钞本，藏北京大学图书馆），刘双松安正堂刊《新刻琼琯白先生集》（简称刘本），清乾隆刊《宋海琼白真人诗文全集》（简称乾隆本）。校本多出底本之时及新辑集外诗，另编为一卷。有传说故事曰：

白玉蟾，字如晦，号琼琯，又号云外子。本姓葛名长庚。祖有兴，闽清人，司训琼州。绍兴初，玉蟾生于琼。父殁，随母适白氏，因冒其姓。幼敏慧，十岁应神童科，主司命赋织机诗，即应声曰："大地山河作织机，百花如锦柳如丝。虚空白处做一匹，日月双棱天外飞。"其后屡试不第，拂袖入罗浮，得洞元雷法，能呼召雷雨。生平文思汪洋，顷刻数千言，善诗。其草书有龙翔凤翥之势，复遍游名山，后至武夷，曾讲法于冲佑之采隐堂。居止止庵，有自赞云："千古蓬头赤脚，一生服气餐霞。笑指武夷山下，白云深处吾家。"嘉定间，召对称旨，馆太乙宫。一日不知所往，诏封紫清明道真人，有《琼琯集》行世。

注 释

①南枝：向南的梅枝。
②弄：赏玩。粉：白色，此处指梅花的白颜色。些（sā）：句末语气助词。

作 品 简 评

早春时节，南面朝阳的梅枝才开了两三朵花，正好又下了一场雪，作者在月下雪地里体味梅花散发的清香味，赏玩梅花洁白的颜色。那初开的白梅花，浓淡深浅有别，夜雾和月色附着在那色浓的花朵上,犹如笼罩着寒冷的水一般;附着在色淡的花朵上,就像笼罩着明净的沙子一般。

思考题

1. 这首诗抓住怎样的早春特征来写景?
2. 阅读白玉蟾其他作品,谈谈其艺术风格。如:

立 春

东风吹散梅梢雪,一夜挽回天下春。
从此阳春应有脚,百花富贵草精神。

梅 花

损之又损玉精神,松竹新来渐卜邻。
月夜一枝香暗度,溪楼数点影横陈。
直须何逊为知己,始信张良似妇人。
从此东风还入手,管教桃李十分春。

止止庵记

◎(宋)白玉蟾

《周易·艮卦》兼山之意,盖发明止止之说,而《法华经》有"止止妙难思"之句,而《庄子》亦曰:"虚室生白,吉祥止止。"是知三教之中,止止为妙义。有如鉴止水,观止月。吟六止之诗,作八止之赋,整整有人焉。止止之名,古者不徒名;止止之庵,今人不徒复兴。必有得止止之深者,宅其庵焉。然则青山白云,无非止止也;落花流水,亦止止也;啼鸟哀猿、荒苔断藓,尽是止止意思。若未能止止者,参之已有止止所得者,政知行住坐卧,自有不止之止,非徒唠枯木死灰也。予特止止之辈也,今记此庵之人,同予入止止三昧,供养三清高上天,一切众生证止止。止止非止之止止,实谓止之止而已矣。

注 释

武夷山止止庵有文字记载的历史有1700多年,始于晋朝,盛于明清。开始是"小结茅庵",后来是"紫府琼楼",规模越来越大。大规模的扩建有两次:一次是明朝景泰年间,一次是清朝顺治年间。重建有两次:一次是780多年前的南宋,一次是21世纪的今天。

武夷山止止庵传说是皇太姥、张湛及鱼道远的修炼之所,尔后又有晋代的娄师钟、唐人薛邴隐此修道。嘉定九年(1216年),著名道士白玉蟾在此住持,白玉蟾自称:"千古蓬头赤脚,一生服气餐霞。笑指武夷山下,白云深处吾家。"

作品简评

这篇文章描写了武夷山道观止止庵周围清奇秀美的景色,并揭示了其中所寄寓的老庄哲学。止止,"当行则行,当止则止","行"与"止"尺度的参透和把握,是一种人生的智慧。老子说:"人之大患,在吾有身。"有肉体之身,便有所"欲得"。欲如果不得,就有强求,一己之身,一己之私,一己之欲,忙忙碌碌,不知止休也不知何时该止;而大智慧者,则知止当止。末段畅叙隐居其中之乐趣,当时证悟道家智慧后,修炼身心,得大解放、大自在。

思考题

1. 读过此文,你对进退存亡、得失荣辱等人生哲学有怎样进一步的思考?
2. 《增广贤文》说:"知足常足,终身不辱;知止常止,终身不耻。"结合本文,说说你对传统文化中庸之道的理解。
3. 课外阅读白玉蟾作品集,写一篇科研小论文。

第四节

武夷文论

宋代武夷山文学中出现一个独特的现象,即文学批评达到同时代最高水准,对当时及以后的文学史都产生深远的影响。其中典型的代表为朱熹的理学家文论和严羽的《沧浪诗话》,任何一位研究中国文学理论的学者皆要重视这一现象。

一、朱熹的理学家文论

朱熹文论(节录)

◆道者,文之根本;文者,道之枝叶。惟其根本乎道,所以发之于文皆道也。

——《朱子语类》卷一三九

◆这文皆是从道中流出,岂有文反能贯道之理?文是文,道是道,文只如喫饭时下饭耳。若以文贯道,却是把本为末。以末为本,可乎?

——《朱子语类》卷一三九

◆古之圣贤,其文可谓盛矣。然初岂有意学为如是之文哉?有是实于中,则必有是文于外。……圣贤之心既有精明纯粹之实,以磅礴充塞乎其内,则其著见于外者,亦必

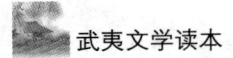

自然条理分明，光辉发越而不可掩。

——《读唐志》

◆古之圣贤所以教人，不过使之讲明天下之义理，以开发其心之知识，然后力行固守，以终其身。而凡其见之言论、措之事业者，莫不由是以出，初非此外别有歧路可施功力，以致文字之华靡、事业之恢宏也。

——《答巩仲至》

◆治世之诗则言其君上悯恤之情，乱世之诗则录其室家怨思之苦，以为情不出乎此也。

——《诗集传》

◆三百篇，性情之本；《离骚》，辞赋之宗。学诗而不本之于此，是亦浅矣。

◆前辈文字有气骨，故其文壮浪。……今人只是于枝叶上粉泽尔。

——《朱熹集》

◆"赋者，敷陈其事而直言之者也。""比者，以彼物比此物也。""兴者，先言他物以引起所咏之词也。"

——《诗集传》

◆或有问予曰："诗何为而作也？"予应之曰："人生而静，天之性也。感于物而动，性之欲也。夫既有欲矣，则不能无思。既有思矣，则不能无言。既有言矣，则言之所不能尽，而发于咨嗟咏叹之余者，必有自然之音响节族（音奏）而不能已焉。此诗之所以作也。"曰："然则其所以教者，何也？"曰："诗者，人心之感物而形于言之余也。心之所感而邪正，故言之所形有是非。惟圣人在上，则其所感者无不正，而其言皆足以为教。其或感之之杂，而所发不能无可择者，则上之人必思所以自反，而因有以劝惩之，是亦所以为教也。"

——《诗集传序》

◆窃尝论之：原之为人，其志行虽或过于中庸，而不可以为法，然皆出于忠君爱国之诚心；原之为书，其辞旨虽或流于跌宕怪神、怨怼激发，而不可以为训，然皆生于缱绻恻怛，不能自已之至意。……此予之所以每有味于其言，而不敢直以'词人之赋'视之也。

——《楚辞集注序》

◆诗须是平易不费力，句法混成。

◆有质则有文，有本则有末。徒文而无质，如何行得？譬如树木，必有本根，则自然有枝叶华实。若无本根，则枝叶华实随即萎落矣。

——《朱子语类》

◆李太白诗非无法度，乃从容于法度之中，盖圣于诗者也。

◆若但以诗言之，则渊明所以为高，正在其超然自得，不费安排处。

——《朱熹集》卷五八《答谢成之》

◆杜诗初年甚精细，晚年横逆不可当，只意到处便押一个韵。如自秦州入蜀诸诗，分明如画，乃其少作也。

◆杜诗佳处，有在用事造语之外者。惟虚心讽咏，乃能见之。

——《跋集注杜诗》

◆放翁老笔尤健，在今当推为第一流。

——《答巩仲至》

◆东坡文雄健有余……东坡文说得透。欧公文章及三苏文好，说只是平易说道理。

◆东坡天资高明，其议论文词自有人不到处。

——《朱子语类》

朱子论读书作文法（节录）

◆古人作诗与今人作诗一般，其间亦自有感物道情，吟咏情性，几时尽是讥刺他人？只缘序(指《诗大序》)者立例，篇篇要作美刺说，将士人的意思尽穿凿坏了。

◆今欲观《诗》，不若且置小序及旧说，只将元《诗》虚心熟读，徐徐玩味。

◆《诗传》只得如此说，不容更着语，工夫却在读者。

◆读书有个法，只是刷刮净了那心后去看。

◆凡读书，须整顿几案，令洁净端正，将书册齐整顿放，正身体，对书册，详缓看字，子细分明读之。须要读得字字响亮，不可误一字，不可少一字，不可多一字，不可倒一字，不可牵强暗记，只是要多诵遍数，自然上口，久远不忘。古人云，"读书千遍，其义自见"。谓读得熟，则不待解说，自晓其义也。余尝谓，读书有三到，谓心到，眼到，口到。心不在此，则眼不看子细，心眼既不专一，却只漫浪诵读，决不能记，记亦不能久也。三到之中，心到最急。心既到矣，眼口岂不到乎？

◆大抵观书先须熟读，使其言皆若出于吾之口。继以精思，使其义皆若出于吾之心，然后可以有得尔。至于文义有疑，众说纷错，则亦虚心静虑，勿遽取舍于其间。先使一说自为一说，而随其意之所之，以验其通塞，则其尤无义理者，不待观于他说而先自屈矣。复以众说互相诘难，而求其理之所安，以考其是非，则似是而非者，亦将夺于公论而无以立矣。大率徐行却立，处静观动，如攻坚木，先其易者而后其节目；如解乱绳，有所不通则姑置而徐理之。此观书之法也。

◆作文字须是靠实，说得有条理乃好，不可架空细巧。大率要七分实，只二三分文。如欧公文字好者，只是靠实而有条理。……东坡如《灵壁张氏园亭记》最好，亦是靠实。

◆今人不去讲义理，只去学诗文，已落第二义。况又不去学好底，却只学去做那不好底。作诗不学六朝，又不学李杜，只学那峣崎底。今便学得十分好，后把作甚么用？莫道更不好。

◆古人作文作诗，多是模仿前人而作之。盖学之既久，自然纯熟。

◆读诗正在于吟咏讽诵，观其委曲折旋之意。

◆诗须是沉潜讽诵，玩味义理，咀嚼滋味，方有所益。

◆须是先将诗来回吟咏四五十遍，方可看注。看了又吟咏三四十遍，使意思自然融洽，方见见处。
- ◆诗全在讽诵之功。
- ◆看诗不须着意去里面分解，但是平平地涵泳自好。
- ◆看来百事只在熟，且如百工技艺也只要熟。熟则精，精则巧。
- ◆学者只是要熟，工夫纯一而已。读时熟，看时熟，玩味时熟。
- ◆于物之理穷得愈多，则我之知愈广。
- ◆只是这一件理会得透，那一件又理会得透。积累多，便会贯通。
- ◆为学之道，莫先于穷理；穷理之要，必在于读书；读书之法，莫贵于循序而致精；而致精之本，则又在于居敬而持志。

——《朱子语类》

- ◆学而习，习而说，凡学皆然，不以大小而有间也。
- ◆习而熟，熟而说，脉络贯通，最为精切。

——《论语或问》

- ◆如昔人赋梅云："疏影横斜水清浅，暗香浮动月黄昏。"这十四字谁人不晓得！然而前辈直恁地称叹，说他形容得好。是如何？这个便是难说，须要自得他言外之意，须是看得他物事有精神方好。若看得有精神，自是活动有意思，跳掷叫唤，自然不知手之舞之，足之蹈之。这个有两重：晓得文义是一重，识得意思好处是一重。

——魏庆之《诗人玉屑》卷一三"晦庵论读诗看诗之法"条

- ◆循序而渐进，熟读而精思。

——《读书之要》

朱子论书画（节录）

- ◆欧阳公作字如其为人，外若优游，中实刚劲，惟观其学者得之。

——《跋欧阳文忠公帖》

- ◆杜公以草书名家，而气楷法清劲亦自可爱。谛玩心画，如见其人。

——《跋杜祁公与欧阳文忠公帖》

- ◆心画之妙，刊勒尤精，其凛然不可繁犯之色，尚足以为激贪立懦之助。

——《跋陈了翁则沈》

- ◆玩其（指邵康节）笔意，从容衍裕而气象超然。不与法缚，不求法脱，所谓一一从自己胸襟流出者。

——《跋十七帖》

- ◆妙绝吴生笔，飞扬信有神。神仙不愁思，步步出风尘。

——《题画卷》

- ◆吴笔之妙，冠绝古今，盖所谓不思不勉而从容中道，兹所以为画圣。

——《跋吴道子画》

◆苏公此纸出于一时滑稽诙笑之余,初不经意而其傲风霆……此其意已不凡矣。

——《跋周司令所藏东坡枯木怪石》

◆远游以广其见闻,精思以开其胸臆。

——《赠画者张黄二生》

◆俗人教看亦不识,我独摩挲三太息。

——《题祝生画》

朱子论乐教(节录)

◆《乐记》曰:"人生而静,天之性也。感于物而动,性之欲也。"何也?曰:此言性情之妙,人之所生而有者也。盖人受天地之中以生,其未感也,纯粹至善,万理具焉,所谓性也。然人有是性,则即有是形,有是形,则即有是心,而不能无感于物。感于物而动,则性之欲者出焉,而善恶于是乎分矣。性之欲,即所谓情也。

——《乐记动静说》

思 考 题

1. 说说你对朱熹文论中某些观点的理解,如"文道观"。
2. 朱子读书法对你有哪些启示?

二、严羽《沧浪诗话》

《沧浪诗话》是中国古代诗歌理论和诗歌美学著作。严羽所著,约写成于南宋理宗绍定、淳祐间。它的系统性、理论性较强,是宋代最负盛名、对后世影响最大的一部诗话。全书分为《诗辨》《诗体》《诗法》《诗评》《考证》五册。

全书对诗歌的形象思维特征和艺术性方面进行探讨,论诗标榜盛唐,主张诗有别裁、别趣之说,重视诗歌的艺术特点,批评了当时经文字、才学、议论为诗的弊病,对江西诗派尤表不满。又以禅喻诗,强调"妙悟",对明清的诗歌评论影响颇大。清冯班不满其说,撰有《严氏纠谬》一卷。今人郭绍虞有《沧浪诗话校释》,为各家注中最详备者。

作 者 简 介

严羽,南宋诗论家、诗人,字丹丘,一字仪卿,自号沧浪逋客,世称严沧浪,邵武莒溪(今福建省邵武市莒溪)人。生卒年不详,据其诗推知主要生活于理宗在位期间,至度宗即位时仍在世。早年就学于邻县光泽县学教授包恢门下,包恢之父包扬曾受学于朱熹。一生未曾出仕,大半隐居在家乡,与同宗严仁、严参齐名,号"三严";又与严肃、严参等八人,号"九严"。

严羽论诗推重汉魏盛唐,号召学古,所著《沧浪诗话》名重于世,其亦被誉为宋、元、明、清四朝诗话第一人。他的《沧浪诗话》也影响了明代著名文学批评家高棅和明代中后期的前后七子。还著有诗集《沧浪吟卷》。

诗 辨（节录）

◆夫学诗者以识为主，入门须正，立志须高，以汉魏晋盛唐为师，不作开元天宝以下人物。若自退屈，即有下劣诗魔入其肺腑之间，由立志之不高也。行有未至，可加工力；路头一差，愈骛愈远，由入门之不正也。故曰：学其上，仅得其中；学其中，斯为下矣。

◆大抵禅道惟在妙悟，诗道亦在妙悟，且孟襄阳学力下韩退之远甚，而其诗独出退之之上者，一味妙悟而已。惟悟乃为当行，乃为本色。然悟有浅深、有分限、有透彻之悟，有但得一知半解之悟。汉、魏尚矣，不假悟也。谢灵运至盛唐诸公，透彻之悟也。他虽有悟者，皆非第一义也。

◆夫诗有别材，非关书也；诗有别趣，非关理也。然非多读书、多穷理，则不能极其至，所谓不涉理路、不落言筌者，上也。诗者，吟咏情性也。盛唐诸人惟在兴趣，羚羊挂角无迹可求。故其妙处透彻玲珑不可凑泊，如空中之音、相中之色、水中之月、镜中之象，言有尽而意无穷。近代诸公乃作奇特，解会遂以文字为诗，以才学为诗，以议论为诗，夫岂不工？终非古人之诗也。盖于一唱三叹之音有所歉焉。

◆语忌直，意忌浅，脉忌露，味忌短。

诗 评（节录）

◆读《骚》之久，方识真味；须歌之抑扬，涕泪满襟，然后为识《离骚》。否则如戛釜撞瓮耳。

◆诗有词、理、意兴。南朝人尚词而病于理，本朝人尚理而病于意兴，唐人尚意兴而理在其中，汉魏之诗词理意兴无迹可求。汉魏古诗气象混沌难以句摘，晋以还方有佳句，如渊明"采菊东篱下，悠然见南山"、谢灵运"池塘生春草"之类。谢所以不及陶者，康乐之诗精工，渊明之诗质而自然耳。

◆建安之作全在气象，不可寻枝摘叶；灵运之诗已是彻首尾成对句矣，是以不及建安也。

◆李杜二公，正不当优劣。太白有一二妙处，子美不能道；子美有一二妙处，太白不能作。子美不能为太白之飘逸，太白不能为子美之沉郁；太白梦游天姥吟、远离别等子美不能道，子美北征、兵车行、垂老别等太白不能作；论诗以李杜为准，挟天子以令诸侯也。少陵诗法如孙吴，太白诗法如李广。少陵如节制之师，少陵诗宪章汉魏而取材于六朝，至其自得之妙，则前辈所谓集大成者也。观太白诗者，要识真太白处。太白天才豪逸，语多卒然而成者，学者于每篇中要识其安身立命处可也。太白发句谓之开门见山。李杜数公如金鸧擘海、香象渡河，下视郊岛辈直虫吟草间耳。

> **思考题**
>
> 说说你的阅读体会,并就你所熟知的唐诗举例说明。

三、其他文论

魏庆之《诗人玉屑》

魏庆之,字醇甫,号菊庄,南宋建安(今福建省建瓯市)人。他无意仕途,种菊千丛,日与诗人骚客觞咏其间。著《诗人玉屑》二十一卷。玉林黄升叔旸原序云:"诗之有评,犹医之有方也。评不精,何益于诗;方不灵,何益于医。然惟善医者能审其方之灵,善诗者能识其评之精,夫岂易言也哉!"此深得诗话精髓之语。

节录:

◆晦庵论诗:"要使方寸之中,无一字世俗言语意思,则其诗不期于高远,而自高远矣。"

◆欲波澜之阔,须令规模宏放,以涵养吾气而后可。规模既大,波澜自阔;少加治择,功已倍于古矣。

◆人所易言,我寡言之;人所难言,我易言之,自不俗。

◆学诗浑似学参禅,要保心传与耳传。秋菊春兰宁易地,清风明月本同天。

◆三百篇美刺箴怨皆无迹,当以心会心。

◆下字贵响,造语贵圆。意贵透彻,不可隔靴搔痒。语贵脱洒,不可拖泥带水。

◆宁拙毋巧,宁朴毋华,宁粗毋弱,宁僻毋俗,诗文皆然。

◆陈无己云:"学诗如学仙,时至骨自换。"

◆文章必自名一家,然后可以传不朽。……陆机曰:"谢朝华于已披,启夕秀于未振。"韩愈曰:"惟陈言之务去。"此乃为文之要。……鲁直诗云:"随人作计终后人。"又云:"文章最忌随人后。"

◆东坡曰:"善画者画意不画形,善诗者道意不道名。"故其诗曰:"论画以形似,见与儿童邻。作诗必此诗,定知非诗人。"

◆魏文帝曰:"文以意为主,以气为辅,以词为卫。"

黄升《玉林诗话》

《玉林诗话》,南宋黄升撰。黄升字叔旸,号玉林、花庵词客,福建建安(今福建建瓯)人。生卒年不详,约生活于宁宗、理宗间。早年不务科举,雅好辞章。《玉林诗话》成书当在理宗淳祐四年(1244年)稍前,但久佚,不知卷数,亦不见诸家著录,唯魏庆之《诗人玉屑》录存。

蔡梦弼《草堂诗话》

南宋学者(生卒年不详),字傅卿,建安(今福建建瓯)人。潜心艺文,不求闻达。尝注韩愈、柳宗元文,了无留隐;至于杜诗,尤极精诣。嘉泰中,撰《杜工部草堂诗笺》,为世所重,有元刻本、古逸丛书本。又著《草堂诗话》二卷,皆论杜甫之诗,共二百余条,多取自宋人诗话、文集、说部,而取《韵语阳秋》为多,远较方深道《诸家老杜诗评》详赡(《四库全书总目》卷一九五)。《诗话》原附《杜工部草堂诗笺》刊行,又有四库全书本、历代诗话续编本。《全宋文》卷六五九八录其文二篇。事迹见所撰《草堂诗笺序》及俞成《草堂诗笺跋》。

黄伯思《东观余论》

黄伯思(1079—1118),字长睿,别字霄宾,号云林子,黄履孙,邵武(今属福建)人。北宋晚期重要的文字学家、书法家、书学理论家。

黄伯思学问淹通,自六经及历代史书、诸子百家、天官地理、律历卜筮之说,无不精诣。伯思好古文奇字,洛下公卿家商、周、秦、汉彝器款识,研究字画体制,悉能辨正是非,道其本末,遂以古文名家,凡字书讨论备尽。善篆、隶、正、行、章、草、飞白,皆精妙,亦能诗画。初,淳化中博求古法书,命待诏王著续正法帖,伯思病其乖伪庞杂,考引载籍,咸有依据。著有《法帖刊误》二卷,此书纠正了《淳化阁帖》不少错误。又著有《东观余论》,另有《博古图说》十一卷及《文集》五十卷,已佚。组合家具图册《燕几图》也是黄伯思所著。

严有翼《艺苑雌黄》

严有翼,宋朝建安(今福建建宁)人。生卒年均不详,绍兴年间担任泉、荆二郡教官。著有《艺苑雌黄》,内容十分挑剔苏轼诗文,原书久佚,今有残本十卷,系明人收集《苕溪渔隐丛话》所引,加上《韵语阳秋》,已非原貌。《随园诗话》卷五载:"宋严有翼诋东坡诗,误以葱为韭,以长桑君为仓公,以摸金校尉为摸金中郎。所用典故,被其捃摘,几无完肤。然七百年来,人知有东坡,不知有严有翼。"《四库总目》今本已非其旧。

吴可《藏海诗话》

吴可,宋代诗人、诗评家,字思道,号藏海居士,瓯宁(今福建建瓯)人。生卒年不详,大观三年(1109年)进士,曾官于汴京,先后任团练使、武节大夫等职。宣和末辞官。建炎后,转徙楚豫之间。

吴可论诗主张，主要见于《藏海诗话》和《诗人玉屑》所录的《学诗》中。他主张诗"当以意为主，辅之以华丽""宁对不工，不可使气弱"，并主张"学诗当以杜为体，以苏黄为用"，说"杜之妙处藏于内，苏黄之妙发于外"。书中所论，颇能切中北宋诗坛某些流弊。吴可论诗，喜用参禅之说，提出诗贵顿悟和不蹈袭前人窠臼的论点。从苏轼以禅喻诗到严羽系统地提出以禅喻诗的理论，吴可起着承先启后的作用。

节录：

◆凡文章先华丽而后平淡，如四时之序，方春则华丽，夏则茂实，秋冬则收敛，若外枯中膏者是也，盖华丽茂实已在其中矣。

◆凡作诗如参禅，须有悟门。少从荣天和学，尝不解其诗云："多谢喧喧雀，时来破寂寥。"一日于竹亭中坐，忽有群雀飞鸣而下，顿悟前语。自尔看诗，无不通者。

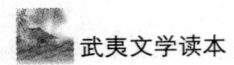

第四章
武夷文学的继续发展

元明清时期,理学取得独尊地位,成为官方意识形态,对士人的思想产生很大影响,反映在文学创作上,诗文往往成为道德说教的传声筒,逐渐散发出陈腐的气息。这时期的大武夷正统文学失去了宋代的辉煌和繁盛,诗文成就不高,但俗文学却异军突起,评话、通俗小说等成为这时期武夷文化最有代表性的文学。建阳书坊虞氏编刻的《武王伐纣平话》《秦并六国平话》《三国志平话》,是我国现有较早的讲史话本。它们成为《封神演义》《东周列国志》《三国演义》等历史演义小说创作的蓝本。明末清初,建阳书坊编撰、刊刻的小说和杂记达数千种,居全国之首,成为当时全国文学文化传播和出版中心,出现了一批很有影响的出版商兼长篇小说家。如余邵鱼创作的《列国志传》、余象斗的《大宋中兴岳王传》、熊大木的通俗小说等,都有力地推动了我国历史演义小说的发展。

就总体而言,三代已降,大武夷地区未出文学名家。儒学衰落,闽学南移,导致本土作家、学者数量减少,成就不高,而大量非武夷籍作家的武夷题材作品不仅数量多,质量在同时代文学中也属上乘。

第一节

元代武夷文学

元代除杂剧和散曲之外,诗文成就不是很高。原因是理学于元朝开国之初被确立为官方意识形态,作家往往亦为理学家或其后学,思想观念中理学独尊的意识很强,影响了作品的文学性、艺术性。元诗成就虽然无法同杂剧和散曲比肩,但也出现了一批优秀的武夷籍诗人,如"元诗四大家"的杨载和"风情神韵逼近唐人"的邵武"二黄"之黄镇诚,非武夷籍的有虞集、杜本、萨都剌等,他们皆有歌咏武夷山的优秀诗篇。

谒隐屏书院[①]

◎(元)熊　禾

五月凉巾陟翠微,竹枝香露湿人衣。

云行老树青猿过,雪落长溪白鹭飞。
仙径好花愁急雨,同亭芳草怨斜晖。
我来只欲平林去,细扣先生玉版扉。

作者简介

熊禾(1253—1312),字去非、位辛,初名鈌,号勿轩、退斋,学者称勿轩先生,福建崇安县丰阳里(今武夷山市星村镇南部)人。咸淳十年(1274年)进士,曾随朱熹的学生辅广学习。他自己说过,在漫游浙江时,因为受到了刘敬宣先生(辅广早期的弟子)的教育而得以悟出朱子理学的要旨。曾任宁武州司户参军,为官时多有政绩。宋亡后,为保持气节,绝意仕进,"遂束书入武夷山",并筑了供隐居学习的"洪源书室"。

注释

①隐屏书院:指武夷精舍。

作品简评

这首诗赞美了武夷山幽美独特的自然景观,并表达了对先贤朱子由衷的仰慕之情。自然与人文的交融,使得武夷山独具魅力。

思考题

说说你参观武夷精舍后的感受,是否与这首诗有同感?

宿浚仪公湖亭

◎(元)杨　载

两两三三白鸟飞,背人斜去落渔矶。
雨馀不遣浓云散,犹向山前拥翠微。

作者简介

杨载(1271—1323),元代中期著名诗人,与虞集、范梈、揭傒斯齐名,并称"元诗四大家"。字仲弘,浦城(今福建浦城县)人。延祐二年(1315年)进士,授承务郎,官至宁国路总管府推官。杨载文名颇大,文章以气为主,诗作含蓄,颇有新的意境。著有《杨仲弘诗》八卷,文已散失。范梈为其诗作序云:"仲弘天禀旷达,气象宏朗。开口论议,直视千古,每大众广集,占纸命辞,傲睨横放,尽意所止。众方拘拘,已独坦坦。众方纡徐,独驰骏马之长坂而无留行,要一代之杰作也。"(《元诗选·仲弘集》)可见杨载为诗的那种脱略束缚、横放杰出的艺术气质。

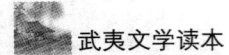

作品简评

诗人以清新隽永的笔调,描绘出雨后山间水滨的美妙图景。澄澈的天际,三三两两的白鹭展开翅膀自由翱翔,飞向水边渔矶;雨后浓云收起雨幕,纷纷飘向山间,聚集在青葱的山峦周围。"斜"字逼现鸟儿欢快的身姿,"拥"字则提点出青山云雾的神韵。从这幅图景中,我们仿佛可以体味到诗人宽广的胸襟、恬淡的心境。

思考题

1. 这首诗在表达上有什么特点?体现了诗人怎样的情感?
2. 课后拓展:杨载以律诗见长,其山水之作也基本上都是用律诗形式来写的。如《望海》:

> 海门东望浩漫漫,风飚无时纵恶湍。
> 黑雾涨天阴气盛,沧波衔日晓光寒。
> 岂无方士求灵药,亦有幽人把钓竿。
> 摇荡星槎如可驭,别离尘土有何难!

题武夷

◎(元)杜　本

> 天下名山此最奇,溪潭澄澈路逶迤。
> 尘埃滚滚终难到,楼阁重重未易窥。
> 况是高人能阅世,尽多胜处可题诗。
> 十年来往追寻遍,似与山灵有凤期。

作者简介

杜本(1276—1305),元朝文学家、学者,字伯原。江西临江(今清江县临江镇)人,与虞集、范梈和崇安的詹景仁、董懋模是好朋友。杜本在武夷山寓居30多年,讲学著述,终其一生。有《清江碧嶂集》等著作。

作品简评

这首诗以极概括、简练的笔法描画了武夷山溪潭澄澈、山路逶迤、楼阁重重的奇景,赞美武夷山水名胜处处可题诗入画,表达自己对武夷胜境的追慕向往之情。

思考题

你对武夷山哪处景点最感兴趣?请用自己的语言表达你的观感。

武夷山漫题

◎（元）萨都剌

幔亭峰顶秋无价，红白芙蓉满洞开。
唤取渔船游九曲，载将白鹤渡溪来。

作者简介

萨都剌（1300—1355），元代诗人，字天锡，号直斋。雁门（今山西代县）人，回族。他的诗词辑为《雁门集》，清新绮丽，别开生面，雄踞元代诗坛。他被誉为"一代词人之冠"。至元三年（1337年）秋，离任闽海福建省肃政廉访司知事，途经武夷，览胜名山。

作品简评

这首诗描绘了秋季武夷山幔亭峰无比珍贵的美景，尤其是盛开的红白芙蓉在山涧中摇曳生姿，令诗人神魂游荡，急唤渔船畅游九曲，幻想载白鹤同游，真乃神仙中人也！笔调轻松愉悦，想象力丰富，富有情趣。

思考题

武夷胜景给你哪些奇妙的想象？

第二节

明代武夷文学

明清两代，闽学中心逐渐南移到福州、泉州一带，大武夷籍本土作家从数量和质量上都有所下降，但反映武夷题材的作品却因宦游者大增而数量更多。明代武夷文学也曾风光一时，如开"闽中诗派"先河的"崇安二蓝"蓝仁、蓝智兄弟和"台阁体"诗人宰相杨荣等，在当时具有相当大的影响；还有一些非武夷籍的著名思想家王阳明，文学家如刘基、徐渭、谭元春、钟惺、徐霞客等，甚至民族英雄戚继光，也纷纷题咏武夷山，使得此时的武夷文学发出耀眼的光芒。

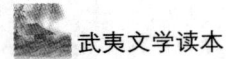

一、明代大武夷作家创作

江南旅情

◎（明）杨　荣

客梦家千里，乡心柳万条。
片云遮海峤，一雨送江潮。
恋阙绨袍在，怀人尺素遥。
春光看又晚，何处灞陵桥？

作者简介

杨荣（1371—1440），初名子荣，字勉仁，建安（今福建建瓯）人。永乐十六年五月至二十二年八月（1418—1424年）任当朝首辅，因居地所处，时人称其为"东杨"。其性警敏通达，善于察言观色。在文渊阁治事三十八年，谋而能断，老成持重，尤其擅长谋划边防事务。然而由于其恃才自傲，难容他人之过，与同事常有过节，并且还经常接受边将的馈赠，因此往往遭人议论。杨荣既以武略见重，又有些文才，据《明史·艺文志》载，其著作有《训子编》一卷、《北征记》一卷、《两京类稿》三十卷、《玉堂遗稿》十二卷。杨士奇、杨荣、杨溥等创立的台阁体代表了一种新的文学创作风格。台阁体诗文内容大多比较贫乏，多为应制、题赠、酬应而作，题材常是"颂圣德，歌太平"（《杨溥《东里诗集序》》），艺术上追求平正典丽。

作品简评

"片云"，暗用唐代狄仁杰典。狄仁杰望见白云孤飞，谓左右曰："吾亲所居，在此之下。"杨荣家乡在福建，其地多山近海，故云"遮海峤"。诗人行旅于江南，动起乡思，但他毕竟与失意文人不同，此诗一无凄风苦雨，二无秋风黄叶，想家却又恋阙，或为台阁诗人所难免。《四库全书总目》卷一七〇评杨荣云："发为文章，具有富贵福泽之气，应制诸作，沨沨雅音，其他诗文，亦皆雍容平易，肖其为人。虽无深湛幽渺之思，纵横驰骤之才，足以震耀一世，而透迤有度，醇实无疵，台阁之文所由与山林枯槁者异也。"《四库全书总目》出自清代乾隆时期御用文人之手，对颂扬太平盛世的台阁体未免多有回护。在今天看来，对杨荣等创立的台阁体评价不可能太高。

思考题

1. 说说这首诗艺术上的特点。
2. 就你游览过的风景名胜，说说羁旅之情。

雪后舟泊武夷

◎（明）蓝　仁

泊舟青嶂下，回首翠微间。
残雪孤村树，归云何处山。
石门无犬吠，松径有僧还。
书剑空漂泊，山林未得闲。

作者简介

蓝仁，明初诗人，字静之，崇安（今武夷山市）人。他一生无意仕途，都在乡村度过。"杖履遍武夷"，傲啸山林，过着闲适的田园生活。他是明初仿唐调较有成就的诗人，开闽中诗派之先风，"闽中十才子"中之佼佼者，郑振铎认为他和胞弟蓝智的诗："老成熔炼，似在十子之上。"《四库提要》称他的诗："和平雅澹，词意融怡，语不雕镂，气无脂粉，出乎性情之正。"著有《蓝山集》6卷，诗600余首。蒋易《蓝山集序》评曰："有达士之襟怀，无骚人之哀怨。"

作品简评

雪后的武夷山不同于北方雪景，青峦叠嶂中隐约透露着些许白雪，与白云交相辉映，别具一番动人的奇丽与妩媚。诗人于雪后泊舟武夷山，欣赏着独特的武夷山雪景，远处孤村中寂寞的石门，连一只犬也不见；松林中隐约可见的曲径通幽处，僧人踽踽独行。如此悠闲的山中雪景却并没有让诗人心情平静下来，漂泊零落的羁旅之情依然在心头挥之不去。该诗写景疏落有致，抒情优游不迫，语言朴素自然，确实具有儒家诗教所谓"温柔敦厚"之美。

思考题

你见过武夷山或其他风景名胜的雪景吗？各地雪景有何不同？请写出赞美的诗句来。

武夷山居

◎（明）蓝　智

嘉遁依岩穴，清斋饭蕨薇。
花源随水入，茅屋共云归。
夜鼎芙蓉水，秋山薜荔衣。
沙头双白鸟，知尔解忘机。

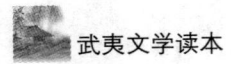

作者简介

蓝智(约1357—?),字明之,明代福建崇安县(今武夷山市)将村里(今星村镇)人。诗人蓝仁之弟。少年时,他从三山(今福州之别称)林泉生习举子业,不久即放弃追求功名,与其兄蓝仁一道回乡,受业杜本门下。除诗词外,还学习著名理学家胡安国、刘子翚、朱熹、蔡元定的理学。闲暇时互相唱和,诗风大进。明洪武十年(1377年),蓝智因明经被推荐为广西按察司事,以清廉著名。后病逝于广西,卒年不详。他的诗作有《蓝涧集》六卷。后人评他的诗为"五言结体,高雅修然尘外,虽雄快不足,而隽逸有余;七言顿挫浏亮,亦无失唐人矩矱"。蓝智和其兄蓝仁立志学诗,成就颇大。他俩效法盛唐诗作,一改元末纤弱的诗体,在明初产生了一定的积极影响。

作品简评

这首诗写武夷山中隐居生活。简单纯朴的生活场景描绘中,作者陶然忘机,与俗相忘,只剩下怡然自得、胸无纤尘的胸襟。笔法纯任自然,一片生机流露,高雅处不失唐诗高处。

思考题

尝试一次山中宿营生活,感受远离尘世喧嚣、投入自然怀抱的情趣,并用诗笔或画笔描绘出来。

二、明代非武夷籍作家的武夷题材创作

望武夷山作

◎(明)刘 基

饮马九曲溪,遥望武夷峰。
长林抱回合,丹崖造空濛。
浮晖澹寒翠,水木皆曼容。
薄游限尘务,促景厄奇踪。
缅怀紫阳子,千载谁与同?
琼佩邈烟露,石函閟遗封。
羁猿怨幽涧,飞萝冒芳丛。
瑶琴空流泉,桂枝徒秋风。
怅望佳期阻,缠绵忧思重。
殷勤尺素书,愿寄云间鸿。

作者简介

刘基(1311—1375),字伯温。明初大臣、政治家、文学家,青田(今属浙江)人。元末至顺(1330—1333年)进士,曾任江西高安县丞,江浙儒学副提举。旋即弃官隐居,后又起任浙东行省都事。因反对"招安"方国珍而被革职,回乡组织地方武装,与方氏对抗。元至正二十年(1360年)到应天府(今江苏南京)劝朱元璋脱离韩林儿,独树旗帜。刘基不但是明代杰出政治家,亦是位著名理学家,他笃信理学,崇拜朱熹并传播理学。他学理学于郑复初,"闻濂洛心法,即得其旨"。

他在元末已有诗名,他的诗整练,不失为大家;词温柔敦厚、秾纤有致;散文锋利遒劲而幽秀,著有《诚意伯文集》。1370年,明军挥军南下,刘基随军直指闽粤,入武夷山瞻仰朱子(紫阳)祠时,挥笔写下《望武夷山作》。诗中抒发了"缅怀紫阳子,千载谁与同"的敬慕之情。

作品简评

这首诗写景上很有特色,擅长抓住武夷山富有特征性的景物,刻画细腻有致,语言洗练,用字工稳。诗人览景之余,发思古之幽情,真诚地表达了对往圣先贤朱子的缅怀仰慕之情,在对武夷山自然美景的欣赏中夹杂着行军途中的艰辛,以及对国事深重的忧患意识,表现一代开国元勋敢于担当、以天下为己任的远大怀抱。刘基诗歌风格既有沉郁悲怆的一面,又有奇崛豪放的特征。后期诗作则以哀婉悲凉为主,而就哀时愤世而论,前后精神相通。这首诗在感情表达上具有感伤的色彩,艺术上除沉郁雄奇之外,还具有苍深的特征。

思考题

就这首诗和你学过的刘基的文章《卖柑者言》,谈谈传统士人对社会深刻的洞察力以及深重的忧患意识。

武夷次壁间韵

◎(明)王守仁

肩舆①飞度万峰云,回首沧波月下闻。
海上真为沧水使,山中又遇武夷君。
溪流九曲初谙路,精舍千年始及门。
归去高堂慰垂白,细探更拟在春分。

作者简介

王守仁(1472—1528),明朝哲学家、文学家、教育家,字伯安,余姚(今浙江余姚)人。

尝筑室故乡阳明洞中,世称阳明先生。弘治十二年(1499年)进士,任刑部、兵部主事,因反对宦官刘瑾,被贬为贵州龙场驿丞。刘瑾被诛后,王守仁被起用为庐陵知县。后以左佥都御史巡抚南赣,因镇压农民起义和平定明宗室朱宸叛乱,被封为新建伯,官至南京兵部尚书。他是心学集大成者,继承发展了陆九渊的学说,以反传统的姿态出现。明朝中期以后,阳明学派影响很大。他的思想中包含着某些促进思想解放的因素,明中叶以后传到日本,并成为显学,对日本的"明治维新"起了一定的积极作用。他也是有所建树的文学家,散文不依傍古人,自抒胸臆,俊爽畅达。对南曲也颇有研究,著有《归隐》。

　　王阳明为避刘瑾杀害,曾逃难武夷,遁迹星村、灵岩一带,流连数月。为纪念他在灵岩下讲学传道,后人在武夷山的灵岩、大王峰等处,建祠祀祭。

注　释

①肩舆:轿子。箱形,内可坐人,架上竹竿,可使人以肩抬着行走,为古时陆上的一种交通工具。

作　品　简　评

此诗笔力雄健,极有气魄,武夷山水在诗人笔下飞动起来。更重要的是,诗中融合了武夷君的神话传说,使诗歌呈现出一种浪漫的色彩。诗人对朱熹武夷精舍的流连忘返,更表现了一种缅怀先贤又志在超越先贤的文化精神。

思　考　题

搜集王守仁的相关资料,说说他的生平经历、哲学思想和著作。

言游武夷道中抚景,因忆往年尚宾吕君天台之约

◎(明)徐　渭

　　岩壑千重路转偏,春阴漠漠带炊烟。
　　倦投野店聊呼酒,笑问名山数举鞭。
　　笼鸟对人喧曙色,桃花临水弄新年。
　　多情忽忆天台约,归去应寻剡曲船。

作　者　简　介

徐渭(1521—1593),明文学家、书画家,字文长,号天池,又号青藤,山阴(今浙江绍兴县)人。屡应乡试不中,曾在闽浙总督胡宗宪幕下担任书记,为其出谋平定倭寇。嘉靖四十一年(1562年),胡宗宪受弹劾,被捕下狱。徐渭怕受牵连,一度发狂,最终靠卖书画度日,在贫寂中死去。徐渭在诗歌、散文、戏曲、书法、绘画上都有突出的成就,著有《徐文长全集》。

作品简评

关于这首诗有一个难以证实的传说:

徐渭在武夷山曾有一段回肠荡气的情恋,这故事隐约见于他的《入武夷寻一线天,道中述事》(之二):"乞得琼浆一碗新,沿溪行尽渴生尘。云英只在桃花下,不肯呼来见生人。"作者原注曰:"行渴,得岩妪乞茶。"从诗及原注中,人们可以揣摩当时发生的一件趣事:徐渭沿着九曲溪畔的山道寻觅一线天景点时,走得口干舌燥,忽见岩下有一间茅屋,遂向屋主乞饮。一位老妪捧茶献之。这位才子犹如喜得琼浆,一饮而尽。齿颊生津之后,瞥见一位少女倚在院落盛开的桃花树旁,风姿绰约,楚楚动人,人面桃花,相映成趣,于是就借机询问老妪家事,暗示她呼唤少女过来拜见客人。遗憾的是,老太太没有表示出这份热情,而成语"云英未嫁,小姑独处"所形容的少女,也不敢贸然趋前敛衽拜见,徐渭只得怏怏而去。

数日之后,作者对此次途中艳遇仍然心猿意马,不能释怀,遂写作此诗。诗中谈到作者惜别少女之后,投宿于山村野店,借酒浇愁,醉眼中依稀看到沿溪傍岩那间茅舍里的"人面桃花",因而写出了"桃花流水弄新年"的佳句,缠绵之情,跃然诗中。

不管是否真实,诗歌确实表现出一个洒脱狂放的"狂士"形象。他有着天生放荡不羁的艺术秉性,一生抱负无处施展,只能"放浪曲蘖,恣情山水",以泄自己内心的情感。

思考题

搜集徐渭的相关资料,了解他的生平、思想和诗画作品。

题伯敬画武夷一景

◎(明)谭元春

他山宜画水,武夷宜画石。
武夷溪水深,不少空天碧。

作者简介

谭元春(1586—1637),明文学家,字友夏。湖广竟陵(今湖北天门)人,与钟惺同为"竟陵派"领袖。他们提倡用"幽深孤峭"的风格,表现"幽情单绪"的内容。有《谭友夏合集》行世。

作品简评

这首诗赞美了武夷山石之美,可入诗、入画,在溪水的映衬下,显得分外苍翠凝重。笔法洗练,峭拔苍劲,确实有一种"幽深孤峭"的风格。

思 考 题

搜集或观赏武夷奇石,说说石文化表现了中国人怎样一种生活情趣?

泛九曲

◎(明)林 鸿

秋风泛瑶棹,爱此佳山川。
九曲溯流月,数峰标暝烟。
开辟自天地,飞升有真仙。
石上蜕金骨,云中鸣夜弦。
伊予探古迹,得复穷幽元。
闲招木客饮,醉向天坛眠。
不见紫阳翁,徒歌白云篇。
予怀在渔钓,即此应忘筌。

作 者 简 介

林鸿,明朝诗人,字子羽。福建福清人,官至礼部员外郎。为闽中诗派"代表","闽中十才子"之首。其诗"声调圆稳,格律整齐",一洗元代诗人纤弱之习,被称为明代开国后第一诗人。他主张诗法盛唐,对明代的诗坛产生了较大的影响,成为明代前后七子"诗必盛唐"主张的先导,启示了整个明代诗学潮流的发展,有《鸣盛集》行世。

作 品 简 评

林鸿有些诗写得既有神韵、气概,又有真情,非其他才子所及。《四库全书提要》中说:"况高棅尚不免庸音,鸿则时绕清韵。"《泛九曲》一诗写自己泛舟九曲寻幽览胜时所见所感,颇有李白游洞庭诗之境界,接目而来的美景澄澈如画,令人赏心悦目,使人忘怀尘世间一切琐屑的得失。笔墨简洁生动,语言清丽,有悠悠不尽的情韵和一股隽逸之气。

思 考 题

1. 搜集林鸿其他诗作并阅读。
2. 了解"闽中十才子"的代表作及文学史地位。

小九曲口占

（题诗岩西，巨石罗列差互，清湍洄洑其中，小桥迤逦，曲径通幽，洵具溪山胜概也。崖壁勒"小九曲"三字，传为文公真迹）

◎（明）陈　谨

溪名小九曲，溪水碧如玉。
载酒何人溪上游，长啸一声山水绿。

作者简介

陈谨（1525—1566），字德言，号环江。福建长乐营前人，明世宗嘉靖三十二年（1553年）癸丑科状元，著有《古文集》。

作品简评

这是诗人随口吟出的一首小诗，轻松明快，想象力丰富，天真直率，有民歌风味。

思考题

怎样向民歌学习借鉴以提高写作水平？

小桃源

◎（明）陈介夫

溪行四五里，渐入小桃源。
曲涧穿松坞，危桥度石门。
桑麻三月雨，鸡犬几家村。
倚棹探幽胜，倏然隔世喧。

作者简介

陈介夫，闽县人，万历二十年（1592年）进士，授户部主事，累迁湖广按察司副使。性旷达，精书画，好吟诗，初学郑善夫，又学七子，既而一意摹唐人，末年更为宏肆，有《西楼集》十八卷，著有《招隐楼稿》《画史汇传》行于世。

作品简评

这首诗描写武夷山小桃源幽静的景色，恰如一压缩的《桃花源记》，令人欣羡小桃园中和平宁静的山居生活。幽清明净的意境中，流露出诗人淡泊恬静的心态。笔调潇洒

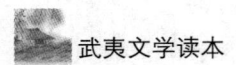

自如,情致婉转,有唐人山水田园诗的风致。

思考题

你游览过武夷山的小桃园吗?请说说你的感受,或作诗一首。

宿虎啸岩

◎(明)钟 惺

若比天游宿,高深渐不同。
置身星月上,濯魄水烟中。
登涉频劳目,眠餐可息躬。
明朝仍理楫,往返此山中。

作者简介

钟惺(1574—1624),明代文学家,字伯敬,一作景伯,号退谷、止公居士,湖广竟陵(今湖北天门市)人。钟惺诗文主张反拟古,主性灵,有积极一面。他的文风求新求奇,对传统散文有所突破,与公安派一样,竟陵派对晚明小品文的大量产生有一定的促进作用。而其狭窄的题材及情怀,艰涩幽冷的语言及文风,无疑也阻碍了他在创作上取得更大的成就。清代曾将"公安""竟陵"之作列为禁书,诋毁排击甚烈。著作有《隐秀轩集》,与谭元春合编《诗归》《明诗归》。

作品简评

首联写虎啸岩相较于天游峰显得高峻深险;颔联写登上虎啸岩的感受:如置身星月之上,魂魄在烟水迷蒙中得到洗濯;颈联写沿途景象令人目不暇接,要睡眠加餐才可使身体得到休息;尾联写自己游览兴致颇高,准备第二天仍然荡舟山中,继续寻幽探胜。这首诗不同于作者其他诗歌追求新奇、诗风艰涩幽冷的特点,语言比较平实,风格也较为平淡。

思考题

1. 搜集其他写天游峰、虎啸岩的诗歌。试仿写一首诗或一个片段。
2. 阅读明代诗人裴守中的《游武夷》,谈谈阅读体会:

我生分得仙山境,洗净尘缘万虑空。
三十六峰天一碧,横琴高坐听松风。

游武夷山日记

◎（明）徐霞客

二月二十一日①，出崇安南门，觅舟。西北一溪自分水关，东北一溪自温岭关，合注于县南，通郡省而入海。顺流三十里，见溪边一峰横欹，一峰独耸。余咤而瞩目②，则欹者幔亭峰，耸者大王峰也。峰南一溪，东向而入大溪者，即武彝溪也。冲祐宫傍峰临溪。余欲先抵九曲，然后顺流探历，遂舍宫不登，逆流而进。流甚驶，舟子跣行先着脚走路溪间以挽舟。第一曲，右为幔亭峰、大王峰，左为狮子峰、观音岩。而溪右之濒水者曰水光石，上题刻殆③遍。二曲之右为铁板嶂、翰墨岩，左为兜鍪峰、玉女峰。而板嶂之旁，崖壁峭立，间有三孔，作"品"字状。三曲右为会仙岩，左为小藏峰、大藏峰。大藏壁立千仞，崖端穴数孔，乱插木板如机杼。一小舟斜架穴口木末，号曰"架壑舟"。四曲右为钓鱼台、希真岩，左为鸡栖岩、晏仙岩。鸡栖岩半有洞，外隘狭窄中宏，横插木板，宛然坿橃④。下一潭深碧，为卧龙潭。其右大隐屏、接笋峰，左更衣台、天柱峰者，五曲也。文公书院正在大隐屏下。抵六曲，右为仙掌岩、天游峰，左为晚对峰、响声岩。回望隐屏、天游之间，危梯飞阁悬其上，不胜神往。而舟亦以溜急不得进，还泊曹家石。登陆入云窝，排云穿石，俱从乱崖中宛转得路。窝后即接笋峰。峰骈⑤附于大隐屏，其腰横两截痕，故曰"接笋"。循其侧石隘，跻磴数层，四山环翠，中留隙地如掌者，为茶洞。洞口由西入，口南为接笋峰，口北为仙掌岩。仙掌之东为天游，天游之南为大隐屏。诸峰上皆峭绝，而下复攒凑，外无磴道，独西通一罅，比天台之明岩更为奇矫也。从其中攀跻登隐屏，至绝壁处，悬大木为梯，贴壁直竖云间。梯凡三接，级共八十一。级尽，有铁索横系山腰，下凿坎受足。攀索转峰而西，夹壁中有冈介其间，若垂尾，凿磴以登，即隐屏顶也。有亭有竹，四面悬崖，凭空下眺，真仙凡夐⑥。仍悬梯下，至茶洞。仰视所登之处，嶄然在云汉。隘口北崖即仙掌岩。岩壁屹立雄展，中有斑痕如人掌，长盈丈者数十行。循岩北上至岭，落照侵松，山光水曲，并加入览。南转，行夹谷中。谷尽，忽透出峰头，三面壁立，有亭踞其首，即天游峰矣。是峰处九曲之中，不临溪，而九曲之溪三面环之。东望为大王峰，而一曲至三曲之溪环之。南望为更衣台，南之近者，则大隐屏诸峰也，四曲至六曲之溪环之。西望为三教峰，西之近者，则天壶诸峰也，七曲至九曲之溪环之。惟北向无溪，而山从水帘诸山层叠而来，至此中悬。其前之俯而瞰者，即茶洞也。自茶洞仰眺，但见绝壁干霄，泉从侧间泻下，初不知其上有峰可憩⑦。其不临溪而能尽九溪之胜，此峰固应第一也。立台上，望落日半规，远近峰峦，青紫万状。台后为天游观。亟辞去，抵舟已入暝矣。

二十二日登涯，辞仙掌而西。余所循者，乃溪之右涯，其隔溪则左涯也。第七曲右为三仰峰、天壶峰，左为城高岩。三仰之下为小桃源，崩崖堆错，外成石门。由门伛偻而入，有地一区，四山环绕，中有平畴曲涧，围以苍松翠竹，鸡声人语，俱在翠微中。出门而西，即为北廊岩，岩顶即为天壶峰。其对岸之城高岩矗然独上，四旁峭削如城。岩顶有庵，亦悬梯可登，以隔溪不及也。第八曲右为鼓楼岩、鼓子岩，左为大廪石、海蚱石。余过鼓楼岩之西，折而北行坞中，攀援上峰顶，两石兀立如鼓，鼓子岩也。岩高亘亦如城，岩下深坞一带如廊，架屋横栏其内，曰鼓子庵。仰望岩上，乱穴中多木板横插。转岩之后，壁间一洞更深敞，曰吴公洞。洞下梯已毁，不能登。望三教峰而趋，缘山越磴，深木翳茷其上。抵峰，有亭缀其旁，可东眺鼓楼、鼓子诸胜。山头三峰，石骨挺然并矗。从石罅间蹑磴而升，傍崖得一亭。穿亭入石门，两崖夹峙，壁立参天，中通一线、上下尺余，人行其间，毛骨阴悚。盖三峰攒立，此其两峰之罅；其侧尚有两罅，无此整削。已下山，转至山后，一峰与猫儿石相对峙，盘亘亦如鼓子，为灵峰之白云洞。至峰头，从石罅中累级而上，两壁夹立，颇似黄山之天门。级穷，迤逦至岩下，因崖架屋，亦如鼓子。登楼南望，九曲上游，一洲中峙，溪自西来，分而不之，至曲复合为一。洲外两山渐开，九曲已尽。是岩在九曲尽处，重岩回叠，地甚幽爽。岩北尽处，更有一岩尤奇：上下皆绝壁，壁间横坳仅一线，须伏身蛇行，盘壁而度，乃可入。余即从壁坳行；已而渐低，壁渐危，则就而伛偻；愈低愈狭，则膝行蛇伏，至坳转处，上下仅悬七寸，阔止尺五。坳外壁深万仞。余匍匐以进，胸背相摩，盘旋久之，得度其险。岩果轩敞层叠，有斧凿置于中，欲开道而未就也。半晌，返前岩。更至后岩，方构新室，亦幽敞可爱。出向九曲溪，则狮子岩在焉。循溪而返，隔溪观八曲之人面石、七曲之城高岩，种种神飞。复泊舟，由云窝入茶洞，穹窿窈窕意即长曲深远，再至矣，再不能去！已由云窝左转，入伏羲洞，洞颇阴森。左出大隐屏之阳，即紫阳书院，谒拜见先生庙像。顺流鼓棹，两岩苍翠纷飞，翻⑨恨舟行之速。已过天柱峰、更衣台，泊舟四曲之南涯。自御茶园登岸，欲绕出金鸡岩之上，迷荆丛棘，不得路。乃从岩后大道东行，冀有旁路可登大藏、小藏诸峰，复不得。透出溪旁，已在玉女峰下。欲从此寻一线天，傍徨无可问，而舟泊金鸡洞下，迥不相闻。乃沿溪觅路，迤逦大藏、小藏之麓。一带峭壁高骞，砂碛崩壅，土人多植茶其上。从茗柯中行，下瞰深溪，上仰危崖，所谓"仙学堂""藏仙窟"，俱不暇辨。已至架壑舟，仰见虚舟宛然，较前溪中所见更悉更清楚细致。大藏之西，其路渐穷。向荆棘中扪壁面上，还瞰大藏西岩，亦架一舟，但两崖对峙，不能至其地也。忽一舟自二曲逆流而至，急下山招之。其人以舟来受，亦游客初至者，约余返更衣台，同览一线天、虎啸岩诸胜。过余泊舟处，并棹顺流而下，欲上幔亭，问大王峰。抵一曲之水光石，约舟待溪口，余复登涯，少入，至止止庵。望庵后有路可上，遂趋之，得一岩，僧诵经其中，乃禅岩也。登峰之路，尚在止止庵西。仍下庵前西转，登山二里许，抵峰下，从乱箐⑨中寻登仙石。石旁峰突起，作仰企状，鹤模石在峰壁罅间，霜毹朱顶，裂纹如绘。旁路穷，有梯悬绝壁间，蹑而上，摇摇欲堕。梯穷得一岩，则张仙遗蜕尸体也。岩在峰半，觅徐仙岩，皆石壁不可通；下梯寻别道，又不可得；蹑石则峭壁无阶，投莽则深密莫辨。佣夫在前，得断磴，大呼得路。余裂衣不顾，趋就之，复不能前。日已西薄，遂以手悬棘，乱坠而下，得道已在万年宫右。趋入宫，宫甚森敞。羽士迎言："大王峰顶久不能到，惟张岩梯在。峰顶六梯及徐岩梯俱已朽坏。徐仙蜕已移入会真庙矣。"出宫右转，过会真庙。庙前大枫扶疏繁茂，荫数亩，围数十抱。别羽士，归舟。

二十三日登陆,觅换骨岩、水帘洞诸胜。命移舟十里,候于赤石街,余乃入会真观,谒武彝君及徐仙遗蜕。出庙,循幔亭东麓北行二里,见幔亭峰后三峰骈立,异而问之,三姑峰也。换骨岩即在其旁,望之趋。登山里许,飞流泔然下泻。俯瞰其下,亦有危壁,泉从壁半突出,疏竹掩映,殊有佳致。然业已上登,不及返顾,遂从三姑又上半里,抵换骨岩,岩即幔亭峰后崖也。岩前有庵。从岩后悬梯两层,更登一岩。岩不甚深,而环绕山巅如叠嶂。土人新以木板循岩为室,曲直高下,随岩宛转。循岩隙攀跻而上,几至幔亭之顶,以路塞而止。返至三姑峰麓,绕出其后,复从旧路下,至前所瞰突泉处。从此越岭,即水帘洞路;从此而下,即突泉壁也。余前从上瞰,未尽其妙,至是复造其下。仰望突泉又在半壁之上,旁引水为碓,有梯架之,凿壁为沟以引泉。仰望突泉又在半壁之上,旁引水为碓,有梯架之,凿壁为沟以引泉。余循梯攀壁,至突泉下。其坳仅二丈,上下俱危壁,泉从上壁堕坳中,复从坳中溢而下堕。坳之上下四旁,无处非水,而中有一石突起可坐。坐久之,下壁循竹间路,越岭三重,从山腰约行七里,乃下坞。穿石门而上,半里,即水帘洞。危崖千仞,上突下嵌,泉从岩顶堕下。岩既雄扩,泉亦高散,千条万缕,悬空倾泻,亦大观也!其岩高矗上突,故岩下构室数重,而飞泉犹落槛外。先在途闻睹阁寨颇奇,道流指余仍旧路,越山可至。余出石门,爱坞溪之胜,误走赤石街道。途人指从此度小桥而南,亦可往。从之,登山入一隘,两山夹之,内有岩有室,题额乃"杜辖岩",土人讹误传为睹阁耳。再入,又得一岩,有曲槛悬楼,望赤石街甚近。遂从旧道,三里,渡一溪,又一里,则赤石街大溪也。下舟,挂帆二十里,返崇安。

作 者 简 介

徐霞客(1586—1641),名弘祖,字振之,号霞客,江苏江阴人,明地理学家、旅行家和文学家。受耕读世家的文化熏陶,徐霞客幼年好学,博览群书,尤钟情于地经图志,少年即立下了"大丈夫当朝碧海而暮苍梧"的旅行大志。他经30年考察撰成的60万字《徐霞客游记》,开辟了地理学上系统观察自然、描述自然的新方向;既是系统考察祖国地貌地质的地理名著,又是描绘华夏风景资源的旅游巨篇,还是文字优美的文学佳作,在国内外具有深远的影响。近年,视徐霞客为游圣,步徐霞客足迹,游览祖国大好河山已成为中国旅游界的崭新时尚。

注 释

①二月二十一日:指1616年的农历二月二十一日。
②咤而瞩目:感到吃惊而注目凝望。
③殆(dài):几乎。
④埘榤(shí jié):鸡巢中鸡栖的小木桩。
⑤骈(pián):并列。
⑥夐(xiòng):远隔。
⑦憩(qì):休息。

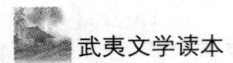

⑧翻:通"反"。
⑨箐(qìng):树木。

作品简评

徐霞客 30 岁时游历武夷山。武夷山为福建第一名山,主峰海拔 2000 余米。典型的丹霞地貌,九曲溪沿岸,奇峰峭壁,秀美绝伦。其架壑船棺已有近 4000 年历史,蔚为奇观。武夷宫为唐代所建,至今千年。霞客三日之游,一览无遗。文中提到的人文历史、自然风光,至今犹存。泱泱历史,物是人非,多少令人唏嘘感慨。

思考题

1. 模仿本文写一篇《武夷山游记》。
2. 课外阅读《徐霞客游记》,说说你的阅读感受。

三、明代武夷山佛教、道教文学

明代武夷山佛、道文学创作者多为在此修炼或云游至此的道士或僧人,名气虽不大,作品却颇有寄情山水、超然物外之意。

(一)佛教文学

虎啸岩

◎(明)释超全

溪南行数里,山谷转幽深。
有时得平旷,仄径亦屡寻。
过桥近虎啸,绝壁俯青岚。
层洞列庐舍,从无风雨侵。
野衲容憩足,游人生隐心。
洞前得旧址,荆棘遍墙阴。
陵谷多迁徙,龙象久销沉。
乱离叹自息,升平幸至今。
焉得重剪辟,仍开只树林。
闲坐白云里,时闻钟磬音。

作者简介

释超全是功臣之后,曾随郑成功抗清,明亡后,弃家行遁,后入武夷山天心永乐禅寺为僧。

作品简评

诗中感慨自己在乱世中尚能幸存,如今身居古庙,不用参禅打坐,不离白云深幽,过着一种与世无争的自由生活。

思考题

诗中所表现的生活态度在当今社会有意义吗?

流香涧

◎(明末清初)释衍操

沿村行数里,入谷便闻兰①。
坠叶浮深涧,飞花逐急湍②。
岚光侵杖湿,苔色袭衣寒③。
欲试清泉味,烹茶坐石盘④。

作者简介

释衍操,明末清初福建武夷山梧桐巢僧,生卒年不详,于1650年前后在世,字松山,俗姓刘,漳浦(今属福建省)人。先世仕学相承,明亡出家为僧。出家后,足迹游遍四方,参学问道,名声日重。晚年归武夷山之北,隐梧桐巢以终。擅长诗文,尤长五言,诗风清俊潇洒,意味悠长。著有《语录》八卷,《诗集》十余卷。

注释

①兰:指兰花的馨香之味。
②坠叶:树上落叶。急湍(tuān):急速的水流。
③"岚光"句:谓山头的雾气把手杖沾湿。"苔色"句:谓青翠而带露的苔藓寒气袭人。
④烹茶:煎茶,煮茶。

作品简评

这是一首五言律诗。流香涧在福建武夷山,位于天心岩北麓。山北诸涧,皆自西而东,独流香涧反道西行,故称倒水坑。涧边岩壁夹峙,悬崖峭拔,非亭午不见日月。涧边多生山兰石蒲,幽香沁人。明代诗人游此,大为赞赏,始为之易名曰"流香涧"。操公游览流香涧,亦与前代诗人有同感,为流香涧清绝美景所振奋,便写下这首细腻生动的好诗。

思考题

你走过武夷山流香涧漫游道吗？结合此诗说说漫游此道的感受。

（二）道教文学

止止庵

◎（明）江一源（羽士①）

庵名止止谁知止，我亦庵中悟止人。
啼鸟落花春意足，满天凉露月华新。

作者简介

作者已无可考。

注释

①羽士：道士。

作品简评

这首诗从止止庵名称的含义写起，嘲弄世人贪得无厌，当止不知止。唯有修道悟道之人才真正大彻大悟，外在所有声、色、货、利皆是虚无不可长久的，唯有投身于大自然的怀抱，感受春天的啼鸟、落花和满天的凉露、月华，才能真正获得精神的自足和心灵的宁静。

思考题

说说这首诗中蕴含的道家思想，以及道家思想对今天有怎样的意义和价值？

投龙洞

◎（明）楚和叔（羽士）

夕照穿林破暝烟，客随归鹤下芝田。
投龙洞畔琴三弄，错落梅花曲涧边。

作者简介

作者已无可考。

注释

武夷山投龙洞建于宋代,位于大王峰顶,实为峰顶约1米宽的石罅,深不可测。宋时,朝廷确定武夷山为全国10个投送金龙玉简洞天之一,遣使在此投送金龙玉简,祈求武夷山神灵护国济民,自北宋乾兴至熙宁末(1022—1031年)的50多年中,共遣使投送金龙玉简20余次。这为研究武夷山道教文化兴衰史提供了资料。

作品简评

这首诗首句写武夷山投龙洞在夕阳中的景色,次句写道士羽化登仙的想象。后两句写修行之人于洞畔弄琴,琴声清雅,诗人产生丰富的联想,将其喻为朵朵梅花洒落曲涧。此诗确有潇洒出尘之风神。

思考题

1. 实地考察大王峰投龙洞,结合此诗谈谈观感。
2. 阅读以下这首楚和叔的六言诗《武夷杂咏》,比较六言诗与五、七言诗的区别:

   五丁凿开石室,六甲呵护山扉。
   斋罢鸟随香散,梦回鹤带云归。
   石窦云铺鸟道,山梁寒跨龙湫。
   三馆藏书枕藉,五岳披图卧游。
   海上凤麟洲渚,云中鸡犬人家。
   元圃丛生辟芷,香泉流出胡麻。
   俯察地舆颇异,仰参天宇原同。
   新月如钩悬象,祥烟作篆书空。

寄武夷张、郭二山人

◎(明)蓝 仁

天壶峰顶日月转,星渚桥畔云烟垂。
青溪道士骑黄鹤,白发老翁歌紫芝。
浊酒欲谋他日醉,丹砂须作后天期。
尘埃满眼不归去,洞里桃花空梦思。

作品简评

这首诗所写的是武夷山天壶峰、星渚桥、青溪和桃源洞等处的典型景象,叙述了张、郭二人仙道似的飘逸,以平和、淡雅和毫无雕琢痕迹的笔调,抒发诗人悠闲自得的情感、豁达开朗的胸襟,无一丝幽怨、呻吟的气息。蓝仁的诗歌格调清新,个性独树一帜,开

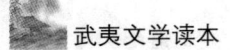

"闽中十才子"之先声。

思考题

蓝仁有数十首题咏武夷山的诗歌,你能找出来吗?

第三节

清代武夷文学

一、清代武夷文人创作

清代大武夷籍作家除了崇安董天工、顺昌饶元和冯柱雄、光泽高澍然等少数代表外,大量作品出自非武夷籍作家,如钱澄之、朱彝尊、施闰章、李光地、袁枚、查慎行、石涛、魏源等人之手。这些作家大多为中国文学史上数得着的人物,其作品在整个武夷文学中不仅数量多,质量甚或在明诗之上。

同游武夷山

◎(清)钱澄之

万年宫外筏初齐,缓棹言穷九曲溪。
云散晓风娇玉女,日窥仙洞伏金鸡。
荒亭幔撤稀闻宴,绝壁虹桥尚可梯。
赖是仙人亲指点,花源深处不愁迷。

作者简介

钱澄之(1612—1693),清初文学家,初名秉镫,字幼光,后改号田间,桐城(今属安徽)人。南明桂王称帝时,官至知制诰。桂林被清军攻占后,一度削发为僧。他通经学,诗风平淡,也能文。王夫之推崇他"诗体整健"。著有《田间集》《田间诗集》《田间文集》《藏山阁集》等。

作品简评

武夷山崖居文化由来已久,看似越不能攀爬之处,实则经常有云梯可上。"日窥仙洞伏金鸡",诗人笔下的崖居总是具有不少的浪漫色彩和想象成分。"却羡深山人,不识深山静",古代文人们一方面向往着能进入仕途,成就一番事业;另一方面却也艳羡着陶渊明式的生活,寻求内心的宁静。这种矛盾的心态在诗文中时常可见。钱澄之的这首《同游武夷山》充满了想象的色彩,所见所闻经过作者的加工充满了神秘感。

思 考 题

1. 这首诗在艺术上有何特点?对我们的写作有何启示?
2. 如何评价古代表现隐逸生活的山水田园诗?其对人们的心灵有怎样的作用?

天游一览亭

◎(清)潘 耒

苍山峻出势巑岏①,一上危亭眼界宽。
坐处不知身万仞,到来唯觉路千盘。
飞泉响落晴疑雨,古木阴浓夏亦寒。
善画也应难着笔,奇峰尽日倚檐看。

作 者 简 介

潘耒(1646—1708),清代学者,字次耕,又字稼堂,吴江(今江苏苏州市)人。康熙己未(1679年),以布衣举博学鸿词(清朝专门用来考拔博学能文的知识分子的考试科目),授检讨(史官,掌修国史),参与纂修《明史》。他是顾炎武的高足,博涉经史及历算声韵之学。散文大多为论学之作,也能诗。

注 释

① 巑岏(wán):高峻。

作 品 简 评

天游峰本已巍峨高耸,而一览亭更在峰峦之巅,登临此亭,武夷美景尽收眼底,令人心旷神怡。潘耒笔下的天游一览亭便真实地再现了这一壮观的景象:天游峰苍翠挺拔,山势高峻,登临一览亭,眼界开阔,气象万千,坐在亭中,不知身处万仞之高,登上峰巅只觉山路曲折盘旋;飞泉直泻,响声隆隆,飞沫四溅,疑为晴空雨蒙蒙;古木参天,翠荫浓郁,只觉夏日寒森森。这般景色,这般感受,即使丹青妙手也难落笔。人们只能倚着栏杆,去细细体验这美妙的境界。这首诗写得很有特色,诗人在放笔勾勒天游峰一览亭高峻壮美的同时,亦不忘以工笔去描绘那亦晴亦雨、亦阴亦阳的灵秀之景,给人创造出一种刚柔相济的艺术境界。另外,诗人以感叹起笔,又以感叹煞笔,前后呼应,一气呵成。难怪史籍称潘耒"性好山水,历游名胜,其登临怀古诸作,名流多为折服"。从这首诗我们可以看到,诗人匠心独具,手笔不凡,的确令人折服。

思考题

1. 写一首登临天游峰的诗或一篇散文。
2. 历代文人墨客还有哪些歌咏天游峰的诗篇？请找出来。

仙掌峰瀑布①

◎（清）查慎行

接笋仙掌峰②，入望初联绵。
两崖欻豁，一布垂蜿蜒③。
不从仙人指④间出，却穿右肋下。赴六曲，为奔川。
行人衣沾芒履⑤滑，拄杖直上孤云巅。
崎岖丘前石径转，胡麻小涧⑥当桥边。
其源初自稻田发，三里五里断复连。
浅处生菖蒲，深处得种菱与莲。
千年老蟾蜍⑦，爬沙亦顽仙。
无端化为石，仰天吐水一窍清且涟。
始知山前雷轰电激千丈瀑布水，即是山背涓涓泉。
匏尊⑧便向道人借，我懒欲住清凉天。

作者简介

查慎行（1650—1727），清代诗人，字悔余，号初白，海宁（今浙江海宁市）人。康熙癸未年（1703年）赐进士出身，官为编修（史官）。他是清代有影响力的诗人，善用白描手法写诗。著有《他山诗钞》。

注释

①仙掌峰瀑布：又称雪花泉。水自五曲天游峰顶飞下，经仙掌峰左侧下注九曲溪。
②接笋、仙掌峰：二峰远望若相连，近看才知道被雪花泉下的溪涧隔开。
③一布垂蜿蜒：形容瀑布曲折下垂的样子。
④仙人指：仙掌峰壁上有多道深深的斑痕，民间传说是仙人的手指印。
⑤芒履：草鞋。
⑥胡麻小涧：雪花泉上游即胡麻涧。
⑦老蟾蜍：天游峰左侧有蟾蜍石（俗称蛤蟆石），趴伏在沙冈上。雪花泉即从其顶端漫出。
⑧匏尊：盛酒的葫芦。

作品简评

此诗纯用白描手法叙写雪花泉胜景,在夭矫变化中又一气贯注,不使读者产生冷涩或粗豪之感。查慎行诗的风格接近陆游,在清代前期的诗人中不愧为"奇创之才"(王士禛语)。

思考题

写一首观赏武夷山瀑布的诗或散文。

武夷有巫峡、桂林之奇

◎(清)魏　源

武夷亦仙霞岭旁出之水口也。关锁万山之水,而舟出其间。峰壁曲折,争奇竞秀。虽不过数里,然有巫、桂之奇,而无其泷险;有潇、湘之清幽,而加以丽峭。引胜怡情,故宜为栖遁所。醉心矣!

作者简介

魏源(1794—1857),清思想家、史学家、文学家,字默深,湖南邵阳人。道光二十四年(1844年)进士,官至高邮知州。注重"经世致用"之学,与龚自珍齐名。他在认识论上有明显的唯物主义倾向,在感性经验和理性认识的关系上又陷入唯心主义。有《古微堂集》《古微堂诗集》《元史新编》等多种著述。

作品简评

这篇短文将武夷山水与著名的巫山、桂林山水和潇湘美景相比较,突出了武夷山水奇丽、清幽的特征,笔调极简练传神,热爱自然山水之情溢于言表。

思考题

请找出巫山、桂林山水和潇湘美景的图片,说说各处风景名胜的特点,并查资料了解其背后所蕴含的文化传统。

武夷山下

◎(清)林昌彝

武夷山下落春花,岩壑幽香坐饮茶。
不唱人间哀乐曲,骑麟飞上玉皇家。

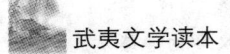

作者简介

林昌彝(1803—1876),清末学者,字薏常,别号茶叟等,福州人。诗论见解独到,他的《射鹰楼诗话》在中国近代诗话史上占有重要地位。他的诗在艺术上风骨沉雄,情韵凄婉,天姿学问两具备,颇具特色。他与林则徐、魏源、何绍基等人过往甚密,作品中有强烈的爱国激情,成为鸦片战争时期中国现实社会的一面镜子。著有《衣讔山房诗集》《小石渠文集》等。林昌彝在清咸丰年间曾任武夷五曲书院山长。

作品简评

作者在这首诗中记述了他的老师陈恭甫的饮茶故事。陈恭甫素来不饮茶,到临终前两个月突然饮起茶来,并且在他的绝笔诗中(第二首)写了茶事,这也算是一桩奇闻。林昌彝说:"先生为武夷五曲山神,素不饮茶,及病笃(病重)惟饮茶,两月而逝。"诗人通过饮茶这一雅好,以轻松的略带调侃的语气,化解了人世间生离死别的悲哀与无奈,表现出一种豁达、透脱的人生态度。

游武夷山记

◎(清)袁 枚

凡人陆行则劳,水行则逸。然游山者,往往多陆而少水。惟武夷两山夹溪,一小舟横曳而上,溪河湍激,助作声响。客或坐或卧,或偃仰,惟意所适,而奇景尽获,洵游山者之最也。

余宿武夷宫①,下曼亭峰②,登舟,语引路者曰:"此山有九曲名③,倘过一曲,汝必告。"于是一曲而至玉女峰④,三峰比肩,睾如也⑤。二曲而至铁城嶂⑥,长屏遮迣,翰音难登⑦。三曲而至虹桥岩⑧,穴中度柱栱百千,横斜参差,不腐朽亦不倾落。四、五曲而至文公书院⑨。六曲而至晒布崖⑩,崖状斩绝,如用倚天剑截石为城,壁立戍削⑪,势逸不可止。窃笑人逞势,天必夭阏之,惟山则纵其横行直刺,凌逼莽苍⑫,而天不怒,何耶?七曲而至天游⑬,山愈高,径愈仄,竹树愈密。一楼凭空起,众山在下,如张周官《王会图》⑭,八荒蹲伏⑮;又如禹铸九鼎⑯,罔象、夔魖⑰,轩豁呈形⑱。是夕月大明,三更风起,万怪?蹲,如欲上楼。揭炼师能诗⑲与谈,烛跋⑳,旋即就眠。一夜魂营营然㉑,犹与烟云往来。次早至小桃源、伏虎岩㉒,是武夷之八曲也。闻九曲无甚奇胜,遂即自崖而返㉓。

嘻!余学古文者也,以文论山:武夷无直笔,故曲;无平笔,故峭;无复笔,故新;无散笔,故道紧㉔。不必引灵仙荒渺之事。为山称说,而即其超隽之概,自在两戒外别竖一帜㉕。余自念老且衰,势不能他有所住,得到此山,请叹观止㉖。而目论者犹道余康强㉗,劝作崆峒、峨眉想㉘。则不知王公贵人,不过累拳石,浚盈亩池,尚不得朝夕游玩;而余以一匹夫,发种种矣㉙,游遍东南山川,尚何不足于怀哉?援笔记之,自幸其游,亦以自止其游也。

作者简介

袁枚(1716—1797),清代诗人、散文家,字子才,号简斋,晚年自号仓山居士、随园主人、随园老人,钱塘(今浙江杭州)人。乾隆四年(1739年)进士,选庶吉士;曾外放江南地区任县令,先后于江苏历任溧水、江宁、江浦、沭阳任县令七年,为官勤政颇有名声,奈仕途不顺,无意吏禄;于乾隆十四年(1749年)辞官隐居于南京小仓山随园,40岁即告归。在江宁小仓山下筑随园,吟咏其中。广收诗弟子,女弟子尤众。袁枚是乾嘉时期代表诗人之一,与赵翼、蒋士铨合称"乾隆三大家";与赵翼、张问陶合称"性灵派三大家"。代表作品有《小仓山房诗文集》《随园诗话》《随园随笔》等。

注释

①武夷宫:冲佑万年宫,在大王峰南麓。始建于唐天宝年间,名天宝殿。后改会仙观,清名冲佑万年宫。

②曼亭峰:幔亭峰,一名铁佛嶂。其形如幄,顶平旷。相传有神人降此峰,自称武夷君,设宴请众乡人。

③九曲:武夷溪水曲折,中有九个较大的弯道,故称九曲。三十六峰即在九曲之内,自宋以来有"溪曲三三水,山环六六峰"之语。

④玉女峰:山形孤峙独秀,如美女伫立,故名。周围有妆镜台、浴香潭等景,与兜鍪峰并立于二曲之溪南。

⑤睾(gāo)如:高的样子。

⑥铁城嶂:亦名挂榜岩。山石黝润,深苍如铁,壁立如板,故名。

⑦翰音:《礼记曲礼》:"凡祭宗庙之礼……羊曰柔毛,鸡曰翰音。"也指飞向高空的声音。《易中孚》有"翰音登于天"之句。此处或可释为飞禽难越,或可因山如屏障,高飞的声音也超越不过。

⑧虹桥岩:在三曲,山悬崖洞中架有桥板,历千年而不朽。

⑨文公书院:初名隐屏精舍、武夷精舍,在五曲,为朱熹讲学处。宋末扩建为紫阳书院,有仁智堂、隐求室、晚对亭等,今多圮废。

⑩晒布崖:在六曲。崖上平坦,如剑削然,垂直竖立。

⑪戍削:陡峭。

⑫莽苍:指天空。

⑬天游:天游峰,在仙掌岩边。以其高耸入云,人行其上如游天上,故名。峰顶有一览亭,又有天游观、胡麻洞、妙高台等胜,称武夷第一胜地。

⑭周官《王会图》:周公以王城建成,大会诸侯,创朝仪贡礼,史官因作《王会篇》,以纪之,见《逸周书》。后人绘诸侯百官朝拜盛况为《王会图》。

⑮八荒:八方蛮荒之地。

⑯禹铸九鼎:传禹收九州之金,铸九鼎以象百物。《左传》宣公三年:"昔夏之方有德也,远方图物,贡金九牧,铸鼎象物,百物而为之备。"

⑰罔象:传说中的水怪。夔(kuí):传说中山林中的精怪。魖:山林之怪,《抱朴子·登涉》云形如小儿,独足向后。

⑱轩豁:形象鲜明。

⑲揭炼师:好揭的道士。炼师是对道士的尊称。

⑳烛跋:蜡烛点完燃尽。

㉑营营:往来盘旋貌。

㉒小桃源:在三仰峰下。宋天圣年间,石崖坍叠,相倚成门,过石门则有田园庐舍,类陶渊明笔下的桃花源,故名。伏虎岩:在八曲,状如罗汉伏虎。

㉓自崖而返:语出《庄子·山木》,"君其涉于江而浮于海望之而不见其崖,愈往而不知其所穷,送君者皆自崖而反"。后常用作送别之辞。这里借用字面意思,意为到此而回头。

㉔遒紧:结构紧凑,语言精练。

㉕两戒:《新唐书天文志》:"一行以为天下山河之象,存乎两戒。"南戒相当于四川、陕南、河南、湖北、湖南、江西、福建一带,北戒相当于青海、陕北、山西、河北、辽宁一带。"在两戒外",指与天下名山气势不同。

㉖观止:言所见臻于完美,无以复加。

㉗目论:从表面上揣度。

㉘崆峒:在甘肃平凉市西,为西北名山。峨眉:在四川峨眉山市西南,山势雄伟,多石龛洞穴,有云海伟光之胜景。

㉙种种:头发短少的样子。喻年老。

作 品 简 评

该游记作于1786年(乾隆五十一年)。武夷山在福建省崇安县西南,以溪泉山林闻名天下。十里之中、九曲之内,丹山绿水,诡异奇现,有大王峰、幔亭峰、天游峰等名胜。南朝顾野王记山云:"千岩竞秀,万壑争流,美哉河山,真人世之希觏。"对武夷九曲,前人记之已多,后人再记,很容易重复;但游武夷又必记九曲,这使游记措笔增加了难度。袁枚这篇游记采取了虚实结合的写法。先以数语从山的形势与游者的乐趣上概括武夷的迷人之处,然后对九曲一一点染,以溪水的曲折、山的峭拔为中心,进而以自己在文学创作中的感受来论山的奇特,畅言人生哲理。既把景色呈现在读者面前,又激起人们深层次的思考。

思 考 题

1. 与前文徐霞客《武夷山日记》比较,写法有何不同?
2. 试创作一篇山水游记散文。

二、清代武夷山佛教文学

清代武夷山出现了一批诗僧,他们在此修行多年,对武夷山怀着深厚的感情,在诗中描绘武夷美景时,带有常人难以体验到的独特感受。

语儿泉

◎(清)泉声和尚

夜半听泉鸣,如与小儿语。
语儿儿不知,滴滴皆成雨。

作品简评

泉声和尚,号超煌禅师,康熙年间来到武夷山,驻锡在虎啸岩的天成禅院。因听院后的语儿泉流水与石块相击之声,与诗人沈宗敬合作《语儿泉》诗。轻快清脆的泉水流淌声,好像婴幼儿在牙牙学语,诗歌描写形象生动,似乎小儿的学语声就在耳旁。

介石庵

◎(清)僧真潇

卜筑东岩最上巅,一丘一壑自悠然。
屋因盘石栖踪迹,榻倚长松度岁年。

作品简评

介石庵是真潇僧人傍武夷山东华岩所筑。此处清幽僻静,松林庇荫,软榻倚松树。僧人极为喜爱这里的美景,便在此结庐,悠然悟道。

无 题

◎(清)僧真潇

遁世方知闲里趣,耽诗不碍静中禅。
从今谢却尘嚣事,占得名山任啸眠。

作品简评

隐逸情趣,不仅是诗僧真潇的个人追求,同时也是当时众多武夷山诗僧的人生取向。

复占庵

◎(清)释净清

野老消闲春昼永,寻常笑语杂松声。

登楼击磬亦何事,飘出林端古韵清。

作品简评

这首诗表现了僧人闲适、清静无为的生活情趣,心灵只有在虚静的状态下,才能真正体会到快乐。弘一大师曾诗曰:"春有百花秋有月,夏有凉风冬有雪。若无闲事挂心头,便是人间好时节。"今人独不懂得这一人生真谛,汲汲于名利,失去了心灵的平静,也失去了很多快乐。只有懂得人生的"清寄",抛开俗世的"浊寄",才能懂得如何享受人生。

思考题

1. 诗僧的人生态度对今人有何启发?
2. 做一番调查,看看此时的武夷山还有哪些佛教文学?有没有道教文学?

第五章
武夷岩韵文学

第一节

武夷摩崖石刻

武夷山是世界著名的自然和文化双遗产地。武夷山风景区有一个最显著的特点，就是历代遗留下来的大量摩崖石刻随处可见，据说，竟有500余处之多。这是其他自然风景区所没有的。为什么会有如此多的石刻？因为这里以其优美的自然风景，吸引了历代的文人学者从事文化活动与学术创作。因此，这些摩崖石刻不仅点缀了武夷山美丽如画的风景，而且蕴含着中国传统文化的极其丰富多彩而又深邃博大的思想内容，它赋予武夷山以独特的精神风貌、人文价值。

大自然赐予了武夷山独特和优越的自然环境，吸引了历代高人雅士、文臣武将在山中或游览，或隐居，或著述，或授徒，前赴后继，你来我往。自然山水陶冶了人们的性情，启迪了人们的智慧；人类的活动传播发展了武夷山，为自然山水增辉添彩。先民的智慧、文士的驻足在九曲溪两岸留下众多的文化遗存：有高悬崖壁数千年不朽的架壑船棺18处；有朱熹、游酢、熊禾、蔡元定等鸿儒大雅的书院遗址35处；有堪称中国古书法艺术宝库的历代摩崖石刻450多方，其中有古代官府和乡民保护武夷山水和动植物的禁令13方；有僧道的宫观寺庙及遗址60余处。这些遗存星罗棋布，如璀璨的宝石，镶嵌于武夷山的溪畔山涧、峰麓山巅、岩穴崖壁，将古人的智慧、先哲的思想、人民的劳动融于自然山水之间，为武夷山增添了浓郁的文化气息，达到天人合一的境界，给人以浑然天成的和谐美感。这在我国的诸多自然景观中是极为罕见的。

武夷山摩崖石刻作为武夷山文化遗产的重要组成部分，逶秀于千崖万壑之间，凿刻于溪礁洲石之上，是武夷山古文化和古书法艺术的宝库。据旧志记载，最早在山中题刻留名的是东晋的郭璞，从此留下题谶石的景名，距今已有1700多年的历史。此后，代代相继，题刻不辍，至今尚可辨析的有近

400幅(不含坊刻、碑刻),主要分布于九曲溪沿岸及云窝、天游峰、大王峰、一线天、水帘洞、桃源洞等景点。历经宋、元、明、清、民国不断,文体诗、词、歌、赋、游记都有,书法篆、隶、楷、行、草俱全。有的言简意赅,直抒胸怀;有的寓意深奥,给人启迪。有数里可见的擘窠巨刻,有字小如拇的精雕细描;有洋洋千言的长篇纪文,有画龙点睛的一字之题。它们汇成内容丰富的文化走廊,为名山增添无限光彩。

一、朱熹与摩崖石刻

(一)哲理题刻

书院遗址武夷精舍,有朱熹等理学家富有哲理的题刻:"逝者如斯""修身为本""智动仁静"等。

武夷山表达朱熹理学思想的题刻有"逝者如斯""天心明月""忠孝",及已佚的"沧浪歌"等。"逝者如斯"四字镌于六曲响声岩,竖书2行,幅面(高×宽,下同)130 cm×120 cm,每字规格50 cm×45 cm,距地高度(指字幅上沿至岩前站立地面,下同)350 cm。题刻四字出典于《论语》:"子在川上曰:逝者如斯夫。"从题刻可以联想到朱熹对国家多难和身世坎坷的悲愤以及对理学真谛的执着探究和追求。同时告诫世人光阴就像眼前的流水,奔流向前,永不停留,因而要珍惜时光,奋发拼搏,不要虚度年华。"天心明月"刻于二曲溪南的楼阁岩,竖书1行,幅面230 cm×50 cm,每字规格50 cm×42 cm,距地高度540 cm。朱熹以这四字启示人们理解"理一分殊"的哲理。正如他对"理一分殊"的通俗解释:一方面是一理摄万理,犹如天上一月散而为江河湖海之万月;一方面是万理归于一理,犹散在江河湖海之万月,其本乃是天上之一月。"忠孝"两字镌于二曲溪南的勒马岩、二曲棹歌东侧,横书,幅面60 cm×100 cm,每字规格50 cm×40 cm,距地高度180 cm。朱熹一贯认为这两字极其重要,曾连书"忠孝廉节"四字于岳麓书院和白鹿洞书院,又书"忠孝持家远,诗书处世长",可见朱熹对这两字的重视程度。将这两字摩崖刻石,当然是希望这一思想能代代相承、发扬光大。

(二)纪游题刻

朱熹偕友游览武夷名胜的纪游题刻现仅存两方,都在六曲响声岩。一方刻于淳熙二年(1175年),全文为:"何叔京、朱仲晦、连嵩卿、蔡季通、徐文臣、吕伯共、潘叔昌、范伯崇、张元善,淳熙乙未五月廿一日。"竖书18行,每行仅2字,幅面57 cm×410 cm,每字规格19 cm×19 cm,距地高度190 cm。这幅石刻与中国哲学史上的一场著名辩论紧密相连。南宋淳熙二年(1175年),朱熹率学友、弟子等人,偕同浙东派学者吕祖谦师徒前往与崇安毗邻的江西铅山县鹅湖寺,同江西派学者陆九龄、陆九渊兄弟进行学术论辩,这就是哲学史上有名的客观唯心主义学派(以朱熹为代表)同主观唯心主义学派(以陆氏兄弟为代表)的一场大辩论,史称"鹅湖论辩"。行前,朱熹、吕祖谦等偕同学友、门生等游览武夷山,并勒石纪胜。刻石文字中的何叔京名何镐,大武夷籍邵武学者,是朱子的弟子与学友；朱仲晦即朱熹；连嵩卿名连崧，邵武学者，朱熹弟子；蔡季通名蔡元定，朱熹第一门徒，建阳理学家；徐文臣，旧志载为"徐宋臣"，但实地核对，应是"文臣"；吕伯共（恭）即吕祖谦；潘叔昌名潘景愈，浙江学者；范伯崇名范念德，建阳学者，朱熹弟子；张元善即詹体仁，一度随舅姓张，崇安学者，朱熹弟子。短短36字，不仅记录了这场大辩论的时间，更记录了参加论辩的主要人物，意义非常。另一幅纪游题刻镌于淳熙五年（1178年），距前次仅3年，题刻全文为："淳熙戊戌八月乙未，刘彦集、岳卿、纯叟、廖子晦、朱仲晦来。"竖书6行，幅面170 cm×210 cm，每字规格38 cm×30 cm，距地高度1200 cm。题刻记录了朱熹与理学挚友、弟子频繁交往、切磋磨砺的情况。其中刘岳卿名刘甫，崇安人，抗金将领刘衡之子，遵父嘱终身不仕，隐于武夷山水帘洞，朱熹与蔡元定等常到水帘洞与其共探理学奥义，逝世后，人们在水帘洞建三贤祠，祀刘子翚、刘甫、朱熹三贤；廖子晦名德明，大武夷籍顺昌人，朱熹弟子；刘纯叟名尧夫，抚州金溪人，朱熹弟子。

（三）景名题刻

朱熹在武夷山的题景刻石不多，现存的仅"小九曲""茶灶"两处。据清《武夷山志》、民国《福建通志》载，在溪南灵岩（一线天）还有"灵岩"两字，但或已风化，或被苔藓覆盖，尚未发现。"小九曲"三字刻于四曲溪北的金谷岩，横书1行，幅面70 cm×160 cm，每字规格37 cm×33 cm，距地高度490 cm。金谷岩前有洲石耸立溪中，峥嵘突兀，昂首斜向，岩面平滑如削，形状特异。试剑石西，巨石罗列差互，清湍洄伏其中，曲流通幽，颇具溪山胜概，人称小九曲。"茶灶"刻于五曲溪中茶灶石上，横书，幅面60 cm×100 cm，每字规格50 cm×35 cm，距地高度120 cm。茶灶为朱熹武夷精舍12景之一，位于武夷精舍西侧溪流中，为一块天然洲石，上有数处砾石脱落岩穴，可燃炭煮茗。朱熹经常偕友到石上煮茗论道，并有《茶灶》诗一首："仙翁遗石灶，宛在水中央。饮罢方舟去，茶烟袅细香。"

景点纪名的石刻中最著名的是朱熹的《九曲棹歌》。据民国《福建通志》载，《九曲棹歌》10首全部镌刻于九曲溪各曲岩壁，但对镌刻时间尚难确定："云'淳熙甲辰仲春精舍闲居戏作《武夷棹歌》10首，呈诸同游相与一笑'。今拓本无年月，不知何时上石，无可考矣。"但估计也是朱熹闲居武夷精舍时（1183—1190年）镌刻于石。10首棹歌，经800余年的风吹日晒，至今尚存一曲、二曲、四曲、五曲、六曲、八曲6方，分别刻于一曲水光石、二曲勒马岩、四曲题诗岩、五曲晚对峰、六曲响声岩、八曲上水狮岩。为了让游客乘筏游览时能完整欣赏朱熹这一千古绝唱，武夷山风景区管理部门于1997年又分别补镌了二曲、三曲、五曲、七曲、九曲棹歌（其中二曲、五曲棹歌因朱熹原刻离岸较远，在水上看不见，故也补刻于乘筏可见处）。《九曲棹歌》已成为武夷山九曲溪精品旅游线路的重要文化景观。

水帘洞掩映着题刻纵横的丹崖。其中有撷取朱熹七绝的名句"问渠那得清如许？为有源头活水来"的篆体字，有明代景点题刻"水帘洞"以及楹联石刻"古今晴檐终日雨，春秋花月一联珠"。

二、各景点摩崖石刻

"碧水丹山""大文明"。石刻坐落：一曲水光石岩壁。

"名山大川"。方宗善题。石刻坐落：一曲水光石岩壁。

"居安思危"。石刻坐落：大王峰崖壁。

"道南理窟"。清乾隆丙辰状元马易斋题。石刻坐落：五曲晚对峰壁。武夷山是闽学创立地，也是当年南方理学家聚居之处，素称理学发祥宝窟。"道理"二字从宋以后广为使用，有道之理、有理之道为世人遵循的准绳。此题说明作者对名儒得道于东南十分赞赏，并对武夷山的理学文化予以充分肯定。

"逝者如斯"。朱熹题。石刻坐落：六曲响声岩。据载，这是朱熹46岁时的题刻，是他思想最成熟、著述最丰富的时期。"逝者如斯"是朱熹借孔子之语表达看六曲激流时的心情以及时不我待的感慨。

"引人入胜""渐入佳境"。石刻坐落：武夷宫附近的石壁。贴切地描述九曲胜境将一幕幕展现。

"漱石枕流"。石川题。石刻坐落：北山慧苑坑下章堂洞。此题刻出自南宋刘义庆所撰的《世说新语·排调》篇。据说，晋代有个名叫孙子荆的，年轻时欲隐居山林，对友人王武子说时，把枕石漱流误成漱石枕流。王反诘，孙灵机一动，巧妙回答：枕流即为洗耳，漱石是要磨牙。后人常以漱石枕流喻归隐林泉之意。

"水帘晴雪""赤壁明珠"。石川题。石刻坐落：水帘洞崖壁。这两方题刻，动静结合，情景交融，生动逼真地勾画出水帘洞的景观。

"高耸绵亘数十丈，倚岩为屋，不施片瓦而雨露不沾。"自有一番垂帘情趣，文人骚客之词必良多感慨，后此地建三贤祠，更是文人瞻仰理学圣贤的必到之处。

"今古晴檐终日雨（左联），春秋花月一联珠（右联）。"胡文翰题。石刻坐落：山北水帘洞。

"大丈夫既靖岛夷，便当北平胡虏，黄冠布袍，再期游此。"奉敕镇守福浙等处总兵都督同知定远东牟戚继光应召北伐题。时隆庆丁卯冬既望，福建都司曹南奎书。石刻坐落：一曲水光石岩壁。此题属戚继光将军奉召北上，即将离开他镇守多年的福建前夕留下的手迹，表达了戚继光将军保家卫国的铮铮誓言和抗击强虏的必胜信念。同时，也寄托了对秀丽武夷山水的眷恋之情，期望在平倭大功告成之时再来武夷览胜。戚将军在冲佑观题壁诗中也写道："他年觅取封侯印，愿向君王换此山。"

"倒影溪中，澄波相映。"石刻坐落：一曲水光石溪北，这也是武夷山摩崖石刻最多的岩壁。

三、云窝摩崖石刻群

明代名臣陈省(1529—1612)，字孔震，初号约斋，更号幼溪，长乐县古槐人。明嘉靖三十八年(1559年)进士,授浙江金华府推官,平反冤狱,安抚饥民、矿盗,颇有政绩。陈省罢职后即卜居武夷山云窝。

　　在武夷山九曲溪畔,有一处"五曲幼溪津"的石刻。五曲是武夷山水精华所在,陈省就在五曲畔的隐屏峰下以云窝为庐13年。云窝北倚天游峰,南侍隐屏峰,隐屏峰削壁万仞,奇峻险拔。陈省多次登临此峰,叹其天地之造化实乃鬼斧神工,便取其名为"仙凡界"。这位本应统领千军万马的少司马,却解甲归隐云窝,到此独善其身。陈省在云窝隐居,对摩崖石刻情有独钟,在五曲、六曲岩崖间留下了以"云"为主题的石刻20多幅,是全国迄今为止以云为题材的最系列、最集中的摩崖石刻群。每方石刻的落款,都刻有"幼溪"。"幼"字最具特色,它的右偏旁"力"字均不写出头,是陈省有意刻成"刀"字。其寓意是陈少司马的身心早已归隐山溪,寄予他磨砺意志、蓄势待发的情感。

　　陈省得唐朝王维"行到水穷处,坐看云起时"的启悟,归隐云窝,自得其乐,深谙云窝之云的无穷奥妙,一年四季云影晴岚的变幻,让陈省悟心养志,感应云的洒脱。十三个春秋中,陈省每每看云窝之上云卷云舒,便触景生情,观赏云之景致,想象云之幻化,心灵或驰骋在云端,或服贴于岩崖。随风飘逸的云,时卷时舒,消遁诡秘,让人捉摸不透,且又与人间事象相似,陈省便虚拟情境,有了"云窝""云崖""云路""云关""云台""留云""栖云阁""嘘云""卧云""白云深处""云石堂"等云之系列石刻。

　　"百兽舞虞廷,胡为岩下伏。前面有投龙,风云好追逐。"陈省题。石刻坐落:云窝"伏虎"岩崖壁。万历十一年(1559年),陈省与继任宰相张居正政见不一而受排挤。皇上虽数赐,他仍然辞官荣归入闽。深感怀才不遇,卜筑武夷山中。适当处有一岩石状如蹲虎,便勒"伏虎"二字。即兴在崖壁勒诗一首,以抒内心感慨,企盼龙腾虎跃之日,可大展宏图。

　　"振衣千仞岗,濯足万里流,大丈夫不可无此气节。珠藏泽自媚,玉韫山含辉,大丈夫不可无此蕴藉。"陈省题。石刻坐落:云窝"伏虎"岩壁。振衣岗即"晒布岩"之巅,高千仞。作者步其巅,站得高,看得远,脚下九曲溪奔流不息。珠、玉比喻自己如隐藏在深山的珍宝,光泽犹存。字里行间,充分表现作者怀才不遇仍不屈不挠的气概。

　　"空谷传声"。陈省题。石刻坐落:六曲响声岩。老子曰:"天下万物生于有,有生于无。""声声者无声"表现了声音飘忽不定,这是空虚的境界。把"道"比作空谷,正是为了突出"道"的空灵意识。暗喻只有摒除全部私心杂念的人,才能接受"道"的洗礼,把自己陶冶成一个情操高尚的人。

　　"明公清莹见如水,源自岩涯衍幼溪;九曲今朝留一派,江山千古仰鉴谛。"石刻坐落:云窝"伏虎"岩壁。八十六翁联唱,云升一钟题。陈省辞官后隐居武夷山,热心于风景名胜的开发建设,并为当地茶农置船、买田。他在云窝等处建立和修葺了十多处亭、台、楼、阁和书院等,为后人寻幽探奇增添了兴致。明代诗人钟惺曾赞道,云窝胜地,是陈司马精心经营出来的。此题刻正是以此为背景,赞颂幼溪先生,其高风亮节如青山绿水,万古流芳。

　　"访陈幼溪司马接笋峰。挂冠神武易纶巾,到处仙源恣采真。君岸已登吾在筏,羡

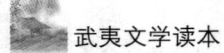

从峰顶看迷津。"万历癸未初夏卓江、吴文华书。石刻坐落：云窝"伏虎"岩壁。陈省的好友卓江、吴文华得知他辞官为民，隐居武夷山，深表同情，于1583年专程来访，予以劝慰。认为无官一身轻，可自由自在寻找自己的志愿，站得高，看得远，羡慕他选对了处世之方。

"奉和吴小江司马见赠。草履荷衣折角巾，乾坤于此可全真。瞰云既醉潮濡首，闲聊当年白玉津。"万历癸未元夏三日长乐陈省书。石刻坐落：云窝"伏虎"岩壁。幼溪辞官为草民后，与世无争。隐居于武夷山仙境之中，修身养性，告慰友人自己一生问心无愧，高尚纯洁。

四、佛教摩崖石刻

莲花峰摩崖石刻

闻道移根玉井旁，
开花十里不寻常。
月明露冷无人见，
独为先生引兴长。

这是朱熹的一首诗，表达对写出《爱莲说》的理学开山祖师周敦颐的仰慕与敬佩。

真如

"真如"为佛家用语，意指事物的真实状况和性质，也称"实相""法性"等。若从哲学意义上解释，则可理解为"永恒不变的真理"。

趋法

"趋法"二字的意义，正在于激励佛门弟子不畏艰难，努力攀登，坚定不移地趋附于佛家法门。

戒定慧颗颗功德圆满，贪嗔痴种种烦恼尽消

大意是说，如果做到戒定慧了（"戒定慧"简单来讲就是戒杀放生、静虑思过、生存智慧），那么贪嗔痴就会消失（"贪嗔痴"简单解释就是贪婪地征服和掠夺，无视自然界的生存价值，痴迷于山珍海味的口腹之欲）。

色即是空，空即是色

这八字录自《般若心经》。"色"相当于物质，"空"指事物的虚幻不实。唯有通过"般若"对世俗认识的否定，才能把握佛教的"真谛"，达到觉悟解脱。色空宣传的是"世事皆因缘"的理念。

瑞岩禅寺摩崖石刻

梦感神灵，天成佛性；戒行超凡，智慧人圣。

属朱熹赞颂扣冰和尚佛语。

思考题

其他还有：智动仁静、修身为本、鸢飞鱼跃、居高思危、壁立万仞、高岗独立、"万语与千言，不外吃茶去"等。请你做一番调查（或记录，或摄影），它们在武夷山什么地方？并说说其中的文化意蕴。

第二节

武夷山水楹联

楹联作为一种语言艺术，在我国名山大川、山林名刹、人文景观等旅游胜地随处都可见到。这些楹联虽然寥寥数语，却立意深邃，耐人品味，它为游地添彩，为游客助兴，成为我国旅游一大特色。武夷山山水楹联内容丰富，不仅歌咏奇丽妩媚的自然山水，还蕴含着儒释道三教合一的文化内涵。

武夷宫

如此名山宜第几，
相当曲水本无多。

——书法家潘主兰

千万年无数海桑，睹此一丘一壑，水木清华，景光衔春夏秋冬，变化匪常。倾茗盏，登天游，纵谭兜鍪①、翰墨、环佩、琅玕，却认得静中有动，动中有静，便是神工鬼斧。

百二里许多风物，谓皆入画入诗，溪山佳丽，意境寓古今上下，低徊谁似？乘竹排，望晚照，涉想野鹤、闲云、岩猿、林鸟，竟为何来而复去，去而复来，应固人杰地灵。

——书法家潘主兰

注释

①兜鍪：古时作战时戴的头盔。

天游峰

世间有石皆奴仆，
天下无山可弟兄。

朱熹纪念馆

接伊洛之渊源，

开闽海之邹鲁。

东周出孔丘,南宋有朱熹。
中国古文化,泰山与武夷。
——中国著名历史学家蔡尚思教授

不宗朱子元非学,
看到武夷方是山。

致广大而尽精微,
极高明而道中庸。

反躬践实,穷理致知,传二程而分流;
讲学授徒,著书立说,配十哲之永馨。

宇宙间三十六名山,地未有如武夷之胜;
孔孟后千五百余载,道未有如文公之尊。
——元代熊禾

集大成而续千百年绝传之学,
开愚蒙而立亿万世一定之规。
——康熙皇帝

千古敏以求,性天学述二程子;
三字不复远,心地功行九曲溪。
——赵朴初

道纯德备,具圣人体;
理明义精,集诸儒成。
——朱家缙

此地古称佛国,
满街皆是圣人。
——朱熹题泉州开元寺,在泉州西街

五百年逃墨归儒,跨开元之顶上,
十二峰送青排闼,自天宝以飞来。

　　　　　　　　——朱熹题漳州芝山书院

雪堂养浩凝清气，
月窟观空静精神。
　　　　　　　　——朱熹题福建古田蓝田书院

碧涧生潮朝自暮，
青山如画古犹今。
——朱熹题西禅寺（在福州怡山，为福州五大禅林之首）

武夷学院朱子学研究中心楹联

和顺齐家之本，勤俭治家之本；
读书起家之本，循理保家之本。

鸢飞月窟地，
鱼跃海中天。

日月两轮天地眼，诗书万卷圣贤心。

远水连天弘碧峰，
近山拔地玉嶙峋。

九曲初通三岛爱，
万山遥拜一峰尊。
——黎士宏题，武夷山九曲溪，发源于三保山，入武夷山，注于崇溪

石湖涧

松声竹声、钟磬声，声声自应；
山色水色、烟霞色，色色皆空。

武夷山庄

山秀水清，春夏秋冬景似画；
庄幽园雅，东西南北客如云。

水帘洞天

石室云开，见大地山河三千世界；
水帘风卷，露半天楼阁十二阑杆。

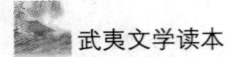

慧苑寺

客至莫嫌茶当酒,
山居偏隅竹为邻。

一览台

遗世独立,
与天为徒。

开潭堂

开成极乐国,
源度本来人。

喜无樵子复观弈,怕有渔郎来问津。

寻常登峰,尽东南,第一武夷奇绝。
寻幽览胜,米家山,难写诸峰清绝。

君岸已登吾在筏,羡从峰顶看迷津。

敢云既醉嘲濡首,闲却当年伯玉津。

西湖如二八佳浴,倩妆斗艳,顾盼生姿,又如贵人名媛,雕缋满眼。
武夷如姑射谪仙,云裏雾罩,遗世特立,又似仙家楼阁,神缕天划。

门内有人人至,洞中无物物逝。
敢云既醉嘲濡首,闲却当年伯玉津。

莲花峰楹联

横批:莲峰迭翠
莲开倩影,无边山色纯犹媚;
峰寓柔情,有趣溪声翠欲回。

——朱熹题石碑

横批:妙莲寺
读贝叶真经,得一心了了;

参莲华妙谛,悟万法如如。

人成禅院最下层山门外崖壁楹联

门内有,人人至;

洞内无,物物逝。

佛法禅机深寓其中,令人顿生悟道之感。

慧苑寺内抱柱楹联

客至莫嫌茶当酒,山居偏隅竹为邻。

这是武夷山最负盛名的对联之一,迄今仍为人们所喜爱。

慧苑寺殿外楹联

涧绕流香心洗涤,峰攀玉柱佛庄严。

其巧妙地把寺院前后的大山、竹林、奇峰、山涧等清幽景观嵌入联内,翔实而生动地再现了清初武夷山诗僧在幽美境地"内外兼擅"的场景。

武夷山吴屯瑞岩禅寺楹联

涧绕流香心洗涤,峰攀玉柱佛庄严。

瑞岩禅寺大殿外的对联,巧妙地把寺院前面的景观(流香涧、玉柱峰)嵌入联内,颇有韵味。

扣禅扉,动心弦,万法仙宏开觉路;

冰壶影,静澄怀,刹那灵山映瑞岩。

联中嵌入"扣冰""瑞岩",概括了扣冰古佛生前创建瑞岩寺的功德,又深寓禅意。

思考题

1. 搜集武夷山楹联。
2. 模仿武夷山楹联创作一副楹联。

第三节

武夷茶文学

民国《崇安县新志》简述武夷茶史曰:"武夷茶始于唐,盛于宋、元,衰于明而复兴于清。"(《崇安县新志》,刘超然、郑丰稔编,1940年版)闽籍台湾著名茶学家林馥泉先生1939年在武夷山工作期间曾搜罗武夷山茶史资料,后收录于《乌龙茶与包种茶制造学》(林馥泉著,台北:大同,1956年版)一书。在这部茶学著作中,林馥泉说:"公元第九世纪中到第十世纪初,武夷茶制法开始受到注意,嗣经名家范仲淹、欧阳修、苏轼、朱熹诸子赏识,用文墨广为宣传,于是名驰天下。十世纪初,武夷茶被选为贡茶,并由块茶改制散茶,称'官茶',遂成为茶中之珍品。宋元以后已占商品茶的重要地位,各地客商不惜长途跋涉,携带巨金,争相购买,竟使外人以武夷(Bocher)两字为华茶之总称。"

武夷茶的历史源头在哪里?其崛起的时间众说纷纭。但武夷茶出现在文献记载里却有迹可循。据当代茶叶专家陈橼(1908—1999)考证,茶叶在2世纪时由我国西南向东南传播,不久,武夷山就有了茶。武夷岩茶最早被人称颂,可追溯到南朝时期(479—502年),而最早的文字记载见之于唐朝孙樵(约825—约885)的《送茶与焦刑部书》。孙樵在这封赠送武夷岩茶给友人的信札中写道:"晚甘侯十五人,遣侍斋阁。此徒皆请雷而摘,拜水而和。盖建阳丹山碧水之乡,月涧云龛之品,慎勿贱用之!"孙樵把出产在"建阳丹山碧水之乡"的茶,用拟人化的笔法,美称为"晚甘侯"。"晚甘侯",甘香浓馥,美味无穷之意。"侯",用尊称。这里的"月涧云龛"和"丹山碧水"均指称武夷山。"月涧云龛"是因武夷茶生长在云雾缭绕的高山岩凹,故名。"丹山碧水"的典故,来自南朝作家江淹《江文通集·自序》中对武夷山的赞美。当时崇安尚未设县,武夷山尚属建阳县,故信中称"建阳丹山碧水"。后"丹山碧水"则泛指武夷,沿用至今。而"丹山碧水"就是武夷茶的原产地吗?林馥泉认为:"丹山、碧水为武夷之特称,唐时崇安未设县,武夷尚属建阳故也。然茶之出于武夷已无异议。"(《乌龙茶与包种茶制造学》)因此,孙樵所送的茶乃武夷山所产。也因此,"晚甘侯"遂成为武夷岩茶最早的茶名。

值得提及的是,中国第一茶圣陆羽在晚年慕名来到武夷山,写有《武夷山记》,对武夷君的神话传说,表示兴趣。虽然此记已佚,但是从其他的书、志的注释中,尚能见到片言段语。该记当是陆羽晚年蛰居江西上饶时,于《茶经》成书之后若干年所撰,因此也是《茶经》上未见武夷茶记载的原因之一。据此,可以肯定武夷茶在唐代已经崛起,且知名度很高,深得文人赞赏,引得垂垂老矣的陆羽亦慕名而来。

武夷岩茶又称建茶,而建茶是由北苑茶发展而来的。

武夷茶出自武夷毋庸置疑,但它是怎么出现的呢?林馥泉认为,武夷茶的兴起与建安茶颇有关系。"南唐(937—975年)时候建安茶兴盛,直至建安茶衰退时,武夷茶乃兴起而继之。"(《乌龙茶与包种茶制造学》)建安茶出自建安县。建安县即地处武夷山南侧的今福建省最大的县级市——建瓯市。其境内建溪岸边的凤凰山麓盛产茶叶。宋太宗太平兴国年间在此设立官焙,专门采制龙凤饼茶朝贡。其中,凤凰山麓北苑的贡茶最为有名。北苑的出现,是宋代茶史的里程碑。时人熊蕃所著《宣和北苑贡茶录》记录了北苑贡茶的发展:"昔日建安山川大抵闭塞,灵芽(茶)亦尚未显名于世,至于唐末,犹依然如故也。此后,至北苑之茶出,始成为最佳之茶……"而苏轼《叶嘉传》称,武夷茶移植到建瓯后遂有"北苑"之盛。北苑专制贡茶,北宋中期宫廷独尊建茶,即建安茶。建茶出身武夷,而当时武夷所在的崇安尚未置县,茶产遂以建州的建安县命名。北宋淳化五年(994年),崇安正式建县,武夷才开始逐渐摆脱"北苑"的影响。宋子安写于1064年左右的《东溪试茶录》载建安贡茶场之盛况云:"归记建安郡官焙三十有八,自南唐岁率六县民采造,大为民间所苦……至道中(995—997年),始分游坑、临江、汾常、西蒙洲、西小丰、大熟六焙隶属南剑,又免五县茶民,专以建安一县力栽足之……"建安(武夷)茶至此,已摆脱与北苑茶"争宠"的阶段,迈向康庄大道。

谢尚书惠蜡面茶

◎(唐)徐　夤

武夷春暖月初圆,采摘新草献地仙。
飞鹊印成香蜡片,啼猿溪走木兰船。
金槽和碾沉香末,冰碗轻涵翠缕烟。
分赠恩深知最异,晚铛宜煮北山泉。

作 者 简 介

唐代诗人徐夤,字昭梦,福建莆田人,晚唐进士。徐夤是以诗文形式歌颂武夷茶的第一人,他的诗也是咏武夷茶最早的一首诗。

作 品 简 评

首联诗人高度评价武夷茶之珍贵,在9世纪时就已作为"分赠恩深"的礼物;颔联说明武夷茶的精工制作:从研膏转为蜡片,且印有飞鹊等装饰图案;颈联说明武夷茶冲泡时器具之美及茶香之怡人;尾联说明武夷茶当用北山的泉水烹煮。诗人如数家珍般细细述说武夷茶的制作与烹煮过程,也是一个将人生艺术化的过程。

思 考 题

补充阅读以下材料,说说读后感:

龙凤团

(宋)王禹偁

样标龙凤号题新,赐得还因作近臣。
烹处岂期商岭水,碾时空想建溪春。
香于九畹香兰气,圆如三秋皓月轮。
爱惜不尝惟恐尽,除将供养白头亲。

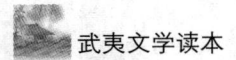

作者简介

王禹偁(954—1001),北宋白体诗人、散文家,字元之,济州钜野(今山东省巨野县)人。太平兴国八年(983年)进士,历任右拾遗、左司谏、知制诰、翰林学士。敢于直言讽谏,因此屡受贬谪。宋真宗即位,召还,复知制诰。后贬至黄州,故世称王黄州,后又迁蕲州病死。

王禹偁为北宋诗文革新运动的先驱,文学韩愈、柳宗元,诗崇杜甫、白居易,多反映社会现实,风格清新平易。词仅存一首,反映了作者积极用世的政治抱负,格调清新旷远。著有《小畜集》。

武夷山记

◎(唐)陆 羽

武夷君,地官也。相传每于八月十五日大会村人于武夷山上。置幔亭、化虹桥,通山下村人。既往是日,太极玉皇太姥、魏真人、武夷君三座空中,告呼村人为"曾孙""汝等若男若女"。呼坐,乃命鼓师张安凌椎鼓,赵元胡拍副鼓,刘小禽坎苓鼓,曾少童摆兆鼓,高知满振嘈鼓,高子春持短鼓,管师鲍公希吹横笛,技师何凤儿抚节板。次命玄师董娇娘弹筝篌,谢英妃抚掌毕篥,吕阿香戛圆鼓,管师黄次姑噪悲栗,秀琰鸣洞箫,小娥运居巢,金师罗妙容挥撩铫。乃命行酒,须臾酒至,云酒无谢,又命行酒。乃命歌师彰令昭唱人间可哀之曲。其词曰:

> 天上人间会合疏稀,
> 日落西山兮鸟归飞,
> 百年一响兮志与愿违,
> 天宫咫尺兮恨不相随。

作者简介

陆羽(733—804),字鸿渐,复州竟陵(今湖北省天门市)人,唐代著名的茶学专家。一名疾,字季疵,号竟陵子、桑苎翁、东冈子,又号"茶山御史"。

陆羽一生嗜茶,精于茶道,以著世界第一部茶叶专著——《茶经》而闻名于世,对中国和世界茶业发展做出了卓越贡献,被誉为"茶仙",尊为"茶圣",祀为"茶神"。他也很善于写诗,但其诗作目前世上存留的并不多。他对茶叶有浓厚的兴趣,长期实施调查研究,熟悉茶树栽培、育种和加工技术,并擅长品茗。唐朝上元元年(760年),陆羽隐居江南各地,撰《茶经》三卷,成为世界上第一部茶叶专著。《全唐文》中撰载有《陆羽自传》。曾编写过《谑谈》三卷。他开启了一个茶的时代。

陆羽一生富有传奇色彩。他原是个被遗弃的孤儿,在三岁的时候,被竟陵龙盖寺住持智积禅师在当地西湖之滨拾得,后取名陆羽。在龙盖寺,他不但学得了识字,还学会了烹茶事务。尽管如此,陆羽不愿皈依佛法,削发为僧。

十二岁时,他乘人不备逃出龙盖寺,到了一个戏班子里学演戏。他虽其貌不扬,又有些口吃,但却幽默机智,演丑角很成功,后来还编写了三卷笑话书《谑谈》。唐天宝五年(746年),竟陵太守李齐物在一次州人聚饮中,看到了陆羽出众的表演,十分欣赏他的才能和抱负,当即赠予诗书,并修书推荐他到隐居于火门山的邹夫子那里学习。后与一好友(崔国辅)常一起出游,品茶鉴水,谈诗论文。唐肃宗乾元元年(758年)陆羽来到升州(今南京)钻研茶事。唐上元元年(760年)隐居山间,阖门著述《茶经》。

陆羽一生鄙夷权贵,不重财富,热爱自然,坚持正义。《全唐诗》中载有陆羽一首诗,正体现了他的品格。陆羽的《茶经》,是唐代和唐代以前有关茶业科学知识和实践经验的系统总结。《茶经》一问世,即为历代人所钟爱,盛赞他为茶业的开创之功。宋代陈师道为《茶经》作序道:"夫茶之著书,自羽始。其用于世,亦自羽始。羽诚有功于茶者也!"陆羽逝世后,后人尊其为"茶神",肇始于晚唐。

补充阅读以下材料,说说读后感:

六羡歌

(唐)陆 羽

不羡黄金罍,不羡白玉杯;

不羡朝入省,不羡暮入台;

千羡万羡西江水,曾向竟陵城下来。

沈长波为茶圣、茶仙撰联:"陆羽六羡西江水,卢仝七碗玉川泉。"

陆羽之后,才有茶字,也才有茶学。

茶就是"人在草木间"。草木如诗,美人如织,在中国人的观念里,天人合一就是自然之道。茶来自草木,因人而获得独特价值。确切地说,茶是因为陆羽摆脱自然束缚获得解放,一举成为华夏的饮食和精神缩影。

陆羽之前的时代,茶写作"荼",有着药的属性。华夏族的鼻祖神农氏终生都在寻找对人有用的植物,神农尝完百草而成《神农本草》,里面记载的更多的是植物的功能性质,体现了华夏人对自然的简单认识:哪些草木是苦的,哪些热,哪些凉,哪些能充饥,哪些能医病……神农氏"日遇七十二毒,得荼而解之"。很显然,在这里茶只是类似于灵芝草之类的药物而已。

《尔雅》中的"槚",是荼的分类,特指味道比较苦的荼,是感官滋味层面上的直接体验。那个时候的国人观念,草木是一体的,而不是今日植物学意义上的乔、灌木之谓。《诗经》上说,"有女如荼",说的是颜色层面。当时,人并不日常饮茶,除非真的生病。

陆羽自己所列的其他几个字"蔎(shè)"、"茗"、"荈(chuǎn)"也只是对茶的进一步分类,赋予时令上的区别。也就是说,在荼时代,荼只是一种可用的药草而已,这点不会因为它在不同地方与不同季节的称呼而改变。

而"茶"不一样。《茶经》开篇就把茶作为主体,陆羽用史家为人作传的口吻描述道:"茶者,南方之嘉木也。"自此开始了对茶的全面拟人化定义,陆羽以不容置疑的语气对茶做了评判辞,涉及茶的出生地(血统)、形状(容颜)、称谓(姓名)、生长环境(成长教育)、习性(性格、品质)等方面,而茶与人的关系,就像茶自身因为生长环境有所区别一样,需要区别看待。

陆羽说:"精行俭德之人,若热渴、凝闷、脑疼、目涩、四肢烦、百节不舒,聊四五啜,与醍醐、甘露抗衡也。采不时,造不精,杂以卉莽,饮之成疾。茶为累也,亦犹人参。上者生上党,中者生百济、新罗,下者生高丽。有生泽州、易州、幽州、檀州者,为药无效,况非此者!设服荠苨使六疾不瘳。知人参为累,则茶累尽矣。"茶不久从自身的药物属性中脱离出来,也从其他类植物中脱离出来。一旦喝了茶,醍醐、甘露之类的上古绝妙饮品都要做出让步,成为附庸。

和章岷从事①斗茶歌②

◎(宋)范仲淹

年年春自东南来,建溪先暖水微开。
溪边奇茗冠天下,武夷仙人从古栽。
新雷③昨夜发何处,家家嬉笑穿云去④。
露芽错落一番荣⑤,缀玉含珠散嘉树⑥。
终朝采撷未盈襜⑦,唯求精粹不敢贪。
研膏焙乳有雅制⑧,方中圭兮圆中蟾⑨。
北苑将期献天子⑩,林下雄豪先斗美⑪。
鼎磨云外首山铜⑫,瓶携江上中泠水⑬。
黄金碾畔绿尘飞⑭,碧玉瓯中翠涛起⑮。
斗茶味兮轻醍醐⑯,斗茶香兮薄兰芷⑰。
其间品第胡能欺⑱,十目视而十手指⑲。
胜若登仙不可攀⑳,输同降将无穷耻㉑。
吁嗟天产石上英㉒,论功不愧阶前蓂㉓。
众人之浊我可清,千日之醉我可醒㉕。
屈原试与招魂魄㉖,刘伶却得闻雷霆㉗。
　　卢仝敢不歌,陆羽须作经。
　　森然万象中,焉知无茶星㉘。
商山丈人休茹芝㉙,首阳先生休采薇㉚。
长安酒价减百万㉛,成都药市无光辉㉜。
不如仙山一啜好,泠然便欲乘风飞㉝。

君莫羡花间女郎只斗草,赢得珠玑满斗归㉞。

作 者 简 介

范仲淹(989—1052),北宋政治家、文学家,字希文,吴县(现江苏苏州人)。大中祥符八年(1015年)进士,官至参知政事(副宰相)。在政治上图谋革新,是"庆历新政"的主要主持者。镇守西北边疆时,曾多次挡住西夏的侵扰。他的诗、词、文风格都很豪放。

注 释

①章岷:宋浦城人,字伯镇,天圣进士,两浙转运使,后知苏州,官终光禄卿。从事:官名,州郡长官的僚属。

②斗茶:评比茶叶品质优劣,盛行于北宋。

③新雷:春天第一次打雷。

④穿云:伴着云雾上山采茶。

⑤露芽:带露茶芽。错落:交错缤纷。

⑥嘉树:《茶经》一之源:"茶者,南方之嘉木也。"指茶树。

⑦盈襜:采得不多,还没有装满。

⑧研膏焙乳:这里是说,怎样把茶叶研磨成粉状,怎样调制成茶汤,都有一定的制式。

⑨方中:方形茶则量取茶粉。圭兮:茶匙。圆中蟾:茶匙在碗中搅动茶面如蟾状。

⑩北苑:在福建建安,是龙凤贡茶的产地。

⑪雄豪:茶农或地方官。

⑫云外:山极高。

⑬中泠水:中泠泉,天下第一泉。

⑭绿尘:绿色粉末状茶叶。

⑮翠涛:绿色茶汤。

⑯醍醐:从牛奶中提炼出的一种极好的酥酪。意为茶味胜过醍醐。

⑰兰芷:兰、芷以香著称。意为茶香胜过兰芷。

⑱品第:名次,等级。

⑲十目视而十手指:指斗茶时大家都在手指、目盯着。

⑳胜若登仙:斗茶胜则如同成仙。

㉑输同降将:斗茶输则如同投降的将军。

㉒石上英:产于山石之上的好茶。

㉓蓂:一种瑞草。

㉔此句谓茶可清心神。

㉕此句谓茶可醒酒。

㉖此句谓茶可用来招屈原的魂。

㉗刘伶：西晋人，嗜酒。此句谓刘伶对茶则发雷霆之怒。
㉘茶星：茶界名人。
㉙商山丈人：秦末，东园公、甪里先生、绮里季、夏黄公四人，隐于商山，年皆80余岁，号称商山四皓。茹：吃。此句谓商山丈人不要吃芝应该吃茶。
㉚首阳先生：伯夷、叔齐隐于首阳，反对周武王伐纣，不食周粟而死。此句谓伯夷、叔齐不要采薇而应吃茶。
㉛此句谓茶使长安酒价降低。
㉜此句谓茶使成都药市凋敝。
㉝此句谓饮茶可以使人飘然成仙，典出卢仝《七碗茶歌》。
㉞此句谓茶事高尚，不要羡慕花间女郎斗草以赢得珠玑。斗茶，又叫"斗茗""茗战"，它是古时有钱有闲文化的一种"雅玩"。何谓斗茶？斗茶，即比赛茶的好坏之意，是惠州传统民间风俗之一。斗茶始于唐代，据考，其源于出产贡茶闻名于世的福建建州茶乡。每年春季新茶制成后，茶农、茶客们比新茶优良次劣排名顺序的一种比赛活动。有比技巧、斗输赢的特点，富有趣味性和挑战性。一场斗茶比赛的胜败，犹如今天一场球赛的胜败，为众多市民、乡民所关注。唐叫"茗战"，宋称"斗茶"，具有很强的胜负色彩，其实是一种茶叶的评比形式和社会化活动。现今武夷山官方、民间还颇流行斗茶。

斗茶胜负的决定标准：一是汤色，二是汤花。汤色即茶水的颜色，标准是以纯白为上，青白、灰白、黄白者则稍逊。汤花是指汤面泛起的泡沫。汤花的色泽与汤色密切相关，因此汤花的色泽也以鲜白为上；且与汤花泛起后，水痕出现的早晚有关。早者为负，晚者为胜。

斗茶多为两人，三斗两胜，计算胜负的术语叫"相差几水"。

作 品 简 评

斗茶盛行于北宋，宋唐庚有《斗茶记》。

这是一首描写斗茶场面的诗作。"林下雄豪先斗美"，从茶的争奇、茶器的斗妍到水的品鉴、技艺的切磋，呈现的是一种高雅而又美观的斗茶赛。水美、茶美、器美、艺美、境美，直至味美，入眼处，斗茶场面无处不美。这种美还体现在人在斗茶氛围中的反差心态，获胜者往往喜气洋洋，高高在上宛如天山之石遥不可及；失败者往往垂头丧气，哭笑不得，犹如战败降将深感耻辱。在自然界的万千物象之中，哪能缺少茶这样的精灵。正因为有了茶，陆羽为它写下了《茶经》而传世，卢仝为它写下了《七碗茶歌》而歌唱；正因为有了茶，"举世皆浊我独清，众人皆醉我独醒"（屈原《渔父》）；正因为有了茶，屈原可招魂，刘伶亦得声，商山四皓不用食灵芝，首阳山上伯夷、叔齐也无须去采薇；正因为有了茶，长安酒市疲软，成都药市不景气。世人无须羡慕芳龄少女只因为斗茶，所得财富满箱而归。不过，斗茶若能达到蓬莱山仙人的境界，便会有卢仝那样乘此清风欲归去的感觉。

这首斗茶歌，历史上已有过很高的评价，如《诗林广记》引《艺苑雌黄》说："玉川子有

《谢孟谏议惠茶歌》,范希文亦有斗茶歌,此两篇皆佳作也,殆未可以优劣论。"这首诗写得夸张而又浪漫,似行云流水,诗中有不少为后人反复传颂的佳句,的确可与卢仝《七碗茶歌》比肩。

思 考 题

1. 熟读这首诗,背诵前四句。
2. 结合这首诗,用自己的话说说宋代斗茶的场面。
3. 阅读卢仝的《走笔谢孟谏议寄新茶》:

　　日高丈五睡正浓,将军扣门惊周公。
　　口云谏议送书信,白绢斜封三道印。
　　开缄宛见谏议面,手阅月团三百片。
　　闻道新年入山里,蛰虫惊动春风起。
　　天子须尝阳羡茶,百草不敢先开花。
　　仁风暗结珠琲瓃,先春抽出黄金芽。
　　摘鲜焙芳旋封裹,至精至好且不奢。
　　至尊之余合王公,何事便到山人家?
　　柴门反关无俗客,纱帽笼头自煎吃。
　　碧云引风吹不断,白花浮光凝碗面。
　　一碗喉吻润。二碗破孤闷。
　　三碗搜枯肠,唯有文字五千卷。
　　四碗发轻汗,平生不平事,尽向毛孔散。
　　五碗肌骨清。六碗通仙灵。
　　七碗吃不得也,唯觉两腋习习清风生。
　　蓬莱山,在何处?
　　玉川子,乘此清风欲归去。
　　山中群仙司下土,地位清高隔风雨。
　　安得知百万亿苍生命,堕在颠崖受辛苦。
　　便为谏议问苍生,到头还得苏息否?

作 品 简 评

　　诗人以妙笔生花的文字,写了三方面的内容。开头写孟谏议寄来的新茶至精至好,如同献给天子王公的贡茶一般珍贵。中间部分是全诗的重点,写得潇洒浪漫,不同凡响。诗人以排比句法,从一碗到七碗,写下了诗人独特的灵感,直至两腋生风,飘然若仙。最后四句对"堕在颠崖"受苦的劳动人民寄予深切的同情,希望统治者慈悲为怀,让他们得以休养生息。

附:

斗茶记
(宋)唐 庚

政和二年三月壬戌,二三君子相与斗茶于寄傲斋。予为取龙塘水烹之,而第其品。以某为上,某次之,某闽人,其所贵宜尤高,而又次之。然大较皆精绝。盖尝以为天下之物有宜得而不得,不宜得而得之者。富贵有力之人或有所不能致,而贫贱穷厄流离迁徙之中或偶然获焉。所谓"尺有所短,寸有所长",良不虚也。唐相李卫公好饮惠山泉,置驿传送,不远数千里,而近世欧阳少师作《龙茶录序》,称嘉祐七年亲享明堂,致斋之夕,始以小团分赐二府,人给一饼,不敢碾试,至今藏之。时熙宁元年也。吾闻茶不问团铤,要之贵新;水不问江井,要之贵活。千里致水,真伪固不可知,就令识真,已非活水。自嘉祐七年壬寅至熙宁元年戊申,首尾七年,更阅三朝,而赐茶犹在,此岂复有茶也哉。今吾提瓶支龙塘,无数十步,此水宜茶,昔人以为不减清远峡。而海道趋建安不数日可至,故每岁新茶不过三月至矣。罪戾之余,上宽不诛,得与诸公从容谈笑于此,汲泉煮茗取一时之适,虽在田野,孰与烹数千里之泉,浇七年之赐茗也哉。此非吾君之力欤。夫耕凿食息,终日蒙福而不知为之者,直愚民耳,岂吾辈谓耶。是宜有所纪述,以无忘在上者之泽云。

(选自《眉山文集》卷二)

作者简介

唐庚与苏轼是小同乡,贬所又同为惠州,兼之文采风流,当时有"小东坡"之称。但唐庚为诗,重推敲锤炼,近于苦吟,与苏轼的放笔快意不同。他曾说:"作诗甚苦,悲吟累日。"往往反复修改,"然后成篇"(《自说》)。但他能"刻意锻炼而不失气格"(《四库全书总目》)。其诗简练精悍,工于属对,巧于用事,且多新意,不沿袭前人。诗中佳句颇多,诸如"山静似太古,日长如小年"(《醉眠》)、"草青仍过雨,山紫更斜阳"(《栖禅暮归书所见》)、"山好更宜余积雪,水生看欲倒垂杨"、"疑此江头有佳句,为君寻取却茫茫"(《春日郊外》)等,皆为世所赞赏。

成稿于宋政和二年(1112年)。实为402字的短文,清代陶珽编印《说郛》,将其作专书收入。该文记作者于政和二年(1112年)三月,与二三友人在寄傲斋,取近在数十步的支龙塘水烹茶,"而第其品,以某为上,某次之""然大较精绝",据此可见宋时士大夫斗茶之风。

满庭芳·茶
(宋)黄庭坚

北苑春风,方圭圆璧,万里名动京关。碎身粉骨,功合上凌烟。尊俎风流战胜,降春睡、开拓愁边。纤纤捧,研膏溅乳,金缕鹧鸪斑。

相如虽病渴,一觞一咏,宾有群贤。为扶起灯前,醉玉颓山。搜搅心中万卷,还倾动、三峡词源。归来晚,文君未寝,相对小窗前。

作者简介

黄庭坚(1045—1105),字鲁直,号山谷道人,晚号涪翁,洪州分宁(今江西修水县)人。北宋著名文学家、书法家,为盛极一时的江西诗派开山之祖,与杜甫、陈师道和陈与义素有"一祖三宗"(黄庭坚为其中一宗)之称。与张耒、晁补之、秦观都游学于苏轼门下,合称"苏门四学士"。生前与苏轼齐名,世称"苏黄"。著有《山谷词》,且黄庭坚书法亦能独树一帜,为"宋四家"之一。

叶嘉传[①]

◎(宋)苏 轼

叶嘉,闽人也,其先处上谷[②],曾祖茂先,养高不仕,好游名山,至武夷,悦之,遂家焉。尝曰:"吾植功种德,不为时采,然遗香后世,吾子孙必盛于中土,当饮其惠矣。"茂先葬郝源[③],子孙遂为郝源民。

至嘉,少植节操,或劝之业武,曰:"吾当为天下英武之精。一枪一旗,岂吾事哉!"因而游,见陆先生[④],先生奇之,为著其行录传于世。方汉帝嗜阅经史,时建安人为谒者侍上。上读其行录而善之,曰:"吾独不得与此人同时哉!"曰:"臣邑人叶嘉,风味恬淡,清白可爱,颇负其名,有济世之才。虽羽知犹未详也[⑤]。"上惊,敕建安太守召嘉,给传遣诣京师。

郡守始令采访嘉所在,命赍书示之。嘉未就,遣使臣督促。郡守曰:"叶先生方闭门制作，研味经史，志图挺立，必不屑进，未可促之。"亲至山中，为之劝驾，始行登车。遇相者揖之曰："先生容质异常，矫然有龙凤之姿，后当大贵。"嘉以皂囊上封事⑥。天子见之曰："吾久饫⑦卿名，但未知其实耳。我其试哉。"因顾谓侍臣曰："视嘉容貌如铁，资质刚劲，难以遽用，必捶提顿挫⑧之乃可。"遂以言恐嘉曰："砧斧在前，鼎镬在后，将以烹子，子视之如何？"嘉勃然吐气曰："臣山薮猥士，幸惟陛下采择至此，可以利生，虽粉身碎骨，臣不辞也。"上笑，命以名曹处之，又加枢要之务焉。因诚小黄门监之。

有顷报曰："嘉之所为，犹若粗疏然。"上曰："吾知其才，第以独学未经师耳⑨。"嘉为之，屑屑就师，顷刻就事，已精熟矣。上乃敕御使欧阳高、金紫光禄大夫郑当时、甘泉侯陈平三人⑩，与之同事。欧阳嫉嘉初进有宠，曰："吾属且为之下矣。"计欲倾之。会天子御延英，促召四人，欧但热中而已；当时以足击嘉；而平亦以口侵凌之。嘉虽见侮，为之起立，颜色不变。欧阳悔曰："陛下以叶嘉见托吾辈，亦不可忽之也。"因同见帝，欧阳称嘉美，而阴以轻浮訾之。嘉亦诉于上。上为责欧阳，怜嘉，视其颜色，久之，曰："叶嘉真清白之士也，其气飘然若浮云矣。"遂引而宴之。

少选间⑪，上鼓舌欣然曰："始吾见嘉，未甚好也；久味之，殊令人爱，朕之精魂，不觉洒然而醒。书曰：'启乃心、沃朕心。'嘉元谓也。"于是封嘉为钜合侯，位尚书。曰："尚书，朕喉舌之任也。"由是宠爱日加。

朝廷宾客，遇会宴享，未始不推于嘉。上日引对，至于再三。后因侍宴苑中，上饮逾度，嘉辄苦谏。上不悦曰："卿司朕喉舌，而以苦辞逆我，余岂堪哉！"遂唾之。命左右仆于地。嘉正色曰："陛下必欲甘辞利口，然后爱耶？臣言虽苦，久则有效，陛下亦尝试之，岂不知乎？"上顾左右曰："始吾言嘉刚劲难用，今果见矣。"因含容之，然亦以是疏嘉。

嘉既不得志，退去闽中。既而曰："吾未如之何也，已矣。"上以不见嘉月余，劳于万几，神荼思困，颇思嘉。因命召至，喜甚，以手抚嘉曰："吾渴见卿久也。"遂恩遇如故。上方欲以兵革为事。而大司农奏计国用不足。上深患之，以问嘉。嘉为进三策。其一曰：榷天下之利、山海之资，一切籍于县官。行之一年，财用丰赡。上大悦。兵兴有功而还。上利其财，故榷法⑫不罢。管山海之利，自嘉始也。居一年，嘉告老。上曰："钜合侯其忠可谓尽矣。"遂得爵其子。又令郡守择其宗支之良者，每岁贡焉。

嘉之子二人⑬。长曰抟，有父风，袭爵。次曰挺，抱黄白之术。比于抟，其志尤淡泊也。尝散其资，拯乡间之困，人皆德之。故乡人以春秋伐鼓，大会山中，求之以为常。

赞曰：今叶氏散居天下。皆不喜城邑，惟乐山居。氏于闽中者，盖嘉之苗裔也。天下叶氏虽黟，然风味德馨，为世所贵，皆不及闽。闽之居者又多，而郝源之族为甲。嘉以布衣遇天子，爵彻侯，位入座，可谓荣矣。然其正色苦谏，竭力许国，不为身计，盖有以取之。夫先王用于国有节，取于民有制，至于山林川泽之利，一切与民。嘉为策以榷之，虽救一时之急，非先王之举也。君子讥之。或云管山海之利，始于盐铁丞孔仅、桑弘羊⑭之谋也。嘉之策未行于时，至唐赵赞始举而用之。

注释

①《叶嘉传》是苏轼以拟人化手笔为茶叶所写的一篇传记文。叶嘉实指茶叶。从文中可见建安种茶始于汉。

②上谷:上谷郡,今河北广灵县。

③郝源:壑源,今建瓯市东峰镇福源村。

④陆先生:指茶圣陆羽。

⑤"虽羽知犹未详也"句:与历代茶书所说《茶经》未著建茶有一定的原因,都是因为当时陆羽不甚了解建茶。

⑥皂囊上封事:是说用黑色的囊封好奏呈。

⑦饫:饱食,此处引申为听闻。

⑧捶提顿挫:此处指捶打研磨。

⑨未经师耳:喻未经宫廷礼节的教习。

⑩欧阳高、郑当时、陈平:皆系虚拟名。

⑪少选间:不一会儿。

⑫榷法:榷务。在宋代,茶、盐、蚕丝都曾实行"榷务"办法。榷是国家统制下的专卖制度,在流通过程中以"榷"代税。

⑬嘉之子二人:实指建茶的二大品系,也有人以为系指官茶与民茶二者。

⑭孔仪、桑弘羊:均为西汉农工物产的官员,桑著有《盐铁论》,主张盐铁由国家统制专卖。

作品简评

北宋大文学家苏轼的散文《叶嘉传》,是以拟人化的手法,记述武夷岩茶的一篇佳作。其实没有叶嘉这个人,叶嘉实指茶叶。《叶嘉传》也是研究中国古代茶史的重要文章。当代茶圣吴觉农在其主编的《茶经述评》对此评论说,苏轼"实际上是以拟人化的词句来赞颂闽茶"。茶之品性,当于深山野林才得真味,此谓东坡茶论。《叶嘉传》虽是一篇游戏性质的美文,但其影响却不小。自此以后出现的如元代杨维桢的《清苦先生传》、明代支立(中夫)的《味苦居士传》等,从中均可见到苏轼《叶嘉传》的写作手法。文章把茶树这种嘉木誉为"叶嘉",意为"茶叶嘉美"。苏轼为之立传,遭诣京师。从《叶嘉传》里,我们又可以推测说武夷茶早在约2000年前的汉朝就可能有之。

思考题

1. 真有叶嘉这个人吗?
2. 这篇文章的写作目的是什么?

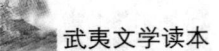

茶　灶

◎（宋）朱　熹

仙翁遗石灶，宛在水中央。
饮罢方舟去，茶烟袅细香。

注　释

蛰居武夷山近50年之久的宋代大思想家、文学家朱熹，无论在从政之时还是办学著述之余，都与茶结下了不解之缘，对茶史、茶事有着深刻的研究和了解。他对"武夷仙人"的解释，是最为精辟而令人信服的："崇安有山名曰武夷，相传神仙所居，前世道阻未通，川雍未决之时。夷落所居，而汉祀者（武夷君）即其君长。旧记神仙相传诡妄不足考信，其君长为避世之士，为众臣所服，而传以为仙也。"（《晦庵先生朱文公文集》卷七六《武夷图序》）

作品简评

此诗描写诗人来到野外，见水中有天然石穴，宛如仙人留下的茶灶，于是雅兴大发，用它做茶灶来煮水煎茶，分享大自然的这份赐予。饮罢正要乘舟离去，回头依然见石灶上方一缕细细的飘香茶烟在袅袅上升。此诗意境清远恬淡，极富遐想，读后使人亦有"袅细香"之感。

思考题

1. 考察武夷九曲溪茶灶的位置与造型，结合这首诗说一说你的观感。
2. 比较阅读：

寄题朱元晦武夷精舍十二·茶灶

（宋）杨万里

茶灶本笠泽，飞来摘茶国。
堕在武夷山，溪心化为石。

建安雪

◎（宋）陆　游

建溪官茶天下绝，香味欲全须小雪。
雪飞一片茶不忧，何况蔽空如舞鸥。
银瓶铜碾春风里，不枉年来行万里。

从渠荔子腴玉肤,自古难兼熊掌鱼。

作品简评

这首诗是诗人陆游作于淳熙六年(1179年)正月,作为"提举福建路常平茶事"的专职官员,初到建安时,碰上雪天。看到满天飞雪,欣赏茶叶丰收的征兆,高兴地写下了这首诗。

诗人在雪花纷飞"蔽空如舞鸥"中,欣赏碾茶、煮茶不亦乐乎,"银瓶铜碾春风里",又在品尝"建溪官茶",也就是北苑茶。建溪官茶是中国茶史上最有名的贡茶,这是他到建安之前满朝内外的公论。陆游对这著名的贡茶早有所闻,早有所爱,这次能亲身到产地修贡,再在雪里品尝,自然赞不绝口,说是"建溪官茶天下绝,香味欲全须小雪"。加上在福建又能尝到荔枝,做到"自古难兼熊掌鱼",所以"不枉年来行万里"(由四川到建安,行程自在万里之数)。

思考题

1. 诗人怀着怎样的感情赞美武夷茶?
2. 武夷山的茶诗还有很多,请做一番调研。如欧阳修《尝新茶呈圣俞》、苏辙《记龙团》、梅尧臣《答建州沈屯田寄新茶》、曾巩《尝新茶》、黄庭坚《谢王炳之惠茶》、查慎行《御赐武夷芽茶恭记》、郑燮《家兖州太守赠茶》等。

晚甘侯传

◎(清)蒋蘅

晚甘侯,甘氏如荠,字森伯,闽之建溪人也。世居武夷丹山碧水之乡,月涧云龛之奥。甘氏聚族其间,率皆茹露饮泉,倚岩据壁,独得山水灵异,气性森严,芳洁回出尘表。呼吸之间,清风徐来,相对弥永,觉心神倍爽,顷滞顿消。大约森伯之为人,见若面目严冷,实则和而且正;始若苦口难茹,久则淡而弥旨,君子人也。然亦卒以此不谐于俗。庆历间,蔡君谟襄为福建运使,始荐于朝。得召对,使待诏尚食郎,而为开府于建之凤凰山,置北苑使领之。培植造就,岁拔其尤以贡。是时上眷方隆,当宵衣恭默,尝得侍禁秘。森伯虽故冷面,而上愈益优渥之;亦时时进苦口,上亦茹纳之。由是森伯声价重天下,公卿争欲得以为荣。已而,其别族之居日注者渐有名两浙间,而双井白氏尤盛。世皆以其甘脆可悦,而嫌森伯之难近也。久之,遂得进幸,而渐绌森伯。未几,罢贡,放还乡里,森伯疾俗好之难谐也。真赏之,莫逢也;天邪之,害正也。优游林下,日与幽人逸士游。尝慷慨太息,以为自古人君莫不欲得苦口之臣,职司喉舌,翼有补导。卒之,便利之徒日以进,刚严之士日疏者,盖甘乃易入,苦则难茹,人情然也。与眉山苏轼最善,轼有《寄钱安道》诗,论及森伯。至此之汲暗,盖宽饶。森伯闻之,叹曰:"东坡,我鲍叔也。抑吾于苏氏徽特,臭味之投,毋亦其性有近焉者乎?"熙宁、绍圣不可言矣。当元祐时,司

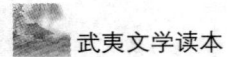

马君实得政,君子道长矣。而东坡犹以不安于朝。洎建中初,韩、曾崛起,党籍诸臣,以次收用,独苏氏兄弟尚领宫祠。故东坡论争以苦硬。如坡者正,复坐硬耳。夫以元祐、建中之会,司马、韩曾之贤,犹不能无限于二苏。他何论焉。时事若此,可以隐矣。先是森伯之祖,尝与王肃善。及肃入魏,而见辱于酪奴。至是又为日注、双井后进夭邪者所夺,遂戒子孙勿仕进。及卒,同人私谥曰晚甘侯,表其节也。子孙散处建阳、武夷者甚蕃滋,而森严芳洁,大有乃祖风。

赞曰:建溪山水深厚,其大醇,茂而质直。予尝游武夷,流览三十六峰之胜,见森伯故所,居处山皆石骨,水多甘泉,土性坚而腴。森伯之风味若此,毋亦地气使然耶?嗟夫,以森伯之冷面苦口,虽非如蘖之用,使得为御使都谏,其风力顾何如哉?

作 者 简 介

蒋衡(1672—1743),清诗人,书法家。一作衡,又名振生,字湘帆,一字拙存,号江南拙叟,又号函潭老布衣,金坛人。蒋衡花了12年时间,用楷体书写完成《乾隆石经》,该巨作具有楷法工正、布局协调、笔墨润秀等艺术特色。包世臣在《艺舟双楫》中评蒋衡的楷书为"佳品"。有《拙存堂临帖》二十八卷,著有《拙存堂诗文集》、《易卦私笺》二卷及《书法论》。

作 品 简 评

清朝闽北人蒋衡在《云寥山人文集》中特为"晚甘侯"作传。《晚甘侯传》是一篇极具文献价值的传记散文。该传沿用了前人对武夷岩茶的美称——"晚甘侯",通篇以拟人化的笔法,酣畅淋漓地为武夷岩茶写传。作者巧妙地取用了《诗》中的典故来为甘美的武夷岩茶命名:姓甘,名如荠,字森伯。《诗·邶风·谷风》云:"谁谓荼苦?其甘如荠!"作者还匠心独具地把武夷岩茶的"茶品"拟人化为"人品",赞之曰:"君子人也!"足以与周敦颐称莲花为"花之君子"相媲美。

思 考 题

1. 比较阅读本文与苏轼《叶嘉传》写法上有何异同?
2. "晚甘侯"具有怎样的品质?

咏武夷茶

◎(清)陆廷灿

桑苎家传旧有经,弹琴喜傍武夷君。
轻涛松下烹溪月,含露梅边煮冷云。
醒睡功资宵判牒,清神雅助昼论文。
春雷催茁仙岩笋,雀舌龙团取次分。

作者简介

陆廷灿,清朝嘉定(今上海市)人,生卒年不详,曾任崇安(武夷山市)知县。著有《续茶经》等书。

作品简评

诗中极力描绘了诗人一系列茶事活动的雅趣:(一)在武夷山麓,读《茶经》,写《续茶经》,弹琴取乐。(二)在淡云、月下、松林、溪边、梅旁、露中煮茶。(三)饮茶后,精神振奋,夜可判牒,昼可论文。(四)品评武夷山雀舌、龙团等茶中精品,排定等级。这一切,不亦乐乎!

思考题

说说你的饮茶见闻与感受。

第四节

武夷山咏兰、咏桂诗词

中国兰花,又称国兰,是我国人民最喜爱的传统名花之一。兰花与梅、竹、菊并称"四君子",然而梅有花而无叶,竹有叶而无花,菊有叶有花而无香,"四君子"中唯独兰花叶、花、香兼而有之。几千年来,兰花以香、色、姿、韵倾倒国人,有着"国香""王者香""香祖""第一香""百花之英"等众多崇高的美誉;它朴实纯真,清雅高洁,坚贞无私,体现并代表着中华民族的优秀品德,世人常常以兰花的贞节来教育后人。兰花,是人格化的花卉。在世界上,有许多国家的城市都把兰花定为市花。2003年3月7日,经过武夷山市第十三届人民代表大会第六次大会投票一致表决通过,兰花成为武夷山市的市花。

中国兰花不仅凭其特有的"香"获得国人的偏爱,更以高尚的品格、育人善化的功能、深厚的文化内涵而在花卉世界的群芳园里传颂几千年。中国兰花是一种文化符号(刘清涌语)。早在2000多年前,孔子就把兰花称为"王者香草",并把兰花以君子相喻。他在《家语》中写道:"芝兰生于幽谷,不以无人而不芳;君子修道立德,不为穷困而改节。"他又说,人们应像芝兰一样,"不以无人而不芳,不因清寒而萎琐。气若兰兮长不改,心若兰兮终不移"。孔子以兰花生长的自然特性表达了不因清贫或者富贵而动摇自己的志向,这种精神对中华民族的影响是深远的,几千年来始终铭刻在炎黄子孙的心中。孔子作为伟大的教育家,还创造性地把养兰同教育结合起来。他说道:"与善人居,如入芝兰之室,久之不嗅其香,与之具化也。"提出交朋友要择善而交,将中华民族审美的核心——"善"十分精确地融入了兰花,给兰花赋予了深刻的文化内涵,从此奠定了中国兰文化的地位。战国时代,伟大的爱国诗人屈原又将坚贞、高洁的情操注入兰花。他的这种高尚情怀体现在《九歌》和《离骚》中的许多歌咏兰花的诗篇中。兰文化还融入了我国人民的日常生活中。人们将情投意合而结为异性兄弟姐妹称为"义结金兰",将志同道合之人称为"兰交",将女子的卧室称为"兰闺",将贤人、志士亡归称为"兰摧玉折",将文章写得好称为"兰章",此外还有兰石、兰襟、兰期、兰讯、兰魄、兰质等许多美称。人们甚至将不是兰花的花卉都冠以兰的美名,如白玉兰、君子兰、紫罗兰、米兰、木兰等。几千年来我国人民生儿育女以兰取名的也多得不计其数。中国兰花可以说是中华民族优秀品德的结晶之花,具有深邃内涵。

武夷山兰花是中国兰花家族的重要成员,武夷山兰文化是武夷文化的重要组成部分,也是我国兰文化的组成部分。武夷山地处武夷山脉的南坡,境内地势北高南低,气候温和,雨量充沛,冬无严寒,夏无酷暑,特殊的地理位置和气候给武夷山兰花提供了良好的生长环境,因此这里的兰花资源丰富,成为我国19个省、自治区、直辖市产兰分布的地理中心。武夷山出产许多种类的兰花,有春兰、春剑、蕙兰、建兰、四季兰、寒兰(含春寒兰、夏寒兰)等;还发现了许多珍贵、稀有的品种,瓣型上有荷瓣、梅瓣、水仙瓣;叶艺上有银边、金边、镐艺、中透等,还有素心、水晶、奇花、蝶花等。中国兰花的大多数种类在武夷山都有分布,尤其是武夷山寒兰,因品种多、香味好,资源丰富,且具有"轩昂的株型,幽雅的风姿,卓立的花箭,飘逸的花朵"(刘清涌语)而在国内兰花界占有重要的地位,因此武夷山也被国家兰花专家称为"中国寒兰之乡"。而且,据兰花专家考证,武夷山寒兰少有不香的品种,有些特殊的品种甚至在-50℃仍有冰雪般的寒香,其香气可直透人的大脑中枢神经,嗅之,可使人神清气爽,精神倍增,不是其他种类的兰花所能比的。近年来,武夷山还发现了国内其他地区没有发现的兰花新品种。

武夷山兰花是武夷山世界双遗产地内的最具观赏性植物之一,其本身就以品种的多样、物种的优秀、栽培的历史、古今的题咏而具有自然与文化双重遗产的性质。古往今来,武夷山兰花就备受名人雅士和墨客骚人的喜爱和赞赏,由此形成武夷山的兰文化。

咏 兰

◎(唐)唐彦谦

清风摇翠环,凉露滴苍玉。
美人胡不纫①,幽香蔼空谷。

作 者 简 介

唐彦谦(?—893),字茂业,号鹿门先生,并州晋阳(今山西省太原市)人。咸通末年上京考试,结果十余年不中,一说咸通二年(861年)中进士。乾符末年,兵乱,避地汉南。中和中期,王重荣镇守河中,聘为从事,累迁节度副使,晋、绛二州刺史。光启三年(887年),王重荣因兵变遇害,他被责贬汉中椽曹。杨守亮镇守兴元(今陕西省汉中市)时,担任判官,官至兴元节度副使、阆州(今四川省阆中市)、壁州(今四川省通江县)刺史。晚年隐居鹿门山,专事著述。昭宗景福二年(893年)卒于汉中。

注释

①纫:佩带,喻感佩不忘。

作品简评

这里的"翠环"是指建兰条状的绿叶,"苍玉"是指素心建兰的白色花朵。诗人将兰叶比作在清风中摇曳生姿的翠环,缀满清凉露珠的苍玉,从视觉和触觉两方面描绘了兰花幽美的意象。后两句写兰香幽雅绝俗,溢满空谷,只有美人(有道德修养的人)才能真正赏识。诗人对兰花的描写可谓深入、细微,对兰花的幽香无人赏识似有哀叹。

建兰栽培历史悠久,品种繁多,尤以我国广东、福建和台湾等地栽培广泛。这首诗也是关于我国建兰的最早文字记载。宋代,建兰栽培进入全盛时期,宋太祖赵匡胤(960年)喜爱四季兰,每年福建、广东收集四季兰名种进贡,也促进了民间对建兰的钟爱和发展。(《最新图解兰花栽培指南》,王意成主编,江苏科学技术出版社2007年版,第136页)

思考题

从形、色、香等方面给兰花做一个恰当的比拟。

兰

◎(宋)朱 熹

漫种秋兰四五茎,疏帘底事太关情。
可能不作凉风计,护得幽兰到晚清。

作品简评

诗中通过兰花超凡脱俗、洁身自好、保持晚节的品格,抒发了诗人不随波逐流,坚守节操的高尚品德。被誉为"二代下之孔子"的南宋大理学家朱熹就十分喜爱兰花,他在武夷山著书立说五十年中,不仅种兰、赏兰,而且赞兰、颂兰;他还给自己最喜爱的一株兰花取名为"丽娘"。

思考题

1. 说一说这首诗后两句的含义。

2. 比较阅读朱熹的其他咏兰诗：

《咏蕙》："今花得古名，旖旎香更好。适意欲忘言，尘编讵能老。"

《秋兰已悴以其根归学古》："秋至百草晦，寂寞寒露滋。兰皋一以悴，芜秽不能治。端居念离索，无以遗所思。愿言托孤根，岁晏以为期。"

《兰涧》："光风浮碧涧，兰杜日猗猗。竟岁无人采，含薰只自知。"

《兰》："秋兰递初馥，芳意满冲襟。想子空斋里，凄凉楚客心。夕风生远思，晨露洒中林。颇忆孤根在，幽期得重寻。"

墨　兰

◎（宋）郑思肖

钟得至清气，精神欲照人。
抱香怀古意，恋国忆前身。
空色微开晓，晴光淡弄春。
凄凉如怨望，今日有遗民。

作者简介

郑思肖（1241—1318），宋末诗人、画家，福建连江人。原名不详，宋亡后改名思肖，因肖是宋朝国姓赵的组成部分。字忆翁，表示不忘故国；号所南，日常坐卧，要向南背北。亦自称菊山后人、景定诗人、三外野人、三外老夫等。曾以太学上舍生应博学鸿词试。元军南侵时，曾向朝廷献抵御之策，未被采纳。后客居吴下，寄食报国寺。郑思肖擅长作墨兰，花叶萧疏而不画根土，意寓宋土地已被掠夺。著有《心史》《郑所南先生文集》《所南翁一百二十图诗集》等。

作品简评

这是一首题画诗，诗人所绘墨兰既无根，又不着土，在构思上寓有深意。诗中的"恋国""遗民""凄凉""怨望"等语，明确道出了追忆前朝、宁作遗民的感情和怀抱，而"清气""精神""抱香"等，则是自己高风亮节的象征。诗人赋予墨兰深沉的故国之思，寄寓了国家兴亡之恨。诗画都有作者节操的寄托。守道持节的人格与清高孤独的诗境、画品，凝为传统美学中最重要的概念之一，这就是"清"。它与古代气质性命之学，也是相互贯通的。

鉴于武夷山兰花在全国的知名地位，郑思肖又是福建人，武夷山兰花于宋时已著名，历史上与武夷茶同为闽中贡品。将此题画诗归属于武夷文学，应该有其合理性。

思考题

你怎样看待诗中所蕴含的民族精神？

咏建兰

◎（明）文徵明

灵根珍重自瓯东,绀碧吹香玉两丛。
和露纫为湘水佩,临风如到蕊珠宫。
谁言别有幽贞在,我已相忘臭味中。
老去相如才思减,临窗欲赋不能工。

作者简介

文徵明(1470—1559),原名壁(或作璧),字徵明,长州(今江苏苏州)人。四十二岁起,以字行,更字徵仲。因先世衡山人,故号衡山居士,世称"文衡山",明代画家、书法家、文学家。生于明宪宗成化六年(1470年),卒于明世宗嘉靖三十八年(1559年),年九十岁,曾官翰林待诏。诗宗白居易、苏轼,文受业于吴宽,学书于李应祯,学画于沈周。在诗文上,与祝允明、唐寅、徐祯卿并称"吴中四才子"。在画史上与沈周、唐寅、仇英合称"吴门四家"。

浙江温州、金华盛产建兰,历史悠久,最初系福建传入,宋时已著名。历史上与武夷茶同为闽中贡品(《二十一世纪科学万有文库》第26辑,李庆康、冯春雷、曾中平主编,中国国际广播出版社1997年版,第43页)。灵是兰的又一特质,与"燕姑梦兰"故事有关,故古人又称兰为"灵根"。诗题虽为"咏建兰",却无法感受到"建兰"与春兰、秋兰、墨兰的不同之处,因为诗人着意渲染的是"建兰"的神,而不是"建兰"的形;以"写意"笔法突出兰花的香味与幽贞,亦是传统兰意象的再现。末联笔力稍弱,使全篇逊色。

兰

◎（明）董其昌

绿衣青葱傍石栽,孤根不与众花开。
酒阑展卷山窗下,习习香从纸上来。

作者简介

董其昌(1555—1636),字玄宰,号思白、香光居士。汉族,松江华亭(今上海闵行区马桥)人,明代书画家。万历十七年(1589年)进士,授翰林院编修,官至南京礼部尚书,卒后谥文敏。擅画山水,师法董源、巨然、黄公望、倪瓒,笔致清秀中和,恬静疏旷;用墨明洁隽朗,温敦淡荡;青绿设色,古朴典雅。以佛家禅宗喻画,倡"南北宗"论,为"华亭画派"杰出代表。其画及画论对明末清初画坛影响甚大。书法出入晋唐,自成一格,能诗文。存世作品有《岩居图》《秋兴八景图》《昼锦堂图》等。著有《画禅室随笔》《容台文集》

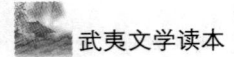

等,刻有《戏鸿堂帖》。他的书法兼有"颜骨赵姿"之美。

作品简评

这也是一首题画诗。兰的孤独,有着一意孤行的凉意。不沟通、不奉迎,是有别于红尘的冷寂,一花不与凡花同的孤清。只有文人雅士才能真正欣赏兰花清雅绝俗之美。

风兰曲

◎(清)苏大山

吁嗟万里送君行,剑水潇潇白发生。
愿君如花长不老,为咏风兰当渭城。

作者简介

苏大山(1869—1957),近现代藏书家,字荪蒲,又字君藻,福建泉州人。前清贡生,曾加入中国同盟会,中华人民共和国成立后任泉州市人民代表、政协委员。善诗,通泉州文史。温陵"欸社"社员,家富藏书,地方文献和明清刻本收藏较多,先后收藏有近万册,藏书楼有"红兰馆",1931年前后,编《红兰馆藏书目》1册,现藏于泉州市图书馆。藏书印有"家在胭脂井畔"等。刊刻《红兰馆小丛书》,搜集地方先贤文献数种,如明俞大猷的《剑经》一书,《四库全书总目》没有收录,十分珍贵。辑《温陵文录》《温陵诗徵》,惜被焚毁。著《红兰馆诗钞》存世,赋《洛阳桥七绝》。

作品简评

这是诗人苏大山在送朝鲜友人离开武夷山时作的一首送别诗。此诗借咏兰表达了诗人希望两人友谊永世长存的美好愿望。

补充阅读

1. 清李鸿瑞《素兰唱和集》中的:"建谷奇芳胜岭茶,素心人惜素心花。"
2. 郭沫若到武夷山游览时,也为武夷山的兰花所吸引,留下了"幽兰生谷香生径,方竹满山绿满溪"的诗句。
3. 朱德《咏兰》:

一

幽兰吐秀乔木下,仍自盘根从草傍。
纵使无人见欣赏,依然得地自含芳。

二

东方解冻发新芽,芳蕊迎春见物华。
浅淡梳妆原国色,清芳谁得胜兰花。

作品简评

这两首诗歌颂了兰花不喜张扬,不争虚华,默默奉献幽香的精神实质,体现了诗人崇高的人格力量和高尚的情操。

开国元勋朱德总司令生前也十分喜爱兰花,是一个标准的兰花迷,被誉为"香帅"。他在繁忙的工作之余还经常亲自动手种植兰花,为兰花培土打药。20世纪60年代,他到武夷山游览和考察时曾为武夷山的兰花流连忘返。回去后,朱德同志还带走了几株"武夷兰"。在"文革"中遭到迫害时,兰花也被当作"毒草"受到连累,他就把自养的名兰赠给国内的各兰园、兰圃。

桂花(英文 Sweet Olive),木犀科木犀属,又名"岩桂""木樨",俗称桂花树,中国十大名花之一。武夷山的桂花很多,翰墨石上、九曲溪两岸都有。当旅客游兴正浓之际,缕缕幽香,阵阵扑来,令人陶醉。每逢中秋时节,武夷山的桐木、庙湾等地,桂树成林,连绵数里,遍野芳香。

在武夷山比较常见的桂花有四种:花色呈白而微带黄的银桂;花色赤黄的金桂;花呈红色的丹桂;花期比金桂、银桂长的四季桂。它们虽然没有绚丽的色彩,也没有妩媚的姿态,但却清香绝尘,浓郁远溢,沁人心脾。历代文人墨客皆喜歌咏武夷山木樨。

咏 桂

◎(南朝)江 淹

苍苍山中桂,团团霜露色。
霜露一何紧,桂枝生自直。

作品简评

这是江淹被贬浦城时所作。诗中描绘了武夷山中桂树在严霜寒露的紧逼下,仍然呈现出苍翠茂盛的生长态势,赞美了桂树在艰难环境中依然保持正直的高贵品性。此诗艺术上采用的是传统的托物比兴手法,寄寓了诗人逆境中傲然独立的品格。

补充阅读

江为有咏桂佳句:"竹影横斜水清浅,桂香浮动月黄昏。"

江为诗作大部分已散佚,此联诗引起后人争议。宋代诗人林逋只改了二字,遂成咏梅绝唱:"疏影横斜水清浅,暗香浮动月黄昏。"林逋的成功得力于江为不少,然而后人往往贬低江为,认为林逋是点铁成金。其实,江为的诗句非常妥帖地反映了闽北山区的景色。与林逋改作相比,一个是野趣盎然,一个是工笔画意,各有特色。

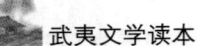

咏 桂

◎（宋）罗从彦

仙窟移来成美景，东堂分去结清阴。
我今不愿蟾宫折，待到蟾宫问上吟。

作者简介

罗从彦（1072—1135），字仲素，号豫章先生，出生在南剑州，生于宋神宗熙宁五年（1072年），卒于宋高宗绍兴五年（1135年），年六十四岁。

宋明时期，我国东南地区出现了一批研究、倡导、宣传并发展二程（程颢、程颐）理学的学者，经过数代学者的长期艰苦努力，终于在学术上形成了有别于濂、洛、关学的独立学派，这就是我们所说的"闽学"。在这一学派中，最著名的是杨时、罗从彦、李侗、朱熹，史称"闽学四贤"。

作品简评

这首诗一改理学诗枯燥说理的毛病，诗人怀着孩童般的天真，想象着如此美妙的桂树应该是从月宫中移植而来的吧，再分些给东堂，让大家都能享受它的清阴。诗人诗兴勃发，想折一枝蟾宫之桂寄寓情怀，但理学家的仁者之心使得他抑制了这一冲动。诗人怀着对万物和自然生命的尊重和热爱，想象自己到月宫中吟诗问月，有一种萧散的风神和风光霁月般的襟怀。

咏 桂

◎（宋）朱 熹

亭亭岩下桂，岁晚独芬芳。
叶密千层绿，花开万点黄。

作品简评

这是一首很有名气的咏桂诗。语言自然朴实，短短20个字，就把桂花的生态习性（生于岩岭间）、物候表现（花开中秋节）以及挺拔的主干、层叠的枝叶和稠密的花朵，描绘得淋漓尽致。诗中也表现了一位旷世大儒独立不迁的人格和对理学未来的坚定信念。

采桑子·题木犀

◎（宋）李　纲

其一

幽芳不为春光发，直待秋风，直待秋风，香比余花分外浓。
步摇金翠人如玉，吹动珑璁，吹动珑璁，恰似瑶台月下逢。

其二

枝头万点妆金蕊，十里清香，十里清香，介引幽人雅思长。
玉壶贮水花难老，净几明窗，净几明窗，褪下残英簌簌黄。

作品简评

李纲的这两首咏桂词表现了宋代文人雅致精美的生活情趣，可谓风情摇曳，引人入胜。读后使人觉得余香满口，余情未了，是咏物词中的佳作。

思考题

1. 课外搜集李清照的咏桂词，并与李纲的咏桂词相比较。
2. 武夷山咏兰、咏桂诗词还有很多，请做一番调研。

下编 近现当代武夷文学

第六章
近代武夷文学

第一节

概 述

  近代武夷文学作品,即 1840 年鸦片战争至 1919 年五四运动时期大武夷地区的文学创作,文学作品以散文、诗歌、作品集、摩崖石刻为主。由于近代时期文学资料较少,难以搜集,为了将更多的文学作品展现在读者面前,本编入选作家,参照任访秋主编的《中国近代文学大系》的编选标准,凡 1919 年之前出生的作家,及"卒年在 1840 年而主要活动在鸦片战争之前的部分重要作家、作品,间亦以选录,以反映嘉、道之际既已生成的思想与文学变动"。①

一、文体研究——诗歌散文"花"生两枝

  通过对近代时期的武夷文学进行整理后可以发现,文体多以诗歌和散文为主,小说、戏剧两种文体甚少以至几乎没有。可以说,散文和诗歌是近代武夷文学这根枝干上盛开的最为瞩目的两朵鲜花。

  为何散文与诗歌如此繁盛?浅析原因,首先,这一时期旅游文化开始渐渐兴起。武夷山风景秀丽,山川峻美,来往之客均会随性题上几句。在这一时期的武夷作家中,桐城派也占有少数,他们"以唐宋古文运动的继承者自居,其清淡雅洁、言简有序的散文风格,颇得有抒情言志之好文人的青睐"。②

  其次,中国历史上的近代时期本就是一个特殊的时期。当时的清政府在政治方面衰朽腐败,在学术方面禁锢人们的思想,同时,面临着帝国主义的入侵,有识之士纷纷倡导新思想、新政治、新文学,这是一个新旧思想相互冲突碰撞的时期。这一时期的作者多以官吏为主,面对山河遭危,他们心中的爱国之情均被一一记录在笔下,而散文与诗歌正是最能直接表现情感的表达方式。

  在这种时代背景下,散文也开始了变革。在袁行霈主编的《中国文学史》近代文学编中,编者提到了近代散文发展的大致趋势是:"近代散文的发展,大致看来,有这样两

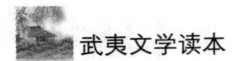

个方面:形式主义的桐城派古文,由回光返照、极盛一时,终于失其'流风余韵',沾被百年的统治地位;相反的一面是打破宗派的成见,迅速反映现实社会政治问题的各种新体散文,随着资产阶级从改良主义运动到民主革命的发展,声势日益壮大,形成了广阔潮流,呈现了过渡时代灿烂的复杂的文坛景象。"③新体散文的出现"一是外援,二是内应。外援即是西洋的科学、哲学与文学上的新思想之影响,内应即是历史上言志派文艺运动之复兴"。④

二、内容研究——闪耀着民族精神的内涵

民族精神有着多重的内涵,在不同的时代被赋予不同的内涵。在近代时期的武夷文学作品中,体现的是对祖国大好河山的热爱,对时势的忧患意识以及存亡继危的爱国之情。

近代时期的武夷文学在内容上有吟游山水之作,有感叹人生际遇之作,有赠友送别之作,有生活杂感之作,亦有忧国忧民之作。在这诸多内容中,民族精神荡漾在每一个作品之中。

武夷风光天下传,自古至今便有无数来客于此,秀丽风光,引无数文人卖弄风骚。看到祖国的大好河山,文人骚客都会忍不住将心中的喜爱与敬仰之情流露在笔下的一篇篇作品之中。无论是慕名仰望,还是在此恬淡生活,对这山川的喜爱却都是不约而同的。

忧患意识,在中国的文学里包括悲悯、自觉、责任等诸多方面,它是中国文人独有的文化情结、道德意识。近代时期武夷文学的忧患意识,表现在因鸦片的泛滥而毒害了中国人,"这一时期的散文,既真实生动地反映了人民群众英勇抗敌的斗争,又强烈地谴责投降派的卖国求荣,并为抗战志士受冤鸣不平。抗争雪耻,自强自立成了这一时期散文中最突出的基调"。⑤人们认识到鸦片对中华民族将会造成巨大的伤害,开始反抗鸦片传播,维护民族利益的意识开始觉醒,存亡继危的爱国热情高涨。曾世霖在其诗《洋烟毒中国》中就写道:"洋烟毒中国,生灵付一炬。"林昌彝也在其作《挽林则徐联》中表达了对林则徐的赞美之情。可见,侵略者通过鸦片这一行径进行的种种罪恶勾当已经引起了一些学者的重视,他们所反映的主张,在某种程度上表达了人民的愿望和要求,反映了人民的忧患意识和捍卫民族独立的意识在不断提高。

近代时期的武夷文学,由于时代的复杂性,其作品不再是单纯的吟游山水、讲经说道,人们开始将更多的目光放到了国难之下中国人面对的艰难处境上。外有侵略,内有忧患,这一时期文人的民族意识开始觉醒,这一时期的作品也必被赋予时代的内涵。

近代时期的武夷文学资料搜集整理,以诗歌散文为主,少见小说。对于这些文学资料的搜集整理,多少会存在一些遗漏之处,例如楹联方面由于现存文献记载不多,多在民间,所以这方面就没有进行详细整理。

虽然搜集资料的过程很艰难,但是通过对近代时期的武夷文学资料搜集整理,让我们更深入地感受到武夷文学的独特魅力,了解到武夷文学的文化内涵,对武夷文学有了

更深入的了解与认识。

近代时期的武夷文学不再是传统意义上的以朱熹理学为中心,而是在新的时代背景下有了新的内容和内涵。文学正是要顺着时代潮流的发展进行创新和改变,才能顺应时代发展的趋势,进步向前。

参考文献

①任访秋.中国近代文学大系(1840—1919)·散文集1[M].上海:上海书店出版社,1992:19.

②关爱和.二十世纪中国近代文学研究述评[J].中州学刊,1999(6):139.

③袁行霈.中国文学史·第四卷[M].北京:高等教育出版社,1999:166.

④周作人.中国新文学大系(散文一集)·导言[M].上海:上海文艺出版社,1935:55.

⑤谢飘云.近代散文:闪烁着民族精神的时代华章[J].华南师范大学学报(社会科学版),1995(1):72.

第二节

散　文

武夷山志序①

◎(清)王　拯

武夷以九曲称。按图,自问津亭入溪口滩,溯而上不数棹,稍北复西,为一曲。大王峰巍然北据,雄掌一山,冲佑观在其麓。东挟慢亭峰,西南大小观音石、兜鍪峰、狮子峰。过铁板嶂,又西折浴香潭北上,为二曲。东惟仙榜岩,西则镜台、玉女、凌霄、三髻诸峰,玉女特高秀。峰回溪转,至雷磕滩,右折如钩,为三曲。小藏峰临其西,东北会仙岩、上升峰、仙游岩、洛伽岩。经大藏峰,乃沿而下卧龙潭,为四曲。水北行,群峰立水际,高极天。前御茶园,其对日钓台。又西日金谷洞、玉华峰,小九曲在其下。又前至平林渡,为五曲。北隐屏峰,其下紫阳书院在焉,地奥始旷。南面晚对峰,城高、天柱左右朝拱。其前溪流如带,山之最胜,九曲之中也。苍屏、响岩之间,水折而东,甫下老鸦滩,即南为六曲。故六曲地稍促,而天游嵯峨东北,立其巅一揽亭。亭之对,稍西日上城高,其下放生潭。潭折而东,为七曲。南烟际岩,北三仰峰最高。其东百花庄,又东鼓楼岩,山势至此稍平夷。舟上芙蓉滩,为八曲。鼓子两峰、大小廪石南北差相对。又上道院洲,为九曲。洲在两溪之间,后溪自星村稍北流过洲,复折而东,前溪过星村桥东注狮子林,复绕林西北行,至灵峰下乃合后溪流。仙岩数峰者在其南。星村桥又上直北,则马月岩矣。水自大源山数十里合周、杉二溪,过星村,入山曲折峰峦丛杂中,下至卧龙潭。北上至雷磕滩,复下经铁板嶂、大王峰以出山。前渡过问津亭,合大溪。游人舟自大溪以来,故九曲之名以溯流得之。雷磕滩地独高,故自溪口以来日上,丽过雷磕以至卧龙潭日下。实则水皆溯流,自芙蓉滩以至道院洲又为上矣。

　　山峰之大者三十六,次有名称犹数十余。郦道元称其山多敛下丰上,诡形殊状,与他山绝。又其周百余里,两崖绝壁人迹罕至之处,枯槎怪石、遗骸蜕骨往往在焉。朱子以为道阻未通,川壅未决之时,夷酋君长所居,而汉祀者传以为仙,理宜然也。自宋胡文定父子、刘草堂、李延平始来山居,诵习于此,至朱子而自辟精舍,山之灵爽乃益大著。高文举创山图,朱子为序,而又男为缀九曲棹歌协,以道兹山之胜备矣。踵为志者数家,崇安董君天工病其未详,合纂一书,合河孙文定公序之,以谓昔贤琴剑栖止之区,一草一木皆足使人流连感叹。武夷灵异,宜闽之士夫乐道而为之书者是也。

　　罗君经甫亦崇安人,以其先志复刻此书广州,而视余序之。爰综括其山川图说之略,以附朱子《棹歌》之后。他日或游此山乃益有所向也。

作者简介

　　王拯(1815—1876),原名锡拯,字定甫,号少鹤,又号龙壁山人,广西马平人。道光二十一年(1841年)进士,官至通政使。论诗主"本之性情而可达政事",推重郑珍、莫友芝诸人。为文宗桐城派,文笔清新流畅,纪游颇有佳作,与朱琦、龙奇瑞等并称"粤西五大家"。他论学术,反对乾嘉汉学,认为"所谈既不以行于身,为文至不能通其意",表明了比较明显的理学倾向。著有《龙壁山房文集》《龙壁山房诗集》《茂陵秋雨词》《瘦春词》等。

注释

　　①本文选自《中国近代文学大系(1840—1919)·散文集2》,任访秋主编,上海书店出版社1992年版,第294~295页。原文选自光绪癸未善化向氏校刊本。

作品简评

　　本文共分三部分。第一部分,详细描述了九曲溪流域所经之处的山川概貌;第二部分,主要讲述了武夷山深厚的人文背景;第三部分,交代了写作此序的前因后果,及自己写此序的目的和期望。

　　通篇读来,文字凝练、清晰、准确,简短三段详细讲述了武夷山独特的自然风光、人文背景及写作始末。整体结构层次分明、详略得当。读者通篇读完,对武夷山的核心特质有了一个整体的把握。特别是文章第一段详细交代了九曲溪的起始终末、山脉位置、流水走向、独特景观,这给读者呈现了一幅完整而又翔实的"九曲溪图"。

思考题

1. 认真阅读全文,按文章描绘,手绘武夷山九曲溪线路图,并标注出每一曲的景观及大致方位。
2. 利用课余实践活动环节,畅游九曲溪,并写游记一篇。

记茶佣①

◎(清)程守谦

四民皆有著籍,有恒业。无业与籍而流转四方以趁食者有三,曰:佣、丐、盗。丐恃乞,盗恃劫,佣则自食其力者也。天下之地不尽垦,佣无所食,则必有流为丐散为盗者。民以食为天,是故铸山煮海,利之所在,佣必趋之。是即天之所以养是人也。自唐以来,人知饮茶,茶之利与盐铁等。产茶之区,佣实众。

夫茶必产山地,以土厚地高得气先。而建茶顾名闻天下,盖环闽皆山,山皆可种茶,不独武夷然。其利既庶,四方无籍之人举赖以食于是。茶佣之利,江右、粤东之人争趋若鹜。其种植有法,其灌溉有宜,田不必方罫而岩谷遍,树不盈二尺而枝叶骈繁。采掇之时,自谷雨前至夏五,人功早晚,分收获之高下,售直之多寡,故茶户并日而采。主伯亚旅尽室行,力不足则取诸佣而贾之。善居奇者争先售,益多募佣。因之佣益集,茶益多,而佣之直愈厚。此辈金钱入手辄饮博尽。茶市既毕,佣无所事事,往往流于道路,不为丐,则为盗。甚矣客民能聚而不能散也!

以予所闻,入瓯宁境以下,茶产较多,茶佣倍利。通商各国市茶既什倍前,建茶每岁售至数十百万,宜乎佣之日积日多也。然佣以茶来,茶毕,佣安往?其归乎?其不归乎?其获利乎?其未获利乎?是不可得而知。盗风之不息,或由于此。是在良有司留心茶政,思患而豫防之,则弭盗清源,此亦其一要也。

作者简介

程守谦(?—1876),字荀叔,江苏仪征人,居扬州。诸生。曾游幕河南、福建、四川等地,卒年五十有奇。为文平易畅达,长于叙事状物。著有《退谷文存》。

注释

①本文选自《中国近代文学大系(1840—1919)·散文集2》,任访秋主编,上海书店出版社1992年版,第483~484页。原文选自台北文海出版社《近代中国史料丛刊》影印本。

作品简评

程守谦在游记散文《闽游记》中,详细叙述了从江浙一带进入福建省内旅游的整个过程。内容平铺直叙而又翔实清楚,并在文章最后交代了这次旅行所写游记散文九篇,其中《记建阳山水》《记茶佣》《记延平滩》属于大武夷游记散文。

《记建阳山水》描述了建阳的自然山水环境和地理人文环境。文章首先阐明一个观点:天地清淑、灵钟山水之地孕育魁杰之士,而建阳属于山水秀结之处。那里的名胜古迹主要有寒泉精舍、朱子葬母处、考亭书院等。

本文《记茶佣》给我们讲述了"茶佣"这一群体的产生、发展,及未来可能产生的隐患,让我们对"茶佣"拥有了一个详细的认识与了解。文章一开始告诉我们什么是"佣""茶佣",然后讲述了"茶佣"的主要工作和生活,最后一部分提出了对"茶佣"隐患的担忧,以期引起为官者的关心与关注。

思 考 题

1. 何为"茶佣"?
2. 作者为何说"是在良有司留心茶政,思患而豫防之,则弭盗清源,此亦其一要也"?

武夷纪游①

◎ 万　琪

民国三年十一月三日,偕崇安王春如、彭葵阶,建阳周荫午,自崇安南郭外雇舟下驶。行五十里,至赤石午餐。舟中望见层峦起伏,有峰巍然,探首天际。春如语余曰:"此武夷第一曲大王峰也。"饭后顺流而下,两岸沙渚潆洄,溪流清澈,山丹水碧,风景顿殊。约行十余里,至兰汤渡,舍舟登陆。寻村径经幔亭峰,仰视岩头,林木葱翠,形如覆鼎。相传武夷君设幔亭宴曾孙于此,故号幔亭云。岩背三峰矗立,为三姑峰。岩下荒烟蔓草中有废基盈亩,志称彭祖基,谓系彭祖遗宅。旁有彭祖冢,已湮没不可辨,盖亦鼎湖②葬衣冠之类,不足信也。沿溪行二里许,至武夷宫,坏殿颓垣,鞠为茂草,仅有羽流二人奉香火。殿旁为冲佑观址,今颜曰冲和观,观内颇轩敞,邑富朱氏修葺为游憩之所,遂下榻焉。夕阳甫没,山雨倏来,怪壑幽岩,猿啼鸟叫,喊眦趺坐③,觉迥非人间境也。

四日,天大风雨。晨餐后雨止,偕春如、荫午谒王文成祠。祠在武夷宫右,室仅小屋三楹,中祀文成公④,栗木⑤非复当年轮奂矣。祠出武夷宫山门,沿溪行,游止止庵。庵在大王峰下,宋詹美中建,白真人玉蟾修持之所也。室宇三栋,上栋有楼,祀玉皇。凭栏观兜鍪、狮子诸峰,凝烟笼翠,尽态极妍。前构屋三楹,祀白真人像。旁一室祀十三仙。羽流曰:"先是大王岩罅有朱匣十余,相传中贮仙蜕。光绪间士人结云梯探取,甫出三匣,风雷遽作,遂止,乃以三匣中遗骸濡泥肖仙像十三,谓为十三仙云。"亭午,天稍霁,与荫午登大王峰。自冲佑观后沿磴旋行约一里许,至山半有亭可小憩。视峰顶尚在空际,而兜鍪、玉女诸峰俯与亭齐,已步跻飞鸟背矣。再拾级上,苔濡径滑,山均曲折如旋螺,狭处仅容半蹯⑥。岩半有石门入,壁立万仞,惟石罅竖木梯,五梯相接,可阶而升,然亦极险峻,须侧身乃入。余与荫午已目眩心悸,望而却步。既念,业已至此,必登峰造极始返。乃相与衣短后衣,贾勇⑦前。初上一、二梯,级稍平,攀跻亦较易,至第三梯则级俞逼,径俞狭,石溜侵衣,苔痕磨鼻,俯瞰危岩,悬崖下临无地⑧,屡息屡奋,守视⑨锐登,鄂抵石,手续足。如是者复数十级,始至梯杪。梯尽,更有扶梯二,渐露石磴。循磴数十步,豁然开朗,修葺古木,交互掩映。有池名天鉴,泉极清碧,虽旱不竭。旁有古屋废址,云为张仙修养处。宋时,升真观已倾圮不存。邑巨户朱、潘、万三姓各凿石筑室,当避乱计。室置主守者一人。桃源鸡犬,别有洞天,不忆人间事矣。岩头陡峻处有木亭二,亭挂珍壁⑩栏护之,中各置辘轳一,土人名为天车,盖避乱时用以悬递什物者也。与荫午坐亭中,下视武夷,远近群峰如覆盂,如箨笋⑪;高者如拱,卑者如蹲。烟云出没,倏忽万变。清溪九曲自岩际流出,若束带然。凭栏纵览,飘然有凌云御风之概,斯游叹观止矣。惜春如、蕘阶二子之不余偕也,由室后旋折而上,上有古庵一。土人云:"庵居峰背,甚荒废,非览胜处。"以新雨路滑不果登。守室者煮茗供客,盘桓约一时许,乃缘梯而下,至第三梯左折,有石洞,土人导余观张、徐二仙遗像,皆搏泥为之。旧志谓"仙蜕如生",今无有矣。归途搜览岩刻,惟张仙洞明李元阳磨岩"阶天处"三大字尚完好,余皆字迹漫漶。薄暮回观,与春如、蕘阶纵谈所历,皆讶余二人腰脚之健,有余勇也。

五日天霁,榜人舣舟⑫止止庵下。晨餐毕,与同游诸子复袯被登舟。自崇安、赤石至武夷宫皆下水。由武夷宫溯流逆折而上,溪顿狭,视狮子峰雄踞溪口,遂入第一曲矣。狮子峰前有峰,下丰上锐,若悬磬⑬,即董志所谓兜鍪峰也。溪上望大王峰,耸拔入云,幔亭如伞,铁板如屏,前后辉映,与冲佑观所见又一变象。大抵九曲游览,船行最佳。若探险搜奇,则须筇屐⑭,耳。过浴香潭,舟入二曲。危崖削立,逼如无径。忽一转折,奇峰忽露,玉女亭亭临水,旁倚二小峰,如双鬟侍立,并皆佳妙。新雨初晴,望之若晓妆栉沐,尤增靓媚也。峰前有石平立,为镜台。三髻、凌霄诸峰回环耸峙,顾盼有神。溪山逸秀,斯为最矣。舟泊仙馆岩下,石壁有穴,下镌字二:一似"仙"字,一隐约莫辨。下嵌青石,方正如印,土人谓为王子骞飞头处。按董志载:嘉靖二十七年直指樊献科藏魏王子骞颅骨于此,下嵌青石小碣,勒文记之。所谓仙人飞头,殆指是与?溪流转弯处,有声竑然⑮。旁人相告:近雷磕滩矣。溯流左折,小藏峰壁立如削,岩罅虹板桥错综相迭,上搁古舟一,志称架壑船也。舟尾向外,其形锐,类刳木为之。殆沧桑未变前,古人避水所乘,水退胶⑯此。若谓仙迹,吾恐夜壑藏舟,负趋者无此力也。三曲既尽,至卧龙潭为四曲境,大藏锋在焉。两岸陡峭,仰望石穴三四,中积稻萱,相传仙人所遗。峰半金鸡洞口竖斜板二,其旁相距丈许,有物如竿,斜插崖际。舟中遥瞩,亦不辨其为竹为木,盖董志所谓仙机钓竿处也。意尧时,溪与岩齐,土人或筑室于此,或用以系舟,故有是耳。倚如今志所传,使古人复生,当哑然失笑矣。自大藏锋再折,经题诗岩下停舟,观仙人床,方长如榻,其上题识颇多,苔痕斑驳,姓名磨辨,惟岩头达鲁花赤⑰镌"奉上司命采茶"数字可仰观。昔贤题咏湮没不彰,只此历民苛政,犹揭名山,殊可慨也。舟再进为小九曲,岩下有石,划分如剑剖,号试剑石。过此则局势开展,更衣台、晚对峰矗立平林渡口,川澄山峙,神气一肃。移舟近岸,相互谒文公祠,祠为朱子小筑讲学处,旧号紫阳书院。室宇甚壮丽,邑绅朱氏所建也。对岸石壁镌"道南理窟"四字。钓矶、茶灶遗迹犹存。想见当年从

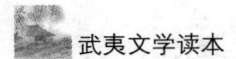

游之盛焉。自文公祠舍舟,沿溪行约里许,至云窝道院,院为宋羽士陈丹枢建,今已全废,惟明陈幼溪所构书屋尚有遗址可寻,然亦仅矣。过云窝道院伏虎岩,观司马泉。泉曰司马,盖以陈幼溪所居官,名之也。岩旁有石门通接笋,以绝险未登。复沿溪循天游观山径行。山虽高而径颇宽广,石崖下覆如檐,行者借以蔽日,觉不如大王峰攀跻之难也。越半山亭,拾级而上,即天游观。观踞三十六峰绝顶,其前平地半亩,为一览台旧址。台下峰峰攒簇,如幢幡⑱旗鼓行列而前后抱,迴环肃若拱卫,极武夷之壮观,实全山之都会⑲矣。羽流肃客入观,煮奇茗相饷,味甚清冽。游倦得此,神为一醒。午供毕,出天游观,自胡麻涧访凝云道院。清泉映带,苍松翠柏荫地,如绿茵。沿溪流陂陀而下,夹径皆茶圃。武夷产茶以天游为最。每届春季,采茶士女满山满谷,故来游者必以秋,匪特⑳风景宜人,且避喧嚣也。再行数里许,有岩曰马头,岩下凝云道院在焉。入院品茶小憩,茶已,负手徐行,度小桥,过悟源、流香诸涧,行石罅夹壁间,足音跫然,謦欬皆应。每一曲折,则境忽清旷,别有天地。如是径十余曲折,峰回路转,误入深山。暮色茫然,日已夕矣。适樵夫荷长镵㉑自林莽间出,夹导前路,始达慧苑庵止宿焉。庵处万壑中,交柯蔽日,断峡穿云。幽路好石,随在而是。余生永州,少时游西山钴𬭤邱,自谓佳胜。今来斯境,觉邱壑之奇,永州无足。惜余文不足以尽之耳。

六日,自原径出溪口,途经㉒仙掌岩下,岩壁积溜,啮石痕如匹练下垂,俗称曝布岩,殊形似,惟仙掌则模糊莫辨,间有一二似处,亦出想象之尔。复行三、五里,问津小桃源。洞口石崖夹立,谽谺欲折。稍进,有石门。入门数十步,地忽夷旷,高峰环绕如城郭,稻田数亩,因竹为篱,鸡犬桑麻,自成村落。径折处有小石桥,泉声泠然,自桥下出,清澈可听。度桥则群石错列,如几如屏。与同游诸子拂石座语,欣然有小筑之约。顾事茫茫,向平未了㉓,怀记托已耳。洞之正面有小庵,甚荒废,老道士挈佣工一,耕凿于此。观客惊讶,亦如避秦人之不知有晋也。出洞,石径曲折,至溪旁,金鸡社渐豁朗。榜人叙舟鼓子峰以侍,盖已入第八曲矣。自文公祠至天游观,陆行所见如五曲、六曲景。自天游观出溪口至小桃源,所见如七曲景。九曲中,溪山幽折,以二、三、四曲为最胜。蓬窗凝眺,如行山阴道士,应接不暇。至八曲则滩平岸阔,势渐散漫,惟三教峰昂霄高耸,仰可落帽。虽不如玉女、接笋之秀拔,然三峰并峙,中尊而左右隅坐,若道观之三清,然固亦别具逸致也,舟入平川,已终九曲。灵峰掩目,寒洞归云。视溪外人家,星村烟树,仙凡异境矣。出九曲,抵星村市,遂却舟登岸宿。

翌日,雇舟回城。

作 者 简 介

万珙,清末民初江西省丰城人,生于永州。民国四年(1915年)任福建南平县知事,民国十年(1921年)任泰宁知事,任期仅一年即离任。

注 释

①本文选自崇安人詹叔政(继良)撰《武夷新志稿》。

②鼎湖:古代传说中黄帝乘龙升天处,有衣冠冢。
③媁眯趺坐:此处作闭目养神解。媁(wēi):美女貌,此处应是搣之误;眯,眼角媁眯,用手按摩眼角,两眼不能流盼,目无所见。趺(fū):脚背,"趺坐",即以双足交叠而坐。
④文成公:指王守仁(号阳明),明代理学家,死后谥文成。
⑤栗木:神主。
⑥半蹢:蹢,足迹。半蹢,指脚掌长度的一半。
⑦贾勇:鼓足勇气。
⑧无地:形容岩壑幽深不见底。
⑨守视:注视。
⑩珍壁:珍,疑为弨之误,弓松弛的样子。
⑪箁箺:竹笋。
⑫榜人舣舟:榜人,撑船的人。舣舟:附船着岸。
⑬磐:纡回层迭的山石。
⑭筇屐:拄杖步行。
⑮谹然:形容山谷中的回声。
⑯胶:粘住。
⑰达鲁花赤:元代的官名。
⑱幢幡:一种旗帜。
⑲都会:指热闹的地方。
⑳匪特:不仅。
㉑长镵:古代的一种犁头,装上弯曲的长柄,用以掘土。
㉒途径:取道。
㉓向平未了:往昔乐游山水的愿望没实现。

作品简评

万琇的《武夷纪游》,纪游翔实,文字简洁、凝练、雅致。作者游览武夷山,共花去四天的时间。全文详细地描述了这四天之内,游览武夷山的所见所闻、所观所感。

民国三年(1914年)十一月三日,作者偕友一起从崇安南郭外雇船下驶,途中观望"大王峰"。后至兰汤,舍舟登陆,经幔亭峰,望三姑峰,后游武夷宫,此为一日。

第二日,拜谒王文成祠,游止止庵,登大王峰。对登大王峰,文章有详细的文字描写去记录这一旅游经历。这里提到了登大王峰的艰难与不易。

第三日,天气晴朗,众人从武夷宫码头乘坐竹筏游览九曲溪。文章对每一曲的景观、特点均进行了详细的描写和记录。

第四日,问津小桃源,由石门入,入门数十步,地忽夷旷,高峰环绕如城郭,稻田数亩,鸡犬桑麻,自成村落,仿佛进入世外桃源、仙凡异境。

第五日,雇船回城。

这篇游记,记录武夷山的景点全面、翔实。日后欲进行深度游的朋友,可阅读此文,做交流参考之用。

思考题

1. 该篇游记里面,作者主要游览了武夷山的哪些景点?每个景点的风景及人文特点作者又是如何描述的?认真阅读全文,请详细阐述。
2. 模仿作者写作游记的方法与叙述风格,尝试写作一篇游记散文。

第三节

诗 歌

观三姑石①

◎(清)魏 杰

玉女②溪头趺坐孤,幔亭峰下对三姑③。
天然一样烟鬟好,俨似名上四美图。

作者简介

魏杰(1769—1867),字从岩,号拙夫,又号松筠,晚年别号鹤山樵者,闽县(今福州市)人。自学成材,为晚清闽中诗坛上的重要诗人,著有《逸园诗钞》四卷、《逸园诗钞后集》一卷。道光二十六年(1846年)春二月,魏杰偕友游览武夷山,兴致勃发,前后吟咏武夷山的诗作达80多首,都收录在《逸园诗钞》中。

注 释

① 本诗选自《逸园诗钞》。三姑石:位于一曲溪北、幔亭峰北侧。
② 玉女:指玉女峰。
③ 三姑:指三姑石。

作品简评

作者在诗作中这样赞叹武夷山:"武夷仙景冠闽中,五十年来一泛舟。始信此山天下少,人生能得几回游?"由此能看出作者对武夷山的高度认同与赞美。

在《观三姑石》中,作者是从具体景物描写中赞美武夷山。作者先从远景指出三姑石的所处位置,它屹立于一曲溪北、玉女峰旁、幔亭峰北侧,与幔亭峰相邻相对。然后,作者表达对三姑石的赞美:"清水出芙蓉,天然去雕饰。"三姑石的美在于一种自然。那么它的娇美像什么呢?作者采用了比喻和拟人的双重手法来描摹、形容和赞美它。它就像画中的四大美人,娇美、动人、婀娜,又不失风情万种。

思考题

1. 诗人是如何描写"三姑石"的?
2. 在《逸园诗钞》中,诗人对武夷山歌咏的诗歌达80多首。请同学们用课外时间搜集整理并研究这些诗歌,探析诗人对武夷山的诗意描绘和赞美之情。

流香涧①

◎(清)周长庚

天斧一劈裂山窍,铁壁夹立耸危峭。
峡骨吹风六月寒,太古日轮②不相照。
侧身倚石石岈岈,坐恐坤轴③皆欹斜。
暗香泻碧④转岩腹,片片浮出前峰花。

作者简介

周长庚(1847—1892),闽县(今福建闽侯县)人。清同治壬戌举人,官台湾彰化教谕。诗学岑参、高适,时有警句。

注释

①本诗选自《中国名胜诗词大辞典》,杨刚编著,浙江大学出版社2001年版,第437页。

②日轮:太阳。

③坤轴:地轴。

④暗香泻碧:此涧的涧旁丹崖壁立,一丛丛山蕙、石蒲、兰花散出一缕缕幽香,"沿村行数里,入谷便闻香",明诗人徐熥睹此景,改"倒水涧"为"留香涧"。

作品简评

流香涧,一作留香涧,也名倒流留香涧,在天心岩北麓,为章堂涧的一条支流。此涧水流由东南倒流入山,涧旁危石夹立,抬头仰望,犬牙交错的崖石岌岌欲坠,仅从中透一线幽微的天光,午间方见日照,幽爽宜人。两岸苍石丹崖壁立,曲折蜿蜒,青藤垂蔓,幽草丛生，其间点缀着山蕙、石蒲、涧兰等，落花飘洒，香逐涧水，幽香扑鼻，故名。

作者先从天公造化的角度去描写流香涧，"天斧一劈裂山窍，铁壁夹立耸危峭"。这交代了流香涧的自然形状，处于高耸危峭的裂石之间；随后，作者指出流香涧的自然地理环境特点：峡谷六月寒，太阳常年照不进来。如果行人从中穿过，缝窄、石危，但是幽谷出暗香，飞花飘落，香逐涧水，风景怡人。诗作最后点名了流香涧的引人魅力。

思 考 题

1. 重新温习明末清初僧人衍操写的诗歌《流香涧》，比较两首诗歌的异同，并认真分析这两首诗歌各自的艺术特点。

2. 用心领会僧衍操和周长庚两位诗人对"流香涧"的描述和抒写，业余实践活动环节，可以进行一次深入的"流香涧"旅行。

望乌君山①

◎（清）龚有元

巀嶭②踞东隅，楼观屹相向。
双笋摩霄高，月出珠在掌。
烟半影浮空，扪萝何处上。
朝见白云来，暮见白云往。
往来云自如，矫首成怅怏。

作 者 简 介

龚有元，福建光泽人。清道光二十六年（1846年）恩贡，候选教谕。

注 释

①本诗选自《大武夷千家诗联选》，徐肖剑主编，华文出版社2009年版，第170页。
②巀嶭（jiéniè）：亦作"巀嶭"。山名，一名嵯峨山，又名慈峨山，在今陕西省泾阳、三原、淳化三县交界处，传说黄帝曾铸鼎于此。

作 品 简 评

乌君山，又名猴子山，系武夷山脉中段。海拔1477米，南北走向方圆约20千米，大小山峰30余座。有乌君洞、飞泉岩、环皎峰、凉伞石、玉龙古刹、香炉峰、老人石、仙猴石、白壁峰、群羊下坡、文笔拔天、夫妻崖、仙人担、飞剑石、风动石、巨蟒出洞、神龟下山、君山霁雪、仙岗暮霭等，景点数以百计。置身峰巅，邵武、光泽尽收眼底。"朝观日影动千条紫焰，夜看月光飞万道金霞"，但长期未被世人赏识。清代文人、历史学家高澍然题壁石刻云："石骨扶天，云根蟠地，吉此佳山，闭千百世。"

作者所写这首《望乌君山》，着眼点在于一个"望"字。作者先从整体描写乌君山的高耸、险峻、巍峨，随后用夸张的表现手法来形容乌君山的高峻，"双笋摩霄高，月出珠在掌"。乌君山高耸入云，月亮出来了，就好像手掌心的一颗明珠。随后作者写出了乌君山的云雾缭绕，朝云来、暮云去的飘逸、诗意与美丽。

思考题

1. 分析本诗的写作手法和艺术特色。
2. 仿写一首写景诗。

第四节

摩崖石刻

一、九曲溪

雷起龙题刻：清光绪二十四年（1898年）镌于九曲溪北寒岩，南向。题刻全文：东莱先生讲学处，崇安训导、汀航后学雷起龙敬书。

二、大王峰

梁姓题刻：清咸丰七年（1857年）镌于大王峰南壁半腰夹岩缝罅之处，西向。题刻全文：梁明房，丁巳造。

徐希中题刻：清宣统元年（1909年）镌于大王峰南壁徐仙岩岩壁、投阳洞洞口，南向。题刻全文：宣统元年立，投阳洞住持弟子徐希中建修。

三、伏虎岩

龚易图题刻：清光绪十七年（1891年）镌于云窝伏虎岩，西北向。题刻全文：光绪辛卯三月，闽县龚易图书。西蜀王崇溥，同里林孝箕、高师曾同游，男晋义侍。

四、天游峰

范庭玉题刻：清同治七年（1868年）镌于天游峰胡麻涧西壁，东向。题刻全文：山西绵上范孟蓝庭玉，安徽临湖萧澈渭桥、福州三山郭嵩龄小云、郑守英友石同游武夷山，评赏佳胜，天游岩为最。因选岩石题诸姓氏，以志游迹云。同治戊辰年小阳春、大雪前四日。

余宏亮题刻：清光绪六年（1880年）镌于天游峰胡麻涧西壁，东向。题刻全文：光绪六年庚辰腊月,楚南余宏亮摄理崇安游击,寻蒙国恩,补授浙江象山协副将。越明年秋,卸事赴都入觐,道过武夷,遍览名胜,爱赋七绝一章,勒壁纪兴。偕游者戎幕张宗鹗、邹越铛、暨尹聘三世兄。长子猷昆侍。古燕张国正书。

赵以成题刻:清光绪二十七年(1901年)镌于天游峰胡麻涧西壁,东向。题刻全文:福地洞天,光绪辛丑秋,古闽赵以成书,吴航赵大魁、潭阳赵廷瑜同镌石。

柯朴妙题刻:清光绪二十七年(1901年)镌于天游峰胡麻涧西壁,东向。题刻全文:无量寿佛。

丁文瑾题刻:清光绪二十七年(1901年)镌于天游峰胡麻涧西壁,东向。题刻全文:曾经沧海难为水,看到武夷方是山。光绪辛丑仲春,鄞江丁文瑾集句。

李麟瑞题刻:清光绪二十七年(1901年)镌于天游峰胡麻涧西壁,东向。题刻全文:大清光绪辛丑仲春,如南山之寿,权崇安县篆李麟瑞玉书,星村兮县篆丁文瑾晓容氏留题。

柯朴妙题刻:阳刻。清光绪二十八年(1902年)镌于天游峰胡麻涧西壁,东向。题刻全文:寿,大清光绪念廿八年,天游观住持柯朴妙勒。

何成浩题刻:清光绪二十九年(1903年)镌于天游峰胡麻涧西壁,东向。题刻全文:光绪癸卯端节前一日,前福建督粮道岭南何成浩偕幕友谭思咏、崇安县尹王国瑞、二尹新建曹本章揽胜天游,同纪于石。

周光照题刻:清光绪三十年(1904年)镌于天游峰胡麻涧西壁,东向。题刻全文:奇胜天台,光绪甲辰秋,崇安县尹、会稽周光照。

徐兆丰等题刻:清光绪三十二年(1906年)镌于天游峰胡麻涧西壁,东南向。题刻全文:光绪丙午重阳日,江都徐兆年,崇安朱敬熙,侯官林枢、周郁,闽县孟绣堂同游。

云谷山樵等题刻:民国元年(1912年)镌于天游峰胡麻涧西壁,东向。题刻全文:十六洞天莽莽神州谁砥柱,棱棱峰石欲擎天。宣统退位日,云谷山樵偕知友李钦、李绍延、王家祥、詹东周、郑鸿基、张若虞同游至此,勒石并书。

五、桃源

雷起龙题刻:清光绪二十七年(1901年)镌于桃源洞口,南向。题刻全文:仙源,光绪辛丑四月,似邱笃初将鸿年二茂才到此,汀杭雷起龙书。

六、水帘洞

余宏亮题刻:清光绪八年(1882年)镌于水帘洞岩壁,东南向。题刻全文:活源,光绪壬午孟春,升用总兵、浙江象山协副将、楚南余宏亮题。

李宗提题刻:民国《福建通志》载,光绪十一年(1885年)镌于武夷山水帘洞。题刻全文:此乃佛客平生梦想不到之处,光绪十一年春题书。

七、章堂涧

衷沂溪题刻:清咸丰七年(1857年)镌于章堂涧丹霞嶂半壁岩洞内壁,东向。题刻全文:北斗峰旁有铸钱场焉。崖超壁立,虽戎马纷来,终攀援莫上。时发逆扰崇,予乃择险至此,架天车,开旷石,接泉饮,具门户,厕居深广各计五丈有奇。生今世以为予乐土,后之人亦谁乎!予所爱沏石而为之记。大清咸丰丁巳季春月,崇邑城南衷沂溪新镌。

蔡氏乡绅题刻:清光绪二十六年(1900年)镌于章堂涧丹霞嶂半壁岩洞外墙砌石上,北向。题刻全文:蔡义礼智房,光绪二十六年日立。

参 考 文 献

① 本节主要选自《武夷山摩崖石刻》,武夷山市地方志编纂委员会编印,2007年。在此不再一一注明。

第七章 现代武夷文学

第一节

概 述

现代武夷文学,较之于古代文学,作家、作品不多。但是,一些在现当代文学史上有一定影响甚至是很大影响的作家如郁达夫、郭沫若等,都情不自禁地写下了对武夷山的由衷赞美和无比喜爱之情。这些作家作品是武夷文学史上不可或缺的一部分。

现代武夷文学是指在1919—1949年之间创作的文学作品,其划分点是五四新文学运动。五四文学实现了中国文学由旧到新、由古典性到现代性的伟大变革。时代赋予中国现代文学特殊使命,使之出现了一大批大家与名作,并在整体上形成了自己所特有的风格。中国现代文学虽然只有30年的短暂创作历程,但大家辈出、名作蜂拥,还出现了一大批个性鲜明、风格独特的文学社团和创作流派。现代武夷文学诗歌、散文游记也应运而生。

一、现代武夷文学作品文体特征及形成原因

文体的定义是指文章、文学作品的体裁,文体特征也就是说体裁的特征。本章搜集整理的现代武夷文学作品体裁主要为诗歌类。

为什么现代武夷文学作品的文体多为诗歌呢?原因之一就在于诗歌作品具有它自身的优势。第一,它的形式比较自由;第二,它的内容是丰富的;第三,它的意象重于修辞。最重要的是诗歌具有高度的概括性以及浓烈的抒情性,尤其适合于游历途中突然有感,很好地抒发自己的喜爱之情以及对于祖国山川的赞美之情。原因之二,我认为还应该归结到现代整个文坛特有的历史特征。在这一时期,发生了文学革命,新诗、散文等领域的创作出现了一个新高潮,各类文体也逐步成熟,革命文学也达到了新高度。

武夷诗歌的创作背景一般都为诗人作家游历期间对武夷地区清雅幽静的环境的称奇赞美。例如毛泽东、朱德等革命领袖的诗词,以及郁达夫、郭沫若等现当代著名作家的武夷题咏,还有其他不少中外学者等的赞歌。

二、现代武夷文学风格初探

什么叫文学风格？德国歌德在《自然的单纯模仿·作风·风格》里说："这就是艺术所能企及的最高境界，艺术可以向人类最崇高的努力相抗衡的境界。"①

文学风格就是指我们或者说是作家作者对一件事、一个形象进行细致的观察了解，把各个不同特点的形体进行分析研究，再加以自己的理解进行融会贯通，将其消化为自己的东西。这样一来，就形成了风格。

然而文学风格又分为很多类进行研究，即文体的风格、作品的风格、作家的风格、流派的风格、时代的风格、地域的风格和民族的风格等。本章将集中为作品风格的研究。

现代武夷文学作品中属于大武夷地区的作家作品多为革命诗歌，给人以刚健、悲戚之感，例如张胆的《病中》《寒梦（二首）》或者杨敬村的《回乡》《示子侄》等。或者是通过对名胜山川的描绘来表达自己对现在所处环境的感怀，多给人以幽婉之感，例如包树棠的《留别诸生》《感事用苍亭韵》或者严叔夏的《晨起》《漫成（四首）》等。

而非大武夷籍贯暂居或者游历大武夷的作家多为称赞大武夷地区山水的赞美之情。这类诗歌基本基调为清新婉丽。例如毛泽东的《如梦令·元旦》给人以豪放、刚健之感，郁达夫的《题画诗》给人以清新、明朗之感，施蛰存的《二曲玉女峰》给人以柔婉、绮丽之感，连横的《茶》给人以朴实、清新之感，朱德的《过武夷山》给人以刚健、清新之感，夏承焘的《水调歌头·泛舟九曲》又给人以高妙、虚灵之感，郭沫若的《游武夷泛舟九曲》以及沈迈士的《游武夷》都给人以平易、清新之感，王个簃的《游九曲二首》给人以朴实、平易之感，蔡尚思的《泰山与武夷》也体现了平易、浅俗的风格。陈嘉庚的散文游记《东方之瑞士》主要的风格也为浅俗、清新，连横的《茗谈》则体现了明朗、清新的风格，不管这些作品的风格如何不同或相似，但它们都为我们表达了一个共同的主题，那就是武夷山水的奇妙以及作家对此的喜爱之情。

三、武夷诗词与散文游记的内容解析

通过对这些现代的武夷诗词与散文游记的搜集，我们看到了不同作家眼里的武夷山水的样貌，也体会到了大自然的美妙与惊奇，让我们沉醉其中，不可自拔地爱上了这片天地。这些作品的内容大都浅显易懂，也多是对武夷山水的称赞，现将其内容做了如下总结：

1. 对武夷山文化名人的歌颂。例如夏承焘的《水调歌头·泛舟九曲》以及蔡尚思的《泰山与武夷》等。

2. 对武夷山风光的赞美。例如郁达夫的《题画诗》以及郭沫若的《游武夷泛舟九曲》等。

3. 对武夷山茶文化的称叹。例如连横的《茶》以及《茗谈》等。

4. 对武夷山丰厚的历史文化的夸赞。例如夏承焘的《水调歌头·泛舟九曲》以及郭沫若的《游武夷泛舟九曲》等。

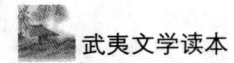

通过对现代武夷文学资料的搜集整理与浅略研究,我们更加系统深入地了解了现代的武夷山水在这些文人骚客眼中的样子。通过研究,我们知道了现代武夷诗词和散文,知道了它们的主要风格是什么,知道了它们的内容有哪些。当我们知道了更多,知道得更加系统之后,我们才能够更好地去弘扬武夷文学,促进武夷山的发展建设,加快武夷山走向全国、走向世界的脚步。武夷文学是闽北区域文化和文学的一大宝库,只有不断激活大武夷文学的新鲜细胞,才能缩小闽北文化与齐鲁文化、巴蜀文化、关陕文化、湖湘文化等区域文化的差距,促进闽北旅游、经济、文化的同步开发。

参考文献

①周振甫.文学风格例话[M].南京:江苏教育出版社,2005:15.

第二节

散 文

东方之瑞士①

◎陈嘉庚

余此次经历十五省,虽未注意游览风景,然到处必有所闻及所见,亦认为桂林为特殊,及至阳朔②,见其风景又与桂林完全不同。盖桂林之胜在乎无数孤峭石山,每个形体多奇。阳朔之美在沿江山水,每到一弯曲则有一样光景,奇妙幽雅,不能形容。若四川青城峨嵋诸名山,不能望其项背。余最近到武夷山,见山景树木之秀美,虽与桂林孤峭石形式之不同,其雅妙可无逊色,及至山下坐船游九曲江③,每曲之景,美丽奇特,更为殊异。青山绿水,互相辉映,比较阳朔有过之无不及……桂林、阳朔、武夷三处之风景,各有特殊,完全不同,非只经一处便可叹观止,必须均经游览,乃能知其各有奥妙之处也。

闽省有此特殊天然美的风景,不亚于所谓甲天下之桂林。

福建有这样美的地方,真值得一看,武夷是地上的天堂,应该让更多的人了解它。

日后若有别墅楼屋,住宅旅舍,并加人力点缀,则武夷山之风景必播中外,而南洋华侨,休养及游玩于是地者必接踵而至。

至于外国人好奇,如到此一游,必誉为东方之瑞士,其源源而来更无论矣。

作者简介

陈嘉庚(1874—1961),著名的爱国华侨领袖、企业家、教育家、慈善家、社会活动家,福建同安县集美社(现厦门市集美区)人。厦门大学、集美中学、翔安一中、集美学村、翔安同民医院等,均由陈嘉庚捐资创办。他一生具有强烈的爱国情怀,为辛亥革命、民族教育、抗日战争、解放战争、中华人民共和国的建设都做出了卓越的贡献,被毛泽东主席称誉为"华侨旗帜、民族光辉"。中华人民共和国成立后历任中央人民政府委员、全国政协副主席、中华全国归国华侨联合会主席。1940年,陈嘉庚率领南侨筹赈祖国慰问团回国视察,公务之余,游览武夷山,认为武夷山是地上的天堂,科学地预见了武夷山有美好前景,认为武夷山必被誉为"东方之瑞士"。

注释

①本文选自《名家赞山》,徐少明、萧天喜编,福建人民文学出版社1993年版,第128~129页。

②阳朔:县名,位于广西壮族自治区东北部,以风景秀丽著称。

③九曲江:九曲溪。

作品简评

1940年,陈嘉庚回国视察之余,游览武夷山,并写下此文。文章一开始,作者先交代这次回国自己游历的15个省份,所见所闻各不相同。桂林奇特,阳朔也很独特。那么,在作者眼中,桂林的美,在于山石孤峭,形体多奇;阳朔的美,在于沿江一带,每一个弯曲,景观各不相同,奇妙优雅,让人难以形容。四川青城峨眉诸山则无法与之媲美。

而武夷山在作者眼中,依然美妙独特。山景树木秀美,孤峭奇石独特。举世闻名的九曲溪,更是峰回溪转,景观奇特美丽。如此青山绿水,与桂林、阳朔比较起来,各有其奥妙,难分上下。

最后,作者感叹福建有此特殊的天然美景,绝不亚于甲天下之桂林。又把武夷山比作"地上的天堂""东方之瑞士",期待更多的游人前来游玩、观赏。

思考题

1. 桂林、阳朔、武夷三处之风景,各有特殊,完全不同。根据文章描述,详细阐述之。

2. 现代著名诗人郭沫若曾经盛赞武夷道:"桂林山水甲天下,不及武夷一小丘。"郁达夫也曾吟诵道:"山水若从奇处看,西湖终是小家容。"对此说法,你是如何看待和认识的?

茗　谈[1]

◎连　横

台人品茶，与中土异，而与漳、泉、潮相同；盖台多三州人，故嗜好相似。

茗必武夷，壶必孟臣，杯必若深，三者为品茶之要，非此不足自豪，且不足待客。

武夷之茗，厥种数十，各以岩名。上者每斤一二十金，中亦五六金。三州之人嗜之。他处之茶，不可饮也。

新茶清而无骨，旧茶浓而少芬，必新旧合拌，色味得宜，嗅之而香，啜之而甘，虽历数时，芳留齿颊，方为上品。

茶之芳者，出于自然，薰之以花，便失本色。北京为仕宦荟萃地，饮馔之精，为世所重，而不知品茶。茶之佳者，且点以玫瑰、茉莉，非知味也。

北京饮茶，红绿俱用，皆不及武夷之美；盖红茶过浓，绿茶太清，不足入品。然北人食麦饫羊，非大壶巨盏，不足以消其渴。

江南饮茶，亦用红绿。龙井之芽，雨前之秀，匪[2]适饮用。即陆羽《茶经》，亦不合我辈品法。

安溪之茶曰铁观音，亦称上品，然性较寒冷，不可常饮。若合武夷茶泡之，可提其味。

乌龙为北台名产，味极清芬，色又浓郁，巨壶大盏，合以白糖，可以祛暑，可以消积，而不可以入品。

一杯为品，二杯为饮，三杯止渴。若玉川之七碗风生，真蛮夫尔。

余性嗜茶而远酒，以茶可以养神而酒能乱性。饭后睡余，非此不怡，大有上奏天庭，摘去酒星换茶星之慨。

作者简介

连横(1878—1936)，初名允斌，后改名横，字武公，号雅堂，又号剑花。祖籍福建龙溪，出生于台湾台南。著名的台湾历史学家，台湾日据时期的著名诗人，国民党荣誉主席连战的祖父。有《台湾通史》《台湾诗乘》《台湾语典》《台湾考释》《大陆诗草》等著作。先后创办《台湾诗荟》《三六九小报》等刊物，从史学、文学、语言学、民俗学等多个角度描述和论述台湾同大陆、台湾文化同中华文化密不可分的整体关系。

注释

[1] 本文选自《雅堂先生文集》。
[2] 匪：同"非"，不。

作品简评

连横是爱茶、懂茶之人。他曾经写过一首《茶》诗,表达对"茶"的认识与看法。诗云:"新茶色淡旧茶浓,绿茗味清红茗秾。何似武夷奇种好,春秋同挹幔亭峰。"该诗从茶的色泽、口味、产地、调配等方面,谈论自己对茶的见解。作者认为,从色泽来说,新茶色泽淡,旧茶色浓;从口味清淡上来说,绿茶味淡,红茶味浓;那么究竟什么样的武夷岩茶好呢?那就把产自幔亭峰的春秋两季的茶,调配在一起合泡,色味才会均匀。由此可见,作者的确是品茶专家。

在这篇散文《茗谈》中,作者接着谈论自己对茶的认识与了解。散文一开始,作者先交代台湾人品茶与中土人不同,与漳州、泉州、潮州的人相同,因为台湾人多是这三个地方的人。那么品茶待客最要紧的是什么呢?有三样东西是品茶之人应该十分注意的。一是品茶一定要品武夷岩茶。武夷茶早在唐代就以"晚甘侯"著称于世,到了宋代,武夷茶已经成为皇家贡品。16世纪,武夷山创制了乌龙茶与红茶,成为世界乌龙茶和红茶的起源地。所以,后来武夷岩茶成为中国名茶的代名词。二是"壶必孟臣",是指工夫茶最好是使用紫砂壶,孟臣及大彬两位紫砂壶名家已经成为紫砂壶的代名词。孟臣壶呈朱红色和紫褐色,具有泡茶不走味,贮茶不变色,夏暑不变馊等使用价值。同时,孟臣壶也是闽南、台湾茶人对工夫茶的习称。三是"杯必若深",是指喝茶必用若深杯,其中若深是指清代江西景德镇烧瓦名匠。若深烧出的茶杯小巧玲珑,薄如蝉翼,色泽如玉,极其名贵。故此,后人将品饮工夫茶的细小瓷杯统称为"若深杯"。

在随后的两段文字里,作者交代了武夷岩茶的品种、价位,以及品茶的经验。作者认为,新茶清而无骨,旧茶浓而少了香气,喝茶的时候最好新旧合拌,口味才会均匀。品茶时,茶的香气,一定要出自自然。如果靠花香熏之,那便会失去它的本色。北京人品茶时,茶点较多,但却并不真正懂得品茶。北京人饮茶,红茶绿茶皆饮。江南人饮茶,也是如此。安溪铁观音,也是茶之精品,但因为性寒,不可常饮。台北的乌龙茶,味道清芬,色味浓郁,如果用大壶泡,再加点白糖,便可以祛暑、消积,但不可品。文章的最后,作者表明了自己对饮茶的喜爱。

这篇散文,通篇读起来,文章简短,文字精练,但是内容含量却是十分广泛与丰富。由此可见,作者对茶的认识深刻,了解全面,对茶的品饮也是非常独到。

思 考 题

1. 为何作者说待客要"茗必武夷,壶必孟臣,杯必若深"?
2. 通读全文,结合作者所写《茶》诗,思考作者对"品茶"的认识与领悟。

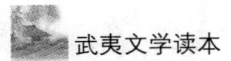

第三节

诗 歌

过武夷山①

◎朱 德

翻过武夷山②,山外别有天。
东风初到候,南地已无寒。
绿水穿幽谷,青林拥巨川。
车行随岸走,风景最新鲜。

作者简介

朱德(1886—1976),字玉阶,四川仪陇人。伟大的无产阶级革命家、军事家,党、国家和军队的卓越领导人,中国人民解放军的创始人之一。

早年加入同盟会,参加过讨袁护国战争。1922年赴德国留学时加入中国共产党。1927年参加并领导了八一南昌起义。1928年年初,领导湘南起义并率部转战上井冈山与毛泽东会师,任红军总司令。抗日战争时期,任八路军总司令,解放战争时期,任中国人民解放军总司令。中华人民共和国成立后,任中央人民政府副主席。

朱老总既有军事家的雄才大略,又颇具忠厚长者的宽怀大度和文人雅士的儒雅风度。他诗作不多,留存者却多为佳作。1961年2月2日,朱德同志偕夫人康克清视察武夷山,并为闽北革命烈士纪念碑题词:"革命烈士永垂不朽。"

注释

①本诗选自《武夷山市志》,方留章、黄胜科主编,中国统计出版社1994年版,彩页第12页。

②翻过武夷山:指翻过闽赣交界的分水关,进入武夷山市(原崇安县)地界。

作品简评

本诗是1961年2月,朱德同志到江西、福建视察工作,途经武夷山时写下的。诗人运用白描的艺术手法,描写了车行进途中的所见所感,以及武夷山的气候特点和自然美景。

"翻过武夷山,山外别有天。"这是直接运用白描,交代从江西进入武夷山境内,一切又是另一番天地。"东风初到候,南地已无寒。"这一句交代了武夷山的气候特点。"绿水穿幽谷,青林拥巨川"高度概括了武夷山的特色,形象鲜明,用词准确,语调自然,可视为此诗的诗眼。

思 考 题

1. 该诗运用了什么写作手法?
2. 根据诗歌描绘,总结并概括武夷山的地域特点。

游武夷泛舟九曲①

◎郭沫若

九曲清流绕武夷,棹歌首唱自朱熹。
幽兰生谷香生径,方竹②满山绿满溪。
六六三三③疑道语,崖崖壑壑竞仙姿。
凌波轻筏觞飞羽,不会题诗也会题。

作 者 简 介

郭沫若(1892—1978),四川乐山人,文学家、史学家、社会活动家。曾参加北伐,任过国民革命军总政治部副主任。中华人民共和国成立后曾任政务院副总理、全国人大常委会副委员长、政协副主席。他是继鲁迅之后中国文化战线上又一面光辉旗帜,曾与郁达夫、成仿吾组织创造社。文学成就涉及诗歌、散文、戏剧、小说各领域。在史学领域,对甲骨、金文和我国奴隶社会、先秦社会的历史研究卓有建树。

1962年11月1—3日,郭沫若偕夫人丁立群视察游览武夷山,题诗三首,盛赞名山。

注 释

①本诗为作者1962年11月视察武夷山时所作,选自《武夷山市志》,方留章、黄胜科主编,中国统计出版社1994年版,彩页第14页。
②方竹:武夷山特产的一种小竹,杆呈方形。
③六六三三:六六,指武夷山三十六峰;三三,指九曲溪。

作 品 简 评

近代散文家王拯曾在他写的散文《武夷山志序》中写道:"武夷以九曲称。"并按图索骥地把九曲溪沿岸的山峰、景观一一做了详细介绍。后来,无数文人墨客游览武夷山,纷纷写诗赋词称赞"九曲溪"。而武夷九曲溪最早名扬天下却是因为南宋理学家朱熹以民间诗歌的形式歌咏九曲溪的《九曲棹歌》。

所以,在本首诗词中,郭老诗歌一开始便点出武夷景观的一大特色,那就是"九曲绕武夷",并指出了九曲溪的出名最早是因为朱熹的棹歌。接下来,作者详细描述了九曲溪两岸的美丽风光:山谷中兰花幽香,方竹满山。武夷山的三十六峰、九曲溪,以及两岸的崖崖壑壑都各有雅韵,风姿卓越。最后作者表达了自己的感受:竹筏顺流而下,两岸美景如画,仿若置身在仙境,即使不会题诗的人也变得会写诗了。

思 考 题

1. 赏析郭老的另外两首诗歌——《游武夷(二首)》:

> 为觅虹桥迹,雨中试小游。
> 航艰人负楫,滩浅石攻舟。
> 峭壁沿溪列,烟云拂岭浮。
> 船棺真个在,遗蜕见崖陬。

> 玉女方淋浴,慵妆傍镜台。
> 虹桥横水断,云幔逐波开。
> 大块多诗笔,扁舟一酒杯。
> 坐观天入峡,深幸雨中来。

2. 重温朱熹的《九曲棹歌》,并对比二者诗歌的艺术风格。

如梦令·元旦①

◎毛泽东

> 宁化清流归化,路隘林深苔滑。
> 今日向何方?直指武夷山下。
> 山下山下,风展红旗如画。

作 者 简 介

毛泽东(1893—1976),字润之,湖南湘潭韶山冲人,伟大的无产阶级革命家、政治家、战略家、军事家、诗人。在湖南第一师范读书时,接受民主思想,主编宣传新思想的《湘江评论》。1921年,出席中国共产党第一次全国代表大会。1927年秋,发动领导了秋收起义,率部创建了井冈山革命根据地。1934年10月在长征途中举行的遵义会议上,确立了在全党全军的领导地位。直到1976年9月去世,一直担任中央军委主席、中共中央主席、中华人民共和国主席等职。著作有《毛泽东选集》五卷和《毛泽东诗词》。其诗词大气磅礴,雄视千载,反映了中国革命发展和中华人民共和国成立后各个历史时期的重大事件,既表现了一个无产阶级革命家无比豪迈壮阔的胆气胸怀,又表达了作为一个普通人所具有的喜怒哀乐。

注释

①选自《武夷文学研究》,杨国学主编,中国戏剧出版社2006年版,第99～100页。

作品简评

这首词写于1930年1月30日。1929年,红四军相继开辟了赣南、闽西两个革命根据地,革命形势迅猛发展。12月,红四军在福建上杭县古田村召开第九次代表大会。会议期间,闽粤赣三省的敌人向闽西苏区发动了第二次"会剿"。为了粉碎敌人的"三省会剿",古田会议一结束,前委决定:由朱德率红四军主力先行出发,迅速突破北线,西越武夷山,出击赣南。由毛泽东率第二纵队阻击和迟滞敌人,掩护主力西进,而后相继撤出战斗,前往广昌与主力会师。掩护主力转移后,毛泽东率部于1930年1月7日撤离古田,经福建连城、清流、归化(后改为明溪)、宁化等县境,越武夷山入广昌与主力会合。该词即作于此次战略转移行军途中。词中巧妙地将宁化、清流、归化三个地名嵌入句中,又与下句"路隘林深苔滑"衔接紧密,正好准确概括了闽西鲜明的地理地貌特征,写出了具体的行军路线。然后笔锋一顿,设问作答,虚景实写,描绘设想中武夷山革命根据地如火如荼的革命形势,很是振奋人心。这首词最早见于1956年8月出版的《中学生》载谢觉哉《关于红军的几首词和歌》一文,词题为"宁化途中"。1957年1月号《诗刊》正式发表,改题为"元旦"。

思考题

1. 搜集资料,了解现代历史时期发生在武夷山革命根据地的红色革命运动。
2. 该词描绘了福建哪个地区的地理地貌特征?试概括之。

题画诗①

◎郁达夫

武夷三十六雄峰,九曲清溪境不重。
山水若从奇处看,西湖终是小家容。

作者简介

郁达夫(1896—1945),原名郁文,字达夫,幼名阿凤,浙江富阳人。中国现代著名小说家、散文家、诗人,创造社发起人之一。代表作有短篇小说集《沉沦》、小说《迟桂花》等。

他的部分小说具有爱国主义思想,并对封建道德做大胆挑战。散文主要是游记,如《屐痕处处》等,文笔优美。曾与鲁迅合编过《奔流》。抗战时在香港、南洋群岛从事抗日宣传,被日本宪兵杀害于苏门答腊。

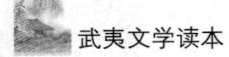

注释

①本诗选自《武夷诗词选》,丘幼宣等选注,福建人民出版社1982年版。

作品简评

郁达夫最大的文学成就在于他的抒情性小说,但他也写了许多散文。他的散文主要是游记,文笔优美。他生前十分钟情武夷山,并作《题画诗》来赞美。原诗共四首,题为"题闽县陈贻衍《西湖游记》画集四首",约作于1936年春夏。

现代画家陆俨少曾作诗《题武夷》,诗云:"三三六六画堪诗,临水登山事事嘉。"这里的三三六六指的就是武夷山的九曲溪和三十六峰,泛指武夷风光。所以郁达夫的这首诗歌开篇指出了武夷风景的独特之处,那就是武夷有三十六座雄奇的山峰,九曲溪的风光,景随溪转,每一处的美妙和意境都各不相同。那么如果从山水的奇特之处去比较的话,杭州的西湖与武夷山比起来,终究还是有点小家子气。

思考题

1."武夷三十六雄峰",指的是哪三十六峰?

2.为何"山水若从奇处看,西湖终是小家容"?并试着比较分析武夷山与西湖两大著名自然和历史人文景观的异同。

武夷山游记①

◎潘天寿

癸未春节,与东南联合大学同仁江叔方、罗艮庵、于复先同游武夷。诸暨张继生极熟武夷掌故,邀为先导,归后即成是篇,以当游记。

玄穹何破碎,久漏不肯止。沍寒惨不春,烟压市楼圮。
寒驴天难朝,坳堂舟可舣。扃室等楚囚,坐默弥勒似。
昨梦醒鹧鸪,日放一线紫。去马与来牛,明辨殊可喜。
东邻有谢公,梯云痒屐齿。游说春服成,孔门有深旨。
名山曰武夷,潭北②不百里。约早鸡既鸣,促我披衣起。
东街穿西街,同癖二三子。缩地车雷驰,迎鬟眼前峙。
舍车徒步行,石砌牵猴趾。直叩水帘洞③,崖悬魂魄褫。
怪瀑泄银潢,明珠织飞绮。如帘宛垂地,空灵透骨髓。
绝谷一涧花,花香荡流水。花流水香间,仙乐谐宫徵。
踪迹有云英,鸾车五丝履。古塞考杜葛④,拨草求遗址。
岩城铁铸坚,九泥信可恃。任不知魏晋,此实桃源⑤耳。
世乱有嬴秦,但令人美死。暮色落遐荒,丝丝复缕缕。

石发失故青,墨鸦没归羽。心急足力疲,气喘难镇抚。
忽闻犬吠声,峰回开殿宇。知抵永乐寺⑥,辛夷红一坞。
山僧笑相迎,殷勤修宾主。清磬闲红鱼,时蔬煮豆脯。
倒枕入华胥,周易张口吐。清晨望天游⑦,雨白风飕飕。
屏繄欲吓谁,作威不肯休。褰裳鹤膝行,勇往谁与俦。
已沿悟源涧⑧,既陟九龙窠⑨。天游本天上,妖异集肩摩。
山魈⑩夔魍魉,罔象龙鼍鼋。倚剑杇猿公,吐水僵尸罗。
剑术风吹精,试石裂磐陀。水吐成雾市,堕徒唤奈何。
云移雾消散,九曲激清波。髻髻三星峰,擎空真峨峨。
鸟道争高下,蛇行谁能者。扪萝复攀冈,瞠目使口哑。
生长有胡麻,樵牧至者寡。中有避世人,结茅与结社。
妇女勤纺织,浣晞遍山野。季伦锦步障,相拟勿若也。
下谒朱公庙⑪,廊庑老烟霞。轩敞读书处,缅想勤有加。
抬头隐约间,蛎壁高岨峿。相传有慧狐,于此以为家。
朝暮不相爽,侍读过三年。仙蜕而祠焉,于实有是耶⑫。
导引张地仙,掌故恰张华。谈天还谈瀛,诙俳正而葩。
信宿循南山,典数御园茶。颓垣卧碎瓦,残干存权丫。
穴居有金牛,不碍田齐遐。一适杳不返,栏栅今犹斜。
冤飞魏王头,青面狞獠牙。愤怒竖紫发,映水照奸邪。
横竿钓鱼台⑬,钓丝袅晴涯。洪荒连弱海,驾壑缆仙槎⑭。
掉尾枢星精,啸风口崦岈。划石天一线⑮,炉炼剩女娲。
幔亭张仙宴,野乘尤婆娑。归来良惫矣,曲肱谢同侪。
悠然侣羲皇,怪史续齐谐。

作 者 简 介

潘天寿(1897—1971),原名天授,字大颐,号寿者,浙江海宁人,中国现代著名国画大师、美术教育家。27岁起就在上海美术专科学校等多所艺术院校任教授、校长,是名副其实的美术教育家。艺术造诣高超,被奉为一代美术大师。曾任中国美协副主席、浙江美院院长。广东建有"潘天寿纪念馆"纪念之。

1942年,潘天寿率东南联大艺术专修班学生到武夷山写生、创作,写下了《武夷山游记》五言长诗。从诗中看出画家不畏艰辛,寓苦于乐,遍游名山,且观察细致,描绘风趣,不愧为武夷山纪游诗之佳作。

注 释

①本诗选自《福建省志·武夷山志》,卢美松、阮雪清编,方志出版社2004年版,第513~514页。

②潭北:潭,建阳县(今建阳市)的简称,距武夷山风景区约50千米。

③水帘洞:武夷山著名景点之一,位于章堂洞北岸。

④杜葛:杜葛寨,位于杜辖岩麓,至今尚存石门、残墙等遗迹。

⑤桃源:指小桃源,位于六曲溪北,因幽境似陶渊明笔下的武陵源而得名。

⑥永乐寺:天心永乐禅寺,位于山北天心岩麓,为山中古寺之一。

⑦天游:武夷山三十六峰之一的天游峰,位于六曲溪东。

⑧悟源涧:流经马鞍岩与马头岩之间的一条涧水,源自天游峰北麓。

⑨九龙窠:母树大红袍生长地通往天心岩的一条深长峡谷,俗名大坑口,位于牛栏坑南侧。

⑩山魈:又称山魈子,武夷山民间传说中的野人,似人形,个小,与人为善但又好恶作剧。

⑪朱公庙:朱熹武夷精舍,位于五曲溪东。明时重建,改称朱文公祠。

⑫"相传有慧狐,于此以为家。朝暮不相爽,侍读过三年。仙蜕而祠焉,于实有是耶":此三句典出武夷山民间传说《朱熹与丽娘》。朱熹在武夷山创建武夷精舍授徒著述时,山中修炼千年的狐仙慕朱熹才学人品,化名丽娘拜在朱熹门下,朝夕相侍。后因乌龟精挑拨,致使丽娘现形而亡,朱熹含悲将其葬于顶岩穴中,后穴称狐狸洞。

⑬钓鱼台:仙钓台,位于四曲溪北,临溪。相传姜太公曾垂钓其上,故名。

⑭仙槎:仙槎,即架壑船棺,又称武夷悬棺,因搁于绝壁岩穴或裂隙而得名,为夏商时期武夷先民奇特葬俗的遗物。

⑮一线天:武夷山著名景点,位于二曲溪南。

思 考 题

1. 认真阅读该篇游记,仔细查找文章里面生僻字词的读音与意思。
2. 细心领会这篇武夷山游记诗的内容及艺术风格。

水调歌头·泛舟武夷九曲①

◎夏承焘

弄影濯双足,掠面失千峰。舟师倘能高咏,奇警出从容。为汝一篙拍掌,答我四山皆响,惊倒儿吟筇。玉女正临镜,双颊为谁红?

隔千载,来一醉,武夷宫。菜根嚼出滋味,何处遁山翁?但惜隐屏高处,不见稼轩同甫,携手啸天风。乞我绿玉杖,踏遍碧芙蓉。

作 者 简 介

夏承焘(1900—1986),字瞿禅,晚字瞿髯,别号梦栩生,浙江温州人。著名诗词学家,毕生致力于词学研究和教学,是现代词学的开拓者和奠基人。中华人民共和国成立后,系中国科学院文学研究所研究员,曾任杭州大学、浙江大学、浙江师范学院教授,《词学》杂志主编。胡乔木曾经多次赞誉夏承焘先生为"一代词宗""词学宗师"。其所著《唐宋诗人年谱》《唐宋词论丛》等是有词学以来最为浩繁的巨著。1961年曾游览武夷山。

注 释

① 本诗选自《历代名人与武夷山》,萧天喜主编,闽北日报社2004年版,第186~187页。

作 品 简 评

夏承焘,现代词学的开拓者和奠基人。这首《水调歌头·泛舟武夷九曲》通过白描和联想的艺术手法,为我们描绘了泛游九曲溪时的优美画面,并展开了丰富的联想,期望与历史名人骚客携手同游武夷的美好愿望。

词的上阕,先是描写两岸美景倒影水面,峰随溪转,风光迤逦。舟师若能高声咏唱,奇言警句便能够从容而出。为撑筏的师傅鼓掌,四处的山峰皆有回响。玉女峰正临水而立,她的双颊不知在为谁而红。这真是一幅惬意的泛游九曲图呀!

词的下阕,诗人展开丰富的联想。隔了千载来到武夷山,游九曲、武夷宫,沉醉其中。菜根都能嚼出滋味来,登到隐屏峰的高处,却不见稼轩等人。谁能与我一起携手共游武夷,同吹天外来风呢?我要来绿玉杖,踏遍这片山水。

思 考 题

1. 中国现代著名画家沈迈士在《游武夷》一诗中赞美武夷山水之美云:"大王峰接幔亭峰,九曲山容步不同。微雨多晴添画意,神奇变幻有无中。"结合本词的描绘,细心体会词人是如何描写"九曲山容步不同"的。

2. 现代书画篆刻家王个簃也曾写过《游九曲(二首)》,诗云:

  并筏欣欣游九曲,一篙上下见精神。
  篙师到处殷勤说,古语浮夸亦自亲。

  回旋水是有声诗,复叠山成出奇画。
  曲曲缠绵看不清,变化不在古人下。

同样描写武夷九曲,试比较这两首诗歌与本首词描写"游九曲"的异同。

二曲玉女峰[1]

（二曲玉女峰，晦翁所谓"插花临水为谁容"者也，韶秀无伦，为溪山绝胜）

◎施蛰存

开门临白水[2]，对镜贴黄花[3]。
独宿清溪畔，娉婷惜鬓华。
年年三月半[4]，日日夕阳斜。
拟逐行云去，行云未有涯。

作者简介

施蛰存（1905—2003），原名施青萍，笔名青萍、安华、北山等，浙江杭州人。中国现代著名作家、文学翻译家、学者，华东师范大学中文系教授。

他的创作涉及小说、散文、诗歌、翻译作品等，被誉为"百科全书式的专家"。曾以编辑大型文学刊物《现代》而蜚声文坛。中华人民共和国成立前主要从事小说创作，有《梅雨之夕》等七本小说集，善用心理分析、意识流、蒙太奇等现代创作手法，是我国现代派文学的代表之一。他的散文大多是随笔式散文，温柔中微见忧思，素朴平淡的字里行间常含机智幽默，形成自己的风格。中华人民共和国成立后主要从事教育和翻译工作。

20世纪40年代初，施蛰存在厦门大学任教时，曾游览武夷山，写有《武夷行卷》（未刊行），其诗《二曲玉女峰》盛赞武夷。

注释

①本诗选自《武夷山文化丛书：名家赞山》，徐少明、萧天喜编，福建人民出版社1993年版，第80页。

②开门临白水：典出南朝乐府民歌《青溪小姑曲》"开门白水，侧近桥梁，小姑所居，独处无郎"。白水：这里指九曲溪。

③对镜贴黄花：典出《木兰诗》"当窗理云鬓，对镜贴花黄"。意指玉女对着对面的妆镜台梳妆理鬓。

④三月半：典出唐李商隐诗《无题》"东家老女嫁不售，白日当天三月半"。

思考题

1. 根据本诗的描绘，概括二曲玉女峰的形象特点。
2. 搜集武夷山文学中，描写二曲玉女峰的诗歌，并细心领会历代名家对二曲玉女峰的描写与赞美。

第八章 当代武夷文学

第一节

概 述

1949年中华人民共和国成立以后,中国文学也进入了"当代文学"历史新阶段。热情赞美新的时代,浪漫歌颂自己的祖国、民族、人民和领袖,成为当代文学的时代主旋律。当代武夷文学在这样大的时代背景之下,也迎来了诗歌、散文、小说创作的黄金时期。

一、当代名家写诗赋文赞武夷

"东周出孔丘,南宋有朱熹。中国古文化,泰山与武夷。"当代著名历史学家蔡尚思从历史人文的高度这样定位武夷山。著名国画家叶浅予在《旅程画眼》中赋诗赞叹:"峰回溪转景观移,黄山雁荡无比奇。九曲清流浮竹筏,人间仙境在武夷。"他是从自然山水景观的角度,赞美武夷山。"理学名邦在崇安,碧水丹山乃武夷。先烈英魂系赤石,安贫乐道算朱熹。"曾经担任过福建省委书记的项南同志,则是从自然人文、革命历史、文化名人等多角度、全方位的宣传推广武夷山。

"千载儒释道,万古山水茶",这是武夷山的特质凝练。当代名家在诗词歌赋、散文游记中,不吝笔墨着重描绘"万古山水茶",探究"千载儒释道"。散文家黄文山在他的《武夷三味》中,分享了他"游九曲、登奇山、品茗茶"的人生感受与感悟;散文家杨朔在20世纪50年代,在厦门做报告时说:武夷山太美了! 武夷山到南平"简直是三百里画廊"。汪曾祺更是简洁精炼地概括武夷山:武夷的好处是有山有水。九曲溪是天造奇境,玉女峰亭亭而立,大王峰虎虎而蹲,晒布岩直挂而下,天游是绝顶,水帘洞旁能饮茶。

"鬼斧神工亦壮哉,天公造化费疑猜。劈出巨剑山一线,湿尽黄竹雾乍开。万仞丹峰凝碧血,几湾飞雪染苍苔。武夷收尽人间美,愿乘长风我再来。"这是刘白羽面对武夷胜景时的振臂高呼。1962年秋,郭沫若先生偕夫人游览武夷山时,因观武夷美景,异常兴奋激动,郭老竟脱口而出一句后来引起"山水之争"的赞叹:"桂林山水甲天下,不及武夷一小丘。"此言一出,有关"桂林与武夷"进行比较的谈论便络绎不绝。曾任中央宣传部长的张平化在1981年4月15日游览武夷山时,对此问题,做过委婉的回答。他在《题武夷》中写道:"万仞云岩九曲溪,谁来此地比高低。桂林山水甲天下,借问君曾到武夷?"这首诗词采用了含蓄婉转的口吻,反问他人,推崇武夷山。

著名文学评论家冯牧1986年5月12日游览武夷山时,也饶有兴致地把泰山、黄山、桂林与武夷山进行一番比较:"岱宗雄奇世无伦,黄山幽邃自古闻。桂林秀色甲天下,未若武夷集一身。"在作者眼中,泰山"雄奇",黄山"幽邃",桂林"秀美",但是武夷山与三者比较起来,恰好集三者各自的优点于一身。现代作家郁达夫也曾把武夷山与西湖进行过比较,他认为:"山水若从奇处看,西湖终是小家容。"在郁达夫看来,西湖还是缺乏武夷山的多变与雄奇。这场有关武夷与桂林孰高孰低的争论,直到谷牧的一首"和事佬"式的诗歌出现,才算告一段落。谷牧认为:"桂林山水甲天下,武夷山水亦神奇。同是祖国河山好,何须评比论高低。"尽管天下名山大川,各有特色,不分优劣。但清代随园老人袁枚用文体论武夷,读来让人感觉耳目一新。"以文论山,武夷无直笔,故曲;无平笔,故峭;无复笔,故新;无散笔,故遒紧。"这种评论让人感到惊叹与神奇。

如此奇山异水,怎不让人争相目睹呢?近代文宗桐城派代表人物王拯在《武夷山志序》开篇即赞道:"武夷以九曲称。"九曲溪最早因南宋理学大家朱熹的《九曲棹歌》而名扬天下。后代文人骚客应和者较多。现代著名教育家顾毓琇,在1941年夏,赴闽公干时,顺道探胜武夷山的九曲溪,并赓和朱熹长诗原韵联吟《九曲棹歌·一曲》:"初入桃源放筝船,武陵过客问长川。虹桥纵断江南梦,肯作渔郎避寇烟。"表达了作者在硝烟弥漫的年代,期望纵情山水的美好愿望。当代经济学家许涤新在《游武夷记》中,给读者分享了他游武夷九曲溪时的美妙体验:"山回溪转缘九曲,不尽奇峰迎面来。百仞乔松茂涧底,绿草如茵布山巅。黄冈去天有几尺,足下群峰飘云烟。"真是一幅绝美的武夷九曲胜景图。

"九曲溪头绿蘸波,情哥撑筏我轻歌。秋今更比山花艳,应惜青春一掷梭。"当代画家钱君匋如是赞美九曲溪。而在1982年与他同游武夷山的知名画家糜耕云更钟情于对"大王峰"的描写。大王峰位于九曲溪一曲溪北,为武夷山三十六峰之首,也是历代文人争相歌咏的对象。而在民间,大家更乐于传颂大王与玉女的凄苦而又美丽的爱情传说。蔡厚示在诗歌《武夷三咏》中就把九曲溪、大王玉女、天游作为"武夷三昧"来咏叹。由此看来,大王峰和玉女峰常常会被诗人们联系在一起,津津乐道,侃侃而谈。当然武夷山的美景繁多,赞颂幔亭峰、晒布岩、天游峰、水帘洞、鹰嘴岩、螺蛳洞、流香涧等景点的诗歌也有很多。而福建本土诗人蔡其矫对武夷山的梅花却情有独钟。他曾作《武夷山梅》一首,从梅的外形、香气、飞舞、静落等多角度描绘武夷山的梅花,整首诗给人一种诗意、浪漫而又朦胧的感觉。

"九曲落瑶池,天游著武夷。流光凝玉女,翠色染笙诗。万崮云追动,群舟风逐移。渔歌听唱远,坐爱晚山枝。"江泽民的这首《戊子暮春武夷感怀》,给人一种诗的意境,美的享受。作家梁衡曾经谈到自然山水怡情功能,他认为,消除个人烦恼和重负的方式有两种：一种是皈依宗教，向内心求平衡；一种是回归自然山水。如果一处山水能以自己的神韵净化人的灵魂，安定人的情绪，启示人生哲理，使人升华，教人回归，纯得能使人起宗教式的向往，又美得教人生热恋似的追求，这山就有足够的魅力了，就是人间的天国仙境。他在散文《读武夷山》中感叹："我在武夷的怀抱里，立即感到一种伟大的安详、朴素的平静，我没有宗教式的体验，却真正接受了一次大自然对人的洗礼。武夷一小游，退却人间愁。"贾平凹对游览武夷山的体验是："一溪九曲十八湾，三日五晌游不完。上岸随便吃茶去，武夷山中我是仙。"作家李锐更是以略带夸张的口吻赞叹："老至无须闲处看，武夷两日却神仙。"漫画家华君武更是难掩内心的激动兴奋之情："昨来武夷，如入仙境。早登云窝，山秀水清。心门敞开，大喊三声。"

游山玩水，或许还有一大好处，那就是使人心胸开阔，乐于分享。许多当代名家不仅写诗赋词述文以表达个人游山玩水的内心感受，更乐于向众人传播旅游时的体会，以及所见山水的神奇与美丽。在游览完武夷山水之后，曾任国家旅游局局长的刘毅为武夷山做了一次宣传："举目一石山，低头一片青。信步奇趣多，竹舟九曲流。宿屋峰林间，星夜玩乐中。度假何处好，武夷别有情。"词作家庄奴先生更是作词一首，直白地进行咏叹："高高的武夷山山壮丽，一壶岩茶百里香，弯弯的九曲溪美丽，武夷山、九曲溪，有情的天地欢迎你。"

近两年，武夷山市政府在九曲溪之外，又隆重推出了新的漂流项目——云河漂流。著名词人月十一为此做宣传曲《云河谣》，该曲缓慢抒情，歌词古典，意境优美。相信每一位驻足武夷山的游人，听到此曲，心头不免诗意荡漾，流连忘返。

二、当代武夷小说创作简况

直到晚清时期和民国初年，由于中国社会产生的变化和西方学术文化思想的影响，小说的价值和意义方被重视。时至今日，百年已过，诗歌日渐边缘化，散文面临碎片化，而对于小说，"这是一个最好的时代，也是一个最坏的时代"。随着互联网日益深入大众生活，小说与影视剧的结合，架起了小说家与大众之间的桥梁。对于名家来说，这是一个名利双收的黄金时代；对于献身小说创作，而又默默无闻的作家来说，小说的创作与呈现成为期刊杂志社与评论家"向艺术而生的责任与坚守"。

从地缘概念上来说，闽北地处闽浙赣交界处，是中原文化入闽的必经之路，自然资源丰富，历史文化悠久，山水风光秀丽，素有"千载儒释道，万古山水茶"的文化特质，又具有行吟文学与旅行文学杂糅相济的地域文学元素。在闽北的文学历史上，除了柳永、朱熹两大名家外，还有严羽、宋慈、杨时、杨亿、李纲等一大批先贤哲人推动着闽北文学的发展。但在中国文学地理研究的历史上，时至今日，闽北小说创作甚至在福建小说创作版图中仍显薄弱。

尽管闽北小说创作稍显薄弱，但依然有一批笔耕不辍的小说家正在建构着当下闽北小说创作的图景，并取得了一定的成绩。光泽小说家邱贵平的作品曾经在《十月》《北京文学》《小说月报》《长篇小说选刊》《福建文学》等期刊发表与转载，其中长篇小说《五朵厂花》获首届全国青年产业工人文学大奖长篇小说一等奖。

　　来自武夷山的小说家胡增官,文学创作的题材受童年影响比较大,主要取材于老家生活和武夷元素,小说基调偏灰色,并认为在生活结束的地方开始小说。他曾在国内多家杂志社发表中短篇小说,出版散文集《阳光碎片》,小说集《活得比蟑螂复杂》。其中短篇小说《人间烟火》获得第 23 届全国梁斌小说奖二等奖。

　　江子辰,南平市作家,中国电视家协会会员。作品散见于《小说月报》《福建文学》《厦门文学》《海峡》等杂志,有作品被《中篇小说选刊》《中华文学选刊》选用。曾获福建优秀文学奖。其中短篇小说《木匠江湖》因小说语言简洁、精炼、雅致而广受好评。

　　来自邵武的马星辉,笔名古道。迄今为止,已发表了 200 余万字的文学作品。其中长篇历史传奇小说《李纲传奇》荣获 2012 年海峡两岸文学大赛专业组一等奖。最新力作《张三丰传奇》,也是一部震撼人心的历史传奇小说。

　　以上小说家参与并建构了当下闽北小说创作的图景,并为闽北小说的创作做出了一定的贡献。无论是邱贵平、胡增官,还是江子辰、马星辉等闽北小说家,每人都在立足自己所熟悉的地理位置和生活领域,关注自己善于描绘的阶级和阶层的人物故事。讲述自己擅长并熟悉的人物故事,是优点,是驾轻就熟,但选择哪些故事去讲,以及如何去讲,或许,应该是每位闽北小说家应该深刻思考的一个问题。是不是不论现实的、身边的、想象的、虚构的,都可以经过艺术加工,进入小说创作领域?如果地域上地处偏远与边缘,以及作家生活经验贫乏与狭隘,那么,作家所精心设计的小说故事,能否真正引起读者的追捧与喜欢呢?值得深思。

　　真正优秀的小说,一定需要灵魂的参与。特殊的人生经历和丰富敏锐的人的天资往往能造就一名好作家,造就他精妙充实的境界。衷心希望当下的闽北小说家在未来的日子里,能创作出更加优秀、经典的小说作品。

第二节

散　文

武夷曲①

◎费孝通

谁说造化心无计?武夷山水如此奇。
兀兀独石成千峰,涓涓细流汇曲溪。

溪浅筏轻浮石过,峰高拔地与天齐。
人生难比九曲险,眼望东来筏向西。
仰叹危岩飘仙舟②,千年古壁画上栖。
传说从来多情意,仙境幻象亦可哂。
可羡玉女并肩立,鬓花丛丛从不稀。
笑我此生真短促,白发垂年犹栖栖。

1984年11月17日从福州到闽北武夷山,住两晚,19日离山。游旅匆匆,但确是多年难得的憩息。年来奔波大江南北,所见名山胜地亦不少,但形势逼人,任务维艰,实无闲情逸致,贪看景色。日前写毕《苏中篇》,江苏小城镇第一轮的调查告一段落,心情稍觉舒畅。老友王艮仲先生连续来电,召往福建,以赴会为名,实是想引我放慢步伐,张弛合节。我领会他的好意,偕女同行。福建主人款待尤殷,为我屏挡应酬,送我与王老父女同作武夷之行。避世有门,心实感焉。

到山已暮,天阴,住慢亭山房,形式古雅,别有风韵。旁有招待室:里壁作扇形明窗,窗外天井植竹;微风拂动,室内外望,俨然板桥手法。室中有一大卵石,石面刻郭老③手书《游武夷诗》,其末句是"不会题诗也会题",是为招待所主人向游客索墨作先客。我一看深惧误入文网,此番难逃矣。岂知郭老系写实之笔,进得此山,像我一样不会吟诗的人,也会不待人索,油然入韵。诗情画意,逼人而来,非为酬酢,舒敞胸怀也。离山,取道南平,乘火车去厦门。轮声助睡,怡然入梦。清晨披衣起,诗兴未尽,上面这一首武夷曲就是这样写下的。

武夷之名,我早有所闻。钱伟长同志赴闽讲学返,力促我循其行迹入武夷,否则虚此生矣。我领首而未置可否。今番入闽,抵山,始信伟长之论并非夸张。至于有人喜欢对天下名山作评比,说"桂林山水甲天下,不如武夷一小丘",那就落得偏颇之嫌了。但是评而不比则无妨,因为名山之所以得名,必有其引人入胜的特色。人各异趣,领会角度又可不同。清代随园老人袁枚,就从文体论武夷:"无直笔故曲,无平笔故峭,无复笔故新,无散笔故遒紧。"因而"别树一帜"。我不习音韵,不事绘画,但好为文,因之对随园之评颇觉得神。如果要综合一字,奇而已矣。武夷应是大块奇文,造物无心,岂能有此!

武夷诸峰大多独石构成,被称为武夷第一胜地的天游峰就是一块巨岩,天衣无缝,拔地几百米,延伸二三里。从岩底溪涧仰望,行人如米粒,蠕蠕在岩边上移动,观者为之提心吊胆,惟恐其下落。其他如雄壮的大王峰、优美的玉女峰、凶猛的狮子峰、暴厉的铁板峰等等,全山三十六峰、九十九岩,莫不如是。现在看来真是鬼斧神工的杰作,其实却是日久天长自然形成的。据地质考察,七千万年前,这里是一片低洼盆地,洪水把大小砾石堆积于此,经过成岩作用,凝成石层。后随地壳上升,日晒雨淋,风化剥蚀,水流冲击,坚硬者留,细弱者去,造下了今日这片景色。我在九曲溪涧的竹筏上,得了一句:"神工鬼斧不足奇,溪峰布塑何长期。"回头仰望,正看到小藏峰上的绝壁悬舟,接下去吟:"岩壁架木岂仙术,虹桥见证古人技。"关于这两句,我得多说一段话。

从书本上，从别人的口头，我早就晓得武夷山有船棺葬的遗迹，但是没有见过船棺。前年出川，过巫峡，有人遥指绝壁上隐约可见的几个长方形洞穴，说这些是搁置船棺的地方。山高雾重，未窥其详。直到这次来武夷山，急欲一察。进入三曲到小藏峰，才见半山峭壁上的虹桥板和架壑船。再查看《武夷山水》里的插图，始得其概貌。

　　虹桥板是支架船棺的木板，架壑船就是船棺，都是这地方古代居民的葬具。观音岩洞穴船棺中的遗物，经过科学测定，据说已经历了3800多年，在中原正当夏代的晚期。这里确有一个至今还没有人能做出满意解答的难题，那就是，试问人们怎样能把一具具沉重的船形棺木安置在几乎无法攀登的悬崖绝壁上去呢？既非人力之所及，莫非神为？后来有人看到了这些船棺里留有人骨，结合很早就在这地方流行的道家思想，很容易产生这些船棺正是得道的人用以蜕化升天的仙身的传说了。

　　道家是我国本土的宗教，它和其他的宗教不同。依我的了解，原始道家并没有幻造出一个人们身后超自然的世界，而只是想在这世界里找出一套为个人谋多福多寿的妙道。妙就妙在它贪恋人间的福禄，舍不得死，要求长生不老，就叫成仙。仙字以人为旁，并未摆脱人的范畴。《康熙字典》中仙字条下释为："老而不死曰仙。"仙人还是人，但是凡人都有副臭皮囊，免不了要衰老、要死亡。要求长生就得像脱去衣衫那样脱去这个肉体。于是道家产生了"升真"的说法。据说凡人经过修炼能离形出神，"羽化而登仙"，成为真人。真人者其实就是有特异功能，做得到普通人不能做的事，而且长生不老的人。人怎能上天呢？这似乎没有人看见过，但是飞上了山壁的船里却见到了人骨。于是有人会想，这不就是真人的"遗蜕"么？也许因为武夷山留下的船棺特多，所以又有传说，凡是修炼得道的人都得到武夷山来"升真"，武夷山是凡人变真人的最后一站。

　　武夷山可能是道家的策源地之一，早在汉代已见于史籍：应劭《风俗通义》里有："武帝时，迷信鬼神，尤信越巫。"武夷山古属越地。汉武帝和秦始皇一样，统一了天下，尊荣富贵，就怕死了，千方百计寻求长生之术。道家之说正投其所好。武夷山这个道家根据地也就受到帝王的青睐，在此建宫观，立官奉祀。到了宋代，武夷宫①还是一个有名的道教中心，依旧由朝廷赐田，并派官去主持宫事。以诗词著名的陆游和辛弃疾都当过这个宫的主管。其实这是个闲差，用来安排不受重用的人物，略胜于贬谪。

　　据民间传说，武夷之名得之于一个得道成仙的人家。太古之世，有个老汉姓钱名铿，亦名彭祖。他在殷代末年已有八百岁，与观音洞的船棺年纪却相近。他隐居在深山里，生了两个孩子，一名武，一名夷，后来人们就把这两个儿子的名字联起来称此山作武夷。这个传说听来很牵强，但用彭祖来代表高寿，却由来已久。他和武夷山发生联系在我还是初闻。武夷君这个名字则初见于《史记·封禅书》：汉武帝令人祀"武夷君，用干鱼"。用干鱼符合于当时居民越人的习惯。至于彭祖两子是否就是武夷君那就不可考了。

　　传说是会滋生的，越说也越通俗近人。据说秦始皇二年八月十五日，中秋佳节，武夷君在这山的幔亭峰下大摆筵席，主客据说是皇太姥和魏王子骞等仙人。当晚有个渔人在梅溪渡口逢到一位要去赴宴的老翁前来搭渡。老翁上了船，这船就带了渔人一起腾空而起,停在慢亭峰的岩巅。渔人张眼一看,慢亭峰前,灯火辉煌,群仙毕集。不久,悬崖上一座虹桥跨空而起,桥上走下了二千多乡人,席间大为热闹,直到兴尽席散,乡人们循桥回去,一阵疾风骤雨,卷走了虹桥,留下了丹崖翠壁,依然如故。有人还说,那个渔人的小船至今还搁在小藏峰的岩洞里。

我这次在武夷山就住慢亭山房,山房背靠慢亭峰,红色的岩石上刻着"慢亭"两字。四周苍松环簇,俨然是一座翠屏。翻阅《武夷山志》,辛弃疾写过一首咏景的诗反映了这里人间仙境混为一体的境界:"山上风吹笙鹤声,山前人望翠山屏。蓬莱柱觅瑶池路,不道人间有慢亭。"这样的景色怎么会不在人们的感受上引出上述的传说来呢?

武夷山的传说是说不完的,曾经有一度作为四旧来破,作为迷信来批,而我却爱其意,品其味,欣赏它所孕育的民间愿望。归来写了一绝:"九曲涧溪知何从,神劈千仞山万重。武夷云雾迷离处,人间仙境两朦胧。"

武夷山和道家的因缘说得不少了。可奇的就是这个武夷山,它和儒家也结下不浅的关系,在这里不补一笔也就显不出它的丰富多彩、兼容并蓄了。南宋偏安江左,处于浙赣闽交接的山区,成了重要的后方。在朝廷上待不住的文人,不少就退居到这山清水秀的胜地。武夷山一时竟成了儒家的中心。这个中心是南宋理学祖师朱熹开创的。他幼年丧父,博览群书,自成一家言。因主张抗金而受到打击,仕途受阻,"立朝不两月,住山逾十年"。年老不得志,又回到武夷山区,讲学于"紫阳书院",至今废址犹存。

我对于宋代的理学没有研究,只知道朱熹继承了二程理气之说,成为一代大师,并集注了"四书",历代流行,直到我的幼年。他的哲学一直被归入客观唯心论的一类里。我对他自幼没有好感,因此不应以成见去批评他的学说。但是也许可以说,朱熹的理学之所以受到他身后历代帝王的推崇,甚至封他作"文公",在孔庙里受到祭祀,是出于它对封建社会起了巩固的作用。他强调"天理"和"人欲"的对立,把人们封闭在封建道德的牢笼里,多少妇女冤屈地死在贞节牌坊之下,至少在这方面,他在老百姓里是不得人心的。何以知之呢?在他紫阳书院的对门就有被人们称作玉女峰的三块并立的巨岩,淳厚朴实的农民利用这个胜景编出了一个反映朱熹卫护孔教的传说。

传说是这样:很久以前,武夷山是个洪水泛滥的地方,老百姓无法安居。这时远方来了一个有为的青年,姓王,人们称他作大王,带领群众治服了水患,开山种茶,建成了个繁荣优美的乐园。天上玉皇大帝的女儿玉女,私自出游,被武夷山的奇峰秀水迷住了,和大王一见倾心,依依难舍。但好事多磨,有个铁板鬼侦知此情,报告了玉皇,下令捉拿玉女上天,玉女对大王一往情深,宁死不返。铁板鬼施法把他俩点化成石,分隔在九曲两岸。铁板鬼自己又怕玉皇问罪,变成了巨石,堵在玉女和大王两峰之间,使他俩永远不能相见,所以至今这一块铁青的岩石,被称为铁板峰,永远受人奚落。

这个传说有意义的是正在所谓"道南理窟"的儒家圣地,群众却公然把这些拥护礼教的理学家们当作铁板鬼来奚落一阵,保卫了武夷山的灵秀气息。

入晚,我从九曲涧溪回慢亭山房憩息。窗外阵阵桂香扑人。时已入冬,想不到我一个月前在家乡没有赶上的"三秋桂子"却不意在这里相逢。武夷山果真是别有天地,连

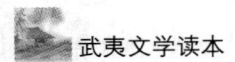

花谱都不同寻常。我记得在浮荡九曲的竹筏上惊异地看到溪边盛开的杜鹃花。如果这里的桂花是秋花冬开,那么杜鹃应说是春花冬放了。峭壁上的兰花,更不知何时将息。我一觉醒来得句如下:"溪边冬初杜鹃开,兰垂崖岩峭难攀。武夷山幽花无忌,桂香十月入诗来。"是写实也。

作者简介

费孝通(1910—2005),汉族,江苏吴江人,著名社会学家、人类学家、民族学家、社会活动家,中国社会学和人类学的奠基人之一。1935年在清华大学研究院学习。1938年获英国伦敦大学博士学位。曾任云南大学、西南联大、清华大学、北京大学、中央民族学院教授,也曾任民盟中央主席、全国人大常委会副委员长。

1984年11月间视察武夷山,饱览风光后写下了4000余言的长篇游记《武夷曲》。1988年和1993年再游武夷。

注释

①本文选自《美哉!武夷山》,福建人民出版社1987年版,第13~18页。
②仙舟:武夷山悬崖绝壁岩穴中的船棺,距今3000余年,是武夷山古代先民特殊葬俗留下的遗物。
③郭老:郭沫若,1962年视察武夷山时留下《游武夷泛舟九曲》诗。
④武夷宫:冲佑观,位于大王峰南麓。因其为武夷山最大的宫观,故称武夷宫,现衍化为地名。

作品简评

费孝通先生是我国著名的社会学和人类学的奠基人之一,国学素养深厚。通读全文,不禁为费老的文学修养称赞道绝。作者开篇由诗歌起,结尾由诗歌落,中间夹杂作者个人的陈述、分析、讲解,使得通篇读起来,既有深厚的理论素养,又有活泼生动的民间传说。同时,诗起诗落,又使整篇文章充满浪漫色彩,让人读来,意犹未尽。

开篇作者先赋诗一首,然后讲述了武夷之行的前因后果,并交代了开篇所赋之诗的写作背景。在作者看来,武夷山的独特之处在于一个"奇"字。那么奇特究竟在于什么地方呢?作者在文章的核心部分,花去大量的笔墨一一论述。首先,武夷山的奇特在于:武夷诸峰大多由独石构成,像天游峰、大王峰、玉女峰、狮子峰、铁板峰等几乎都由一块巨石构成。这些巨石看似鬼斧神工,其实却是地质运动形成的自然结果。接着作者讲述了有关武夷山的"悬棺之谜"。三曲小藏峰半山峭壁上的虹板桥和架壑船,可能是3800多年前得道的人用以蜕化升天的仙舟。作者从武夷山与道教的因缘学和武夷山流传的民间传说两个方面为这个推测进行解释。最后,作者又谈到武夷山的第三个独特之处在于儒释道三教合一、兼容并蓄。

文章的最后,作者写到武夷山的桂花"秋花冬开",杜鹃"春花冬放",而山崖峭壁上的兰花,更不知何时将息,并为此再次赋诗一首。作者这样架构全文,让人读来,不禁感觉亲切、自然、生动,同时又深感诗意盎然,言犹未尽。

思考题

1. 认真阅读全文,概括本文写作的艺术特点。
2. 文中提到了几个民间传说,请仔细找出,并尝试口头讲述之。

武夷颂①

◎刘白羽

大自然是伟大的创造者,他常常以惊人之笔,把人引入深邃的美的意境。我总算是游历过一些名山大川的人了。但我不能不说,武夷一下把我的神魂吸摄住了。

我是一九八四年十一月十日到达武夷山的。北国飞雪,南天清秋,一片红色余晖,映照出武夷山脉烟海苍茫、长天辽阔的神姿。忽见一巨峰迎面而来,雄浑奇伟,拔地擎天,状如袅娜升腾的蘑菇云,在朦胧暮色之中,倍觉苍劲,原来这就是进入武夷的第一峰大王峰。这时,一阵清风从山顶上飒然而至,当我想到"此大王之雄风也",心中不觉升起一种庄严肃穆之感。

谁知神龙一现,夜幕骤临,武夷山水似乎并不急于使我一睹风采。夜气有些清凉,在寓舍饮上一杯醇香的乌龙茶,倒也取得一丝暖意。不过,午夜嫩寒寻梦处,飞来九曲玉玲珑,这一夕我是在悬念中度过的。拂晓急起,推开窗门,哪里知道白茫茫浓雾,遮天盖地,一无所见,武夷山在哪里?九曲溪在哪里?可是,当我踏上游程时,我却深深品味到这大雾的美妙之处了,如甘霖滋润万物,如水墨濡染江山。当我缘着崎岖的小径走去,忽见一石门,为宋代遗物,久经风霜的侵蚀,使得门上浮雕形迹模糊,荒山野石,更觉古朴,一根藤须从上面垂下,微微拂动,仿佛在向来人招手。而后,来到云窝。这时,我特别领略到:一峭岩,一曲径,一树梢,一竹叶,无不凝结满晶莹的水珠。特别是当我攀登到一处山峡深谷时,从芭蕉叶上,雾珠竟似雨水一般滴流而下,叮咚作响。雾,你武夷的雾啊!你在美化人间、诗化人间,你使一切朦胧、隐约、清幽,我才明白古人以雾里看山为一绝,确有精到之处。我攀上峰顶,极目远望,突然间看到茫茫云海之上,三个山峰,竟像从海里踊跃而出,腾空而起,阳光有如千万支强烈的聚光灯把山峦照得红艳艳、亮闪闪。我一时之间完全浸沉在虚无缥缈的梦幻之中了。我觉得那山峦——迎接第一线阳光的使者,确像在低唱、在微笑。于是,漫漫浓雾就此渐渐隐退了。

人赞武夷曰:丹山碧水。我就概括我两日之游,说说山,谈谈水。

我穿过迂回曲折的岩洞,听尽琴弦急语的泉声。久久伫立,为一座险峰镇住。峰顶上紧贴着一片森然直上的苍崖,像一支利剑。它的半腰却横裂三痕,令人望之悚然,好像只要一阵风吹,就会崩裂而下。但,这正是武夷山奇绝的特色。当我走进茶洞,这片茶园四周耸立着七座巍巍大峰,有如一口深井,据说只有在太阳西下前的瞬间,一线阳光忽然凭空而下,其璀璨,其艳丽,无与伦比。当我方沉醉于遐想之中,忽然仰头一看,一座高峰耸立面前,这就是天游峰。我看上山的石梯,狭窄、曲折、壁陡,实在令人望而生畏。我不想上了,同行的人也不要我上了。但,徐霞客说:"其不临溪而尽九曲之胜,此峰固应第一也。"这句话吸引了我,鼓舞了我,我还是奋力而上。我虽未能穷万仞之巅,而只登临其半,但眼前忽地豁然开朗,山卷狂涛,溪流万转,尽入胸襟。我在迎着灿烂的阳光、吹着飒爽的清风,一时之间,呼啸苍天,扶摇大地,真有游天之感了。

这儿的山有这儿山的风格,它既不像黄山那样万山萦回,也不像庐山那样一山飞峙,它像天上的造物者偶然抛洒下无数碧螺,万峰千岩,如剑如笏,朝天耸立。我一看这儿的山就想起青铜雕塑。所以这样想,一因其色,一因其彩。红层地貌,人称丹霞,于青苍中露出赤红,确实叫人联想到万古风霜、铜色斑斓;岩体崩解,岩如断壁残垣,危绝奇峭,山如肌层怒张,孔武有力。总之,每峭岩,每峻岭,都像由一个巨大艺术家,凭他敏捷的才智、豪迈的心灵,挥动雕刀,铿锵劈刻,处处显得矫健、粗犷、苍劲、神奇,从而给人一种动态的美感。当我回过身来看时,但见天游峰顶,万丈悬崖,一片飞瀑,直泻而下,日光闪烁,微风摇曳,像碎玉,像飞雪,就更给这凝聚的峰峦,凭空增添了几分意气、几分生机。人们告诉我,如果夜宿天游峰顶,在晨曦到来的时刻,看白茫茫的云海,像大海的波涛,旋卷翻腾,待朝阳骤临,霞光绚烂,像姹紫嫣红,万葩齐放,那才真是瑰丽壮观呢!

如果说丹山是武夷的铮铮神骨,碧水便是武夷的悠悠心灵。我们下午就乘竹筏一泛九曲溪了。好心的主人特别安排,逆流而上,这样可以按照序列,可从一曲游到九曲。溪名九曲,其实水随峰流,峰逐波转,何止百转千回。岩石凝紫,溪水湛绿,两岸山崩峰裂,铁熔铜铸,形成曲曲折折的幽涧深谷,溪上的水清如镜,一眼望到底,河底的卵石清晰可数,日光云影,闪闪浮动,真像有千万片水晶在震颤,在闪烁。当我沉醉在一片浓绿之中的时候,突然在一泓深潭上看到倒垂着一片乳白色的山影,随着碧波荡漾,真是动人。我连忙翘首仰望,但见整个山体洁白如玉,在苍苍重峦叠嶂之间,愈发显得像是一个亭亭玉立、脉脉含情的少女。啊!仙女峰!仙女峰!我曾仰望长江上的神女峰而惆怅,我曾凝眸石林中的阿诗玛而慨叹,但我以为武夷山的玉女峰的确是美得惊人,它不但婀娜多姿,而且神情飘逸。当我们的竹筏已浮游而过,我还屡屡回顾,它使我想到我在巴黎罗浮宫中默默观赏维纳斯那一时刻我心中所升起的亲切、喜悦、完美的人和生命自由的庄严的向往。九曲溪一曲一折,有时清流浓碧,波光粼粼,有时乱石堆滩,急湍飞鸣。千山萦回,一流婉转。回头望,望不尽乱山丛立,有如长江三峡;向前看,看不完明山丽水,又是一曲新的画廊。竹筏浮至四曲,忽见一株红艳艳的杜鹃,从崖头垂下,凌风嫣然。武夷回天天怜我,小阳春里露深情。你,杜鹃,我一个月之前在云南边境亚热带丛林中,冒着浓雾,涉过激流,向扣林山奔驰时,曾为那满山遍野浓艳艳的红紫色而精神一振,谁料如此之快又在这僻静的幽谷中重逢,好像春之神真的回天有术,给我以深情厚爱。但真个使我整个神魂为之震颤的是游到五曲。在岸上凌空飞来一座平坦的、浩荡的巨崖,它上凌青天,下临碧水,这就是仙掌峰。而奇特惊人的,是在这一半铁青一半赭红的崖壁上,冲激出数十道均匀齐崭的圆形棱柱,仿佛在天风飒爽之中,如见古希腊神庙的廊柱。我再细看,这峰崖倒映水中,那些圆柱就像千万条游龙在随波荡漾,真令人有虎跃龙腾之慨!上到八曲,乱滩纵横,万流迸裂,声如雷奔,浪花飞雪。过了芙蓉滩,山势迂回舒坦。到了九曲,已经是夕阳明灭乱山中,暮霭低垂,紫云缭绕了。

这一夜,我久久沉忍,不能入睡,我与其说带回一身九曲清气,不如说带回一颗水晶的心。那些染满污泥浊气的人,怎能懂得一碧如染的清流那样纯净,那样澄澈,那样柔和,而又那样百折不挠,勇往直前,是多么可珍贵的情趣呢?

由于诞生了上述这一种信念,因此,第二天清早我就奔向武夷深山的原始森林。不过,好心的主人,不言不语,却把车开到一处停了下来,我一看路边石碣上赫然大书"灵岩"二字。啊!仅仅念念这个名字,就给人多少神灵、多少圣灵、多少幽灵、多少山灵的憧憬呀!我们沿着崎岖小径进入山洞,抬头一望,洞顶就像是神话中的巨灵神用利剑劈开一条隙缝,一线天光从上泻漏而下。如若说这里森森的洞窟使人想到炼狱,那么这一缕微芒就恰似神光了——古罗马诗人但丁如果到了这里,该给他的《神曲》增添多少奇思奥想啊!出来看看这座灵岩山,山崖边上长满像吊兰的垂草,谁知原来这都是百合花,若是春天,雪白的百合花开满崖边,阵阵芬芳,不正是你灵岩的心香一瓣吗?

上了车,车越开越快,进入一片绿的黄金世界。断涧残崖,千回万转,森森古木,染透碧空。深壑之中,乱石如立,溪水有时聚为深潭,水绿得那样浓,就像浓醇的薄荷酒;从石缝中喷出的激流像飞腾的冰雪。绿的阳光、绿的风和白的水、白的浪花,溶织交汇成为一曲交响乐,萦回漫卷,悠然飘荡。我到这武夷深山之中,为了寻找九曲溪的源头,但更重要的是寻找我们今日中华民族神魄的源头。我怀着隆重心情想一瞻武夷最高峰黄岗山。"风卷红旗如画",遥想当年,中国工农红军从井冈山像一道铁流汹涌而下,就在这武夷山一带荒林野莽中展开游击战,排挞天地,叱咤风云,开创了英雄的土地革命战争一个大时代。当人们指着路边似乎还带着林木芳香的新筑的木屋,告诉我这里就是从前的红区人家时,我的眼睛有些湿润了。想一想,今天的一朵白云,一盏鲜花,一座新兴的建筑,一个富裕的农村,一星灯火,一片青云,一个微笑,一番美梦,这每一幽幽心曲般的小径哪一条不是从那血雨腥风未有涯的艰难岁月中开辟而来?我寻到九曲源头,这儿水清澈得就像没有水一样,而粼粼日影又让你感到水在轻轻飘浮。这时,一个神奇的幻想,在我心灵上倏然一亮。我站起来,我听到一阵阵轻幽而宛转的鸟鸣,我看到色彩艳丽的蝴蝶在上下翻飞。这时,我的灵魂,已不仅在清泉之上徘徊,而随着九曲溪,下崇溪,奔建溪,直泻闽江,飞临东海。我站在这高山之巅,望长天浩荡,大地苍茫,一刹那间心驰万里,神骛八荒。我想从南平而来的几百里,山凝浓碧,树摇新红,溪流像歌声飘过土地,一峰一壑都是绝佳景色。如果,以武夷山风景区为核心,以南平、建瓯、建阳为外围,以原始森林区为靠背,这将是一个多么辽阔而广大的绿的王国,这将是一个多么珍奇、奥秘、自然、美丽的大公园。当我这样想时我自己也笑了。我仿佛忘记了自己的年龄,怎么把信念延伸到下个世纪?不,不需要那么久远,如果谁只想把美据为己有,谁就没有美的品格,谁就不配说美。何况在我们飞腾的大时代,当然不会点石成金,但理想总可以变为现实。我完全有理由相信这一点,因为,我在这儿接触的每个人,

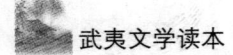

都对武夷充满爱,而爱是最伟大的动力。请你想一想这些山,这些水,这些簌簌竹林,这些苍苍古木!这儿春暖时,不仅深谷里飞出兰花的幽香,流水也飘浮着兰花的香气。这儿冬寒时,茫茫的大雪变成琉璃世界,而一片片白梅林洋溢出醉人的芳香。一个动物学家步行一里之遥,就听到上千种鸟的鸣声,这儿是鸟的天堂。一个植物学家说,而今传遍世界的红茶,最早从这儿诞生。这是天然植物园。百多年前,这儿就成为外国生物学家的宝库,至今巴黎、伦敦、夏威夷的博物馆里还珍藏着从这儿采去的稀有动植物标本。那么,今天,这莽莽苍苍的大自然,这诗,这美,一切都属于我们,我们为什么不开发这绿色黄金的矿藏呢?更重要的是,这儿不仅凝聚着中华民族神魄的过去,也凝聚着中华民族神魄的今天和未来。因为,我们瑰丽的大自然,就显示出新时代山河的大千气象,舒展着新时代天地的蓬勃生机。

我一回到寓处就倒头入睡。醒来一看表,下午三时。但我一想到明晨即将告辞而去,我就不愿放松最后一片时间再一探武夷绝境,便驱车北行。就这曼陀、天心、霞宾等山的名字已足以诱人。当我游罢水帘洞,啜一杯泉茶,淋两肩雨雾,转过山头,放眼一望,但见前面深黑色的深谷巨峡中照射过来一片斜阳,有如一片濛濛银雾在微微颤动,实在太美了!我们盘旋而下,深入壑中,只听洞水琮琤,且随山回路转,鹰嘴岩赫然出现面前,使我心神不觉一震。三十六峰峥峥美,我爱鹰嘴岩神魄奇。它像一只鹰仰天欲飞。你看,钩形的鹰嘴下,赭色胸脯,丰然壁立,使你感到它随着呼吸在微微起伏,全身黑苍苍的脉络向后倾斜,如丰满的羽翼翔翔欲动,山脊上一片小树林恰像翎毛微耸,悚悚凌风。我在山根下坐了很久,我觉得正是在最后一刹那间,我看到了武夷的神魄。这一鹰岩,使得整个武夷千山万壑都活了,都动了。雄鹰即将凌空而起,傲视人间,睥睨②东海,悠悠盘旋,漫然呼啸,于是整个武夷则如大海狂涛、汹涌澎湃,飘摇动荡,不可遏止。这时落日金光,闪烁长空,我觉得山在微微地震颤,水在微微地震颤,而我的心灵也在微微地震颤了。

1984 年 11 月 23 日

福州

作 者 简 介

刘白羽(1916—2005),现当代文学杰出代表人物,卓越的散文家、报告文学家、小说家,北京通州人。1936 年在《文学》月刊上发表短篇小说《冰天》,开始走上文学道路。1937 年出版短篇小说集《草原上》。翌年春赴延安,抗战期间投身敌后战场,写出《五台山下》《太阳》《幸福》等小说。解放战争时期转战东北,写有小说《无敌三勇士》《政治委员》,报告文学《光明照耀着沈阳》等。

中华人民共和国成立后,历任中国作协副主席、文化部副部长、解放军总政文化部部长。在担任文化领导工作的同时,发表了《日出》《长江三日》等大量散文通讯。晚年笔耕不辍,写有四部长篇:报告文学《大海》(朱德的前半生),小说《第二个太阳》(获第四届茅盾文学奖),回忆录《心灵的历程》(获中国传记文学奖),小说《风风雨雨太平洋》。

刘白羽于1984年11月在福建考察时,曾到武夷山游览,对武夷山水赞不绝口。1988年,他应武夷山市的当代诗人、摄影家和高级导游倪木荣之请,欣然为其《武夷岩韵集》作序,题目曰"武夷诗话"。

注 释

①本文选自《福建日报》1985年10月3日。
②睥睨:高傲地斜眼看着。

作 品 简 评

刘白羽先生是当代著名的文学家。他是从写作小说开始走上文坛的,但享誉文坛的却是他出色的散文写作。他的散文作品常常以抒情的笔墨描绘祖国异常壮丽的山河,激荡着时代的浪潮和豪情。

作者在1984年11月,游览武夷山之后,写下了两首诗歌和一篇散文。在《武夷颂》这篇长文中,作者一开篇便直抒胸臆地表达了对武夷山的惊叹与赞美之情;随后分别从武夷的山和水两个方面,概括自己的两日之游;文章的最后一部分,作者描写了探幽武夷深山原始森林的见闻与感受。

整篇文章通读下来,让人感觉辞藻华丽、色彩浓艳、激情四射。面对如此鬼斧神工而又奇秀壮丽的大好河山,试问,又有几个人真的能够沉着冷静,不动声色呢?

思 考 题

1. 同样描写武夷山,分析比较刘白羽《武夷颂》与费孝通《武夷曲》写作手法的异同。
2. 1984年11月,刘白羽来武夷山览胜、采风,不仅写下了长篇散文《武夷颂》,而且写下了8首律诗,盛赞武夷山的鬼斧神工、奇峰异貌。其《赞武夷》诗云:"大王山上送雄风,一片苍茫落晚红。午夜嫩寒寻梦处,飞来九曲玉玲珑。"《愿乘长风我再来》诗云:"鬼斧神工亦壮哉,天公造化费疑猜。劈出巨剑山一线,湿尽黄竹雾乍开。万仞丹峰凝碧血,几湾飞雪染苍苔。武夷收尽人间美,愿乘长风我再来。"请列出刘白羽《武夷诗话》中另外6首律诗,并结合长篇散文《武夷颂》,谈谈作者主要从哪些方面赞美武夷山的?其中蕴含了作者怎样的思想情感?

武夷山①

◎汪曾祺

武夷山的好处是景点集中。范围不算大,处处有景。在任何地方,从任何角度,都有可看的。不似有些风景区,走半天,才有一处可看,其余各处皆平平。山水对人都很亲切,很和善,迎面走来,似欲与人相就,欲把臂,欲款语,不高傲,不冷漠,不严峻。武夷属低山,游程"有惊无险"。自山麓至天游峰皆石级,走起来不累。我已经近七十,上天

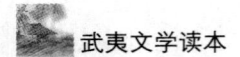

游峰不感到心脏有负担。

玉女峰亭亭而立,大王峰虎虎而蹲。晒布岩直挂而下,石色微红,寸草不生,壮观而耐看。天游是绝顶,一览众山,使人有出尘之想。

武夷的好处是有山有水。九曲溪是天造奇境。溪随山宛曲,水极清,溪底皆黑色大卵石。现在是枯水期,水浅,竹筏与卵石相摩,格格有声。坐在筏上,左顾右盼,应接不暇。

船棺不知是何代物。那时候的人是用什么办法把棺材弄到这样无路可通的悬崖绝壁的山洞里的?为什么要把死人葬在这样高的地方?这是无法解释的谜。

水帘洞不是像《西游记》所写的那样洞口有瀑布悬挂如帘。而是从峭壁上挂下一条很长的草绳,山上水沿草绳流注,被风吹散,如烟如雾,飘飘忽忽,如一片透明的薄帘。水帘洞下有田地人家,种植炊煮,皆赖山水,泉下有茶馆,有人在饮茶。

武夷山是道教山,入山处原有武夷宫,已毁,现在在重建,结构存其旧制,而规模较小。看了檐口的大斗拱,知道这是宋式建筑。宫前有两棵桂花树,云是当年所植,数百年物也。宫外有茶观,亦宋式。

我们所住的饭店门前是崇安溪②;屋后亦有小溪,溪水小有落差,入夜水声淙淙不绝。现在是旅游淡季,整个旅馆只住了我们五个人。经理为我们的饭菜颇费张罗,有炒新鲜冬笋,有武夷山的山珍石鳞,即石鸡,山间所产的大蛙也,有狗肉,有蛇汤。临行,经理嘱写字留念,遂写了一副对联:"四周山色临窗秀,一夜溪声入梦清。"

作 者 简 介

汪曾祺(1920—1997),江苏高邮人,是我国当代文学史上著名的作家、散文家、戏剧家,京派作家的代表人物。毕业于西南联大,历任中学教师、北京市文联干部、《北京文艺》编辑、北京京剧院编辑。在短篇小说创作上颇有成就,著有小说集《邂逅集》,小说《受戒》《大淖记事》,散文集《蒲桥集》,大部分作品收录在《汪曾祺全集》中。被誉为"抒情的人道主义者,中国最后一个纯粹的文人,中国最后一个士大夫"。

注 释

①本文摘自汪曾祺:《初访福建》,《中国旅游报》1990年4月28日。此为其中一节,略有删节。
②崇安溪:崇阳溪,为建溪的上游。

作 品 简 评

汪曾祺是从20世纪40年代开始文学创作的,师从沈从文,是资深文化界名家。与他的老师一样,他支持传统,但不排斥现代。他是把现代创作与传统文化结合起来的较早的自觉者。他的作品具有浓郁的乡土气息和如诗如画般的优美文笔。

汪老的这篇散文,依然沿袭了自己一贯的散文写作风格:精炼、准确、形象,在行文结构中,喜用短句,几乎没有废话、杂话。描摹形容完,便戛然而止,使得文章读起来,让人感觉凝练,意犹未尽。

作者开篇即指出武夷山景点的主要特点:范围不大,处处有景。山水迎面而来,不高傲,不冷漠,不严峻。武夷属低山,爬起山来,让人感觉不累。整个开篇,语言简洁、利索,却不失准确。

接下来,作者简单描绘武夷山景观的独特:玉女峰亭亭玉立,大王峰虎虎而蹲,晒布岩直挂而下,色红,寸草不生,壮观而又耐看;天游是绝顶,让人有出尘之想。简短的一段文字,让人读起来,深感精炼、准确、畅快淋漓。这便是汪曾祺散文写作的特点,也是他语言文字的典型特点。

在文章的最后,作者特别描写了武夷山的美味佳肴。这其实源于作者本身对美食的热爱。

思 考 题

1. 在作者眼中,武夷山风景的独特之处是什么?
2. 重温汪曾祺的散文作品,总结并概括汪曾祺散文写作的艺术风格。

遥寄武夷山[①]

◎ 邵燕祥

武夷山我到过两次,第一次在一九八五年五月,记得有五六天,算得上游山玩水。游山玩水当然先要有好山好水,再加上好游伴、好兴致,也可谓是"四美具"了。

住在大王峰下的山庄[②],我深为杨廷宝[③]先生的设计思想所折服,丹山碧水间这里那里的楼台馆舍,亏得是"宜小不宜大,宜低不宜高,宜土不宜洋",镶嵌其间,才显得这么自然天成。我的故乡萧山,计议着要把干涸多年的湘湖重新放水,沿岸营造一些景点,我不止一回提起过武夷山的规划好作参照。倘若插入一些与山水不相谐的建筑,势必糟践了风景线,也亵渎了山水神秀。

有山有水,还少不了草木覆盖——这么说,不准确,好像绿色只是外衣;不,青草碧色,春水渌波,草木竹树之绿,是山和水的生命,是武夷山的生命。一九八九年秋天,我读到季羡林[④]老人的一段文字,他回忆初到日本箱根,说苍翠欲滴的树木,能感觉出一片浓绿从淡到浓的层次……我当时在札记里记下我在武夷山乘车向自然保护区驶去时,也觉得那富有层次的浓绿扑上眉头、压上心头的类似体验。

溪水中乱石突兀,溪那边就是林菁,层层叠叠。五月春阴,沉云走雾,气压很低,湿气袭人,分明感觉到水声缠裹着腐殖土的气味,露水从密蓬蓬的青枝绿叶上滴下来,带着甘甜的、微苦的或冲淡的清芬。路窄山高,仰头望去,那不同的树群蔚成深浅不同的绿的屏障:浅绿的尚泛黄,苍绿的如泼墨。这时下车伫立,恍然觉得自己也化为一株绿树,呼吸着山岚、雨雾、阴凉的绿色。这种幻觉,在大小兴安岭都不曾有过,也许因为季

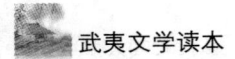

节不同,情境也各异。

十年过去,武夷山的林木,无论在保护区内外,该都得到更多的保护了吧。

其间,我曾因去贵溪之便,又一次到武夷山,可惜来去匆匆,真是走马看花,但觉游人如织,心情也不像上回那样从容。如果把游山水比作读山水,上一回有浏览、有精读,白天、入夜、微雨、响晴,涵泳其间,书我两忘;这一回还是读之于水,读之于岸,却只算是复习,重温了一遍九曲放筏的况味。

凡我走过的地方,一般在手边留下一份地图,几张门票,有的还有几张照片或札记,足可勾起渐渐朦胧的记忆。街道《闽北日报》副刊部的信,约写关于武夷山的稿子。我这些年记忆力减退,最怕钩沉,十年前"趁热打铁"时已经"打"过,今天没什么冷饭可炒了。翻翻故纸,忽有所得:那年五月,在天游台上歇了一宿,写过四首绝句,因我自知格律粗疏,怯于示人,一直没有拿出发表过。现在姑且抄在下面,请作为武夷山主人的读者,不要当作诗来品评,而是看成一个北方游客坦呈他对武夷山的眷恋吧:

杜鹃声里杜鹃花,藤挂云牵鸟道斜。
更有风兰千尺上,武夷山里不思家。

两岸晴花如绣颊,七根竹筏⑤似流觞。
不知九曲回肠水,醉透江南诗几行。

酒留香易句难成,雨乍歇时雾已浓。
秉烛夜游良有以,画山诗梦两朦胧。

只缘三宿武夷山,一惹相思八百年。
彩翼不随黄鹤去,天游台⑥上数阑干。

作 者 简 介

邵燕祥(1933—),当代诗人、散文家,祖籍浙江萧山,出生在北京。历任中央人民广播电台编辑、记者,《诗刊》编辑部主任、副主编,中国作协第三、四届理事。著有诗集《到远方去》《在远方》《迟开的花》等,有《邵燕祥抒情长诗集》。他的诗充满了对生活、对人民的挚爱之情,气势豪放、语言质朴,富有鲜明的时代色彩。近些年来致力于散文、杂文写作,其文笔犀利,寓意深远,富含哲理。

注 释

①本文选自《武夷山散文选》,章武、黄文山主编,海峡文艺出版社2003年版,第22~24页。作者曾两次游览武夷山,第一次是在1985年5月,并于5月21日写作散文《如画》,刊发于《中国旅游报》1985年6月11日第4版。

②山庄:指武夷山庄,其整个建筑以独特的建筑风格与环境融为一体,以浓郁的乡

土气息延续当地悠久的历史文脉,既有闽北民居特色,又具有江南庭院风采,形成人工自然化、自然人工化的格局,促成了武夷山地区建筑"武夷风格"的形成,是"新乡土主义"的经典代表作。武夷山庄的建筑曾获"二十世纪世界建筑精品"、中国旅游饭店标志性建筑、第20届世界建筑艺术展"当代中国建筑精品"等共9次11项国家级建筑大奖。

③杨廷宝(1901—1982):当代建筑学家和建筑教育学家,中国近现代建筑设计开拓者之一,河南南阳人。历任南京工学院副院长、南京建筑研究所所长、中国科学院技术科学部委员、中建筑学会理事长、《中国大百科全书·建筑学》主编、国际建筑师协会副主席、江苏省政协副主席等职。第一届至第五届全国人民代表大会代表。

④季羡林(1911—2009):字希逋,又字齐奘。中国著名文学家、语言学家、教育学家和社会活动家、翻译家、散文家,山东临清人。曾历任中国科学院哲学社会科学部委员、北京大学副校长、中国社科院南亚研究所所长。

⑤七根竹筏:指武夷山九曲溪上载客游览的竹筏,因一般为七根或八根毛竹制成,故作者有此称。

⑥天游台:指天游峰一览台。

作 品 简 评

1985年4月28日至5月2日,邵燕祥应武夷山管理局与《中国旅游报》之邀请,与顾工等人来武夷山参加笔会,写有《如画》赞美武夷山。1988年顺道再游武夷山。1994年又应《闽北日报》之约,惠赐《遥寄武夷山》,发表于该报副刊。

文章主要追忆了作者两次游览武夷山的经过、感受与感悟。作者1985年5月,第一次游览武夷山,住在大王峰下的山庄,曾为杨廷宝先生的设计思想所折服。武夷山的楼台馆舍在杨先生的设计之下,遵循一种"宜小不宜大,宜低不宜高,宜土不宜洋"的建筑风格。

山和水的生命,是武夷山的生命。作者第一次游览武夷山时,对树群形成的绿的屏障印象十分深刻:浅绿的尚泛黄,苍绿的如泼墨。第二次去武夷山,因来去匆匆,故有些走马观花。

文章的最后,作者通过呈现十年前登天游时作过的诗歌,以表达对武夷山的眷恋之情。

思 考 题

1. 作者在开篇提到武夷山独特的建筑风格,那么作者认为武夷山丹山碧水中楼台馆舍的独特建筑风格是什么?

2. 利用课外活动时间,做一次"武夷山建筑风格"旅游探究活动。

高山矮林①

◎ 章　武

华南虎。黑熊。白蝙蝠。头上长角的青蛙②。剧毒的五步蛇。价值两万美金的金斑喙凤蝶和"昆虫世界"绝妙的交响乐,连同"山魈鬼"③耸人听闻的传说……一切,全都隐匿在这云封雾裹的处女林中,埋藏在这人迹罕至、阳光难以穿透的绿海深处。

黄岗山——素称"华东大陆屋脊"的武夷山脉主峰,至今,仍然是一个令人心悸而又心醉的谜。

我们小心翼翼地钻进了山脚阔叶、针叶、落叶混交林。

脚下,是湿漉漉的、富有弹性的土地;头顶,是层层叠叠、千姿百态的绿叶。而身前身后,全是纵横交错的枝柯、盘曲纠缠的藤萝。空气中弥漫着树木或新鲜或腐朽的气息,间或有一股野物的腥味。唧唧的虫声、啁啾的鸟鸣和琤琤淙淙的流水声不时传入耳鼓,却不知发自何处。无暇辨认哪些是第四纪冰川的孑遗植物,哪些是别处常见的普通树种。只见所有的树木都是那么高大,那么急急忙忙、迫不及待地往上长,长,长向那高远而又迷蒙的天空……

偶尔,看见一棵躺下的老树。它的身上,已盖满了各式各样的苔藓、地衣、真菌和蕨类植物,而它原先的立足之地,几十棵新生的树苗也同时迸发出各自的青枝绿叶……

大自然的新陈代谢,竞争与繁荣,在这里演出了一幕幕无声的戏剧。

黄岗山的植物群落是呈垂直状态分布的。当我们上到山腰时,混交林已为单纯的针叶林所代替。但万木争荣的现象仍是有增无减。在陡峭的岩壁上,那密密匝匝的马尾松,几乎每一棵都是从石缝中崛起,而后紧贴着石壁笔直上升,各自以其最高的高度来争夺阳光的青睐。远远望去,如同孔雀开屏时那一根根历历可数的矗立的尾羽。而在一些阳坡和阴坡的交界处,那些奇特的南方铁杉,背阴的一面,不见寸枝片叶,朝阳的一面,却枝繁叶茂,如同一面面迎风飘扬的旗帜,怪不得人称其为"旗形树"。

适者生存,强者获胜。腐朽者必为新生所取代。黄岗山的原始森林,在我心中留下了惊心动魄的印象。

然而,待我登上海拔2000米左右山顶的高山草甸地带时,仿佛这一切竞争都缓和了,平息了,中止了。没有云,没有雾,甚至,也没有一丝风。眼前,只剩下一片绿地毯般的无节芒,顺着平缓的山势,在辽阔的、蓝湛湛的天幕下自由自在地舒展着。金针花在阳光的亲吻中悄然开放。零零星星点缀其间,勉强可称之为"树"的,只有那一小丛一小丛的黄山松。那松,再也没有山脚或山腰它的同类及异类那样挺拔高大、气宇轩昂,相反,一棵棵全都浓缩、变小,变成了只及人们膝盖高的微型盆景。仿佛一下子由巨人变成了侏儒,显得可怜而又可笑。而它们的树龄,据说都已经在三五百年之上了。

空旷的地盘,充裕的阳光,无须与同类或异类争雄斗胜的优越环境,使它们不想长高,也无法再长高了。

我蹲在这些高山矮林的面前,勾下头,不由深深陷入了沉思:

假如,我也是一棵树……

作者简介

章武(1942—),姓陈名章武,笔名章武,福建莆田人。1964 年毕业于福建师范学院中文系,历任福建师范第二师范学院中文系助教,南靖县报道组干事,《福建文学》编辑、副主编,《台湾文学选刊》副主编,仙游县副县长,福建省文联秘书长、书记处书记、副主席,福建省作家协会主席。1959 年开始发表作品,1985 年加入中国作家协会。著有散文集《海峡女神》《处女湖》《天游峰的扫路人》《仲夏夜之梦》《生命泉》《章武散文自选集》等。他的散文写作追求是:写出有时代特色的福建风景画和风俗画。他的散文语言,朴实中见明丽,自然中尚修饰。

注释

①本文选自《武夷山散文选》,章武、黄文山主编,海峡文艺出版社 2003 年版,第 132~134 页。

②头上长角的青蛙:指崇安髭蟾(Vibrissaphora liui Pope),俗名角怪,武夷山特有珍稀蟾类,雄性上唇缘每侧有一枚(或两枚)黑色锥状刺,雌性的相应部位为橘红点。

③山魈鬼:山魈子,武夷山民间传说中的野人,似人形,个小,与人为善但又好恶作剧。

作品简评

武夷山素有"昆虫的世界""蛇的王国"之美称。"黄岗山"素称"华东大陆屋脊",是武夷山脉的主峰。它是一个令人心悸而又心醉的地方。那里隐匿着华南虎、黑熊、白蝙蝠、头上长角的青蛙、剧毒的五步蛇、价值两万美金的金斑喙凤蝶,连同"山魈鬼"的神秘传说。

作者带着对这份神秘之地渴望而又探究的心理,攀登黄岗山。黄岗山的植物群落是呈垂直状态分布的。初进黄岗山,到处是山脚阔叶、针叶、落叶的混交林。等到山腰时,混交林为单纯的针叶林所代替。待作者登上海拔 2000 米左右山顶的高山草甸地带时,眼前,只剩下一片绿地毯般的无节芒,顺着平缓的山势,在辽阔的、蓝湛湛的天幕下自由自在地舒展着。

跟随作者的描述,我们读者也仿佛做了一次攀登黄岗山的活动,仿佛也亲身经历了那片神秘而又惊险的"高山矮林"。最后,作者沉思:"假如,我也是一棵树……"紧随作者的思考,读者也难免会陷入沉思之中。是呀,假如,我也是一棵树。那么,一切究竟会是怎样的呢?

思考题

1. 武夷山民间有关"山魈鬼"耸人听闻的传说究竟是什么样的?请利用课余时间搜

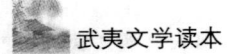

集相关资料,并于课堂上口头讲述出来。

2. 通读全文,简单概括并总结作者是如何描写"高山矮林"的?

读武夷山①

◎梁 衡

  名山也已登过不少,但当我有缘作武夷之游时,却惊奇地发现这次竟不须受攀缘之苦,只要躺在竹筏上默读两岸的群山就行。只这一点就足够迷人了。

  星村码头,长虹卧波的石桥下,一条碧绿的溪水缓缓飘来。两岸群山将自己突兀的峰岩或郁葱的披发投入清澈的溪中。我们跳上一条竹筏,船工长篙一点,便悠然滑向平如镜面的河心,河并不宽,一般也就二三十米,两旁山上的草木与崖上的石刻全看得清;水并不深,大都一篙见底,清得连水草石砾都看得分明;流也不急,九曲溪长九公里,落差才十五米,可任筏子自己随便去飘。只有弯子很多,所谓九曲十八弯。但这正是她的妙处,如展览馆里曲曲的展线,倒在有限的空间里增加了许多的容量。溪流围着山前后左右地转,两岸的层峦叠嶂就争着显示自己的妩媚。

  我半躺在筏上的竹椅里,微醉似地看两边的景色,听筏下汩汩的水声。耳边是船工喃喃的解说,这石、那峰,它们的来历;大王、玉女,他们的爱恋;和尚、尼姑,他们的偷情。还有河边的神龟出水,山坡上的童子观音。山水毕竟是无言之物,一般人耐不得这种寂寞,总要附会出一些故事来说说。我却静静地读着这幅水墨。

  这两边的山美得自在,当她不披绿裳时,硬是赤裸得一丝不挂,本是红色的岩石经多年的氧化镀上了一层铁黑,水冲过后又留下许多白痕,再因了她当初隆起时的皱折,就自然得可爱,或蹲或立,你会联想到静卧的雄狮、欲飞的雄鹰或纯真的顽童、憨厚的老农,全无一点尘俗的浸染。但大多数山还是茂林修竹,藤垂草掩,又显出另一番神韵。筏子拐过一两道弯,河就渐行渐窄,山也更逼近水面,氤氲葱郁,积翠欲滴。山顶的竹子青竿秀枝,成一座绿色的天门阵,直排上云天,而半山上的松杉又密密匝匝地挤下来。偶有一枝斜伸到水面,那便是姜子牙无声的垂竿。浓密的草窝里会突然冒出一树芭蕉,阔大的叶片拥着一束明艳的鲜花,仿佛遗世独立的空谷佳人,河没有浪,山没有声,只有夹岸迷蒙的绿雾轻轻地涌动。水中起伏不尽的山影早已让细密的水波谱成一首欸乃的渔歌,和着微风在竹篙的轻拨慢拢中飘动。这时山的形已不复存在,你的耳目也已不起作用,如朱自清在《荷塘月色》中仿佛听到了"梵婀玲上奏着的名曲",我这时也只凭感觉来捕捉这山的旋律了。

  这条曲曲弯弯的溪水美得纯真。是上游五十平方公里的群山中,滴滴雨露轻落在叶上草上,渗入根土中,然后沙滤石挤,再流出涓涓细流,又由无数细流汇成这能漂筏行船的溪河。所以这水就轻轻得可爱。没有凶险的水窝,没有震山的吼声,只是悄悄地流,静静地淌,逢山转身回秋眸,遇滩蹑足曳翠裙。每当筏子转过一个急弯时,迎面就会扑来一股爽人的绿风,这时我就将身子压得更低些,顺着河谷看出去,追视这幅无尽的流锦,一时如飘尘出世,不知何往。在这种人仙掺半的境界中,我细品着溪水的清、凉、静、柔。几时享受过这样的温存与妩媚呢?回想与水的相交相识,那南海的狂涛,那天池的冰冷,黄河壶口的虎啸,长江三峡的龙吟,今天我才找到水之初的原质原貌。原来她"最是那一低头的温柔,不胜凉风的娇羞"。在世间一切自然美的形式中,怕只有山才这样的磅礴逶迤,怕只有水才这样的尽情尽性,怕也只有武夷山水才会这样的相间相错、相环相绕、相厮相守地在一起,美得难解难分,教你难以名状,难以着墨。我才信山水也是如情人,如名曲,可以让人销魂铄骨的。一处美的山水就是一个暂栖身心的港湾,王维有他的辋川山庄,苏东坡有他的大江赤壁,朱自清有他的月下荷塘,夏丏尊有他的白马湖,今天我也找到了自己的武夷九曲溪,这样一个甜美的梦。

筏过五曲溪时,崖上有"五曲幼溪津"几个大字,那幼字的"力"旁故意写得不出头。原来这幼溪是一个明代人,名陈省,字幼溪,在朝里做官出不了头,便归隐此地来研究《易经》。石上还刻有他发牢骚的诗。细看两岸石壁,又有许许多多的古人题刻,我也渐渐在这幅山水画中读出了许多人物。那个曾带一万义兵归南宋、"而今识尽愁滋味,欲说还休"的词人辛弃疾,那个"但悲不见九州同"的诗人陆游,那个理学大师朱熹,都曾长期赋闲于此,并留下笔墨。还有那个一代名将戚继光,也留下铮铮诗句:"一剑横空星斗寒,甫随平房复征蛮。他年觅取封侯印,愿向君王换此山。"这是些什么样的人啊,他们是从刀光剑影中杀出来的英雄,是从书山墨海中走过来的哲人,他们每个人的胸中都有一座起伏的山,都有一片激荡的海。可是当他们带着人世的激动,风尘仆仆地走来时,面对这高邈恬静的武夷,便立即神宁气平,束手恭立了。

人在世上待久了,难免有这样那样的烦恼和这样那样的重负。历来的办法有二,一是皈依宗教,向内心去求平衡;二是到自然中去寻找回归。但能如消磁除尘那样,使人立即净化,霎时回归的山水又有几许?苏子月下的赤壁,毕竟是月色的朦胧又加了几分醉意,何如眼前这朗朗的晴空下,山青水幽,渔歌筏影,实实在在的仙境呢?如果一处山水能以自己的神韵净化人的灵魂,安定人的心绪,启示人生哲理,使人升华,教人回归,能纯得使人起宗教式的向往,又美得叫人生热恋似的追求,这山就有足够的魅力了,就是人间的天国仙境。我登泰山时,曾感到山水对人的激励,登峨眉时,曾感到山水给人的欢娱,而今我在武夷的怀抱里,立即感到一种伟大的安详,朴素的平静,如桑拿浴后的轻松,如静坐功后的空灵。这种感觉怕只有印度教徒在恒河里洗澡,佛教徒在五台山朝拜时才会有的。我没有宗教的体验,却真正接受了一次自然对人的洗礼。武夷一小游,退却十年愁。对青山明镜,你会由衷地默念:什么都抛掉,重新生活一回吧。难怪这山上专有一处名叫换骨岩呢。

我正庆幸在默读中悟出了一点道理,突然眼前一亮,竹筏已飘出九曲溪,水面顿宽,一汪碧绿。回头一望,亭亭玉女峰正在晚照中梳妆,船工还在继续着他那说不完的故事。

作 者 简 介

梁衡(1946—),当代作家,著名的新闻理论家、散文家、科普作家和政论家,山西

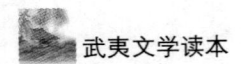

霍州人。曾任《人民日报》副总编辑、中国作家协会全委会委员、中国记者协会全委会常务理事等。主要作品有科学史章回小说《数理化通俗演义》，新闻三部曲《没有新闻的角落》《新闻绿叶的脉络》《新闻原理的思考》和多部散文集、学术论文集。曾获全国青年文学奖、赵树理文学奖、全国优秀科普作品奖和中宣部"五个一"工程奖等多种荣誉称号。

1990年夏，梁衡到武夷山览胜采风，写下散文《读武夷山》。

注 释

①本文选自《闽北报》1990年7月24日第3版。

作 品 简 评

旅游不受攀缘之苦，躺在竹筏上静静地默读两岸，那一定是一次让人终生难忘而又迷人的旅游。作者有幸经历了这样的一次旅游。这篇散文，通篇描述了作者半躺在竹筏的竹椅里，泛游九曲溪时的所看、所思、所想、所悟。

作者听到船工的喃喃解说，看到两岸千姿百态的层峦叠嶂，感受到"逢山转身回秋眸，遇滩蹑足曳翠裙"的情趣。从两岸摩崖石刻的文字中，读出了许多风尘仆仆的历史人物。

最后，作者认为，消除烦恼的方式有两种：一种是皈依宗教，一种是寄情山水。那么武夷山不仅能净化人的灵魂，而且会使人生起宗教式的向往。武夷一小游，退却十年愁。这在作者看来，绝不是虚言。

思 考 题

1. 本文的写作手法是什么？
2. 为何作者会说"武夷一小游，退却十连愁"？请陈述作者的理由。

武夷三味①

◎黄文山

乘竹筏自九曲溪漂流而下，当然是一种享受，没有亲身经历的人很难想象那种身不由己的愉悦。身下是一湍激流，你便坐在水面上，任峡谷的风把你轻轻托起，任身后的水波推拥着你向前。竹筏就在半推半就之中，跌入幽谷深深的怀抱。溪流轻轻浅浅，水汽氤氤氲氲，筏作逍遥游。两岸是变化无穷的丹崖奇石，或如跃起扑球的雄狮，或如小心探水的乌龟，或如举步维艰的骆驼，或如仰天长啸的大象，全都生动得似要破壁而去。倘有兴趣，不妨听艄公用一根湿淋淋的竹篙将它们点化成一个个美丽动人的传说，这时的你，犹如《一千零一夜》里的国王，那样富有，那样满足。过险滩时，浪花如敌情掩至，容不得有丝毫的防备，便溅得你满脸满身。那一份有惊无险的刺激，那一阵无论老幼尊卑都脱口而出的畅怀大笑，令一切烦恼和忧愁在刹那间化作乌有。

盈盈一水,折为九曲,每一个曲折,都是一个新鲜幽奇的天地。一口口深不可测的碧潭,一座座临水兀立的丹崖,都蕴含着无人知晓的秘密和难以形容的美丽。只有人们心尖那一丝颤动,或许能感知一二此间的神秘氛围。流水无情,不容你作太多的停留,便推拥着你飘然离去,舍舟登岸,站在二曲滩头,你还会好一阵回首。但山重水复,不见来时路。于是你明白了,世间最让人难忘的倒是过眼即逝的美丽,是瞬间涌起的激情。

　　登天游,沿着紧贴山脊的"之"字形蹬道攀登,自然也是一种享受。山不高却险,路不危而悬。要不是道旁粗粝的石扶栏给人一种信任感,中途蓦然回首,恐怕不少人会失去攀登的勇气。然而,每攀登一段,都有更上一层楼的感觉,五曲溪一带胜景,渐渐拢来。二百来米的山峰,半个多小时的脚功,却使你如同步入云天胜处,看四周峰峦皆匍匐下伏,清溪如带,宛绕其间,先前坐在筏上仰之弥高的巨岩、参天古木以及汤汤流水,这时看却如摆在案几上的一处盆景,不由豪爽之气,荡胸而起。

　　攀大王峰则并非人人都能胜任,其对游客的诱惑也在于此。根本没有路,所谓登山之径,就是从山顶裂开的一条缝隙,木梯垂架其间,你便是沿着裂隙攀缘而上。好几处狭若鸡胸,只能侧身屈腿,手足并用。如此艰难的提升,却不容你有任何退缩的念头。因为你的头顶是人,你的脚下还是人,你不能堵住下面人的上升之路。无论疲惫也罢,胆怯也罢,既入其间,便只有全身心投入,不顾一切地往上攀爬。这时的你,什么欲望都置之度外。只有当你通过险途,从洞口探出身来,才如释重负,感到洞外的世界原来是这样亲切、轻松。而山下的观者早已为你捏了一把汗。

　　你几乎不假思索,紧接着又楚入"一线天"更为艰苦的游程。位于二曲溪南的"一线天"因岩体纵裂而成。从伏羲洞进入,初时,尚有一线天光,而后便陷入似乎没有尽头的黑暗,其狭、其陡、其长,使你顿感人生的磨难漫漫无期。你只有一个思想,快快走出黑暗,快快结束磨难。可是当你气喘吁吁、腿脚颤抖地从洞口爬将出来,却又惊喜地听导游小姐介绍附近乱石丛中那一个险象环生的螺蛳洞。武夷山准确无误地告诉你,何谓人何谓人生。

　　坐在水帘洞瀑布旁品茗,更是一种享受。经过数里的跋涉,你已经额汗津津,双腿也有几分疲乏,这时,一壶茶香,胜过人间的百千种诱惑。茶是武夷山特有的"肉桂",用的水当然是崖顶那道悬瀑了。崖上镌有"活源"二字,于是那满壶满盏的茶水,也就有了生命。雨季来临,瀑布犹如养壮了的倭龙,跃然入潭,那声威,那气势,震得群山为之动容。干旱时节,当瀑布瘦成一根根能被风吹断的游丝,乡民便用一条草索自崖顶垂下。于是,亮亮晶晶的泉水便爬满绳索,而后调皮地不情愿地被拽入茶肆的敞口水缸中。用这活泼跳脱的泉水烹茗煮茶,不用揭盖,早已清香四溢,仿佛壶中的水始终在泼泼地跳着。水如此,茶亦不示弱。"肉桂"可耐沸水冲泡八九遍,其味不减。一杯入喉,齿颊生香,脑怀大畅。

　　茶和武夷山是那样密不可分。如果你到武夷山旅行,那么你就看吧,那山坡上层层叠起的翡翠塔是什么?还有,在野风晓畅的山路旁,那围着古老的八仙桌的一群,他们喜形于色地举杯啜饮的是什么?还有,那一座座带有明清江南风格的典雅楼肆,斜插一面三角旗,里面出售的又是什么?那就是茶,那使武夷山的文化色彩更其鲜明、更为浓郁又更加神奇的岩茶。古人誉之"致山川精英秀气所钟,品具岩骨花香之胜"。也许,杨廷宝教授正是从武夷山独具的茶韵中获得启发,设计规划了简约秀雅却意味深长的武夷山建筑风格。

你在武夷山,看不到一座摩天大厦,也不见鳞次栉比的楼群。那绿树掩映间星星点点、错落漫布的每一个建筑,都像是从岩土中自然萌发的茶丛,与宛转澄碧的溪流,与雄起竞秀的诸峰,和谐相对,浑然天成。每一处建筑都是一件艺术品。一座座高低层叠、变化有致的富有明清江南韵味的楼阁庭院,施以现代化的装饰,让你感到历史文化的延伸。

最使人陶醉于这种文化氛围的还是大大小小枕山襟水的茶室。这里的茶室本身都相当朴素,因为再华丽的装潢也盖不过好山水。推开窗户,就是一座座攀天拔地、顾盼自雄的山峰,朝晖夕阴,春云秋雾,四时变幻,仪态万千,让你久看不厌。茶室里不需要三用机,盈耳尽是溪声,如雨、如风、如歌、如琴……世上还有什么音乐比它更动听?你轻轻啜一口茶,茶里便有如许山水的滋味。茶室的墙上,或挂着苏轼"武夷溪边粟粒芽,前丁后蔡相宠嘉"诗句的条幅,或写着"雅人深致清如水,仁者高标浑是山"的对子,甚而以巨幅照片牵来水帘洞那两道飞瀑。你若在这样的环境里饮过茶,那茶味的鲜醇甘活,自然历久难忘了。

作者简介

黄文山(1949—),当代著名散文家。历任《福建文艺》编辑部助理编辑、小说散文组编辑、小说组长、编辑部主任、副主编、主编。1987年入中国作协鲁迅文学院创作班进修。著有《凝视中国塔》(报告文学)、《四月流水》、《相知山水》(散文集)、《历史不忍细看》(散文集)。《太姥山》(散文)获福建省第六届优秀文学作品奖,《毓园小记》(散文)获全国首届卫生文学优秀作品奖,还有10多篇报告文学、散文获郭沫若散文随笔奖等各类文学奖。

注释

①本文选自《武夷山散文选》,章武、黄文山主编,海峡文艺出版社2003年版,第135～138页。

作品简评

乘竹筏泛游九曲溪,登天游俯瞰武夷胜景,攀大王峰体会登山之险,过"一线天"顿悟人生的磨难,坐水帘洞瀑布旁品茗观景,这些都是游武夷的收获,也是人生的一大享受。游九曲,登奇山,品茶茗,便是作者口中的"武夷三味"了。

作者开篇先写"武夷一味"——游九曲溪。乘竹筏自九曲溪漂流而下,对旅游的人来说,是一种享受,更是一种愉悦。身下是一湍激流,身上是峡谷吹来的凉风,身后是推你前行的荡漾水波。溪流清清浅浅,水气氤氤氲氲,筏作逍遥游。于是作者不禁感慨道:"世间最让人难忘的倒是过眼即逝的美丽,是瞬间涌起的激情。"

登天游,攀大王峰,过"一线天",赏水帘洞,便是作者口中的"武夷二味"。作者说道:登天游,自然也是一种享受。山不高却险,路不危而悬。若不是道旁的石栏给人一种信任感,恐怕很少有人敢于去攀登。所以,登天游,会让人产生一种征服之感,豪爽之气。攀大王峰,则并非人人都能胜任。因为登山之径只是山顶裂开的一条缝隙,木梯垂架其间,游客沿裂隙攀缘而上。过"一线天",从伏羲洞进入,然后便是似乎没有尽头的黑暗,其狭、其陡、其长,让人顿感人生的磨难漫漫无期。

坐在水帘洞瀑布旁品香论茗,那更是人生一大乐事。这也是作者眼中的"武夷三味"。茶和武夷山是密不可分的。如果到武夷山旅游,不坐下来,安静地品一杯武夷岩茶,那便是旅游武夷山的一大遗憾了。

以上就是作者所说的"武夷三味"。通篇按照游溪、登山、品茗的顺序去架构全文。在写到每一个旅游项目时,作者加入了白描、感受、体悟,以及风景背后的历史人文背景。通篇读起来,给人一种"雅人深致清如水,仁者高标浑是山"的感觉。

思考题

1. 认真阅读全文,详细阐述作者所说的"武夷三味"究竟是指什么?
2. 作者在文章中,提到了武夷山建筑风格的别致与独特。请查阅相关资料,具体阐释武夷山建筑风格的特点是什么?

大红袍茶树记①

◎ 贾平凹

山是九龙窠②,倚天独石。半壁之间,有岩层如线由东向西斜来,隐显渗滴,西边忽一石皱款款下顷,变成臂状如层线收握,落土为掌,长出六株茶树。茶树饮露沐风,日晒雾浸,枝干粗拙,叶形娥眉,芽色紫红。这就是大红袍母树,在此已经数百余年了。本是平常之物,坚持得久了,便岩骨花香,成为神灵。今母株高在石台如同佛龛,六株分列坐若圣贤,而无性培植的茶丛已遍布山间,其独特的自然环境,独特的制作工艺,使茶品活、甘、清、香,名盛天下。大红袍成了武夷岩茶的象征,更是武夷茶人的精神。

作者简介

贾平凹(1952—),原名贾平娃,陕西丹凤人。1975年毕业于西北大学中文系。全国政协委员,陕西省作家协会主席,西安市人大代表。1974年开始发表作品,著有小说集《贾平凹中篇小说集》《贾平凹自选集》,长篇小说《商州》《白夜》,自传体长篇《我是农民》等。《腊月·正月》获中国作协第三届全国优秀中篇小说奖;《满月》获1978年全国优秀短篇小说奖;《废都》获1997年法国费米娜文学奖;《浮躁》获1987年美国美孚飞马文学奖,并获得由法国文化交流部颁发的"法兰西共和国文学艺术荣誉奖"。另有作品

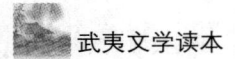

《朋友》《贾平凹语画》《怀念狼》《秦腔》等。

注释

①本文选自《武夷茶经》，萧天喜主编，科学出版社 2008 年版，第 537 页。大红袍是武夷山最著名的茶叶名丛，有"武夷茶王"之称。

②九龙窠：位于牛栏坑南侧，是武夷山山北东西走向三大涧谷之一。因峡谷深割，两侧依次排列着 9 座长条状单面山峰，高低起伏，宛若 9 条巨龙，故名。这里自古就是武夷茶园的集中地，各种形式的古茶园都有，造就了诸多的武夷岩茶名丛精品。

作品简评

此文简短、精炼、雅致。全文通过对大红袍母树生长的地理环境、自然环境、社会环境三个方面进行描述。

文章开头部分，先描述大红袍母树生长的地理环境。它生长在"九龙窠"，倚天独石。随后，文章交代了大红袍母树生长的自然环境。因常年饮露沐风，日晒雾浸，茶树的枝干粗拙，叶形像娥眉，芽色紫红。正是这样独特的地理和自然环境，加上武夷岩茶独特的制作工艺，使得大红袍茶品活、甘、清、香，名盛天下。

贾平凹在 2005 年游览武夷山时，还曾作《无题》二首：

  一溪牵乱山，万绿沉竹筏。
  上岸拾云去，岩前煮新茶。

  一溪九曲十八湾，三日五晌游不完。
  上岸随便吃茶去，武夷山中我是仙。

思考题

1. 这篇《大红袍茶树记》的艺术特点是什么？

2. 根据作者所写《大红袍茶树记》，同学们可以利用业余时间，进行一次"大红袍母树"探究活动，并写一篇不少于 800 字的散文游记。

横看武夷山①

◎张建光

"如此名山宜第几？相当曲水本无多。"潘主澜先生这副对联镌刻在武夷宫晴川阁牌坊的石柱上，反反复复地叩问着来来往往的游人旅客。做出回答该是不难的，但由于经历素养的不同，审美情趣的高低，尤其是血管中涌流的乡土情感的浓淡，决定了人们对武夷山常常"仁者见仁，智者见智"，以致得出截然相反的判断。可以说一千个人眼中就有一千座武夷山。

实际上,美是可以比较的。中华民族思维的传统特点之一,就是通过自己的直接生命体验,从同类现象中发现不同与不凡,提炼出带有个人情感的结论。所谓"五岳归来不看山,黄山归来不看岳"就是如此。顺着这样的思维逻辑,我们收拾起圣贤们在武夷山的脚印,对武夷山做一番横看。到过武夷山的圣贤大儒可以千计,留下的诗词篇章据说超过三千,从名山大川的比较中发现武夷山之美的占大多数。

　　那位"但悲不见九州同"的陆放翁,"未到名山梦已新",用一颗不泯的童心问道:"山如嵩少三十六,水似邛崃九折途。我老正须闲处着,白云一半肯分无?"元朝文学家杜本之不出仕,寓居武夷山达十多年,他十分感慨地告诉世人:"天下名山此最奇,溪潭澄澈路逶迤……十年来往追寻遍,似与山灵有夙期。"明代思想家李元阳,将武夷山与五岳(嵩山、泰山、衡山、华山与恒山)做一番比较后,断言:"天下山水,至武夷诸峰奇诡极矣!"他怀疑造物主对武夷山偏爱有私,否则怎能"布列近乎天巧,体制疑于人为"?奉诏而上的抗倭名将戚继光见此山水忽发柔情,"他年觅取封侯印,愿学幽人住此山"。清代杰出的思想家魏源先生赞曰:"关锁万山之水,而舟出其间。峰壁曲折,争奇竞秀。虽不过数里,然有巫、桂之奇,而无洑险,有潇湘之清幽,而加以丽峭,引胜怡情,故怡为栖逐所,醉心矣。"醉心的更多是现代人,爱国侨领陈嘉庚先生在《南侨回忆录》中认为:峨眉诸名山不能望桂林阳朔之项背,而武夷山比较阳朔有过之而无不及。武夷山是"地上的天堂""东方之瑞士",预见日后休闲游玩者必接踵而至。赵朴初先生自称走过世界上许多国家,游玩过许多河山,"从未见过武夷山这样漂亮的"。身为浙江人的郁达夫超越乡情客观地比较武夷山与杭州西湖:"山水若从奇处看,西湖毕竟小家容。"冯牧先生则认为:"岱宗雄奇世无伦,黄山幽邃自古闻。桂林秀色甲天下,未若武夷集一身。"蔡厚示先生观点更为鲜明:"九曲风光名天下,武夷胜景绝人寰。"作家刘白羽则登山一呼:"武夷收尽人间美,愿乘长风我再来!"人们的思维方式各异,比较的角度和参照物也不尽相同。清代随园老人袁枚,则把武夷山与最佳文体相比:"无直笔,故曲;无平笔,故峭;无复笔,故新;无散笔,故道紧。"他言及游遍东南山川人已老,"尚何不足于怀者",面对武夷山则"自幸其游,亦以自止其游也"。多才多艺的电影艺术家赵丹,1963年为拍摄《青山恋》影片到武夷,盛赞此处山水,提出"拍电影要如九曲山水互为映照,才能动人心弦,引人入胜"。

　　这种中国式的山水评价标准,当然会引起争论和歧议,甚至打起山水官司来。那是1962年秋天雨后复晴的傍晚,郭沫若老先生泛舟五曲,但见丹山碧水,苍壁白云,在夕照里处处尽染,显得分外妩媚,不禁脱口而出一句日后引起种种争议的话来。此言既出,不胫而走,也引起了不大不小的风波。赞成者有之,如老部长张平化寓诗于论:"万仞云岩九曲溪,谁来此地比高低。桂林山水甲天下,借问君曾到武夷?"反对者也有之,因为中国广告本身不允许进行比较,风景名胜区之间互相褒贬不利于团结,山水之争带上了政治的色彩。结果还是一位权威的领导人出面平息了这场争论:"同是祖国河山好,何须评比论高低。"不过百姓间评比仍未停止,就是这位权威领导也对武夷山厚爱有加,虽然公务繁忙仍然四次光临大王峰下。画家叶浅予在《新民晚报》上公开说道:"为什么我赞美武夷山水高于黄山雁荡？古人云：山不在高，有水则灵。黄山以峰名，雁荡以瀑名，武夷则兼有山水之胜。最难得的是九曲溪流穿行在奇峰怪石之间，把三十六峰串连起来，造成峰回路转景观移的奇妙境界。"费孝通先生就此事作了很好的说理："有人喜欢对天下名山作评比，有的说法落得个偏颇之嫌。"但是评而不比则无妨，因为名山之所以得名必有其引人入胜特色。到了九十年代末，一位国家主管旅游的领导，考察完武夷山后欣然命笔："三峡雄伟壁立，漓江清碧秀丽，武夷山水，两者皆备，尽在其中。"那其外呢？我不知道这番话会不会又将引起新的一轮山水风波。

　　比较，就是从一般中寻找特殊，共同中发现个别。人们对美的发现总是由特别引起的，山水审美也应如此。我与武夷山耳鬓厮磨已是多年，对她的特色我归纳为三点：一曰真山水。"清水出芙蓉，天然去雕饰。"武夷山水美景全无人工斧凿的痕迹，一切都是那样的古朴拙野。不说那方圆五百七十平方公里的自然保护区的原始天性，野趣横生，就是拥有三十六峰、七十二洞、九十九岩的风景区也是秦时明月汉时山。一点建筑还要遵循"宜土不宜洋，宜低不宜高，宜散不宜聚，宜淡不宜浓，宜藏不宜露"的原则。翻开徐霞客的日记和近乎同时代到武夷探险的英国植物采集家罗伯特·福芎所画的九曲图，比照今日武夷，可谓是山水依旧，涛声依旧，甚至连空气也是既古老又清新。无怪乎世界旅游组织执委会主席巴尔科夫人感叹道："这里的风光太独特，完全是自然景观。"武夷山是中国的世外桃源，真正的"香格里拉"，她给武夷山的褒扬是"未受污染的武夷山风景区是世界环境保护的典范"。无独有偶，1999年3月自然保护联盟专家莫洛伊博士也给我们留下了"武夷山是中国人民永续利用自然资源的永久性象征"的墨宝。在现代文明高度发展到威胁人类生存空间的时候，在人工可以造山、造水乃至"克隆"人类的年代，有这一方纯真、自然的美景，足以安抚一切浮躁的心灵。德国专家勒斯勒尔谈道："我过去观赏中国山水画，觉得不可思议，世间哪有这样的景色，来到武夷后才知道真有如此境界。"二曰真文化。"中国古文化，泰山与武夷。"笔者有位颇有名气和建树的文友，接触了武夷文化后，告诉我的第一句话便是："我被震慑住了，我越看越有种可怕的感觉，太博大精深了！"这种震慑力不是现代人"到此一游"的美丽涂鸦带来的，它是来自三千多年前古闽族高悬半空的船棺和虹桥板引起的思索，来自两千多年前闽越国城村汉城四十八万平方米的宏伟气魄；来自八百年前"学达性天"的朱子额上的七星之光；来自"白衣卿相"柳永的半痴半狂；来自始终破译不出的永乐禅寺那单调而又深奥的暮鼓晨钟；来自白玉蟾修炼的止止庵非云非雾的祥和瑞气；来自拜伦苦苦追求的"正山小种"和范仲淹先生夸奖的武夷奇茗；还有武夷君的传说，彭祖的秘术，满山遍野的石刻。难怪海外游子菲律宾文学家柯清谈十分感慨地说："游览武夷即置身于旷古悠久的中华历史文明之中，生为炎黄子孙，对此份'胎福'怎能不自庆自豪呢？"三曰真正的游山玩水。中国大部分的风景名胜，或者有山无水、有水缺山；或者能嬉水不能游山、能登山不能临水；只有武夷山登山可以面水，玩水可以观山。武夷山不甚高，却是"千峰拔地玉嶙崎"，具有高山的气概；水不太深，"滩浅石攻舟"，集水景之大成。最是迷人之处，当数九曲溪了。九曲清流从秀拔奇伟的山峦崖壑中蜿蜒而出，山临水而立，水绕山而行，两岸罗列奇石、峭峰、峻崖、异树、繁花、修竹，乘一叶古朴的竹筏，生生就是走进了一轴中国山水画的长卷，耳边艄公的传奇故事掺着青山绿意让人分不清是仙境凡间。梁衡先生游了九曲溪后，如此道来："我才信山水也如情人，如名曲可以让人销魂铄骨的。一处美的山水就是一个暂栖身心的港湾。王维有他的辋川山庄，苏东坡有他的大江赤壁，朱自清有他的月下荷塘，夏丏尊有他的白马湖，我今天也找到了自己的武夷九曲溪，这样一个甜美的梦。"九曲之美属于整个人类，主编武夷文化丛书的武夷山市政协主席肖天喜同志说得好，武夷山是少年人的迷，青年人的诗，老年人的家。

　　中国人的山水审美习惯，总是带有模糊性、朦胧感，更多的是山水感性的体验，有时甚至难以形容至笔端纸上，只可意会不可言传。而国外的山水评价标准更具有准确性，进行山水比较科学得多。武夷山1998年6月底经四部委推荐，国务院批准，向联合国教科文组织世界遗产委员会申报。在国内外专家的帮助下，我们带着理性的目光，比照自然遗产四条标准和文化遗产六条标准，对武夷山水进行一次大规模的重新审核和总结。专家研究、考察论证，就自然遗产而言，武夷山是代表生物演化过程及人类与自然环境相互关系的突出例证，要不教科文组织怎能在1987年将武夷山列为国际生物圈保护区的成员；武夷山是全球生物多样性保护的关键地区，是尚存的珍稀、濒临物种栖息地；是植物的"天然避难所"，是珍稀野生动物的基因库，是世界著名模式标本产地，要不你可到伦敦、纽约、柏林、夏威夷等地的著名博物馆内，找到武夷山动植物的模式标本。武夷山具有独特、稀有、绝妙的自然景观，属罕见的自然美地带，是人类与自然环境和谐统一代表，其中典范是九曲溪，要不你可身临其境，观察峰岩高低、河床宽窄、曲率大小、水流急缓、视域大小、视角俯仰，都达到了最佳比例和绝妙的程度，你可以找到她的形象美、色彩美、听觉美、动态美、朦胧美，最终形成天人合一、浑然天成的和谐美感。就武夷山的文化遗产价值来说，武夷山的"古闽族""闽越族"文化遗存是已消逝的古代文明的历史见证，反映这一文化特征的是"架壑船棺""虹桥板"以及占地四十八万平方米的汉代闽越王城遗址；武夷山是朱子理学的摇篮，是世界研究朱子理学乃至东方文化的基地，可以佐证朱子理学在武夷山孕育、形成、发展的文化遗产比比皆是。世界遗产委员会专家和官员告诉我们，不是所有风景名胜和历史遗存都能进入世界遗产，它必须具有突出的、独特的而又具有普遍意义的自然与文化的资源。这样难免要对同类地区和遗产地进行价值比较。专家们对武夷山的生态、景观和历史文化是这样进行分析论证的：武夷山常绿阔叶林在群种、物种多样性，生态系统多样性，基因多样性上具有丰富多样的特点，而同处亚热带地区大陆东岸的美洲、非洲、大洋洲的代表地区则为一般，与中国中亚热带遗产地黄山、峨眉山、庐山相比，武夷山的动物、植物物种数量最多，森林生态系统最完整、最典型、面积最大；武夷山景观上，集山岳、河川风景于一身，不仅"奇、秀、美、古"兼而有之，而且在山与水的紧密结合，人文与自然的和谐统一达到绝妙境界，这一独特的资源，是其他遗产地所难以比拟的；与同类历史文化遗存相比，武夷山是悬棺葬俗的发祥地，汉城出土的文物有许多分别代表中国文明的最高水平，至于朱子理学统治中国思想界八百多年，武夷山对封建社会后期中国文化的影响，是任何名山都无法相比的。横看至此似乎可以收回视线,否则难免有王婆之嫌,所言是否公允,自有"世界遗产委员会"做出裁决,让我们拭目以待!

作者简介

张建光(1956—),笔名若文,浙江永康人,中共党员。1980年毕业于南平师专政教专业,1989年福建省委党校党政干部本科班毕业,在职研究生学历。1974年在政和县稻香茶场插队。历任福建省政和县长、武夷山市长、市委书记,南平市人大常委会副主任,省第十届人大代表,南平市作协副主席,厦门大学人文学院、武夷学院客座教授,现为南平市政协主席。1974年开始文学创作,2002年加入中国作家协会。著有散文集《浪漫山水》《朝圣山水》《欧风美雨》《涅磐山水》。《武夷山·毛泽东》获省文联、省作协纪念抗战胜利60周年征文一等奖,《圣道朝天》获全国、福建省报纸副刊作品年赛一、二等奖。

注释

① 本文选自《朝圣山水》,张建光著,人民日报出版社2001年版,第2～11页。

作品简评

张建光现为南平市政协主席。曾经担任过武夷山市长一职,为武夷山的申遗、宣传和推广都做出了不可磨灭的贡献。在繁忙的政务之余,张建光同志还写了大量有关武夷山水的散文,这些散文融自然山水于深厚的历史人文背景之中,具有文化底蕴、历史积淀和哲学思考。

本文沿袭了张建光写作散文的一贯风格。开篇先谈各大名家对武夷山的认识与看法,"仁者见仁,智者见智"。而后又谈到中国式山水评价标准而引发的争论与歧义。接着阐述了自己对武夷山特色的概括——真山水、真文化、真正的游山玩水。最后谈到了武夷山的申遗工作,从国际山水评价标准上去谈世界遗产委员会专家对武夷山的专业评价。

通篇读来,知识含量巨大,诗词典故信手拈来,人文历史娓娓道来,让人感到欣喜惊叹,如经受一次深刻的文化洗礼。对于热爱武夷山,并十分想了解武夷山的人来说,阅读张建光的散文,是一种收获,一种幸福。

思考题

1. 张建光著作中有多部散文集,描写武夷山的历史人文与山水风景。结合本文,试述作者写作武夷山水的艺术特色。

2. 从山水审美来看,在作者眼中,武夷山美在什么地方?

山幽水远读不尽①

◎ 南　帆

　　闽地多山。火车哐啷哐啷地穿行于千百个山坳与隧道之间,峰回路转,蜿蜒逶迤,声嘶力竭,凡尘仆仆——所有的人都在固执地找寻一座山中之山。古老,神秘,峰奇峭,水清冽,这就是武夷山了。中生代晚期,地壳不安分地剧烈运动。天倾西北,地不满东南,火山喷出了滚烫的熔岩。那个时候武夷山就来到天地之间了。"碧水丹山,珍木灵草",这是南朝的江淹赠给武夷山的八个字。当时的江郎仍然才高八斗,寥寥八个字第一次将武夷山送入了史书。从南朝的江淹一直到今天,多少人翻山越岭,千里迢迢,就是为了觐见武夷山?

　　入住慢亭山庄。领了房间的钥匙,插入锁孔拧开门,不禁倒退了一步——满当当的一窗青峰与浮云。当即扔下了行李呼朋唤友:看山去!看山去!

　　登泰山而小天下。登武夷呢?武夷山是不必攀登的。看武夷山,下水去。武夷山的众峰簇拥之间,竟然有一脉流水曲曲折折地穿山而过。取来一份武夷山地图,九曲犹如太极图中央的那一条曲线。一曲一峰,一折一壑,水盘山转,九曲溪浅浅的、细细的,仿佛贴心贴肺,逐一地招呼过千峰万壑。第九曲的码头,早就有竹筏等在那儿。乘竹筏沿九曲溪漂流而下,武夷山的纵深就一幕一幕地拉开了。夕阳斜照,山岚尽散。玉女峰羞怯可人,含情不语;大王峰状若莽夫,横冲直撞。天游峰一壁危崖,光秃秃的一块巨大的岩石寸土不留,倔强而孤傲。九曲溪两岸山势腾跃,千树葱茏,无数黑黝黝的岩石嶙峋嵯岈,如同万千怪兽出没于峰峦之间。

　　刚刚下九曲溪,水深不过两三尺,哗哗有声。溪水清澈见底,河床上的鹅卵石历历可见。艄公左一篙右一篙地撑着竹筏,信口诌一些野趣十足的传说调侃山水,听不听都无所谓。偶尔会有些水花顽皮地溅上竹筏,打湿了人们的鞋袜。过了第七曲之后,水渐渐深了,一篙下去插不到底——艄公说,最深之处竟然三十余米。这时的竹筏缓缓地漂浮于清风和青峰之间,万虑俱泯,一心澄然,似看非看,无思无念。两岸的石壁上铭刻了历代文人的墨迹。或者龙飞凤舞,或者沉郁顿挫——这是山的千年记忆吗?

　　舍筏登岸,似乎就踏到了朱熹的足迹。隐屏峰的紫阳书院是朱熹五十四岁时亲手创办的。这位儒学大师生前并不显赫,他的大半辈子都在武夷山区治学、传道、授业。紫阳书院曾经鸿儒云集,据说受业于朱熹的儒生有二百多人。"程朱理学"的一半扎根于武夷山水之间。奇山异水曾经给大师带来多少灵感?武夷山的朱熹纪念馆②是一座简朴的庭院,碑文记载了朱熹的业绩。入门即可见一幅题词:"东周出孔丘,南宋有朱熹。中国古文化,泰山与武夷"——北国南国的两座名山竟然因为孔子、朱熹两位大儒而遥相呼应。纪念馆之中有一尊朱熹的塑像。这是一个清瘦的老人。隐于东南一隅,藏身于崇山峻岭,他的思想竟然能破空而去,从南宋到清末,七百余年传播流布于大江南北之间。朱熹纪念馆之外,可以见到几丛碧绿的芭蕉树与粉墙相映。曲阜的孔庙古柏苍苍,森然肃然,芭蕉丛中的紫阳书院或许有更多的生趣？阔大的芭蕉叶的确另有一番开朗的气象。

别过了朱熹,也不要忘了柳永③。"寒蝉凄切,对长亭晚,骤雨初歇。都门帐饮无绪,留恋处,兰舟催发。执手相看泪眼,竟无语凝噎……"谁有低吟过这些悲悲切切的句子？这位著名的词人也是武夷山之子。不要以为武夷山只有刚直的理学,武夷也出得了放浪不羁的文人。笑在青楼,醉在街头,今宵酒醒何处,杨柳岸晓风残月,这也是武夷山的风流。"凡有井水饮处,既能歌柳词。"文学史可以证明,柳永的几十首词也被传唱了七百余年。

山中闲居,自然是要饮武夷山茶的。找一个山坳里的茶寮,要一壶武夷山的"大红袍",看山峦之间一团一团的浮云变幻多端,这就是武夷山的韵味了。每一个茶寮主人都会振振有词地说,他们的茶叶是正宗的"大红袍";其实,这些茶叶仅仅是"大红袍"的后裔。真正的"大红袍"仅仅两三株,孤零零地长在一面绝壁的半山腰。每年采下的茶叶不过数两,始终是送往京城的贡品。这几株茶树的种子如何到了绝壁之上？谁发现了它们？怎么有了一个如此华丽的名号？各种传说言人人殊。茶寮主人手脚麻利地烫好了茶壶,一排摆开几个小酒盅似的茶杯。嫩黄的茶水稠得像酒,一时异香四起。茶寮主人的嘴也没闲着,他们说得出各种版本的"大红袍"故事:神仙,书生,状元,和尚,如此等等。于是,一杯,两杯,频出之间余味缭绕,微涩之中似乎还品得出些许历史的沧桑。

的确是沧桑历史。多少人听说过,武夷山层层叠叠的黄泥底下埋藏了一个完整的汉代古城？南北长八百六十米,东西宽五百五十米,面积四十八万平方米,无数的炊烟、笑语、铁匠的铺子、陶器作坊以及旌旗、鼓角、酷烈的杀伐都无声无息地凝固在地表之下,只剩下一片漠然的荒草杂树。登上一座不高的山冈,老城址赫然而现:城墙的残迹,干涸的护城壕,城里的建筑横竖有致,清晰工整。考古队挖掘了高胡南坪宫殿建筑群基址。这是天井。这是殿堂。这是前庭。这是后院。这是厢房。这是廊房。这是浴地。这是台阶。这是铺着河卵石的小道。这是弯弯曲曲的排水系统……总之,这仿佛只是一幢刚刚拆除的老房子,片刻之前主人才抽身离去。很难想象,现在踩住的这一块石头竟然是两千多年前的墙基。

这即是闽越国的遗址④。汉高祖刘邦封闽越族首领无诸为闽越王。后来的历史就是一系列大同小异的演义了:叛乱,讨伐,自立为帝,大军压境,打破城门和付之一炬,这是中国历史故事惯用的叙事学;英雄远逝,灰飞烟灭,这就是骚人墨客长年咏叹不尽的抒情素材了。高胡坪宫殿遗址迄今还保留了一口水井,泉涌不息。提上一桶水喝一大口,清凉,微甜。这口井饮过君王饮过重臣,饮过嫔妃佳丽,饮过三军将士。俯身把耳朵贴近井口,或许还听得见二千年前的澎湃激越。

二十余年,我已经记不清几番登临武夷山,而每一番登临都重新感到了陌生。山幽水远读不尽。慢亭山庄的服务台可以购得导游手册。接笋峰,伏虎岩,鹰嘴岩,桃源洞,一线天,遇林亭,云窝……每一个名称都是一个巨大的诱惑。如若盘桓的时间长一些,根本不必烦琐地查书。信步出门,不问东西南北,拣一条曲径只管走去,脚力尽时必有所见。

袁枚于老迈之际遍览名山大川,七十岁入闽谒武夷,叹为观止:"以文论山,武夷无直笔,故曲;无平笔,故峭;无复笔,故新;无散笔,故道紧。"踏遍青山,老而无憾矣——袁枚的游历止步于武夷山。《游武夷山记》如同此行的一个完美的尾声:"援笔记之,自幸其游,亦以自止其游也。"

作 者 简 介

南帆(1957—),生于福建省泉州市,姓张名帆。1982年毕业于厦门大学,1984年到福建社会科学院文学研究所工作,第九届全国人民代表大会代表,第十、十一届全国政协常委,福建省政协副主席,中国民主促进会成员,中国作家协会全国委员会委员,福建省文联主席,国务院特殊津贴专家,现为福建社会科学院院长。

注 释

①本文选自《武夷山散文选》,章武、黄文山主编,海峡文艺出版社2003年版,第79～83页。

②朱熹纪念馆:原在朱熹曾任过主管的冲佑观,位于一曲溪北大王峰下(武夷宫),2002年移至隐屏峰下朱熹创办的武夷精舍旧址。

③别过了朱熹,也不要忘了柳永:柳永纪念馆位于武夷宫朱熹纪念馆南数十米。

④闽越国的遗址:位于武夷风景区南25千米,专家考证,属西汉时期闽越国的王城遗址。

作 品 简 评

当代著名散文家杨朔说:武夷山太美了,武夷山至南平,简直是"三百里画廊"。南帆也从"闽地多山"写起,首先讲述了中生代晚期,地壳运动造就了今日的"碧水丹山,珍木灵草"。

南帆是学者,学者写散文,大多会有一个共性:谈历史人文典故多,个人感悟抒怀少。南帆也不例外。通篇读来,每到一处,那里的历史背景、人文典故、诗词歌赋,笔者都会信手拈来,娓娓而谈。来到紫阳书院,谈到朱熹与孔子;来到柳永纪念馆,便会吟诗赋词;品茗大红袍,自然会谈到各种版本的"大红袍"故事;来到闽越国遗址,难免不会谈到历史的变迁。随着作者的边走边谈,读者也仿佛跟随作者的脚步,进行了一次"武夷人文游"。直到文章的最后,作者长叹一声,发出感慨:山幽水远读不尽呀!

思 考 题

1. 认真阅读全文,详细列出作者主要游览的景点,并复述作者对该地景观的人文背景介绍。

2. 以本文为例,简谈"学者型散文"的艺术特点。

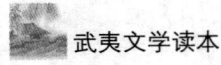

第三节

诗 歌

调寄《凤凰台上忆吹箫》[1]

◎赵朴初

一月两游,神州名胜,武夷接着黄山。各逞奇丽,双绝人寰。君道黄山石怪,君不见,怪有千般。武夷石,横空大块,猛削轻抛。

闲闲。天晴正好,任筏泛清溪,极目游观。曲水流穷处,又见危峦。停棹云窝[2]小憩。茶洞[3]外,疑有茶烟。朱夫子,容和棹歌[4],歌我山川。

1990年10月31日
武夷山乘竹筏泛九曲有作

作者简介

赵朴初(1907—2000),江苏太湖人,当代著名社会活动家、佛教人士、书法家、诗人、作家。曾任中国作家协会理事、中国书法协会副主席、中国佛教协会会长、全国政协副主席。1990年10月31日至11月6日,偕夫人陈邦织考察游览武夷山,对武夷山水、文化深为赞赏,对武夷茶文化饶有兴致,给武夷山留下诗词墨宝,并为武夷山市博物馆、天心永乐禅寺、紫阳书院等题匾写匾名。

注 释

[1]本诗是作者1990年10月考察武夷山时所作,选自《福建省志·武夷山志》,卢美松、阮雪清主编,方志出版社2004年版,第492页。

[2]停棹云窝:棹,桨,这里指作者乘坐的竹筏;云窝,地名,位于五曲溪东,因常有云雾缭绕而得名。

[3]茶洞:地名,位于五曲溪东、隐屏峰北麓,为一处四面群峰环绕的谷井,因产茶极佳而得名。

[4]朱夫子,容和棹歌:朱夫子,指朱熹;棹歌,指朱熹所作《九曲棹歌》,是最早以棹歌形式咏唱九曲风光的诗作。

作品简评

"凤凰台上忆吹箫"是词牌名。赵朴初先生根据这一词牌,填词绘景,表达个人对武夷山胜景的认识与感受。作者一开始先把武夷山与黄山进行一番比较:"一月两游,神州名胜,武夷接着黄山。各逞奇丽,双绝人寰。"看来,在作者眼中,武夷山与黄山同为人间胜景,难分伯仲。接着作者点出黄山与武夷山相同之中的不同。黄山以"怪石"而闻名,殊不知,"怪有千般",武夷山的岩石,"横空大块,猛削轻拈"。该词在上阕赞美了黄山与武夷山,并指出了武夷山岩石的奇怪与独特。

词的下阕主要描写乘坐竹筏游览、观景的欣赏与感悟。天气正晴朗,作者泛舟游溪,坐在竹筏上,极目远眺,只见九曲溪水弯弯曲曲,一直流向远处。山叠层峦,随处可见。在五曲溪东云窝处停桨小憩的时候,作者看到云雾缭绕、四面群峰环绕的谷井,茶叶片片,如同看到"茶烟"。面对祖国的壮丽山河,朱熹当年也曾以棹歌的形式歌咏九曲风光呀。显然作者采取了由近及远、由内到外的写作手法。

著名国画家叶浅予在诗歌《旅程画眼》中也曾感慨道:"峰回溪转景观移,黄山雁荡无比奇。九曲清流浮竹筏,人间仙境在武夷。"作者在诗歌中也曾提到黄山、雁荡山,但是在泛舟游溪时,还是禁不住让人夸赞:武夷山真是人间仙境呀!

赵朴初先生在游览武夷山时,也曾说过这样一段话:"乘竹筏游玩山川生平第一次,这里丹山叠翠,碧水清澈,的确是人间仙境。去过世界上许多国家,游玩过许多江河,从未见过武夷山这样漂亮,比如说匈牙利的多瑙河,名义叫蓝色的多瑙河,其实是灰色的一条河,没有清盈的溪水,更没有这种古朴的竹排。"

由此看来,赵朴初先生是发自真心地热爱武夷山,赞美武夷山。作者也曾写《御茶园饮茶》一首,为"朱熹纪念馆"写作楹联:"千古敏以求,性天学述二程子;三字不远复,心地功行九曲溪。"

思考题

1. 分析该词从哪些方面描写并盛赞武夷山的。
2. 赵朴初先生是著名的佛学家、书法家,对武夷山水、文化十分热爱与赞赏,曾为武夷山留下许多珍贵的书法墨宝。请同学们利用业余时间,搜集赵朴初先生留存在武夷山的书法墨宝,并尝试描摹练习之。

长 联①

◎潘主兰

千万年无数海桑,睹此一丘一壑。水木清华,景光衔春夏秋冬,变化匪常。倾茗盏,登天游②,纵谭兜鍪、翰墨、环佩、琅玕③,却认得静中有动,动中有静,便是神工鬼斧。

百二里许多风物,谓皆宜画宜诗。溪山佳丽,意境寓古今上下,低徊谁似。乘竹簰④，望晚照，涉想野鹤、闲云、崖猿、林鸟，竟为何来而复去，去而复来，应固人杰地灵。

作者简介

潘主兰（1909—2001），祖籍长乐，生于福州，著名书画篆刻家、诗人，是当代书法领域有巨大影响的书法家、国家一级美术师。2001年荣获"第一届中国书法兰亭终身成就奖"，是中华人民共和国成立以来，书法界首次最具权威性的专业学术奖。他的书画篆刻及诗文，久负盛名，尤长于甲骨金石文字，其甲骨文书法形神兼备，闻名海内外。

注释

①本联抄自武夷宫三清殿前"渐入佳境"石牌坊，题目是编者加的。其长联为潘主兰撰文并用行草书之。

②天游：天游峰，位于六曲溪东。

③纵谭兜鍪、翰墨、环佩、琅玕：谭，同"谈"，谈论；兜鍪、翰墨、环佩、琅玕，都是九曲溪两岸的峰、岩、石名。

④竹簰：竹筏，武夷山九曲溪的游览工具。

作品简评

漫步武夷，随处可见楹联、碑刻，这是武夷山一道独特而又美丽的风景线。山水如此秀丽，引无数文人骚客驻足停留，吟诗作赋，挥墨抒怀。中国书法大师潘主兰先生从1982年起，多次莅临武夷山，寻幽览胜，写生创作，题诗作文，盛赞武夷山水。并为武夷山撰联作赋，现今山中多处留有潘主兰先生的笔墨。在一曲三清殿前，"渐入佳境"的石牌坊两侧的楹联便是潘主兰撰文并用行书草之。武夷宫中晴川阁的对联也是潘主兰题联并书写之。

"如此名山宜第几，相当曲水本无多。"这是晴川阁的题联。这副对联先从总体上对武夷山进行一个评价与赞美。在"渐入佳境"石牌坊长联中，作者详细阐释了武夷山的美。那么武夷山美在哪呢？作者在上联中写道："千万年无数海桑，睹此一丘一壑。水木清华，景光衔春夏秋冬，变化匪常。"一起笔，便把武夷胜景置于历史的沉淀和岁月的变幻之中。千万年来，经历了无数的沧海桑田，今天再次目睹这里的一山一水、一丘一壑，不禁让人感叹：岁月变幻，景随星移，变化很大呀。那么游人来到武夷山中，需要做些什么呢？品茗岩茶，登临天游，敞怀畅谈"兜鍪、翰墨、环佩、琅玕"。在这里"兜鍪、翰墨、环佩、琅玕"都是指九曲溪两岸的峰、岩、石名。这些溪水、山峰、岩石，动中有静，静中有动，真是天公造化，鬼斧神工。

盛赞武夷山水之后，作者开始进入遐想与思考。于是作者在下联起笔写道："百二里许多风物，谓皆宜画宜诗。溪山佳丽，意境寓古今上下，低徊谁似。"作者禁不住感慨道：这数百里的风情景物，都可以作诗绘画。这里的亮丽山水，可以通古寓今，引人浅吟低唱。那么乘着竹筏，在晚霞中望着这方山水，心里禁不住涉想：那些闲云、野鹤、崖猿、林鸟,为何来了又去,去了又回呢?最后作者得出结论:那是因为这里真的是"人杰地灵"呀。对联讲究对仗、工整、含蓄,意味深长。通观整副对联,显然作者既很好地突显了楹联的艺术特点,又突出了武夷山的景观特点,让人忍不住拍手称绝。

潘老对武夷岩茶也是有很深的了解,曾作《武夷岩茶》赠山人。该诗云:"岩茶风韵不寻常,甘活清香细品尝。解得此中梁氏语,《归田琐记》却精详。"

思考题

1. 作者在《游九曲看群峰》中写道:"貌物看来未足奇,神游象外或如痴。幽微淡远吾能会,摩诘诗堪喻武夷。"结合这首"渐入佳境石牌坊"长联,认真思考作者主要从哪些方面描写武夷山山水人文胜景的?

2. 作者曾在武夷宫的晴川阁题联:"如此名山宜第几,相当曲水本无多。"同学们可以利用业余时间,游览武夷宫,并积极尝试描摹"渐入佳境石牌坊"长联和"晴川阁"题联。

巍巍武夷山

◎习仲勋

巍巍武夷山,
奇秀甲东南。
风光无限好,
留待古稀攀。

作者简介

习仲勋(1913—2002),陕西富平人。1928年加入中国共产党,中华人民共和国成立后曾任中共中央西北局第一书记,中共中央宣传部部长,国务院副总理,中共广东省委第一书记、省长,中共中央政治局委员、书记处书记,全国人大常委会副委员长等职。1983年2月21日视察武夷山。

作品简评

"武夷山水,气象万千。人杰地灵,星火千古耀崇安。"中华人民共和国成立后,曾任中共北京市第一书记的彭真如上赞美武夷山。曾任北京大学校长的周培源盛赞武夷山:"武夷胜景,东南之冠。"全国政协副主席雷洁琼也曾赞叹:"奇秀冠东南,声誉传中外。"原中华人民共和国主席李先念更是发出号召:"武夷胜景,山不能破坏,水不能污染。"

由此看来,"巍巍武夷山,奇秀甲东南"的名号,早已形成共识,深入人心。中华人民共和国成立之后,许多国家领导人曾经游览武夷山,并不吝笔墨,留下赞叹。曾任国务院副总理的李鹏高度赞扬武夷山水,并说:"我早就向往武夷山了!"他希望进一步弘扬武夷茶文化,促进旅游业发展,并题诗一首盛赞武夷山:"春和景秀武夷山,放筏九曲十八弯。陡峭绝壁见茶王,穷尽山径流水潺。五方代表议国是,豪情满怀双遗产。玉女峰下忆当年,风波重演亦枉然。"整首诗读起来,豪情万丈,无限赞叹。

毛泽东研究专家李锐曾于1984年岁末游览武夷山,赋诗抒怀。他在《武夷两日却神仙》中赞美道:"一峰一石一奇观,碧水朱岚气象千。老至无须闲处看,武夷两日却神仙。"这首诗歌除了盛赞武夷山水之外,在"风光无限好,留待古稀攀"的游览理念上,李锐与习仲勋是相同或者说相近的。同时,文中的这一句也点明了武夷山的一大特点——山矮,以"奇秀"著称。

思 考 题

1. 细读该诗,简单阐释诗歌所反映的武夷山水的特点。
2. 搜集当代著名文人政客对武夷山的题词,并对其进行整体艺术风格研究。

武夷山水亦神奇①

(过武夷,果名山胜地也,无限风光。然谈笑间,多闻到有关武夷、桂林孰高孰低的评论,因感书此)

◎ 谷 牧

桂林山水甲天下,武夷山水亦神奇。
同是祖国河山好,何须评比论高低。

作 者 简 介

谷牧(1914—2009),山东荣成人,无产阶级革命家,中国经济建设战线的杰出领导人。1932年加入中国共产党。中华人民共和国成立后,历任国务院副总理、中共中央书记处书记、全国政协副主席等职。1982年11月、1989年1月、1993年2月、2002年1月四次视察游览武夷山。1982年11月视察时题诗一首。

注 释

①本诗选自《福建省志·武夷山志》,卢美松、阮雪清主编,方志出版社2004年版,第489页。

作 品 简 评

山水之争,历来有之。郁达夫曾经把武夷山与西湖相比,最终得出结论:"山水若从奇处看,西湖终是小家容。"看来,在郁达夫眼中,西湖终是没有武夷山的多变与雄奇。

当代著名历史学家、中国思想史研究专家蔡尚思把泰山与武夷山进行比较,他得出的结论是:"东周出孔丘,南宋有朱熹。中国古文化,泰山与武夷。"由此来看,作者认为武夷山与泰山不相上下,不分高低。两者都是历史悠久、文化深厚,一个是"儒学胜地",一个是"理学名邦"。

山水之争开始充满火药味,其实源于1962年秋天郭沫若先生游览武夷山兴致盎然时随口而出的一句话。面对武夷胜景,郭老情不自禁地感慨道:"桂林山水甲天下,不及武夷一小丘。"此言一出,有关武夷山与桂林山水进行比较的诗句便络绎不绝。曾任中共中央宣传部长的张平化在1981年4月15日游览武夷山时,作《题武夷》一首,写道:"万仞云岩九曲溪,谁来此地比高低。桂林山水甲天下,借问君曾到武夷?"诗歌采取含蓄婉转的口吻,推崇武夷山。著名文学评论家冯牧1986年5月12日游览武夷山时,饶有兴致地把泰山、黄山、桂林与武夷山进行了一番比较。作者诗云:"岱宗雄奇世无伦,黄山幽邃自古闻。桂林秀色甲天下,未若武夷集一身。"在作者眼中,泰山"雄奇",黄山"幽邃",桂林"秀美",但是武夷山与三者比较起来,恰好集三者各自的优点于一身。当然,作者在写诗歌时,难免会用夸张的写作手法。当代卓越的散文大家刘白羽在参观武夷山水之后,更是赋诗盛赞道:"武夷收尽人间美,愿乘长风我再来。"作者对武夷山的赞美更是溢于言表。

正是在此争论背景之下,谷牧先生做了一次"和事佬",赋诗一首,感慨曰:"桂林山水甲天下,武夷山水亦神奇。同是祖国河山好,何须评比论高低。"由郭老兴致慷慨的一句话而引发的"山水之争"到此便圆满落幕。

谷牧先生的这首《武夷山水亦神奇》,其魅力主要不在于它的艺术成就,而在于这首诗歌对历史上有关"山水之争"的认识与看法。

思 考 题

1. 人们历来喜欢比较各地名山大川人文风景的优劣,面对武夷山依然不例外。请同学们尝试搜集有关武夷山与各地景观进行分析比较的诗歌或者散文。
2. 浅谈你对"山水之争"的认识与看法。

赞武夷①

◎ 项 南

理学名邦在崇安,碧水丹山乃武夷。
先烈英魂系赤石②,安贫乐道算朱熹③。

作 者 简 介

项南(1919—1997),原名项德,福建连城人。1981年走马上任福建省委书记后,对武夷山建立风景名胜区、兴办旅游业十分重视。他多次莅临崇安县,与地县领导制订发

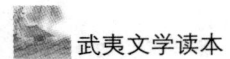

展方案,着力于武夷山的宣传,并积极向国家要求支持,对武夷山的进步与发展做出了不可磨灭的贡献。他还拨冗提笔撰文、吟诗,赞美武夷山。在京任职之晚年还临武夷山,故地重游,对武夷山倾注了深情和关爱。

注释

①本诗选自《历代名人与武夷山》,萧天喜主编,闽北日报社2004年版,第192页。

②先烈英魂系赤石:典出赤石暴动。赤石,村名,位于武夷山市区南,崇阳溪畔,今属武夷街道。赤石暴动是抗日战争时期发生的重大历史事件之一。1942年5月,国民党第三战区将上饶集中营随司令部向闽北转移。6月17日下午抵达赤石渡口,傍晚,中共秘密支部趁渡河之机发动暴动并取得成功,成为我党领导下监狱斗争成功的范例。赤石暴动先后共有73位新四军干部和爱国志士遇难。

③安贫乐道算朱熹:典出朱熹安贫乐道的故事。朱熹到女儿家,女婿不在家,女儿家贫,只能以麦饭、葱汤招待父亲,感到非常内疚。朱熹看出女儿尴尬,赋诗一首安慰女儿:"葱汤麦饭两相宜,葱补丹田麦疗饥。莫谓此中滋味薄,前村还有未炊时。"

作品简评

项南,能诗善文。在散文集《美哉!武夷山》序言中,无不洋溢着他对武夷山的深情与赞美。作者在该文中这样描写对武夷山的认识与深情:

武夷山之美,我久已慕名。六十年过去,竟没有机会一游。

一九八一年,奉调福建,才开始接触这一"奇秀甲东南"的名山。

虽然四次进山,看到的景物却十不得一,始终逗留九曲一隅。这是因为武夷山可看的风景实在太多了。人们为了好记,把全山景致概括为"三三、六六、九九",也就是三三九曲水,六六三十六峰和九十九岩,另外还有七十二洞。这么多的水、峰、岩、洞,都想浏览一遍,当然很不容易。

武夷之胜,不只是林海烟云,奇幻百出,碧水丹山,分外妖娆,而且保存着诗人名士大量的诗文词赋和摩崖石刻。李商隐、朱熹、李纲、陆游、辛弃疾、萨都剌、戚继光、徐霞客、郭沫若都曾在武夷留下了自己的足迹。

一九四二年震惊全国的"赤石暴动",就发生在武夷山麓的崇安赤石渡口。烈士的丰碑,将永远激励广大人民和青年的爱国主义精神和建设四化的高尚情操。

从这篇略有删节的序言中,我们不难看出诗人项南对武夷山的赞美与热爱之情。

在这首《赞武夷》诗歌中,作者先从文化底蕴上给武夷山下了定义,武夷山素有"理学名邦"之称,然后作者从武夷山水的景观特点上赞美武夷山。接着作者从中共红色革命历史上讲述武夷山,这使得武夷山不仅有深厚的理学积淀,还有现代红色革命史的加入,武夷山的人文历史与国家民族的历史变迁息息相关。最后作者指点出武夷山人文历史上的核心人物——朱熹,"安贫乐道算朱熹",这一句指出了朱熹与武夷山的血脉相连,在一定程度上,也道出了生活在闽北地区的武夷山人民的集体性格特点——安贫乐道。当然,这里的"安贫乐道"主要是指武夷山人民踏实、勤劳、求稳、乐观的集体性格。

作者在1993年5月20日,参观武夷山国家自然保护区的时候,曾为该区的自然博物馆留下这句题词:"回归大自然的梦想就在这里!"由此可以看出,作者对武夷山的深情与热爱。

项南还有另外一首赞美武夷山的诗歌:"武夷武夷,天下称奇。赤石赤石,人生价值。大安大安,永志勿忘。崇安崇安,无限风光。"整首诗歌读起来,朗朗上口,激情澎湃,但整体略有"喊口号"特点,单从诗歌美学上去分析,与文中所选《赞武夷》,相差甚远。

思考题

1. 细读该诗,浅析作者从哪几个方面赞美武夷山。
2. 林则徐第五世孙——凌青,在1985年9月游览武夷山时,也曾赋诗一首,赞美武夷山。该诗题名为"无限留连赞武夷",诗歌赞美道:"一叶竹筏泛小溪,玉峰嶙峋景神奇。水光山色云海低,无限留连赞武夷。"试比较这两首诗歌赞美武夷山艺术角度的异同。

无以比武夷①

◎ 路 遥

尽索华章并丽句,无以谐恰比武夷。
凭眺山雾拥"大王",静聆曲溪哭"玉女"。
诗人摇首输文采,画家搁笔穷画技。
有幸无才览天游,只能依依惜别去。

作者简介

路遥(1949—1992),原名王卫国,陕西清涧人,中国当代作家。出身贫穷,7岁过继给伯父为子。陕西延安大学毕业,大学时即开始写作,是位著名的多产作家。代表作有《人生》《平凡的世界》等。英年早逝,为文学界所惋惜。1981年12月来武夷山采风,赋诗赞叹武夷山。

注释

① 本诗选自《历代名人与武夷山》,萧天喜主编,闽北日报社2004年版,第194页。题目是编者加的。

作品简评

当代著名散文家刘白羽从大自然鬼斧神工的角度,高度赞扬武夷山。作者在游览武夷胜景时,情不自禁吟诵道:"鬼斧神工亦壮哉,天公造化费疑猜。劈出巨剑山一线,湿尽黄竹雾乍开。万仞丹峰凝碧血,几湾飞雪染苍苔。武夷收尽人间美,愿乘长风我再来。"

当代诗人蔡其矫从武夷山梅花的形状、香气、动态、静态四个方面,赞美武夷山梅花的生动与艳丽。当代作家冯牧从泰山、黄山、桂林与武夷山进行分析比较的角度,盛赞武夷。当代诗人顾工从武夷山民间有关大王与玉女相恋的传说写起,盛赞这对相恋的山峰,及其古老而又凄美的民间传说。

路遥在该诗中,也不惜笔墨极力去赞美武夷山。但是作者开篇就感慨道:"尽索华章并丽句,无以谐恰比武夷。"武夷山的美在作者眼中用文字是无法形容与比拟的。于是作者"凭眺山雾拥'大王',静聆曲溪哭'玉女'"。作者只能极目远眺"大王峰",安静聆听"玉女"的哭声。对于久负盛名的"天游峰",也只能依依惜别,因为"诗人摇首输文采,画家搁笔穷画技"。显然在这里,作者利用了夸张的艺术手法,极力盛赞武夷山的美。

思考题

1. 重温并讲述大王与玉女的民间传说。
2. 分析该诗的艺术写作手法。

第四节

小　说

当下闽北小说创作图景初探[①]

◎ 王冰云

《汉书·艺文志》对"诸子十家"的排序是这样的:儒家、道家、阴阳家、法家、名家、墨家、纵横家、杂家、小说家,并做出这样的评论:"诸子十家,其可观者九家而已。而观此九家之言,舍短取长,则可以通万方之略矣。"而小说家则系"出于稗官,街谈巷语,道听途说者之所造也"。总之,小说被断定为与"通万方之略"不相干的东西。

直到晚清时期和民国初年,由于中国社会产生的变化和西方学术文化思想的影响,小说的价值和意义方被重视。时至今日,百年已过,诗歌日渐边缘化,散文面临碎片化,而对于小说,"这是一个最好的时代,也是一个最坏的时代"。随着互联网日益深入大众生活,小说与影视剧的结合,架起了小说家与大众之间的桥梁。对于名家来说,这是一个名利双收的黄金时代;对于献身小说创作,而又默默无闻的作家来说,小说的创作与呈现成为期刊杂志社与评论家"向艺术而生的责任与坚守"。因此,对当下闽北小说创作进行一个全景式的初步探析,既显得必要、迫切,又是与闽北小说家的真诚交流与共同探索。

一、当下闽北小说创作图景

从地缘概念上来说,闽北地处闽浙赣交界处,是中原文化入闽的必经之路,自然资源丰富,历史文化悠久,山水风光秀丽,素有"千载儒释道,万古山水茶"的文化特质,又具有行吟文学与旅行文学杂糅相济的地域文学元素。在闽北的文学历史上,除了柳永、朱熹两大名家外,还有严羽、宋慈、杨时、杨亿、李纲等一大批先贤哲人推动着闽北文学的发展。但在中国文学地理研究的历史上,时至今日,闽北小说创作甚至在福建小说创作版图中仍显薄弱。

尽管闽北小说创作稍显薄弱,但依然有一批笔耕不辍的小说家正在建构着当下闽北小说创作的图景,并取得了一定的成绩。光泽小说家邱贵平认为:"在写作尚能带来些许名利的时代,我之写作,不排除名利因素;在写作基本与名利绝缘的时代,我之写作,完全为了追求内心的安宁。"他的作品曾经在《十月》《北京文学》《小说月报》《长篇小说选刊》《福建文学》等期刊杂志发表与转载,其中长篇小说《五朵厂花》获首届全国青年产业工人文学大奖长篇小说一等奖。

来自武夷山的小说家胡增官,文学创作的题材受童年影响比较大,主要取材于老家生活和武夷元素,小说基调偏灰色,并认为在生活结束的地方开始小说。他曾在国内多家杂志社发表中短篇小说,出版散文集《阳光碎片》,小说集《活得比蟑螂复杂》。其中短篇小说《人间烟火》获得第23届全国梁斌小说奖二等奖。

江子辰,南平市作家,中国电视家协会会员。作品散见于《小说月报》《福建文学》《厦门文学》《海峡》等杂志,有作品被《中篇小说选刊》《中华文学选刊》选用。曾获福建优秀文学奖。其中短篇小说《木匠江湖》因小说语言简洁、精炼、雅致而广受好评。

来自邵武的马星辉,笔名古道。迄今为止,已发表了200余万字的文学作品。其中长篇历史传奇小说《李纲传奇》荣获2012年海峡两岸文学大赛专业组一等奖。最新力作《张三丰传奇》,也是一部震撼人心的历史传奇小说。

以上小说家参与并建构了当下闽北小说创作的图景,并为闽北小说的创作做出了一定的贡献。但是,如何使当下闽北小说创作走得更坚实、更长远,我想,在适当的时机、适当的环境下,对当下闽北小说家的作品展开正面积极的讨论、分析,不仅是应该的,或许,也是非常有意义的吧!毕竟英国作家王尔德曾经说过:"世上只有一件事比被人议论更糟糕的了,那就是没人议论你。"

二、当下闽北小说创作探析

（一）故事性——小说创作的根基

有人说："小说家就是会讲故事的人。"讲什么故事，以及如何讲好故事，是每位小说家面临的最大课题。当代作家莫言在诺贝尔文学获奖感言中说："我是一个讲故事的人。我该干的事情其实很简单，那就是用自己的方式，讲自己的故事。我的方式，就是我所熟知的集市说书人的方式，就是我的爷爷奶奶、村里的老人们讲故事的方式。"由此看来，莫言本人也是十分赞同"小说家一定要是会讲故事的人"的说法。

英语中的小说 novel，由 new 变化而来，含有新颖的意思，即一条新闻、一个新鲜的故事。后来小说演进成以虚构为基础的真正的艺术作品，总是离不开有趣的情节。英国作家福斯特在他的《小说面面观》中谈道："小说就是说故事。故事是小说的基本面，没有故事就没有小说。这是所有小说都具有的最高要素。"

由此看来，小说具有故事性，是进行小说创作最先考虑的问题。从中国的神话传说，到《汉书·艺文志》所载小说，再到六朝鬼神志怪书、《世说新语》、唐传奇、宋话本，再到明清人情小说，总是突显了讲故事的重要性。并且从读者的视角，小说故事的新奇有趣，情节的跌宕曲折，总是维持我们阅读兴趣的重要因素。

如果以故事性作考量，当下的闽北小说家还是在努力地立足于自己所处的地域及其所熟悉的生活领域进行多样性的文学创作。光泽籍作家邱贵平创作的中篇小说《我们都是你身上掉下的肉》《离亲人近一点》《痴痴地守着呆呆的你》讲述的都是在特定的历史时代背景下，一个小家庭成员之间充满世俗、烦琐、艰难、无奈，但又不失温情的亲人之间的故事，或者夫妻之间，或者兄妹之间，或者父母与子女之间。他的长篇小说《五朵厂花》以工人题材为背景，选取了五位青春靓丽的女性作为主人公，讲述了一段又一段日常、平淡但又跌宕起伏的爱情婚姻家庭故事，诉说了在急剧变动的大时代背景下，小人物命运的艰难多舛。《快癌》描写的是闽北水泥厂工人马财福的人生故事。而他的中篇小说《山水控》讲述的是一群驴友攀山行走的乐山乐水的故事，其中穿插了几位驴友不幸的人生经历。

纵观邱贵平选取小说题材的创作，不难发现作者讲述故事的核心点是聚焦大的时代背景下的工人和农民的人生经历及生存困境。2014 年中篇小说《山水控》的出现，在我看来，是作者力图突破自身习惯关注的小说题材的一次探索与突破。整篇小说，看似探险笔记，又似情爱小说，又似心理小说，但又有点不像小说，读者的这种迥异的直观感受，愈发印证了邱贵平在探索小说题材上的努力与创新。

而来自武夷山的胡增官先生，他讲述故事的重点往往放在国家体制束缚之下，小人物的痛苦、艰难和挣扎。中篇小说《招聘教师钟万郎》，讲述的是民办教师钟万郎在"吃谷"与"吃米"之间的身份的不确定性，而不断被边缘化和命运渐次恶化的过程。最新力作《揪住你不放》，讲述的是供销社员苏阿芳擅自脱离值班岗位，被社主任林思肖定性为监守自盗,苏阿芳怀疑当时被记大过处分,在档案上留下了不可抹去的污点。三十六年来,苏阿芳一直担心这个污点会对她的家庭、生活造成地雷似的爆炸影响,因而处心积虑地用各种方式为自己洗清污点的人生故事。

无论是邱贵平、胡增官,还是江子辰、马星辉等闽北小说家,每人都立足于自己所熟悉的地理位置和生活领域,关注自己善于描绘的阶级和阶层的人物故事。讲述自己擅长并熟悉的人物故事,是优点,是驾轻就熟,但选择哪些故事去讲,以及如何去讲,或许,应该是每位闽北小说家应该深刻思考的一个问题。是不是不论现实的、身边的、想象的、虚构的,都可以经过艺术加工,进入小说创作领域?如果地域上地处偏远与边缘,以及作家生活经验贫乏与狭隘,那么,作家所精心设计的小说故事,能否真正引起读者的追捧与喜欢呢?值得深思。

(二)人物塑造——小说创作的灵魂

英国当代文学理论家戴维·洛奇在他的《小说的艺术》中谈道:"人物是小说最重要的一个因素。"虽然在小说创作中,也有并不以人物刻画为主的,如寓言小说,但总体来说,绝大多数的小说仍然是以人物的刻画为核心的。而且,小说讲述的故事是否新奇跌宕而富有刺激性,并不是判断小说艺术优劣的依据,成功的人物塑造才是伟大的小说家们卓越成就的标志。

在小说文本的解读中,核心还应该是对于小说人物的解读。对于小说创作来说,通过故事的讲述,刻画鲜明、独特、丰富的人物,往往是小说家的一个基本目标。古今中外,无数优秀的小说作品,恰好印证了这一观点。中国古典小说《水浒传》的艺术成就,很大程度上表现在人物塑造上,全书至少出现了一二十个个性鲜明、有血有肉、栩栩如生的人物形象。《红楼梦》也因塑造了众多各自具有自己独特个性特征的人物形象,而成为不朽的艺术典型。英国著名作家夏洛蒂·勃朗特的代表作《简·爱》,最大的成功之处也在于给读者塑造了一个不安于现状,不甘受屈辱,敢于抗争的女性形象,写出了一个小写的人成为一个大写的人的渴望。

如果以塑造小说经典人物为评判标准,那么闽北小说家在整体文学创作中,对经典人物的塑造,还是有待深入挖掘与提升。不过,在现有的闽北小说创作作品中,还是能看出闽北小说家在塑造经典人物形象上的努力与用心。以邱贵平的中篇小说《我们都是你身上掉下的肉》为例,这篇小说只是安静地叙述了一对父母、四个儿女—大家子人横贯一生的日常生活、平凡琐事、爱怨纠葛,但又骨肉相连、血浓于水的亲情故事。这是一个个体的家庭生活模式,但它的背后承载的却是历史情感积淀之下千千万万个家庭亲人之间相处的相似的生活模式、情感模式。这篇小说最可贵的地方在于邱贵平给读者塑造了一个平凡、平常、世俗,时常有点小心眼,但却爱子入骨的伟大母亲形象。这样一个平凡、普通而又庸常的母亲,全天下遍地都是,但她骨子里对自己孩子的关心、在乎、担忧,却深入人的骨髓,让人为之落泪,为之动容。最让人感动的是在她患有老年痴呆之后,时常迷糊,时常又清醒的牵挂子女的行为,让人边读边禁不住流泪。母爱伟大,

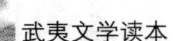

人生多艰,每位读者单是想想家中勤劳、年迈、多病而又日渐苍老的母亲,便禁不住潸然泪下。或许,这恰恰是这部小说让人感觉生动之处:通过对一个爱子入骨的平凡母亲的形象塑造,而达到对普天下无数个默默无闻关爱子女的平凡母亲的感激与感动。

而马星辉的长篇小说《李纲传奇》以两宋之际抗金名相李纲一生事迹为蓝本,结合民间传说,给读者塑造了李纲这一传奇性的文武双全的英雄人物形象。著名评论家孙绍振曾赞誉道:"作者借助跌宕起伏、惊心动魄的复合情节,把多样的人性、错综复杂的人物关系、变幻莫测的历史事变,集中在英雄人物的身上。对于历史英雄形象的塑造,有史实的参照,但又不拘泥于史实,大胆地进行了传奇化的,甚至于神怪化的处理。"

当然,并不是每位作者的每部小说,在人物形象刻画与塑造上,同样经典与独特。像邱贵平于2013年9月在《北京文学》上发表的中篇小说《离亲人近一点》中的男主人公陆肆年,在我对生活的理解和阅历中,对他的行为选择和行为状态,充满了不解和疑惑。无论陆肆年与他的爱人香草夫妻感情如何不合,他对妻子香草的冷漠与无情在小说行文安排中始终显得突兀、主观与任性。

胡增官的中篇小说《玉碎》中的晏巧巧,形象平面而又单一;《揪住你不放》中的苏阿芳,人物性格过于执拗与苍白。江子辰的《木匠江湖》《天堂鸟》《杨家班》中的人物塑造,略微浅显与庸常。

(三)细节描写——小说创作的核心

当代华人女作家严歌苓在一篇创作谈《虚构的祖父》中,曾说:"我喜欢的小说题材是这样的:真实事件不多,留给我大量的想象和虚构的空间体。独特的细节是难以虚构的,而供我虚构的必须巨大……小说越是虚构,细节就越要独特,经看,经玩味。"

假若一种写作,把每一个细节都落实了,把每一次人物内心的细微转折都还原到了极富实感的情境之中了,那它就会在读者心中建立起强大的说服力。小说写作中的细节考证,既是为了创造一个能把各样描写镶嵌得严丝合缝的物质外壳,又是为了建构起一种符合生命情态的情理逻辑,从而使小说的情节、命运的展开都显得合理、精微而又密实。

有实证基础的小说叙事,才会真正具有说服力。好的小说,在编织情节、人物塑造、环境描写、人物关系上,都是绵实的、坚实的,一定不能有逻辑或情理上漏洞,否则,就会瓦解读者对阅读的信任。

胡增官的中篇小说《姑姑》,以第一人称"我"的口吻,讲述了我父亲寻找被我爷爷送走的姑姑的故事。读完这部小说,猛一想,会怀疑小说的真实性与合理性,因为当年我爷爷送走我姑姑的时候,姑姑五岁,而我父亲也不过十岁。在姑姑被送走的漫长岁月里,"我父亲"却忽视自己的妻子与孩子,倾注一生的时间去寻找童年失去的妹妹。如果从人性与人情的角度出发,读者难免会怀疑小说故事虚构的合理性。但是,细细品味小说的环境描写、时代背景的交代,以及人物之间的情感与性格的描述,读者又宁愿相信世界上真的有这样重情重义而又执着坚守的人物存在。

合情合理是小说家在描写一种现实时必须遵守的铁律。不合情、不合理、经不起推敲，留下逻辑的漏洞，就会影响一部小说的真实感。邱贵平在长篇小说《五朵厂花》中，在讲述厂花涂小丫的人生故事中，其中有一处生活的细节描写，值得去推敲与斟酌。涂小丫是一个中学的校花，社会上的小痞子隔三岔五来到三中，隔着围墙，骚扰她。这件事情让学校很头疼，学校商议开除涂小丫，这时有一位名叫孙泽普的老师，挺身而出，声称"不惜一切代价保护她"。那他是怎样保护涂小丫的呢？首先，舌战三痞。在与痞子舌战的时候，还讲到普希金为了争夺女人，与另外一个男人决斗的故事。随后，小说借用孙泽普的口吻，花了大段文字介绍普希金与军官丹特士决斗的前后经过。在我看来，针对这一细节描写，或许可以再深入细致地考证一下。

当代评论家谢有顺在文学评论《小说是生命的学问》一文中曾对小说做出如下阐释："小说在某种程度上说，也是考据之学，它要复原一种业已消逝的人生。要让人读到一个时代富有质感的生活，就必须有对那个时代的物质、风俗、人情事态的考据、还原。"所以，考据即是实证，而实证恰是一种笨功夫，它要求作家做一些案头工作，甚至查找资料，核实细节，熟悉他所要写的生活。

（四）语言修辞——小说创作的精髓

有人说，一个小说家的文字功底最能体现一个作家的实力。对于这一点，我深信不疑。张爱玲的小说之所以能够打动我，其中很大一部分，是张爱玲驾驭小说的语言，独特、深刻而又凝练；鲁迅的小说之所以一直受学术界的高度赞扬，很大一部分在于鲁迅小说的语言简洁、精炼而又一针见血；汪曾祺的小说，很好地继承了他的老师沈从文先生的文字风格，唯美、纯净而又富有诗意。由此看来，一个小说家，如果想成为一名优秀的小说家，苦练"遣词造句"还是十分必要的。

品读江子辰的短篇小说《木匠江湖》，会让我想起汪曾祺的小说《受戒》，沈从文的小说《边城》，行文清新明丽而又富有诗意与意境。小说一开口就写道：

满眼的桃花，一片连着一片，把一溪的春水都染红了。风儿一吹，桃树在崖岸上摇摇晃晃，看得人眼都花了。在大明的眼里，这每一树的桃花，都像女孩子的裙摆子，在风中摆呀摆，摆得人心里慌慌的、软软的……

大明和小东坐在工具箱上，工具箱坐在竹排上，竹排坐在水上，正顺着崇阳溪一路漂下来。师徒俩，九曲十八弯地看桃花、看绿树、看翠竹，还有不断从远方涌过来，又急急从脚边流走的清清溪水。

品读这篇小说的文字，读者仿佛进入一种如诗如画的优美意境，身心处于一种愉悦与享受之中，似乎忘却了关注小说的故事情节。但作者的文字风格并不是一如既往地精彩与稳定，在中篇小说《杨家班》《天堂鸟》《梦中呼救》《美女和虫》中，却很少再感受到作者语言文字的精雕细琢。

胡增官的中篇小说《姑姑》与《揪住你不放》，在小说阅读中，给人一种畅快淋漓、一

257

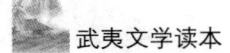

气呵成之感。而诸如《玉碎》《招聘教师钟万郎》《人间烟火》,在行文语言中,略显平庸与枯燥之感。通观整体,江子辰与胡增官两位闽北作家,在语言修辞与雕琢上,呈现出高低起伏的不稳定性。

而邱贵平是整个当下闽北小说创作群体中,刻苦勤奋,力求创新,而探索不断的作家。他对故事的讲述、人物的塑造、题材的创新方面,都能表现出不断追求创新的有益尝试。如果一定要对他提出一定的建议与批评,我认为,不妨在语言文字上,再精雕细琢一番。其实这个建议,不妨理解为对当下小说创作的一个语言上的期许。今日的小说,语言日渐粗糙、苍白,辞章上不讲究,以至于失去了传统文学的固有魅力。

综上所述,一位优秀的小说家,不仅要有好故事去讲,而且要懂得如何运用语言、技巧去讲述自己的故事,在这些表象的背后,最重要的便是小说家的思想、观点、见识、个性及追求。真正优秀的小说,一定需要灵魂的参与。特殊的人生经历和丰富敏锐的人的天资往往能造就一名好作家,造就他精妙充实的境界。衷心希望当下的闽北小说家都是真正而又纯粹热爱艺术的创作者,都是具有坚韧不拔精神的文学创作者。愿小说与大家同行,愿智慧之光与你我同在。

注 释

①该篇文学评论选自于《福建文学》2015年第11期,第131~136页。作者王冰云:武夷学院教师,硕士,讲师,主攻中国现当代文学方向。

五朵厂花(节选)

◎邱贵平

作 者 简 介

邱贵平,男,福建省光泽县人。中国作协会员。作品在《十月》《北京文学》《小说界》《雨花》《山花》《小说选刊》《小说月报》《长篇小说选刊》《中篇小说选刊》《中华文学选刊》发表和转载;著有长篇小说《五朵厂花》《普希金时代》《过难》;出版中短篇小说集《赚碗饭吃》。《五朵厂花》获首届全国青年产业工人文学大奖长篇小说一等奖、福建省第七届百花文艺奖二等奖、福建省第26届优秀文学作品一等奖、南平市第二届百花文艺奖一等奖;《普希金时代》获首届海峡两岸文学网络大赛优秀奖;中篇小说《离亲人近一点》获第28届福建省优秀文学作品奖一等奖;中篇小说《山水控》获首届林语堂文学奖。

一、阅读提示

这是一篇深情的小说,作者以富有民间色彩的、生活气息的、幽默俏皮的、宽容悲悯的文字,描述了发生在20世纪的工厂里的那些人和事。作者用他那支满怀深情的笔,塑造出了国有企业石牛水泥厂栩栩如生的五个漂亮女工的喜怒哀乐与爱恨情仇,她们或许是虚构的,但为什么我们又似乎觉得似曾相识?因为它真实!那些人和事曾经在我们身边发生过。他们的个人命运在近几十年来的政治经济环境中飘摇,最后随着这家国有企业的破产而消亡。这些小人物,一个个独具个性。

如果你有过工厂工作和生活经历,一定会倍感亲切和真实。作者就是当年水泥厂的小秀才,以无比爱慕的眼光注视过这些漂亮女工。当她们花容失色青春不再,他怀着爱与惆怅,泼洒着清新的笔墨,描画她们曾有的花样年华,诙谐、温馨而赋有情趣,一唱三叹,低徊不已。

二、内容提要

全文共 20 万字。

村姑艾兰花羡慕工人阶级的领导地位,嫁给水泥厂最没出息、性功能也不大行的窑工涂文保,本来就是一桩畸形的婚姻。司务长跳蚤诱奸她,她最初也许只是贪图利益,却意外发现了性的快乐,结果死心塌地爱上了跳蚤。这时,涂文保恰到好处地死亡,跳蚤原配妻子痛快地离婚,一对偷情的男女在那个极端年代居然克服一切障碍,明媒正娶。婚后没几年,艾兰花的幸福落了空,跳蚤死了,自己又下岗,境遇每况愈下。最后,多舛的命运竟然使势不两立的艾兰花和跳蚤前妻走到了一起,危难关头的照顾和悔罪,映衬出她内心的善良本性……

"像刘晓庆一样"漂亮的吴小玉,迫不得已嫁给了"小个子小脑袋小脸庞小眼睛什么都小"的刘金龙。吴小玉红杏出墙后,刘金龙强忍心中的痛苦,为了让她过上有钱人的生活,起早摸黑,直到付出自己的生命。谁也想不到,刘金龙生前居然给自己刻好一块墓碑,并且把吴小玉的名字也刻了上去。生要同室死要同穴,刘金龙的大爱、奇爱深深震撼了吴小玉,把墓碑的照片镶嵌在镜框里,端挂床头……

在经历过一场惊心动魄而又非常失败的初恋之后,戏剧演员出身的迟美丽迅速堕落,见一个爱一个,男朋友比她演过的角色还多,就是没人娶她。迟美丽虽然沦为闻名全县的"烂货"、花痴,"扒胎把子宫都扒残废了",但她的内心依然对纯真的爱情充满向往。征婚失败后,迟美丽决定独身,就在这时候,她得知一个老实巴交、小她六岁的青年男工一直暗恋着她,于是她主动向他示爱,终于获得了美丽的爱情……

丈夫是个醋坛子,儿子是病秧子。醋坛子丈夫因为吃醋把一个暗恋妻子的工友打成残废,获得十年牢狱之灾;病秧子儿子因为患有先天性心脏病,从六岁开始身体和智力停止发育,看见男人就叫"爸爸";好色的公公竟然乘儿子入狱之机,对媳妇实施性骚扰;丈夫好不容易出狱,却在一夜之间中风。五朵厂花之中,杜兰朵最为不幸。不幸中的万幸,丈夫入狱后,一个叫书呆的单身汉出现在她面前,为她水深火热的生活注入一股清新之气,并成为她生命中的贵人。都说男女之间只有爱情或者奸情,他们之间却演绎出超凡脱俗的纯真友情。书呆在老家意外获得一笔财富之后,居然又回到石牛水泥厂,在杜兰朵家对面买了一套二手房,以非婚姻的方式"一起陪着她慢慢变老"……

涂小丫是石牛水泥厂的第二代厂花,青出于蓝而胜于蓝,继承了母亲——第一代厂花艾兰花的美丽基因,她的个性却与母亲截然不同,具有强烈的反叛意识和反抗精神。

为了不下车间,她居然发出"谁让我坐上办公室,我就跟谁睡觉"的"时代最强音",一语惊起千层浪。与迟美丽不同的是,她并没有"破罐子破摔",而是以自己的美丽为诱饵,将那些道貌岸然、貌似强大的男人玩弄于股掌之间,最终她如愿坐上办公室,还意外收获了忠贞不渝的爱情……

1

阳光明媚,空气甜美,天气好得像童话。

十七岁的艾兰花,在离家四五里外一个叫鹅公窠的山窠里扯猪草。鹅公窠水肥草美,猪草多得超出她的想象,灰灰菜、济济菜、小野白菜、婆婆丁、琵琶草……争相斗绿,绿得艾兰花眼花缭乱。

那年月,每户人家只允许养一头猪,从年头养到年尾,过年时宰杀。那时的猪,和牛一样,吃的是草,只不过牛吃的是生草,猪吃的是熟草。吃草长出来的猪肉,和吃草生出来的牛奶一样鲜美。艾兰花家养的猪,每年都是村里最大最肥的,这里头有艾兰花的汗马功劳。

艾兰花扯的猪草,鲜嫩肥美,品种丰富,久而久之,她家的猪胃口变刁了,有点挑食,一般的猪草不吃。为了寻找高质量的猪草,爱猪敬业的艾兰花,总是到人迹少至的山窠里去探索发现。人迹少至的山窠离村较远,来回要走一两个小时,艾兰花每次都带着干粮,中午随便应付一餐,争分夺秒扯着猪草,直到下午二三点,才挑着一担沉甸甸的猪草回家。

艾兰花很兴奋,也很紧张,她从未在其他山窠见过如此茂盛的猪草,飞快地扯着,每隔一会儿,抬起头望一眼路口,生怕不速之客闯进来,瓜分她的猪草。

当艾兰花第九次抬起头朝路口张望的时候,一个熟悉的身影闯进她的视线,那身影东张西望,脚下磕磕碰碰。

"茶花!你来做什么?"艾兰花直起婀娜的腰身,朝那个身影大叫。

艾茶花:"姐,可找到你了,赶快回家!"

艾兰花:"回家做什么?"

艾茶花:"有急事!"

艾兰花:"什么急事?"

艾茶花:"回家就知道了。"

艾兰花:"那猪草怎么办?还没扯完呢。"

"都什么时候了,你还有心思扯猪草,快回家吧。"艾茶花急得直跺脚。

艾兰花恋恋不舍望了几眼没扯完的猪草,把扯好的猪草匀成两份,捆紧,将茅担两头插进猪草,挑在肩上,跟在茶花身后,快步回家。长及臀部的大辫,像一条尾巴被固定、头朝下的黑蛇,曼妙而有节奏地舞动着。

茅担和扁担一样,都是竹子做的,不过,扁担身子是扁的,两头是平的,什么都能挑;茅担身子是圆的,两头是尖的,专门用来挑猪草。做扁担的竹子粗,至少有饭碗碗口粗,一段圆竹一分为二;做茅担的竹子细,只有标枪那么粗,茅担既然是圆的,自然不开膛破肚。

如果茶花不来叫艾兰花,她至少要忙到下午三点多,才能把鹅公寨的猪草全部扯完。把鹅公寨的猪草全部扯完,捆成两捆,至少一百斤,挑在肩上,茅担压得弯弯的,咯吱咯吱地响着,好听极了。重压之下,艾兰花曲折的腰身,绷得像一张蓄势待发的弯弓,更加婀娜多姿,好看极了。

此时的猪草,才四五十斤,茅担受力不足,坚挺笔直,挑在肩上轻飘飘的,没有一点质感。

艾茶花越走越快,近乎小跑,艾兰花骂道:"死丫头,你赶去嫁人啊。"

艾茶花转过头,眼睛红红的:"我才不赶去嫁人呢,要嫁人的是你!"

艾兰花:"你说什么?"

"人家都上门来相亲了!"艾茶花拾起一颗鹅卵石,狠狠扔了出去,擦了一把夺眶而出的眼泪,飞身往家里跑去。

艾兰花的步伐一下乱了,心也乱了,感觉背上的辫子,都要乱了。

艾兰花心神不安走近家门时,姑姑婶婶春风满面迎了出来,抢着接过茅担,几个调皮的孩子朝她做着鬼脸。

艾兰花走进家门口,斜眼望去,厨房里妗妗伯母喜笑颜开,切菜的切菜,烧火的烧火,炒菜的炒菜,桌上放了很多炒好和没炒好的菜。

艾兰花走进客厅,叔叔、伯父、爸爸、大姐夫都在,还有几个不认识的陌生人。

所有人都对她露出灿烂而神秘的笑容。

艾兰花无可适从,走进厨房。大姐和妈妈看到她非常高兴,好像几年没见面似的。大姐脸上的雀斑,好像一下淡了许多。母亲脸上的皱纹,似乎一下浅了不少。

艾兰花系上围裙捋起袖子,帮忙煮饭,妈妈拦着她说:"厨房不要帮忙,你休息一会去梳妆一下。"硬把她推出厨房。

艾兰花回到卧室往客厅偷看,注意到陌生人当中的那位年轻人,个头一米七左右,上穿一件蓝色翻领衣服,下穿一条黑色裤子,脚穿一双白得耀眼的回力鞋,头圆耳大,浓眉大眼,嘴宽唇厚,不好看,也不难看,一副呆样,低着头感觉很老实!

陌生人当中,还有一个戴着绿军帽、男不男女不女的人,手里始终拎着一个黑拎包,不停地抽着烟(两耳还夹着两支烟),不住地说着话。

艾茶花不知什么时候悄悄走到艾兰花身边,扯了扯她的衣角:"姐,妈妈要把你嫁给那个人,叫涂文保,糊涂的涂,好古怪的姓。那个抽烟的女人,是媒婆,大人都叫她郑主席,奇怪咧,我们国家除了毛主席,还有别的主席么?"

艾兰花把手指伸进嘴里,轻轻咬着,一张脸灿若桃花,不知是害羞还是喜悦,忧伤还是幸福……

2

艾兰花那个村子,叫石井坑,离石牛水泥厂一百六十多里。石井坑十分落后,落后到何种地步呢？落后到直到世纪之交，还停留在"手机根本没有讯号,电视只有一两个频道,交通只有一条羊肠小道,信件经常收不到,天一黑就上床睡觉,经常能听到鸟叫"的地步。

嫁给涂文保之前,艾兰花不知电影和报纸为何物,从来没有坐过汽车,第一次坐汽车进城和涂文保定亲时,觉得汽油比菜油还好闻,下车后追着汽车跑,还想闻一闻汽油沁人心脾的好味道。

艾兰花姐妹四个,她是老三,上面两个嫁得比较潦草,老二因为受不了丈夫虐待,跟一个四川篾匠跑了。老大那口子倒是不错,可惜英年早病,是个什么也干不了的药坛子。村人一致认为艾兰花嫁给涂文保很合算,从此艾家一家人有了靠山,可以靠在涂文保这棵大树下歇凉。

艾兰花做梦想不到,半年后第二次见到的涂文保,和上次见到的那个涂文保,居然不是同一个人。

这次见到的涂文保,身高不到一米六,脑袋好像一枚炸弹,随时都要爆炸,瘦削粗糙的瓜子脸,颧骨高耸,两颊深陷,一双尖耳朵、一只蒜头鼻和一张血盆大口,一口糙牙又黑又黄,两颗大门牙露天,唯一出彩的是那双眼睛,虽然不大,却炯炯有神,眼珠好似燃烧的烟头,灼灼逼人。脑袋下面是一个过长的脖颈,脖颈下面是一个短得不成比例的干瘦身躯,像根水分不足的歪脖子硬木,坚硬得难以扭摆。

那天,父母特意把涂文保修饰了一番,看上去依然像出土文物,早上才穿上的新衣服,到了中午,也就是艾兰花抵达之前,就弄脏了。更要命的是,艾兰花抵达前十分钟,涂文保拉了一泡尿,忘记把裤裆开口上的纽扣系上,露出里面的绿秋裤,秋裤前面的开口没有扣子,于是又露出更里面的白水裤(短裤),水裤当然没有开口,但关键部门有邮票那么大一片新鲜的黄斑,等于露出最里面的生殖器。

也许是因为激动,也许是出于紧张,吃饭的时候,涂文保鼻孔里已经封冻的"黄河"突然解冻,发出窸窸窣窣的响声。开始,他还能控制水流,不至于决堤。可是,当他目不转睛地盯着艾兰花时,便一泻千里泛滥成灾。身旁的老父猛地踢了儿子一脚,涂文保这才回过神来,惊天动地猛地一吸,但覆水难收,已经来不及了,下意识抬起胳膊,往鼻子上一抹,黄河暂时断流。黄河断流了,口水又出现管涌,美酒美味再加上美色,使得涂文保彻底忘记自己的身份,身份一忘记,形象也就用不着顾及,不管三七二十一,抬起胳膊左右开弓,两条崭新的袖子,很快龌龊得像猪场饲养员的袖套。

尽管艾兰花已经饥肠辘辘且八个月不知肉味,面对那桌比她家年夜饭还丰盛的见面饭,却一点胃口也没有。与其说是涂文保的丑貌倒了艾兰花的胃口,还不如说是涂文保的丑态倒了艾兰花的胃口,涂文保的丑貌,完全超出她的心理承受范围。

更让她难以忍受的是,涂文保和他的父母,还有那个男不男女不女的郑主席,居然合伙把她骗了,还骗得理直气壮。

面对艾兰花愤怒的质问,郑主席面不改色心不跳:"我们这么做,也是出于无奈,怕你只看表面不看本质,只看长相不看人品,涂文保同志虽然长得难看了些,但为人老实善良,两次被评为先进工作者。工人阶级长得再不好看,也是领导阶级嘛,工人阶级领导一切,你要珍惜这桩婚姻啊,过了这个村,就没那个店了。"

艾兰花针锋相对:"领导阶级怎么了?领导阶级也不能骗人呀,我不在乎嫁给一个丑八怪,但打死不会嫁给一个骗子,我父母也不会同意把我嫁给一个骗子,你们都是骗子。我们农民虽然穷,多少还是有点志气的,我们农民高攀不上你们工人阶级。"

艾兰花甩袖而去。

老父见状,又踢了一脚涂文保,这一脚踢得比较狠,涂文保吃痛,含糊不清地叫了起来,他正手嘴并用,津津有味地啃着一只大鸡腿。

老母拎起筷子,往涂文保脑门戳去:"呆子,都什么时候了,你还有心思吃,快追呀,把人追回来。"

涂文保这才意识到事态严重,霍地站起,将桌子板凳弄得稀里哗啦乱响,却舍不得放下那只鸡腿,一边啃一边追了出去,两只脚掌噼里啪啦,仿佛一只受惊的鸭子。

艾兰花速度好快,身子一拧一拧的,屁股一颠一颠的,辫子一抖一抖的,转眼走出粉尘迷漫的石牛水泥厂。

涂文保冲着艾兰花的背影大叫:"兰花,等等我!"

艾兰花走得更快了。

涂文保三下五除二将鸡腿囫囵吞进肚子,撒开脚丫子追了上去,张开双臂拦住艾兰花:"有话好说,别走嘛。"

艾兰花尖叫起来:"你别动我!"

涂文保用力吸了一把鼻涕:"你回去,我就不动你。"

艾兰花:"打死我也不跟你回去!"

涂文保:"拼死我也要把你弄回去!"

于是,两人老鹰捉小鸡似的较上了劲,涂文保张开双臂叉开双腿步步逼近,艾兰花缩手缩脚步步后退。突然,涂文保猛地一个扑跃,将艾兰花紧紧搂在怀里。

涂文保比艾兰花矮一个头,那颗炮弹似的脑袋,埋进艾兰花蓬勃的胸脯,口水打湿了双乳。艾兰花又急又羞又恼又恨,一口咬住他的右耳,涂文保松开手,捂着鲜血直流的耳朵,嗷嗷乱叫。

艾兰花趁机脱逃。

艾兰花沿着马路,顺着来时的方向一口气跑出五六里,感觉安全了,才放慢脚步,又走了十几里,来到一个村庄,天已经黑了。艾兰花不敢往前走,也走不动,见村头有一座亭子,走进一看,还挺干净的,时值初夏,天气不冷不热,在里面将就了一夜。

艾兰花不怕夜的狰狞,也不怕举目无亲,怕的是坐不上车。此前,艾兰花去过最远最大的地方是镇上,县城对她而言,省城般遥远广大,如果坐不上车,也许永远也回不到石井坑。

天亮后,陆续有人走到亭子里候车。艾兰花这才知道班车经过这里时有停,心里一块石头终于落地,一时间竟然百感交集。来县城前,她听人说,班车只在有站点的地方停,否则哪怕公社书记拦车,司机也不停车。那时候,县城开往乡下的班车少得可怜,一条路线一天只开一趟,司机比公社书记还派头。

艾兰花顺利坐上班车,顺利回到石井坑。

3

艾兰花逃得过初一,逃不过十五。

转眼一年过去了,涂文保的媒婆、厂工会主席郑火秀见女方迟迟没有动静,遂带领包括涂文保在内的八大金刚,硬是把艾兰花抢了来。

身材高大的郑火秀抽烟喝酒,瘾挺大,耳朵上经常夹着一根香烟,嘴巴里经常冒出浓烈的酒气,胳膊和大腿上的汗毛,比欧洲女人还茂盛,睡觉的时候,呼噜山呼海啸。郑火秀从来不穿花衣服,从来不留长发,基本不穿皮鞋,大多时候穿的都是工装和劳保鞋。由于她患有偏头疼的毛病,头发又掉得厉害,脑袋日益沙漠化,不得不一年四季戴着一顶帽子。只不过夏秋两季戴的是薄薄的军帽,春冬两季戴的是厚厚的呢帽。要不是她结婚并生了三个孩子这两个明摆着的事实,时刻提醒着人们,谁也不会把她当女人看。

抽烟喝酒的女人难对付,对付起工人来却游刃有余。工人对郑火秀亦心服口服,最让人佩服的是,她一手解决了包括涂文保在内的八大金刚的婚姻大事。

八大金刚皆是建产初期,从周边农村招来的老光棍和小光棍,最老的年近五十,最小的二十八岁,或四肢发达头脑简单,或四肢不发达头脑简单,嗜酒如命,醉酒后必闹事以助兴,动不动拍车间主任乃至厂长桌子。八大金刚性严重压抑,荷尔蒙极度过剩,骚扰民女偷看女工洗澡等恶性事件,时有发生,是一群货真价实的危险分子。

别看涂文保四肢既不发达头脑又十分简单,色胆却大得可以包下一头大象,曾经在工友的怂恿之下,以迅雷不及掩耳的巧妙手法,把一个上夜班打瞌睡的女工裤子褪下,拔下两根葳蕤的阴毛。凭着这两根阴毛,涂文保从工友手上换得一包香烟和一瓶白酒。

为了稳定厂心,让八大金刚安心生产,按照现在的说法,就是以人为本,厂领导班子经研究决定,要将八大金刚的婚事当作一项政治任务来完成。这个光荣而又艰巨的任务,当仁不让落到郑火秀身上。

当年的老百姓,给石牛水泥厂工人起了个外号叫水牛公。那时没有除尘设备,一个班上下来,除了眼睛里的两点白,全身上下灰蒙蒙的,打个喷嚏都要喷出一钱灰来。还有一种叫法,日本鬼子。水泥工人头上戴的那顶蓝色披肩防尘帽,和小日本侵略中国戴的军帽雷同,故有此称。

八大金刚干的都是最苦最累最脏的工种:破碎、拉料、烧窑、倒磨。

石牛水泥厂地处城郊,加上太脏,水泥工人地位很低,别说社会上的姑娘瞧不起,就是附近的民女也掩着鼻子嫌弃,生怕嫁给他们,生的孩子也是一股子水泥味。本厂的妞儿,只要生理上没有明显缺陷,万不得已,绝不就地取材,纷纷削尖脑袋往城里嫁,再不济,也要嫁给一墙之隔的电炉工人。

在这种逆境之下,郑火秀没有被困难吓倒,拎着个人造革黑提包,走村串户,媒婆之道越走越远越走越宽阔,田头地角桌上灶边,与那些有女待嫁的农民打成一片,凭着三寸不烂之舌,连哄带骗加抢,竟然在短短五年内不辱使命,给八大金刚统统找到了老婆,一时轰动全厂,声望鹊起,受到地区工会主席亲自接见,被评为地区劳模。

八大金刚感激涕零,集体认她作干娘,她也不谦让,大摇大摆轮流上他们家,大碗喝酒大块吃肉,兴致来了,还将袖子抢胳膊,划上几拳。

八大金刚当中,涂文保难度最大。郑火秀说大了舌头,终于在遥远的石井村,说动艾兰花父女。

艾兰花像手电,照到哪个男人心里,哪个男人心里亮堂堂热辣辣。涂文保心里更是亮得和热得,好似燃起一场百年不遇的森林大火,如今艾兰花逃跑了,带走了光明,涂文保心里一片黑暗,伸手不见五指。

涂文保心里那个苦啊,无处发泄,先是用粉笔在立窑窑体"画"下一首打油诗:美不美,看大腿;馋不馋,看乳房。

这首打油诗在石牛水泥厂已经流传了好一阵子,原创是跳蚤。那天,涂文保叫跳蚤把打油诗写在纸上,然后依葫芦画瓢,画到窑体上。涂文保只念到三年级,自己名字写不清楚,领取工资、奖金、劳保的时候,统统盖私章。立窑窑体呈圆柱形,直径达十米,有六层楼高,为了让打油诗醒目,不被人擦掉,涂文保不惜冒着生命危险,从窑顶系绳而下,悬在半空,艰难画下那十二个大字。

老厂长看后勃然大怒,要涂文保把字擦掉,涂文保脖子一挺,我要是掉下摔死怎么办,厂里评我当烈士啊?老厂长说,你写的时候,怎么不怕掉下来?涂文保嘻嘻笑道,那天我喝了一斤五加皮壮胆,你要给我两斤五加皮,我就把字擦掉。老厂长拿他没办法,踢了他一脚:"妈个巴子,你喝尿去吧,下不为例,小心老子扒你的皮。"

涂文保烂笑道:"扒身上的皮,还是扒鸡巴上的皮?"

老厂长又踢了他一脚:"扒你的脸皮。"

涂文保:"我的脸皮最厚了,不怕你扒。"

老厂长:"不怕扒是吧,那老子把你扔进窑炉,烧你狗操的。"

老厂长的一句戏言,竟然成为谶言,这是后话。

窑体上的打油诗粉迹未褪,涂文保又袭击了一位女工的乳房和屁股,那是位未婚女工,长得不怎么样,自尊心极强,寻死觅活的,更要命的是,她男朋友是社会上的地痞,借机生事,威胁老厂长如果不把他女朋友调到办公室,他就把老厂长的办公室砸了,把涂文保的鸡巴割了。最终虽未得逞,却把老厂长搞得焦头烂额。

这事过后,老厂长把郑火秀叫到厂门口,指着大门两边柱子上的标语说道:"'高高兴兴上班来,平平安安回家去',火秀啊,像涂文保这些金刚,首先得有个家,他才能够高高兴兴上班来,平平安安回家去啊。不然水泥厂不得安宁,我也不得安宁啊。"

老厂长说完,重重拍了拍郑火秀的肩膀。

第二天,郑火秀便带着涂文保的父亲,二赴石井坑。

这一次,他们带去三尺的确良、三尺咔叽、两条大前门香烟、两斤冰糖。艾兰花父母

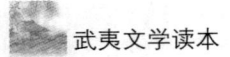

礼照收,就是不明确表态,一再强调女儿还小,婚姻大事不急,男方等得起就等,等不起千万别耽误自己,不要在一棵树上吊死。

两个月后,涂文保父亲又带着三尺呢绒、两斤红糖、五斤线面,单独前往石井坑,艾兰花父母还是那副爱嫁不嫁的德行。

4

郑火秀忍无可忍,这是公然藐视工人阶级,你不仁,我只好不义!于是率领八大金刚和保卫科长一行九人,浩浩荡荡奔赴粮票大小的石井坑。

除了保卫科长,郑火秀和八大金刚一律身着工装,脚穿劳保皮靴。劳保鞋轮胎底、牛皮面,一只有一斤多重,把石井坑的地皮踩得一颤一颤的。那阵势,仿佛鬼子进村。

保卫科长头戴大盖帽,身穿公安装,脚蹬二接头皮鞋。除了皮鞋,制服和大盖帽,都是郑火秀让保卫科长从派出所借来的。

郑火秀他们的到来,惊动了石井坑的天和地,惊动了石井坑的山和水,惊动了石井坑的人和兽。一时间,人们奔走相告,鸡飞狗跳,猪牛坐卧不安,恨不能冲出猪圈牛栏,跑到艾兰花家里看热闹。

石井坑男女老少五六十号人,开始还有点同仇敌忾共御外侮的气概,当郑火秀从她的黑拎包里拿出一条大前门香和一大包小白兔奶糖;当金刚们给每人分了两粒奶糖、男人加外两支香烟时,他们恨不得箪食相迎,孩子呵斥乱叫的狗,女人帮忙端凳烧水。

男人则近前寒暄,甲说,你们的衣服真好看;乙说,你们的鞋子真高级;丙说,你们工人真神气;丁说,你们工人真幸福。甲问,你们一年发几件衣服;乙问,你们一年发几双手套;丙问,你们一年发几条肥皂;丁问,你们一年发几个口罩。

金刚们何曾受过如此礼遇,一个个意气风发起来,仿佛自己是世界上最神气、最幸福的人,昧着良心往死里说石牛水泥厂和石牛水泥厂工人的好话。

涂文保更是忘乎所以,大大咧咧道,告诉你们,我们工人老大哥,除了老婆孩子,什么都是发的。

丙问涂文保:"大哥,你成家了吧?"

涂文保气吞山河,猛地一吸鼻涕,抬起右脚,将一颗凸出地面、鸡蛋大小的石头踢飞。涂文保双腿呈内八字形,走起路来像五六岁的小孩,拖着脚跟,站立不稳,由于用力过猛,身体失去重心,石头被踢飞的同时,自己也重重跌坐在地。

大家忍不住哄笑起来。

涂文保摇摇晃晃站起来,一声不吭,拖着脚跟,上茅坑小便去了,屁股沾了一层黑泥。

A金刚问丙:"你知道他是谁吗?"

丙:"他是谁?"

A金刚:"他是涂文保。"

丙:"怎么有两个涂文保?"

A金刚:"两个涂文保?我听不懂你的话。"

丙:"上次来相亲的那个人,不也叫涂文保吗?"

A金刚:"噢,那是假涂文保,他是涂文保的表哥,叫涂金山。"

丙:"涂金山是做什么的?"

A金刚:"他是演员。"

丙:"演员?怎么一点看不出来,他演过什么电影?"

A金刚拍了拍丙的肩膀:"演员不一定要演电影,有些人天天都在演戏,你明白我的话吗?"

丙想了一会,突然大笑:"哈哈,我明白了,就是人前扮人相,鬼前扮鬼相,见人说人话,见鬼说鬼话。"

丙又说:"这个真涂文保,不用演戏了,他是艾兰花未来的男人。"

B金刚:"不是未来,是今晚!"

C金刚:"今晚来不及,那就明晚!"

D金刚:"反正不是今夜就是明晚,跑得了和尚跑不了庙,躲得过初一躲不过十五。"

E金刚:"涂文保癞蛤蟆要吃上天鹅肉了,啧啧啧。"

正说着,涂文保小便回来,大摇大摆的,好像完成了一件大事。刚才,他裤子上的门钮还是系着的,上完茅坑,忘了系上,露出里头的红秋裤。幸好,他这次穿的秋裤没有开口,不至于进一步露出里头的水裤。

甲是艾兰花的堂弟,刚从山上砍柴回来,双手紧紧握住涂文保的手。"原来你就是姐夫啊,姐夫,你能不能送我一双手套啊?我还从来没有戴过手套呢,"甲松开手,摊开两掌,"姐夫,你看我这双手,糙得跟松树皮一样,剁下来喂狗,狗都不吃。"

涂文保受宠若惊,激动得鼻涕横流,抬起右手,气势磅礴地擤出一大泡腥黄的鼻涕。一般人擤鼻涕,都是用拇指或者拇指和食指并用,他却用拇指、食指、中指三个手指,而且掌心对着嘴巴,鼻涕全部泄到掌上。真是鼻涕横流,方显狗熊本色。鼻涕泄到掌上,他自然要往地上甩,左甩右甩甩不干净,就把手掌往袖子或者裤管上擦,久而久之,袖子和裤管仿佛上了一层透明的油漆,怎么洗都洗不干净。

涂文保用擤过鼻涕的那三根手指,捏出一根大前门,递给甲,又捏出一根,叼在嘴上。甲连忙摸出火柴,给涂文保点上。涂文保深深吸了一口,把烟夹在手上。别人夹烟,都是夹在中指和食指顶端,无名指和小指向内弯曲,或者无名指、小指和拇指一齐向内弯曲,涂文保却把烟夹在食指和中指根部,无名指、小指、拇指全部张开,当他把烟送到嘴上时,整个掌心好像捂在嘴上,当手掌离开嘴时,掌心不可避免地沾上少许鼻涕。

涂文保拍了拍甲的肩膀,"那还不是小菜一碟,我和你姐的事要是成了,我不仅送你一双帆布手套,还要送你一双牛皮鞋,"涂文保用力跺了跺脚,"喏,就是脚上这种,十几块一双呢,有钱都买不到,一脚可以踢死一条狗。"

乙、丙、丁纷纷以艾兰花邻居、表叔、堂伯身份自居,希望金刚们今后在艾兰花回家探亲的时候,能够捎上一双手套或者一条肥皂送给他们。

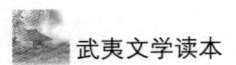

郑火秀见八大金刚被石井坑的男女老少围在圈里,向保卫科长使了个眼色,将艾兰花和她父母叫到屋里,保卫科长轻而又轻地关上门,好像合上一本辞典的封面。

艾兰花家的房子年久失修,东倒西至,不得不用几根大拐棍撑着,才不至于塌塌,四级以上的风一吹,它就簌簌发抖,屋顶不断洒落头皮屑似的碎物。

保卫科长之所以那么小心,倒不是他有多绅士,而是怕一用力,房子会应声而塌。

农村的木屋,采光普遍不好,如此破旧的房子,门一关上,光线更不好,房间里的人看上去鬼鬼祟祟的,好像地下党接头。

郑火秀从黑拎包里拿出一个牛皮纸信封,递给艾兰花父亲:"老叔,这里面是三百块钱、一百斤全国粮票、三十尺布票、二十斤糖票,你数一数。"

光线实在是太暗了,艾兰花父亲根本无法清点钱票,保卫科长掏出随身携带的手电,他才伸出枯枝般的手指,沾着口水,一张一张地点着,一共点了三遍。钱票数目之大,完全超出他的想象,透过他那双颤抖手,不难看出他内心的激动。艾兰花的母亲,眼睛则放出金属的光芒。

艾兰花始终低垂着眼睑,无动于衷。

郑火秀说:"老叔,我女儿去年出嫁,也没收这么多,你女儿金贵啊,这事就这么定了吧?"

艾兰花父亲:"定了,就这么定了。"

郑火秀:"那我今天就把人带走。"

艾兰花父母大吃一惊,异口同声:"今天就走?"

郑火秀:"是的,今天就走。"

艾兰花父亲:"日头过午了,你们不怕走夜路?路上有野兽呢。"

郑火秀:"我们工人不仅有力量,还有的是胆量,不怕走夜路,就怕夜长梦多。这次我把公安同志都带来了,路上的安全是不用担心的。"

保卫科长挺直身子,拍了拍腰部,发出金属的声音。

艾兰花父母立即紧张起来:"那我们就不留你们了。"

沉默不语的艾兰花,突然哀怨地叫了一声"爸妈"。

艾兰花母亲:"闺女啊,儿大不由娘,别怨妈不留你。"

艾兰花父亲:"你个没脑筋的,还愣着干啥,快去收拾东西呀。"

5

艾兰花没有闭月羞花之容沉鱼落雁之貌,却有异军突起之乳和肥硕结实之臀,令人神魂颠倒的是,她的眉心长着一颗鲜艳欲滴的美人痣。没有这颗痣,艾兰花是一个通俗的女人;有了这颗痣,艾兰花则是一个脱俗的美人。

工友们都嫉妒涂文保癞蛤蟆吃到了天鹅肉,结了婚的,后悔得直跺脚;没结婚的,则把色迷迷的目光投向广阔而偏僻的农村。

涂文保是质量最次、最后一个结婚的金刚,老婆却最漂亮,为郑火秀的媒婆生涯画上一个完美的句号。

新婚之夜,早有预谋的工友把涂文保灌得烂醉如泥,闹洞房的时候,趁机向艾兰花实施性骚扰,一对大奶子都被掐紫了。

闹得最凶的是跳蚤。

跳蚤不动手,只动嘴。跳蚤让新娘猜两个谜语,猜出了,罚他喝三杯酒;猜不出,罚新娘亲他一个,不亲嘴,亲脸。

第一个谜语是:面对面站,甩开膀子大干,出了一身汗,为了一条缝。打一动作。

艾兰花很聪明,一下就猜出来了:拉锯。

跳蚤却说不是。艾兰花问他是什么?跳蚤说很简单,就是今晚你和涂文保要大干快上的事情。

一个没结婚的工友问:"跳蚤,什么叫大干快上?"

跳蚤指着一个结了婚的工友说:"你用现身说法解释一下。"

工友:"我已经很久没有大干快上了。"

跳蚤:"那,还是让新娘子说吧。"

艾兰花满脸通红,流出来的汗好像都是红的:"我说不出口。"

"说不出口,那就动口。"跳蚤涎着脸贴到艾兰花跟前。

逼上梁山啊,没办法,在工友们的起哄之下,艾兰花半推半就,亲了一下跳蚤的左脸。

第二个谜语是:一上一下,左一下右一下;一进一出,先进后出;不动不行,越动越行。也是打一动作。

这回艾兰花没猜出来。

跳蚤得意扬扬地告诉她,谜底是打毛衣。

没办法,在工友们更加汹涌的起哄之下,艾兰花又半推半就地亲了一下跳蚤的右脸。

其实跳蚤的两条谜语都有两种谜底,无论猜出还是猜不出,都要受罚。

尽管被跳蚤占了便宜,艾兰花却对他留下深刻印象。

都说咱们工人有力量,涂文保在床上的力量却非常弱小,无法进入艾兰花土地般厚实的身体,后来在郑火秀的指导下,才勉强挤进去,停留的时间异常短暂,短暂得像天上划过的流星,空中炸开的礼花。

无知加上无能,涂文保和艾兰花一致以为,男女之事就那么回事,一点意思没有。对涂文保来说,做爱还不如喝酒;就艾兰花而言,做爱还不如做家务。

女儿出生后,涂文保还想要个儿子,艾兰花愣是没生不出来。问题出在艾兰花身上,根子却在涂文保身上。艾兰花的土地那么肥沃,莫说播种,就是插根扁担,也能发芽生根长出笋来,但是,艾兰花不愿再跟涂文保生孩子,女儿五岁那年,瞒着涂文保去上了环。如果在这五年里,涂文保深耕细作,艾兰花莫说一个、两个儿子都生得出,说到底,还是功夫不到家,削尖脑袋也只能楔入地表,终究进不了地层。

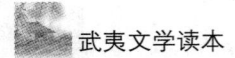

涂文保生孩子，靠的不是实力，而是运气。运气是不会再次惠顾一个没有实力的男人的。涂文保力不从心地在艾兰花身上苦干、白干了两年，精气泄了，元气伤了，无力自拔，沦为一条不折不扣、结了婚的光棍。艾兰花也烦透了涂文保没有质量的耕耘和蹂躏，索性上了环。

既然两人对打毛衣不感兴趣，甚至产生逆反心理，那就没有必要睡在一起。艾兰花觉得，和涂文保睡在一起，跟乞丐睡在一起没有本质上的区别。涂文保太不讲究卫生了，不刷牙也就罢了，居然不爱洗澡。作为一个窑工，不爱洗澡，那是很恐怖的。窑工是水泥厂最脏的工种，一个班下来，整个人跟稀泥里拔出的萝卜一样，看不到白，窑工们恨不得把自己的皮剥下来，浸在肥皂水里泡半天，再放到搓衣板上使劲搓啊搓，把毛孔里的粉尘搓出来。

天热的时候，涂文保还能坚持两天洗一个澡，天气一冷，则三五天洗一个澡。涂文保从来不刷牙，牙垢有两三毫米厚，牙垢和牙齿本身一样，又黄又黑，还有那么一点红。他患有过敏性牙龈炎，莫说被撞击，一激动，牙龈都会出血。涂文保本来是刷牙的，但每次都刷得满嘴流血，仿佛女人初潮，就不敢刷了。他一张嘴，好似打开窨井盖，恶臭不绝如缕。浓烈的口臭加上体臭，使得涂文保身上有一股成分复杂、让人窒息的怪味，再加上经久不息的鼾声（涂文保患有鼻窦炎，鼻孔里长年潜伏着两条呼之欲出的鼻涕虫，打起鼾来十分有特色，时而机器般轰鸣作响，时而瀑布般飞流直下），和这样的男人同床共枕，别说性欲，食欲都没有。

但是，跳蚤改变了艾兰花。

跳蚤是食堂总务，工人们都说，石牛水泥厂除了厂长和供销科长，油水最厚的就是跳蚤。跳蚤不仅自己吃得膘肥体重，还经常接济与他有肉体关系的女人。在大多职工营养普遍不良时，跳蚤却营养过剩，荷尔蒙多得像哺乳期女人的乳汁，随时都要溢出乳头。他老婆是个瘦得没有女人特征的女人，因患子宫肌瘤，整个子宫被一锅端，生命之穴宽敞得像和平时期的防空洞，按照跳蚤的下流说法，还不如买块五花肉戳个洞来得舒服。跳蚤趴在她身上，就像漏气的轮胎行驶在鹅卵石路面上，硌得骨头都要散架了。他老婆对那事简直充满深仇大恨，认为办那事好比一根屎棍子在粪桶里搅，恶心死了。己所不欲，勿施于人，好在她并不强烈反对跳蚤这根屎棍子去搅别人的粪桶。

跳蚤和涂文保是酒肉朋友，当他从一次喝酒中得知涂文保对那事没兴趣时，毅然决定背叛涂文保。

跳蚤好酒，但是从来不一个人喝酒，他认为一个人喝酒好比手淫，毫无意义，而且他从来不在食堂喝酒，那样看上去显得很腐败。跳蚤之所以和一毛不拔的涂文保成为铁杆酒友，主要是涂文保服从命令听指挥，只要跳蚤酒瘾上来了，涂文保绝对随叫随到，风雨无阻，哪怕战火纷飞。

跳蚤酒风不好，喝到一定程度就开始骂娘，从党中央国务院省市县府一路骂下来，一直骂到厂长书记涂文保，无论出语多么恶毒反动，涂文保一律夸他骂得好骂得妙骂得鬼子哇哇叫。

跳蚤骂够了，酒也喝得差不多了。如果这时涂文保还能走动，则回家，动不了，就在跳蚤床上将就一夜。反正跳蚤和老婆长期分居。

跳蚤虽然只有高小文化程度，但口才挺好，顺口溜打油诗脱口而出。跳蚤死后，留下两句千古绝唱：自从来了张自力，工矿企业都倒闭；后来来了黄德纲，全县人民去逃荒。

张自力和黄德纲，是县里实行国企改革期间的前后两位县委书记，一半国有企业是在张自力手上改垮的，一半国有企业是在黄德纲手上卖光的，石牛水泥厂与港商志刚先生的合资，就是张自力盲目追求政绩的"拉郎配"。

6

打上艾兰花的主意后，跳蚤一方面加大与涂文保喝酒的力度，一方面开始收买涂文保的女儿。

一天晚上，喝得投入之际，跳蚤对涂文保说："老涂啊，从明天开始，你去买些菜票。"

涂文保搔了搔头皮，头皮屑纷如雨下，一脸的困惑："买菜票做啥？我又不吃食堂。想买也没钱，离下个月发工资还有十几天，家里只剩下几枚硬币。"

跳蚤摸出一沓菜票，拍到涂文保手里："从明天开始，每天中午叫你女儿到食堂打菜，你不能去，你老婆也不能去。还有，你不要对任何人说我给过你菜票，包括你老婆，记住没有？"

涂文保："你放心，我的嘴巴比地下党还紧。"

跳蚤："地下党也有叛徒，甫志高你知道吧？"

涂文保："知道，他是背叛江姐的大叛徒，你别以为我什么都不知道。"

跳蚤："你要做江姐，千万别做甫志高。"

涂文保："我又不是女的，怎么做江姐？"

跳蚤："那你就做许云峰！"

涂文保："许云峰是谁？"

跳蚤："唉，你这人，我真是高看你了。"

涂文保："你别扯那么多人进来，反正不当叛徒就是了。"

跳蚤："忠不忠，看行动。"

涂文保："你就看好吧。"

当涂文保把一大把花花绿绿的菜票交到艾兰花手中时，还是忍不住说了："跳蚤这个人，真够兄弟，记住，千万不要跟别人说跳蚤给了我们菜票。"

艾兰花白了他一眼："你以为我跟你一样傻？"

跳蚤："你聪明，怎么没有人给你送菜票？"

艾兰花："说不定这菜票就是送给我的呢？"

跳蚤："看把你美的，你以为你是跳蚤什么人，我跟他才是兄弟。兄弟你知道不？有难同当有福共享。"

艾兰花笑了笑,没吱声。

涂文保女儿那个瘦啊,只要在四肢和脖颈上各系一根细木棍,就可以拎起来演皮影。这么一个瘦人儿,连续到食堂打了两个月的菜,身体发生了翻天覆地的变化,脸蛋圆了,胳膊粗了,大腿胖了,屁股翘了,甚至胸脯上也有那么一点内容了。这都是跳蚤的功劳啊。根据艾兰花的指示,女儿每次只买一样荤菜,在端菜返回的途中,她至少要偷吃五分之一。好在跳蚤每次打给涂文保女儿的菜特别多,即使她偷吃了,艾兰花依然觉得多,多得艾兰花心里过意不去,对跳蚤充满感激之情。

作为食堂的最高领导,司务长跳蚤是不用去窗口打菜的,自从送给涂文保菜票后,他每天中午都主动越俎代庖。跳蚤事先跟涂文保说好,要求他女儿每天中午提前五到十分钟到食堂买菜,这时候已有三三两两的人在窗口排起了短队。开饭时间到了,跳蚤操起长勺,在买菜人指定的菜盆里舀起一勺菜,握勺的手不停地颤抖着。如果舀的是萝卜白菜,手便抖得轻些;如果舀的是鱼肉,手便抖得重些。跳蚤好像帕金森患者,恰到好处地把鱼肉抖到最少,再倒进买菜人的盘子。轮到涂文保女儿的时候,跳蚤的手一点都不抖了,伸向菜盆(当然是盛着鱼肉的菜盆)和扣向涂文保女儿饭盒的长勺狠、准、稳、快,整个过程行云流水般一气呵成。涂文保女儿反应也很快,跳蚤手中的长勺一移开,她便将饭盒盖上,生怕后面的人看得太真切,一路小跑离开食堂。

涂文保女儿一走,跳蚤的手又抖了起来,不耐烦道:"下一个,快点!"打了三四位之后,把长勺递给一旁的炊事员:"我有事,你接着来。"

炊事员脸上露出一丝不易察觉的冷笑,接过长勺,手比跳蚤抖得还厉害:"下一个,快点!"

两个月后,菜票没了。

当涂文保吞吞吐吐要跳蚤再给他一些菜票时,跳蚤瞪大眼珠道:"你以为别人是瞎子啊,群众的眼睛都是雪亮的,已经有人说闲话了,再给你菜票,弄不好我就去号子里吃稀饭。涂文保,你真是人心不足蛇吞象。"

涂文保不吭声了,勾头喝酒。

跳蚤盯着他,也不吭声,过了一会儿,"噗"地笑出声来,拍了拍他的肩:"这样吧,从明天开始,我到你家里去喝酒。"

涂文保:"到我家喝酒?好啊,我请你喝西北风。"

跳蚤:"我不会让你喝西北风的,我自带酒菜,你准备好杯子碗筷就行了。"

涂文保受宠若惊,人一激动,鼻涕就出来了,一连抹了几把鼻涕,激动得连话都说不出来,牙龈溢出一缕血丝。

跳蚤搂住他的肩:"老涂,你放心,只要有我锅里吃的,就有你一家三口碗里吃的,谁叫我们是兄弟呢,什么叫兄弟,兄弟就是有衣同穿,有钱同花,有饭同吃,有酒同喝,有难同当,有福同享。当然了,有老婆不能同睡。今后我们就是一家人了,一家人不说二话。"

涂文保将沾满鼻涕的双手搓了又搓:"对对对,一家人不说二话。今后,你的就是我的,我的就是你的,除了老婆和女儿。"

跳蚤:"朋友妻不可欺,这个你尽管放心,我跳蚤绝对不是那种人。不过,你女儿我还是想要的。"

涂文保:"那可不行,桥归桥路归路。"

跳蚤:"你看你,我当她干爹还不行吗?你放心当你的亲爹。"

涂文保:"嘿嘿,那还差不多。"

从此,跳蚤送货上门,油水源源不断地运往涂文保家:前天一包味精,昨天半瓶菜油,今天一块肉,后天一条鱼,冷不丁的,还有半只野兔,那是跳蚤从山上打来的。

跳蚤是个业余猎手。

石牛水泥厂环厂皆山,那时候,山上的林子保护得很好,林子保护得好,兽丁自然兴旺。更重要的是,人们对动物普遍心存敬畏之心,尤其农民。那时候,农民只吃山羊、野兔、野鸡、野猪等野生动物,像老鹰、猫头鹰、穿山甲、狐狸、黄鼠狼、蛇类是基本不捕也不吃的,他们认为只有邪恶的人才吃这些玩意并且要付出沉重代价(比如患病折寿),也就是说那时的人们对某些野生动物还存在着一种原始的敬畏之心。偶然捡到一只受伤的穿山甲,却无人敢吃,也没地方可卖,扔了又实在可惜,便怂恿村里的屠夫或者光棍把它吃了,屠夫干的是杀生的活计,生死簿上已经记满了孽债,不在乎再记上一笔;光棍就更不怕了,虽然有折寿的危险,但无子可断无孙可绝,反正没什么后顾之忧。屠夫和光棍虽然天不怕地不怕,烹制穿山甲时却偷偷摸摸的,享用时也不敢光明正大,似乎也怕神灵发现。不像现在,长翅的除了飞机、生腿的除了板凳,无所不吃。那时打猎,首先是出于爱好,其次才是为了满足口欲,至于赚钱,那是不太可能的,根本没有市场。

本来,涂文保一家三口,两个大人养一个小人,收入虽然不高(艾兰花是家属工,工资很低,不享受劳保和医疗待遇),生活还是过得去的,不至于水深火热。问题是,涂文保和艾兰花都是家里唯一的"能人",除了赡养双方父母,还要资助双方兄弟姐妹,负担重于泰山,家徒四壁,常常一月不知肉味。

艾兰花炒菜的时候,总是把锅烧得通红,然后把一根一头缠着棉絮的筷子,往锅底轻描淡写地抹上几抹,菜就下锅了。虽然筷子长年累月插在油瓶里,被油浸透,但由于棉絮体积很小,仅鸽蛋大,即使沾满油,吃油量也十分有限,何况把筷子抽出油瓶之前,她还要在瓶壁上挤一挤,压一压,结果抹在锅底的油,仿佛狂草书法家留在宣纸上的墨宝,淡如雾轻似纱。按照艾兰花的话说,那都是骗眼睛和嘴巴的。

艾兰花家饭桌最经常出现的荤菜,是辣椒炒无头鱼。这种腌制过的、颜色金黄的无头鱼相当便宜,价格一直徘徊在两三元一斤左右,体积香肠大小,肉多、刺少、味美。辣椒炒无头鱼,色、香、味俱全。一天,邻居的儿子——县一中老师到艾兰花家串门,看见桌上的无头鱼,大惊失色,我前不久从报纸上看到,说这种鱼有毒,不能多吃。鱼贩子为了保鲜和弄个好卖相,腌制过程中加入了敌敌畏和硫黄,偶尔吃吃可以,吃多了会导致慢性中毒,甚至患上癌症。跳蚤嗤之以鼻,拣起一块无头鱼往嘴里送,边吃边说,你们臭老九就是喜欢大惊小怪,站着说话不腰疼,我倒是想吃好鱼,可吃得起吗?就是这种鱼,天天吃,也吃不起呢。活着干,死了算,管那么多干嘛。

邻居的儿子直摇头,我不骗你,我从报纸上看来的,你尽量少吃,最好不吃。艾兰花虽然对一中老师的话半信半疑,却下意识减少了买无头鱼的次数,当跳蚤的油水源源不断输进她家之后,她再也没有买过无头鱼。若干年后,艾兰花生活重新陷入困顿,困顿到每天吃霉豆腐的地步,吃得她揪心揪肺地思念无头鱼,可是,她到菜市场里寻寻觅觅,无论如何找不到它,无头鱼已经退出老百姓的餐桌。

不管怎样,与石井坑的父老乡亲相比,艾兰花一家的生活还是不错的,至少有衣穿有饭吃,至少不用吃两餐。石井坑有大半家庭,除了逢年过节,一年四季煮菜不用油,连骗眼睛和嘴巴的那点油都用不起,冬天只吃早晚两餐,莫说无头鱼,鱼腥都闻不上。

对艾兰花来说,跳蚤岂止雪中送炭,简直是大救星。最让她感动的是,跳蚤从来不在她面前摆出救世主的姿态,相反,他是那么谦卑,好像他上辈子欠她的,帮她是应该的。艾兰花实在过意不去,主动让女儿拜跳蚤为干爹。

拜干爹那天,跳蚤送来一斤猪肉、两瓶白酒、三条带鱼、一个红包。那天,跳蚤和涂文保把那两瓶白酒喝了个底朝天。跳蚤事先服了三钱当归,服了当归再去喝酒,不容易醉,何况他只喝了七八两,平时,即使事先不服当归,喝个斤把也不会吐。涂文保平时酒量也就七八两,那天他喝了十二三两,那个醉啊,如果给他做个外科手术,不打麻药,他也感觉不到疼。

酒是从中午十二点开始喝的,喝到两点的时候,干女儿上学去了;喝到两点半的时候,漫不经心打着毛衣的艾兰花,眼皮亲吻着打起了瞌睡;喝到三点的时候,涂文保趴在桌子上鼾声大作,巨大的鼾声把桌子上的空酒瓶和空杯子,震得一颤一颤的。

跳蚤怔怔地望了艾兰花,目光聚焦在眉间的美人痣上。也许是高兴,也许是心有灵犀,滴酒不沾的艾兰花,中午破例喝了一杯。这一杯酒,仿佛星星之火,点燃了艾兰花,迅速在体内形成燎原之势,而那颗灿若桃花的美人痣,简直要窜出火苗来。

跳蚤轻轻叫了声兰花,艾兰花一下醒了,好像在随时听从他的召唤:"有事?"

跳蚤:"麻烦你给我倒杯浓茶。"

浓茶端上来了,跳蚤却不喝,捉住她的手:"兰花,你真好看,你是天下最好看的女人。"

艾兰花扭了一下腰,娇嗔道:"天下那么大,好看女人多的是,你才看过几个?"

跳蚤:"我的天下很小,你就是我的天下。"

艾兰花:"那你什么时候给我当家做主?"

跳蚤顺势一拉,艾兰花坐到他腿上。

跳蚤把蓬松的脑袋埋进艾兰花胸脯:"今天我就给你当家做主,让你翻身得解放,让你云里雾里,天上地下,十万八千里。"

艾兰花看了一眼涂文保,双臂环住跳蚤的脑袋:"不,我要你一辈子为我当家做主。"

跳蚤再也忍不住,一把将艾兰花抱起,大摇大摆走进卧室。

在涂文保鼾声的伴奏下,跳蚤就那样光天化日地把艾兰花干了。

别看跳蚤是个粗人,做起爱来却文质彬彬。跳蚤谨小慎微地解除艾兰花的衣裤,仿佛在剥一件珍贵无比的玉器外包装,然后伸出舌头细心把玩,吻遍她身体每一个角落,吻得那么一丝不苟,那么深刻独到。在跳蚤的召唤下,艾兰花生硬的身体开始柔软,紧张的心情开始放松,生命之门随风潜入夜润物细无声,几乎要淌出涓涓细流……

艾兰花原以为,天底下所有的男女之事都像打毛衣,枯燥无味,当跳蚤舒缓而有力地进入她的身体,才石破天惊,知道自己大错特错,惊叫一声之后,一边流泪一边喊着:"我的天老爷啊!"这么叫不知是出于后悔还是快活。

艾兰花本来是出于感恩才跟跳蚤睡觉的,但是从今以后,哪怕分文不给,她也要和跳蚤打毛衣,一直打到打不动的那一天为止。

跳蚤就这样撑开艾兰的生命之门,沿着她的子宫,纵身一跳,跳进她心里肝里胃里肾里。

7

世界上最难掩盖的就是奸情,奸情好比身着三点式泳装的性感女郎,欲盖弥彰。但是,跳蚤和艾兰花的奸情根本不用掩盖,因为涂文保永远看不见了。

就在跳蚤和艾兰花打毛衣半年后的一个晚上,立窑发生窑喷,强大的热浪裹挟着滚烫的熟料喷出窑体,腾空而起,当班的涂文保被喷出的熟料浇了个正着,烧伤面积92%,深2~3度,几乎体无完肤。全身未被燃烧的只有脸部,事发时他正在打瞌睡,为了阻隔热量,脸上扣了顶藤制的安全帽。

对于水泥立窑生产,国家要求,企业应按规定发放劳动保护用品,加强劳动保护用品的使用管理。烧窑工上岗时,必须认真穿戴规定的劳动保护用品:穿棉织衣服、劳保皮鞋,戴防护口罩、手套和防护镜,严禁穿化纤服装、短裤、背心、凉(拖)鞋,不准卷衣袖和裤脚。这些劳保用品,石牛水泥厂每年都按照规定发放了,问题是看火工根本不按规定穿戴。涂文保出事那晚,室外温度34度,窑上温度少说有四十度(即使在滴水成冰的严冬,窑上温度依然高达30度),那个热啊,按照窑工们的话说,恨不得赤身裸体,把头发、腋毛、屌毛都剔个精光。那么高的温度,用密不透风的棉织衣服、劳保皮鞋,戴防护口罩、手套和防护镜,把自己包裹得严严实实,过不了五分钟,人就会虚脱,莫说穿,说说都受不了。石牛水泥厂建厂以来,这个穿戴规定从来就没有认真执行过,不是不执行,而是根本没法执行,加之从未发生过窑喷事故,无论烧窑工还是厂领导,都习惯掉以轻心。烧窑工只要不穿背心、短裤和拖鞋上班,安全员就不会干涉。

别看涂文保身材矮小,生命力却出奇地顽强,在省立医院挨了半年才断气。医生认为他最多只能熬一个月。

死前,涂文保流着泪,便秘似的便出以下遗言:"兰花,跳蚤是我的好兄弟,我死后,你有难事,尽管找他,他这个人,靠得住。老丫那个尿屄壳,你能管就管,不能管就随她自己,我上辈子没造孽啊,摊上这么个女儿。"

说到这里,涂文保气若游丝,嘴巴张得老大,眼睛里面全是白的,艾兰花以为他不行了,咧嘴刚迸出一句凄切的"我可怜的文保喂",涂文保的眼球突然翻了几翻,翻出黑的来,使劲全身力气,便出最后一句话:"你去求求厂长,把我拉回去土葬,千万别火化,我,我怕疼。"

接着,涂文保微微抬起起头,看了一眼病床对面墙上的那幅田园画,上面画着一棵小树和一座亮着灯的小屋。

尔后,涂文保闭上了眼睛……

涂文保住院期间,跳蚤来看过他一次,可惜当时涂文保昏迷不醒,没说上话。

艾兰花跺着脚号啕大哭。省立医院的住院部,砖木结构,地板是木板,就她这一跺脚,把整座楼房震得微微颤抖。

涂文保尸骨未寒,跳蚤就和艾兰花打起了毛衣,是艾兰花主动和他打的。涂文保活着的时候,艾兰花认为他一无是处。涂文保死了,艾兰花又觉得自己一无所有,有一种上不着天下不着地的感觉。从今以后,再也没有人每月把工资奖金如数交到她手里,再也没有人可以让她打不还手骂不还口,再也没有人流着鼻涕对她傻傻地笑。

从今以后,跳蚤就是她的天,跳蚤就是她的地,她必须化悲痛为力量,尽快拥有这片天这块地,最有效的手段就是和他打毛衣。

亡友还未满七,就和他的寡妻打毛衣,跳蚤良心上着实有点过意不去,开始还扭扭捏捏的,转念一想,他老婆都不在乎,我还装什么正经,不打白不打,打了不白打,活着的时候,我对你不够兄弟,今后我保证对你老婆够男人、对你女儿够干爹,你一百个放心地死吧。

涂文保去世一年之际,艾兰花正式向跳蚤提出结婚请求。

跳蚤跳蚤般跳了起来:"跟你结婚,我老婆怎么办?"

艾兰花:"怎么办?离婚呗!"

跳蚤:"离婚?你说得轻巧!"

艾兰花:"你不离婚,在别人眼里,我们永远都是乱搞。"

跳蚤:"乱搞怎么了?首长乱搞是游龙戏凤,省长乱搞是娱乐活动,市长乱搞是深入群众,县长乱搞是体育运动,厂长乱搞是胡乱打洞,工人乱搞是流氓活动,我们乱搞是感情失控。"

艾兰花狠狠在他脸上扭了一把:"我说的是真心话,你正经一点好不好?我不想和你这样乱搞下去了。"

跳蚤:"周瑜打黄盖,一个愿打一个愿挨,这样不是很好吗?"

艾兰花:"好个屁,偷偷摸摸,做贼似的。"

跳蚤:"天知地知你知我知我老婆也知,整个水泥厂都知道我们的关系,大家都默认了,怎么能说是偷偷摸摸呢?都说妻不如妾,妾不如偷,偷不如偷不着,我现在一点做贼的感觉都没有。"

艾兰花:"你爱打谁打谁去吧,反正我是不愿做什么黄盖了,除非你和我结婚。"

跳蚤不吭声了。

不是跳蚤不想或不敢离婚,而是离婚成本太高。

那年头离婚不是犯罪却是罪过,哪怕双方自愿,不僵持个三两年也难以成功。若一方不同意,难度更大,亲朋好友的阻力,社会舆论的压力,压得你只有招架之功没有还手之力。即使你内心够强大,大雪压青松青松挺且直,战胜了亲朋好友和社会舆论,还有强大的、战无不胜的组织!组织既可以给你无微不至的关怀,也可以给你毫不留情的打击。总而言之,如果在离婚这事上你一意孤行,一条道走到黑,连组织的话都不听,组织上十有八九对你进行"打击报复"。

厂里有位二层领导,因为闹离婚闹得太夸张,影响了工作和厂风,厂领导对他进行说服教育,他非但不买账,还讥讽他们不懂爱情。厂领导大怒,把他从车间主任降至副主任、班长,一贬再贬,一直贬为普通工人,婚却没有离成,得不偿失。跳蚤要是闹离婚,司务长肯定当不成,司务长当不成,他的人生还有什么价值呢?他跳蚤当不成司务长,你艾兰花母女也就无香可吃无辣可喝!

可是,艾兰花宁愿不吃香不喝辣,也要和跳蚤结婚,否则从此和他断绝关系,再也别想和她打毛衣。如果是其他女人,跳蚤也就脱衣服似的脱了,艾兰花不同,艾兰花是贴心的背心,已经深深陷进肉里,想脱也脱不下来。自从和艾兰花好上后,其他女人在他眼里都成了残羹剩饭,艾兰花对她而言好比鸦片,他既然好上这一口,想戒是绝对戒不掉的。

那就离吧,那就闹吧,了不起下放到车间改造,总不至于开除。离婚毕竟不是杀人强奸,不是偷盗抢劫,更不是叛国者反革命。

跳蚤老婆允许跳蚤乱搞,决不允许跳蚤和她离婚,这也是她允许他乱搞的前提和条件。跳蚤老婆隔三岔五跑到工会,眼泪一把鼻涕一把,向郑火秀控诉跳蚤和艾兰花。

8

郑火秀做不通跳蚤的思想工作,改变策略,决定从艾兰花身上寻找突破口。

八大金刚的八个老婆之中,艾兰花最漂亮,也最有脑子。郑火秀在涂文保身上花费精力最多,上他家喝酒的机会却最少。师傅领进门,修行在自家;老婆讨进门,生养在自家。郑火秀帮涂文保把艾兰花讨进门后,还得教他怎么播种生孩子。涂文保找不到老婆,着急,找了老婆当不了爹,更着急。找不到老婆的时候,他一着急,就去骚扰别人的女人。找了老婆当不了爹,他一着急,就去戏弄别人的孩子。涂文保戏弄的,主要是穿开裆裤的男孩子,孩子一上手,便扒开小腿拨弄小鸡鸡,搓、揉、捏、拉、掐,手法下作。

有一回,涂文保用力过猛,把一个小男孩弄疼了,小男孩哭着找到母亲,母亲发现儿子的鸡鸡肿得小香肠似的,上面有很深的指甲印痕。结果,小男孩的母亲在涂文保脸上留下八道指甲抓痕,这事才算摆平。

小男孩的父亲,是 C 金刚。

C 金刚指着涂文保那只被他老婆抓破的蒜头鼻警告道:"姓涂的,我儿子的老二长大后要是出了故障,老子捏碎你的卵泡,叫你一辈子当不了爹。"

C金刚一定是气糊涂了,等他儿子长大再捏碎涂文保的卵泡,岂不为时太晚?

这事发生后,涂文保再也摸不到小鸡鸡了。那阵子,哪个小男孩哭闹不止,大人一声"涂文保来了,捏你鸡鸡",立即噤声。

捏不到鸡鸡的涂文保,愈加苦恼,居然和艾兰花闹起了离婚,原因很简单,艾兰花中看不中用,结婚一年多了,还不能生孩子,要郑火秀给他找过一个老婆。

郑火秀勃然大怒,把涂文保骂了个狗血喷头:"你以为我是你妈啊,我要真是你妈,早被气死了。你要找过老婆是不是,那好,我给找个瞎子要不要,只有瞎了眼的女人,才会看上你这种男人。我看你呀,是自己拉不出屎,怪茅坑缝小。"

郑火秀怒气消退下来,心平气和一问,还真给她说中了,别看涂文保摸女人奶子屁股在行,真要和女人真枪实弹实干,却是外行。郑火秀又好气又好笑,把他拽进里间办公室,给他上了一堂生理课。

郑火秀既是工会主席,又是女工委员会主任,对生理知识略知一二。工会办公室有两间,外间办公,里间堆放资料和杂物,一般是不让外人进去的,尤其不让男人进去,因为墙上挂着女人的子宫结构图。

郑火秀把涂文保拽进里间,对着那张图,指手画脚说了半天,涂文保还是丈二和尚摸不着头脑。郑火秀一跺脚,从抽屉里拿出一个子宫模型,这下涂文保终于明白了,挠了挠头皮,恍惚大悟道:"妈了个巴子,原来是这么回事。"

没多久,涂文保特意买了包好烟,屁颠屁颠跑到工会办公室,告诉郑火秀,艾兰花已经"有了"。

本来,涂文保想请郑火秀到家里吃顿饭,但是艾兰花坚决不同意。

艾兰花一直对郑火秀怀恨在心。别人都说艾兰花是一朵鲜花插在牛屎里,艾兰花倒是觉得,如果涂文保是牛屎,她也没什么好抱怨的,在她看来,涂文保根本不是牛屎,而是火坑。鲜花插在牛屎里,好歹能活,插在火坑里,生不如死!她讨厌火坑,并不怨火坑,怨的是把她推进火坑的郑火秀。如果不是郑火秀对她父母诱之以利、威之以胁,她也许就和邻村一个有情人成了眷属。莫说请郑火秀吃饭,路上碰见了,连个笑脸都不给她。

郑火秀通知艾兰花到她办公室,通知了好几次,艾兰花都无动于衷。没办法,郑火秀只好亲自上门。艾兰花座也不让茶也不端,郑火秀站着说了半天,说得嘴角冒出白色的液体,艾兰花也不吱声。

郑火秀急了:"艾兰花,你知道不知道,破坏别人家庭是违法犯罪的行为,你不要敬酒不吃吃罚酒。"

艾兰花冷笑道:"强抢民女就不违法犯罪了?"

郑火秀:"你,你这是强词夺理。破坏别人的幸福是不道德的行为,难道你不觉得羞耻吗?"

艾兰花:"呸!亏你还是个女人,亏你说得出口。跳蚤和他老婆在一起有什么幸福?他老婆没有了女人最关键的东西,还是个女人吗?她根本就不是跳蚤的老婆,是跳蚤的兄弟。跳蚤跟我在一起，我们两个人都幸福，追求幸福是我的权利，这有什么不道德的，这有什么好羞耻的？你狗咬耗子多管闲事，破坏我俩的好事，才是不道德和不知羞耻。"

郑火秀无言以对，从此对艾兰花怀恨在心。

艾兰花原来是纸袋工，相对于装包、破碎、拉料、烧窑、倒磨这些工种，糊纸袋轻松干净多了。不过，纸袋工全是临时工和家属工的干活，工资很低，只有其他工种的三分之一。

涂文保壮烈牺牲后，厂里先把艾兰花转为居民户口。县里每年下拨给石牛水泥厂一个农转非指标，僧多粥少，如果涂文保不死，这个指标永远轮不上她。艾兰花户口一转，转正便水到渠成。转了正，艾兰花就是主人翁，郑火秀要打击报复，也得掂量掂量，不能太显山露水。

9

跳蚤为了离婚，不怕上刀山；艾兰花为了结婚，不惜下火海。郑火秀搞不掂跳蚤，也说服不了艾兰花。

结果很美妙，偷情人终成眷属。

结婚证到手当晚，艾兰花偎在跳蚤怀里，轻轻搓着他的胸脯："过两天，我把环下了。"跳蚤一时没反应过来："什么环？"艾兰花抓着他的左手，移至腹部："这里面的环。"

"怎么，你还想生啊？"跳蚤的手往下探了探。

"涂文保在世的时候，做梦都想生个儿子。"艾兰花幽幽叹了口气。

跳蚤支起半个身子，望着艾兰花："那你还上环？"

艾兰花撇了撇嘴："不上环他也生不出来。"

跳蚤："你是说，让我替他生个儿子？"

艾兰花嗯了一声。

跳蚤翻身趴到艾兰花身上，笑着说："没问题，我一定继承老涂的遗志，保证任务！不过，儿子生出来，可不能姓涂，要跟我姓邹。"

艾兰花轻轻拧了他一把："那不用说，从今天开始，我们是合法夫妻，不论生男还是生女，都姓邹。"

跳蚤斩钉截铁道："肯定生儿子。"

偷情人终成眷属，也付出了代价，跳蚤和艾兰花双双被贬为装包工。装包虽然又脏又累，但拿的是计件工资，工资比其他工种高出三分之一，两人因祸得福，生活水平反而提高了。

若干年后，跳蚤打起毛衣来越来越力不从心，开始以为年纪大体力透支，吃了不少动物的腰子和生殖器，非但没有东山再起，反而日益疲软。与此同时，跳蚤的两个睾丸有一种下坠的感觉，睾丸好像变硬变重了。总而言之，跳蚤的一对睾丸在渐渐长大。这个秘密只有跳蚤自己知道，他不好意思向艾兰花说，更不好意思去看医生。几个月后之后，跳蚤的睾丸大得像馒头，水落石出了，走路时必须叉开双腿，否则就会夹住它们。

在艾兰花的逼迫下，跳蚤分别到县医院和市立医院做了检查，县医院和市立医院医生水平有限，查不出是什么毛病，把它误诊为一种比较特殊的前列腺。一听说是前列腺，跳蚤和艾兰花心上悬着一块石头落地了，男人得前列腺就像女人得妇科病一样正常，虽然比较特殊，总归是前列腺，前列腺嘛，没什么大不了，没什么可怕的。

可是，跳蚤的睾丸还在生长，一年之后，已经长到篮球大，不得不双手托着才能勉强行走，步履之艰难，犹如托着石头在河里行走。艾兰花向跳蚤下了跪，他才同意到省立医院找专家检查。专家把跳蚤引进一个暗室，取出电筒紧贴阴囊用光照射，其透光性比正常阴囊大大降低，透光试验呈阴性。专家脸上露出凝重的表情，叫他第二天来做进一步检查。

翌日综合检查结果证实，跳蚤患的是十分罕见的睾丸癌。专家告诉他，睾丸癌的发病率是十二万分之一，他从医三十余年，跳蚤是他发现的第三例患者。跳蚤问他还有没有救，专家摇了摇头，你来得太迟了，癌细胞已经扩散，回家准备后事吧，有吃吃有喝喝，别把这事往心里搁。跳蚤感到不解，问专家，别人都说得了癌症会很痛，我怎么一点痛也感觉不到呢。医生说，这就是睾丸癌的与众不同之处，正因为不痛，才容易忽略，等到发现时，已经病入膏肓。

回家不到三个月，跳蚤就蹬腿死了。死的时候，睾丸已经和刚出生的婴儿差不多大。

死前，跳蚤对艾兰花说："如果有下辈子，我还要和你打毛衣。"

艾兰花流着泪说："如果有下辈子，我还要做你老婆。"

跳蚤："兰花，我想求你帮我做一件事，你能答应我吗？"

艾兰花："什么事？"

跳蚤："你先答应我。"

艾兰花："我答应你。"

跳蚤："帮我照顾玉香。"

玉香是跳蚤的前妻。

艾兰花紧紧咬住嘴唇，用力点了点头。

跳蚤："我这辈子最放不下的，是你和金明。最对不起的人，一个是文保，一个是玉香。"

金明是跳蚤和艾兰花生的儿子。

跳蚤说完，眼皮剧烈跳了跳，永远闭上了眼睛。

对于跳蚤的死，工人们的评论是：罪有应得。跳蚤生癌合情合理，吃多了冤枉的人总是要生癌的。要是他不生癌，那肯定是老天爷生了白内障。不过，也有人持不同意见，跳蚤吃多了冤枉不假，可他应该得胃癌肝癌或者口腔癌咽喉癌，怎么偏偏得了睾丸癌呢？从没听说卵泡也会得癌。马上有人反驳，这有么奇怪的，他搞多了女人嘛。

对于艾兰花的下场，工人们（尤其女工）的评论是：活该！

如果说当年艾兰花怂恿跳蚤离婚，在大伙眼里还只是个坏女人的话；那么现在，她在大伙心目中已经沦为一个妖精,一个克死了两个男人的妖精。

10

　　装包工是水泥厂最脏最累最没有技术含量的活儿,正式工不愿干,干这活的,主要是来自外地的临时工和本厂的家属工。这些家属工无一例外是来自农村的娘们,身强力壮,能顶半天天。装包工唯一的好处,是工资计件,有劳有得,多劳多得;最大的坏处,是少劳少得,不劳不得。

　　跳蚤和艾兰花被贬为装包工,是20世纪80年代中期的事了。这时候,石牛水泥厂年产量是六万吨,要达到这个产量,一年至少开机三百天,每天生产二百吨。装包工实行的是三班倒工作制,一个班四人,这意味着一个人在八小时内,至少要装运三百包水泥。四个人分成两组,两人装包两人运包,轮流进行。装包工用纸袋从自动出料口盛满水泥,过磅,封口,装好十包,码到特制的铁板车上,运往五十米外的水泥仓库。水泥仓库地势略高于装包车间,呈十五度角斜坡,运送起来更加吃力。

　　装包车间的粉尘,密如细雨,别的工种,戴一个口罩就能起到防尘作用,装包工戴两个口罩,仍然不太顶事,一个班下来,嘴唇污黑一圈,如果将污垢搓成团,有弹珠那么大。钻进鼻孔的粉尘,与吸进的空气里和呼出的废气中的水分发生化学反应,牢牢凝结在孔壁上,尽管鼻子堵得慌,有经验的装包工,决不轻易抠鼻孔,而是等到下班后进澡堂,用热水把鼻孔浇湿,用毛巾裹住小指,塞进鼻孔轻轻旋转,既清理干净粉尘,又保住了鼻毛,若是用指甲干抠,一块一块的,省事倒是省事,但抠出粉块的同时也带出了毛,过不了多久,鼻毛就被抠光了。

　　虽然被贬到装包车间,跳蚤却充满革命乐观主义精神,自创《夫妻双双把家还》,时不时唱上一唱:

　　　　　　机声隆隆笑我癫,
　　　　　　跳蚤就像那董永,
　　　　　　兰花好似那七仙,
　　　　　　从今不再受那相思苦,
　　　　　　夫妻双双把家还。
　　　　　　你装包来我封口,
　　　　　　我拉包来你推车,
　　　　　　立窑虽脏能避风雨,
　　　　　　夫妻恩爱苦也甜,
　　　　　　你我好比鸳鸯鸟,
　　　　　　比翼双飞在车间。

　　大家听了直笑,建议跳蚤把"你装包来我封口"改为"你封口来我开苞"。

　　跳蚤大笑:"苞早就被涂文保开了,我是老牛吃嫩草。"

　　跳蚤死后,有一阵子,艾兰花茶饭不思,连端碗的力气都没有,更别说拉包,简直成

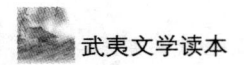

了废物。去看医生，查不出任何毛病。亲朋好友怎么劝说，都提不起精神。

一天晚上，跳蚤在梦中忧郁地对她说："兰花，你不能老这样，不然我死不瞑目，你一定要打起精神！"

艾兰花："我一点力气都没有，你给我一点力气吧！"

跳蚤深情地望着她："你把墙角的板车轮举起来就有力气了！"

艾兰花："我连一只水桶都拎不起，怎么可能举得起板车轮？你说梦话啊。"

跳蚤："你没试怎么知道举不起？"

艾兰花："根本不用试！"

"你必须试！"跳蚤变得严厉起来。

艾兰花只好试了试，居然轻而易举。

"从明天开始，你会像从前一样浑身充满力量。"跳蚤微笑着遁去，再也没有出现在她梦中。

第二天早上，艾兰花试了试，虽然不像梦中那么轻而易举，但还是把板车轮举了起来，正如跳蚤所说，浑身充满了力量。她坚信，是跳蚤赐予了她力量。

从那以后，每当太苦太累快要崩溃的时候，艾兰花就像举重运动员那样发出一声吼叫举起板车轮，这一叫一举，不仅把苦难高高举过头顶，也把郁闷烦恼排出体外……

有一阵子，石牛水泥厂盗贼蜂起，既有内盗也有外盗，凡是能搬动的，什么都偷，板车车轮是重点偷窃对象。石牛水泥厂前后左右都是村庄，又毗邻火车站，治安十分复杂，治理起来有难度，实在没办法，车间主任想了个简单却有效的办法，装包工下班后，将板车轮带回家，上班时带回车间，一箭双雕，内盗外盗全防住了。装包工住的大都是平房或简易房，存放搬动非常方便。住楼房的，可以把板车轮寄放在住平房和简易房的工友家里。

艾兰花住的是平房，自然要把板车轮带回家。

11

石牛水泥厂倒闭那年，金明考上大学，那是大学实行收费的第二年。

金明考的是重点大学，学费高于普通大学，为了供金明读书，艾兰花决定去擦皮鞋。

石牛水泥厂与火车站毗邻，火车站一带人口庞杂，除了古代人和外国人，什么人都有。艾兰花固定蹲守在车站广场一角，将一只只穿着不同、肤色质地不同、大小不一的脚，一视同仁地捧在膝上，奋力擦着。几乎所有的擦鞋女人，头发都是凌乱的，上面沾满了灰尘。艾兰花却与众不同，头梳得整齐，头缝泾渭分明，发丝一根不乱，两侧相对位置各夹一个绿色的塑料弹簧卡，脑后总成一根大辫，看起来麻利精干。那些年纪与艾兰花相当的男人和年纪比她大的老男人，见她长得周正，都喜欢和她开个玩笑，玩笑开到肉里，她也不生气，更有甚者，晃动脚掌，往她怀里拱，即便如此，她依然心平气和，抬起手掌或者翻转鞋刷，在对方脚背轻轻那么一拍或者一敲，这么一来，对方更来劲了。艾兰花呢，还是不生气，反正光天化日之下，他们也不敢过分。人家丢下两个小钱，拍拍屁股走人,她还要追出两步说谢谢啊慢走。

一个初夏的晚上,一个精神气十足但沉默无语的老头,擦完皮鞋,坐在马扎上迟迟不走,一双深陷眼窝的小眼珠,色眯眯盯着艾兰花。老头眼珠子里发出两束摇曳的幽光,仿佛两只无形而又粗暴的小手,将她剥得体无完衣。

艾兰花从来没有看过这么色情的目光,浑身发红发烫,像蒸熟的虾,受不了,收拾鞋箱,装着要走的样子。

老头开口了:"你一月能赚多少钱?"

艾兰花撇了撇嘴:"干这行能赚多少钱,顶多赚碗饭吃呗。您起来吧,把马扎给我,我要收工了。"

老头突然抓住她的手:"你想不想赚钱?"

艾兰花:"赚什么钱?"

老头:"裤带松一松,胜过一月工。"

艾兰花:"你放开手,老不正经的。"

老头把她手抓得更紧了:"一次五十块,干不干?"

艾兰花心里猛然一动,她一个月顶多六个五十块,一般只有四五个五十块。这些天,她正为儿子这个月的生活费发愁呢。儿子每年要三四千元的学费,这可难死了艾兰花,东凑西借,好歹筹齐了一年的学费。儿子念大学的那座城市,是经济发达的沿海城市,物价比较高,每月生活费至少三百元,艾兰花咬紧牙关勒紧裤带,也只能寄一百五十元,儿子和她一样,也勒紧裤带过日子。这个月天气转热,穿皮鞋的人越来越少,生意清淡,快月底了,还没赚满一百元,艾兰花心里急得,恨不得老天爷六月下霜,天一冷,穿皮鞋的人就多起来,穿皮鞋的人多起来,她的生意自然就会好起来。

见她犹豫的样子,老头放开她的手,低声道:"你要是愿意,就跟我走。"老头说罢,背着双手,不紧不慢朝车站附近一条黑漆漆的巷子里走去。

艾兰花情不自禁地跟在老头身后,走到巷口的时候,跳蚤前妻玉香挑着箩筐,从巷口走出,仿佛从天而降。与此同时,旁边一扇小门洞开,射出一道强烈的光线,透过玉香,射进艾兰花心里。

艾兰花心里猛地一震,脱口而出:"玉香大姐,还没收工啊?"

玉香淡淡一笑:"你也不一样吗,咱们一起回家吧,别把自个累着了。今天仙草糕没卖完,要不要来一碗?"

艾兰花摆了摆手:"天不早了,回家再吃。"说罢,两人并肩朝水泥厂方向走去。

玉香:"兰花,今天生意怎么样?"

艾兰花:"咳,别提了,这个月没一天好生意。"

艾兰花:"金明的生活费还没凑齐吧?"

艾兰花深深叹了口气,无语。

玉香掏出身上所有的钱,递给艾兰花:"今天只卖了这么多,你全拿去吧。"

艾兰花:"这怎么行,这是你的血汗钱,打死我也不能要。"

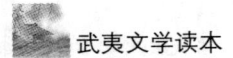

玉香："我又不是白给，借给你，等金明毕业参加工作，再还给我。跳蚤是金明亲爹，金明要是不嫌弃，就把我当干妈吧，干妈给干儿子钱，应该的。"

"大姐……"艾兰花握着那一沓零钞，感觉沉甸甸的，泪水在眼睛里团团乱转。

玉香突然加快脚步："不早了，走快点……"

玉香老无所养老无所靠，唯一的女儿夫妻双双下岗，长年累月忍受着酒鬼丈夫的家庭暴力，别说生活，连自己的人身安全都难以保障，无法顾及母亲。可能是跳蚤播种那天晚上喝多了酒，精子质量不高，致使女儿智商不高，长得也不怎么样，直至二十八岁高龄，才以最优惠的条件勉强嫁了出去，没想到一不小心，嫁了个比跳蚤还糟糕的酒鬼。跳蚤本来还想生个儿子的，那时国家允许生两胎，可女儿出生第二年，老婆子宫就长了瘤子，不得把整个子宫切除，想播种找不到土壤。这也是跳蚤对酒当歌自甘堕落的一个重要因素。

玉香是正式工，本来在车间上三班倒，生病后，厂里照顾她到托儿所上正常班。厂子倒闭时，她还不到退休年龄，每月只能领取七十块的最低生活保障费，很难养活自己，何况还要不断吃药，只好自谋生路。挑着两只箩筐走街串巷，冬春卖豆腐脑，夏秋卖仙草糕，早出晚归。豆腐脑和仙草糕都是她自己做的，还是在娘家时学的手艺，也算是天无绝人之路。好卖的时候，收工早；不好卖的时候，收工迟。

那天，玉香经过一个十字路口，被摩托车撞了一下，肇事者逃之夭夭，她却躺在地上爬不起来，交警把她送到医院，也没个人照顾。

艾兰花知道后，主动到医院服侍，医疗费也是她掏的腰包。

玉香问她为什么这么做，艾兰花说她也弄不清为什么。玉香挺固执，说你要说不出个原因，我死也不领你这份情。

艾兰花说，那就算我向你赎罪，行不行，说完眼泪就下来了。

玉香没想到艾兰花这么说，于是两人抱着哭成一团，从此姐妹相称。

12

那天晚上，如果不是玉香突然出现在她面前，艾兰花肯定要堕落，从此从事比趾甲里的泥还肮脏的职业。

玉香拯救了她。

回到家里，艾兰花一鼓作气，连续三次将板车轮举过头顶。当她将板车轮放下时，突然产生去蹬三轮的念头，这个念头如此强烈，以致第三天就付诸行动。

转眼，艾兰花已经蹬了一年多的三轮。

一个下着小雨的深夜，经过一家酒店的时候，一个夹着公文包、满身酒气的胖子，不等车停稳，一个趔趄上了艾兰花的车。艾兰花问他去哪里，胖子说到满天星公寓。艾兰花说去满天星公寓四块钱。胖子不高兴了，训斥道：不都是两块钱吗，怎么，你想敲诈老子？"

艾兰花："老板，满天星宿舍比较远，白天都要两块钱，晚上十点以后一律翻倍，四块,现在已经是一点多了。"

胖子:"这是谁定的规矩?"

艾兰花:"这是我们默认的规矩。"

胖子:"什么狗屁规矩,我怎么从来没有听说过,告诉你,老子从来没有坐过四块钱的三轮车,你这是趁火打劫。说心里话,我本来是很同情你们这些车夫的,你们是弱势阶层,是可怜的人,现在看来,越是可怜的人越可恨。怎么,你还不走,是不是想找打?胖子猛地踩了一下车板。"

艾兰花:"老板,话不要说得那么难听,我又没有逼你,如果你不愿意,可以下车。你有不付双倍车钱的自由,我也有不拉你的自由。"

胖子气得脸上的赘肉抖动起来,伸出胖得看不见骨节的手指,指着艾兰花骂道:"怎么,你想拒载?告诉你,老子就是一分钱不给,你也得拉,你知道老子是干什么的吗?说出来吓死你,你不要不知天高地厚。我要不看你是个女人,不和你一般见识,哼……"

僵持了一会,艾兰花妥协了,忍气吞声往前踩。

蹬三轮的,最怕、最气、最恨得就是这种蛮不讲理的乘客,惹不起,躲不起,只能自认倒霉。这是有前车之鉴的。蹬三轮没多久的一个晚上,艾兰花遇上一个喝醉酒的流氓,下车的时候,流氓递给她一支香烟,口齿不清道,老子今天身上没带钱,这支烟抵你车钱,下次有用得着兄弟的地方,说一声。也许天太黑,也许流氓喝太醉,他居然把艾兰花当成男的。艾兰花当然不答应,说没带钱你坐什么车,莫非你这支烟是金子做的?流氓大怒,照着她的脸就是一拳。艾兰花脸上立即开了花,大叫,你怎么打人?流氓咆哮道,操你娘佬,敬酒不吃吃罚酒,老子今天不但打人,还要杀人。旋风般冲进旁边的小餐馆,操起一把菜刀杀将出来。好在艾兰花反应快,赶紧骑车跑了,否则非血溅街头不可。

艾兰花跑出好远,才想起110,电话打过去,人家非但不出警,反而训了她一顿:以后碰到这种事自己多长个心眼,不要把一块钱看得比自己的命还重,前不久不就有一个蹬三轮的因为一块钱把命丢了吗,你也是蹬三轮的,这事你不会不知道吧?如此沉痛的教训,你怎么这么快就忘了?

半年前的一个雨夜,一个车夫从火车站拉一乘客到城里。上车的时候,车夫提醒乘客,到城里两元,不然不去。乘客没吭声,车夫以为他默认了,到了城里,乘客甩给他一元,下车走了。车夫冲着他喊,喂,你还差我一块钱呢。乘客头也不回,走得更快了。车夫火了,扔下车追上去,操你娘佬,没钱就别坐车,老子最看不起你这种人。那人停下,回过头,面露狰狞之色,一字一句道,有种你再说一遍。车夫挥舞着粗壮的胳膊,再说一遍怎么样,说一万遍我老子也不怕你,没钱就别坐车,别以为蹬三轮的都好欺负,今天你不把这一块钱给老子,老子就和你拼命。

那人似乎害怕了,说,那好吧,大人不计小人过,老子的命比你值钱,和你拼命划不来,过来拿吧。边说边把手伸进口袋,车夫走近时,他掏出来的不是钱包,而是一把刀子,势如破竹般捅进车夫肚子,一连捅了三刀,车夫当场死亡。

一想起这些,艾兰花心里便忍不住害怕。

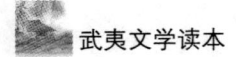

十五分钟后,满天星公寓到了。

胖子扔给艾兰花两枚硬币,冷笑道,一看你就是个下岗女工,一点教养都没有。说完吹着口哨扬长而去,气得艾兰花从牙根嗫出一大口血来,狠狠吐在地上。

离开满天星公寓不远,艾兰花猛然想起胖子下车时手里是空的,回头一看,果然,他的公文包忘在了车上。艾兰花把车骑到一盏路灯下,颤抖着打开丰满的公文包,里面除了一大沓票据证件,还有三张存折(合计三十六万元)、六个避孕套、四张照片(都是胖子和同一个年轻他十几岁的漂亮女人的合影)、五千元现金。

刚才,胖子一个箭步一屁股坐到车上,光线又暗,艾兰花没注意看他的脸,也看不清他的脸,现在仔细看照片,不由打了个一个激灵,这不是那个骑摩托车撞了玉香的家伙么?玉香在医院告诉她,撞她的男人是个胖子,右脸长着一块掌心大小、状似中国地图的胎记。此前,艾兰花虽然没有见过这个胖子,但她可以肯定,他就是撞玉香的人。县城胖子很多,脸上长胎记的肯定不多,长在右脸且状似中国地图的,绝无仅有,不是他是谁!

哈哈,真是恶有恶报善有善报啊,艾兰花心想,胖子下车的时候要是不说那句刻薄的话,如果我没"认"出他,老娘或许把包还给他,现在,他就是向我下跪,叫我亲娘,叫我姥姥,我也不还给他……

可是,艾兰花很快不安起来,虽然这五千块钱非偷非抢,是她捡到的,但毕竟不是自己赚来的,总觉得黑暗中有双眼睛盯着她。

艾兰花越想越不安,毅然掉转车头,快速向满天星公寓驶去。

到了满天星公寓门口,艾兰花犯愁了:偌大的满天星公寓,深更半夜的,怎么才能找到胖子呢?还是明天再说吧,可是,到了明天我会不会反悔呢?艾兰花突然想起包里有半盒名片,拿出一张看了看,中间印着"马金旺总经理"三个烫金大字,地址和电话号码都是当地的,想必是胖子的名片。70年代末期,艾兰花参加了厂里举办的文化扫盲班,还是识几个字的。名片上有两个固定电话号码和一个手机号码,艾兰花掏出身上的IC卡,塞进路旁的公用磁卡电话机,先打手机号码,话筒里传来"对不起,对方已经关机"的电脑音答,于是选了一个后面注有"家"字的号码,电话拨通了,响了好一会,才有人接,声音很不耐烦,找谁?是胖子的声音,看来他还没有发现包已丢失。

艾兰花:"你丢东西没有?"

胖子:"丢东西?丢什么东西?"

艾兰花:"包,一个黑色的公文包!"

"哎呀,我的天啊,"胖子如梦初醒,"你,不,您一定是那个踩三轮的吧,不不,您就是刚才那个女师傅吧,请问您在哪里?"

"我就在你楼下!"艾兰花"啪"地挂断电话。

就在挂断电话的瞬间,艾兰花突然产生一股强烈的报复念头,玉香不能让他白撞了。

五分钟后,仿佛一只被猎人追杀的企鹅,胖子跟跟跄跄出现在门口,衣服扣子扣错了两个,裤子拉链开着,皮带露出一截,一只脚穿着袜子,一只脚光着,穿着袜子那只脚的裤角夹在袜子里,好像被突然扫了黄的嫖客。

胖子深深吸了口气,颤抖着向艾兰花伸出熊掌般厚实的大手。骑在车上的艾兰花,双手本来搭在车把上,见他伸出手,身子一直,两手离开车把抱在胸前,居高临下地望着他。胖子两手握空,顺势握住车把,讨好地仰望着艾兰花,满脸潮湿,不知是泪是汗还是雨。

胖子轻轻摇晃着车把,就像奴才轻轻摇晃着主子的大腿:"女菩萨,您真是个大好人啊! 刚才我喝多了马尿,言语上多有得罪,您大人不计小人过,别往心里去。"

艾兰花冷笑道:"别假客套,我不是什么好人,我还钱是有条件的。"

胖子:"有什么条件,您尽管说!"

艾兰花:"你先说说看,出个价。"

胖子:"给你一千元,怎么样?"

艾兰花不吭声。

胖子:"那,一千五怎么样?"

艾兰花还是不吭声。

胖子:"三千?"

艾兰花依然不吭声。

胖子:"五千元总可以吧? 我包里总共只有五千元现金,都给你! 这总行了吧?"

艾兰花:"我不要你的脏钱!"

"钱是好东西啊,不管脏还是臭,到了自己手里就是干净的、香的,您何必和钱过意不去?"说到这里,胖子指了指对面大楼上七个闪闪发光的大字念道:"发展才是硬道理,这话是有道理,不过,这话没说完事,我还要加上一句,搞钱就是真本事。这年头,有钱能使磨推鬼。您说是吧?"

艾兰花:"少废话,今天我就是要和钱过不去。"

胖子:"女菩萨,不要钱,那您要什么?"

艾兰花:"要你的人!"

胖子:"女菩萨,您开什么玩笑,我又不是帅哥,您看我这种体形,您也看不上。"

艾兰花:"我不是要你的人,我要的是你的力气。"

胖子:"要我的力气?"

"对,要你的力气,"艾兰花把屁股从骑座挪到后座,指了指胖子,"你,给我骑上去,拉着我绕城一圈,我就把包还给你。"

胖子:"您开什么玩笑,您看我这体形,哪能骑得动?"

"你到底骑还是不骑? 不骑我就把包里扔到河里。"艾兰花说着,拉开公文包拉链,做了个扔包的假动作。

路旁就是环城河,一连下了几天大雨,河水暴涨,公文包如果扔到河里,转眼就不见了。

"别扔,您千万别扔,那是我的命根子,求求您了,我骑还不行吗?"胖子哭丧着脸,弯着腰,摇晃着双手,几乎要给他跪下。

胖子艰难地骑上车,骑行不到五百米,就吃不消了,转过头乞求艾兰花:"我再给您加一千,六千怎么样,我实在骑不动了。您高抬贵手,慈悲为怀,我有心脏病,放过我这一回吧。"

艾兰花:"不行就是不行,你就是给我六万也不行,再讲条件就绕城两圈!"

胖子不敢吭声了,使出吃奶的力气向前骑着。

艾兰花腿长,车座调得比较高,胖子腿短,车蹬转到上方时,脚尖还可以勉强够到,但用不上力;车蹬转到下方时,脚板就悬空了。仅靠两只蜻蜓点水似的脚尖,别说车上坐着人,空车也蹬不动。胖子不得不站起来蹬,车蹬是够着了,整个体重也集中到了腿上,平时爬个楼梯都要三级一停五级一歇,楼梯虽陡,毕竟平稳踏实,车踏摇摇晃晃,受力面积只有烟盒大小,他那庞大的身躯站在上面,仿佛一只鸭子站在电线上,险象环生。每蹬一下,胖子体内就引发一次中级地震,浑身肥肉剧烈抖动着,呼吸犹如山呼海啸。

上坡了,此时就是拿十把手枪顶着胖子,他也骑不动了,可怜巴巴地望着艾兰花。艾兰花明白他的意思,胖子想让她下车,等他蹬着空车上了坡,再让她上车。

艾兰花不为所动,胖子只得咬紧牙关,推起车来。推到一半的时候,胖子突然"咕咚"一声,四脚朝天躺在地上,浑身热气腾腾,温泉里捞出来似的,嘴巴张得老大,眼睛似睁非睁,脸色先是铁青,很快变成青铜色。

艾兰花开始以为他装死,抽了半支烟,觉得不对劲,抻手探了探他的鼻子,只有出的气,没有进的气。

艾兰花吓坏了,看来这家伙确实有心脏病,十有八九是心脏病发作了。艾兰花本想一逃了之,转念一想,不行啊,胖子虽然可恶,罪不至死,她不能见死不救啊,胖子要是有个三长两短,她的良心一辈子都不会安宁的。想到这里,艾兰花把胖子弄上车,以最快的速度送到医院,并用公文包里的现金,帮他办理了住院手续。等胖子老婆闻讯赶来时,艾兰花已经悄然离去。

由于抢救及时,胖子得救了。

艾兰花留下四张照片和一千块钱。艾兰花怕胖子对他打击报复,留了这么一手。艾兰花把钱给了玉香,上次玉香被撞住院,花了九百多块钱。

13

艾兰花起了个大早。

今天是个利好的日子,面的又罢工了。

县城共有中巴、面的、三轮车三种公共交通工具。为争抢生意,面的和中巴司机水火不相容,经常罢工,到政府静坐,要求政府减少对方的数量。鹬蚌相争,渔翁得利,他们一罢工,三轮车夫便客源滚滚。有一天,艾兰花居然赚了八十六元,累得她小便的时候,不得腾出一只手撑着墙,才能蹲稳。艾兰花巴望今天能打破八十六元的纪录,突破百元大关。

一个上午,艾兰花就挣了三十多元,形势一片大好,照这样发展下去,晚上十点以后,一百元肯定不成问题。

生意太好了,客人一个接一个,直到中午一点半,艾兰花才抽出时间吃饭。生意好得她心花怒放,破例买了份四块钱的快餐犒劳自己,正狼吞虎咽着,对面突然有人大叫,三轮车,三轮车!来来往往的三轮车都坐满了人,那人见街边停着一辆三轮车,却不见车夫身影,便大叫起来。

艾兰花抬头一看,是个女人,手上抱着个孩子,地上还有三个鼓鼓囊囊的蛇皮袋,收她三块钱应该不过分。此时,不远处恰好有一辆空车驶来,艾兰花放下没吃完的快餐,三步并作两步窜上车,抢先拉上了她。

女人是到汽车站赶车的。妇女和孩子虽然不重,三个蛇皮袋却比妇女和孩子重出两倍;路途虽然不远,妇女却一个劲地催她快点,累得艾兰花汗如雨下。艾兰花狠下心,开口要四块,妇女很爽快,如数付给。

接过钱的时候,艾兰花眼前黑了一下,但很快重见光明。

艾兰花买了盒牛奶,给身体加油。刚把吸管插入奶盒,又有人叫,三轮车,快过来。艾兰花连忙含住吸管,气贯长虹,一口气把奶吸干。由于吸得太猛,艾兰花被呛住了,剧烈地咳嗽着,她朝自己胸口擂了两拳,骑上车朝那人驶去。

下午,艾兰花赚了五十多元,傍晚小便的时候,得双手撑墙才能蹲稳,眼前明一阵暗一阵的。艾兰花心想,人是铁饭是钢,这一定是饿的。出了厕所,艾兰花直奔快餐店,要了一份五块钱的快餐,还要了一瓶饮料。这次很幸运,无论去吃饭的路上,还是吃饭的过程中,都没有人打扰她。

今天,艾兰花算是过节了,平时,她很少在外面吃快餐,偶尔吃几回,也是吃最便宜的那种,二块钱一份。为了省钱,艾兰花把裤带扎了又扎,几乎勒进肉里,每天生活费不超过五元,霉豆腐是饭桌上永恒的主题。霉豆腐类似臭豆腐,但臭豆腐是闻着臭吃着香,颜色赏心悦目;霉豆腐是闻着臭吃着也臭,颜色极为暧昧。一般来说,霉豆腐适合在秋冬两季吃,夏天很少吃。霉豆腐的生产季节在秋冬两季,自制自食,春夏天气转热,没办法储存,这两个季节一般家庭是没有霉豆腐的,即使有,也是陈年老货,早变质了。霉豆腐制作工艺简单,把新鲜豆腐切成块状,撒上盐和辣椒粉末,用滚水煮透并沥干的稻草或者纱布隔开,放进密闭的箩筐养上十天半月,让豆腐充分发酵,辣味和咸味完全渗透进豆腐,就可以食用了。如今这种食物已经被淘汰,只有上了年纪和生活特别困难的人,才会想起它。霉豆腐又咸又辣,非常下饭,但营养有限。窘迫的生活迫使艾兰花不得不一年四季都以霉豆腐为主菜。

好像知道艾兰花吃饱喝足有了力气似的,一出快餐店,就有两个四十岁上下的男人上了她的车。如今上了四十岁的城里男人,没几个不吃喝嫖赌的,吃喝嫖赌肚子鼓鼓,肚子一鼓,体重就上去了。作风正派、体形标准的四十岁男人,已经像国家二级保护动物一样稀少了。这两个家伙,肚子争先恐后地鼓着,一个大鼓,一个小鼓。小鼓的那个一百五十斤左右,大鼓的那个一百八十斤上下。大鼓小鼓一上车,轮胎就瘪下去一半,艾兰花的心也沉下去一半。两人去的地方是天福酒家,路程较远,途中还有一小段坡。

大鼓见艾兰花犹豫不前,催他:"喂,你快点啊,我们要迟到了,今天怎么搞的,一辆出租车都没有。"

艾兰花:"今天面的罢工,两位老板还是改坐中巴吧。"

小鼓:"难怪,可是面的罢工,中巴怎么也趴窝了,我们等了半天,也没等来一辆中巴,我们好不容易等来你这辆空车,你却要拒载,太没职业道德了。"

艾兰花苦笑道:"两位老板,你们太沉了,我怕拉不动。"

这时,大鼓的手机响了。

大鼓拿起手机:"喂,领导,哎呀,实在不好意思,让领导久等了,什么,罚酒三杯?行,罚三瓶都没问题,领导您再等一下子,我们马上就到。"大鼓接完手机,对艾兰花说:"大姐,麻烦你辛苦一趟,我给你两倍车钱,你一个女人家,吃这碗饭不容易啊。"

没想到满脸横肉的大鼓如此客气,还叫她大姐,还辛苦一趟,艾兰花心里一热,牙一咬,裤带一扎,豁出去了,缓缓蹬动三轮,骨节发出噼里啪啦的响声。令她感动的是,上坡的时候,大鼓还主动下来推车。到了天福酒家,大鼓给了艾兰花五十元,说,麻烦你了,大姐,不用找了。说罢,和小鼓小跑进酒店。

大鼓多给了四十四元,使得艾兰花提前突破百元大关。

艾兰花决定收工,返回的路上,好几个人招手叫车,她都视而不见,她实在没有力气了,双腿软得像火腿,五脏六腑煮过似的、又热又涨,眼皮沉重得仿佛挂了两个小砝码。再蹬下去,马上要晕倒了。艾兰花使出最后一点力气,把车靠到前面不远的一根电杆旁边,滑下车座,挪到后座坐下,一下睡着了。

半个小时后,挑着箩筐的玉香路过这里,见艾兰花睡得正香,把两个小箩筐叠在一起,轻轻放在车上,骑上车缓缓向水泥厂驶去。

骑了一半路程时,艾兰花醒了,见是玉香,哽咽道:"大姐,还是我来吧。"

玉香摆了摆手:"你太累了,还是我来吧。兰花,你不能把自己当男人使啊,会累坏的。"

艾兰花千般苦楚万般心酸,一齐涌上心头,泪流满面:"大姐,是我夺走了你的男人,然后又克死了他……"

玉香把车靠到路边,停下,扭过头:"兰花,你要这么说,我就不理你了。"

艾兰花:"大姐,金明快要放假了,他一回家,我让他认你作干娘。今后,我们有福同享,有难同当,就像一家人一样。"

玉香:"这还差不多,跳蚤和文保这两个死男人,他们要是在天有灵,一定会为我们高兴的。"

"这两个死男人!"艾兰花轻轻骂道,内心充满甜蜜和忧伤。

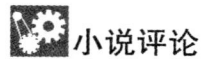 小说评论

石华鹏：大时代里的小人物①

读《五朵厂花》，第一种感觉，这部小说内容是丰富的。人物形象的丰满和人物经历的命运感，是这部小说留给我的深刻印象。《五朵厂花》中艾兰花执着而善良、吴小玉虚荣而真挚、迟美丽堕落而纯真、杜兰朵不幸而脱俗、涂小丫叛逆而忠贞，她们既朴素又浪漫，既可怜又可爱，既卑微又高贵，既坦诚又隐秘，既自信又无奈，既纯洁又狡黠，这些水火不容的词汇如此紧密地"团结"在每一个人身上，构成了她们与众不同的形象。毫无疑问，这是忠诚于人物内心真实的一种写法，自我的悖论和性格的冲突同时存在于每个个体之内，这无关道德，也无关伦理，这是人的丰富。邱贵平写出了这种丰富。时间过去五年、十年、二十年之后呢？一切都发生了变化，那些厂花在凋谢了青春美貌之后，开始"收获"不同的人生：艰辛、痛苦、悔恨、苦难，当然，也"收获"了生命落幕之前的幸福、宁静和满足。这就是命运，无法预测、无法复制、无法左右。如此，这也是《五朵厂花》作为一部出色的小说带给我们的感慨。

第二，这部小说是深情的。所谓的深情，我指的是邱贵平的表达，以及作者对人物抱有的态度。五个女人，两代人的爱情故事，或被动或主动，或腼腆或热烈，或放荡或含蓄，虽然她们曾经在情感道路上走了不少弯路，归宿各不相同，但当青春不再、铅华洗尽之时，她们终于读懂了爱情与婚姻的真正含义。当艾兰花与玉香摒弃前嫌、共度风雨飘摇的日子，当吴小玉把刘金龙墓碑照片端挂在床头，当涂小丫吊上孙泽普寄来的最后一只纸飞机，无不让我深深体会到作者悲悯深沉的情怀。邱贵平是一个平实而诗意的作家，如果说艾兰花、迟美丽、吴小玉的爱情结局略显悲凉，那么杜兰朵、涂小丫的爱情归宿则充满希望的曙光，小说结尾涂小丫满怀期望的等待给不堪的生活带来了诗意的温暖。

邱贵平有一句"名言"，叫"大人物写进历史，小人物写进小说"，此话被我时常引用。邱贵平笔下的人物，都是大时代里的小人物。尽管因为美貌致使"厂花门前是非多"，承受关注多，但卑微的身份属性注定她们是不折不扣的"小人物"；曾经躲在她们身后偷看、与她们同在水泥厂天空下抛洒汗水的邱贵平，也是货真价实的"小人物"。"小人物"写"小人物"，得心应手，邱贵平懂得她们，理解她们，与她们心心相印。按照流行的说法，邱贵平写的也是底层，但他没有俯瞰的视角，没有矫情的同情，他用深情的笔触走进每个厂花的内心，分享她们的悲欢离合、喜怒哀乐。在邱贵平心里，她们短暂的快乐比她们长久的艰辛，更令自己激动。

第三，这部小说是好读的。一部小说要好看，必须具备两个重要因素：一是要有一个好的故事作为支撑，二是要有好的语言来装饰这个故事。故事是一个民族的文化符号，也是一个民族存在的灵魂和理由，一个没有故事和产生不了新故事的民族，距离消

亡已不远。

邱贵平的叙述语言,有他独家的制作秘方。原料就是一般的口语、熟语、成语或其他语,一经他魔手重新安装,立马化腐朽为神奇,化隔夜菜为佛跳墙。比如:"阳光明媚,空气甜美,天气好得像童话""那天,吴小玉的心情好得像爆米花""刘金龙对爱情的追求,比推着粪球的屎壳郎还执着""那天,父母特意把涂文保修饰了一番,看上去依然像出土文物"……如果说《五朵厂花》的小说故事是水草丰美、野花争骚的草原,那么,小说的叙述语言就是一匹匹四脚麻利的奔马,带着你快意完成阅读,轻松跑遍草原。这种叙述语言语感强,有冲力,阅读时会推着你走。

第四,这部小说的细节是奇妙的。文学是语言的艺术,而小说,既是语言的艺术又是细节的艺术。邱贵平对细节的把握和处理,堪与其语言媲美。《五朵厂花》中有许多令人拍案叫绝的细节,这些细到针眼的细节,显微镜般把人物个性和时代特色映衬得纤毫毕现。

戏剧演员出身的迟美丽,为了让婚礼办得与众不同,将自己打扮成穆桂英,把丈夫毛式生打扮成杨宗保。迟美丽画着粉红的脸谱,拖着长长的水袖,风情万种坐在毛式生的自行车横梁上,在六十六辆自行车队护送下,迎亲队伍浩浩荡荡穿过大街小巷,一时万人空巷。我想,在20世纪七八十年代恋爱过的人,这个细节无疑会唤起他们温馨而美好的回忆,继而感同身受。

刘金龙为了驱逐恋爱竞争者,在电影院插播幻灯字幕的情节,堪称经典。读者恐怕都会忽略这个行为的某种卑劣性质,而会心一笑这位仁兄求爱方式的勇气和可爱。

母亲向刘金龙讨要生活费,身上几乎不带钱、怕老婆怕到骨髓的刘金龙让她向吴小玉要,吴小玉"捧出一个牙缸大小的玻璃瓶,里面装满了硬币,生硬地递给她:'诺,给你,你要的钱。'刘金龙母亲黝黑的脸立时惨白,颤抖着接过瓶子,掂了掂,又掂了掂,猛地将瓶子掼在地上,瓶子发出一声巨大的叹息,应声而裂,被激活的硬币,有的铿锵打着滚儿转着圈儿,有的钻进沙发桌子底下,有的嘎嘣跌落下楼。刘金龙母亲揪着自己的白发,发足狂奔下楼,歇斯底里地骂着:'畜生,畜生啊畜生,丧天理啊。'"

第五,这部小说是拒绝遗忘的。面对这个不知是越来越好还是越来越糟的世界,我们这些舞文弄墨的文艺工作者,究竟该说些什么做些什么呢?邱贵平这部涉及工厂破产、工人下岗的小说让我想到这个问题。在邱贵平的《五朵厂花》里,我仿佛看到了邱贵平对这一问题的想法:对过去,对这些下岗的无数厂花们走过的历程,不应该遗忘,哪怕这个时代完全抛弃了她们,遗忘了她们,我们都不应该遗忘,至少这部小说不会。因为她们的个人命运是与这个国家的政治经济环境紧密捆绑在一起的,在风雨飘摇的时代变迁中,她们的人生起起落落、荣荣辱辱。如果说一个人是一个时代侧面的话,那么小说写的五个人,便是整个大时代。老实说,在读这部长篇的过程中,我为这样用五个人物并列讲述来支撑一个长篇的写法,颇为担心,因为这样结构单一、每部分相对独立的结构方法,会削弱故事的复杂性,会消减小说整体的吸引力,如果哪一个人物写得不吸引人,读者将不会翻开下一个人物。还好,邱贵平的精彩表达让我白担心一场。另外,如果这部小说能更好地把握叙事节奏,该行进时行进,该停留时停留的话,便更完美了。有些地方叙述停留不够,往深里穿透叙述不够,未免流于故事的层面了。邱贵平的优点和缺点都在于会讲故事。

由此,在我与《五朵厂花》的促膝交流中,我分享了当年水泥厂小秀才注视这些漂亮厂花的无比爱慕的眼光,分享了那些眼光中当厂花们青春不在世事沧桑时所包含的怀念与怅惘。

邱贵平笔下的人物,全是大时代里的小人物。其实小人物写好了,往往能成为文学史上的大人物,比如鲁迅笔下的阿Q,巴尔扎克笔下的葛朗台,契诃夫笔下的小公务员。邱贵平虽然自谦"我当然写不出阿Q、葛朗台此类大人物似的小人物,但把小人物写精写妙,写到大师十分之一的水准,一直是我的追求和梦想",我还是对他将小人物写精、写深、写透、写大充满期待和信心。

注 释

①本文选自《长篇小说选刊》2013年第2期。作者:石华鹏,现为《福建文学》杂志副主编。

思 考 题

1. 浅析艾兰花的人物形象。
2. 探析《五朵厂花》的艺术特征。

姑　姑

◎胡增官

作 者 简 介

胡增官,笔名飚风。1964年出生于福建省连江县乡村,幼失怙恃。现供职武夷山市新闻中心,福建省实力小说家。1985年在《当代诗歌》发表处女作。此后在《北京文学》《啄木鸟》《福建文学》《散文百家》《海峡》《散文天地》《诗人》《当代诗歌》《人民日报》《福建日报》《香港文汇报》《美国侨报》等境内外上百家报刊发表散文、诗歌、散文诗、杂文、随笔、小品文、故事等文学作品200万字,作品入选《杂文选刊》《读者》《微型小说选刊》《作家文摘》《2002中国年度最佳杂文》等多种选刊选本。2004年转型小说创作,至今在《福建文学》《时代文学》《青海湖》《延河》等发表中短篇小说60余万字。作品两次被《中篇小说选刊》转载,《挖呀挖地洞》入选《福建文艺创作六十年·短篇小说卷》。中篇小说《姑姑》获南平市首届百花文艺奖二等奖。短篇小说《人间烟火》分获福建省第7届百花文艺奖三等奖、第23届全国梁斌小说奖二等奖、第27届福建省优秀文学作品奖三等奖和南平市第2届百花文艺奖一等奖、武夷山市武夷文艺奖一等奖。短篇小说《赌神》获中国作家出版集团主办的"纪念抗战胜利70周年"征文优秀奖。《文艺报》《福建文学》

《闽北日报》等多次评介其小说。著有长篇小说《碧水流云》，出版散文集《阳光碎片》、中短篇小说集《活得比蟑螂复杂》。

1

我爷爷抱走我姑姑送人，我爷爷这一送，送走我父亲一生的幸福和安宁。

2

我爷爷送走我姑姑，我父亲哭了一天一夜，绝食三天。

第四天一早，我父亲坐在门槛，两眼空洞，身子软如面条。

我爷爷揉搓咣当响的肚子，喉咙打出冒番薯汤酸味儿的饱嗝，脑袋昏昏，说：不吃，饿死你，我还能多一口饭吃，看你硬还是我硬。

自打我爷爷送走我姑姑回到家里，我爷爷就阴郁寡欢，心神不宁，我父亲从他眼里看出阴冷硬气，知道败局已定，饿不回我姑姑了，扶住门框晃晃悠悠站起，屁股黏附一块青灰色鸡屎慢步走进厨房，打开锅盖，锅底铺一层薄如蝉翼浊黄番薯汤——他们都吃过早饭了，我父亲不得不被动饿上一顿。

我父亲伤心欲绝的理由是疼死我姑姑，还说长大娶我姑姑为妻，我爷爷却趁我父亲熟睡，连夜抱走我姑姑送了人。

我姑姑侧脸挂我爷爷肩膀，一路上酣睡不醒。自打我爷爷从热烘烘被窝里轻轻抱起我熟睡的姑姑猛地窜出家门，我姑姑脑袋就挂在我爷爷肩膀，熟睡的她哪知这一去永别乡土血缘，踏上一条不归路。我爷爷搂紧我姑姑身腰，当空星月笼罩父女俩爬十里山路逃命似的赶往定安渡口。我爷爷那天算错潮汛，赶到定安渡口时乌猪已呜呜离岸，我爷爷心口一沉，心往下掉，那个联系好领养我姑姑的户主准时候在福州台江码头，失约事小，错过时间，我姑姑送不走，留在家里占着一口饭吃，哪敢抱回我母亲当童养媳。兵荒马乱，加上年年灾荒，吃食算计着只够一家人粘肚皮吃上半年，我爷爷担心这样下去将来我父亲讨不起老婆，腾出我姑姑这口饭供个童养媳做我父亲老婆。童养媳他已瞧下了，是邻村连家刚断奶的幺女。

我爷爷一急，他快跑如飞，清晨海风刷擦我爷爷耳朵和我姑姑露出小破夹袄的瘦小脸蛋，瘦小脸蛋随奔跑节律晃荡跳脱。那截伸进海水的石板码头留下我爷爷匆匆奔命的狼狈影子。我爷爷腾空跃起，撞碎悬挂海岸线日头光幕痛苦嘶鸣，心却在腾空刹那掉进混沌黑暗海里。

我爷爷惊险飞跃的一幕，让船工视线接住。船工起锚妥当，抬眼瞥见我爷爷赶死似的冲过来，双脚飘落乌猪船帮时身子前后打晃。船工伸出熊样粗大硬实手掌及时钳住我爷爷臂膀，我爷爷才不至于带着我姑姑掉进海水。船工破口大骂我爷爷找死。骂声混合我姑姑骤然飘起的尖利哭声，伴奏乌猪马达突突突前行，撕扯掉进混沌黑暗里我爷爷蹦跳不止的心口。

我爷爷很快哄住我姑姑的哭声。我爷爷告诉她去一个有米饭吃的地方走亲戚，我姑姑从来没吃过米饭,米饭蒙蔽了我姑姑预临的困境。乌猪沿海岸线一路走走停停,行走三个时辰水路到达台江码头。急急上岸,把我姑姑交给头上包一块暗花缠枝莲蜡染青布的老妇女。老妇女要童养媳的事是人贩子来村里说合的。人贩子只说福州城郊一户人家有六个男孩,想抱个童养媳。人贩子跟我爷爷约好交接的时间、地点后离去。

"我不,我不要啊,爹!"老妇女接过我姑姑的当口,我姑姑号哭声像一把尖刀捅伤码头的嘈杂和零乱寒风。

我爷爷断喝一声:"你快走吧!"

老妇女带上我姑姑刀样锐利哭声,消失在肩挑背驮的混乱人群里。老妇女没告诉我爷爷家在哪儿,以免事后反悔,将来上门认亲,多出一嘟噜麻烦。

我爷爷送走我姑姑后,每每涨潮时辰,我爷爷心率紊乱,心跳如撞鹿咚咚敲打心壁,心绪烦躁,烦躁劲持续到退潮方安宁下来,天天如是,这让我叔父受了不少皮肉之苦。我父亲似乎摸到潮汛规律,避开拳脚,躲出去放牛,或者找人捉迷藏,总之不呆我爷爷身边。我叔父脸上成天挂鼻涕虫,他不明白险境,不明白我爷爷拿他出气个中缘由,以致我爷爷咽气后,我叔父双眼如枯井,我父亲溜得没影儿。我伯父忠诚守望我爷爷最后时光,捍卫孝子本色,个把月后我伯父也走了,留下一个遗腹子和我伯母。

我姑姑离开家门那年五岁,我父亲十岁。

我十岁父亲欲娶五岁姑姑为妻,大人嘻嘻哈哈开心一阵,拿我父亲话语当儿戏。殊不知我父亲是当真的,我姑姑送走后几天,我奶奶抱回邻村连家三岁幺女,叫五妹,说是养大了做我父亲老婆,事情果如事先安排,她后来做成我母亲。我母亲骨瘦如柴,生下我也瘦如芦柴,我和我母亲都欠了我姑姑一口番薯汤饭。而我姑姑一直没有下落,如同人间蒸发。或许在茫茫人海中,有某个机缘,我和我姑姑后代——两个奔流同源血液后人有过相逢不相识,那是人间最为残酷的事。

3

我懂得怨怪我爷爷这头没给我留下亲戚走动时,我爷爷早已化作地下一抔黄土。我爷爷死于霍乱,临死前呕吐不止,呕吐罢,进入弥留状态,人反倒清醒过来,断断续续说他梦见我姑姑被收养人家用火烧死了,他看到熊熊燃烧火苗吞噬我姑姑挂满泪水的小脸,列祖列宗围住我爷爷讨要我姑姑小命……想必我爷爷一直后悔送走我姑姑,以致临终幻觉。我父亲没看到我爷爷死,他后来常说我爷爷一辈子最大错误就是送走我姑。我爷爷送走我姑姑后,我父亲不待见我爷爷,老躲着,当然躲不彻底,狭路相见,我父亲老向我爷爷讨要我姑姑。我爷爷烦躁的心立马无名火直窜,抓住我父亲拳打脚踢,我父亲不哭,痛得牙齿咬出血。我父亲捋起裤管,叫我看他小腿上两道对称烙痕,这是我爷爷的杰作,他顺手操起灶膛里烧通红的火钳钳住我父亲小腿,滋一声一阵轻烟,皮肉烧熟的味道弥漫开来,我父亲来不及冒出豆大汗粒,昏厥过去。我父亲清醒过来时看到我奶奶边哭边咒骂我爷爷狠心,不得好死。此时我爷爷正走在通往古田的路上。我爷爷贩虾油为生,跟几个村民从连江首澳海边贩来虾油挑往古田卖给虾油铺。我家一楼至今保存一对虾油桶,是我父亲跟我伯母、叔父分家时分到我父亲名下的家产。我父亲分了一间破房和一对虾油桶。虾油桶杉木料,高腰,里外油着棕红色清油,桶盖边沿留有凹槽,刚好严丝密缝扣紧桶口,不费点力气打不开桶盖。虾油桶很结实,竹篾桶箍至今紧抱桶帮不松塌,似如焊接。虾油盐分大,沉,一对虾油桶足以装下百来斤虾油,我爷爷挑上百来斤虾油走四百多里山路,往返一趟十天半个月,风餐露宿,磨破的双肩结一层厚茧,肩胛处隆一块小山包。这对虾油桶却完好无损,没有刷痕,我猜想我爷爷添置下这对虾油桶,来不及派上用场就死了。我爷爷生命的最后年月国民党兵盘踞我老家,我爷爷身怀功夫,面对长枪短炮,功夫使不上劲,害怕抓壮丁死在外头,便撂下营生,躲到山上大半个月乘虚悄悄溜回家一趟,这对最新添置的虾油桶从此晾在一边。

现在我说说我爷爷功夫来历。乾隆年间,河南少林寺僧铁珠被人栽赃谋害,逃出少林寺,一路躲藏追杀,乞讨南下,逃避到我老家来,被我祖上族人收留,铁珠感念村人,教习我族亲学武,教习前必传训少林寺武规,说少林寺拳护身不杀生,不能先动手,讲的是后发制人。习武村人铭记教谕:护身不杀生,代代睦邻,习武的功用只为健身。铁珠武艺传到我爷爷一辈,只有少数几个人传承铁珠和尚的一点点功夫,强弩之末不似当年勇。我爷爷身怀强弩之末的功夫,曾在通往古田路上,绿林汉扎营流林寨,我爷爷撂下虾油桶赤手空拳打趴过三名留守喽啰。贩走虾油回程,我爷爷他们绕开流林寨,他们不想那么幸运仍旧遭遇小股绿林汉,手无寸铁对付过来,何况我爷爷桶里放了一个女婴,她就是后来被我爷爷送走的我姑姑。我爷爷带回我姑姑,我姑姑奄奄一息,我爷爷讨了邻居奶水才救活过来。我奶奶起始死活不肯要据我爷爷说在古田街头捡来的女婴,家里揭不开锅,再添一个赔钱货抢饭吃,不是要人命?我爷爷抽起扁担照我奶奶大腿敲一杠子,我奶奶瘸了脚,认下我姑姑。我爷爷后来动议送走我姑姑,我奶奶又百般不肯,宁愿拿我叔父顶缸,我爷爷说福州那户人家生了六个男的,家里就缺一个女娃做他们其中一个孩子的媳妇。

4

我父亲后来知道我姑姑来历,依然念念不忘我姑姑。

我出生这地方,前不巴渔后不巴农。说不巴渔,翻过村庄东头就是一大片渔村,村人闻鱼腥而耕,却没有打鱼权利;翻下西山是一片沃野良田,轮到我老家粘了点农尾巴,土地尽长石头,泥巴瘦不吧唧,山上有山垅田,有番薯地,还有长在石缝间的稀拉拉松树,石头长得比树好,我知事起,人均一季口粮五斤谷子,数着谷粒过日子,一季还得半季喝西北风,解放前的日子能好吗?村子里出了一批亦农亦商的,有造屋的泥瓦匠,有锅碗锅锅的锅匠,有做木工的木匠,真个匠气十足。也有如我爷爷贩虾油的贩油郎。我伯父走村串户卖针头线脑,当称货郎。郎呀匠的,讨人屋檐下活儿,辛苦挣不了几个钱不说,还受气。

我姑姑待家里的时候是我父亲一生最幸福时光。那时我伯父常年在外卖杂货,我爷爷走古田贩虾油,我奶奶上山耙草砍柴,照顾弟妹的活自然归我父亲。我叔父蹒跚学步,满脸鼻涕屎,我父亲烦他,对我姑姑倒百般疼爱,有时放着我叔叔不管,跟我姑姑几个伙伴玩过家家,收集几片蚌壳,摆开来,取田土捏出炸鱼、鱼丸、蛏、蛤、花菜、米粿、年糕,三分像,七分想象,蛏蛤最像,用捡来蛏壳与蛤壳包上湿泥,外形真货,哪能有假?这些吃食整齐摆进大蚌壳,两边摆一对红烛蒂,洋火点燃烛芯,就是一桌丰盛合卺酒,完全抄袭大人娶亲进洞房吃合卺酒的样式。我父亲扮新郎,我姑姑扮新娘,伙伴们唱:

　　过家家,讨老婆,
　　讨东家,讨西家,
　　讨来讨去找自家,
　　肥水不流外人田呀,
　　自家妹子我讨她。
　　讨老婆,讨妹子,
　　我和妹子进洞房,
　　吃酒酒,过家家。

　　我父亲携手我姑姑进洞房吃合卺酒,伙伴们呵呵真乐。

　　大人听来伤风败俗、败坏伦理的行为,孩子们无伤大雅,玩得兴味盎然。

　　玩家家次数多了,我父亲真把我姑姑当老婆了。年底邻居孩子娶亲,我奶奶过去打下手,我父亲牵我姑姑小手挤在古厝厅人堆里看一对新人拜天地。我父亲觉得好玩,回家路上问我姑姑:你愿意做我老婆吗?

　　老婆好像都是娶别人家的,我姑姑说着,犹豫一下,又说:怕娘不同意我做你老婆。

　　你呢?

　　我当然愿意,跟自家人结婚不陌生,跟别人家男孩会被欺负。

　　我父亲满意了,跑去征求我奶奶意见,我奶奶正在娶亲人家跟几个妇女边洗碗边拉呱。我父亲神秘兮兮拉出我奶奶,趁无人注意凑近我奶奶咬耳朵八百正经说:妹妹同意做我老婆,我要讨妹妹做老婆!

　　我奶奶笑岔气,捶着胸口喘气:哎呀,你这孩子,不怕别人笑话,哪有自家兄妹做夫妻。

　　我奶奶不赞同我父亲娶我姑姑,我父亲很不快活,发誓这辈子不讨老婆。

　　童言无忌,我奶奶以为这事就过去了,谁会把孩子的话当真,可我爷爷送走我姑姑,我父亲愣是哭了一天一夜,绝食三天。送走我姑姑后几天,日本鬼子扛着膏药旗投降回国,国共内战尚未打响,难得太平日,我奶奶从邻村抱回我母亲。

　　我奶奶说:她就是你老婆。

　　我父亲歇斯底里喊:不要,我不要她,我要妹妹。他哭着跑开了。

　　情况比这更糟糕,我父亲压根没把我母亲当老婆看,打小欺负我母亲。

　　我那老家,以血缘论亲疏,我母亲与他们毫无血缘关系,在家里地位可想而知,我就没见过地位高些的童养媳,包括我奶奶这位准婆婆和我父亲这位准丈夫,就连与我母亲年龄相仿的叔父也成天"童养媳"挂嘴边,就像喊阿猫阿狗,满嘴轻蔑。我母亲跟我叔父同龄，得喂他饭，喂大口了，小脚踹我母亲膝盖上。番薯里混粒沙子，我叔父牙齿一酸，眼睛不眨，一口饭啐得我母亲满脸挂花。我母亲顺手一抹，唇上沾着咸咸泪水。我叔父年幼无知，可我伯母过门后对我母亲也不怜爱，邻居说我奶奶病逝后，长嫂为母操持一家吃穿，我母亲没穿过像样衣服，破衣烂衫敝体。这不奇怪，我那老家，穿破衣烂衫大有人在，我伯母穿得也好不到哪儿去，好不到哪儿去的衣服穿脏了，扔给我母亲洗。孀居伯母发现洗好晒干的裤子上一块树脂明晃晃的，一把拎起我母亲，扔到门外挨冻。最可气我父亲，看到我母亲在呼呼寒风里挨冻却心安理得。我父亲最恶劣做法是在我母亲最后一个装饭时，抢过我母亲小半碗番薯汤，不等我母亲反应过来，番薯汤早倒进我父亲喉咙。我母亲不得不上山找野果充饥。我母亲能不瘦如芦柴？我父亲目光短浅，全不在意我母亲身体是培育他后代血缘的基地，基地瘦瘠，优良种子也不顶事。我至今瘦如竹竿，一捅能捅破女娲补的老天。

　　我母亲认命做童养媳，依村俗长到十六岁就该成亲，跟我父亲合卺，我父亲一直拖延，死活不跟我母亲合卺，熬成大龄青年。乡亲口水快淹死我母亲，我母亲无计可施，悲伤上吊，当然没吊死，不然会有我？我母亲寻死觅活，老族长害怕了愤怒了，气势汹汹找来我父亲，吹胡子瞪眼训斥不孝不义，强令我父亲跟我母亲合卺。我父亲没辙，自己不成家可以，不能荒废我母亲一生。酒办上一桌，请族长、我伯母、我叔父、我婶婶和我奶奶娘家人，吃了一顿酒。那年我父亲三十岁，我奶奶也已过世多年，我叔父长女已经好几岁了。

　　我父亲和我母亲合卺大几年不跟我母亲同床。这样，五年后我才来到人世，可见我父亲对我母亲何等冷漠。我父亲这辈子惦记的唯一女性就是我姑姑。我父亲长大后明白兄妹不能成亲，并不意味着我父亲因此可以忘记我姑姑。相反，他在我成长过程中无数次提到我姑姑。我父亲总说，要是找到我姑姑，我就有亲戚走动，上姑姑家里住几天。我父亲看到福州来人，不失时机打听我姑姑下落。时间那么久远，我父亲对来人描绘我姑姑小时候模样，女大十八变，就算来者是我姑姑邻居，对方也要摇头。对方一摇头，我父亲神情沮丧，说一个大活人，怎么说见不到就见不到了。他总说，你姑姑今年该四十二，过些日子又重复一遍，第二年，我姑姑该四十二岁了，又过一年，我父亲必在我面前感叹，哎呀，时间不饶人，你姑姑要是还活着，四十三岁啦。

　　我恼了我父亲，她怎么不说我母亲今年多少岁了？一日夫妻百日恩，我父亲偏偏拿我姑姑取代我母亲，做我母亲的薄情郎。

　　我父亲为打听我姑姑下落，一生多次跑到福州寻找我姑姑，茫茫人海，无疑大海捞针，我父亲却乐此不疲。

5

　　我父亲十二岁那年第一次逃出家门找寻我姑姑，沿山路狂奔，跑到定安渡口，乌猪没有来。乌猪涨潮的时候从福州台江码头突突起航，沿闽江下游一路行驶一路停靠，抵达定安渡口卸下客人再接上客人，突突突从定安渡口返航，一路行驶一路停靠，赶在退潮前驶进台江码头。我父亲知道定安渡口方位,不明白东海潮汛时辰,他来早了,一早喝下的番薯汤,在路上跑掉了。我父亲坐在渡口斑驳的石头上,饥饿阵阵撕咬肠胃,眼前摇晃不定,远处帆影与近处滩涂倾侧旋转。我父亲意识到肚子问题不解决,我姑姑就找不回来。日头笼罩油黑滩涂,土壤肥沃,跳跳鱼鲜奔乱跳,蟛蜞快速横行。蟛蜞是一种青色小螃蟹,长不大,搁在锅里焖熟,红艳如晚霞,咬嚼咔嘣响,蟹螯蟹爪全能嚼碎入肚。我父亲昏头昏脑下到滩涂里,波浪哗哗呐喊,一阵阵爬上滩涂亲吻足踝,一阵阵退走,如此反复。跳跳鱼逃得没影儿,蟛蜞似在捉弄我父亲,贼精贼灵乱闯,我父亲不得其法,满滩涂捕捉,折腾满脸满身泥迹,才抓到五只蟛蜞,生吞活剥入肚。滩涂很快被海水侵占,蟛蜞们没了影子。我父亲精疲力竭爬上岸,掬水洗脸,洗身上衣服,日头一晒,身上一粒粒亮晶晶盐末。我父亲苦巴巴眺望海天相接处灰蒙蒙一片迷茫,巴望远处传来突突突呼唤。我父亲足足等了三个多时辰,天黑透了,乌猪才泊在定安渡口,卸下客人。

我父亲带着肚子里五只肢解的蟛蜞上了乌猪。依我父亲身高,不到半票,但是没有大人带着,船工不让上船。我父亲说:我出来撒尿,我娘在船上。骗过船工,我父亲坐上乌猪,顺着我姑姑离家路线开始注定没有结果的历程。

我父亲在福州逗留五天,像一只没头苍蝇,带着饥饿的肚子,惶惑地东一头西一头乱闯。茫茫人海,我姑姑是一枚针,没有明确方位,一个十二岁孩子寻找我姑姑的历程百般曲折。据说我父亲回到家里,村人看到我父亲成了一只破衣烂衫皮包骨的瘦猴。我父亲最初落脚点在台江,夜黑风高,我父亲蜷缩码头门外度过第一个夜晚,熬到日里,我父亲满怀信心,在台江老式店肆间穿行,繁华如仙境的街景于我父亲视若无物。走到茶亭街,店肆里飘出的轻烟裹夹鱼丸与肉包香气勾引肠胃,口腔香津泉涌,呼应肚子里咕噜声,我父亲觉得身上气流放光了,软乎乎如死老鼠。他坐倒街边的时候,夜色如墨汁不由分说倾泻而下,恐惧与饥饿双重危机攫住我父亲,泪水不由自主涌出眼眶,他想到了我姑姑,他不明白我姑姑送给富人家还是穷人家,长多高了。店里汽灯白炽炽照亮门口一方街面,一个胸前垂挂两条小辫的女孩出现在亮光里,天使般注视街边我父亲泪水盈盈的小脸。

"小哥哥,你不哭。"小女孩走到我父亲身旁,向我父亲伸出拳头,拳头打开,掌心一粒漂亮纸糖,"我请你吃糖糖。"

我父亲眼睛一亮,左手攥住小女孩手腕,剥下掌心里糖果连同糖纸一把扔进嘴里,嚼动纸和糖,表情冲动,声音含混地说:"你,你是不是我妹妹。"

我父亲的神情吓坏了小女孩。小女孩"哇"地骤哭,对面街坊冒出一声:"冉冉,你咋啦!"

哭声更大了,我姑姑名字不叫冉冉,她叫其妹,比冉冉要大。

对面黑影快速朝我父亲移动,我父亲预感吓哭小孩问题很大,扔掉小女孩手腕,撒腿奔跑,糖果的能量提供他力气,跑出去好一段,黑影谩骂声远了,他才停下来。

我父亲找进小巷,在拐弯口避风的台阶上,双手撑住下巴迷迷糊糊度过又一个不见星月的夜晚。第三个夜晚,蜷缩漆黑的街头,我父亲特别想家,想念我奶奶和被窝。我父亲天天寻找街边菜皮和餐馆里剩饭剩汤充饥。他怯生生站到餐馆,双眼如电盯住食客,哪个食客起身出门,我父亲迟疑地走上前,看到碗底朝天,半点汤汁不剩。可想而知我父亲让饥饿撕扯的肠胃有多失望,恨不能舌头如蜥蜴长舌,长长伸过去,舌尖一卷,卷走坐在斜对面小桌前食客舀起的白胖鱼丸。我父亲不知白鱼丸滋味,就像不明白我姑姑确切下落,注定一场空。"去去去",店伙计肩上搭条汗渍染黄的白毛巾,挥手驱赶我父亲。我父亲跳出门外,探头探脑。

我父亲终于喝上半碗热汤,一个穿长衫的食客起身出门,趁伙计进厨间当口窜进去,鼓足勇气像一只弹力十足的猫,捧起碗,半碗剩汤快速倒进喉咙,汤汁沿两边嘴角流下,淌入脖子。我父亲终于尝到鱼丸香香酸酸的汤汁,香酸味如气场驻留喉咙口。当晚我父亲瞅见我姑姑向他走来,追着他喊二哥,我父亲乐坏了,呵呵笑声惊醒自己,嘴里鱼丸汤味还香美着哩,我姑姑却在眼前消失了。

我父亲于是发出一声扯破天庭的哭吼,夜空越发深邃、幽长、恐怖。

我父亲寻找我姑姑途程形同流浪,第四天,第五天,我父亲在桥这头台江与桥那头仓山荡来荡去,遇见我姑姑同龄女孩,凑上去细瞧,脏兮兮脸面龌龊破旧衣褛与可疑形迹令人侧目。我父亲不敢判断哪一位是自己亲妹妹,甚至不敢动问,讪讪然无趣地放走一个个路过的我姑姑同龄女孩。我父亲像个无家可归孩子,继续饿了捡餐馆残羹冷炙和着白眼与呵斥填肚,渴了灌井水,累了随便捡个旮旯头,放倒身子睡得五迷三道。我父亲最享受的一顿,是仓山公共饮食店一位做包子的胖子师傅偷给他两个包子。他极力克制吞咽欲望,细嚼慢尝肉包丝丝缕缕香美的时候,完全忘了我姑姑。

那时形势复杂,福州管制严,我父亲最终被收容交给乌猪,遣送回定安渡口。我父亲走回家里,我奶奶他们以为遇见鬼。我父亲忽然失踪,我奶奶焦急万分,以为我父亲被山悄劫掳,山悄用泥巴堵住我父亲口耳塞进某处废弃的无主坟墓洞穴,我奶奶雇人打着火把敲锣打鼓满山遍野寻找,连找两个通宵,生不见人,死不见尸。我奶奶失望了,哭了一大阵子,干自己的活去。

在我老家,山悄不是鬼魅动物,它是一种迷幻绑架活人,置人于死地的恶鬼。山悄这种恶鬼惧怕锣鼓声和火光,村里每年都有人被山悄劫掳,村人都在夜里以喧嚣方式在某处破坟墓找到被山悄封住口耳神志不清的受害者,他们以为我父亲更不幸,让山悄闷死在某个无主坟墓洞穴里找不回来了。

我奶奶弄不明白走进家门的儿子是鬼是人,如是活人,咋会变成黑乎乎形瘦骨立脱了人形。

我奶奶嘴里念叨是鬼就离开,生前没亏待你,别来吓我,安生做你的鬼去,过年过节给你烧些吃的用的。边念边麻着胆靠近我父亲,听到我父亲呼吸,高兴得差点没昏过去。我父亲还活着,我母亲最为欣慰,她不计较我父亲对她拳脚相加不待见,我母亲对暴君一样的我父亲早已产生心理依赖,童养媳卑微地位和不安全心理,总想有根救命稻草因渡人生。这根救命稻草抓在我父亲手里,抑或说我父亲就是她救命稻草。

6

　　我父亲同我母亲合瓷五年后我才出生。出生那天,我父亲不在我母亲和我身边,他又跑到福州寻找我姑姑下落。这回他听信村里遗老临终遗言,遗老是我爷爷生前好友,说当年听我爷爷隐约说过,我姑姑送给福州湾边一户人家做童养媳。遗老中风好几个年月,糊涂得不成样子,我父亲还信他的话,却不把我爷爷生前多次提到不知我姑姑下落的话当回事,因为当年抱养我姑姑的那个头包青布老妇女压根没说出她家住址。

　　我父亲听到遗老临终遗言喜出望外,不顾我母亲挺着大肚子临产,当天走了几十里路赶到县城,搭乘客车赶往福州。

　　我父亲顶着箬叶竹笠走下客车,一头钻进烈日下的人海中。我父亲错误地估计了福州与郊区湾边的距离,以为湾边就是福州,抑或就是福州城一个小区。从福州台江客运站到远郊湾边,再次考验我父亲的心力与脚力。亲情距离遥远并不可怕,可怕的是捕捉亲情的能力,我姑姑小时候形象烙在我父亲脑际,时间却能改变一切,包括我姑姑面目全非。我父亲有这样的心理准备,志在必得。我父亲起步开始打听湾边去向那一刻起,遭遇任何一个拐弯口,都谦恭地向人询问,以免寻亲路误入歧途迷失方向。

　　我父亲不厌其烦打问,遭逢各种或热情或冷漠或不怀好意的面孔。他漏夜行走,马不停蹄,健步如飞,终于找到挂在乌龙江畔的湾边。这是他来福州第三个傍晚。湾边笼罩在沉沉暮霭之中,街上人影荷锄挑担匆匆而过,仿若我老家,个个满面倦色表情漠然。

　　我父亲到达湾边的时候,我的啼哭降临人世,发布未来命运。我父亲毫无挂碍我们母子俩,满心思寻找我姑姑。他挨门打探:"有个叫其妹的女人住在村里没有?"这句话如谶语挂在我父亲嘴边,立成湾边夜色中梦幻隐秘的关键句。村户大门纷纷关闭,我父亲收起话语,瞎走瞎撞撞进泼洒街边最后一块亮影,一块马灯高悬的四方窗。我父亲懒得开口,手指戳着正墙货架上的光饼,掏出一块钱。我父亲提走一串细麻绳串的小光饼圈,摸着夜色晃晃悠悠来到江边。江色如黛,寒意滔天,我父亲蹲在江岸,似如史前猿人,长臂掬水润喉,大口吞咽小光饼,五十个小光饼一口气送下肚子。细麻绳搓揉一团,使劲抛入江中,夜色划破了一道弧形伤口。我父亲打着满意的饱嗝离开江边。村里没有客栈,村道黑魆魆。我父亲蜷缩在生产队牛栏边,睡意渐渐爬上来,喂一宿蚊子,黎明醒来,身上痒丝丝,腿脚布满血迹和拍死的蚊子。天亮后,日头照耀我父亲腿脚一片红色斑驳。

　　"有个叫其妹的女人住在村里没有?"我父亲继续重复这句梦幻谶话。

　　我父亲矢志不渝的打问感动上苍,终于有个叫其妹的名字露出水面。一个挂着拐杖穿蓝色斜襟衫黑色罗汉裤的小脚老女人上下打量一番我父亲,回应说是有这么个女人,住在村西头老榕树后,我认得。

　　我父亲跟住小脚老女人,拐杖笃笃点地如马蹄踩过石板路。村西头果然有棵老榕树,老榕树后果然有几幢房子。其妹在家吃午饭,听到小脚老女人叫唤,她走出来,看到老女人身旁我父亲眼睛灯笼样罩住她,眼神不邪却冒失,其妹心里恼,说话有些冲:"你找我?"

"是,是,是!"我父亲激动得手足无措,这其妹年龄与我姑姑相仿,跟我父亲一样长着粗眉削脸,我父亲确信就是他要找的亲妹,就差没喊出"妹妹"。

小脚老女人古道热肠,替我父亲道出我父亲寻找当年我爷爷送走的我姑姑,她叫其妹。刚才路上,我父亲简要介绍了此行寻找其妹的动因。

"我是叫其妹,但不是你要找的妹妹,我从小出生在湾边,嫁在湾边,一辈子没有走出过湾边。"其妹辩述。

我父亲想,这是我姑姑养父母从小这样教育她,她误认为就出生这里,这种事多着哩。

后来,屋里走出的老女人动摇了我父亲的先入之见,这其妹与这老女人除了年龄不同,脸型眉眼须发与身个几乎一个模子倒出来。老女人说:"你这人真是乱来,叫其妹就一定是你妹妹,你看清楚了,她是我亲生女儿。"

我父亲哑口无言,如果这时我父亲还心存挣扎与侥幸,到了其妹从屋子取出一张四寸全家福,照片上七口人五姐妹几乎都是一个模子产品,这家子一色女因仔,无须收养童养媳,这其妹排行老四,她之前已有三个姐姐,更不需要抱一个别人家女娃添堵添累赘。

我父亲黯然告别这其妹和小脚老女人,继续在村里打听我姑姑其妹的下落。

我父亲挨家挨户打探遍了,没有丝毫我姑姑消息,就像受害者家属找不到凶手,连一丝半毫凶手线索都没有。我父亲失望至极,心巴凉巴凉,丧魂落魄不知不觉又走回村西头老榕树下,手拍老榕树,额头抵住树干放声恸哭。

"老哥,"福州人如是称年龄稍长的男人,"没找到你妹妹?"这其妹啥时候来到我父亲身旁,我父亲浑然不觉。

我父亲抬头侧脸泪眼婆娑望着这其妹。

"我和你失踪妹妹同名,要不,你认我做你妹,"这其妹一脸真诚,一脸怜悯,"我叫你一声哥。"

我父亲思忖片刻,毅然决然摇头。

我父亲蹒跚着往外走,走出一段路,这其妹大老远追过来,叫住我父亲,塞给他一小包纱布包的东西,说:"路上吃,天要黑了。"

我父亲带上感动重返我老家,踏上乡土,忽然大步如飞向家门冲去,冲近院子,他听到我的大声哭诉了。

我父亲张开双臂,饿鹰扑食,扑到床前,一个包在布帛里的小肉团,猴臀样红彤彤皱巴巴小脸挣扎着哭。我父亲激动得满脸彤红,眼里闪耀奇异光芒,收臂欲抱起我,被我母亲制止:"别弄疼他,先去洗个身,看你脏的。"

我母亲躺着,头枕藤编枕头,额际包裹一圈坐月子防风寒蓝布,语气平缓,声音虚弱地和我父亲对话,毫无怨艾,似乎我父亲只是出门倒了趟脏水。

我父亲为我取了一个名字,几年里没再提找我姑姑。他收心养家糊口。后来又为我添了妹妹，妹妹取名思妹，我叫思其。思妹出生不久，喉咙下方大面积溃烂，命没能保住。我父亲为思妹夭折伤心了一个月，不下地，不出门，闷在屋里。我母亲觉得我父亲小题大做，一个女娃夭折有啥好伤心，可我父亲太想要一个女娃，我家上溯几代都缺女娃，我祖父、我曾祖父、我高祖父基本生不出女娃，我说基本，不是全部，我爷爷生了女娃叫其妹，其妹是我姑姑，我姑姑却不是我奶奶生的。我姑姑不是我奶奶生的，又是我爷爷的种。我爷爷从古田抱回我姑姑，也抱回一个秘密，这秘密我爷爷对我奶奶坦然公开。我姑姑是古田县城余氏虾油铺女伙计所生，女伙计年届而立，守了几年寡。余氏虾油铺是我爷爷铺家，一趟两趟三趟，寡妇跟我爷爷混熟，眉来眼去，干柴烈焰，两人躲进县郊稻草垛约会，苟且。同伴贩走虾油往回赶，我爷爷佯装风寒留下来住了些天，同伴心知肚明，一致替我爷爷保守秘密，瞒下我奶奶。

我爷爷风流事瞒住我奶奶，瞒不住寡妇肚子，第二年我爷爷他们又挑上虾油桶跋山涉水到古田，我姑姑已出生两个月。

寡妇："这是你娃哩。"

我爷爷不信，谁知道寡妇还跟哪些男人睡觉，拿女娃栽赃。

寡妇很生气。寡妇冒着败坏名节风险生下我姑姑，寡妇没有让我爷爷出资养育和谁的孩子谁抱走的诉求。她确实鬼使神差，非要为丈夫去世后唯一钟情的男人留种，她明知我爷爷有家室有儿子。寡妇想替我爷爷带大女娃，没承想我爷爷否认我姑姑是他的种。

寡妇生气，却不急，很有耐心地比画我姑姑额头五官如何如何跟我爷爷一个模子印出来。

我爷爷细目圆睁，拿我姑姑和自己细细比对，初时不像，心里喊着不不不，问题是我爷爷对比了几次，越比对越像，从三分像到七分像到十分像。我爷爷心潮澎湃，从惧怕到平静，又从平静泛起欣悦，家里独缺一个女娃，上溯三代没生过一个女娃。

我爷爷萌生抱走我姑姑的念头，当即想好如何说服寡妇，继而说服我奶奶。

"想得倒轻巧。"寡妇不愿割舍我姑姑，她与前夫没有生养。

我爷爷说："那我带你一块走。"

寡妇相信一个挑夫性能力，凭什么去相信挑夫卖苦力挣钱能力？扔下田产跟他走，傻女人才会这么贸然行事。

我姑姑是被我爷爷偷回家的。挑夫们商议一宿，在客栈里设下一桌酒庆祝我姑姑诞生。寡妇酒量好得吓人，几个人轮番灌她，寡妇来者不拒，几个人两坛米酒下肚，寡妇桃腮粉面，异常惊艳，神志却清醒得很。他们趁寡妇上茅坑，几个昏头晕脑虾油贩子对上眼，采取下策，将事先备好的一小包蒙汗药倒进寡妇酒碗。

寡妇哪知虾油贩子奸似鬼，一碗酒送下喉咙，晕乎乎扑到桌上呼呼睡去，原本就架在我爷爷臂弯襁褓里酣睡的我姑姑，这当口抱离出生地只剩下迢迢路途了。

我爷爷怎么说服我奶奶认下我姑姑，我奶奶从未提及，她诉说我爷爷行状到了我爷爷抱回我姑姑便戛然而止。可那年月不养人，我爷爷家徒四壁，最终拿我姑姑送人，换

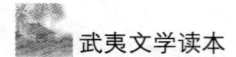

回我母亲做我父亲童养媳,童养媳地位本来就低微,失去我姑姑罪责又归咎于她,我母亲在家里因此备受歧视。

我爷爷送走我姑姑后不久,下了一场罕见大雪,我爷爷受惊受凉呕吐不止,大病一场。后来,我爷爷疏离大海,每每大海涨潮,内心裂岸惊涛,躁动不休,寝食难安,拿家人出气。我固执地认为,我爷爷后来死于霍乱是偶合,他应该死于内心重撞破裂的症状。

7

事情到了我父亲五十岁那年又起波折,我母亲以为我父亲于我出生那年寻找我姑姑无果便死心了,此后他不再提我姑姑,尽管他对我母亲态度冷漠依旧。可谁知五十岁那年,我父亲旧病复发,再次萌生念头寻回我姑姑,我父亲为这一念之差付出沉重代价,他失去做大木的良差,沦为福州湾边一家工地土建小工。

解放后我父亲跟大木师傅学手艺,三年后出师添置一套木匠工具投靠一家土建队,帮土建队垒的半拉子屋厝做门窗,钉模板,架房梁椽条。做大木活计虽累,却很得人尊重,收入也不低,顺风顺水做了些年,赚钱供家用,向生产队买工分外,有一笔小积蓄。这笔小积蓄我母亲一无所知。我父亲最终利用这笔钱做后盾,放弃大木老师傅资格与手艺,跑到同村小工头承包在福州的工地做土建小工。

那工头起初不收我父亲做小工,他说你有病啊,放着好好木匠手艺不用,来我这儿挑沙挖路基。那工头做筑路工程,用不上木匠,我父亲买下两瓶烧酒,两条水仙香烟讨好那工头,心甘情愿做了小工。

做路赶工期,我父亲找不下空余时间,半个月后才盼来一场雨。雨水浸渍半拉子路面,路沟挖不成,得歇工,我父亲跟小工头吱一声,一大早出了门。我父亲宁做小工挣做大木师傅三分之一工钱,就是方便寻找我姑姑。这地方在湾边下游,离湾边几里路。我父亲当年在湾边一无所获,他认定我姑姑不在湾边就在湾边附近的村庄。我父亲搭上渡船随便走进湾边附近一个村庄寻觅我姑姑。"见没见过一个叫其妹的妇女,年龄跟我相仿,长得很像我。"我父亲逢人就问,一路问下去,从东问到西,从南问到北,口干舌燥,喉咙冒烟,得到的回答商量好似的,摇头:不知道。

一个村庄打听遍了,没有就是没有,我父亲又寻进另一个村庄。天断黑,我父亲饥肠辘辘往回赶,回到路边工棚,身子往模板搭起的床铺一扔,望一眼透漏天光的板皮墙,天边一层鱼肚白。

我父亲呼呼睡到晌午才醒。其间工友的扰攘吵不醒我父亲。他们歇工打"五十K",面前压着零钞,晌午,他们看到我父亲醒来,嘲弄我父亲昨天看了一整天美女。我父亲不置可否,又爬回统铺,斜倚被垛想我姑姑,想我姑姑小时候模样,想她现在啥样子。这天夜里,我父亲做了噩梦,梦见抱养我姑姑人家架起松柴活活烧死我姑姑,火苗舔吻我姑姑童稚面庞,活火化作熔浆滚滚向前,蜿蜒的火龙缓缓爬过江河街区,漫过我父亲床铺,滚烫灸疼使我父亲哇哇哭醒。

"你哭啥!"有人踹我父亲一脚,我父亲翻个身,睁眼打呼噜佯装睡去,无眠到天亮。

天大晴,工头催促起床吃饭出工,我父亲托病休息,待工友走后,我父亲溜出去,继续上路打听我姑姑下落。答案毫无悬念,我父亲再次垂头丧气归来。工头很生气,骂我父亲好吃懒做,不负责任。

"操,我操你娘。"工头骂,手指杵到我父亲鼻尖。

我父亲做深度呼吸,忍了忍,一五一十抖搂寻找我姑姑的相关情节。

工头沉吟:"几十年了,人海茫茫。"工头动了恻隐之心,他不骂了,反为我父亲出主意,写几张寻人启事贴到附近几个村庄,说不准能撞上。我父亲将信将疑,买下几张红纸请土建队会计写毛笔字介绍我姑姑小时候体貌特征和当年被抱养的经过,说"二哥在苦苦寻找,盼望骨肉团圆",云云。

我父亲转了十来天,寻人启事贴出去了,贴了十来个村庄。我父亲苦巴巴等了一个月、两个月,落空了。我父亲认命,继续靠两条腿与一张嘴去感动上苍吧!一到歇工日子就往外跑。梅雨时节,雨一下三五天,工友三五天见不上我父亲人影也不为怪。我父亲转悠不停,从这个村到那个村,从东街到西街,从这条巷到那条巷。几天后,垂头丧气回到工棚,一身脏兮兮,活像讨饭人。

工友说:"你疯了,世界这么大,鬼知道你妹妹在哪儿。"

工友说:"鬼知道你妹是死是活。"

工友说:"……"

工友的善意,我父亲不领情,很生气,他们尽拣难听晦气的说辞。

后来,我父亲找我姑姑的路上,被人狠狠揍了一顿。那人妹妹刚刚失踪,我父亲撞在他火头上。

他划了一个圈,带伤找回原点湾边。

湾边变化不大,房子还是老房子,街还是那条街。老街一侧隔一段路树一根电线杆,这是不变中的一变。我父亲从东往西走,靠近西头的屋前场院,一群或站或坐的男女老少面朝几案上一台14寸黑白电视机收看《姿三四郎》,穿和服挽着高挺发髻的高子小姐撑着油纸伞袅袅娜娜走细步吸引所有眼球,没因此有人注意我父亲路过。自打进入湾边,我父亲一言未发,仿佛毫无用意的过客。他走到人群左前头巡视场上人,绕到右前头瞄着场上人,没发现上了年纪的妇女跟我父亲相貌相像。我父亲看两眼银幕,沮丧地继续往西走,不知不觉来到村西头,当年那棵老榕树还在,老榕树后的老房子还在。我父亲晦暗的内心豁然一亮,走到其妹家门前,探头望这黑洞洞屋子。

"你找谁?"一个少妇站出来,警惕地瞅紧我父亲。

我父亲说:"你,你是其妹,半点没老。"

少妇说:"其妹是我母亲,我是她女儿,你怎么认识我娘?"

"认识,认识,她在哪?他那年叫过我老哥。"

中年妇女瞧出父亲没有恶意。"跟我来。"领着我父亲往里走。其妹在偏房床上躺着。她中风瘫痪,眨巴混浊眼睛。

"我不认识你。"

"咋不认识？十多年前我来找过你，你叫过我老哥，你就是那年我们爹爹抱养送人的妹妹，"顿了顿，"叫其妹。现在又不认了。"

"我不记得了，我是叫其妹，从小出生这村里，没走出过湾边，不是你送人的妹妹，你认错人了。"

其妹嘴边垂涎，口齿不清。

我父亲想哭，大几十年了，我父亲没想到过哭，这回有了哭的欲望。床上其妹脸面瘦小只有巴掌大。我父亲偏执地想，要是那年在湾边多些心思认定其妹就是我失踪的姑姑，其妹不至于中风瘫痪。

我父亲俯身拉了拉粗麻蜡染印花棉被被角，激动地讲述我姑姑私生女身世，如何事出家贫被我爷爷送人做童养媳换回我母亲，我父亲如何历尽艰辛多番寻找，包括十多年前找到她，她不跟我父亲相认的经过一五一十说一遍。末了，我父亲捂住其妹露在被子外瘦骨嶙峋手背："妹妹，你就是其妹。"

一旁少妇显然被激怒了，私生女？"我母亲怎么会是私生女？你这个癞子。"当空拎住我父亲后领子，随即一巴掌掴到我父亲脸颊。

我父亲闪了闪身子。

"女儿，不能莽撞。"其妹颤手示意。

"外甥女，你娘老糊涂了，你不能糊涂，我和你娘都是黄土埋到脖子的人了，还不让我们认亲？"我父亲眼里充满乞求。

少妇火气未消："我已经说过了，我母亲不是你妹妹，你再纠缠不休，小心你站着进来，躺着出去。真是莫名其妙。"

我父亲想坚持，看到少妇眼露凶光，其妹也劝他快点离开，我父亲怏怏不乐闪身出了门，站门外犹豫片刻又折回屋里，掏出身上五张十元钞放在其妹床头，勾着头快步走出门，任由追出门的少妇举着日头下闪闪发光五张纸钞狂叫："哎哎哎，你回来。"

后来，每每间隔一段时间，我父亲都抽空去一趟其妹家，送上五元十元钱，有时其妹独自在家，我父亲把钱塞在床头，安慰其妹。有时少妇在家服侍，少妇半推半就收下我父亲好意。钱收了，少妇脸色依然难看。

我父亲因此非常苦恼困惑，久别生分，血缘也白搭，就是亲热不起来。苦恼归苦恼，我父亲不计较，满怀愧疚，情意满满，替我爷爷还债。好端端骨肉分离，我姑姑一定吃了很多苦，常年瘫痪在床，他有义务有责任帮助其妹分担痛苦。

中秋节前，我父亲带上两块月饼来到其妹家门前，门上挂锁。我父亲心头咯噔一响，向邻居打听其妹去向。邻居说其妹病危，送到仓山一家医院抢救。

我父亲转了两趟车，赶到仓山这家医院时天已断黑，其妹脱离危险转到病房，我父亲在住院部上上下下转了几圈，总算从负责病人登记的护士那儿打探到其妹住五楼。我父亲走进病房时，其妹清醒，望着我父亲气喘吁吁、满头大汗的模样，眼角湿了。

"你是好人，我要真是你妹妹多好，可惜我不是，"她喘了喘气，"难为你了。"

我父亲出现在病房里，少妇很意外，感激流于神情。她说："我娘没事，医生交代不能多消耗体力。"

我父亲决意留下来,跟少妇轮流照顾其妹。两天后其妹病情好转,我父亲找了一台拖拉机,陪少妇送其妹回湾边家中。

我父亲带的钱都花到了其妹身上,得赶回工地挣钱。

少妇送我父亲到榕树下,深情凝望我父亲,猛然扑到我父亲身上,头抵在我父亲胸前叫了声:娘舅!

我父亲搓摩她头发,说:"外甥女,你要挺住,一切都会变好的。"

我父亲回到工地,睁眼发愁,做梦在笑。

8

其妹病情好了些,却没有完全好起来,一个瘫子,怎能说站就站起来。其妹站不起来,我父亲对其妹多了一份挂牵,增添了自责,一个家族欠了其妹的,我父亲想弥补上。我父亲每个月从土建队预支伙食费,扣下一小半,一大半送往其妹家,其妹推阻一番,我父亲生气了。他说:"妹妹,我只有你一个妹妹,我不帮你帮谁。"

几次三番支助,其妹默认我父亲是他哥哥,对哥哥的支助也就半推半就。

这一切我母亲却蒙在鼓里。

我母亲对我父亲的冷漠一直隐忍,隐忍成了习惯,几乎对冷漠没有感觉了。好在我父亲的冷漠没有完全遮蔽责任,他对家庭以钱的方式体现责任,从不隐瞒收入,挣钱交到我母亲手上。而自打我父亲到福州做小工,就不是这回事了,他没捎回一分钱,家里等着买种子肥料,我母亲托人捎去几次话,依旧等不回一分钱,眼看误掉农时,我母亲几次三番低三下四开口向邻里借钱。还钱是我父亲的事,钱影不见,人影也不见,人家讨上门来。我母亲急煞抹眼泪,叫我跟随回家探亲的我父亲工友上福州看个究竟,顺便捎回一些钱。我乘车昏头昏脑来到工地里,没见到我父亲,苦等,天黑透良久,我父亲才出现。我父亲对我贸然到来大为光火:"你这畜生,气死我了。"

我说:"娘要钱。"

"钱,钱钱……"我父亲掏着身上口袋,没能摸出一分钱。他泄气地咳了一声,后来他揽住我瘦弱肩膀:"钱他妈的难赚。"

第二天我父亲交给我二十块钱,另塞给我一块车资,催我回家。

我母亲看到我亮开的手掌上两张折叠四方的十元纸币,眉头拧成结,右手使劲拍过来,挨此一记,我手腕剧疼,哇哇直叫。我母亲常年劳作,手劲可大了。

我龇着牙抽冷气,我母亲不管不顾,操起麻竹枝,抽了过来。其实我可以逃走,避免一场皮肉之苦,却像被施了定身法,迈不动脚,麻竹枝柔韧如鞭,抽得我腿上麻辣辣地疼,不得不配合我母亲动作一蹦一蹦,像青蛙原地跳绳。

我母亲抽累了,扔掉麻竹枝,猛然揽住我,我听到我母亲心口噗噗快速跳动,有泪水顺我额际一颗颗溜下来。

我母亲放开我时,低声闷气说:"我怎么这么命苦呀!"

我没有哭。我痛恨叫其妹的姑姑,我姑姑就像一颗原子弹,起爆冲击波掀翻我家庭,埋下了持久祸害。

一个寒风萧瑟的午后,我和几个同伴在村口放牛,黄牛散落坡上啃噬枯黄草叶,我和同伴到平展的坡地玩老鹰抓小鸡。老鹰双眼蒙上手帕,张开手臂瞎摸睁眼跑动躲藏的小鸡。小鸡只能在划定的大圈内闪躲老鹰扑捉。瞎眼老鹰寻摸进而逮住明眼小鸡,难度可想而知,靠的多是作弊,趁小鸡们不备,老鹰悄悄拽一拽紧蒙双眼的手帕,让眼睛获得依稀朦胧光影抓住就近小鸡。我拐弯躲闪时被逮住了,赢者解放做小鸡,我当瞎眼老鹰,不知哪个狠心鬼,竟把绕过耳际绑在后脑勺的手帕扎死紧,眼前一片眩晕的黑暗,盲目跑动中我试着拽手帕,纹丝不动,满世界瞎摸,摸到的都是空气,我想眼睛再蒙下去就瞎了,举双手认输,下一个老鹰由剪刀石头布决定谁当。他们解开我眼前手帕,双眼金星飞跃。待我好一会适应强光,映入我瞳孔却是我父亲丧魂落魄的身影。我以为幻觉,来回搓亮眼睛,没错,是我父亲,衣衫不整,挑着棉被和箱子,佝偻着身子从路口走来。

大几个月没有见到我父亲了,父亲的模样令我不快,我母亲说我父亲在外面有女人不要这个家了,由此感染我变本加厉痛恨我父亲,什么男人,除了寻找我姑姑其妹就是在外头养女人。

我躲藏了起来。

一个同伴眼尖,认出我父亲,喊:是你爹,你爹回来了。

我只好硬着头皮站出来,冷脸朝天。

"你怎么不叫我?"我父亲说。

"我干吗叫你?"

"我是你爹啊!"

"你是我爹吗,我怎么不认识你?"

我父亲放低声音吓唬:"看回家不收拾你。"

我愤愤走开,我父亲无趣,放过我,挑着棉被箱子佝偻身子继续往村里走。

天断黑回到家,家里风平浪静。我父亲没有收拾我。他精神很萎靡,他说你姑姑死了。

"我没有姑姑。"

"你怎么说话?"

"你要他怎么说?"我母亲怨气在心,不给我父亲好脸色。

我父亲抱住脑袋,不作声。

过些日子,我母亲怨气渐渐消去,对我父亲渐渐好起来。倒是我父亲,依然情绪低落,委顿不堪,干农活迟滞,边干活边念叨:"你们对不起你姑姑。"

过些日子,我母亲听烦了,又赶我父亲出门打工。

"我出去干吗?我妹没了,我出去抓瞎呀!"

想想也是,我姑姑没了,我父亲失去了人生方向,他的生活回到原点,上山到自留地种番薯,下田里帮公家割稻子挣工分,生活的乐趣因我姑姑的去世而寡淡。

我父亲抑郁成疾,第二年寒冬一命归西,我母亲没流一滴眼泪。临死前几天,我父亲糊涂了,讲述第二次找到其妹认下当年我爷爷送人做童养媳的姑姑。"终于找到我妹妹,了却我一桩心事了。"

我父亲的一生被我姑姑搅乱了,说了"终于找到我妹妹"后几天,我父亲回光返照,弥留之际良心发现,愧疚难当,对我母亲表达歉意。他最后喘着粗气,说:"嗨,我这辈子,我这辈子白过了,湾边那个其妹不是我妹妹。"

我说你别说了。我父亲仍要气若游丝地说:"我相信你姑姑还活着,你要想方设法找到你姑姑。"

我忍了很久的泪水哗地流下,不为说完这句话睁着核桃大眼睛归西的我父亲,为的是我父亲交给我这个要命的任务,我父亲交出一生幸福寻找我姑姑,还要让我搭上一生的幸福。

我可怕的父亲啊!

注 释

①本文原发于《福建文学》2009 年第 10 期,被《中篇小说选刊》(2009 年增刊,年末专号)转载,为该刊 1981 年创刊以来首次转载闽北本土作家小说。

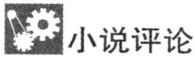小说评论

胡增官:《姑姑》创作谈

人人追求完美,完美偏偏稀缺,如同贵重文物,真品稀少,赝品成堆,乍一看,赝品比真品还真。就像完美,貌似珠圆玉润,内里潜存几多缺憾,因此老拿完美说事的人是偏执的理想主义者;而我整一个悲观主义化身。悲观天然存伏我血液,成为我内在情愫与外在气质,看到我乐呵呵侃天说地,内心其实汹涌着无数悲情因子,一波一波集结成瀚海涛声,你不知道裂岸惊涛拍击的疼痛感。这种疼痛、悲情、悲观遥远又切近,带给我的直接伤害是对完美的质疑与不信任。

质疑完美的力量来自我个人早年诸多的缺憾,这些缺憾正是我人生悲观、悲情与疼痛的导因。我总是津津乐道自己人生早年不幸,不是为了博取同情,恰恰意在无奈地炫耀我的坚强。譬如我两岁时母亲去世,三岁时兄长夭折,十四岁时父亲亡故。死亡在那些年月是个稀松平常的话题,于我却是比缺憾严重得多的不幸的源头。母亲走在我记忆之外,据后来大人回忆说我母亲死于吃了清明节坟前供祭的一碗白米饭,白米饭在供祭过程中变黄了,于我分析是白米饭染上了毒气,于他人嘴里却是该死的宿命。父亲死于积劳成疾,我眼睁睁看着他舍我而去,心不甘情不愿地做了一个货真价实的孤儿。多亏叔父一家收留,才有今天活得人模狗样的我。

对于我姑姑的梦幻迷恋,来自我对上辈血缘女性零存在的不满,据说由我父辈上溯

三代,家族里从未有过女娃。缺少母爱的我小时候做梦老想有个姑姑走动,可惜没有。后来上小学,寄养在叔父家,一个月圆中秋夜,一家大小在阳台赏月,没文化的婶母面对被杂物切割得斑驳的月光发思古幽情,说你们有过两个姑姑,我从未谋面的祖父母出于食物稀缺保存活口考虑,先后将两个姑姑抱养出去,小姑姑送给本村一户人家做童养媳,未及成年就让准婆婆"烧"死,"烧"在福州方言里是虐待的意思。大姑姑被我爷爷送给福州一户人家,从此音信杳无,不知死活。婶母说我爷爷抱走大姑姑那天记错潮汛,他抱着我姑姑赶到定安码头时依潮汛开行的客船"乌猪"刚离岸,我爷爷很是紧张,内心蹿跳的频率之高我至今似乎可感可触;一个大跨步,我爷爷和姑姑平安上船。我姑姑送走了,我爷爷从此落下心病,每每涨潮时辰,心率失常,心口疼痛,烦躁不安。我明白这是骨肉分离落下的心病,每每涨潮时辰发作,无药可治。这一样被我写入《姑姑》,其余都是虚构,包括我父亲三番五次在不可能的情境下冥顽不可思议地死心塌地寻找我姑姑的过程,包括我姑姑是我爷爷私生女,都是虚构的。

  这种虚构的真实在于我小时候的臆想,那时我时常萌动寻找我姑姑的念头,只是没有行动的勇气,没有勇气自然没有结果,没有结果便是大缺憾,结果就有了这个中篇,弥补我小时候想往姑姑未可得的缺憾。尽管在小说中我没让我父亲找到我姑姑抱憾而殁,但毕竟有了苦苦寻觅骨肉亲情的铁石行动,这就够了。

  《姑姑》本身也存在缺憾,《福建文学》编辑练建安阅后写了几条修改意见,我做了局部修改。作品发表后,拿给文友"风爱上雨"请教,他像上级领导检查工作,说出几条好评看法后话头一转:小说对爷爷当初花费心思从寡妇手里骗走姑姑,最后又无情地将她送人,其间应有一番思想斗争,交代得过于简单了些。我呵呵一乐,经典名著尚且有缺憾,何况《姑姑》乎!

  当然,经典名著有缺憾不能成为《姑姑》缺憾的理由,我愿今后的作品能少一分缺憾,多一分成熟,去接近不可能的完美。

思 考 题

1. 根据作者的创作谈,浅析《姑姑》之所以感人的原因。
2. 从小说内容和叙事结构两方面,探析《姑姑》的艺术特征。

杨家班[①]

◎江子辰

作 者 简 介

  江子辰,福建福州人,南平广播电视台主任记者,福建省作家协会会员,中国电视艺术家协会会员。电视纪录片曾获中国电视艺术家协会主办评奖活动一等奖,多次获省级一、二、三等奖。文学作品散见于《中华文学选刊》《中篇小说选刊》《小说月报原创版》

《福建文学》《福建日报》《福建画报》等报刊。小说曾获《小说选刊》全国笔会一等奖、福建优秀文学奖、浩然文学奖。

一

年关已近,塔山公园游人稀少。在"革命烈士永垂不朽"的大石碑下,我们演唱《一无所有》。正唱得落叶纷纷时,我的手机响了,是杨总,叫我马上回去开常委会。吃人饭听人管,虽然烦得浑身长刺,还得像刺猬一样屁颠屁颠往回赶。杨总平时好说话,但如果不参加常委会,他就会用一百个成语叨得你像孙悟空被唐僧念紧箍咒。

公交车来了,人群无厘头地慌乱起来,上车的像被人追杀,下车的如漏网之鱼。我比较淡定,因为,我一无所有。我放松地望着窗外,五光十色的广告词梦一样刷刷刷飞过,说着梦话。

其实我读书是读得不错的,就是运气不好,高考没上线。这事我想得开,不算什么坏事嘛,少晃荡几年,家里少几万元债务,何乐不为?先打工吧。就算读完了书,没有官爹富爹可拼,还不照样打工?

一到这城市,我就觉得自己像一只苍蝇飞进透明的玻璃瓶,看着前途一片光明,却不知道出路在哪里。老爹在老家县城已经打工二十多年,如今乱发如秋草还在卖苦力。我和老爹不同,除了干活,还憋着梦想。中学时赶时髦喜欢上了吉他,现在我就是抱着吉他做梦的。周末如果不加班我就赶到塔山公园,参加"流浪者"操练。塔山公园是烈士陵园,烈士的英灵不像某些城里人狗眼看人低,他们安静又宽容,"流浪者"在这里放得开。我们的回报是每次都唱一首红歌,希望他们能够枕着歌声露出甜美的微笑。

"流浪者"是乐队组合,四个打工仔组成,我是吉他手兼伴唱。有时我们到地下通道演唱练胆,如果围观者以为我们是卖唱的,扔下一些钱,我们也会成全他们的慈悲心。演唱结束后,这些善款就会变成一杯一杯的啤酒,友善地滋润着我们因嘶吼而干涩的咽喉。滋润过后就散伙回家,第二天还得干活哩。每一次手指在琴弦上抓挠、敲打时,我都憋着一口气,幻想着有一天变成金庸笔下的武林高手,一拨琴弦就能发出巨大冲击波,震碎"玻璃瓶",让我看到真正的出路。

回常委会议室我乘九路车。记得刚来打工时有一次在这路车上,发现一个女孩没来由地打量我,眼神轻慢,随着她的目光我看见扶手上自己粗糙的手背,指甲缝隐隐的黑垢,连忙把手缩进裤袋。不料恰好到站刹车,向前冲了半步才稳住。女孩笑了,笑声像细细的鞭子,抽得我矮了几寸。下车时狠狠剜她一眼:伪造的棕红发,没心没肺的那种漂亮。我当机立断将她命名为"红毛"。她的扮相和放肆的笑,向我宣告她是这个城市的主人,我是客人,不,是仆人!

那天在回家路上,我买了一管护手霜。护手霜抹不净手上的粗糙,红毛的笑声却像带刺的玫瑰种在了我的心里。此后,在九路车上我经常看到她,希望看到她,看到时又发怵,就尽量离她远些。有时没上班,衣着干净还提着吉他盒,就敢靠她近些。甚至希望她能问一句:哎,你会弹吉他?

杨总叫我顺路叫上七喜,我知道这家伙在哪里。彩票中心中奖号码排列图前,七喜看着图表正在发痴,像盯着美女的色鬼。

七喜是彩票迷,差不多每天都买。幸好没有走火入魔,一次只买一张两元钱。他的口号是:"两块钱的投入,五百万的希望!"也中过奖,二元的,好几次。我笑说这是诱饵奖。

往回走时,我问七喜:"这个月用什么数字?"

"用周杰伦、林志玲、周迅的生日,这个月再不中奖,下个月用各种报警电话号码试试。"

七喜有点憨,自认为很聪明的那种憨。一年到头,他总有一个问题要请教我几百次,你看,又请教了:"哎,兄弟,万一我中了五百万,你说该怎么花?"但他自有答案,并不需要我回答:"在城里买一套房,把我妈接来。杨家班的兄弟们,每人十万,剩下的……对了,还要找老婆,这要花一大笔……"

我打断他的梦呓:"哎,杨总今天开常委会又有什么事?"

第一次参加常委会,我感觉很异样,就像突然拥有了月亮。后来月亮变成了月饼,很可怜的一小块。现在,这月饼已经冷硬如石,我已心生厌烦。

"还不是老问题?开会有屁用!"七喜说。

回到出租屋时,大伙都齐了。四旺叔还在看没完没了的韩剧,看得很投入,眼眶潮潮的。杨总叫:"四旺关电视,开会了!真弄不懂这婆婆妈妈的电视剧有什么好看的,都走火入魔了。"

杨总叫杨六福,是我们的头,打工十多年泥里来水里去,一身泥水功夫了得,后来修炼成了小包工头,我们几个乡党跟着他混,他就混成了"杨总",领衔杨家班。

杨家班全伙如下:杨六福、杨大寿、杨四旺、杨七喜和我,我叫杨九龙。我们都来自几百公里外的杨仁庄,都沾亲带故。不知为何村里人起名爱用数字,以至辈分一锅粥。也有好处,就是喝酒猜拳时显出方便,用上酒友名字就行。在杨家班,杨总独占两个酒令,体现了身份的不同。

杨家班驻地叫马站,据说古时是驻客歇马的客栈,现在是传说中的城中村。杨家班在此合租一套三居室民房,小客厅就是常委会议室,许多重大决议,在此产生。客厅里有台欠揍的旧电视,图像朦胧时甩它几巴掌就清晰些。我们看最多的是本地新闻。也不白看,看到先进经验就学。有一天在看新闻时,杨大寿突然提议借鉴"常委会"制度:杨家班所有决策,都得通过常委会研究,同时做出决议才算数。此言一出,满堂发呆,然后满堂乱笑,笑得鼻涕口水乱飞。

杨家班里杨大寿年纪最大,他原是村里的代课老师,杨家班的人都当过他的学生。从满头青丝代课到两鬓花白,从满怀激情代课到心灰意冷,最后被政策一刀切回家,把他家的经济命脉也切断。年近半百,百无一用,只好跟着堂弟杨总出来混。在杨家班,我们都叫他杨老师。

提议建立常委会制度时杨老师表情庄严肃穆,如议军国大事。我不知道他到底是昏了头的自大，还是无可救药的自卑。也许，他是想嘲笑官场的游戏规则？也许是自嘲？看他志在必得的认真样子，我其实很想流泪。

杨老师的提议全票通过，这是肯定的。私底下我们对杨老师既尊敬又同情，只要杨老师高兴，我们干活又不少工钱，长委会短委会随他去吧。

此后，杨家班的"我们商量商量"变成了"常委会"，满身泥水的我们摇身一变成了"常委"。而且每次开会，杨老师坚持要做"纪要"，由他亲自写，还编了号，并要求常委们签名。他认为，程序规范是民主公正的底线，他不希望社会的无德无理、无法无天出现在杨家班。对于他的固执，我们嘻嘻哈哈无所谓，到签名时却突然有了感觉：这个世界，这个国家，这个城市，从来没有什么决定需要我们签字认可的呀，哪怕和我们生存攸关的事！我不签名，决议就不能通过，这就是权力！权力让人上瘾啊！所以，常委们每次在纪要上签字时，都认真。哪怕字写得像狗爬，那也得像尽职尽责的狗。

本次常委会的议题是：工钱不到位，我们怎么办？这是每年年关的必答题。

杨总说："眼看就过年了，工程款还没结，形势严峻，山雨欲来风满楼。如何打破僵局，请常委们出谋献策，畅所欲言。三个臭皮匠，凑成一个诸葛亮。"

杨总初中学历，就怕城里人说他没文化，怎么才能有文化呢？他靠背成语、背唐诗宋词充电，充得满肚子都是电，一开口说话就电光闪闪，闪烁着成语或者诗词。常委们都是自家人，又在他手下混饭吃，好歹从哈哈大笑到置若罔闻习惯了他的说话方式。可是杨总手艺不到家，安装成语诗词时经常错位。一次恭维一个包工头的老婆年轻漂亮，说"你太太真是鹤发童颜，一枝红杏出墙来啊"。我一听差点晕过去。那工头读书不多，听了还蛮高兴，他说在老家见过红杏开花，还真他妈的好看！

常委会里杨总职务最高，杨老师说话最有分量。杨总虽然满腹成语诗词，与堂哥比起来，毕竟有点偏科，杨老师教书时可是什么科都教。有时杨总会说自己是最窝囊的包工头，人家当包工头就是老板，他当包工头是生产队长。老板主要动口，很少动手，手下的都听使唤。生产队长干活得带头，收入是阳光明白账，操心多多收入不能多多，否则常委们可以弹劾他。

我觉得出现这现状不怪别人只怪杨总，怪他心善，马善被人骑，心善被人欺，就是在家里也一样。杨总说过，同喝一江水，不能无情义，不能财迷心窍，不能唯利是图。杨总认为这样也不亏：有事大家担，遇事不慌乱。

杨老师说："这礼年年难送年年送，咱打工的怎么做也满足不了有钱的包工头。我看就请吃饭敬个酒，表示个心意，再送两条好烟。大家看看行不行？"

每年年关讨论这事，我总是又迷茫又愤怒，自古欠债还钱，卖苦力拿工钱，天经地义啊！就像我们农民认真种地地就长庄稼，它没理由不长呀，这是天的理地的理啊！可是现在天理何在？我晕！

常委们也只有晕的份，他们看来看去，也没看出什么好办法，最后全体举手通过。

第二个议程是谁陪吃饭。常委会规定，请客吃饭只能两人作陪，除了节约开销，还能互相监督，谨防报假账。杨总是当然人选，经过民主商议，最后选定我去。去年是七喜哥,前年是杨老师,四旺叔的嘴吃饭灵活,说话笨拙,参加这样的社交活动不称职,他就主动弃权。

就有关细节进行认真磋商后,最后形成会议纪要:

为了促成工程款尽快到手,经常委会研究,决定宴请上家包工头罗连根经理,餐费五百元以内(含酒水),送两条好烟,价格六百元以内。由杨总杨六福、常委杨九龙作陪。

常委们在纪要上签名后,纪要生效。

会后杨总叫我去买酒,外带几样卤味,大伙小聚一下。吃饭前,我用刷子狠狠地刷指甲,洗净后抹了护手霜。这是路遇"红毛"后留下的后遗症。

几杯酒下肚,气氛也没热闹起来,这酒喝得有点闷。辛苦了一年工钱没拿到手,谁不愁肠百结谁没心没肺。七喜哥和四旺叔猜拳:来就来啊,九龙!来就来啊,六福!来就来啊,三角裤……

杨老师狠狠干了一杯说:"对酒当歌,人生几何。九龙,唱一首助助兴,助助兴。"

我正忙着吃菜,听杨老师叫唱歌,只好抱起吉他,唱了一首《我的未来不是梦》。杨老师听后不尽兴,说:"还是唱《杨家班》过瘾,唱《杨家班》。"

"唱《杨家班》。"大伙帮腔。

《杨家班》是我作曲、杨老师和我共同作词的班歌。我们经常唱,有时唱出悲,有时唱出喜,随心情而定。

"在高高的脚手架上,我们苦干!"我领唱。

"我们苦干!"大伙闷声低吼。

"在冷漠的城市里,我们慌乱!"

"我们慌乱!"

"我们盖起楼房一幢幢,何时有一扇属于我们的窗……"

歌声好像勾起了大伙什么心事,气氛更沉闷了,没人再帮腔。我也不唱了,狠劲拨个和弦,竟撩断了一根琴弦。

杨总有个外号叫"三角裤",这外号可追溯到中国国情。中国式的建设工程,特色就两字:转包。工程一层层转包,利润衣裳一样一层层剥去。剥去外衣有毛衣,剥去毛衣有秋衣,一件一件剥下去,最后剩条三角裤。杨总的悲哀是,不管能剥几层,他充当的角色,都是三角裤。那个不体面啊,就像寒冬腊月,只有一条三角裤可穿。有时他也想再转包一层坐收渔利,但是难度大如天:利润到了三角裤已经又小又薄,再剥,见不得人的家伙就露出来了,那利润就是几根毛了。谁会为几根毛卖命?所以,杨总说他经常做梦自己穿着皮大衣,走在穿三角裤的人群中。

今年我们在"富贵居"干活,承揽八号楼的泥水活,上家"秋裤"叫罗连根,人称罗总。罗总承包了八号楼的基建工程。上上家"秋衣"马总,是"富贵居"开发商庞老总的亲外甥。秋裤罗总手下有好几条三角裤：水泥钢筋活、制作安装门窗、水电工程，等等，到底几条我不太清楚，这应该属于商业机密。

现在活已完工，只差一道工序了，就是把工钱揣进口袋。这活比泥水活难弄，弄成了工程才算真正完工，回家过年时才能营造一点点衣锦还乡的虚假繁荣。

杨总在罗总手下转包工程好几年了，每年弄完活，就得弄罗总，弄到把工钱拿到手。都是要意思意思的，这是潜规则嘛。如何意思是有学问的：出血要不多不少，又不能不痛不痒，唯有投其所好搔到痒处，才能手到擒来把钱拿到。去年老家来人，托他带来红菇、岩羊，礼物颇有地方特色，好歹把罗总摆平。今年不能再送土特产，只好请吃饭了。

杨总在"好再来"酒楼宴请罗总。那里的菜量足，价钱不贵。杨总和我把自己往城里人的方向收拾了一番，我偷偷在头发上抹了点摩丝。

罗总见只有两人陪吃饭，有点扫兴，说："杨总你也太抠门了吧，一年忙到头，也不把兄弟们叫来聚一下，三个人有什么气氛？"

杨总赔着笑脸说："昨晚我们已经会餐了，今天他们也没空。"

"工程都完工了，还有屁事。"

杨总眼睛一转："在火车站轮流排队买车票，一票难求，一票难求啊！"

酒楼小姐见只有三个人，没什么热情。点菜时杨总畏畏缩缩，被点菜小姐看轻，就出言轻慢，罗总觉得掉了身份，猪头脸拉成了驴脸，这饭吃得离心离德。我可不管这些，低头猛吃。说实话，平时工地上伙食粗，量不足，总觉吃不饱。我担心总有一天我的胃会被胃液消化掉。好不容易捞到一顿大餐，不使劲吃就是傻帽。饭后，杨总羞答答地把两条香烟塞进罗总的包，也没塞出他笑脸。

走出酒楼时，罗总说："这饭吃得真是败兴，去放松放松吧。"杨总一听很紧张，我更紧张。我的紧张是对传说中的"放松"充满想象，杨总的紧张是他无权拍板，常委会不决议，擅自"放松"只能自掏腰包。他支支吾吾让我对他充满同情。可是罗总很闹心没有同情心，扭头就走，对杨总追问"什么时候能拿到工钱"拒不回答。

我接到电话又和"流浪者"混去了。拿不到工钱也不能把自己闷死。前段时间网络视频上民工组合"旭日阳刚"很火，听说还要上央视春晚，希望的火在我们心底猛地烧起来。趁年底工地歇工，抓紧时间多练练，准备年后凑点钱也拍个视频弄到网上去，真希望老天有眼，让我们也火一把。

今晚，我们在地下通道演唱。此时唱得是《他们的城市他们的天》，是我们"流浪者"的第一首原创歌曲。

"摩天大楼我们盖，温馨的灯光他们的；金碧堂馆我们盖，醉人的酒香他们的……"

唱着唱着，我眼前浮现出红毛漂亮的脸蛋，冷漠的目光，心中的怅然气球般慢慢膨胀……

耳边响起几枚硬币落在盘子上的声音，有人说："唱得还不错哈！"我心头一震，猛抬头，真是红毛！我的脸忽地红了，看她表情对我是毫无印象。等看清她勾着一个帅小伙子时，怅然的气球嘭地爆裂，炸出的无望像看不到底的深坑。我闭目继续唱："湿热的臭汗我们的,冷漠的目光他们的……哎,哎,他们的城市他们的天,我们是天边孤独的雁……"

等我感觉她已离去抬起头时,手机响了,又是杨总召集开会,这么迟了开什么屁会!我也没心情唱了,告了假惶然逃离。

不知是不是心情的原因,我感觉这次常委会的议题无聊透顶:罗总要泡妞,同意不同意他泡?更准确地说,就是杨家班要不要出钱让他泡?

我突然发火:"凭什么?他泡妞要我们出钱?凭什么?"

杨总不吭声。杨老师说:"既然罗总开口了,硬顶也不是办法。你们谁不想拿到工钱回家过年?我们不能因小失大、目光短浅、坐失良机……"杨老师赶忙闭嘴,我感觉是杨总的成语从他的嘴里奔出来,他应该也感觉到了。

"你们看呢?"杨总征询意见。

此时我已冷静下来,感觉自己不是一点可笑,而是非常可笑。红毛和自己能有什么关系?连她名字都不知道哩,吃什么闲醋!我举手表示同意。

杨老师补充说:"只能杨总一人作陪。"我看见杨总的笑意露一点芽又马上收回去。

七喜酸溜溜地说:"杨总,可不要干得太猛,马上要回家了,库存要给嫂子留着,要不然不好交代哦!"

杨老师又说:"杨总只能作陪,不能真泡,要泡自己买单。"

大伙鼓掌通过决议,掌声雷动。

杨总的表情川剧变脸一般,颜色复杂,似乎想说什么又噎在喉咙口。静场一会,他用溺水者拖替死鬼的语气说:"要陪也不能我一人陪,公关项目责任人要负责到底,九龙也要去。一个人在那等着,不是嗷嗷待哺、束手待毙?朱门酒肉臭,路有冻死骨。"

大伙轰地笑起来,一贯不苟言笑的杨老师也咧开了嘴。笑一阵子后我突然感觉不对,我不是也要陪着待哺待毙吗?我笑谁?笑自己?但我不怪杨总,平时他出门接业务也愿意带我,我年轻会说话,还懂点英语,还有点帅,像个跟班的。大伙说我是杨总的秘书。关键时刻,秘书和领导同甘共苦,义不容辞!

会议纪要:为加大催款力度,同意杨总杨六福、常委杨九龙陪罗总放松,费用随行就市,以发票为凭。杨总杨常委只陪放松,不得亲自放松,否则费用自理。

常委们签名后作鸟兽散。

会后,杨总和我坐在一起双双发呆,我们都清醒地意识到肩负的重任艰巨又不光荣、别扭又很尴尬。我们只能挺身而出,但不能献身,常委会不批经费!

这时,杨总的手机响了,他的表情柔和了许多。"程程,放假了吧,期末考考得怎么样?"程程是杨总的女儿。杨总耳朵有点背,手机话筒声特别大,我听见程程说:"老爸,你上次说只要期末考能在班上前十名,要什么礼物都行。这话还算数吗?"

"当然算数,老爸说话一言九鼎,一诺千金。"

"我考了第六名。"

杨总高兴地说:"真的?我女儿真是出类拔萃,鹤立鸡群!那你要老爸给你买什么?"

女儿说:"我想吃冰淇淋,'香雪'牌的,电视里有做广告。"

杨总一下愣住了。女儿大冬天要吃冰淇淋,还要"香雪"牌的。她要老爸从几百里外带回家,因为老家没有"香雪"。杨总握着手机有点为难,但他一眨眼,就满口答应了。接过女儿电话,杨总情绪好多了。

杨总儿女双全,老婆早些年和他一起出来打工,由母亲带两个孩子。母亲有心脏病,杨总很不放心。老爹已跑到另一个世界享清福去了,他总怕老娘突然来个心肌梗塞什么的找老爹去,扔下子孙不管。后来老婆不知在哪个工厂被污染了肺,咳得无法做工,只好回家守着,这下杨总心里倒踏实了。程程今年十岁,是乖乖女,读书好,还会干农活,做家务,还照顾弟弟,杨总每次说起来都带着心疼和愧疚。

杨总问我:"回家坐火车要二十几个小时,冰淇淋能带回去吗?"我还没回答,他手机响起信息提示,杨总看了看,把手机递给我,信息说:"老爸,不要买'香雪'了,跟您开玩笑的,那么远带回来肯定融化了。您不要给我买礼物,给弟弟买就行了,给奶奶和妈妈也买。"这孩子懂事得让人心疼。

杨总眼睛有点红,他说,我一定要把"香雪"弄回家。

第二天晚饭后,杨总给罗总打电话,约他在"爽歪歪桑拿"门口等,罗总哈哈大笑的声音震破听筒。

杨总平时小气,工资大多往家里寄,来这样的地方就像刘姥姥初进大观园,心慌意乱,表情强扭着不乱。领导都这样了,我这当秘书的更是像小偷半夜三更摸进陌生人的家。

罗总应该是常客,行走自如,表情淡定,像到亲戚家串门。杨总跟在他身后,我跟在杨总后面。先是冲澡,冲着冲着,我发现自己有点不正常,明明没有胡思乱想嘛,小弟却莫名其妙地雄起,不知道它想干吗。平时洗澡不这样的,难道这地方磁场不一样?

正抓狂,有人拍我肩膀,是杨总。他把我拉到一边小声说:"打探一下行情,到底怎么收费。"

我忙披上浴袍出来。收银台那里有价目表,不知用得是不是网络语言,看不太懂:"净桑30元,半套150元,全套280元……"

我开始调动智商:"净桑"应该就是洗澡,"全套"是不是一整套衣服全脱了,真刀真枪赤膊上阵?最让我费心的是"半套",绞尽脑汁依然不知所云。不知是城里人智商高还是故意要我们乡下人。完全看得懂的是数字,我总的感觉是他妈的杀猪,弄不清楚的不说,就说这冲个澡能用多少水,要三十元!三十元弄三份快餐那可是有鱼有肉,平时我都只敢吃五元的。愤愤不平向杨总汇报了价格,奇怪他倒不吃惊。对了,他虽小气,可这花得不是他一个人的钱,有常委会在背后撑腰哩。

罗总净桑出来后,杨总装模作样地招呼领班把罗总安排好来。看着他底气不足又强撑着的样子,替他叫屈,这任务,真他妈的强人所难!我继续冲澡,不,净桑。三十元好歹也得冲它十几二十元回来。

一会儿,杨总来叫:"哎,洗得那么淋漓尽致干吗,适可而止吧。"跟着他来到休息大厅,才知道他为什么一个人待不住。大厅里昏昏暗暗,脂粉味呛鼻。眼前晃来晃去都是打扮得香喷喷的小姐,是可忍,孰不可忍?

黑暗中有柔软的声音问:"先生,要不要放松一下?"

我眼睛盯着墙上的电视慌张地说:"不要不要。"

杨总在一旁说:"等下再说,等下再说。"看来他还是比我老道一些。

嘴里说不要,其实口是心非,我这么年轻,欲望在我身体里到处乱窜,别人看不到,我自己能不知道吗?我假装打盹,眯着眼睛贪婪地扫描,虽然昏暗,但我能感觉到那些小姐都很年轻。

突然,我看见一张熟悉的面孔,全身的血忽地灌到脑袋!隔着两张躺椅,我看见一个女孩在玩手机,在手机屏幕的荧光中,高中同学小洁高高的前额,在朦胧中、在浓妆艳抹里依然突显。我的心突然痛起来,情绪一下落到了冰点,赶忙把脸转开。偷偷又瞄几眼,确实是她!

好不容易,罗总打着饱嗝出来了,像饱餐了蚊子的青蛙。杨总付钱时还是心疼,300多元哩!收银员说:"金融危机后这生意也难做了,原来价钱更贵。"

回来的路上,我的耳边响起一阵歌声:"我是一只小小鸟,想要飞却怎么也飞不高……"那是高中毕业晚会上小洁唱的歌,我为她伴奏的。"也许有一天我攀上了枝头,却成为猎人的目标。我飞了上青天才发现自己从此无依无靠……"

我的眼泪止不住地流下来。虽然我和小洁只是同学,但我还是想流泪。

杨总看了我一眼说:"难过什么,等有钱了,我带你来一次,不就是二百多元钱吗?哭什么。"

我使劲摇头,不说话,泪水更汹涌了。杨总也摇头,大步走去,不再理我。

回到出租房,三个常委正等着,估计想听公关的结果和支出的费用。这时我们才想起居然没问罗总何时能拿到工钱。杨总只好含糊其辞地说:"罗总说快了,就这几天。是不是,九龙?"我胡乱点头。

汇报公关支出时,七喜跳了起来:"怎么可能?发廊才50元。你们自己泡小姐的钱不能大家公摊,会议纪要里写得一清二楚的!"

杨总没好气地说,"那里就这个价,这有餐费发票。九龙,你说话。"

我说:"下次公关叫七喜去陪。"

七喜说:"狗屁,那天我去发廊……"发现说漏了嘴,忙打住,嗫嚅着说:"我听人家说在发廊干一次就是50元。"

七喜年近三十还没结婚,火力旺,忍耐力差,估计有走私。见常委们盯着他,忙低下头。

现在虽然满世界不认羞耻只认钱,在乡党之间,还是要脸的,不要脸的事至少不能公开做。大家都沾亲带故,厚颜无耻是不好生存的,除非不再回乡。

杨老师说:"七喜,你如果不相信,明天去那家桑拿看看价目表,看清楚了回来向杨总道歉。开了发票还能假?"

我感觉杨老师有点厉害,看似批评七喜,实际上也不相信我们,或者说不相信"放松"要那么贵。

杨总突然爆发了:"去看去看,你们不懂用人不疑,我也可以疑人不用,明年别跟我干了,我什么地方不好找干活的,还要老鼠进风箱两头受气!"

这话很重磅,常委们不吭声了。当然,我知道杨总也只是说说而已,要真这么做,早就做了,他做不出来,他是杨仁庄的杨总。

大伙都休息了,我睡不着,坐在屋顶阳台上,天上没有一颗星星,不远处的灯海梦一样迷茫,我感觉五脏六腑都不在了,胸腔里空荡荡的。一阵歌声像落入网中的鱼儿,边挣扎边哭泣着向远方飘去:"我是一只小小鸟,想要飞却怎么也飞不高……"泪水不争气地又流了下来。

四

两天后,七喜向杨总道歉,说不该不相信杨总。又说:"他妈的,那地方真是杀猪,女人还不是一样的女人,到了那个地方一下就提价那么多,都可以干六次了。难道那里的女人都长两排奶子?"

杨总懒得理他。

该潜规则的都潜规则了,杨总认为罗总没理由再拖欠工钱了,就拉着我又去找他,我只好跟着。说实话杨总爱带"秘书"也是明智之举,因为他的成语绕口令经常把简单意思复杂化,就像把一块好好的肯德基扔到麻辣火锅里。我的任务就是把肯德基捞出来用清水洗了再给对方。这一点杨总应该是心知肚明的。

罗总在公司办公室,他好像有点不好意思,麻利地泡着茶,然后拍着杨总的肩膀说:"老弟啊,今年不知怎么了,还是没有动静,我跟你一样急啊!我要是拿到了钱,还不赶快给你,让你们回家过年?没拿到啊!"那语气是掏心掏肺的。

杨总说:"你一年挣那么多,不要一毛不拔,多请马总到桑拿浴里清水出芙蓉几次不就成了?"

罗总说:"你懂个屁,送礼还要你教,老子出手那就是大出血,你就知道你求我,怎么知道我怎么求他?说出来都别做人了唉!"他放低声调说:"请洗桑拿算个什么东东?请一百次我都愿意。可是马总那个鸡巴不行,有毛病。美国有个微软公司知道吗?马总全软,他就是全软公司的总经理!哈哈……"边笑还边对我说:"儿童不宜,儿童不宜。哈哈……"

他妈的,这么弱智的事还儿童不宜,简直就是污辱儿童的智商!何况,我是儿童吗?早几年我就会勃起了!

"不是有壮阳药可以起死回生吗?"杨总问。

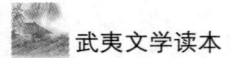

"没用,他有心脏病,除了伟哥不敢用以外,这个鞭那个鞭起码吃了好几筐了,那些没有鞭的畜牲,就是转世成了人,也只能当太监了,哈哈。他狗鞭吃最多,现在走在街上,公狗老远看见他就夹着尾巴逃窜,母狗倒是成群结队地蹭他裤脚,哈哈……"

这罗总舌头活络,可以骗和尚买护发素。

"你要是能让他鸡巴挺起来,我保证马上就可以拿到工钱。说不定还有奖励哩!"

杨总忙问:"你是说这工钱他已经拿到了不给我们?"

"我也不清楚,找他几次他的表情都没起没落的,看不出山高水低。他是开发商吴老总的亲外甥,吴老总不可能欠他的钱。他就是这个坯,拿到钱了也不松手,要让人家求他,看够了下包工头的点头哈腰才满意。唉,就是下水道不通呐,憋得人变态!"

常委们见我们无果而归,很是失望,阴霾满脸。杨总向常委会通报了马总下水道不通的信息。

七喜说:"他老二软骨病关我们什么事?活该,剥削我们那么多钱,憋死他。"

四旺突然说:"有个东西有特效。"

杨老师说:"什么意思?"

四旺说:"有一种叫'飞贼'的东西很壮阳。"

闷葫芦四旺今天反常。昨天他接到老婆电话后心事重重,杨老师问了半天,他才慢吞吞地说:"儿子中考成绩很好,能上县一中,可是得缴一万多元的择校费。"

杨老师说:"不是不让收择校费了吗?"

"没收择校费,收赞助费,还要自愿缴。我儿子说,没钱缴就不念高中了,去打工。我老婆说,儿子会念书就要让他念。说这赞助费死活得缴。"四旺愁容满面。

四旺的老婆很暴躁,对婆婆也没有好声音,他很憋气又没办法。有一次大伙笑他爱看韩剧婆婆妈妈,他回答说,韩剧里的婆婆一个个被媳妇捧着,过得多舒服!他们长辈是长辈,晚辈是晚辈,怎么我们这里就这么没大没小的?他还说要积些钱让老婆去韩国旅游,让她学学韩国媳妇的孝道。大伙又笑他想法不靠谱,劝他干脆把老妈送到韩国给人家做婆婆。他还傻乎乎地说,人家怎么会要?大伙笑得满地找牙。

四旺在老家时是抓鱼能手,乡下河流清澈时,他徒手在水里也能抓到鱼。现在老家的河水都变色了,鱼儿也断子绝孙了,他抓鱼的手艺就荒废了。人家说他嘴拙跟抓鱼有关系,鱼是不说话的。

拿不到工钱四旺比谁都急,现在更是急得火烧屋顶。他得得得半天,大伙听明白了:有一种鱼我们老家叫飞贼,样子像鳗鱼又像泥鳅,比鳗鱼短比泥鳅长,浑身乌黑,生长在湿地泥沼里,夏天的夜里,会从泥沼或水面飞起来。飞贼肉有土味,壮阳极见效。四旺说,他给一个老婆闹着要离婚的同学抓过飞贼,后来那人的老婆坚决不离婚了,还给他生了双胞胎。

杨老师一听有点失望:"你在老家抓得到飞贼,这里怎么会有?现在河水污染厉害,就是在老家,可能也抓不到飞贼了。"

四旺去年才到杨家班,前几年跟别人打工。他说:"这里也有,前年我跟本地一个老板干活,帮他抓过。他带我到一个叫黑湫山的地方,那里有一大片泥沼地。这东西当地人也叫飞贼。"

杨总说:"现在是冬天,能抓到吗?"

四旺说:"冬天要慢慢找,找到更好抓,飞贼冬眠,就躲在泥沼四周的石头下面。"

"鱼还会冬眠?"

"嗯。"

弄清飞贼的根底后,要不要替马总找飞贼,常委会又召开专题会议。两个议题:一是确认马总是否真的需要;二是值不值得去管这个隔层的闲事?

七喜很烦,他说:"什么屁事都开常委会,这马总的鸡巴关我们屁事,真是吃饱撑的!"

我也觉这事怪异,套用那英的歌是"我永远不懂你伤悲,像白天不懂夜的黑;像永恒燃烧的太阳,不懂月亮的盈缺"。我现在小弟经常撑得像船篙,愁的是没地方撑船,这传说中的阳痿到底是什么东东?

杨老师说:"你们看电视新闻里开的常委会,也是屁事没有,不是跨越发展,就是幸福指数,关老百姓屁事?还不是越开越热闹?这马总的事其实也不是屁事,你们想想,如果这飞贼有用,马总一高兴,把罗总的工程款结了,我们不就也有工钱了,不就可以高高兴兴地回家过年了,是不是?"

七喜不吭声了。最后常委会决定,可以管这个屁事,但是要罗总牵头,一切费用由他承担。他花钱买人情,人情算他的,我们只要工钱。

常委们在纪要上签名后,杨总马上给罗总打电话,罗总一听满口答应,说黑湫山他去过,会亲自开车一起去,明天就去。杨总传达了罗总的意思后,满心疑惑地说:"罗总好像很兴奋耶,这家伙是不是老二也不正常?不会吧,那天去桑拿……"

拿工钱的事好像有了转机,杨总一高兴,突然想到一个把"香雪"带回家的好办法。他对杨老师说:"哥,程程这丫头要我带香雪冰淇淋回去,我用保温壶装然后再放在泡沫箱里,带回家应该不会融化吧?"

杨老师看他一眼说:"孩子不要太娇惯了,有什么必要这么远带这个东西回去?不如带几本书!"

杨总不吭声了。杨老师走开时他轻声嘟哝:"城里的家长把孩子当小皇帝,咱乡下当爹的就不能让孩子当一回小公主?"

五

第二天一大早,出租屋外就传来汽车喇叭声,杨总还睡得朦胧,杨老师叫他:"哎,罗总来了。"杨总跳起来,嘟哝说,这罗总的积极很过头,很可疑。我又被拖去当随从。

坐上罗总的车出发了。罗总问四旺:"上次去黑湫山是不是坐车要三个小时左右?那地方的石头黑黑的是吧?"四旺点头。罗总说:"那是邻县的黑石镇,中午前赶得到,下午去抓,如果时间不够,在那里过夜,明天再回来。"

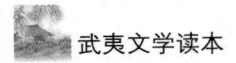

杨总忙说:"罗总,我们可是说好了,一切开销你负责,你出钱,我们出力。"

罗总说:"放心放心,不会让你们拔一根毛。不过,如果一只都抓不到……"

杨总说:"你是工头我们打工,工程做得怎么样我们都要出力,没有功劳也有苦劳,当然不能再叫我们出钱啰。"

罗总说:"他妈的杨六福,算得贼精,你裤裆掩得紧紧,这么多年也不见你多出一个卵来,哈哈……"

罗总车技怪异,两只手在方向盘上老找不到位置。这辆不老不小的桑塔纳也不老实,有时会突然伸懒腰一样骨节响一声,吓你半死。罗总说:"没事没事,我都开五年了,知道这伙计的脾气,干活还是听话的,放心,放心。"

到黑石镇时已是中午,找个面馆吃了面,抽根烟,问了路,就往黑湫山进发。一片沼泽地出现在眼前时,已是午后两点。

这是一片湿地,中间有水泊,看去不深,荒草像流浪汉的乱发,刺愣愣伸出水面,凄凉地飘着。山里明显气温低,山风冷冷,蘸过水的细绳一般,一下一下抽在脸上。

罗总对四旺说:"快告诉我们怎么找飞贼,一起找,快点!"

四旺说:"冬天它们都在石头下面,把石头翻起来,看看有没有。"

四个人分开,见石头就翻。冬天的石头冻手,罗总边翻边搓着手,翻了几块没有看到东西,就骂骂咧咧的。杨总闷头找,不时往手上呵口热气。我跟在他后头。翻开一块石头,我看见了一条软绵绵的一动不动的小东西,体黑如墨,像一条熟睡的小鳗鱼,忙叫杨总来看,杨总叫:"四旺四旺,过来看看这条是不是?"四旺一看就叫:"飞贼!这就是飞贼!我从来没有见过这么大的!"

我双手捧着它,突然觉得这小家伙很可怜,没招谁惹谁,躲在山里睡觉,不知大难临头。又想,这冬眠和死亡没啥区别吧,就像人在睡觉时死去,那是非常好死的。如果开春苏醒后被抓,那就要挨刀还要遭汤煮,死得更痛苦……

正没边际地想,罗总一把抢过来,小心地放在塑料桶里,蹲在桶边,神情兴奋,眼冒绿光,像妖怪看着唐僧。兴奋中他乐颠颠地跑着更卖力翻石头,很快,他也找到了一条!大笑。接着又找到一条!笑得浑身乱颤。此时他也不冷了,扯下围巾塞在裤袋里,把石头翻得到处乱滚。

冬天夜来得早,五点刚过,夜幕就从山头上拉过来,无声无息。整整一个下午,就找到三条飞贼。罗总气得大骂四旺。四旺不服气地嘟噜:又不是我叫它们躲起来……

回到镇里,罗总说:"他妈的不住夜了,回去回去,住一夜还得多花钱,这三条飞贼有鸟用!"草草填了肚子,连夜往回赶。

天黑如墨,这黑石镇的地界,天黑得怪异,大灯好像只能照出一米远,罗总心情不好,车子很动荡,喝醉酒一样。车子从一个坑里跳起来时,突然啪的一声,什么东西落在挡风玻璃上,黑乎乎的一条,又一声,又是一条。四旺大叫,飞贼!飞贼!

我睁开眼睛,这黑乎乎的的东西好像在蠕动,难道真是飞贼?不可能,它们不是在冬眠吗?车子一晃一摇,黑乎乎的不明物前赴后继地扑到挡风玻璃上,罗总大惊,手忙脚乱。只听呼的一声闷响,撞车了,挡风玻璃哗地开花,一切突然安静下来。

罗总、杨总和我从侧翻的车里爬出来时,听见四旺在车里大呼小叫,连忙伸手拉他。拉出来后他站不起来,坐在地上双手捂住裆下,直喊痛。

罗总的车撞到路边的岩石上,破碎的挡风玻璃上污泥斑斑。塑料桶还在,三条飞贼不知去向。真是见鬼了! 好不容易拦下一辆过路车,我送四旺叔去医院,杨总陪罗总等120来人。

经过医生检查,四旺叔性命无碍,伤情怪异。罗总那辆破车的某部位很流氓,什么地方不好撞偏偏撞他的阴部! 医生给他上药时我在一旁,只见他的阴囊肿大如小菠萝,阴茎不怕疼地呈勃起状态,想同情他都有点不好意思。

医生说没事,过几天就消肿了。而事实是:阴囊消肿后,四旺叔的阴茎一直勃起着不肯服软,不知这次撞击惹恼了哪根神经。

杨总开玩笑说:四旺,那天撞车后三条飞贼不知去向,原来是你躲在车里生吃下去啊!

四旺叔有苦难言,哭笑不得。他只好不分寒暑老围着一条帆布围裙,遮掩一点锋芒,但依然显山露水。工地上的女工看见他,老远就脸红,走近就偷笑。这是后话。

六

抓飞贼失败了,杨家班的常委们情绪也阳痿了,守在一起,无计可施。眼见春节一天天逼近,工钱却越跑越远。杨总只能天天给罗总打电话,罗总总是问一答十,有回答跟没回答一样。

在等待中,我们不断接到家人电话,催问什么时候回家。我感觉心里开始郁积,郁积着愤怒和焦灼,像开着两朵花。愤怒应该是红色的,冬天的愤怒大致像梅花。焦灼应该是黑色的,不知道什么花是黑色的。脑海里有一个问号钩得我烦躁:干最苦的活,拿最低的工资,过最低下的生活,为什么还不能顺顺当当? 为什么? 我常常坐在屋顶阳台上问天。

几天后,罗总不接电话了,一打通就掐断,形迹可疑。杨总突然想起那天罗总在撞车现场说得一句话:"他妈的,早把工钱结了,哪有这事?"是不是他已经把钱拿到手了扣着不给我们? 他把怀疑告诉大家。常委们一分析,觉得确有这个可能。前不久听说罗总买了一个店面,是不是挪用了工钱? 越分析越像,心里的郁积开始膨胀,火苗一样烧得我们蠢蠢欲动。一商量,认为不能坐等工钱,你不行动,工钱决不会自己找上门来的。最后商定全伙出动,找罗总算账。

杨老师说:"我们只是装装样子吓唬他一下,千万不能动手。千万! 钱迟早会拿到,出了事就不好收拾了。"他还不放心,很严肃地说:"我们没资格争强斗胜,我们只能老老实实过日子,再苦也得过。别人乱来我们还得讲规矩,我们就是把罗总杀了又能改变什么? 只能让我们和家人的生活变得更加不可收拾,是不是?"大伙点头。

罗总公司大门紧闭,家里找不到人。我们待在他家楼下,怒气冲冲,不知何去何从。

正彷徨着,看见一个中年女子提着一篮子菜走来,杨总认得是罗总家的保姆,忙上前打听。

保姆说:"在医院,五天没回家了,我去送饭。"

杨总:"罗总生病了?"

保姆:"不是,是他女儿。"

问清后,我们往医院赶。医院像个大蜂窝,进进出出忙忙碌碌都因为希望生、希望不死。在生死的中间地带,人们惶恐不安、纠结着、无奈着。忙中慌乱,也没问个科室、病床号,我们走上窜下,没个目标,像一群没头苍蝇。

在重症病房走廊上乱窜时,听到身后有人叫"杨总",弱弱的声音,勉强爬出喉咙口又滑溜进去。回头看见一个头发凌乱、胡子苍苍的汉子,居然是罗总。就几天时间,简直换了个人,人瘦如猴。见他如霜打的茄子,我们一下泄了气。快散架的一个人,怒气冲冲冲散了架怎么收拾?

杨总憋了口气,小声说:"听说你女儿生病了,我们来看看。什么病呀?"

罗总的油嘴滑舌被悲伤浸泡过,变得不太利索。"谢……谢谢了,你们真……仁义,仁义。我女儿,她得了白……白血病,白血病啊!"

大伙一听,呆了。罗总的神情悲伤得吓人,无论如何,也开不了口要工钱。

杨老师问:"医生怎么说?"

"唉,要做骨髓移植,找不到配型啊。亲戚来了几个,都对不上。有的亲戚也不来……中华骨髓库也配不上,急死我了。还在找,他们说正在跟台湾方面联系……"罗总絮絮叨叨,心里的恐慌悲伤应该憋了很久,渲泻慌不择路。

杨老师看看杨总,杨总不说话,杨老师就说:"罗总啊,我们也帮不上什么忙。我想问问,这工程款已经结算了没有?我们等钱回家过年哩。"

罗总摇头:"没有啊,结算了早给你们了。真是对不起啊,可是上面不结账我也没法子。"

见他随时要倒下去的颓败相,我们只好告退。

这时,罗总突然抓住杨总的手,急切地说:"杨总啊,能不能求你们一件事,求你们救救我的女儿?"

杨总一愣:"救你女儿?我们哪有钱?"

罗总说:"不是钱的问题,你们能不能……能不能给我女儿做配型?也许能配上?啊?求你们了!"

七喜马上叫起来:"我们又不是你家亲戚,干吗找我们?"

杨老师说:"是啊,我们没有血缘关系也配不上呀。"

七喜哼一声:"干了一年,血汗钱还没给我们,还想抽我们的血,亏你想得出来!"

罗总喘了几口粗气,突然说:"工钱已经结算了,求你们给我女儿配型吧,配了就给你们。"

大伙一听愤怒了。七喜一把抓住罗总的领口:"快把工钱还我们!"

杨总忙劝解："放手放手，不许乱来。"

杨老师对罗总说："罗总啊，这就是你的不对了，工钱归工钱，配型归配型，工钱本来就是我们的，你这样不对。"

罗总眼泪一下流下来，可怜巴巴地说："对不起对不起，工钱真的没有结算，我急了才骗你们，对不起……"边说边蹲下来，哭得不像个男人。

大伙沉默了片刻，回身往外走。忽听罗总在身后大叫："杨总杨总，你们去看看我的女儿吧，看看我的女儿！求求你们了！"他冲过来，牵住杨总的衣袖。杨总看着杨老师，杨老师点点头。罗总带我们走到一扇玻璃墙前。抬眼一看，我们都很惊讶！这个碎嘴罗总，旁边哭得披头散发、姿色平平的老婆，居然有一个天仙般的女儿！

床上躺着的少女十二三岁，看上去就是画上的人儿。见有人来，她挥挥手，嘴角扬起一丝微笑，但是那双水光闪闪的凤眼，却忧郁得不见底。

罗总在一边喃喃："我的女儿怎么命这么苦啊？她这么漂亮这么可爱为什么要受这样的苦啊？我又丑又不可爱为什么老天爷不把这病生在我身上？"边说边哭。

小仙女见爸爸哭了，忙摇摇手，摇摇头，还端出一脸的笑。罗总哭得更厉害了。小仙女撑不住了，两颗大泪珠，骨碌碌地滚下来。

杨总轻声说："这孩子真是漂亮！心疼死我了！"旁边围帆布围裙的四旺叔流下了眼泪。

罗总连忙接过话头："这么漂亮的孩子，你们舍得见死不救！啊？啊？我让她叫你们干爹。啊？"

杨老师说："让我们商量商量吧。"

大伙聚到走廊尽头厕所门边。杨总看着杨老师，杨老师看着大伙，不吭声。四旺突然说："我愿意！"

七喜说："他自己的女儿，那么多亲属，没有一个配型配得上的？鬼才相信！"

罗总突然从厕所里探出头来，小声辩解："她不是我女儿，不不不，她是我女儿，她……她是抱养的。你们千万、千万不要告诉别人！"

大伙"啊"了一声。我感慨人真是多面的呀，罗总平时看去像老油条，可他再油也油不过现实，在生死面前，他露出了舐犊情深的另一面，这让我深深感动。这时，我心头电光一闪，就说："罗总，你真像亲爹，我看你就是她亲爹。我也愿意为她配型。"转头对杨总他们说："试试吧，真能配上，能救一条命哩！"杨总和杨老师互相看了看，点头。

七喜一听掉头就跑，嘴里嚷嚷着："我不干我不干！"

这时我们才回过神来：这家伙晕血，怕打针，每次生病需要打针输液他都乱喊乱叫，让护士笑死。

杨总说："那，就算常委会通过了。"大伙点头。这次没有写纪要。杨老师说，纪要主要算经济账，这次是良心账，记在心里就行。

在抽血时，杨总接到女儿电话："奶奶问什么时候回家过年。"

杨总说："快了，过年前一定回。"要挂机时，杨总对女儿说："程程，本来老爸想好了一定把冰淇淋给你带回家的,可是,今年老爸工钱没有拿到,买这个你妈肯定哆嗦死,明年好不好?明年一定给你买,老爸保证。"

程程说:"爸,我说了不要买的。谢谢您还记得。"

"老爸当然记得,香雪牌的是不是?好了,再见。"

在一旁的罗总问:"你女儿吗?"杨总点头。罗总伤感地说:"孩子健健康康的比什么都强。"

我抽完血,忙到一旁打电话。

大伙都抽了血准备走时,医院里来了几个记者,说有人报料,几个民工非亲非故为一个白血病女孩做配型。

罗总说:"是的是的,就他们几个为我女儿做配型,快采访他们,快采访他们!是这个杨总带头的。"

杨总一见话筒伸出来,摄像机对过来,像被人用枪顶住,一下懵了,满腹成语断了电。

记者问:"你们为什么要给一个不认识的人做配型?心里怎么想的?"

杨总说:"中华民族……尊……老爱幼……路见不平拔刀相助……人生自古谁无死……只要人人都献出一点爱……"

拿话筒的女记者笑了。

我连忙挤上前说:"我们想,如果能救一条命,我们献一点血又有什么要紧?现在的人都很冷漠,可是我们都需要温暖……"

记者们潮水一样呼地来了,又呼地走了。

医生说配型结果最快也要七天才能出来。现在离除夕就半个月了。

罗总问杨总:"你们什么时候回家过年呀?"

杨总说:"我们只好守株待兔了,你放心,我们会等到结果出来后再走。"

罗总忙说:"谢谢,谢谢了!太过意不去了,影响你们回家过年。"他忙不迭和我们一个个握手,说:"我给你们跪下了。"说着要下跪,被拉住。

杨总说:"如果谁能配型成功,救小姑娘一命,那也是千里有缘一线牵……"杨老师牵了牵他衣角。杨总不知什么意思,继续说:"救人一命,胜造十级浮屠。孩子那么可爱,谁不想救她,决不能让她红颜命薄,落花流水是不是?"杨总在记者面前没发挥好,现在趁机补上。

罗总牵着杨总的手说:"谢谢,谢谢!杨总你真是太有才了,随便说说就这么多成语,你真是有文化!我谢谢你们了!谢谢!"

杨老师说:"罗总,等配型不影响我们回家过年,拿不到工钱才影响哩。等孩子配了型,你别忘了催催,不要过年回来了还拿不到钱。拜托你了。"

罗总的脸竟然红了:"一定一定,你不说我也会催,我的钱也没拿到,我也急。"他一直送我们到医院门口,还拦下一辆出租车,先付了车钱。

坐在车上,我感觉有点放松,看大伙表情也松弛了,满脸的愤怒和焦灼,好像在抽血时一起被抽走了。

回到驻地时,看见七喜已经叫了五份外卖,整整齐齐摆在饭桌上。讨好地说:"今天我请客,我请客。"

吃完饭安静下来时,大伙又发愁了,没钱带回去,怎么过年?

杨老师说:"别发愁了,你们想想,我们的孩子和家人都健健康康的,罗总再有钱,也得羡慕我们是不是?"大伙一听,情绪好转了些。

杨总见堂哥嘴巴说得开朗,安静下来时满腹心事写在脸上,唉口气说:"哥,真是对不起,跟着我干千辛万苦却拿不到工钱。"

杨老师忙说:"六福,别这么说,其实你最辛苦了,哥心里有数。"

"哥,工钱总会拿到手的,你也别急。"

杨老师说:"不急不急。什么人什么命,急也没用。现在还干得动,能挣口饭吃,有时会想老了怎么办?也没有退休金。"

我在一旁心绪很波动。其实刚才是我报料给电视台打的电话。当时我是有想法的:去年这区里评了"十佳外来工",户口都在这落了户。为什么城里人的福利我们都没得享受?为什么打工者的孩子不能在公办学校读书?就因为没有户口对不对?我想我们已经做了好事了,索性就让媒体炒作一下,炒大了,说不准也能评个"十佳外来工",到时如果真的在这有了户口,我们才有出头之日哩!要不然,在这里扎不下根,回家又没有饭吃,什么时候是个头?

我知道如果真得评"十佳外来工",也不可能五个都评上,杨总、杨老师、四旺叔年纪都大了,他们不会争这个名额,七喜没有参与,也轮不上他,只有我可能性最大……这秘密我只能先藏在心里了。

一个人站在屋顶阳台上,我看着近处的斑驳,远处的霓虹,心里开了锅似的:我真的能成为城里人吗?如果……

天上一颗星星也没有。这个很难看到星星的城市近在咫尺,却远在天边。

七

除夕细细琐琐地逼近了,我们在等待。等待配型结果,心被悲悯沉浸着,有些不清晰的神圣。等待车票却满心纠结,徘徊在希望和失望之中。

火车站售票大厅杂味升腾,人头浮动,焦灼像北风一样刮过人们的脸。车票真难买,难于上青天,通宵排队,一开窗里面就说没票,不知道票务员夜里做梦时把票卖给谁了。等票的大多是和我们一样的打工仔——这个城市的过客,即使待了多年,依然是。车站是我们一年生活的开始和结束,漂泊是我们的宿命。

我们轮流排队,眼见配型都快出结果了,车票还没买到。心里上火,嘴唇都起泡了。七天一闪就过了,在车站等车票的时候,我们真诚地希望另一个等待能有好结果。

杨总的手机响了,是罗总。大伙靠近手机,杨总按了免提键。其实不按也可以。

罗总说:"杨总啊,谢谢你们啦,谢谢啦!"

杨总问:"谁配对了?"

罗总说:"你们兄弟几人配型都不对,但是,你们的仁义带来福气啊,中华骨髓库传来消息,说配上了,一个台湾人配上了!后天就有飞机送过来。太谢谢你们了,是你们兄弟的肝胆义气感动了老天爷啊……"手机里传来哽咽声。我们屏住呼吸。

"你们的车票是哪一天的?我去车站送你们。"

杨总叹气:"票还没买到,都不知道要怎么回家了。"

罗总说:"我也帮着想想办法,很难买吗?"

"很难!非常难!"

我们领了罗总的好意,他哪有空管这事?

不料第二天中午收到罗总信息,说车票已经到手,下午二点的,叫我们赶快收拾了去车站,他会把票送过来。我们喜出望外。

下午一点,还不见罗总踪影。大伙都急了,正四方张望,罗总那辆破桑塔纳出现了。罗总把车票递给杨总,大伙心情一下放松了。杨总要给车票钱,罗总不接。他说:"就让我表示一下心意吧,成全我一下,成全我一下!"

见他说得虔诚,杨总就代表大伙道了谢。后来我们才知道,罗总是花了三倍的价钱,还托了朋友才买到票的。

正要进站时,罗总叫住我们,说:"兄弟们,我这里先挪了五万块钱,大伙一人一万先过个年吧。"

大伙愣了一下,随之大喜。罗总将五个大信封分给大伙说:"数数吧,看有没有错。数好到车里把钱放好。"兄弟们点好钱,一个个在车里宽衣解带,喜气洋洋地各找位置塞钱。

见四旺把大信封往裤裆里塞,七喜说:"四旺哥,尿尿时会不会掉出来哦,别一不小心把钱喂了茅坑。"

四旺说"不会啦,我内裤里有暗袋,我老婆还缝了拉链,严实着哩。"

五个大信封分别在我们身上潜伏下来后,一下子觉得身子硬衬起来。

罗总拿出一张收条,要杨总签字。杨总看看,又给杨老师看。杨老师点头,杨总就签了名。大伙往候车室走时,罗总拉住杨总。他从车里拿出一个布包,里面露出一个大保温壶。罗总说:"送给你女儿的冰淇淋,香雪牌的,没有记错吧。"

杨总心头一哆嗦,暖流上涌。他紧紧握住罗总的手,想说谢谢没说出来。他说:"你女儿的病一定会好的,罗总。"

罗总点点头,眼睛有点潮湿。我在一旁听着,心里暖暖的。

除夕那天,杨总收到一封快件,罗总寄来的。拆开看,是一卷报纸,五份,打工那个城市的晚报。头版一篇报道:《最美打工仔 仁义杨家班》,配着一张我们四人抽血的照片。

哎呀,都上报纸了,有出息了!杨家班兄弟在村里一下出了名,心里热烘烘甜丝丝的,像刚出笼的年糕。七喜被他母亲骂了一顿:人家都给家里人争脸,就你丢脸!

傍晚,杨仁庄已鞭炮声起伏。这时,杨总收到罗总一条信息:杨总,报纸收到了吗?你们杨家班现在很出名了哎!告诉你个好消息,我女儿骨髓移植很成功,太神奇了,看着她就好起来!谢谢你们了!代向哥几个问好!新年好!

他给罗总回了个信息:平安就好!春节快乐!

这时,鞭炮声更浓了,新年味更足了。

除夕夜,吃过团圆饭后,我们拖家带口来到杨总家,陪着杨母看春晚。看到旭日阳刚唱《春天里》的时候,我们禁不住泪水满眶。

"如果有一天/我老无所依/请把我留在/在那时光里/如果有一天/我悄然离去/请把我埋在/这春天里……"

杨母说:"这歌很好听吗?"没人回答。

杨老师说:"九龙,唱《杨家班》。"

我说:"吉他没有带回来,怎么唱?"

杨老师说:"清唱,我们一起唱。"

"在高高的脚手架上,我们苦干/在冷漠的城市里,我们慌乱/我们盖起楼房一幢幢,何时有一扇属于我们的窗?

为了老爹老娘/我们流血流汗/为了老婆孩子/我们加点加班/嘿,杨家班!"

我们的声音有点哽咽,在场的老人和女人应该听出了心酸,还有亲情、期望……她们都流泪了。

孩子们跑进跑出,玩得正欢。

杨母热了一壶家酿米酒,摆上几个菜,我们喝开了。微醉中,对那个打工的城市有了一些念想,那里通明的夜晚,宽阔的街道,温暖又凉爽的商店……还有一笔未结清的工钱哩。我们开始讨论怎么弄回程的车票。那里不是我们的家,却要匆匆赶去,这里是生我养我的故土,却不得不离去。我们纠结啊!

我喝得有点多,想着报纸上的报道,一股希望涌上心头,开始胡思乱想,记者们会不会再来采访?采访时要说什么?有没有可能评上"十佳外来工"?会不会有城市户口?如果有城市户口,是不是就可以找一个城里的女孩做老婆……

电视里午夜的钟声响了,村里村外,鞭炮声响成一片。

注释

①本文原载于《文学港》2014年第10期。后入选2015年第1期《中华文学选刊》。

 小说评论

江子辰:世间寒冷,我们需要一炉炭火
——《杨家班》创作谈

多年前在文化馆工作时,曾任工作队员驻一僻远乡村半年,一地鸡毛的务虚经历已

如过眼烟云,只有一组音画时常在脑海浮现:傍晚时分,屋后清溪,两岸垂柳,岸边数十村姑小媳妇在浣衣,捣衣声起起落落,无拘无束的嬉闹笑骂声惊鸟般扑腾。此时,夕照正红,炊烟袅袅……此情此景,令我久久不能忘怀。

后来改行当了记者,因采访再次来到这个村庄已是几年之后。当我忙中偷闲来到记忆中的溪边时,看到的是一派寂寥,银铃般的笑声被打工潮卷走,溪水已不再清澈……

美好总是容易消逝,让人耿耿于怀的,多是世事艰难。晚上在前民办教师老杨家喝酒,已过花甲之年的他叹息连连,说的多是他曾经的学生们在外打工的事:最调皮的男生从脚手架上摔下来下肢瘫痪,至今拿不到赔偿金;最漂亮的女生听说当了"小姐";当小工头的侄儿两年没有回家过年了,因为施工单位欠薪,他无法给手下乡党发工钱不敢回家……在他的叙述中,他的学生们打工的城市遍地寒流,处处冷眼,背井离乡的打工仔们只能低眉吟唱:他们的城市他们的天,我们是天边孤独的雁……《杨家班》的人物谱,在他的絮叨中隐约出现。

世间寒冷,我们该如何是好?在创作这篇小说时,我只叙述弱者的痛苦和屈辱,不控诉也不反抗。小说中的杨老师说:"我们没有资格争强斗胜,我们只能老老实实过日子,再苦也得过。"杨家班的班歌唱道:"为了老爹老娘,我们流血流汗;为了老婆孩子,我们加点加班。"委曲求全和容忍实属无奈,这种后退的选择,让生活重新获得平衡,毕竟日子还得过下去。当然,生活并没有陷入绝境,作家必须在苦难中挖掘温暖,发现生活内在的尊贵,让被残酷命运覆盖的人物,内心发出一丝光芒。如果作品一味展示苦难,那生活还有什么希望?如果苦难中有光影闪烁,我们就有理由相信太阳会从阴霾中升起。所以,《杨家班》的兄弟们以德报怨,用内心的温暖感化他人的冷漠,在得到善意的回应时,他们看到落满霜雪的枝头,萌出了春天的绿芽。

世间寒冷,我们需要一炉炭火。

1. 根据作者的创作自述,谈谈作者创作这篇小说的初衷。
2. 从《杨家班》出发,探究当下"都市打工者"的生存困境。

第五节

文 论

出神入化武夷山①

陈晓明

"武夷山下,风展红旗如画。"少年时代的我就诵读毛主席的诗句,一股豪气自然涌上心头。但那时并不知道武夷山为何物。实际上,我那时就置身于武夷山中,不就是青山绿水吗?推开门就是,有什么稀罕呢?我的家乡光泽县距离现在被叫作武夷山的地方不过两个钟头的车程,它们同属于武夷山脉。实际上,武夷山自然保护区70%多的区域在我的家乡光泽县境内,正因为此,我家乡人民对武夷山的态度就有些酸楚。武夷山当年叫崇安县,与我的家乡一样那是山区县,其经济状况还略逊一筹。但现在,崇安摇身一变成了名扬四海的武夷山市,全国乃至全世界热爱自然山水的人们都涌向那个地方,留下无限美好的印象和大把的钞票,这真是让家乡人民无比羡慕。我家乡在默默无闻中保护武夷山的珍稀物种、千年古树、万世怪石,经济发展困难重重。而武夷山的旅游事业却日新月异,已经俨然是中国的乃至世界的旅游胜地。同处一条山脉,光景如此不同,这真是"既生瑜,何生亮"。我在外面工作,人家问我哪里人,我说"光泽人",没人听说过,我只好说"武夷山"。这样对方的眼睛就会闪亮一下,知道那是好山好水。

武夷山好到什么地步?只缘身在此山中,在这样的水土中长大,并无特别感受。有郭老几乎把武夷山捧到万峰之首的地步。有诗为证:"桂林山水甲天下,不及武夷一小丘。"郭老是革命浪漫主义诗人,只能姑妄听之。读读张建光的这本书,相信所有的人都会对武夷山留下深刻而美好的印象。

我与张建光在二十多年前同学,他学政教,我学中文。那时我们班级上课都是固定教室,我们的教室就紧挨着,上课下课自然就会凑在一起。在七七级中,我与建光都算小字辈了,建光比我略长几岁,但比起老三届的老大哥来,我们都属于年轻的一代。我那时并不是太合群,与建光接触不算多。现在回想起来,还浮现着建光当年蓄着小胡子的模样,浓密的背头,一脸的严肃。只是在不经意中一笑,显出闽北人的厚道和坚决。因为一起搞话剧队,我们才有机会在一起。他是领队后勤之类的干部,我就算是主要演员了。多年后,没有人能从我的身上看出我在话剧舞台上混过;但说起张建光就会说,当年在学校就看出他干练的能力,包括卓越的领导才能,等等。学校一别各奔东西,一晃就是二十多年,数年前我才听其他同学说他从政了,而且干得相当出色,在武夷山这方风水宝地,他一干就是十多年,可以想见他的才干。申报世界遗产,开发旅游,抓绿色环保,做强武夷山品牌……更有难度的可能还在于迎来送往,要与各级领导以及天南地北的诸侯神仙打交道,这不是一件轻松的差事。可贵的是,建光还笔耕不辍,这些年还坚持写作,已经出版了几本书。现在又有一本要面世,眼前的这些文字,不用说都凝结着他的心血。

看得出建光工作起来有一套,看看他申报双遗产的过程,那就是一场攻坚战,似乎不亚于北京申办奥运会。对于武夷山人来说,其难度可能就是旗鼓相当。当时全世界的双遗产也就是19个,中国也只有3个。多年后我听说武夷山拿了双遗产,还是一番惊喜。对于地方来说,拿下双遗产等于旅游胜地的金字招牌竖起来了,也等于当地人民脱贫致富指日可待了。但对于我来说,最感兴趣的在于有关双遗产的一项条款,该条款说,就是发动战争也不能炸毁双遗产,这是人类共同的财富。我曾经多次去过德国的海德堡,这座美丽的小城镇在二战时期居然免遭战火摧毁,直至今日德国人说起来还是一脸的欣慰。我想,在非常的情形下出现的极端例外的事件,这是人类最独特的经验,那是值得人类骄傲的。有一种约定居然可以凌驾于战争之上,这种约定如果不是神的约定就是小孩子的约定,如果这种约定还能被遵守,那就本身就是奇迹,这就对战争是一个天真的消解。在我看来,新的世界大战时刻都可能发生,如果我家乡的山水能幸免于难——仅仅因为它是双遗产,我觉得我就生活在童话世界了。这像是一个悬念,一个谜语,但它更像一首诗。这就是说,自然山水不只是与人类的历史联系在一起,同时与人类的某种精神、某种异想天开的念头结合在一起。只要想到这一点,我就觉得人类还是有希望的。

建光作文还是颇为巧妙。他说的是申报双遗产的事,它把那个过程程序都生动地展示出来,尽管他还说了很多的领导,看上去就像一出戏一样精彩生动;总之是搞定了,成功了。我说他的巧妙,还在于他把武夷山的自然风光与文化意蕴同时展现出来了,这几乎就是武夷山的全方位导游。但这样的导游又充满了故事性,它完全融入了一个活动的事件中去。

建光对武夷山的感情可以说是十分深厚,他也可以说是武夷山人民的儿子,他是深爱着这片土地的。要不他怎么会这么投入,这么入迷武夷山的一山一石,一草一木。我也多次到过武夷山,读着建光的这些文字,我就不得不佩服他功夫下得深,几乎是专业水平。这片山水就装在他心中,随手拈来,就了如指掌。他说的止止庵、葛仙店、半亩方塘,这就很生僻了,他谈的都是其中的人文典故,还带着一些考据,历史久远,韵味神奇。一般游历武夷山的人,就只是在九曲十八湾、大王峰、玉女峰处转悠,再听船工讲些半黄半色的故事,以为基本就把武夷山摸透了。实际上,那只是武夷山的皮毛。张建光当然不会明说,但他的这些文字把触角转向了这些地方,分明是告诉人们还没有摸着武夷山的精当处。偏是这些地方,味道最足,文化味最醇厚。武夷山本来就是儒释道同山,也可说是天人合一。闽北文化是极其宽容性的文化,闽北人的宽容是天性的宽容,这里生长的朱子文化理应也是宽容的文化。

建光学的是哲学,当年就对中国传统哲学下过功夫,后来读在职研究生,论文写的是朱熹。我对朱熹涉猎不深,不好妄加评论,但朱子是闽北的骄傲。在闽北,说不定你随便遇到什么人,就可以与你深谈朱子。我家乡一位老前辈杨清先生,已近八十岁高龄,还在四处奔走搞朱熹研究。另一位我所敬重的前辈杨道喜先生,有天晚上就和我长谈朱熹。按他的说法,朱子起家在我家乡光泽县止马,他的材料确凿,都是我第一次听说的原始材料。我直后悔当年没有听从李泽厚先生的教诲,20世纪90年代初,一次与李先生谈到解构哲学,他曾建议我用解构主义去读宋明理学。现在读到建光写朱子的文章,他的这些见解显得非常有个性,这本书中的朱子,有一种活生生的气息,他写出了朱子更富有性情的一面,他用事实刻画了朱子宽容豁达的品性,建光似乎想重建一个富有人情味的朱子形象。这又勾起了我对朱子的向往。建光谈朱子,特别是在这些随笔中,朱子身影随处可见,他并不是只对朱子哲学做概要介绍,而是把朱子融入武夷山水之间,把朱子之哲思气蕴、风骨神韵展示为另一片人文景观。这可是闽北同样独特的风景。闽北文化传统深厚,有井水处皆有柳词;宋代建瓯出过不少大诗人;写《沧浪诗话》的严羽的故乡离我的家乡只有20里地。建光看山水,明显是用了文化和哲思的眼光。看山不只是山,那是融入闽北历史文化的书山;看水不只是水,那是汇集闽北人灵性的思流。

　　武夷山的文化精髓还体现在茶道上。不用说"大红袍"名扬四海,武夷山因此又增添了神韵仙气。据说当年毛主席送赫鲁晓夫四两"大红袍",赫鲁晓夫对属下说,想不到毛泽东这么小气,送茶叶只送四两。话传到毛主席这里,毛主席说:"我已经送你半壁江山,你还嫌少?"大红袍年产量只有八两,四两就是一半了。此是野史传说,不足为据。建光写的茶道茶艺却是真人真事,那都是他的体验和学识。建光所写,武夷山为茶树生长的上上之地。典型的丹霞地貌,碧水丹山,幽涧流泉,80％的相对湿度,2000毫米左右的降雨量,长年峥嵘云雾深锁,独得天地之灵异。在建光看来,武夷岩茶性格更是如武夷山水。峰峦岩壑,秀拔奇伟,清溪九曲,流出其间。建光品茶的功夫颇为独到,像是交友。他说:岩茶不是轻薄之辈,厚重如山,岩茶面冷心善,饮茶的感觉一波三折,曲径通幽,有如"曲曲山回转,峰峰水抱流"。他认为最绝还属岩茶之香,它几乎可以集中自然界所有的香气,然后又可以逐一释放出来。"它香得自然连绵,留在杯底,停在齿间,直沁脾肺,存在心里。"岩茶具有武夷山水"岩骨花香之胜"。他劝各位游客到武夷,看山水如品岩茶;饮岩茶,则杯盏间如见山水。对武夷茶体味到如此地步,也就出神入化了。

　　这本书其实有相当多的篇幅是写建光接待领导人的经历。这些经历无疑弥足珍贵,他记录了领导人的音容笑貌,记录了那些不为普通人所知的生活细节,记录了那些很有个性的语言,而这些语言在公众场合是不可能表达的。领导人的生活细节其实就是历史的重要细节,这些文字无疑对丰富宏大的历史叙事有着很高的价值。我注意到建光写朱镕基总理的那篇文章特别有味道。朱总理也是我所敬仰的领导人,他严格的工作作风,他的个性、风趣、幽默都是我们多年热衷于谈论的话题。建光的叙述使我们看到一个传统文化素养非常深厚的长者形象,他的真才实学与机敏犀利在令人肃然起敬中又让人有一种酣畅淋漓的痛快。

建光这本书可谈论的地方很多，文笔洗练，清峻明朗，似得武夷神韵。因篇幅所限，未能一一触及，留给读者自己品味吧。是以为序。

2005 年 8 月 23 日于北京万柳庄

作者简介

陈晓明，男，1959 年 2 月生，汉族，福建光泽人。民盟成员，教育部"长江学者"特聘教授。早年上山下乡知青，后师从李联明教授和孙绍振教授。1987 年进入中国社会科学院研究生院文学系攻读博士学位，1990 年获文学博士学位，并留院工作 10 多年。1992 年任中国社会科学院文学研究所副研究员，1998 年起任研究员、博士生导师、所学术委员、院高评委员等职。1984 年开始发表作品。1990 年加入中国民主同盟，1993 年加入中国作家协会。1995—1998 年曾在英国爱丁堡大学东亚系、荷兰莱顿大学亚洲研究院（IIAS）、德国鲁尔波鸿大学东亚系做访问研究和讲学。2003 年起调入北京大学中文系，任教授、博士生导师，主要研究方向为中国现当代文学和后现代文学理论批评等。著有专著 20 多部，发表论文评论近 400 篇。

主要著作有《无边的挑战——中国先锋文学的后现代性》（1993 年，2004 年修订版）、《解构的踪迹：历史、话语与主体》（1994 年）、《剩余的想象》（1997 年）、《不死的纯文学》（2007 年）、《现代性的幻象》（2008 年）、《德里达的底线——解构的要义与新人文学的到来》（2009 年）、《中国当代文学主潮》（2009 年，2012 年修订版）、《守望剩余的文学性》（2013 年）等。

曾获"华语传媒文学大奖"2002 年度评论家奖、2007 年度鲁迅文学奖理论评论奖等奖项。专著《无边的挑战——中国先锋文学的后现代性》获 1993 年中国当代文学研究会优秀奖、中国社科院首届优秀成果奖；《解构的踪迹——历史、话语与主体》获中国社科院第二届优秀成果专家提名奖；《中国当代文学主潮》获 2010 年度北京市哲学社会科学二等奖；《德里达的底线——解构的要义与新人文学的到来》2011 年获第北京大学十一届人文社科优秀成果奖一等奖、2012 年第六届高等学校科学研究优秀成果三等奖（人文社会科学）。

兼任民盟中央委员、北京政协委员、民盟中央文化专业委员会副主任、中国文学理论学会副会长、中国当代文学研究会副会长等职。《中华英才》杂志称其"领军后现代"。

注释

①本文选自《涅槃山水》，张建光著，作家出版社 2005 年版，序言第 5~10 页。

附录

白鹿洞书院学规①

(宋)朱 熹

　　父子有亲。君臣有义。夫妇有别②。长幼有序③。朋友有信。右五教之目。尧、舜使契为司徒,敬敷④五教,即此是也。学者学此而已。而其所以学之之序,亦有五焉,其别如左:

　　博学之。审问⑤之。慎思⑥之。明辨⑦之。笃行⑧之。

　　右为学之序。学、问、思、辨四者,所以穷理⑨也。若夫⑩笃行之事,则自修身以至处事、接物,亦各有要,其别如左:

　　言忠信。行笃敬。惩忿窒欲⑪。迁善改过⑫。

　　右修身之要。

　　正⑬其谊不谋其利。明其道不计其功。

　　右处事之要。

　　己所不欲,勿施于人。行有不得⑭,反求诸己。

　　右接物之要。

　　熹窃⑮观古昔圣贤所以教人为学之意,莫非使之讲明义理,以修其身,然后推以及人。非徒⑯欲其务记览,为词章,以钓声名,取利禄而已也。今人之为学者,则既反是矣。然圣贤所以教人之法,具存于经。有志之士,固⑰当熟读、深思而问、辨之。苟知其理之当然,而责其身以必然,则夫规矩禁防之具,岂待他人设之,而后有所持循⑱哉?

　　近世于学有规,其待学者为已浅矣。而其为法,又未必古人之意也。故今不复以施于此堂,而特取凡圣贤所以教人为学之大端⑲,条列如右,而揭之楣间。诸君其相与讲明遵守,而责之于身焉。则夫思虑云为之际,其所以戒谨⑳而恐惧者,必有严于彼者矣。其有不然,而或出于此言之所弃,则彼所谓规者,必将取之,固不得而略也。诸君其亦念之哉!

作者简介

　　朱熹(1130—1200),字元晦,又字仲晦,号晦庵,晚称晦翁,谥文,世称朱文公。祖籍江南东路徽州府婺源县(今江西省婺源),出生于南剑州尤溪(今属福建省尤溪县)。宋朝著名的理学家、思想家、哲学家、教育家、诗人,闽学派的代表人物,儒学集大成者,世尊称其为朱子。朱熹是唯一非孔子亲传弟子而享祀孔庙者,位列大成殿十二哲者中。朱熹是程颢、程颐的三传弟子李侗的学生,任江西南康、福建漳州知府,浙东巡抚,做官清正有为,振举书院建设。官拜焕章阁待制兼侍讲,为宋宁宗皇帝讲学。

朱熹著述甚多,有《四书集注》《太极图说解》《通书解说》《周易读本》《楚词集注》,后人辑有《朱子大全》《朱子集语象》等。其中《四书集注》成为钦定的教科书和科举考试的标准。

朱熹是继孔子之后中国历史上最伟大的思想家、哲学家和教育家。

他集孔子以下学术思想之大成,形成儒学思想文化的杰出代表——朱子理学,被钦定为官方的正统哲学思想,构筑了中国宋代至清代(13—20世纪)700余年间一直处于统治地位的思想理论,代表具有普遍意义的传统民族精神,影响远及东亚和欧美诸国,成为东亚文明的体现。至今,国外还保留着日本朱子学、朝鲜朱子学(退溪学)等,吸引着世界上几十个国家的专家、学者致力于理学思想的研究。在德国特里尔大学、荷兰国立莱顿大学及瑞典斯德哥尔摩、美国哥伦比亚、夏威夷等地大学都开设有攻读朱子学博士学位的研究院。1982年以来,在夏威夷、厦门、武夷山、台北召开了4次国际朱子理学研讨会,探讨理学文化与儒学思想的渊源关系和发展历程以及朱熹理学的现实影响。

武夷山与朱子理学有着不可分割的联系。朱熹从14岁到武夷山,直到71岁去世,在武夷山从学、著述、授徒、生活50余年。朱子理学在这里萌芽、成熟、传播。朱熹在武夷山创办的武夷精舍等书院成为当时最有影响的书院,直接在武夷山受业于朱熹的学者达200多人,许多成为著名理学家,形成有影响的理学学派。在朱熹的影响下,历代理学家纷纷以传道为己任,在武夷山溪畔峰麓择基筑室,著述授徒,仅宋元间在武夷山创立书院的著名学者就有43位,使武夷山成为理学名山。中国著名历史学家蔡尚思教授赞誉:"东周出孔丘,南宋有朱熹。中国古文化,泰山与武夷。"朱熹及其门人、后人在武夷山的活动,为武夷山留下极其珍贵的文化遗存,如书院遗址武夷精舍;有朱熹等理学家富有哲理的题刻,"逝者如斯""修身为本""智动仁静"等;有现存朱熹撰并书字数最多的"武夷神道碑";还有朱熹创办的社仓,等等。这些文化遗存,对研究朱子理学和儒学的兴衰演变以及中国哲学思想史都是非常珍贵的,是中国传统文化的瑰宝。

注释

①白鹿洞书院学规:白鹿洞书院揭示。白鹿洞书院在今江西省九江市境内,位于庐山五老峰南麓后屏山下,唐李渤读书其中,养一白鹿自娱,人称白鹿先生。因此地四山环合,俯视似洞,由此得名。南唐升元年间,白鹿洞正式辟为学馆,亦称"庐山国学",后扩为书院,与湖南的岳麓书院、河南的嵩阳书院和应天书院并称"四大书院"。

②别:内外差别。

③序:尊卑次序。

④敬敷：认真布施。
⑤审问：详细地问。指在学问的探究上深入追求。
⑥慎思：谨慎思考。
⑦明辨：明确地分辨，辨别清楚。
⑧笃行：切实履行，专心实行。
⑨穷理：穷究事物之理。
⑩若夫：至于。用于句首或段落的开始，表示另提一事。
⑪窒欲：抑制欲望。
⑫迁善改过：指改正过失而向善。
⑬正：纠正，改正，匡正。
⑭得：得到，收获。
⑮窃：用作表示自己的谦词。
⑯徒：独，仅仅。
⑰固：原来，本来。
⑱持循：犹遵循。
⑲大端：谓事情的主要方面。
⑳戒谨：小心谨慎。

作品简评

本学规是朱熹为了培养人才而制定的教育方针和学生守则。它集儒家经典语句而成，便于记诵。首先，它提出了教育的根本任务，是让学生明确"义理"，并把它见之于身心修养，以达到自觉遵守的最终目的。其次，它要求学生按学、问、思、辨的"为学之序"去"穷理""笃行"。再次，它指明了修身、处事、接物之要，作为实际生活与思想教育的准绳。

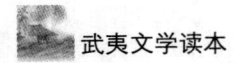

朱子家训

(宋)朱 熹

君之所贵者,仁也。臣之所贵者,忠也。父之所贵者,慈也。子之所贵者,孝也。兄之所贵者,友也。弟之所贵者,恭也。夫之所贵者,和也。妇之所贵者,柔也。

事师长贵乎礼也,交朋友贵乎信也。

见老者,敬之;见幼者,爱之。有德者,年虽下于我,我必尊之;不肖者,年虽高于我,我必远之。慎勿谈人之短,切莫矜己之长。仇者以义解之,怨者以直报之,随所遇而安之。

人有小过,含容而忍之;人有大过,以理而谕之。勿以善小而不为,勿以恶小而为之。人有恶,则掩之;人有善,则扬之。

处世无私仇,治家无私法。勿损人而利己,勿妒贤而嫉能。勿称忿而报横逆,勿非礼而害物命。见不义之财勿取,遇合理之事则从。

诗书不可不读,礼义不可不知。子孙不可不教,童仆不可不恤。斯文不可不敬,患难不可不扶。守我之分者,礼也;听我之命者,天也。人能如是,天必相之。此乃日用常行之道,若衣服之于身体,饮食之于口腹,不可一日无也,可不慎哉。

参考文献

一、参考史料

崇安文史编辑委员会.崇安文史[M].崇安文史编辑委员会,1989.

董天工.武夷山志[M].北京:方志出版社,2007.

方留章,黄胜科.武夷山市志[M].北京:中国统计出版社,1994.

福建省南平市志编纂委员会.南平县志[M].南平:福建省南平市志编纂委员会,1985.

光泽县地方志编纂委员会.光泽县志[M].光泽:光泽县地方志编纂委员会,1994.

郭齐,尹波.朱熹集[Z].成都:四川教育出版社,1996.

黎靖德.朱子语类[Z].北京:中华书局,1986.

卢美松,阮雪清.福建省志·武夷山志[M].北京:方志出版社,2004.

沈云龙.近代中国史料丛刊(第二辑)[M].台北:台湾文海出版社,1966.

二、参考著作

陈祥龙.武夷风情[M].福州:海峡文艺出版社,1996.5.

《美哉!武夷山》选编组.美哉!武夷山[M].福州:福建人民出版社,1987.

潘立勇.朱子理学美学[M].北京:东方出版社,1999.

丘幼宣.武夷诗词选[M].福州:福建人民出版社,1982.

任访秋.中国近代文学大系(1840—1919)·散文集1[M].上海:上海书店,1992.

盛友,胡黛棣.武夷山美丽传说[M].福州:福建人民出版社,2005.

顺昌县志编纂委员会.顺昌县志[M].顺昌:顺昌县志编纂委员会,1994.

吴邦才.武夷文化选讲[M].福州:福建教育出版社,2010.

吴长庚.朱熹文学思想论[M].合肥:黄山书社,1994.

武夷山市地方志编纂委员会.武夷山摩崖石刻[M].武夷山:武夷山市地方志编纂委员会,2007.

萧天喜.历代名人与武夷山[M].南平:闽北日报社印务中心,2004.

萧天喜.武夷茶经[M].北京:科学出版社,2008.

徐俐华.武夷文籍择录[M].北京:华艺出版社,2011.

徐少明,萧天喜.武夷山文化丛书:名家赞山[M].福州:福建人民出版社,1993.

徐肖剑.大武夷千家诗[M].北京:华文出版社,2009.

徐晓望.闽台文化新论[M].北京:中国书籍出版社,2012.
杨刚.中国名胜诗词大辞典[M].杭州:浙江大学出版社,2001.3
杨国学.武夷文学研究[M].北京:中国戏剧出版社,2006.
袁行霈.中国文学史·第四卷[M].北京:高等教育出版社,1999.
张建光.朝圣山水[M].北京:人民日报出版社,2001.
张建光.浪漫山水[M].福州:海峡文艺出版社,2000.
张建光.涅槃山水[M].北京:作家出版社,2005.
章武,黄文山.武夷山散文选[M].福州:海峡文艺出版社,2003.
周振甫.文学风格例话[M].南京:江苏教育出版社,2005.
周作人.中国新文学大系·散文集[M].上海:上海文艺出版社,1935.
朱平安.武夷山摩崖石刻与武夷文化研究[M].厦门:厦门大学出版社,2008.

三、期刊报纸

陈庆元.杨荣与闽籍台阁体诗人[J].南平师专学报,1995(3).
胡增官.姑姑[J].福建文学,2009(10).
江子辰.杨家班[J].文学港,2014(10).
廖斌.武夷文学论纲:一种文学地理学的观照[J].武夷学院学报,2014,33(3).
梁衡.读武夷山[N].闽北报,1990-07-24(03).
刘白羽.武夷颂[N].福建日报,1985-10-03.
石华鹏.大时代里的小人物[J].长篇小说选刊,2013(2).
汪曾祺.初访福建[N].中国旅游报,1990-04-28.
王冰云.当下闽北小说创作图景初探[J].福建文学,2015(11).
谢飘云.近代散文:闪烁着民族精神的时代华章[J].华南师范大学学报(社会科学版),1995(1).
杨国学.论杨时对武夷文学的贡献[J].武夷学院学报,2009(6).
邹义煜.遁世方知闲里趣,耽诗不碍静中禅——浅议清初武夷山诗僧[J].南平师专学报,2007(1).

四、网络资料

福建省情资料库[DB/OL].http://fjsq.gov.cn/.

后 记

"千载儒释道,万古山水茶",这是昭示天下的武夷标签。古往今来,无数文人墨客、大德高僧、羽人儒士、思想者、旅行者、学者专家、官员圣贤曾驻足经行于此,留下灿若星河的文字。武夷文化在中国文化发展史上具有重大意义,其朱子文化震古烁今,至今仍然熠熠生辉,并日益生发出在当代思想教育以文化人的价值。毫无疑问,武夷文学是源远流长的武夷文化的浩荡支流,是大武夷这片热土的璀璨之花,丰富了中国文学的版图。

近年来,先贤在武夷文学文化的研究、传承中,筚路蓝缕,开拓创新。其中,杨国学教授编著的《武夷文学研究》于2006年出版,带动了武夷文学研究风潮,有开山之功。厦门大学于2010年出版学生论文集《武夷山文学》。大武夷地方上,先后有徐肖剑、李崇英等编辑出版《历代名人赞武夷》等诗文集,这些富于创见的工作为后续者的研究、传播,奠定了坚实基础,功不可没,令人感佩。

武夷学院建在世界双遗产地武夷山,是朱子理学的传承者,千年文脉的延续者,并将"传朱子理学,做武夷文章"作为顶层设计,凝练出"涵养穷索,致知力行"的校训,彰显了当仁不让的文化自信和舍我其谁的责任气概,殊为可贵。窃以为,一所大学的"精气神"是其灵魂,是区隔于其他学校的精神胎记,需数代人戮力践行。但我们的"武夷文章"做得还很不够,因此,为弘扬武夷文化,选编一本普及武夷文学文化的大学语文校本教材的想法便萌生出来。

2007年升本以来,武夷学院师生一直将突显"武夷特色"作为自觉的使命身体力行,并试图努力解决几对矛盾:武夷文化研究的专精与普及的不足、顶层设计高悬与实践落地的不足、物质文化的醒目与内在涵养的不足之矛盾。缘此,我们尝试:一是在教学中融入。这方面当以吴邦才、姚进生诸君主编的《武夷文化选讲》为滥觞,开启武夷文化进大学课堂的先河。二是在科研中突显。近年来,我校在武夷文化文学的研究中屡获国家、省级社科研究项目,较高质量的教研项目、学术论文、大学生创新项目、教学成果奖、研究专著纷纷落地,成果丰硕,逐渐构建起以"武夷文化"为鲜明特色的校园文化。三是在育人中继承。最显著的当属学生毕业论文设计,在汉语言文学专业这方面的选题,占比已超过30%。四是在文化中普及。学校实施"武夷文化普及工程",师生熏习武夷文化蔚然成风。五是在服务中传播。近年来,学校师生以"弘扬武夷文化"为主题,反哺与服务大武夷各县市,广受好评。2015年11月,原福建省委常委、宣传部长李书磊莅校专题调研,对我校在武夷文学文化方面的研究、普及工作予以热情肯定和实质性支持。总之,当下的武夷文学文化研究已呈星火燎原之势:一是从自发到自觉;二是由单打独斗到团队作战;三是从发掘整理到原创精品迭出;四是研究畛域不断扩大;五是研究代有传人;六是提高与普及并重。我想,这是民众乐见和激赏的。

本书由我主编,程荣副教授、王冰云讲师为副主编。我负责撰写序一,并审稿统稿;副主编程荣老师负责上编"武夷山古代文学""第一章"至"第五章"共约24万字的编写工作;副主编王冰云老师负责下编"近现当代武夷文学""第六章"至"第八章"共约22万字的编写工作。在确立选编原则时,本团队参考大量现行的大学语文教材,反复研究,力图把握好以下几个方面,以彰显自身的鲜明个性:首先是经典性原则。文学讲求经典,唯有经典,其文学性、审美性才能得以保证。本书中,不论是武夷题材文学还是大武夷籍作家的诗文,入选作品质量精良,其中甚至不乏从30年前各县市政协文史资料、《中国近代文学大系》等"故纸堆"中考证、爬梳出的文字。其次是学术性原则。搭框架时,考虑将武夷文学综论、武夷文化发展概述在序言中呈现,意图建构起读者的整体观,而每一章节均以时代为经,以编者研究成果为纬,给出总的时代述评或具体篇目赏析,"以史带论,论从史出"。但这种学术个性并不是令人望而生畏的艰深晦涩,而力求平易晓畅,适于通识课教学和一般读者品鉴。而由此带来的行文风格差异,也就可以理解了。再次是实践性原则。每一章节后给出的思考题,力图突出生动活泼的实践动手能力和拓展研究,召唤"我手写我口",以此呼应应用转型,邀约学子走出课堂,走向田野、民间,并探索实践教学体系的建构。

感谢武夷学院领导的开明大度与远见卓识!感谢本书各文作者,他们的武夷文学创作成为日后我们求知的精神财富!感谢张品端研究员慷慨将其学术论文交由本书为序!感谢中文教研室全体同仁的宽容理解,以及邹璐、包柏川、马俐侏等本科生在参与教师教科研课题时所做的大量基础性工作!特别要感谢程荣副教授、王冰云讲师的艰辛劳动与无私付出!回望本书前前后后的选编过程,其中的艰苦与孤独依然刻骨铭心。感谢厦门大学出版社的林家坚先生、章木良小姐,没有他们的辛勤工作,就没有这本教材的面世。

最后,我心怀感激和歉疚之情说道:本书作为教材,选取了许多优秀的文章,尽管我们已经做了最大的努力,仍有部分作者未能联系到,对他们的工作和作品我们致以最崇高的敬意。向他们致敬!

廖 斌
2016年7月16日于了凡斋